MARCO SONNLEITNER

Blutzeugen

SPUR DES GRAUENS Warum baut jemand einen Herd aus, um einen biederen Finanzbeamten zu töten? Die Münchner Polizei steht vor einem Rätsel. Ein Rätsel, das Hauptkommissar Bartholomäus Kammerlander vielleicht lösen könnte. Der hat jedoch genug von menschlichen Gräueltaten und seinen Dienst quittiert. Als eine junge Polin am Gift einer Zimmerpflanze qualvoll verendet, kann er jedoch nicht anders: Sein Gerechtigkeitssinn lässt ihm keine Ruhe, er muss dieses Scheusal jagen, zumal immer mehr Spuren zu seinem eigenen Hotel in Berg am Starnberger See führen. Im eisigen Münchner Winter denkt sich der Mörder immer perfidere Todesarten aus. Will er der Polizei damit etwas sagen? Hat sein Morden Methode? Die Hinweise verdichten sich und ein dunkles Kapitel der Münchner Geschichte tut sich auf. Doch Bartholomäus weiß immer noch nicht alles ...

Marco Sonnleitner, geboren 1965 in München, verbrachte insgesamt 17 Jahre in der bayrischen Hauptstadt. Nach vier Jahren Medizinstudium in Deutschland, Afrika und den Vereinigten Staaten studierte er als Stipendiat Germanistik, Geschichte und Politologie. Heute lebt er in Memmingen, wo er Deutsch, Geschichte und Sozialkunde an einem Gymnasium unterrichtet. Seit 2001 ist er als Schriftsteller tätig und veröffentlichte bereits einen vierbändigen Fantasy-Roman für Kinder sowie über 20 Bände für die bekannte Jugendkrimireihe »Die drei ???«. Marco Sonnleitner ist verheiratet und hat einen erwachsenen Sohn.

MARCO SONNLEITNER

Blutzeugen

Kriminalroman

GMEINER *Original*

Personen und Handlung sind frei erfunden.
Ähnlichkeiten mit lebenden oder toten Personen
sind rein zufällig und nicht beabsichtigt.

Besuchen Sie uns im Internet:
www.gmeiner-verlag.de

Im Ehnried 5, 88605 Meßkirch
Telefon 07575/2095-0
info@gmeiner-verlag.de

1. Auflage 2013

Lektorat: Claudia Senghaas, Kirchardt
Herstellung: Julia Franze
Umschlaggestaltung: U.O.R.G. Lutz Eberle, Stuttgart,
unter Verwendung eines Fotos von: © Miss X / photocase.com
und © jameek / photocase.com
Druck: GGP Media GmbH, Pößneck
Printed in Germany
ISBN 978-3-8392-1399-5

Für meine Frau Barbara

Prolog

18. Juli 1989, Colorado

Es war heiß. Und trocken. Seit Wochen schon. Die Luft über dem rissigen Asphalt flirrte, der Himmel war nahezu farblos. Als hätte die Sonne das Blau weggeätzt. Und wenn man ausstieg, kroch einem sofort die Hitze unters Hemd und starrte mit großen, dunklen Augen aus den Achselhöhlen hervor.

Da nützte es ihnen auch nicht viel, dass sie schon um kurz nach neun Uhr morgens aufbrechen wollten. Als sie auf das Thermometer vor dem Fenster sah, hatte es bereits 84 Grad Fahrenheit, knapp 29 Grad Celsius.

Sie hätten daher sicher den Airport-Shuttle genommen, wenn er ihnen vorher gesagt hätte, dass seine Klimaanlage nicht funktionierte. Aber er hatte es für sich behalten und kurz nach ihrer Abfahrt so getan, als hätte sie eben erst den Geist aufgegeben. Das Autoradio ging ebenfalls nicht, der Beifahrergurt klemmte und der hintere rechte Blinker tat es mal, mal tat er es nicht.

Er hatte ihnen einen Gefallen tun wollen. Oder vielmehr ihr. »Dann habt ihr nicht diese Schlepperei mit dem Gepäck und müsst nicht ewig auf dem Busbahnhof herumstehen. Wir müssen auch erst viel später los, und mein Auto ist echt bequemer.« Et cetera pp. Das war nett von ihm. Nicht, dass er sich ernsthaft Chancen bei ihr ausgerechnet hätte. Er war der Typ, dem es genügte, wenn die anderen nur wussten, dass er sie kannte.

Er kannte sie! Hatte sie unlängst zum Flughafen gefahren! Die Kommilitonen auf dem Campus würden ihm erstaunt zuhören, ihn von oben bis unten mustern und denken: Sieh mal einer an! Oder: Wer hätte das gedacht? Irgendetwas in der Art. Und das war ja so weit in Ordnung. Sollte er sich doch ein klein wenig an ihren Strahlen wärmen.

Aber dass sein Ford schrottreif war, hätte er ihnen trotzdem sagen müssen. Und das andere auch.

Vor zwei Tagen waren die ersten Waldbrände gemeldet worden. Nördlich der Interstate 70, in der Nähe von George Town. Man ging bis jetzt davon aus, dass irgendwelche Teenies dafür verantwortlich waren. Sie hatten heimlich Joints geraucht und sie ins Gebüsch geworfen, als ihnen schlecht geworden war. Passiert war ihnen nichts, aber die Feuerwehr hatte die Brände immer noch nicht unter Kontrolle.

In den 9-Uhr-Nachrichten auf KIBT war noch alles in Ordnung gewesen. Sie hatten zwar nur mit halbem Ohr hingehört, weil sie mit Packen und Frühstücken beschäftigt gewesen waren. Aber einen Waldbrand auf ihrer Route hätten sie sicher mitbekommen. Anschließend waren sie vors Haus gegangen und fünf Minuten später las er sie dort auf.

Sie redeten über das vergangene Semester, ließen ihn am neuesten Klatsch teilhaben und erzählten ihm ein bisschen von der Arbeit, die ihn nach Sioux City führte. Natürlich waren sie verstimmt wegen der Klimaanlage. Aber es ließ sich nicht mehr ändern, und er gab sich ohnehin so schuldbewusst, dass man schon fast ein schlechtes Gewissen bekam, wenn man sich nur den Schweiß von der Stirn wischte.

Als sie Colorado Springs hinter sich gelassen hatten,

dünnte der Verkehr allmählich aus. Auf einem Straßenschild stand ›Denver 52‹. 52 Meilen, eine gute Stunde noch, schätzte er. Sie würden rechtzeitig am Flughafen sein. Vorausgesetzt, das Auto machte nicht schlapp. Sie kurbelte das Fenster herunter, damit der Fahrtwind ein wenig Kühlung brächte.

Merkwürdigerweise *hörten* sie den Rauch, bevor sie ihn sahen. Es war ein feines, gleichmäßiges Fiepen. Als würde jemand sachte auf eines dieser Quietschtiere drücken, die man jungen Eltern und Hundebesitzern schenkte, wenn man sie nicht leiden konnte. Sie bemerkte es zuerst und fragte scherzhaft, ob sich vielleicht irgendwo im Auto eine Maus verkrochen hätte. Sie sah sogar unter sich, ob sie drauf säße, und lachte dabei dieses perlende Lachen, das ihn immer an einen Gebirgsbach erinnert hatte.

Er antwortete nicht und sah sie beide nicht an, verzog das Gesicht nur zu einem starren Lächeln. Und nicht viel später sahen sie sie, kurz hinter Castle Rock. Eine riesige Rauchwolke, die sich von Osten auf die Interstate 25 zuschob. Es war kein Waldbrand. Der Pike National Forest begann erst gut 15 Meilen von hier. Im Westen. Es brannten die Felder. Sie sahen das Feuer nicht, aber es musste so sein. Die Maisfelder standen in Flammen.

Er drückte aufs Gas, fuhr 70, dann sogar 80 Meilen.

»Was ist denn los?«, fragte sie besorgt.

Er sagte nichts, raste weiter. Beugte sich zum Handschuhfach hinüber und kramte hektisch darin herum. Sein Gesicht war seltsam wächsern geworden, fast bläulich.

»Sag doch! Was ist denn?«

»Nichts!«, presste er hervor.

Und dann erkannten sie, woher das Fiepen kam. Er war das. Seine Lunge pfiff wie eine alte Luftpumpe. Er hatte

Asthma. Und er versuchte alles, um dem Rauch zu entkommen.

»Das hört sich nicht gut an«, sagte er. »Gar nicht. Kannst du denn überhaupt noch fahren?«

Er nickte.

Sie sah ihn nur entsetzt an und hielt sich die Hand auf die Brust, als wäre sie es, die keine Luft mehr bekam.

Der Inhalator lag ganz hinten im Handschuhfach. Er holte ihn heraus, schüttelte ihn und nahm zwei tiefe Züge. Es wurde nicht besser.

Draußen verdunkelte der Rauch die Sonne. Die Sicht wurde mit jeder Sekunde schlechter, und noch immer rasten sie mit 75 Sachen über den Highway.

»Hey! Das geht doch so nicht. Fahr mal rechts ran!«

Er sah ihn nicht mal an, starrte nur nach vorne. Schweißtropfen standen auf seiner Stirn.

Immer lauter wurde das Pfeifen, seine Atmung verkrampfte sich, er riss den Mund auf und zog die Schultern nach hinten, damit sich der Brustkorb weitete. Doch er fuhr nicht rechts ran. Er musste es zum Flughafen schaffen. Die beiden hatten keinen Führerschein. Und er hatte es ihnen doch versprochen.

»Du hältst jetzt an! Fahr rechts ran! Sofort!« Er legte ihm die Hand auf den Arm.

»Bitte!«, flehte sie. »Um Gottes willen, du erstickst doch!«

Endlich setzte er den Blinker. Er hätte es auch keine Meile weiter geschafft. Auf dem Standstreifen stieg er sofort aus. Er inhalierte ein weiteres Mal, ging auf die Knie und stemmte die Arme in den Boden. Weitete den Brustkorb, keuchte in den Asphalt hinein, das Kinn nach vorne geschoben, die Zunge weit aus dem Mund gestreckt. Es war fürchterlich anzusehen. So musste es sein, wenn man erstickte.

Und sie konnten nichts für ihn tun. Wenn sie ihn fragten, wie sie ihm helfen könnten, schüttelte er nur den Kopf. Sie fing an zu weinen, wollte ihn anfassen, traute sich aber nicht, weil sie Angst hatte, dadurch alles nur noch schlimmer zu machen.

Zwei, drei Minuten kniete er so auf der Straße, während neben ihnen die Autos vorbeidonnerten. Die Hitze und der Rauch verklebten ihnen die Poren und ihre Augen fingen an zu tränen. Er sah schon lange nichts mehr.

Dann endlich wurde es etwas besser. Er atmete weniger krampfartig. Immer noch sehr angestrengt und mit diesem grässlichen Pfeifen, das einem durch Mark und Bein ging. Aber offenbar konnte er ein wenig mehr Luft in seine zugeschnürten Atemwege pressen. Noch fünf weitere Minuten blieb er auf den Knien, atmete, als müsste er es erneut lernen, und hustete nun vermehrt Schleim aus. Spuckte weißliche Brocken auf den Asphalt. Sie standen daneben und dabei sahen sie zum ersten Mal auf die Uhr.

Doch er war noch weit davon entfernt, die Fahrt fortsetzen zu können. Er kroch zum Vorderrad und lehnte sich dagegen. Dort inhalierte er wieder, versuchte, zur Ruhe zu kommen. Irgendetwas sagte er, aber sie verstanden ihn nicht, weil er viel zu leise gesprochen hatte. Sie beugte sich zu ihm hinab und winkte sofort ab. Er hatte sich entschuldigt.

Zwanzig weitere Minuten vergingen. Der Rauch verzog sich langsam, weil sich der Wind leicht drehte. Sie mussten jetzt weiter. Möglichst bald. Ihm war das natürlich bewusst, und sobald er sich wieder auf den Beinen halten konnte, schleppte er sich zur Fahrertür und ließ sich auf den Sitz fallen. Aber so konnten sie ihn nicht fahren lassen, das war viel zu gefährlich. Also warteten sie noch einmal zehn Minuten. Das war das Äußerste, was sie sich noch leisten konnten. Nicht, dass sie ihn unter Druck gesetzt hätten. Sie schlug sogar vor, umzukehren und morgen zu fliegen. Andererseits spielte es keine Rolle, ob sie nun umkehrten oder nach Denver fuhren. Die Entfernung war annähernd die gleiche. Also würden sie versuchen, den Flug noch zu bekommen.

Doch gerade, als er den Zündschlüssel umdrehte, hörten sie die Sirene aufheulen. Einmal nur japste sie, um zu sagen, dass die Highway Patrol hinter ihnen stand.

Sie fuhren heute nicht mehr nach Denver. Die beiden Beamten riefen die Ambulanz und einen Abschleppdienst, um den Wagen vom Highway zu schaffen.

Sie würden also doch morgen fliegen müssen.

Am 19. Juli. Von Denver nach Sioux City.

1. Kapitel

Anfang November 2010, Starnberg

Starnberg war ein schmucker Ort. Aufgeräumt, sauber, reich. Trotz der grauen Wolken, die regenschwer und tief über das Land zogen, wollte sich hier keine rechte Novemberstimmung einstellen. Die Farben schienen heller als anderswo, der Wind milder, der Winter ferner. Dass die Autos größer und die Häuser schöner waren, verstand sich in der reichsten Gemeinde Deutschlands ohnehin von selbst.

Die Menschen waren hier jedoch nicht weniger mürrisch als im Rest von Oberbayern. Auf den meisten Gesichtern der Menschen, die an diesem Morgen durch die sorgfältig gekehrten Straßen eilten, klebte ein großes Bloß-nicht-ansprechen-Schild. Und die restlichen schauten so griesgrämig drein, dass sie gar kein Schild brauchten. Wobei nur Touristen und Norddeutsche – alle jenseits der Donau – diese Wesensart als mürrisch bezeichnet hätten. Der Oberbayer grantelte. Und Granteln gehörte zu einem echten Oberbayern wie süßer Senf zur Weißwurst.

Er musste über sich selbst lächeln. Das waren Klischees. Er dachte in Klischees. Wie schnell sich doch derartige Allgemeinplätze im Bewusstsein festsetzten. Und eh man sich's versah, dachte man nur noch in vorgefertigten Hülsen.

Aber eigentlich war ihm das im Augenblick egal. Starnberg, die Menschen, seine Gedanken darüber. Er war nicht hier, um Urlaub zu machen oder Leute kennenzulernen. Ganz und gar nicht. Das hieß – kennenlernen würde er durchaus gleich jemanden. Wenn auch auf eine sehr spezielle Weise.

Der Mercedes glitt nahezu geräuschlos durch den Morgenverkehr. Ein wenig kam es ihm so vor, als säße er im Kino und würde der Welt dort draußen zusehen. Sah umgekehrt jemand ihn? Dachte jemand in diesem Moment: Ein schönes Auto! Wie lebt der Mann in dem Auto wohl? Hat er eine hübsche Frau, was arbeitet er, wo will er hin? Fährt er zum Einkaufen oder will er jemanden umbringen?

Er schmunzelte. Natürlich dachte das keiner. Aber die Vorstellung, dass er an all diesen Menschen vorbeifahren konnte, ohne dass auch nur einer den Hauch einer Ahnung hatte, bereitete ihm einen wohligen Schauder. Er fühlte sich wie der Wolf im weißlackierten Schafspelz, der durch die dröge Starnberger Herde schlich, um gleich eines ihrer Schäfchen zu reißen.

Aber da war noch ein anderes Gefühl. Er spürte, dass er jetzt doch ein bisschen nervös wurde. Das war einerseits unangenehm, andererseits aber nicht verwunderlich. Er hätte es auch durchaus merkwürdig gefunden, wenn er nicht nervös geworden wäre.

Er tippte auf den Schalter am Lenkrad. Vielleicht lenkte ihn die Musik ein wenig ab.

Bayern 3 war voreingestellt. Ein Werbespot irgendeiner Möbelhauskette ging gerade zu Ende, dann meldete sich der Moderator. Ekelhaft gut gelaunt, kündigte er ein Lied von einer Gruppe an, die sich Black Eyed Peas nannte. Schwarzäugige Erbsen.

Er hörte sich die ersten Takte an und versuchte mitzusummen. Das fiel ihm jedoch sehr schwer, weil er das Lied nicht kannte und die Melodie alles andere als absehbar war. Auch mitwippen war nicht einfach. Der Rhythmus wechselte andauernd. Oder er fand nicht hinein.

Er mochte diese Art von Musik nicht. Sie machte ihn nur

noch nervöser. Er stellte das Radio wieder ab. Schwarzäugige Erbsen.

Wo er das Auto parken wollte, hatte er sich natürlich vorher angesehen. Er hoffte nur, dass dort auch ein Parkplatz frei war. Aber die Chancen standen recht gut. Die ruhige Seitenstraße lag weit genug vom Zentrum entfernt, und viele Anwohner waren im Augenblick sicher unterwegs zur Arbeit oder beim Einkaufen.

Er hatte Glück. Direkt gegenüber waren zwei Parkplätze frei. Er hielt vor einem gelben Mietshaus und stellte den Motor ab.

Noch ein paar Augenblicke blieb er sitzen und sah starren Blickes durch die Windschutzscheibe. ›Kalender machen‹ hatte sein Vater das immer genannt, wenn man so ausdruckslos vor sich hinstierte. Er wusste bis heute nicht, wieso. Zumindest half es ihm ein wenig gegen die Nervosität.

Die schwarze Ledertasche lag auf der Rückbank. Er drehte sich um und hievte sie nach vorn. Öffnete die Tasche und nahm die Liste heraus.

Der Name stand darüber. Fett, unterstrichen, mittig. Darunter hatte er unter A) Ausrüstung zunächst die benötigten Utensilien aufgereiht. Jeder Gegenstand hatte eine eigene Zeile bekommen. Mit einem dicken, schwarzen Punkt davor.

Elektroschockgerät
Lüsterklemmen
Handschuhe
Haarnetz
Ein Set Elektro-Schraubenzieher
Maulschlüssel …

Er tippte in der Tasche auf jeden einzelnen Gegenstand,

als könnte er sich nur so sicher sein, dass er ihn auch wirklich dabeihatte.

Alles war da. Natürlich. Er hatte es ja schon ein Dutzend Mal überprüft.

Als er am Ende der Liste angekommen war, drehte er das Blatt um und las, was er unter B) Vorgehensweise notiert hatte. Er versuchte, sich zu konzentrieren. Wenn er nur an die Aufgabe dachte, alles andere ausblendete, könnte er seine Nervosität in den Griff bekommen. Er vertiefte sich in die Zeilen, murmelte manches leise vor sich hin. Nicht alles. Manche Dinge wollte er nicht hören.

»… und danach runter ins Seerestaurant.« Er ließ das Blatt sinken. Seine Hand zitterte ganz leicht. »Diese Sache noch arrangieren und dann …«

Er hielt inne. Vielleicht das letzte Mal. Lenkte seine Gedanken dorthin, wo alles seinen Ausgang genommen hatte, machte Kalender.

Nein, er war nicht nervös, weil er auf einmal doch Skrupel bekommen hatte. Es war … Er hatte so etwas einfach noch nie gemacht. Da konnte so vieles schiefgehen. Trotz Planung und Liste und dem allen. Insofern war es weniger Nervosität als vielmehr eine Art Lampenfieber, das ihn heimgesucht hatte. Und das wiederum war durchaus zweckdienlich, wie er unlängst in der SZ gelesen hatte. Um Leistung optimal abrufen zu können, hatte es da geheißen, sei ein mittlerer Erregungszustand nötig, der die Sinne anspannte, aber nicht überbeanspruchte, sodass man verkrampfte. Adrenalin und Kortison spielten dabei eine Rolle. Schon seit der Steinzeit. So ungefähr hatte er das verstanden.

Ja, Lampenfieber. Das traf es wohl eher. Und vielleicht sogar ein klein wenig … Vorfreude? Die Art, wie man sie hatte, wenn man gerade in den Urlaub startete? Wenn es gleich losging! Kurz bevor die Rotoren angelassen wurden. Rotoren …

Seine neue Bekanntschaft wartete. Er stieg aus, ging über die Straße und blieb vor dem unscheinbaren dreistöckigen Haus stehen. Hinter den meisten Fenstern hingen Gardinen, in manchen standen Blumen und glotzten traurig auf die Straße. Die Fassade hatte eine Farbe irgendwo zwischen Hellbraun und Schmutzgelb. Ein Kiesweg führte vom Bürgersteig zur Haustür. Rechts und links des Weges ein Streifen grauen Grases, neben der Tür ein verrosteter Fahrradständer. Das gab es also auch in Starnberg.

Er sah sich um. Kaum Menschen in der Nähe, niemand nahm Notiz von ihm. Er straffte sich und ging auf die Haustür zu. Die Steine knirschten unter seinen Schuhen. Als er sich damals das Bein verdreht hatte, bis die Bänder in seinem Knie gerissen waren, hatte sich das Geräusch ähnlich angehört. Ihn schauderte.

Vor dem Haus blieb er stehen. Sein Blick ging zum Klingelschild. Zweiter Stock. ›Alfarth‹ stand da, S. Alfarth. Der Erste auf seiner Liste.

Und auf der anderen.

Er klingelte.

2. Kapitel

Berg am Starnberger See, Mitte Dezember

Das Glöckchen über der Eingangstür der Metzgerei Schöberl bimmelte aufgeregt, als Xaver Eberhartinger eintrat. Er stampfte einmal mit jedem Fuß auf, damit der Schnee auf die Schmutzmatte fiel, und schloss die Tür hinter sich.

»Moign, Fritz.«

»Grias de, Xaver.« Fritz Schöberl stellte die Wanne mit dem frisch durchgedrehten Hackfleisch in die Vitrine. »A rechts Sauwedda hamma, geh?«

»Ja. Des hört gar nimma auf zum Schnein. Aber wirst scho seign, bis Weihnachtn is ois wieder weg.«

»Wia jeds Jahr hoid.«

»Na.« Xaver Eberhartinger machte ein skeptisches Gesicht. »Friara war des anders.«

Fritz Schöberl nickte bedeutungsvoll. »Des is da Klimawandl. In dreißg Jahr kemma bei uns an Wein obaun. Und in Italien werds so hoas wia in da Sahara. Hob i in da Zeidung glesn.«

Während Xavers Blick über die Auslagen glitt, wog er in Gedanken ab, was ihm im Moment lieber gewesen wäre. Dauerschneefall oder 35 Grad im Schatten. Er konnte auf beides verzichten. »Hauptsach, es gibt dann no a koids Hefeweizn.«

»Da hast a wieda recht.« Fritz Schöberl lachte und wischte sich die Hände an seiner fleckigen Schürze ab. »Und? Wos mogst?«

»Ja, an warma Lebakas hoid.« Er sah Fritz erstaunt an.

Wieso fragte der? Hatte er sich morgens schon jemals etwas anderes als eine Semmel mit warmem Leberkäse gekauft?

»I hob koan mehr.«

»Wos?« Xavers Blick flog zur Warmhaltevitrine.

»Den andern ham ollan de Handwerker zamgfressn.« Fritz Schöberl zuckte die feisten Schultern. »Woast scho, de do draußn in dera neian Halle rumwerkln. An Haufa Poln, Tschechn und Russn.«

»Koan warma Lebakas mehr?« Xaver starrte immer noch auf die Rotlichtauslage. Ohne einen Laib braunkrustigen Leberkäses ein fast unwirklicher Anblick. Wie eine Fernsehkommode ohne Fernseher. Nur schlimmer. »Ah, geh weida!«

Sein Tag hatte sowieso schon nicht gut begonnen. Erst war er über die Katze der Chefin gestolpert und wäre fast die Stiegen hinuntergefallen, und dann hatte es den Wasserhahn am Geräteschuppen zerrissen, weil es seit Tagen schon so saukalt war und der Rudi vergessen hatte, die Wasserzufuhr ab- und den Hahn aufzudrehen. Das wiederum war der Grund, weswegen er seine Brotzeitpause erst um halb zehn hatte anfangen können und so spät zum Schöberl gekommen war. Der jetzt keinen warmen Leberkäse mehr hatte.

»An grobn Lebakas hob i no.« Fritz Schöberl deutete auf einen Laib neben den Wurstwaren. »Den konn i dir warmmacha in der Mikrowäin.«

»An grobn!« Xaver schüttelte den Kopf. »Des is ja nix Hoibs und nix Ganzs ned.«

»Warum? A Lebakas is a.«

»Aber koa richtiger.«

Fritz Schöberl hob eine Augenbraue, und Xaver blickte düster auf die Salamiringe an der Wand. Polen, Tschechen und Russen. Im Grunde hatte er nichts gegen diese Leute.

Aber mussten die jetzt auch noch warmen Leberkäse für sich entdecken? So viel warmen Leberkäs konnte der Schöberl ja nie herbringen.

»Mogst wos anders?«

»I woaß ned.« Ohne rechte Begeisterung wandte sich Xaver Eberhartinger wieder der Auslage zu.

»An koidn Bratn hob i.«

»Ah na.«

»Oder a Wammerl.«

»Na, a koa Wammerl ned.«

Für ein paar Sekunden sagte keiner der beiden etwas. Xaver Eberhartinger sah niedergeschlagen in die leere Leberkäse-Warmhaltevitrine, und der Schöberl stand da und dachte gar nichts. Die Uhr tickte, draußen fuhr ein Auto vorbei, die Welt war leberkäsekalt.

»Gib ma a Semme und an weißn Presssack«, sagte Xaver Eberhartinger schließlich und deutete missmutig auf die Sülzwurst.

»An Presssack. Is recht.« Fritz Schöberl griff in die Wursttheke. »Und? Gibt's was Neis?«

»Na. Nix.«

»Aha. Bei uns a ned.« Fritz Schöberl schnitt eine dicke Scheibe von dem Presssack ab. »Du, was i di scho lang a moi fragn woid. Wia geht's denn eigentlich dem Alois?«

Xavers Gesicht wurde noch ein wenig düsterer. Er wollte jetzt nicht auch noch über seinen Bruder reden. »Guad.«

»Werd's dem ned langsam z'koid da draußn in dera Hüttn?«

»Na.« Xaver wusste genau, was Fritz jetzt dachte. So lange sein schwuler Bruder einen warmen Kameraden neben sich im Bett hatte, würde es ihm in seiner Hütte am See sicher nicht kalt werden.

Mein Gott, der Alois! Ein schwuler Eberhartinger! Das hätte doch wirklich nicht sein müssen! Oder, wenn er seine sexuellen Vorlieben schon nicht unterdrücken konnte, dann hätte er sie doch zumindest für sich behalten können! Aber erst war er im letzten Sommer geschminkt durch Berg gelaufen und dann hatte er vor ein paar Wochen diesen dürren Lurch direkt vor der Kreissparkasse geküsst. Auf den Mund geküsst! Der Alois war ja schon immer ein bisschen anders gewesen, schon als kleiner Bub. Und er hatte ihn ja wirklich gern. Aber er hätte doch nicht gleich schwul werden müssen. Künstler sein hätte doch gereicht. Aber nicht auch noch ein schwuler Künstler! Herrgottsakrament!

»Am Veit geht's ned so guad.« Fritz Schöberl reichte Xaver die Papiertüte mit der Presssacksemmel über den Tresen.

»Ah, geh weida!« Froh über den Themenwechsel, war Xaver ganz Ohr.

»Zwoa Euro und a Zehnerl. Ja, er sagt, dass er sei Schreinerei nimma lang hoitn ko, wenn's so weitergeht.« Fritz Schöberl nickte nach hinten, wo sich in einigen Kilometern Entfernung die neue Mehrzweckhalle aus dem Schnee hob. »Die Globalisierung is schuid, sagt da Veit. Von überall her kummas. De Poln, de Tschechn, de Russn und de andern und arbeitn bei uns fürn Hungalohn. Und unseroana konn schaugn, wo er bleibt.«

Xaver reichte ihm das Geld und nahm die Tüte. »Und was mecht er nachad macha? Er hot doch Schreiner glernt!«

»Er woas no ned. Vielleicht ziagt er nach Minga und schaugt, ob er da a Arbeit findt.«

Xaver verharrte nachdenklich. Der Veit. So, so. »Sagst eahm an scheena Gruas von mia, wenn's d'n siegst.«

»Des mach i.«

»Pfiad de, Fritz.«

»Pfiad de, Xaver.«

Klimawandel, Globalisierung und kein warmer Leberkäse – von dem, was vor neun Uhr bereits passiert war, einmal ganz abgesehen: Xaver Eberhartinger hatte das Gefühl, dass das wieder einer jener Tage wurde, an denen er am besten mit Wiggerl auf dem Kanapee geblieben wäre.

Auch auf dem Weg zurück ins Hotel besserte sich seine Laune nicht, ganz im Gegenteil. Obwohl der Winterdienst im Dauereinsatz war, kam er kaum mit dem Freiräumen und Salzen der Straßen hinterher. Seit zwei Tagen schneite es mehr oder weniger ohne Unterlass, und nur auf der Hauptstraße sah man noch den Asphalt in Form von vier schmalen Fahrspuren. Die Nebenstraßen wiesen eine geschlossene Schneedecke auf, und weil die Winterreifen des hoteleigenen Landrovers auch nicht mehr die jüngsten waren, musste Xaver sehr vorsichtig fahren. Außerdem wollte sich Xaver jetzt ärgern, über was auch immer.

Einen richtigen Grund dazu bekam er dann auch noch. Kurz vor der Abzweigung hinauf zum Hotel kam ihm in der Linkskurve ein Lieferwagen entgegen. Er war viel zu schnell unterwegs. Als er den Landrover sah, bremste er hart, kam ins Schlingern, schleuderte Schneematsch gegen den Kühlergrill des Landrovers und schrammte haarscharf am hinteren Kotflügel vorbei. Und es war ein Wagen einer Münchner Großschreinerei, in dem mindestens sechs Handwerker saßen. Polnische wahrscheinlich und tschechische und russische.

»Bagage, gschlamperte!«, schimpfte Xaver Eberhartinger und sah dem Lieferwagen im Rückspiegel hinterher. »Dasticka soids an meim Lebakas!« Er warf seiner Presssacksemmel einen bösen Blick zu, biss voller Verachtung hinein und bog rechts ab.

Die Auffahrt zum Hotel Alpenblick führte zunächst durch eine Allee tief verschneiter Weiden und Birken. Linkerhand breitete sich der Golfplatz aus, von dem einige Greens und Fairways fürs Wintergolfen präpariert wurden. Angesichts des fortwährenden Schneefalls ein allerdings ziemlich mühseliges Unterfangen. Rechts erstreckte sich der zugefrorene hoteleigene Weiher, auf dem sich gut Eisstockschießen ließ. Xaver Eberhartinger sah sehnsuchtsvoll hinüber. Dafür würde er wohl erst am Wochenende wieder Zeit haben. Vorausgesetzt, es hörte bis dahin auf zu schneien.

Vor dem Hotel breitete sich ein großer, annähernd runder Platz aus, in dessen Mitte ein imposanter Brunnen stand. Der heilige Florian, überdimensioniert und mit all seinen Muskeln eher an eine griechische Götterstatue als an einen bayerischen Schutzheiligen erinnernd, schüttete seinen Wassereimer über die zu seinen Füßen lodernde Feuersbrunst. Xaver Eberhartinger hatte den Brunnen aber wie jedes Jahr Anfang November abgestellt, so dass im Augenblick nur ein dicker Eiszapfen aus dem eingeschneiten Steineimer quoll.

Direkt vor dem Haupteingang musste er einen riesigen, neongelben Bus umkurven. Lüttmann-Reisen. Mit einem Kennzeichen, das Xaver Eberhartinger nicht zuordnen konnte. BG. Und die Gäste konnte er auch nicht zuordnen.

»Jo, wos is'n des?«, entfuhr es ihm.

Zwei blasse Frauen in wehenden, knallbunten Gewändern warteten darauf, dass der Fahrer ihr Gepäck entlud. Und auch die beiden ganzwollenen Männer, die sich gerade zu ihnen gesellten, ließen Xaver Eberhartinger innerlich auf Distanz gehen.

»Wo sannan de ausbrocha?«

Auf der anderen Seite hatte er schon etliche besondere Menschen gesehen, seit er im Alpenblick als Hausmeister arbeitete. Chinesen gingen ein und aus, letzten Monat hatten zwei lesbische Frauen in der König-Ludwig-Suite logiert, und einmal hatte sogar ein Vegetarierseminar stattgefunden. Pflan-zen-es-ser! Solchen Leuten war er an seiner alten Arbeitsstelle, dem Hotel zur Sonne, draußen am südlichen Ortsrand, nie begegnet. Die hätte sein damaliger Chef, der Alfons, gar nicht erst reingelassen ins Haus. Aber der Bartholomäus und seine Frau hatten gar nichts gegen solche Leute. Ganz im Gegenteil. Je besonderer die waren, desto mehr freute es sie. Vor allem die Wiebke.

»Wiebke!« Xaver Eberhartinger schüttelte den Kopf. Wie konnte man seine Tochter nur Wiebke nennen? Das arme Mädel. Bis heute hatte er das Angebot seiner Chefin, sie zu duzen, nicht angenommen. Weil er den Namen nicht aussprechen konnte, ohne das Gefühl zu haben, sie damit zu beleidigen. Und sicher machte er dabei auch ein Gesicht, als hätte er was Greisliges im Mund. Ein lauwarmes Hefeweizen. Oder a dogade Brezn. Nein, nein, Frau Kammerlander war schon recht. Oder Scheefin. Aber nicht Wiebke.

Wenigstens hatte der Chef einen richtigen Namen. Bartholomäus. Da hätte Xaver Eberhartinger keinen Augenblick gezögert, wenn ihm der Bartholomäus das Du angeboten hätte. Und das, obwohl der Bartl ein Kriminalhauptkommissar war. Ein freier Mitarbeiter zwar, aber doch ein Kriminalhauptkommissar. Aber der hatte es bis jetzt nicht getan. Das Du anbieten.

Freier Mitarbeiter. Während Xaver Eberhartinger den Landrover in die Tiefgarage fuhr, dachte er zum wiederholten Male über dieses *freier Mitarbeiter* nach. Was bedeutete das jetzt eigentlich? War Bartholomäus Kammerlander ein richtiger Kriminaler? So ein urkundlich verbeamteter Kommissar mit unkündbarer Lebensstelle und Sternchen auf den Schulterklappen seiner Dienstuniform? Oder durfte er aus irgendeinem anderen Grund bei denen mitmachen? Und aus was für einem dann? Er musste nicht regelmäßig ins Präsidium. Oder wohin ein Kommissar morgens eben so ging. Und er arbeitete auch nur selten an einem Fall, soweit das Xaver Eberhartinger beurteilen konnte. Aber wenn, dann war das bestimmt immer was ganz Besonderes und Geheimnisvolles. Einmal, da war der Innenminister eine Woche lang zum Mittagessen ins Alpenblick gekommen, und die beiden hatten sich im Stüberl unterhalten, als wenn sie sich schon ewig lang kennen täten. Und vor zwei Jahren war der Bartl urplötzlich, ohne Wiebke und mit nur einem Koffer, nach Südamerika geflogen und erst sechs Wochen später wiedergekommen. Ein Urlaub war das nicht gewesen, da war sich Xaver sicher. Und im Frühjahr hatte er einen Amerikaner bei sich ins Nebengebäude einquartiert, der um die Schultern breiter war als der Schöberl Fritz um den Bauch. Und kein Gramm Fett.

Worum es da immer gegangen war und ob da wirklich irgendwelche Fälle eine Rolle gespielt hatten, wusste Xaver nicht mit Bestimmtheit zu sagen. Er vermutete es, weil mit nur einem Koffer flog man ja nicht einfach so nach Südamerika. Und ohne Frau.

Aber irgendwie war das schon alles komisch. Geheimnisvoll, aber komisch. Weil es auch gar nicht nach bayerischem Beamtentum aussah. Und dass so etwas auch noch als freier Mitarbeiter ging, war ja die Merkwürdigkeit schlechthin. Einmal, da hatte er mit dem Kreuzpointner Josef über den Bartl sprechen wollen, weil der Sepp ja auch Kommissar war, wenn auch kein Hauptkommissar. Und bei einem Fall hatte er ja schon mit dem Bartl zusammengearbeitet. Aber so viel der Kreuzpointner auch beim Schafkopfen redete und vor lauter Reden und Erzählen oft gar nicht einmal dazu kam zu sagen, ob er denn jetzt ein Spiel hatte oder nicht, so zugeknöpft war er auf einmal gewesen, als es um Bartl gegangen war. Und er wüsste auch gar nicht so viel über ihn, hatte er gesagt. Was ihm Xaver Eberhartinger wiederum irgendwie abgenommen hatte. Kaum einer schien wirklich etwas über Bartholomäus Kammerlander zu wissen. Außer wahrscheinlich Wiebke. Aber die konnte er ja nicht fragen. Wo er sie doch nicht einmal duzte.

Und dann der Lebenswandel vom Bartholomäus. Und der von Wiebke natürlich auch. Neulich erst, da hatte Xaver Eberhartinger die beiden –

Xaver zuckte zusammen. Sein Parkplatz war besetzt!

»Ja Herrschaftszeitn!«, fluchte Xaver Eberhartinger und haute aufs Lenkrad. »Wos is'n des für a Tag heid!«

3. Kapitel

Mitte Dezember, Berg, Hotel Alpenblick

Damit konnte er etwas anfangen. Bartholomäus Kammerlander übertrug die drei Zeilen aus dem Grimm'schen Wörterbuch in seine Materialsammlung. »Ja freilich, du bist mein ideal, hab dirs ja oft bekräftigt mit küssen und eiden sonder zahl.« Er nickte. »Heine. Schön.« Der Eintrag ging noch weiter, und er scrollte nach unten. »Wieland. Bürger. Lessing«, murmelte er vor sich hin. »Was schreibt der? Der italienische, nein, italiänische Jesuit Francesco Lana, gestorben 1687, scheint der Erfinder des Wortes *ideal* zu sein.« Er schüttelte den Kopf. »Brauch ich nicht.«

Mit dem Abschnitt von Lessing endete der Text. Bartholomäus Kammerlander nahm einen Schluck Kaffee, der mittlerweile eiskalt war, und lehnte sich zurück. Noch einmal las er sich durch, was er an diesem Morgen geschafft hatte. Einiges. Das meiste Recherche und Materialsammlung, aber zwei neue Zeilen hatte er auch geschrieben.

Des Tages Hüter seiner Acht,
die abends ihre Glut entfacht.

Gefiel ihm richtig gut. Oder doch nicht? Zu schmalzig? Er runzelte die Stirn. Statt *Glut Lust*? Hm. Er horchte in sich hinein und spürte dieses leise Grollen, das ihm immer verlässliches Zeichen dafür war, wenn ihm irgendetwas an seinen Formulierungen nicht zusagte. Wobei ihm dieses Grollen nie verriet, was genau ihm nicht gefiel. War es doch der

Hüter? Das *entfacht*? Oder einfach nur der kalte Kaffee? Die Falten auf seiner Stirn wurden tiefer. Dieses Gedicht hatte es wirklich in sich. Wenn es ihm weiter so zäh von der Hand ging, musste er sich doch ein anderes Weihnachtsgeschenk für Wiebke ausdenken. Diese Ohrringe vielleicht, vor denen sie in der Maximilianstraße unlängst Wurzeln geschlagen hatte. Oder diese sündhaft teure Handtasche. Dabei hatte sie doch schon 20 Handtaschen. Mindestens.

War es vielleicht die *Acht*? Oder war das ganze Gedicht Mist?

Er stellte die Kaffeetasse hin und stand auf. Das Bild mit den Brüsten war ihm wieder eingefallen. Diese seitlich aufgenommenen Brüste mit den spitzen Nippeln, den Schatten und dem sommerlichen Hintergrund. Das hatte etwas gehabt. Genauso sollte sein Gedicht werden. Nur in Worten. Irgendwie.

Aber wo war dieses Bild? Er konnte sich erinnern, dass er es aus einem Fotoband herausgerissen und dann … Ja, dann … Bartholomäus sog die Unterlippe ein und sah sich um. An den Wänden und Regalen hing es nicht. Soweit er das auf den ersten Blick beurteilen konnte. Was noch nichts heißen musste, denn da hingen so viele Zettel, Bilder und Post-Its, dass man vielleicht erst auf den zweiten Blick fündig wurde. Er blätterte den Stapel mit den Kopien durch – nichts. Hatte er es in ein Buch gelegt? Am wahrscheinlichsten in eines, das er zu jener Zeit gelesen hatte, als er das Bild entdeckt hatte. Aber wann hatte er das Bild entdeckt? Und welche Bücher hatte er da gerade gelesen? Sein Blick schweifte durchs Zimmer. Über Stapel von Büchern. Weil in den Regalen schon lange kein Platz mehr war. War es in die Computerausdrucke geraten? Die durchzusehen hatte er im Moment aber überhaupt keine Lust. Da stieß er mit

Sicherheit auf tausend andere Ideen, und dann wurde aus dem Gedicht erst recht nichts. Der Ordner mit den Zeitungsartikeln? Die seit Tagen da hinten in der Ecke verstreut auf dem Boden lagen, weil er sie eigentlich hatte sortieren wollen?

Bartholomäus seufzte. Wiebke hatte vielleicht doch nicht so unrecht. Sein Zimmer *war* eine Müllhalde. Aber wie anders sollte er immer alles griffbereit haben, was ihn gerade beschäftigte, wenn er es nicht immer – griffbereit hatte? Wobei er dieses blöde Foto trotzdem nicht fand.

Plötzlich musste Bartholomäus grinsen. Und dann lachte er laut auf. Genau so sollte es sein. Ja, zum Teufel! Das war es, was er wollte. Er stand hier an einem Donnerstagvormittag in seinem völlig vermüllten Arbeitszimmer, schlug sich mit Worten herum, die nicht in sein Weihnachtsgedicht passten, verzweifelte an einem Tittenfoto, das er in seinem ganzen Chaos nicht mehr fand, und ärgerte sich über kalten Kaffee. Herrlich!

Bartholomäus Kammerlander setzte sich wieder hin. Atmete durch, sah zum Fenster hinaus. Für solche Tage hätte er gerne eine Art Sammelalbum gehabt. Für Tage, an denen er sich in all den Dingen verlor, die so völlig unwichtig und nutzlos waren. Und gerade deswegen so wesentlich und bedeutend. Jeder einzelne solcher Tage bekäme eine eigene Seite. Und wenn dann einer dieser anderen Tage war, könnte er das Album aufschlagen und sich erinnern, wie es war an solchen Tagen wie heute. Wie er dann war. Vielleicht wäre die Erinnerung irgendwann einmal tatsächlich stark genug.

Bartholomäus sah auf die Uhr. Halb elf. Allmählich bekam er doch Hunger. Außerdem wollte er den Kopf freikriegen. Er würde noch schnell duschen und dann rüber ins Hotel gehen. Frühstücken, vielleicht eine Partie Schach spielen, wenn der Professor da war, ein wenig nach dem Rechten sehen.

Nach dem Duschen stellte er sich auf die Waage. Das letzte Mal war einige Zeit her, und er war gespannt, ob die Waage nach wie vor seine Freundin war. 91 Kilogramm. Bei 193 cm Körpergröße okay. Er blickte an sich hinab. Für seine 53 Jahre war er tatsächlich noch immer gut in Schuss. Wiebke sagte das nicht nur, weil sie dachte, dass er das gerne hörte. Obwohl er es natürlich gerne hörte. Aber er tat auch was dafür, zwei-, dreimal die Woche, drüben in Ramersdorf. Es gab allerdings durchaus auch Stellen an seinem Körper, mit denen er nicht mehr ganz so zufrieden war. Die Taille zum Beispiel. Oder die Schultern. Vor allem die linke spürte er jetzt immer öfter.

Bartholomäus wischte den Wasserdampf vom Spiegel und betrachtete sein Gesicht. Er sollte sich rasieren. Aber nicht jetzt. Und zum Friseur musste er auch mal wieder. Andererseits mochte es Wiebke, wenn seine Haare länger waren. Doch er hatte so viele davon. Grau waren sie schon an vielen Stellen geworden. Aber nicht weniger.

Er ging näher an den Spiegel, fuhr sich übers Kinn und den kleinen Höcker auf der Nase. Über die Narbe an seiner rechten Schläfe. Sieben Stiche. Dieser Hinterhof damals in Pasing …

Er wandte sich ab. Daran wollte er jetzt nicht denken. Es sollte ein Albumtag bleiben. Zumindest ein Albumvormittag. Er trocknete sich ab – ein wenig zu grob –, zog sich an und verließ das Haus. Mit feuchten Haaren und einer Erinnerung, die ihm dunkel folgte.

Als Bartholomäus Kammerlander um den Südflügel des Hotels bog, stand der neongelbe Bus noch immer vor dem

Haupteingang. Zunächst konnte er sich nicht daran erinnern, dass heute eine Reisegruppe eintreffen sollte. Aber als er das Kennzeichen sah, fiel es ihm wieder ein. Die Reinkarnations-Leute aus Hessen. Wiebke hatte ihm vor ein paar Tagen erzählt, dass ein Paar aus Lübeck einige Zimmer und den Edelweiß-Raum gebucht hatte. Sie wollten im Alpenblick vier Wochenseminare nacheinander abhalten. Erst kamen die Hessen, dann Schweizer über Weihnachten, und weiter konnte sich Bartholomäus nicht mehr erinnern.

Seltsam war, dass sich niemand mehr am oder im Bus aufhielt. Alle Türen waren zu, der Motor aus. Wenn der Bus ausgeladen war, konnte ihn der Fahrer doch drüben auf den Busparkplätzen abstellen. Hatte er aber nicht getan. Bartholomäus betrat die Lobby und sah sich nach Dexter um.

Der englische Concierge stand hinter der Rezeption und schrieb irgendetwas auf. Als er Bartholomäus sah, hob er den Kopf. Gerade so weit, dass er Blickkontakt aufnehmen konnte. Sein Lächeln wirkte verbindlich, und sein »Guten Morgen!« klang wie immer: very britisch und so, als wäre er der Chef des Hauses. Aber Bartholomäus kannte ihn gut genug, um zu bemerken, dass irgendetwas nicht stimmte.

»Guten Morgen, Dexter. Der Bus da vor der Tür.« Bartholomäus deutete über die Schulter. »Wieso steht der da?«

Dexter zögerte den Bruchteil einer Sekunde, bis er antwortete. Das Höchstmaß an Missbilligung, das er sich als Brite erlauben wollte. »Die Herrschaften haben etwas zu klären, das offenbar keinen Aufschub duldet.«

»Die Herrschaften?«

»Der Fahrer des Reisebusses und … ähm …«, er sah auf den Monitor, »Mr Hädrich, der Seminarleiter.«

Er mag ihn nicht, dachte Bartholomäus. Gar nicht. Dexter muss nie in den Belegungsplan sehen, um Namen von Gästen nachzuschlagen. »Und worum geht es?«

»Mrs Hädrich-Wolters Gepäck wurde angeblich während der Fahrt beschädigt.«

Bartholomäus verstand. »Ist Urte mit ihnen …?« Er deutete auf das Rezeptionsbüro hinter dem Frontdesk.

»Yes, Misses Svenjakob ist mit den beiden Herrschaften ins Back Office gegangen, um die Angelegenheit zu klären.«

Bartholomäus nickte. Damit konnte er die Sache auf sich beruhen lassen. Urte hatte alles im Griff. Immer. »Haben Sie vielleicht eine Ahnung, wo meine Frau ist?«

Der Concierge hörte für einen Moment auf zu schreiben. »Meines Wissens ist sie auf der Suche nach Mr Angelosanto.« Ein Anflug von Belustigung lag in seiner Stimme.

Und Bartholomäus ahnte, warum. »Lassen Sie mich raten. Giovanni hat seinen Fiat wieder auf den Parkplatz für den Landrover gestellt, und Xaver hat gedroht, dass er ihm diesmal wirklich den Kopf abreißt? Und meine Frau versucht jetzt, das Schlimmste zu verhindern?«

Dexter lächelte verhalten. Wortlos wandte er sich wieder seinen Schreibarbeiten zu.

Bartholomäus lächelte ebenfalls. Dann nickte er seinem Concierge zu und machte sich auf den Weg in den Frühstücksraum.

Als er am Teezimmer vorbeikam, sah er, dass der *Professor*, wie ihn alle im Haus nannten, schon da war. Wie immer um diese Zeit, saß er inmitten seiner Unterlagen neben dem Kamin und arbeitete. Bartholomäus wollte eben weitergehen, als der Mann zufällig aufblickte und ihn grüßte. Dann deutete er zu einem Tisch am Fenster und sah ihn fragend an.

Bartholomäus schaute hinüber. Und grinste. Der Professor hatte ihn offenbar schon erwartet und das Schachspiel aufgebaut. Bartholomäus nickte zustimmend und gab dem Mann mit Gesten zu verstehen, dass er nur noch schnell frühstücken wollte und dann zurückkäme. Zumindest hoffte Bartholomäus, dass der Professor sein Herumgefuchtel so verstand.

Zehn Minuten später kam Bartholomäus mit einer großen Tasse Milchkaffee ins Teezimmer.

»Guten Morgen, Professor.« Bartholomäus stellte seine Tasse ab und reichte dem Mann die Hand.

»Guten Morgen, Herr Kammerlander. Ich hatte gehofft, dass Sie heute Morgen ins Hotel kommen, und war schon einmal so frei, die Figuren aufzustellen.«

»Das trifft sich sehr gut. Denn heute Morgen habe ich so ein unbestimmtes Gefühl in der Magengegend, dass ich Sie schlagen kann. Diesmal sind Sie fällig!«

Der Mann lachte. »Ich werde mich vorsehen, mein Lieber, ich werde mich vorsehen!«

Dass ihn der Professor bisweilen mit ›mein Lieber‹ ansprach, hatte Bartholomäus anfangs etwas irritiert. Der Mann, der sich ihm als Dr. Heelmann vorgestellt hatte, war gut zehn Jahre jünger als er. Auf der anderen Seite passte es auch irgendwie zu seinem unzeitgemäßen Auftreten, dem braunen Twillich-Jackett mit den ledernen Ellenbogenflicken und den rotbraunen College-Schuhen.

»Und? Wie kommen Sie voran?« Bartholomäus nickte hinüber zu den Unterlagen und trank von seinem Milchkaffee.

»Es ist schwieriger, als ich dachte. Aber ein Abenteuer.«

»Die Geschichte der oberbayerischen Tracht ist ein Abenteuer?«

»Ja, ja, in gewisser Weise schon. Wissen Sie, mein Lieber, diese Trachten haben sehr viel gemeinsam mit ihren Trägern. Man kommt ihrem wahren Charakter nur auf die Spur, wenn man hinter die dunkle Patina aus Legenden, Stolz und Dickfelligkeit blickt.«

»Aha.« Bartholomäus blickte ihn verwundert an.

»Aber bis man diese Patina abgekratzt hat …« Der Professor setzte eine vielsagende Miene auf. »Lassen Sie uns lieber ein schönes Spiel spielen.«

»Gerne.« Dickfelligkeit. Das Wort hatte etwas. Bartholomäus machte sich im Geiste eine Notiz: Nachher aufschreiben.

»Ah, da fällt mir ein …!« Der Professor ging zurück zu seinem Tisch und kam mit einem Gegenstand zurück, der in ein weiches Tuch eingeschlagen war. »Darauf bin ich unlängst bei meinen Recherchen gestoßen.« Er schlug das Tuch auseinander, und ein kleines Gemälde kam zum Vorschein. Es zeigte eine ländliche Idylle aus dem bayerischen Alpenvorland. »Es ist kein echter Seidel, aber ich vermute, dass es einer seiner Schüler gemalt haben könnte. Ich würde es gerne Ihrer werten Frau Gemahlin schenken, weil sie so überaus freundlich zu mir war. Leider habe ich sie heute noch nicht angetroffen. Darf ich es Ihnen mitgeben?«

»Aber Herr …!«

»Sagen Sie jetzt nicht, das wäre nicht nötig, Herr Kammerlander. Ich bestehe darauf.« Heelmann hielt Bartholomäus das Gemälde hin und nickte nachdrücklich.

Bartholomäus nahm das Bild zögerlich entgegen. Berge, Wiesen, ein blauweißer Himmel und ein Heustadel. Sein Geschmack war es nicht. »Ein Schüler von August Seidel, sagen Sie?«

»Da bin ich mir recht sicher, ja.«

»Dann sage ich Danke. Wiebke wird sich sicher sehr freuen.«

»Das wiederum würde mich wirklich glücklich machen. Denn wissen Sie, nichts gegen die Rosenalm. Es ist sauber dort und gemütlich. Genau die Art von Unterkunft, die mir mein Geldbeutel erlaubt. Aber arbeiten hätte ich dort unten nicht gekonnt. Und dass mir Ihre Frau Gemahlin gestattet, hier in diesem wunderschönen Raum über meinem Manuskript zu brüten, dafür kann ich ihr gar nicht dankbar genug sein. Wenn Sie ihr bitte das noch einmal sagen wollen von mir, da wäre ich Ihnen sehr verbunden, Herr Kammerlander.«

»Das richte ich ihr gerne aus. Wobei ich mir nicht sicher bin, wer hier wem den größeren Gefallen tut.«

»Wie – meinen Sie das?« Der Professor sah ihn erstaunt an.

»Na ja«, Bartholomäus lächelte, »meine Frau findet es sehr aufregend, dass, ich zitiere: ›in unserem Teezimmer ein echter Professor sitzt, der an einem Bestseller schreibt‹.«

Heelmann machte große Augen. »Bestseller? Hat Ihre Frau Bestseller gesagt? Wissen Sie, ich kann froh sein, wenn das Buch eine Erstauflage von 500 Stück hat. Die dann sämtlich in irgendwelchen Bibliotheksregalen verstauben werden, bis sie dereinst ein mitleidiger Bibliothekar ins Altpapier wirft. Und, nebenbei bemerkt«, er zuckte die Schultern und gab sich zerknirscht, »wir beide wissen doch, dass ich gar kein Professor bin, sondern nur einen Doktortitel habe. Aber, Herr Kammerlander«, er winkte ihn mit dem Zeigefinger näher und Bartholomäus folgte ein Stück, »wenn Sie mir eine Freude machen wollen, dann sagen Sie's nicht weiter. Es ist der reinste Balsam auf meine verkrachte Kunsthistorikerseele, dieses *Herr Professor*.«

Bartholomäus lachte laut auf. »Keine Sorge. Ich werde schweigen wie ein Grab.« Er zog einen Reißverschluss über seine Lippen. »Und jetzt haben der Herr Professor die Ehre, sich endlich eine deftige Niederlage von einem niederen Beamten beibringen lassen zu wollen.« Er wies zu dem Tisch mit dem Schachspiel. »Sollen wir?«

»Gerne. Beamter? Ich dachte, das alles hier …«, Heelmann machte eine ausladende Handbewegung.

»Ja, schon.« Bartholomäus zuckte die Achseln. »Aber es gab auch ein Leben davor.«

»Jetzt machen Sie mich aber neugierig.«

Bartholomäus winkte ab. »Es ist keine …«

Ein Geräusch unterbrach ihn. Jemand hatte an die Glastür geklopft. Bartholomäus und Heelmann drehten sich um.

»Tschuldigens vielmals, Scheef.« Regina Mösenbichler, eines der Zimmermädchen, steckte ihren wie immer hochroten Kopf durch die Tür. »Ich soi Ihnen sagen, dass der Herr Kommissar Kreuzpointner draußen wäre und gern mit Ihnen reden dadad.«

Kommissar Josef Kreuzpointner wartete in der Lobby. Interessiert rieb er das Blatt eines riesigen Elefantenfußes zwischen Daumen und Zeigefinger. In der anderen Hand hielt er seinen unvermeidlichen grauen Filzhut.

»Guten Morgen, Kreuzpointner«, begrüßte ihn Bartholomäus. Seine Stimme klang abwartend.

»Moign, Kammerlander.« Er deutete auf die üppige Pflanze. »Der is ja echt.«

»Ja. Die sind alle echt.« Bartholomäus nickte zu den anderen Pflanzen in der Lobby.

»Mir haben auch so einen daheim. Aber bei uns schaut

der nicht so aus. Der kümmert schon seit Jahren vor sich hin und wird nicht größer.«

»Viel Licht, nicht zu viel Wasser.« Bartholomäus spürte, wie sich seine Nackenmuskeln verspannten.

»Aha. Dann müss ma ihn woanders hinstellen. Ins Wohnzimmer vielleicht.«

Bartholomäus sagte nichts.

Kreuzpointner drehte seinen Hut in beiden Händen. »Können mir uns hinsetzen?« Er sah zu den Ledersesseln am Zeitungstischchen.

»Natürlich.«

Die beiden Männer gingen hinüber, setzten sich schweigend. Dann stand Kreuzpointner noch einmal auf, zog seinen Lodenmantel aus und legte ihn über den Sessel neben sich.

»Damit sitzt's sich so schlecht.« Ein vorsichtiges Lächeln, das das ohnehin zerknitterte Gesicht wie ein altes Butterbrotpapier aussehen ließ.

»Was ist los, Kreuzpointner?« Bartholomäus blieb auf der Kante der Bank sitzen. Er nahm sich eine der Postkarten von dem kleinen Stapel, der auf dem Tisch lag. Er brauchte etwas, worauf er den Blick heften konnte. Maria und Josef und das Jesuskind als Strichmännchen. Eine Weihnachtskarte. Von der Behindertenwerkstätte in Planegg. Er hatte gar nicht mitbekommen, dass sie die hier ausgelegt hatten.

Kreuzpointner zögerte, strich sich eine Strähne seines dünnen, aschfarbenen Haares aus der Stirn, die aber sofort wieder zurückfiel. »Kammerlander, willst es dir vielleicht nicht doch noch mal überlegn?«

Bartholomäus atmete innerlich auf. Es war nichts passiert. Nichts Neues zumindest. Er schüttelte langsam den

Kopf und legte die Karte wieder hin. »Darüber haben wir doch schon geredet, Kreuzpointner.«

»Ja, aber mir kommen nicht weiter. Es geht nichts voran. Gar nichts. Mir haben alle Spuren ausgwertet, sind allen Hinweisen nachgangen, haben mit x Leuten gredet. Nichts. Der Fall ist so kalt, dass ihn sogar die Presse schon längst wieder fallen lassen hat. Nur die Schönhaberin, die macht uns täglich die Hölle heiß.«

»Bist du deswegen gekommen? Wegen der Schönhaber?«

In Kreuzpointners hellbraunen Augen spiegelte sich Erstaunen.

»Entschuldige. War nicht so gemeint.« Bartholomäus lächelte dünn.

Kreuzpointner ließ sich nach hinten sinken, nahm die schwere Brille ab und schaute zur Decke. »Mir wissen nicht mehr weiter. Deswegen bin ich hier. Mir brauchen dich.«

Bartholomäus schlug einen versöhnlicheren Ton an. Er wusste genau, wie schwer Kreuzpointner dieser Besuch gefallen war. »Kreuzpointner, es tut mir leid. Das heißt, eigentlich tut es mir auch nicht leid. Das wäre gelogen. Nimm's nicht persönlich.«

Kreuzpointner schwieg. Nein, sicher nahm er's nicht persönlich. Wenn er an Kammerlanders Stelle gewesen wäre, hätte er wahrscheinlich ganz genauso gehandelt. Wer machte diesen Job schon freiwillig, wenn er erst mal ein paar Jahre dabei gewesen war? Aber Fakt war, dass er keinen Ermittler kannte, der Bartholomäus Kammerlander nur annähernd das Wasser reichen konnte, und genau so einen hätte er jetzt unbedingt gebraucht. Weil er es sich eben nicht aussuchen konnte.

»Oiso guad.« Kreuzpointner nickte und stand auf. »Einen Versuch war's wert.«

Bartholomäus hatte diesen Satz noch nie gemocht. *Einen Versuch war es wert.* Fünf Worte, die ihm immer wie Blei im Magen lagen.

»Halt mich auf dem Laufenden.« Er reichte Kreuzpointner die Hand.

»Mach ich.«

»Danke dir.«

»Nichts zu danken.«

Kreuzpointner nahm seinen Mantel, drehte sich um und ging Richtung Ausgang.

Bartholomäus sah ihm hinterher, gleichermaßen bedrückt und zufrieden. Den Impuls, Kreuzpointner hinterherzurufen, nahm er zur Kenntnis. Aber er gab ihm nicht nach.

Die Lust auf Schachspielen war ihm allerdings vergangen.

*

»Diese versoffenen Halb-Assis! Ich kann sie nicht ab, ich kann sie einfach nicht ab!«

Petra Hädrich-Wolters sah sich besorgt um. »Schatz, bitte beruhige dich. Die Leute.«

»Ach, die Leute! Sind mir doch scheißegal. Außerdem kennt uns doch kein Schwein in diesem Kaff.«

»Schatz, es hat sich doch jetzt geklärt.«

Ein paar Meter weiter kramte ein Mann in einer Schraubenkiste, dahinter maß sich ein zweiter ein Stück Seil von der Rolle, und auf der anderen Seite des Regals ein Stück weiter links stand auch jemand. Petra Hädrich-Wolters glaubte zwar nicht, dass sich einer ihrer Seminarteilnehmer in den hiesigen Baumarkt verlief. Aber vielleicht jemand vom Hotelpersonal?

»Geklärt? Gar nichts hat sich geklärt! Deswegen laufen wir ja durch diesen Scheiß-Baumarkt. Und mal wieder ist keiner da, der sich auskennt. Wenigstens das ist wie zu Hause.« Jörn Hädrich lachte spöttisch.

»Wir finden die Teelichter sicher gleich, Liebling.«

»Wir finden die Teelichter sicher gleich!«, äffte Hädrich seine Frau nach. »Am liebsten würde ich sie diesem busfahrenden Baumaffen in den Arsch schieben. Alle auf einmal. Angezündet. Hast du eigentlich irgendeinen von diesen Grunzlauten verstanden, die dem Kerl da aus seinem Bierschlund gefallen sind? Ich nicht.«

Sie schwieg. Lächelte und bemühte sich, dabei nicht allzu devot zu wirken. Das brachte ihn nur noch mehr auf die Palme.

»Dieses Gesockse geht mir immer mehr auf den Geist. Die überfluten uns. Irgendwann laufen da draußen nur noch so Kretins herum, die zu nichts anderem in der Lage sind als zu saufen, zu fressen und hohl zu sein. Und wir finanzieren diese Schmarotzer auch noch.«

»Liebling, bitte!«

»Und diese Hotelmanagerin. Hast du bemerkt, wie die dich angesehen hat? Die tropfte ja schon durchs Höschen, diese alte Lesbe.«

»Schau, Liebling, da sind die Teelichter.«

»Alles Gesockse.«

»Wir haben sie gefunden!«

»Ich frage mich, wie lange das noch so weitergehen soll.«

»Sollen wir gleich zwei Päckchen nehmen?«

»Wie lange noch?«

4. Kapitel

20. Dezember, München, Berg

Abends um acht Uhr brannte das Licht nur noch in wenigen Räumen des sechsstöckigen Gebäudes an der Knorrstraße. Die meisten Mitarbeiter des Bayerischen Landesamtes für Verfassungsschutz hatten längst Feierabend gemacht. Aber die Leute, die Manfred Teubner, Leiter der Abteilung 3 für Inlandsextremismus, zu dieser Stunde ins Besprechungszimmer gebeten hatte, hatten im Augenblick sicher ganz anderes im Kopf als Fernsehen, Familie oder womit auch immer sie ihre Abende verbrachten. Das heißt, wenn er es recht bedachte, dann kreisten ihre Gedanken vielleicht genau um diese Dinge. Weil es letztlich auch darum gehen würde.

Teubner bat die Anwesenden, sich zu setzen. Er selbst nahm an der Stirnseite des Tisches Platz. Dann holte er den Bericht aus seiner Aktenmappe und legte ihn vor sich hin.

Vier erwartungsvolle Gesichter blickten ihn an. Nein, nicht erwartungsvoll, korrigierte sich Teubner. Beunruhigt, müde, bleich. Und dieser Dings, dieser … Wie hieß er noch mal? Heinrichs, nein, Hinrichs. Der hatte Angst. Zu Recht. Er war nur angestellt und erst seit drei Monaten dabei.

Auch Teubner fühlte sich nicht besonders wohl in seiner Haut. Verständlich. Wer überbrachte schon gerne Hiobsbotschaften? Er musste an den mittelalterlichen Brauch denken, als man den Überbringer schlechter Nachrichten schon mal geköpft hatte. So weit würde es sicher nicht kommen. Aber schön war das alles trotzdem nicht.

Teubner beugte sich nach vorn und verschränkte die Hände. »Wollen wir anfangen?«

Keiner sagte etwas.

»In Ordnung. Ich möchte mich zunächst bei Ihnen bedanken, dass Sie so lange gewartet haben. Ich habe den Bericht eben erst bekommen.« Er tippte auf den Schnellhefter.

Stefan Back, einer der Sachgebietsleiter, nahm einen Schluck Kaffee aus dem Plastikbecher, den er sich vor der Besprechung noch aus dem Automaten gezogen hatte.

»Ich will nicht lange um den heißen Brei herumreden«, fuhr Teubner fort. »Es sieht nicht gut aus, meine Herrschaften, gar nicht gut. Und das alles hat sich ja schon länger abgezeichnet. Die angespannte Finanzlage der öffentlichen Haushalte verschont auch unsere Behörde nicht. Wir werden in Zukunft mit sehr viel weniger Mitteln auskommen müssen. Das heißt, wir müssen uns ganz genau überlegen, wo wir den Rotstift ansetzen können.« Er machte eine Pause, blickte in die Runde.

Back stellte seinen Becher hin. »Gibt es da wirklich noch was zu überlegen?«

Teubner legte die Fingerspitzen aneinander. »Es gibt da durchaus einige Vorschläge, die wir im Einzelnen prüfen müssen.«

»Und dass Sie ausgerechnet meine Leute zu dieser Besprechung gebeten haben, lässt mich zu dem Schluss kommen, dass einer dieser Vorschläge uns betrifft.«

Bäuml und Winberger nickten, Hinrichs schluckte nervös.

»So ist es.« Teubner sah Back an, hielt dessen Blick aber nicht stand. »Es könnte darauf hinauslaufen, dass Ihr Sachgebiet und das von Gentner zusammengelegt werden.«

»Könnte oder wird?«

»Nun, das wird sich in den nächsten Monaten entscheiden.«

»Und ist abhängig wovon?«

Teubner spürte die Feindseligkeit, die ihm entgegenschlug. Und er hatte sogar Verständnis dafür. Natürlich war das alles nicht auf seinem Mist gewachsen. Aber an irgendjemandem mussten sie ihren Frust ja ablassen. Das war Teil seines Jobs als Abteilungsleiter.

»Es ist abhängig von mehreren Faktoren. Davon, wie weit sich Gelder in anderen Bereichen einsparen lassen, davon, wie man den Bedarf an speziell unseren Bemühungen einschätzt, davon, wieweit sich Umstrukturierungspläne verwirklichen lassen, und von etlichen anderen Umständen. Sie wissen selbst gut genug, wie schnell sich die politische Stimmung ändern kann.«

Netter Versuch, dachte Back. Aber er war lange genug dabei, um sich nicht an irgendwelche Strohhalme zu klammern. In die politische Großwetterlage mochte der Blitz einschlagen und die Verantwortlichen vor die Fernsehkameras und Rednerpulte spülen, wo sie dann von ›erschreckenden Entwicklungen‹ und ›historischem Bewusstsein‹ laberten. Auf ihrer Ebene blieb davon vielleicht ein leises Grollen am Horizont übrig.

»Ich würde gerne auf das zweite *davon* zurückkommen«, sagte Back. »Auf den Bedarf an speziell unseren Bemühungen, wie Sie das genannt haben. Wie wird der augenblicklich eingeschätzt und inwieweit lassen die Prognosen für die nächsten zwei, drei Jahre noch Spielräume zu?«

Teubner nickte und schlug seinen Bericht auf. Blätterte vor und zurück und fand, wonach er gesucht hatte. »Die offizielle Beurteilung der Lage kennen Sie. Aber wenn ich jetzt mal all das weglasse, was für die Öffentlichkeit bestimmt ist, dann geht man davon aus, dass insbesondere in Ihrem Arbeitsfeld eine weitere Beruhigung der Lage zu erwarten ist. Es konzentriert sich, wird aber nicht mehr. Und Konzentration heißt, dass man es leichter im Blick haben kann. Also weniger Ressourcen beanspruchen muss.«

Dorothea Bäuml schüttelte den Kopf. »Das heißt es doch nicht zwangsläufig. Die Rechten konzentrieren sich, ja. Aber das geht oft mit einer stärkeren Radikalisierung einher. Auch untereinander.«

»Außerdem heißt Konzentration in unserem Fall, nicht mehr auf einem Haufen«, warf Winberger ein, »sondern Verdichtung, vor allem im regionalen Sinn. Einige der uns bekannten Treffpunkte gibt es nicht mehr. Wie sich das rein zahlenmäßige Verhältnis der uns bekannten zu den uns unbekannten Treffpunkten verändert hat, weiß keiner. Also auch nicht, ob wir die Rechten eher besser oder schlechter als früher im Blick haben.«

»Und damit lässt sich im Einzelfall auch schwer sagen ...«

»Bitte, meine Herrschaften, bitte!«, fiel Teubner Hinrichs ins Wort. »Mir müssen Sie das alles nicht erklären. Ich weiß, dass es viele gute Argumente gibt, die Ihre Arbeit und vor allem die Art, wie Sie Ihre Aufgaben erledigen, rechtfertigen.« Er machte eine Pause, sah an ihnen vorbei. »Aber darum geht es nicht.«

Back verstand. Jetzt verstand er. »Ah! Wir sind die Fleißpünktchen, nicht wahr?« Er lächelte kalt.

Teubner blickte ihn verständnislos an. »Was meinen Sie?«

»Na, die Fleißpünktchen. Im Schulheft. Sie erinnern sich doch?«

»Ich weiß nicht, worauf Sie hinauswollen.«

Back beugte sich nach vorn. »Ich wette, dass der Herr Innenminister oder sein geleckter Staatssekretär in nicht allzu ferner Zukunft vor die Presse treten werden, um zu verkünden, dass der Rechtsradikalismus in Bayern ein gar nicht mehr so furchtbar großes Problem sei.« Backs Stimme troff vor Ironie. »Weil nämlich so tolle Arbeit geleistet wurde. Und diese Arbeit sei so toll gewesen, dass man sogar die eine oder andere Gruppe auflösen und Steuergelder sparen könne. Unsere Gruppe zum Beispiel. Wir«, er zeigte der Reihe nach auf sich und seine Mitarbeiter, »sind die Fleißpünktchen, die sich die Herren Verantwortlichen in ihr Heftchen kleben. Damit man dem drögen Volk da draußen mal wieder klarmachen kann, wie patent unsere Regierung ist.« Back lehnte sich zurück und verschränkte die Arme. »Und warum macht man das? Weil sich das Innenministerium in jüngster Vergangenheit nicht gerade mit Ruhm bekleckert hat, wie wir alle wissen. Daher ist die Sache mit dem Bedarf scheißegal. Die Fleißpünktchen klebt sich der Herr Minister auch dann ins Heftchen, wenn morgen eine Kameradschaft das Rathaus abfackelt.«

Backs Mitarbeiter nickten nur verhalten. Nicht, weil sie anderer Meinung waren, sondern weil sie Angst hatten, sich zu weit aus dem Fenster zu lehnen. Umstrukturierung war eine Sache, den Job zu verlieren, eine andere.

Teubner schwieg. Back hatte recht. Natürlich hatte er recht. Die Zusammenhänge zu verstehen, war so schwer nicht. Und im Grunde hatte er nicht wirklich damit gerechnet, Back und seinen Leuten etwas vormachen zu können. Aber als Abteilungsleiter musste er die offizielle Lesart beibehalten. Natürlich.

»Es steht Ihnen frei, solche Schlüsse zu ziehen, Herr

Back. Aber ich möchte noch einmal betonen, dass noch keine endgültigen Entscheidungen getroffen wurden. Ich wollte Sie lediglich darüber in Kenntnis setzen, dass möglicherweise Veränderungen auf Sie zukommen werden. Wann, ob und in welcher Form das dann tatsächlich der Fall sein wird, werde ich Ihnen mitteilen, sobald ich selbst Genaueres dazu erfahre.«

Damit war die Besprechung zu Ende. Teubner nickte in die Runde, steckte seinen Bericht ein und wünschte allen einen schönen Abend. Wobei er nicht vergaß hinzuzusetzen, dass die Umstände das Schöne dieses Abends selbstverständlich relativierten. Auch in der Hinsicht verstand er seinen Job.

Back und die anderen blieben noch im Konferenzraum. Stefan Back beteiligte sich jedoch nicht an der entstehenden Diskussion. Er hörte nur zu, spielte mit dem Plastikbecher, dachte nach. Als Erster verabschiedete sich Hinrichs, dann Dorothea Bäuml und schließlich Winberger.

Um halb zehn war Stefan Back allein im Raum. Noch immer drehte er den Plastikbecher in seiner Hand. Und noch immer dachte er nach. Über die neue Wohnung, die Schwierigkeiten, die seine Frau hatte, einen Job zu finden, die Tatsache, dass Gentner schon sehr viel länger dabei war als er.

Ja, das alles hatte sich schon länger abgezeichnet.

*

Bartholomäus Kammerlander ließ seine Sporttasche neben die Kommode fallen, zog sich Schuhe und Jacke aus und ging in die Küche. Im Kühlschrank stand ein einsamer Orangensaft. Er holte die Flasche heraus und setzte sich damit an den Küchentisch. Drehte den Schraubverschluss ab, trank ein paar kräftige Schlucke und starrte leeren Blickes an die Wand.

Das Training war okay gewesen. Laufband, Bauchmuskeln und Oberkörper. Er fühlte sich angenehm erschöpft. Aber nur körperlich. In seinem Kopf hatte die Anspannung nicht nachgelassen. Insofern war das Training doch nicht okay gewesen. Er war ja in erster Linie hingefahren, damit sich die Wolke in seinem Hirn auflöste.

Hatte sie nicht getan. War eher noch dunkler geworden. Stellte sich die Frage, was er jetzt tun wollte.

Ins Bett gehen und schlafen war keine Lösung. Er würde so lange versuchen, nicht an das zu denken, was ihm im Kopf herumging, bis er schließlich aufstand und irgendetwas anderes machte, was ihn ablenkte. Konnte er gleich was anderes machen. Aber was? Schreiben? An Wiebkes Gedicht weiterarbeiten? Lesen? Dazu fehlte ihm jetzt die Geduld. Wahrscheinlich schmiss er irgendwann das Buch gegen die Wand. Fernsehen? Nein.

Bartholomäus nahm noch einen Schluck. Er spürte, wie sich der Missmut an ihn heranschlich. Dabei war es gar nicht der Missmut. Das sagte er sich nur, damit er hier nicht weiterdachte. Obwohl er gar nicht darüber nachdenken musste, weil er ja ganz genau wusste, was es war. Aber er wollte es nicht wissen, weil ihn das – ach, Scheiße! Warum hatte Kreuzpointner auch im Hotel auftauchen müssen!

Er musste etwas tun, irgendetwas. Ansonsten würde er hier sitzen bleiben und gegen die Wand starren, bis ihm der Schädel platzte. In Momenten wie diesem wünschte er sich bisweilen, dass er dem Saufen etwas abgewinnen könnte. Aber Saufen machte alles nur noch schlimmer. Das hatte er schon ausprobiert. Er war der Ich-häng-mich-auf-Typ, wenn er besoffen war, nicht der Ich-tanz-auf-dem Tisch-Typ.

Bartholomäus stand auf. Er musste raus hier. Am besten rüber ins Hotel, unter Leute. Für irgendetwas konnten sie ihn sicher gebrauchen.

Beim ersten Mal war Detlev Woyke, der Restaurantleiter im Alpenblick, noch aus allen Wolken gefallen. Und auch danach hatte es noch eine Zeit lang gedauert, bis man ihm sein Befremden zumindest nicht mehr ansah. Aber mittlerweile hatte er seinen Gleichmut wiedergefunden. Der Chef wollte mal wieder den Küchenjungen geben? Bitte sehr. Es war *sein* Hotel. Er konnte auch nackt am Klavier sitzen und *Yesterday* rülpsen, wenn ihm danach war. Wobei im Haus tatsächlich Gerüchte kursierten, dass …, aber Woyke hatte jetzt keine Zeit, über derlei Unsinn nachzudenken. Das Restaurant war bis auf den letzten Platz besetzt, die Gäste bestellten wie die Weltmeister, die Küche lief auf Hochtouren. Also husch, husch, an die Arbeit.

»Natürlich können Sie uns behilflich sein, Herr Kammerlander, sehr gerne.«

»Irgendein bestimmter Bereich?«

»An der Spüle haben sie im Moment alle Hände voll zu tun.«

»Gut.«

Woyke lächelte schmallippig und wandte sich wieder seinem Reservierungsbuch zu. So richtig geheuer war ihm die Sache dann doch noch nicht.

Bartholomäus machte sich auf den Weg durch das Restaurant Richtung Küche. Der Raum vibrierte von Stimmen und Geräuschen, ertrank in einem Meer von Gerüchen. Lichter spiegelten sich in Gläsern und dunklen Fenstern, sanfte Klaviertöne schwappten durch den Raum, Kellner und Kellnerinnen glitten schemenhaft an den Tischen vorbei, Gäste kamen, Gäste gingen.

Genau das war es, was er jetzt brauchte. Betriebsamkeit, Ablenkung, Menschen. Bartholomäus atmete leichter. Die Wolke wurde kleiner.

Wiebke war auch da. Sie ging von Tisch zu Tisch, unterhielt sich mit diesem, lachte mit jenem, beriet, teilte Komplimente aus, war Gastgeberin. Sie hatte Bartholomäus schon entdeckt, als er vorne bei Detlev Woyke gestanden hatte. Hatte bemerkt, dass er ihr nur mit den Lippen zulächelte, nicht mit den Augen. Hatte in dem Moment gewusst, dass er heute nicht hier war, weil es ihm Spaß machte.

Bartholomäus betrat die Küche durch die Schwingtür mit den beiden Bullaugen und ging hinüber zur Spüle. Er hängte sich eine der weißen Plastikschürzen um, zog sich die Gummihandschuhe an und schnappte sich den erstbesten Stoß dreckigen Geschirrs. Pavel und Herbert, die beiden Küchengehilfen, grinsten sich stumm zu.

Die Arbeit tat Bartholomäus gut. Essenreste entsorgen, Teller grob abwaschen, Spülmaschine einräumen, Spülmaschine ausräumen, Geschirr verstauen. Er hatte das Gefühl, dass mit jedem Rest Soße ein Stück seiner Wolke im Ausguss verschwand.

Plötzlich klirrte es hinter ihm. Bartholomäus drehte sich um. Ein zerbrochenes Glas lag am Boden.

Lisa, die junge und etwas schüchterne Kellnerin, erkannte ihren Chef und erschrak. »Entschuldigung. Mir ist …, ich bin gegen …«

»Ist schon gut, Lisa.«

»Ja. Entschuldigung.«

Lisa wollte sich bücken, um die Scherben aufzuheben,

als Bartholomäus den Ausdruck in ihren Augen bemerkte. Verwirrt und ängstlich hatte sie zur Tür geblickt. Nicht zu ihm. Zur Tür.

»Lisa, alles in Ordnung?«

Lisa sah ihn flüchtig an und gleich wieder weg. »Ja, ja. Ist alles in Ordnung.« Ein völlig unglaubwürdiges Lächeln.

Bartholomäus stellte den Teller hin, den er gerade gespült hatte. »Lisa, was ist los?«

»Nichts, Chef. Wirklich nichts.«

In Bartholomäus keimte eine Ahnung. »Lisa, erzähl mir nichts. Ich seh's doch. Was war?«

Lisa zögerte, knetete ihre Finger. »Der ... der Gast an Tisch 17, ich bediene da heute. Und erst hat er mir seine Telefonnummer zugesteckt und dann ...« Sie verstummte.

»Und dann?« Bartholomäus' Blick verfinsterte sich.

»Es, ich mein, es war ja vielleicht nur Zufall ...«

»Lisa! Und dann?«

Sie schluckte. »Dann ... hat er mir ... in den Po gekniffen.«

Bartholomäus nahm Lisa am Arm und schritt mit ihr Richtung Ausgang. Dort stieß er die Tür zum Restaurant auf und blieb stehen. Tisch 17. Da hinten.

»Wer?«, fragte er mit einem Gesicht aus Stein.

»Der da.« Lisa zeigte zaghaft auf einen vielleicht 50-jährigen Perückenträger. Übergewichtig, rot glänzendes Gesicht, fettige Finger. Genau der Typ Mann, den ein Mädchen wie Lisa unruhig werden ließ. Bartholomäus hatte ihn hier noch nie gesehen. Er ließ Lisa stehen und rauschte durch die Tische.

Vor dem Mann machte er Halt. »Sie sind fertig! Raus hier!« Seine Stimme schnitt wie ein Messer durch den Raum.

Der Mann hielt im Kauen inne, sah zur Seite und ließ einen amüsierten Blick an Bartholomäus hinabgleiten. »Bitte? Was war das eben?«

Bartholomäus packte ihn am Kragen und zog ihn vom Stuhl, der polternd nach hinten fiel. »Sie tatschen hier niemanden mehr an!«

»Bist du vollkommen …« Der Mann japste nach Luft, der Saal verstummte. Alle sahen zu ihnen her.

»Raus mit dir, Freundchen!«, sagte Bartholomäus ganz leise. Dann schleifte er den Mann mit einer Hand durch die Tischreihen.

»Was erlaubst du dir?«, krächzte die Perücke, die kaum die Füße auf den Boden brachte. »Ich will sofort mit deinem Chef sprechen! Sofort!«

»Mit meinem Chef?« Bartholomäus blieb abrupt stehen. »Kannst du haben.« Er drehte auf dem Absatz um und schleifte den Mann in die andere Richtung.

»Lass mich runter! Hilfe!«

Die Gäste machten bereitwillig Platz. Keiner wollte Bartholomäus und seiner zeternden Fracht im Weg sitzen. Zumal Bartholomäus nicht den Eindruck machte, als ließe er sich von irgendetwas aufhalten. Wie eine Dampframme walzte er durchs Restaurant, stieß die Tür zum Personalbereich auf, zog den Mann hinter sich den ganzen Flur entlang und machte erst vor seinem Büro halt.

»Was soll das? Wo sind wir?«

»Nach Ihnen!« Er öffnete die Tür, machte das Licht an und schob den Mann ins Zimmer. Dann ging er hinter seinen Schreibtisch, setzte sich und fragte mit einem Haifischlächeln: »So. Was kann ich für Sie tun?«

*

Eine Ölkanne! Sieh einer an, dachte er, das gibt es noch! Ihm kam sofort die alte Dreizimmerwohnung in den Sinn, in der er mit ihr gewohnt hatte. Sechs Monate lang. Da hatte es auch einen Ölofen gegeben. Sie hatten das Öl immer aus dem Haus gegenüber geholt. Diese ultrachristliche Familie hatte noch einen halbvollen Tank in ihrem Keller stehen, brauchte das Öl aber nicht mehr, weil sie sich eine Gasheizung hatten einbauen lassen. Sie hatten ihnen das Öl umsonst überlassen. Dem Herrn war's gedankt.

Otylia schien den Tank zumindest im eigenen Keller zu haben. Oder zumindest im eigenen Haus. Vielleicht gehörte das Öl ja auch einem Nachbarn.

Er sah ihr zu, wie sie zu den Mülltonnen ging. Sie öffnete die schwarze Restetonne und warf ihre Tüte hinein. Vom Aldi oder Lidl, das konnte er auf die Entfernung nicht genau erkennen. Dann ging sie zurück zum Haus, nahm ihre Ölkanne auf und trat durch die Haustür.

Otylia. Ein schöner Name. Wunderschön. Passte zwar ganz und gar nicht zu ihrem Nachnamen, aber dafür konnte sie ja nichts. Niemand konnte etwas für seinen Namen. Für den Vornamen konnte man noch den Eltern die Schuld geben, aber für den Nachnamen? Da musste man lange suchen, bis man einen Schuldigen fand. Es sei denn, man heiratete und wechselte den Namen. Dann war man selbst schuld.

Ob Otylia geheiratet hatte? Er glaubte es nicht. Oder vielmehr hoffte er, dass es sich so verhielt. Otylia lebte allein. Das war mit ein Grund, warum er sie ausgesucht hatte. Wenn sie aber nun verheiratet wäre, würde das bedeuten, dass sie von ihrem Mann getrennt lebte. Und das wiederum wäre doch nicht schön. Heiraten, Trennung, irgendwann Scheidung. So viel Leid, so viel Schmerz. Das wünschte er niemandem. Die Liebe war doch viel zu wertvoll, als dass man sie wegen ein paar vorübergehender Meinungsverschiedenheiten oder persönlicher Unzulänglichkeiten zu Grabe tragen musste. Oder?

Andererseits – ob er Otylia diesen Kerl wünschte, da war er sich auch nicht sicher. Wo hatte sie den nur aufgetrieben? Oder besser – wie hatte er das hinbekommen, dass sie ihn überhaupt wahrgenommen hatte?

Vor gut zwei Wochen hatte er ihn zum ersten Mal gesehen. Ein großer, fetter Ochse mit Vierkantschädel und Schweinsaugen. Vielleicht war er ja lieb und nett und eine Seele von Mensch. Aber rein äußerlich passte das doch nicht. Otylia, die Fee, und Sepp – so hatte er ihn getauft – der Ochse! Sie hatte dieses grazile Etwas, das in einem Mann einerseits den Beschützerinstinkt weckte und andererseits den Wunsch, sie nackt über den Teppich laufen zu sehen. So eine Mischung aus Audrey Hepburn und einem dieser Models, die sich in jeder Werbepause auf der Mattscheibe räkelten. Dazu dieses slawische Gesicht mit den hohen Wangenknochen und der zarten, fast durchscheinenden Haut (er hatte sie natürlich auch schon mal bei Tageslicht gesehen) – sie war wirklich eine Augenweide, diese Otylia. Und Sepp – hatte den Charme eines Schnitzelhammers!

Aber noch waren die beiden kein Paar. Die verschämten Begrüßungen, das Händeschütteln beim Abschied – da lief noch nichts. Sepp war für Otylia vielleicht wirklich nur ein guter Freund, der ihr half, ihr Deutsch zu verbessern.

Er hatte vorgestern mal durchs Küchenfenster gespäht. Beide hatten am Tisch gesessen. Sie mit Stift über einen Block gebeugt und er mit einem gelben Langenscheidt-Lexikon in der Hand. Es war freundschaftlich und fröhlich zugegangen, aber nicht vertraut.

Obwohl Sepps Absichten mehr als deutlich zutage traten. Seine schmachtenden Blicke und sein täppisches Riesenbaby-Gehabe ließen keinen Zweifel daran, warum er Otylia zweimal die Woche besuchte. Am Donnerstag und heute, am Montag.

Aber diese Hoffnung musste er ihm nehmen.

Heute.

Er sah auf die Uhr. Fast zehn. Sepp blieb zwar nie länger als bis zehn, aber er hatte nicht mehr viel Zeit.

Ein paar Minuten später ging die Haustür auf. Otylia und Sepp verabschiedeten sich. Nach weiteren zwanzig Minuten löschte sie das Licht.

Er holte seine Ledertasche vom Rücksitz. Die Liste war er schon durchgegangen, als es noch hell gewesen war. Elektroschockgerät, Klebeband, Schlauch, Trichter, die Tupperschüssel mit dem Pflanzenbrei, die Schuhe für alle Fälle – alles da. Er ließ noch eine Stunde vergehen, um sicherzugehen, dass sie auch schlief. Dann aber musste er sich beeilen. Eigentlich hätte das alles schon letzte Nacht passieren sollen, doch da war Otylia nicht nach Hause gekommen. Vielleicht hatte sie bei einer Freundin übernachtet. Aber jetzt drängte die Zeit. Denn auf der anderen Liste stand, dass sie noch vor Mitternacht sterben sollte.

Andererseits – vielleicht war das gar nicht so falsch, dass es gestern nicht geklappt hatte. Er würde zwar ein bisschen umdisponieren müssen. Aber das kam ihm eigentlich recht gelegen!

5. Kapitel

23. Dezember, München, Berg

Oberkommissar Josef Kreuzpointner nahm die Brille ab und rieb sich die schmerzenden Augen. Er musste zum Arzt. Dieses ewige In-den-Monitor-Starren ruinierte langsam, aber sicher sein Sehvermögen. Dabei wusste er schon gar nicht mehr, wie er schauen sollte. Ohne Brille sah er keine drei Meter mehr, konnte aber Gedrucktes viel besser lesen. Mit Brille taten ihm dabei jedoch nach ein paar Minuten die Augen weh. Also linste er beim Lesen eines Berichtes oder irgendeines anderen Papiers über die Gläser oder unter ihnen hindurch. Was aber die Augen so verstellte, dass er auf dem Monitor nichts mehr erkennen konnte, der ein Stück weiter hinten auf dem Schreibtisch stand. Wenn er aber den Monitor mit Brille betrachtete, war zwar alles gestochen scharf, aber nach einiger Zeit taten ihm wieder die Augen weh. Und wenn er die Schrift auf dem Monitor vergrößerte, damit er sie auch ohne Brille lesen konnte, musste er dauernd das Bild verschieben, damit er die ganze Seite lesen konnte. Davon bekam er dann sicher irgendwann einen Mausarm. Außerdem tat ihm der Kopf weh von dem Bildschirmgeflimmer.

Aber wann sollte er zum Arzt gehen? Morgen war Weihnachten, zwischen den Feiertagen hatte er Dienst, und freinehmen konnte er sich auch nicht, weil sich die Arbeit auf seinem Schreibtisch stapelte. Im Februar hatte er eine Woche Urlaub. Aber bis dahin war er blind. Und eigentlich wollten sie in dieser Woche ins Allgäu zum Skifahren. Andererseits fuhr es sich blind nicht so besonders.

Josef Kreuzpointner blies die Backen auf. Kurz nach sieben. Diesen Bericht schrieb er noch fertig, dann würde er Schluss machen für heute. Er brauchte noch ein Weihnachtsgeschenk für seine Frau Annemarie. Diese Lederhandschuhe im Kaufhof am Marienplatz, die ihr so gut gefielen, ihr aber zu teuer waren. Hoffentlich waren die noch da.

Er setzte seine Brille wieder auf, beugte sich über die Tastatur – und hielt inne.

Seine Zehen! Waren eiskalt! Er richtete sich auf und verharrte für ein paar Sekunden.

Eindeutig. Es war kälter geworden im Zimmer.

»Des derf doch ned wahr sein!« Er stand auf und ging zur Heizung. Überprüfte das Thermostat, das voll aufgedreht war, und tastete die Rippen des Heizkörpers ab. Die ersten vier waren noch halbwegs warm, die anderen nicht.

»Kruzefünferl!«

Die Heizung funktionierte mal wieder nicht. Zum werweiß-wievielten Mal in den letzten zwei Monaten. Sein Kollege Max Zillenbiller hatte mal den Verdacht geäußert, dass das die späte Rache der Klosterbrüder war, weil sie nur Paulaner tranken.

Aber der wahre Grund war viel weniger romantisch. Irgendwo in dem weitläufigen ehemaligen Augustinerkloster, in dem das Polizeipräsidium seit nunmehr fast 90 Jahren untergebracht war, leckten die uralten Rohre, so dass Luft ins System kam. Und im dritten Stock bekamen sie das immer als Erste zu spüren, weil da der Druck nicht mehr ausreichte.

»Hausmeister– Hausmeister.« Kreuzpointner ging die Liste der hausinternen Telefonanschlüsse durch. Er glaubte zwar nicht, dass der Hausmeister noch da war, aber vielleicht erreichte er irgendjemand anderen von der Haustechnik. Wenn die Heizung bis morgen früh ausfiel, mussten sie sich in Anorak und Handschuhen ins Büro setzen.

Handschuhe … Der Kaufhof machte um acht zu.

»147.« Kreuzpointner wählte die Nummer und wartete, während er einen Schluck Kaffee aus seiner Tasse nahm. ›*Angler sterben nie, sie riechen nur so*‹, stand unter dem blau-weißen Rautenkranz. Franziska, seine zweitälteste Tochter, hatte sie ihm zum letzten Weihnachten geschenkt. 14, einen Rettet-Nepal-Sticker an den vergammelten Turnschuhen und Vegetarierin. Seit zwei Monaten. Vorher hatte der *Babba* immer so *voll geil* nach *Meer und Tang und Weite* gerochen, wenn er vom Fischen nach Hause gekommen war. Vom Ammersee.

Es läutete weiter.

Plötzlich ging die Tür auf und sein Kollege Max Zillenbiller kam ins Büro.

»Grias de, Sepp. I wollt nur mal schnell schauen, ob die …« Unvermittelt hielt er inne, zog die Augenbrauen zusammen. »A geh, des gibt's ja ned! Des is ja scho wieder so saukoid da herinnen.« Sein Gesicht, das dank Winterluft und Akne wieder einmal aussah wie ein frisch gerupfter Hühnerhintern, schwankte zwischen Unglaube und Verzweiflung.

»Ich ruf grad den Hausmeister an.«

»Den Hausmeister? Ham mir so was?« Zillenbiller hängte seinen Mantel auf und stopfte seinen Schal in den Ärmel.

»Schaut nicht so aus. Da geht keiner hin.«

»Mir erfrieren doch moign da herin!«

»Ah! Jetzt!« Kreuzpointner hob die Hand. »Ja, hier Kreuzpointner. D'Heizung im dritten Stock geht wieder ned.«

»Was? Nix verstehen!«, drang es aus dem Hörer.

»D'Heizung … im dritten Stock … ist kaputt.«

»Ist Hans nicht da. Morgen früh.«

»Morgen früh sind mir erfroren. Können S' da nicht mal nachschauen. Der Heizungsdruck. Der ist z'niedrig.«

»Weiß ich nix Heizung. Hans. Morgen früh. Ich nur putzen.«

Kreuzpointner versuchte, ruhig zu bleiben. »Ist sonst niemand mehr da?«

»Doch. Ist Aishe da. Auch putzen.«

Kreuzpointner nickte. »Is recht. Pfiat Gott.« Dann legte er auf.

»Es ist keiner mehr da außer dem türkischen Putzmann und seiner Frau.«

Zillenbiller saß mittlerweile an seinem Platz, strich sich über seinen blonden Schnauzer und fuhr den Computer hoch. »Hätt mich auch gwundert.« Er öffnete sein E-Mail-Programm. »Ich hab daheim noch so einen Heizlüfter. Den bring ich moign mit. Wenn die uns koa vernünftige Heizung hinstellen, müssen's halt an Strom zahln.«

Kreuzpointner nickte grimmig und wandte sich wieder seinem Bericht zu. Totschlag am Hasenbergl. Wegen einem aufgemotzten Opel. Wahrscheinlich weil die Heizung nicht ging.

»Ah ja«, sagte Zillenbiller, ohne den Blick vom Monitor zu nehmen. »Is doch noch kumma. As LKA hat jetzt was zu den Fusseln.«

»Welche Fusseln?« Kreuzpointner tippte weiter.

»Die mir in Alfarths Wohnung gfunden ham.«

»Aha. Kaum vergehn sechs Wocha, haben die auch schon was gfunden. Sauber.«

»Ja, des war aber a ned leicht. Irgendwelche Fusseln.

Die ham ja zerst seinen ganzen Kleiderschrank durchgeh müassn, damit's wissen, ob de Fusseln ned von ihm selber sind.«

»Und?«

»Sie sind wenigstens von koam Kleidungsstück, des mir gfunden ham. Was ned hoasst, dass es ned doch dem Alfarth ghört hat. Er könnt's ja theoretisch vorher noch anghabt und dann weggschmissen ham.«

Kreuzpointner nickte. »Die Fusseln warn nur am Hemd. Des wascht man nicht jeden Tag.«

»Genau.«

»Und was haben die jetzt herausgfunden?«

»Dass die Fusseln von einer«, er sah in die E- Mail, »Armeejacke stammen. Neudeutsch sagt ma auch Fieldjacket dazu. Des sind, glaub ich, diese grünen, festen Jacken mit dene Haufn Taschen.«

»Rambojacken.«

»Was?«

Kreuzpointner blickte auf. »Rambojacken haben mir die als Jugendliche gnannt. Ich hab auch so eine ghabt. Die haben alles ausghalten, und jeder wollt eine haben. Man war gleich einen halben Kopf größer, wenn man so eine ghabt hat.«

»Aha.« Zillenbiller stellte sich seinen Kollegen in grüner Armeejacke vor. Ein seltsamer Anblick. Besonders mit dem grauen Filzhut, der sich bei Kreuzpointner unmöglich wegdenken ließ. Irgendwann musste er ihn mal fragen, was er nachts damit machte. »Oiso, jedenfalls war's so eine Jacken. Die Marken hat des LKA auch eingrenzen können, aber in der Mail steht, dass es die Jacken an jeder Häuserecke z'kaufen gibt.«

»Des steht da drin?«

»So ungefähr.«

Kreuzpointner zuckte die Schultern. »Seit's Ebay gibt, bringen uns solche Informationen sowieso nimmer sehr viel weiter.«

Zillenbiller rieb sich die klammen Hände. »Des heißt dann auch hier Ende Gelände. Koa brauchbarer Hinweis.«

»Ende Gelände? Wo hast denn des her?«

»Des sagt der Keith jetzt dauernd.«

Kreuzpointner nickte. Keith war Zillenbillers neunjähriger Sohn. Keith Zillenbiller. Allein der Name des Jungen war für Josef Kreuzpointner Beweis genug, dass die Ehe der Zillenbillers eine große Herausforderung darstellte. Denn Max Zillenbillers Wunschname für seinen Sohn war Max gewesen. Aber eben nicht der seiner Frau Jaqueline. Geborene Meierhofer.

»Und du?«, fragte Zillenbiller. »Immer noch die Sach vom Hasenbergl?« Er nickte zum Monitor.

»Ja, aber ich hab's bald.« Kreuzpointner schaute auf die Uhr. »Aber heut nicht mehr. Ich muss unbedingt noch zum Kaufhof, sonst krieg ich die ...«

Das Telefon klingelte.

Kreuzpointner und Zillenbiller sahen sich an.

»Ich bin nimmer da.« Kreuzpointner machte eine abwehrende Geste.

»I war gar ned da«, sagte Zillenbiller.

Nach fünfmal Klingeln ging Kreuzpointner ran.

»K 11, Kreuzpointner?«

Ein Mann meldete sich. Er klang sehr aufgeregt. »Sie müassn kemma. Hier is was bassiert.«

Kreuzpointner war sofort hochkonzentriert. Das war kein Scherz. »Wer spricht denn da, bitte?«

»Des tut nix zur Sach.«

»Von wo aus rufen S' an?«

»Des is auch wurscht. Sie müassn kemma! Hören S'?«

»Jetzt beruhigen Sie sich doch bitte. Sagen S' mir, wer Sie sind, von wo aus Sie anrufen und was passiert ist.«

»Umbracht wordn is! Dod is!«

»Wer? Wer ist umgebracht worden?«

»Kemman S' nach Berg. Kapellenweg 39.« Der Mann legte auf.

»Hallo? Hallo?« Kreuzpointner sah den Hörer an. »Kruzefix!«

Zillenbiller stöhnte leise auf. Er wusste genau, was ihnen jetzt bevorstand. »Wo?«, fragte er.

Kreuzpointner faltete die Hände über der Nase und schloss die Augen. »Berg. Starnberger See.«

Ein paar Minuten später machten sich Kreuzpointner und Zillenbiller auf den Weg. Sie hatten die Polizei vor Ort informiert und Anweisungen gegeben, dass der mögliche Tatort weiträumig abgesperrt wurde. Danach hatten sie noch jemanden von der Spurensicherung auftreiben müssen. Markus Heller hatte Bereitschaft und musste seinen Kegelabend sausen lassen. Und Doris Beuschlein ihre geliebte Soap. Beide wollten sich im Präsidium treffen und dann so schnell wie möglich nachkommen.

Auf dem Weg zum Auto riefen Kreuzpointner und Zillenbiller noch zu Hause an.

»Tut mir leid, Schatz, es ist was passiert. I muass no moi los.«

»Ja, Hasi, i woas, der Kochkurs … Na, ich mach des ned absichtlich.« Zillenbiller verdrehte die Augen.

»Mir sehen uns nachher. Sag der Franzi und der Jojo ›Gut‹ Nacht von mir.«

»Es kann spät werdn. Du muasst ned aufbleibn.«

»Ja, mach dir an schönen Abend.«

»Ja, Hasi!« Zillenbiller legte auf. »Weiber!«

Die Fahrt nach Berg verlief schweigsam. Zillenbiller kaute auf seinem Ärger und seinem schlechten Gewissen herum, und Kreuzpointner dachte nach. Über Stolz, Prioritäten und Kopfweh. Dann fasste er einen Entschluss. Er holte sein Handy aus der Jackentasche und wählte eine Nummer. Niemand ging ran, nur die Mailbox. Damit hatte er fast gerechnet. Er legte auf und wählte eine andere Nummer. Nach zwei Freizeichen meldete sich eine Frauenstimme.

Für Urte Svenjakob war es ein turbulenter Abend im Alpenblick. Die hausinterne Weihnachtsfeier war in vollem Gange, der Schützenverein aus Berg feierte seine eigene unten im Enzian-Saal, in der Küche war einer der Herde ausgefallen und sie wusste nicht, woher sie jetzt auf die Schnelle einen Elektriker bekommen sollte, und das Telefon klingelte ohne Unterlass; kurz Entschlossene, die Weihnachten oder zumindest Silvester jetzt doch nicht zu Hause verbringen wollten. Dabei waren sie bis unter den Dachfirst belegt.

Im Prinzip genoss Urte solche Tage. Wenn sie drei Arme und zwei Ohren mehr hätte gebrauchen können und die Hektik durchs Hotel zuckte wie ein wild gewordenes Stromkabel.

Nur heute kam ihr das nicht gelegen. Ihre Gedanken kreisten immer noch um den gestrigen Abend. Wobei sie das nicht im Kopf taten, sondern im Bauch. Oder noch ein bisschen tiefer.

Stefanie. Gestern Abend hatten sie sich zum ersten Mal getroffen. Nach zahlreichen Mails und zuletzt stundenlangen Telefonsessions hatten sie sich um zehn im Tante Rosa getroffen. Mein Gott, was hatte sie einen Bammel gehabt! Dass Stefanies Foto ein Fake war. Dass das Foto zehn Jahre alt war. Dass ihr der Wahnsinn aus den Augen leuchtete. Oder der Frust, die Klettenhaftigkeit, die Verlogenheit. Dass sie ihr leidtat. Oder, am schlimmsten, dass Stefanie all das über sie dachte.

Und dann war alles so leicht gewesen! Als würden sie sich schon ein Leben lang kennen. Diese Vertrautheit vom ersten Moment an, dieses wortlose Verständnis, diese Wärme, diese Ungezwungenheit!

Und schließlich dieser erste sanfte Kuss zum Abschied! Er war ihr wie ein warmer Regen sofort von den Lippen in den Unterleib geschwappt. Am liebsten hätte sie Stefanie auf der Stelle zu sich ins Auto gezogen und dort vernascht.

Aber diesmal wollte sie nichts übereilen. Diesmal sollte das anders werden. Sie brauchte keine schnellen, geilen Nummern mehr. Sie brauchte etwas anderes. Und bei Stefanie hatte sie das Gefühl, dass es klappen könnte.

Urte lächelte verschwommen, als das Telefon erneut klingelte. Sie fuhr sich durch ihre schwarzen, kurzen Haare, atmete einmal tief durch und ging ran. Im selben Moment klopfte es an der Tür, und bevor sie »Herein!« sagen konnte, stand Jörn Hädrich in ihrem Büro.

»Konnten Sie das mit unserer Tasche jetzt regeln?«, blaffte er sie grußlos an.

Urte hob den Zeigefinger. »Hotel Alpenblick, Svenjakob. Was kann ich für Sie tun? … Nein, tut mir leid, wir sind leider ausgebucht. … Ja, gerne. Sagen Sie mir bitte Ihren Namen? … Lau-ren-zen. … Mit tz, in Ordnung. Und Ihre Telefonnummer?« Sie notierte die Nummer und dachte sich zum wiederholten Male, dass sie bei der nächsten Weihnachtsfeier auf keinen Fall mehr den Telefondienst übernehmen würde.

Hädrich stand unterdessen schweigend vor ihr. Sein Gesichtsausdruck verriet jedoch, dass er kurz davor war zu explodieren.

»So.« Urte legte auf. »Guten Abend, Herr Hädrich. Wie kann ich Ihnen helfen?«

»Sie haben mich genau verstanden. So viel Multi-Tasking haben Sie als Managerin doch sicher drauf, oder?«

Urte lächelte ihn über ihre rote Brille hinweg an. »Es ging um Ihre Tasche, nicht wahr?«

»So ist es.«

»Es hat sich leider bis jetzt nichts Neues ergeben. Ich warte noch auf den Rückruf des Busunternehmens. Aber so kurz vor Weihnachten haben natürlich auch die alle Hände voll zu tun. Es kann gut sein, dass die sich erst nach den Feiertagen bei uns melden.«

»Nach den Feiertagen?« Hädrichs Halsadern schwollen an. »Die wollen doch nur Zeit schinden! Die Sache aussitzen! Weil sie hoffen, dass es uns irgendwann zu blöd wird und wir einen Rückzieher machen!«

»Das weiß ich nicht, Herr Hädrich. Ich kann Ihnen, wie gesagt, nur mitteilen, dass wir bis jetzt keine Nachricht erhalten haben.«

»Sie hätten ja auch mal anrufen können, oder? Schließlich haben wir uns für vier Wochen in Ihrem Kasten eingemietet. Für scheißviel Geld. Da kann man Service erwarten.«

»Ich habe angerufen, Herr Hädrich. Dreimal im Verlaufe dieses Tages. Aber es war mir leider nicht möglich, einen Verantwortlichen zu sprechen.«

Hädrich grinste herablassend. »Dreimal? Wirklich? Und das verwechseln Sie nicht mit den Anrufen bei Ihrer Lesben-Freundin?«

Urte sah den Mann aus ihren eisblauen Augen an. Äußerlich völlig gelassen und auch innerlich nicht wirklich aufgebracht. Jörn Hädrich war ein viel zu großer Idiot, als dass sie sich über ihn hätte ärgern können.

Das Telefon klingelte erneut. Urte hob wieder den Zeigefinger, lächelte diesmal sogar und ging ran. »Hotel Alpenblick, Svenjakob? … Herr Kommissar Kreuzpointner. Guten Abend. … Er war vorhin auf der Weihnachtsfeier, hat sich dann aber zurückgezogen. … In Ordnung. Ich werde tun, was ich kann. Wo kann Herr Kammerlander Sie erreichen? … Handy. Hat er Ihre Nummer? … Ja … Ja …, einen schönen Abend.«

»Hören Sie!«, sagte Hädrich, kaum dass Urte aufgelegt hatte.

Aber Urte hob erneut den Zeigefinger, tippte eine Nummer ein und wartete.

»Gleich«, flüsterte sie zuckersüß.

»Das ist der Gipfel!«, quetschte Hädrich durch die Zähne und rauschte aus dem Zimmer.

»Armleuchter!«, sagte Urte und schüttelte den Kopf.

»Wos?« Xaver Eberhartinger war just in diesem Moment an sein Telefon gegangen.

»Nein, nicht Sie, Herr Eberhartinger. Sie meinte ich nicht.«

»Ja, ah so.«

»Herr Eberhartinger, ich hätte eine Bitte. Kommissar Kreuzpointner hat angerufen. Er muss dringend mit Herrn Kammerlander sprechen, aber er kann ihn nicht erreichen. Könnten Sie vielleicht mal versuchen, ihn zu finden, und ihm Bescheid sagen? Ich kann hier nicht weg, und der Rest der Belegschaft ist auf der Weihnachtsfeier.« Auf der sich Xaver Eberhartinger nie blicken ließ, wie Urte wusste. Zu laut, zu viele Menschen und Rauchverbot.

»Ja, is da Scheef ned a beim Feiern?«

»Nein, er hat das Fest schon früh verlassen.«

»Recht hat er.«

Urte wartete. »Herr Eberhartinger?«

»Ja?«

»Wäre es Ihnen nun möglich, ihn zu suchen?«

»Ah so! Ja, freilich. I geh scho.«

»Er soll Kreuzpointner auf dem Handy anrufen.«

»Auf‹m Handy. Is recht.«

»Einen schönen Abend noch, Herr Eberhartinger. Und vielen Dank!«

»Is scho recht. Pfiad Eahna.«

Xaver Eberhartinger legte auf und ging zurück ins Wohnzimmer, um seiner Frau Theresa Bescheid zu sagen. Aber die war schon wieder vor dem Fernseher eingeschlafen.

»Kumm, Wiggerl. Geh ma.«

Xaver winkte seinem Dackel, der sich vom Sofa fallen ließ und schwanzwedelnd auf ihn zutapste. Er zog sich seine Jägerjacke über, setzte sich den Hut auf und nahm die Leine vom Haken. Wiggerl wartete schon an der Tür.

Aber als Xaver die Tür öffnete, stand dort ein Mann!

Xaver erschrak bis ins Mark und taumelte einen Schritt zurück. »Jessasmaria!«

Wiggerl begann zu kläffen.

»Xaver, ned daschrecka!« Sein Bruder Alois. Den Finger noch über dem Klingelknopf, sah er Xaver schuldbewusst an.

»Du bist des.« Xaver griff sich ans Herz und atmete kräftig durch. »Mi hätt fast der Schlag troffn!« Wiggerl bellte immer noch.

»Duad ma leid, Xaver. I woid grad klingeln.«

»Mein Gott, hast du mi daschreckt! Wos machst denn du mittn in der Nacht da herausn?« Xaver beugte sich nach unten. »Wiggerl, sei stad! Weckst ja d'Mamma auf.«

»Xaver, i muas, i woid …«, Alois sah zu Boden. »Kann i mit dir redn?«

»Jetzad? Um die Zeit?« Erst jetzt bemerkte Xaver Eberhartinger zu seinem Schrecken, dass sein Bruder geschminkt war und sich die Fingernägel lackiert hatte. Schwarz.

»Xaver? Wer isn des?« Theresa war aufgewacht.

Xaver warf seinem Bruder einen vorwurfsvollen Blick zu. »Der Alois, Spatzl.«

»Da Alois? Is was bassiert?«

Xaver hob die Augenbrauen. »Und? Is was bassiert?«, fragte er seinen Bruder.

Alois nickte. »Ja. Scho. An Schmarrn hob i gmacht.« Er zwinkerte heftig, eine erste Träne floss.

»Na, Spatzl!«, rief Xaver seiner Frau zu. »Nix is bassiert. Ois is guad.« Und an seinen Bruder gewandt: »Du gehst jetzt in mein Arbeitszimmer, hockst dich aufn Stui und wartsd, bis i zruck bin. Host mi?«

»Ja, Xaver.«

»Und rührst di ned von der Stei!«

»Na, Xaver.«

»Wenn'd Theresa di so siegt, nachad schlaft's de ganze Nacht ned.«

»I wart auf dich, Xaver. Im Arbeitszimmer.«

Xaver Eberhartinger drängte sich an seinem Bruder vorbei ins Freie. »Kumm, Wiggerl!«

Mitten in der Nacht! Der Alois! Schon wieder!

Xaver Eberhartinger stapfte grimmig durch den Schnee.

Und dann noch in Kriegsbemalung. Wie oft hatte er ihm schon gesagt, er soll anrufen, wenn er was will? Nicht einfach unangemeldet hereinschneien. Aber der Alois fand Reden am Telefon ja so »kalt«. Die »Distanz« war ihm zu groß. Herrschaftszeiten, alle Welt unterhielt sich am Telefon! Über alles! Deswegen hatte man es doch erfunden! Damit man nicht mehr abends vor der Tür stehen musste!

Xaver Eberhartinger klopfte sich den Schnee von den Schuhen und trat durch den Haupteingang des Alpenblick. Urtes große, schlanke Gestalt stand hinter der Rezeption und kontrollierte etwas im Computer.

Xaver Eberhartinger ging zu ihr hinüber. »Ham Sie die Scheefin scho gfragt, wo der Scheef is?«

»Ich habe es versucht, aber sie hat bis eben noch telefoniert und auf das Anklopfen nicht reagiert.«

»Aha. Is im Restorant?«

»Ich nehme es an.«

»I schaug a moi.«

Urte nickte wortlos.

Warum redete der Alois eigentlich nicht mit der Urte, fragte sich Xaver Eberhartinger, während er auf die doppelflügelige Tür zulief, die ins Restaurant führte. Die verstand ihn doch viel besser als er. So von … Frau zu Frau.

Xaver schüttelte es innerlich. Er brachte es immer noch nicht fertig, von seinem Bruder als einer Frau zu denken. Und er würde es auch nie fertig bringen. Nie. Und er würde ihn auch nie Aloisia nennen, wie ihn Alois mal gebeten hatte. Auf gar keinen Fall!

»Geh, Wiggerl! Des mach ma ned! Und du wartst jetz sche da heraußen. Da Babba is glei wieder do.« Xaver Eberhartinger bedeutete seinem Dackel, dass er sich hinsetzen und auf ihn warten sollte, und betrat das Restaurant. Wiggerl senkte sein Hinterteil ab und sah ihm knopfäugig hinterher. Dann überlegte er es sich doch anders und folgte seinem Herrchen.

Wiebke war ein wenig erstaunt, als sie Xaver und Wiggerl ins Restaurant kommen sah. Wobei das weniger an dem Dackel lag. Xaver brachte ihn schon hin und wieder mit ins Hotel. Es war das finstere Gesicht ihres Hausmeisters, das sie verwunderte.

»Alles in Ordnung?«, fragte sie ihn, als er vor ihr stehen blieb.

»Was? Ja. Ja, scho«, erwiderte Xaver, der immer noch in Gedanken war. »Ich, ähm, ich soll Ihren Herrn Kammerlander … Ihren Herrn Gatten suchen. Der Kommissar Kreuzpointner wui dringend mit ihm redn. Wissen Sie vielleicht, wo er ist?«

Wiebke zögerte. Kreuzpointner. Um diese Zeit. Das gefiel ihr nicht. Aber es war nicht ihre Entscheidung.

»Ich glaube, er meditiert. Oben, am Dachboden.«

»Meditiern. Ah so.« Xavers Gesichtsausdruck verriet einen deutlichen Argwohn. Meditieren. Rumsitzen und nichts denken. Ganz ohne Grund. »Und … wann is er fertig mit dem … dem Meditiern?«

»Wenn er lichtumrankt und im Schneidersitz an Ihnen vorbeischwebt.«

Xaver sah sie verwirrt an.

Wiebke lachte. »Gehen Sie ruhig rauf.« Ihr Lachen verschwand. »Es scheint ja sehr dringend zu sein.«

Xaver lächelte verschwommen. »Ja, i glaub a.« Er zupfte an seinem Hut. »Dann geh i oiso moi nauf. Gut Nacht.«

»Gute Nacht, Xaver.« Wiebke sah dem Hausmeister beunruhigt hinterher.

Xaver Eberhartinger nahm den Fahrstuhl in den dritten Stock. Dort ging er hinüber in den Nordflügel und schloss den Raum auf, in dem sich die Putzutensilien und diverse Gerätschaften befanden. An seiner Hinterwand führte die schmale Treppe hinauf in den Dachstuhl. Xaver nahm Wiggerl unter den Arm und erklomm die engen Stufen.

Oben setzte er Wiggerl ab und verschnaufte erst einmal. Außerdem zwickte das rechte Knie wieder. Seit der OP war das einfach nie mehr so ganz geworden. Xaver Eberhartinger nahm den Hut ab und fächelte sich Luft zu. Dann ging er weiter.

Am Dachboden des Alpenblick lag dasselbe Gerümpel herum, das auf jedem Dachboden herumlag. Alte Bretter, übrig gebliebene Dachplatten, Reste von Dämmmaterial. Beim Anblick des ganzen Krempels fiel Xaver ein, dass er das Zeug längst hatte sichten und aussortieren wollen.

Er schaute vor zum Giebel. Bartholomäus Kammerlander saß im Schein einer Kerze mit dem Rücken zu ihm auf seinem Meditationsschemel. Vor ihm die dunkle Fensterfront, hinter der die Lichter von Berg vor dem tiefschwarzen Hintergrund des Starnberger Sees leuchteten.

So leise wie möglich ging Xaver Eberhartinger nach vorn. Meditieren war wahrscheinlich wie Schlafen. Und er mochte es ja auch nicht, wenn er aus dem Schlaf gerissen wurde.

»Was gibt's, Xaver?« Bartholomäus dehnte den Nacken und streckte die Arme nach oben.

»Scheef?«, erschrak Xaver. Er konnte kaum glauben, dass ihn Bartholomäus gehört hatte. Und dann wusste er auch noch, dass er es war!

Bartholomäus drehte sich um. »Was ist passiert?«

Xaver kam noch ein paar Schritte näher. »Ja, oiso, bassiert is nix, aber der Kommissar Kreuzpointner, der wui Sie unbedingt sprechn, soi ich Ihnen ausrichtn. Hat mir die Frau Svenjakob auftragn.«

Bartholomäus sah ihn schweigend an. Völlig unbeweglich saß er da, atmete kaum.

Xaver fühlte sich auf einmal furchtbar unwohl. Hätte er doch bis morgen warten sollen, oder? So dringend war es ja wahrscheinlich dann doch nicht, dass er da im Dunkeln in den Speicher kommen und Bartholomäus beim Meditieren stören musste.

Bartholomäus fasste in seine Jacke, die neben ihm auf dem Boden lag, und holte das Handy aus der Tasche. Er schaltete es ein, wählte Kreuzpointners Nummer und wartete.

»Kammerlander hier. Du wolltest mich sprechen?«

*

Bartholomäus Kammerlander stellte den Motor des Landrovers ab, nahm die Tasche vom Beifahrersitz und stieg aus. Ein strenger, eisiger Ostwind blies ihm ins Gesicht, aber er nahm ihn kaum wahr. Er sperrte den Wagen ab und steuerte auf die grüne Stahltür zu, über der eine Glühbirne aus einem verrosteten Schirm leuchtete.

Den Autos auf dem Parkplatz nach zu urteilen, waren noch etliche Leute da. An einem anderen Tag hätte sich Bartholomäus vielleicht Gedanken darüber gemacht, welche Menschen die Stunden vor Heiligabend in einem Boxclub verbrachten. Und warum sie das taten. Heute jedoch war ihm das egal. Wichtig war nur, dass noch jemand hier war.

Die Tür quietschte in den Angeln, als Bartholomäus sie öffnete. Mageres Neonlicht schwappte nach draußen in den schmutzigen Schnee.

Bartholomäus hätte auch vorn reingehen können. Aber ihm war nach Hintereingang. Nach Betonstufen, Stille, nackten Wänden.

Seine Schritte hallten in dem kahlen Gang wider, als er die Treppe in den ersten Stock hinaufstieg. Oben befand sich eine weitere Stahltür. Bartholomäus ging den kurzen Gang entlang bis zur Umkleidekabine.

Ein junger Türke, den er nicht kannte, stand im Handtuch vor seinem Spind. Bartholomäus nickte ihm zu, sagte aber nichts. Vor seinem eigenen Schrank stellte er die Tasche ab und setzte sich auf die Bank. Zog die Schuhe aus, die Hose, den Pullover. Holte die anderen Sachen aus der Tasche und zog sie an. Die Schuhe, das Shirt, die Hose. Die Handschuhe legte er daneben. Dann öffnete er seinen Spind, verstaute seine Straßenkleidung und sperrte ab. Als er in die Trainingshalle ging, verabschiedete ihn der junge Türke mit einem scheuen Nicken.

Ein gutes Dutzend Boxer war noch anwesend. Zwei übten vor dem Spiegel, andere an Sandsäcken, Punchingballs oder Geräten. Schweißgeruch lag in der Luft. Schuhe quietschten auf Linoleum, immer wieder stöhnte oder ächzte jemand vor Anstrengung. Das Radio im Hintergrund spielte ›Rudolf the red nosed reindeer‹.

Im Ring fand ein Trainingskampf statt. Bartholomäus sah hinüber. Zwei junge Boxer übten Schrittfolgen und deuteten Schläge an. Eyüp, der Trainer, stand an die Seile gelehnt und coachte sie.

Paul war drüben am Getränkeautomaten, wo er sich eben eine Flasche zog. Paul Roisch. Bierfahrer bei Löwenbräu und dementsprechend gebaut. Fast so groß wie Bartholomäus, aber in den Schultern breiter. Dafür kaum noch Haare auf dem Kopf, obwohl er erst Mitte dreißig war.

Bartholomäus ging zu ihm hinüber.

»Paul.« Ein kurzes Nicken.

»Servus, Bartl!« Paul Roisch hielt ihm die Pranke hin und Bartholomäus schlug ein. »Trainierst no a bissl?«

»Ich würde gerne noch in den Ring gehen.«

»In den Ring? Heut noch?«

Bartholomäus nickte. »Einen Sparringkampf. Hättest du Zeit? Und Lust?«

»Ich?« Paul blies die Backen auf. »Weißt, eigentlich bin ich schon fertig für heut. Ich wollt mich grad duschen.«

Bartholomäus kniff die Lippen zusammen. »Verstehe.«

»Ist irgendwas?« Paul sah ihn fragend an.

»Nein, nein, alles in Ordnung. Ist der Leon da?« Bartholomäus schaute sich um.

»Nein, der war heut auch nicht da, soviel ich weiß.«

»Und der Gianni?«

Paul antwortete nicht gleich. »Du brauchst es heut noch, oder?«

Bartholomäus sah Paul an, sagte aber nichts.

»Okay, zwei, drei Runden. Aber dann hau ich ab.«

»Danke dir.«

»Wärm dich noch auf, ich red schon mal mit Eyüp.«

»Mir ist warm genug.«

Paul Roisch zuckte die Achseln.

Der Bierfahrer wechselte ein paar Worte mit Eyüp, und der Türke gab seinen beiden Schützlingen ein Zeichen, dass sie Schluss machen sollten. Die Jungen klatschten sich mit ihren Boxhandschuhen ab und verließen die Kampffläche.

»Servus, Bartl.« Eyüp Ceylan, ein Hüne von einem Mann, lachte breit.

»Hallo, Eyüp.« Bartholomäus hob die Hand.

»Ouh! Laus über Leber gelaufen, oder was?«

Bartholomäus lächelte andeutungsweise.

»Machst du bisschen Sparring, geht's dir besser.«

»Ich hoffe es.«

»Wie geht's Wiebeke? Alles klar?«

»Wiebke geht's gut, danke.« Bartholomäus legte sich den Kopfschutz an.

»Habt's ihr grad viele Arbeit im Hotel, oder?«, fragte Eyüp, während sich Paul Roisch in seine Lederkappe zwängte.

»Geht so.«

Eyüp half Bartholomäus mit den Sparringhandschuhen. »Und? Was schenkst du Wiebeke für Weihnachten?«

»Ein Gedicht.«

Der Türke antwortete mit Verzögerung. »So, eine Gedicht! Schön.«

»Ein Gedicht. Da schau her.« Auch Pauls Anerkennung hatte etwas Bemühtes.

»Ja, ein Gedicht.« Bartholomäus schlug die Handschuhe zusammen.

»Dann fang ma an.« Paul stellte sich in die Mitte des Rings, legte den Mundschutz ein und ging in die Ausgangsposition.

Bartholomäus zögerte.

»Was ist?«, quetschte Paul durch den Mundschutz.

Bartholomäus schüttelte den Kopf. »Nichts.«

Er ging nach vorn. Zwei, dreimal touchierte er Pauls Deckung, dann schlug er zu. Erst rechts, dann links.

»Ho, Brauner, langsam!« Paul tänzelte zwei Schritte zurück.

Bartholomäus folgte ihm. Diesmal ließ er die Führhand ausgestreckt, kreiste aus der Hüfte hin und her und als er die Lücke sah, schlug er erneut zu. Eine krachende Gerade gegen Pauls Stirn.

Der Bierfahrer wankte nach hinten. »Hey! Stopp! Auszeit!« Paul machte das Time-out-Zeichen und spuckte den Mundschutz in seine Hand. »Sag amal! Was ist denn mit dir los?«

Bartholomäus hatte die Hände immer noch oben, stand geduckt. Fast schien es, als hätte er Paul nicht gehört. Dann nahm auch er den Mundschutz heraus.

»Tut mir leid, Paul. Tut mir leid. Lass uns weitermachen«, sagte er schließlich tonlos.

»Aber jetzt mal ein bisserl piano, klar? Moign ist Weihnachten. I mächt ned zerschunden und zerschlagen unterm Baum sitzen.«

»Geht in Ordnung.«

Eyüp, der unten am Ring stand, zog die Stirn in Falten. Und seine Falten wurden noch tiefer, als er sah, dass Bartholomäus' Versprechen keine Minute hielt. Er kannte diesen Blick. Und er wusste, dass er schnell dazwischengehen sollte.

»Stopp!« Eyüp warf sein Handtuch in den Ring und stieg durch die Seile. »Hörts auf!«

Paul und Bartholomäus hielten inne.

»Warum? Was is?«, fragte der Bierfahrer verwirrt.

»Bartholomäus will prügeln.« Eyüp sah Bartholomäus in die Augen. »Hab ich recht oder hab ich recht?«

Bartholomäus sagte nichts, stand nur da. Eine Schweißperle lief ihm über die Stirn.

Paul Roisch verstand. »Ah, jetzt klingelt's!« Er winkte ab. »So war des aber ned ausgmacht. Sparring ja, Prügeln nein. Wie gsagt, moign ist Weihnachtn.«

»Warte. Ich hole mir schnell mein Zeug«, sagte Eyüp zu Bartholomäus und verschwand Richtung Umkleide.

Dass sich Bartholomäus und Eyüp prügeln wollten, sprach sich wie ein Lauffeuer im Boxclub herum. Binnen weniger Minuten stand alles um den Ring versammelt, was noch anwesend war.

Aber Bartholomäus gegen Eyüp? Fast alle hier kannten Bartholomäus und hatten gehörigen Respekt vor ihm. Nur wenige stiegen mit ihm in den Ring. Er war groß, besaß also eine gute Reichweite, hatte enorme Schlagkraft und eine gute Ausdauer. Doch er war 50 plus! Und Eyüp war einen halben Kopf größer, gut 20 Jahre jünger und im Münchener Amateursport kein Unbekannter. Wenn Eyüp Ernst machte, würde er Bartholomäus durch die Seile prügeln.

Aber sie sollten sich alle irren.

Zunächst explodierte Bartholomäus. Mit einer ungeheuren Wucht und in unglaublicher Frequenz hämmerte er auf Eyüp ein, der alle Mühe hatte, sich der Schläge zu erwehren. Unermüdlich ging Bartholomäus nach vorn, schlug, wann immer sich ihm die Gelegenheit bot, zog jedes Mal voll durch und trieb Eyüp durch den Ring, der seinerseits kaum einen Schlag landen konnte.

Die sachkundigen Zuschauer trauten ihren Augen kaum, und ehrfürchtiges Raunen machte sich breit. Hatte Bartholomäus was genommen? Was war mit dem los? Die einen rechneten damit, dass Eyüp jetzt gleich aufdrehen würde, die anderen, dass er gleich keine Lust mehr haben würde.

Keines von beidem geschah. Eyüp drehte nicht auf, weil ihn Bartholomäus nicht ließ. Aber der Türke blieb im Ring. Er tat Bartholomäus den Gefallen. Obwohl er den einen oder anderen harten Treffer einstecken musste, kämpfte er weiter und blieb auf den Beinen. Oft genug nur dank des Kopfschutzes.

Nach drei Runden wurden Bartholomäus' Schläge langsamer und unkoordinierter. Aber sie waren immer noch äußerst gefährlich, und da auch Eyüp am Ende seiner Kräfte war, musste er nach wie vor aufpassen. Jetzt aber gelang auch Eyüp öfter ein Treffer, den Bartholomäus allerdings wegsteckte, als wäre er gar nicht gewesen.

In der fünften Runde taumelten beide. Schweißüberströmt und keuchend schleppten sie sich durch den Ring. Die Schläge waren nur noch Wischer, eine Deckung fand auf beiden Seiten so gut wie nicht mehr statt. Als einer von Eyüps Wischern Bartholomäus von den Beinen fegte, stand er sofort wieder auf, fiel wieder hin, stand erneut auf und kämpfte weiter.

In der siebten Runde schickte Bartholomäus Eyüp auf die Bretter. Ein Aufwärtshaken, der die Umstehenden aufstöhnen ließ. Und Eyüp stand nicht mehr auf. Er konnte nicht mehr, er war fix und fertig. Die Zuschauer sahen sich ungläubig an.

Bartholomäus ließ sich neben Eyüp auf die Knie sinken und blickte ihm ins schweißnasse Gesicht. Dann legte er sich daneben, spuckte den Mundschutz auf den Boden und rang eine Weile nach Atem.

»Danke!«, brachte er schließlich keuchend hervor.

»Frohe … Weihnachten«, röchelte Eyüp

6. Kapitel

24. Dezember, Berg, München

Wiebke schlug die Augen auf. Sie hatte wieder diesen Traum gehabt. Eine weite Sumpflandschaft, Sonnenuntergang, stickige Wärme. Schwärme von Moskitos und eine Kakophonie von Geräuschen. Vögel, Baumgetier, gurgelndes Wasser.

Sie war alleine unterwegs, suchte sich einen Pfad durch die morastigen Felder. Einen Schritt vor den anderen, immer auf der Hut, denn jede Stelle konnte nachgeben.

Plötzlich brach Feuer aus. Vor ihr loderten Flammen aus den schwarzen Wassern. Sie wich nach hinten, doch auch dort nur Feuer. Und auf den Seiten. Das Feuer wuchs aus den Sümpfen, wurde größer, lauter und kam immer näher. Sie schrie um Hilfe, aber sie hörte sich selbst nicht. Immer lauter schrie sie, die Hitze wurde unerträglich, das Prasseln des Feuers ohrenbetäubend.

An dieser Stelle wachte sie stets auf. Es geschah ihr nichts, aber sie wurde auch nicht gerettet. Nicht wie damals, als Bartholomäus sie aus dem brennenden Haus geholt hatte. Unten, in Florida.

Wiebke sah auf den Wecker neben ihrem Bett. Halb sechs. So früh wollte sie eigentlich nicht aufstehen. Der Tag würde noch lang genug werden, obwohl sie sich sehr darauf freute. Aber gerade deswegen wollte sie nicht vorzeitig schlappmachen.

Sie beschloss, noch ein wenig zu dösen. Vielleicht schlief sie ja noch einmal ein. Doch dann fing ihre Narbe wieder an zu jucken. Hatte sie deswegen den Traum gehabt? Hatte ihr Unterbewusstsein das Jucken der Narbe in den Feuertraum umgewandelt? Wiebke knöpfte ihren Pyjama auf. Die Narbe war leicht gerötet. Seit ihr vor vier Jahren die rechte Brust amputiert worden war, hatte sie immer wieder Probleme mit der Narbe. Nicht schlimm, aber es juckte eben. Meistens nachts. Manchmal nervte sie das, aber dann sagte sie sich immer, dass sie mit diesem Problem gerne leben wollte, wenn die Nachuntersuchung nächstes Jahr negativ ausfiel. Negativ, was den Krebs betraf.

Wiebke machte ihre Leselampe an und nahm die Salbe aus ihrem Nachttischchen. Sie drückte ein erbsengroßes Tröpfchen aus der Tube und rieb damit die Narbe ein. Eher zufällig fiel ihr Blick dabei auf den schlafenden Bartholomäus.

Zuerst nahm sie es nicht wahr, da Bartholomäus sein Gesicht zur anderen Seite gedreht hatte und ihr Nachttischlämpchen nur wenig Licht verströmte. Doch dann sah sie es. Sein zugeschwollenes rechtes Auge. Und die Wange war auch dick.

Als sie gestern spät abends ins Bett gegangen war, hatte Bartholomäus schon tief und fest geschlafen. Sie hatte sich deswegen im Dunkeln ins Schlafzimmer geschlichen und ihm nur einen flüchtigen Kuss auf die Wange gedrückt. Bartholomäus hatte kurz gebrummt, war aber nicht aufgewacht.

Wiebke strich Bartholomäus eine Strähne aus der Stirn und betrachtete ihn. Wie geht es dir, Liebling?, fragte sie stumm. Weißt du schon, was du tun wirst? Hat es dir gestern Abend geholfen, dorthin zu fahren?

Wieder überkam sie dieses Gefühl. Am liebsten hätte sie ihn beschützt wie ein kleines Kind und ihm all das abgenommen. Und gleichzeitig bewunderte sie ihn. Für seine Entschlossenheit? Seinen Mut? Seine Unbedingtheit? Sie konnte es nicht sagen. Er rührte sie, aber er machte ihr auch Angst. Seine Rigorosität machte ihr Angst und war gleichzeitig der Grund, warum sie ihn in solchen Momenten so sehr begehrte. Sie berührte vorsichtig die Schwellung an seiner Wange, streichelte über seine Brauen. Früher hatte sie dieses Gefühl verunsichert. Es war so … unklar. Und auch beschämend. Und Liebe, hatte sie damals gedacht, war immer klar und man musste sich ihrer nicht schämen. Mittlerweile wusste sie, dass das nicht stimmte. Oder nicht immer.

»Du vergehst dich gerade an dem Opfer einer wüsten Prügelei, mein Schatz.« Bartholomäus öffnete die Augen. Das linke mehr als das rechte.

Wiebke schmunzelte. »Ich dachte, du wärst noch bewusstlos, und wollte die Gelegenheit nutzen.«

»Soll das heißen, dir mangelt es an Gelegenheiten?«

»Jeden Tag, mein Herz.«

»Flittchen.« Bartholomäus lachte, nahm ihre Hand und küsste die Spitze ihres Zeigefingers.

»*Flittscherl* heißt das in Bayern.«

»Wer hat dir denn das beigebracht?«, wunderte sich Bartholomäus. »Abgesehen davon, dass es Flitscherl heißt.«

»Hab ich irgendwo aufgeschnappt«, gab sich Wiebke kokett.

»Irgendwo aufgeschnappt? Aha! Wo treibst du dich denn herum, junge Dame?«

»Das fragt der Richtige!« Wiebke hatte den Satz noch nicht fertig gesprochen, als sie merkte, dass sie sich vergaloppiert hatte. »Tut mir leid. Das war dämlich. Ich habe …«

»Schschsch.« Bartholomäus legte ihr den Finger auf die Lippen. »Du hast ja recht.«

Eine Weile sagte keiner von beiden etwas. Bartholomäus spielte mit Wiebkes Fingern, während er an die Decke starrte. Und Wiebke wartete.

»Kreuzpointner hat gestern Abend angerufen«, sagte Bartholomäus schließlich. »Das heißt, ich ihn, weil er mich nicht erreicht hatte.«

»Ich weiß.« Wiebke legte ihren Kopf auf seine Brust. Sein Herz schlug langsam und gleichmäßig. Es klang wie ein Klopfen in einem großen, dunklen Wald.

»Es ist wieder was passiert.« Sein Brustkorb hob sich, senkte sich. »Und zwar bei uns. In Berg.«

Wiebke schloss die Augen. Wartete.

»Eine junge Polin, die im Kapellenweg wohnt.« Bartholomäus hielt einen Moment inne. »Kreuzpointner glaubt, dass es derselbe war wie in Starnberg. Es ist nur so ein Gefühl von ihm, sie wissen ja noch nichts Genaueres, aber er meint, dass es derselbe war. So ein Gefühl halt. Das entwickelt man irgendwann.«

Wiebke hatte die Augen noch immer geschlossen. Jetzt!, dachte sie, jetzt gleich!

»Du kommst an einen Tatort und weißt sofort: das war er! Da musst du keine Spurensicherung oder den …«

»Schatz!«, unterbrach ihn Wiebke. »Es ist okay.«

Bartholomäus verstummte. Wem wollte er hier etwas vormachen?

»Was hast du ihm gesagt?«

Er ließ ihre Hand los und zog sie zu sich, so dass er ihr Gesicht sehen konnte. »Ich habe ihm gesagt, dass ich mich nach den Feiertagen melde. Bis dahin werde ich mich entscheiden.«

Sie legte ihm die Hand auf die Wange, lächelte mitfühlend. »Was hast du gestern nach dem Boxen gedacht? Was war dein erster Gedanke?«

Bartholomäus zögerte, zögerte lange. »Wenn Kreuzpointner recht hat, muss ich was tun«, sagte er leise.

»Na also.« Sie küsste ihn auf den Mund. »Dann weißt du es ja.«

»Schatz, ich weiß, dass …«

»Schschsch!« Sie legte ihm den Finger auf die Lippen. »Ist gut. Ist gut.«

Bartholomäus sah seine Frau lange an. Es tat ihm weh, sie so zu sehen. Zu wissen, was das alles wieder für sie bedeutete. Auch wenn sie ihn verstand. Auch Erleichterung empfand er. Weil es durch war. Und Wut. Darauf wollte er nicht verzichten, die würde er für dieses Schwein brauchen. Doch vor allem war es Liebe, die er im Augenblick fühlte.

Er zog sie noch ein Stück höher und küsste ihren Hals. Küsste den Ansatz ihrer Brust und ihren Nippel. Wiebke stöhnte leise auf.

*

Das Hinterzimmer des ›Schwarzen Ochsen‹ füllte sich. Hans von Kuhlau winkte die Bedienung zu sich und bestellte eine Tasse Kaffee. Während er wartete, ging er noch einmal die Tagesordnungspunkte durch: Lied, Satzung, Ansprache, Neumitglieder, Organisation, Aktionen.

Von Kuhlau nickte und strich sich über seine Halbglatze. Das sollte seinen Zweck erfüllen. Er sah zu den Tischen und den bereits anwesenden Männern, die dort saßen. Im Grunde hätte er sich dieses Getue gerne erspart. Diese ganze tumbe Vereinsmeierei. Denn eigentlich ging es ja bei jedem dieser Treffen immer nur darum, diese Leute dorthin zu bringen, wo er sie haben wollte. Und dazu musste er die richtigen Worte finden, nicht die richtigen Tagesordnungspunkte.

Andererseits durfte er die Wirkung dieses Drumherums nicht unterschätzen. Viele von denen, die da saßen, waren nicht nur hier, weil ihnen die ›Aktionsgemeinschaft volkstreuer Bayern‹ ein ideelles Zuhause bot, sondern weil sie hier einen Halt in ihrem verkorksten Leben fanden. Bei einigen war sich von Kuhlau sogar sicher, dass das der eigentliche Grund war, warum sie zu den Treffen kamen. Schmitz zum Beispiel oder Roedern. Wenn er denen morgen irgendwelche linke Parolen vorsetzte, wäre ihnen das wahrscheinlich völlig egal. Hauptsache, ihre sämtlichen Kameraden waren auch da. Oder Jacoby. Wenn er die Satzung verlas, glänzten seine Augen in ehrfürchtiger Andacht, und das Lied sang immer er am lautesten. Mehringer war hier, weil er gerne zuschlug, Demandt, weil er Ausländer hasste, Gerloff, weil er irgendwann mal ein Buch über den Bund Deutscher Mädel gelesen und erfahren hatte, dass man BdM gegen Kriegsende gerne mit ›Bund deutscher Matratzen‹ übersetzt hatte. Wenigstens konnte er lesen, dachte sich von Kuhlau. Bei anderen war er sich da nicht so sicher.

Er machte sich nichts vor. Die Truppe, die er da bis jetzt zusammenhatte, war suboptimal. Aber gute Leute zu finden, war nicht so leicht. Sicher, brauchen konnte er die meisten derjenigen, die da vor ihren Biergläsern saßen, allemal. Drecksarbeit fiel genügend an und es würde mehr werden, wenn alles so lief, wie er sich das vorstellte.

Um seine eigentliche Botschaft unter die Leute zu bringen, musste er allerdings noch einige Mitglieder gewinnen, die wirklich verstanden, worum es ihm ging. Zehr war so einer und Buchwaldt auch. Und womöglich der Neue, der da drüben am Tisch saß. Von Kuhlau erinnerte sich noch sehr gut daran, wie er sich vor ein paar Wochen heftig erschrocken hatte, als ihn der Mann nach einer Vorlesung sehr direkt angesprochen hatte. Im ersten Moment war sogar so etwas wie Panik in ihm aufgestiegen. Hatte ihn jemand verraten? Hatte er einen Fehler gemacht? Der Mann, dem von Kuhlaus Schreck nicht entgangen war, hatte ihn jedoch sehr schnell beruhigen können. Er war allem Anschein nach kein Neuling in der Szene, kannte etliche Leute und hatte sich vorher lange über ihn, von Kuhlau, und seine Absichten und Pläne informiert. Sie hatten sich danach ein paar Mal getroffen, und dabei war von Kuhlau immer mehr zu der Überzeugung gelangt, dass dieser Mann sehr viel Potenzial besaß. Ein heller Kopf mit einem einnehmenden Wesen und klaren Perspektiven. Genau solche Leute suchte er.

Als der Kaffee kam, sah von Kuhlau in seinen Unterlagen nach. Klaus Fellner fehlte noch. Beziehungsweise Ludwig, wie er hinter dem Namen vermerkt hatte. Nach Oberst Ludwig Kübler aus dem Stab der 7., der bayerischen Division der Reichswehr.

Hans von Kuhlau verdrehte die Augen. Dieser Namenskult war auch so eine Sache, die ihn nervte. ›Jedes Mitglied muss sich einen Patron wählen, mit dessen Namen er fortan in der Gemeinschaft anzusprechen ist.‹ Artikel 17 der Satzung. Von Jacoby eingebracht und mehrheitlich beschlossen. Kinderkram, dachte von Kuhlau verächtlich.

Fünf Minuten später trat Fellner, alias Ludwig, durch die Tür und als er seinen Platz eingenommen und seine Bestellung aufgegeben hatte, eröffnete von Kuhlau die Sitzung.

»Kameraden!« Er stand auf. »Hiermit möchte ich euch zur letzten Sitzung unserer Aktionsgemeinschaft volkstreuer Bayern im alten Jahr begrüßen. Erhebt euch und lasst uns das Lied singen.«

Alle standen von ihren Plätzen auf. Von Kuhlau summte den Anfangston und gab dann den Einsatz. Während die zwei Dutzend Männer den ›Deutschen Schwur‹ sangen, kam der Wirt herein und stellte Fellner sein Bier hin. Von Kuhlau nickte ihm kurz zu.

Knapp anderthalb Stunden später machten sich die meisten Mitglieder des AVB recht zügig auf den Weg nach Hause. Normalerweise fanden nach einem Treffen noch etliche Halbe Bier ihren Weg durch die Kehlen und ins Pissoir. Aber heute mussten noch schnell letzte Lebensmittel gekauft, Bäume geschmückt und Geschenke eingepackt werden. Für Hans von Kuhlau ein weiterer Beweis dafür, wie wenig sie verstanden, worum es hier ging.

Aber von Kuhlau nahm es gelassen. Vom ideologischen Standpunkt aus betrachtet, war diese Haltung zwar nicht zu vertreten, doch er durfte sie nicht überfordern. Dass bayerische Volkstreue eine völkisch-nationale Ausrichtung meinte, die sich auf die bayerische Stammesgeschichte berief und ein übernationales Christentum und seine Gebräuche ablehnen musste, war ihnen wohl kaum zu vermitteln. Also sollten sie ihren Weihnachtsbaum und die Gans haben.

Buchwaldt und der Neue, dessen bürgerlicher Name von Kuhlau für den Moment entfallen war, von dem er aber noch wusste, dass er sich Theodor nannte, blieben jedoch noch. Während des allgemeinen Aufbruchs nahmen sie ihre Biergläser und ihre Jacken und kamen zu von Kuhlau an den Tisch.

»Und, Franz?« Theodor setzte sich links von von Kuhlau an die Stirnseite des Tisches. »Zufrieden mit dem heutigen Treffen?«

Von Kuhlau, dem als Patron natürlich der Ritter von Epp vorbehalten gewesen war, deutete vage ins Zimmer. »Kann man da zufrieden sein?«

Rudolf Buchwaldt nahm gegenüber von von Kuhlau Platz. »Ich weiß, was du meinst, Franz. Aber Weihnachten werden wir denen genauso wenig ausreden können wie die Wiesn.«

Von Kuhlau zuckte die Schultern. »Gegen das Oktoberfest wäre auch nichts zu sagen. Kronprinzenhochzeit, Volksbelustigung. Ideologisch unbedenklich.«

»Wenn man mal davon absieht, dass Kronprinz Ludwig die antiken Olympischen Spiele als Vorbild für das Fest genommen hat«, warf Theodor lächelnd ein.

»Da hast du recht, Theodor.« Von Kuhlau prostete ihm mit seinem Weißbierglas zu und trank einen Schluck. »Aber das war auch nicht so ernst gemeint. Unsere ideelle Überzeugungskraft wird sich letztlich nicht danach bemessen, ob wir Weihnachten verteufeln oder nicht.« Er wischte sich den Schaum aus seinem struppigen Schnauzer.

»Und grad mit solchen populären Einrichtungen muss man sehr vorsichtig sein«, gab Buchwaldt zu bedenken. »Was der Bauer nicht kennt, frisst er nicht, aber was ihm gut schmeckt, das kannst du ihm nicht mehr ausreden.«

Von Kuhlau sah ihn verwundert an. »Hast du dir das gerade ausgedacht?«

Buchwaldt lachte. »Ja. Aber so ist es doch, oder?«

»Ja, natürlich.«

Theodor ergriff das Wort. »Um noch einmal auf die ideelle Überzeugungskraft zurückzukommen. Das, was du da heute in deiner Ansprache in Bezug auf die Rassenreinheit gesagt hast, scheint mir ein sehr gewichtiges Argument zu sein, wenn es darum geht, neue Anhänger zu rekrutieren und alte zu motivieren. Das und deine Aussagen über unsere Vorgehensweise.«

Buchwaldt nickte zustimmend. »Ja, seh ich genauso. Ich glaube, das Bedürfnis nach einer, wie soll ich sagen, greifbaren, nach einer klar umrissenen Identifikation ist größer denn je. Es verschwimmt doch alles da draußen. Keiner weiß mehr, wo er hingehört. Und das ist ein Hauptgrund für die Verunsicherung in unserer Zeit. Aber wenn es uns wieder gelingt, ein Idealbild zu entwerfen, das prägnant und gleichzeitig einfach ist, dann hören uns die Leute zu.«

»Schon«, sagte Theodor, »aber der Mensch filtert seine Eindrücke. Wichtig, unwichtig. Töpfchen, Kröpfchen. Und damit etwas wichtig genug ist, um ins Töpfchen zu kommen, muss es eine bestimmte Reizschwelle überschreiten und aus dem Gewohnten herausragen. Den Güterzug überhörst du nachts, wenn du an der Bahn wohnst. Aber der Schritt des Einbrechers auf dem Parkett lässt dich aus dem Schlaf hochfahren. Wir müssen die Menschen aufschrecken. Dann erst hören sie uns zu.«

»Exakt«, sagte von Kuhlau mit Nachdruck. »Und deswegen müssen wir unsere Methoden ändern. Jeder Kaninchenzüchterverein demonstriert heute für seine Sache. Parteien gibt es so viele, dass man bei der Stadtratswahl bald zwei Tische braucht, um den Wahlzettel hinlegen zu können. Und selbst, wenn es mal scheppert, regt sich doch keiner mehr drüber auf. Nein, es muss ein Fanal sein. So was wie 1980. Auf der Wiesn. Und das darf erst der Anfang sein.«

»Dann würden uns die Leute auch wieder ernst nehmen«, pflichtete ihm Buchwaldt mit glänzenden Augen bei. »Dann würde es nicht mehr heißen, ah, die depperten

Rechten! Ein Haufen prügelnder Idioten! Dann würden uns die Leut zuhören.«

»Richtig!« Von Kuhlau setzte die Faust auf den Tisch. »Diejenigen, die darauf gewartet haben, dass endlich etwas passiert, würden uns die Tür einrennen. Und die anderen, die wüssten, dass sie ab jetzt aufpassen müssen.«

»Genau. Sakrisch aufpassen!« Buchwaldt stand auf. »Bin gleich wieder da.«

Theodor und von Kuhlau sahen ihm hinterher, wie er Richtung Toiletten verschwand. Dann sagte Theodor etwas leiser: »Ich kenne da womöglich jemanden, der uns helfen könnte.«

Von Kuhlau wandte sich ihm zu. »Inwiefern?«

»Es ist jemand, der Zugang und Verbindung zu gewissen Orten und Kreisen hat. Kreise, in denen ein – nennen wir es Unglücksfall für höchste Aufmerksamkeit sorgen würde. Landesweit!«

»Aha!« Von Kuhlau war ganz Ohr. »Und … wer ist das?«

Theodor schüttelte den Kopf. »Ich kenne seinen Namen selbst noch nicht. Bisher weiß ich nur über einen meiner Kontakte von ihm. Ich muss da sehr vorsichtig zu Werke gehen. Dem Mann ist nicht ganz einfach beizukommen.«

»Verstehe. Weißt du denn, wo er her ist? Aus München?«

»Nein. Er stammt aus Berg. Am Starnberger See.«

*

»In Ordnung, 45 Minuten, nein, nein, das macht mir keine Umstände. Fahren Sie vorsichtig.« Peter Reinsdorfer legte auf und starrte wütend aus dem Fenster.

Was bildeten sich diese Leute eigentlich ein? Glaubten die, dass er ihr Hausneger war? Nur weil sie Geld hatten, konnten sie sich nicht alles erlauben. Auch für ihn war Heiligabend. Susanne wartete zu Hause mit den Kindern, und er musste jetzt noch eine weitere Stunde hier herumhängen. Scheiße.

»Schneit!« Wolfgang war ans Fenster gekommen. Grinste übers ganze Gesicht und deutete hinaus.

»Ja, Wolferl, es schneit.«

»Schneit«, wiederholte der mongoloide Mann.

Er hasste diesen Job. Gott, wie er diesen Job hasste! Schon Hunderte Male hatte er sich für seine Dummheit verflucht. Behindertenpfleger! Was für eine Scheiße.

»Jetzt kommen Mama und Papa!« Wolfgang hatte schon seinen Rucksack geholt und die Schuhe angezogen. Der rechte Schnürsenkel war offen.

Reinsdorfer beugte sich hinab, um ihn zu binden. »Es dauert noch ein bisschen, Wolferl.« Ein fischiger Geruch stieg ihm in die Nase. Nicht mal Zeit hatten sie gehabt, ihm eine frische Unterhose anzuziehen, dachte er.

»Dauert noch?«

»Ja, dauert noch.«

Dauert noch. Peter Reinsdorfer hielt einen Moment inne. Der Gedanke war unvermittelt in seinem Hirn aufgetaucht. Ein Gedanke, der ihm sogleich ins Blut geschwappt war. 45 Minuten würde es noch dauern. Und er war allein hier mit Wolfgang. Die anderen Behinderten waren alle pünktlich abgeholt worden, und auch seine Kollegen hatten die Werkstätte bereits verlassen. Reinsdorfer richtete sich auf.

»Wolferl?«

»Ja?«

»Wir könnten noch was spielen, bis deine Eltern kommen.«

»Au ja! Spielen! Fang den Hut!«

»Nein, ich weiß was Besseres.«

Wolfgang sah ihn neugierig an.

»Es ist ein neues Spiel, eines, das nur wir zwei spielen können.«

Der Behinderte nickte erwartungsvoll.

»Und wir dürfen es niemandem verraten, damit es nur unser Spiel bleibt. Ist ein großes Geheimnis! Ein Weihnachtsgeheimnis!«

»Toll! Toll!« Wolfgang trat aufgeregt auf der Stelle.

»Aber niemandem verraten! Das müssen wir schwören.«

»Ja, au ja!«

»Also.« Reinsdorfer hob die rechte Hand. »Ich schwöre, dass ich Wolferls und mein Weihnachtsgeheimnisspiel niemandem verrate.« Er deutete auf den Behinderten. »Jetzt musst du das schwören.«

Wolfgang Stransky kicherte und hob die Hand. »Ich schwöre, dass ich Wolferl …«

»… nein, dass ich Peters und mein Weihnachtsgeheimnisspiel «

»… dass ich Peters und mein Weihnachtsgeheimnisspiel «

»… niemandem verrate.«

»… niemandem verrate.«

»Prima, Wolferl. Und jetzt pass auf. Ich zeig dir, wie das Spiel geht. Es ist sehr lustig.«

7. Kapitel

27. Dezember, München, Berg

Die Türen schlossen sich und die S-Bahn fuhr langsam an. Bartholomäus Kammerlander suchte sich einen freien Platz am Fenster. Ihm schräg gegenüber saß eine dicke Frau im roten Wollkostüm, die eine Zeitschrift las. Auf dem Kragen ihres Blazers lag eine Tannennadel, und das Parfüm, das sie aufgelegt hatte, erinnerte Bartholomäus an den blauen Klostein, den seine Mutter immer in die Schüssel gehängt hatte. In der dahinterliegenden Sitzgruppe fläzte ein junger Mann, der die Augen geschlossen hatte. Sein rechtes Ohrläppchen füllte ein schwarzes Piercing, groß wie ein Hosenknopf. Hinter ihm klebte eine Werbung für unzerstörbare Brillengestelle an der Trennwand.

Bartholomäus schaute zum Fenster hinaus. Am ersten Weihnachtsfeiertag hatte es begonnen zu tauen, und mittlerweile war der meiste Schnee geschmolzen. Schmutzig und nass lagen die letzten Reste neben der S-Bahn-Strecke. Dazu fiel ein feiner Regen aus den grauen Wolken, der dünne Fäden an die Scheibe zeichnete.

In Stockdorf stieg eine Gruppe Jugendlicher zu. Drei Jungen und ein Mädchen. Sie waren kaum älter als 15, alberten laut herum und legten ihre Füße auf die Sitze. Ein Turnschuh hatte einen Riss in der Sohle, das Mädchen trug einen Hörverstärker in der linken Ohrmuschel. Die Frau im Wollkostüm sah missbilligend hinüber, sagte aber nichts. Die Zeitschrift auf ihrem Schoß zeigte ein Bild von Brad Pitt.

Bartholomäus hatte das Gefühl, als nähme er alles wie durch eine Lupe wahr. Eine Lupe für die Augen, für die Ohren, die Nase. Alles schien größer zu sein, näher an ihm dran.

Er dachte an zurückliegende Fälle. Da war es ähnlich gewesen. Sein Blick, sein Verstand stellten sich um. Für die Jagd. Sein Hirn und seine Sinne schalteten in einen Modus, der ihn empfänglich sein ließ für alle möglichen Dinge, die sonst nahezu unbemerkt an ihm vorbeirauschten. Natur-Ecstasy, nannte er diesen Zustand. Der Wolf in dir, sagte Wiebke dazu.

Oder war es so, dass irgendetwas in ihm einen Vorrat anlegen wollte? Einen Vorrat an unverstellten Eindrücken und Empfindungen. Damit er sich irgendwann wieder daran erinnern konnte, wie die Welt da draußen wirklich war. Damit er sich irgendwann wieder daran erinnern konnte, wie er war und wer er war. Denn gleich, spätestens im Präsidium, würde er in eine andere Welt eintauchen.

Er wusste es nicht. Er wusste nur, dass er diesen Kerl finden musste.

Am Stachus stieg Bartholomäus aus und legte die etwa 500 Meter zum Polizeipräsidium zu Fuß zurück. Er passierte das große Gittertor mit den beiden Granit-Löwen auf den flankierenden Säulen und steuerte auf den Haupteingang zu. Das alte Klostergebäude kam ihm immer wie ein Gefängnisbau vor. Die graugrünen Mauern, die hohen, schmalen Fenster, deren Kreuze wie Gitterstäbe aussahen, der drei Meter hohe Eisenzaun, der sich um den ganzen Innenhof zog. Einzig der filigrane Glockenturm störte diesen Eindruck.

Bartholomäus meldete sich bei dem Polizisten in der Pforte an und bat ihn, Kommissar Kreuzpointner Bescheid zu sagen. Drei Minuten später holte ihn Kreuzpointner ab.

Josef Kreuzpointner hielt ihm die Hand hin. »Gut Moign.« Er ließ die Hand nicht gleich wieder los. »Und noch mal danke.«

»Schon gut.«

Kurz darauf betraten sie das Büro. Zillenbiller war auch da. Er blickte von seinem Computer auf, als Bartholomäus und Kreuzpointner hereinkamen. »Moign, Kammerlander.«

»Guten Morgen.« Bartholomäus nickte. Zu seiner Erleichterung stellte er fest, dass weder Polizeidirektor Sedlmaier noch die Polizeipräsidentin selbst anwesend waren. Auf die offiziellen Nettigkeiten konnte er jetzt gerne verzichten. Bartholomäus hängte seinen Parka an den Garderobenständer.

»Wie wollen mir's machen?«, fragte ihn Kreuzpointner. »Schaust du dir erst selber an, was wir haben, und wir redn anschließend, oder sollen mir's dir erzähln?«

»Erzählt ihr erst mal.«

Kreuzpointner nickte. »Is recht. Gehen mir am besten da rüber.« Er wies auf eine Eckbankgruppe mit Tisch und drei Stühlen in der Ecke rechts hinter der Eingangstür. Rotweißkarierte, schon reichlich verschossene Tischdecke, darauf ein Willi-Becher mit Stiften drin und eine Dickblattpflanze im Endstadium. »Willst einen Kaffee?«

Bartholomäus ging hinüber, nahm auf einem der Stühle Platz und sah zur Kaffeemaschine. So ungefähr konnte er sich noch daran erinnern, wie Kaffee schmeckte, der seit Stunden in der Warmhaltekanne schwamm. »Nur Milch, bitte, keinen Zucker.«

»Oiso.« Kreuzpointner goss eine Tasse Kaffee ein und

reichte sie Bartholomäus. Dann holte er sich eine Mappe und setzte sich auf die Bank. Zillenbiller beendete seine Arbeit am Computer und zwängte sich auf die andere Seite der Eckbank.

»Der 9. November. Da fangt es bis jetzt an.«

Bartholomäus trank einen Schluck von dem bitteren Gesöff. Als Kreuzpointner gestern Abend angerufen hatte, waren er und Wiebke gerade Al Di Meola mit einem Glas Wein ins Land der Mitternachtssonne gefolgt. Nachdem er wieder aufgelegt hatte, hatte Wiebke ihn nur ansehen müssen, um zu wissen, was Kreuzpointner gesagt hatte. Sie hatte still gelächelt. Aber als das Telefon geklingelt hatte, war sie doch leicht zusammengezuckt.

»Es waren Haare und Schuppen, sagtest du.«

»Ja.« Kreuzpointner kramte ein Blatt aus seiner Mappe und reichte es Bartholomäus über den Tisch. »Im Labor haben's identische DNA-Spuren gfunden.« Kreuzpointner sprach weiter, während Bartholomäus im Bericht des Landeskriminalamtes las. »In Alfarths Wohnung war es ein einzelnes Haar, des wir neben ihm auf dem Boden gfunden haben, in der Wohnung von der Polin a paar Schuppen, die auf der Bettdecke glegen sind. Beides stammt von ein und derselben Person.«

Bartholomäus nickte nachdenklich und gab Kreuzpointner den Bericht zurück. »In Ordnung. 9. November.«

»Was weißt du noch von unserer Besprechung damals?«

»Fang bitte noch mal ganz von vorne an.«

»Gut. Das Opfer heißt Simon Alfarth, 37 Jahre alt, ledig, keine Kinder. Seit 13 Jahren hat er als Finanzbeamter beim Finanzamt Starnberg gearbeitet.«

Kreuzpointner gab Bartholomäus ein Foto. Es zeigte

einen unscheinbaren Mann im Halbporträt mit dünnen, braunen Haaren, die zu einem Seitenscheitel gekämmt waren. Seine Augen wirkten müde, der Teint war blass. Sehr auffällig war jedoch die tiefe Hasenscharte. Wie ein dicker, weißer Wurm zog sich die Narbe von der Oberlippe bis zum linken Nasenloch. Alfarth trug auf dem Foto ein unmodernes Hemd, dessen erster Knopf geöffnet war.

»Gfunden haben wir die Leiche erst drei Tag später. Alfarths Vorgesetzter«, Kreuzpointner blätterte in der Akte, die vor ihm auf dem Tisch lag, »ein Herr Grundmann, hat vorher schon ein paar Mal bei Alfarth angrufen. Er hat gmeint, dass es völlig ungewöhnlich gwesen ist, dass Alfarth nicht zur Arbeit kommen ist. Er ist so gut wie nie krank gwesen, und wenn, dann hat er sich morgens immer telefonisch abgmeldet. Nach drei Tag hat er dann Alfarths Hausmeister verständigt und ihn gebeten, mal nachzuschauen, was mit Alfarth los ist.«

»Den Hausmeister kannte er?«, fragte Bartholomäus.

»Nein, er hat vorher herumtelefonieren müssen. Alfarth hat in einem dieser 60er-Jahre Mietshäuser am nördlichen Stadtrand von Starnberg gewohnt. Sie gehören einer Genossenschaft in München-West. Grundmann hat bei der Verwaltung angrufen, und die haben ihm den Namen und die Nummer von dem Hausmeister geben.«

»Ich hab mit Grundmann gredet«, sagte Zillenbiller. »Is a anständiger Kerl. Hat sich wirklich Sorgen um Alfarth gmacht und war dann auch ziemlich 'knickt, als er ghört hat, was passiert ist.«

Bartholomäus nickte.

Kreuzpointner fuhr fort. »Der Hausmeister hat nach eigenen Angaben erst ein paar Mal klingelt und danach klopft und grufen. Dann hat er bei den Nachbarn herumgfragt, ob sie irgendwas mitbekommen haben. Ob Alfarth weggfahren ist oder so. Aber keiner hat was gwusst. Daraufhin hat er noch mal mit Grundmann telefoniert, und der hat dann die Polizei verständigt.«

»Hatte Alfarth Verwandte?«

»Ja, sei Mutter«, erwiderte Zillenbiller. »Sie wohnt in Milbertshofen mit Gorbatschow und Jim Beam als Untermieter, wenn'sd weißt, was ich mein. Hat kaum noch Kontakt zu ihrem Sohn ghabt. Als die Polizei gfragt hat, ob sie weiß, wo ihr Sohn ist, hat sie nur gschimpft. Und als ich bei ihr war, hab ich auch kaum was Vernünftigs aus ihr rausbracht.«

Kreuzpointner blätterte in der Akte um. »Nach dem Anruf bei der Mutter sind zwei Streifenbeamte zur Wohnung gfahren, wo der Hausmeister schon auf sie gwartet hat. Die sind rein«, Kreuzpointner sah auf, »und nach drei Schritten wieder raus.«

Bartholomäus verstand. »Der Geruch.«

»Genau, der Leichengeruch. Sie haben uns informiert, und um halb elf Uhr vormittags waren Max und ich in der Wohnung. Kurz drauf ist die Spurensicherung kommen und um halb zwölf der Seebauer.«

Bartholomäus sah ihn fragend an.

»Der Rechtsmediziner.«

Kreuzpointner holte ein anderes Foto aus der Akte und reichte es Bartholomäus. Der Tatort und Alfarths Leiche waren darauf zu sehen. Der Mann lag rücklings auf einem gefliesten Boden. Die Beine waren leicht nach innen verdreht, die Arme gebeugt, die Hände klauenartig verkrampft. Alfarths Augen waren weit aufgerissen und starrten an die Decke. Auch der Mund stand offen. Vor allem im Gesicht konnte Bartholomäus die beginnende

Zersetzung gut erkennen, die für die ersten Tage typische grün-rot-schwarze Tönung der Haut, die Ablösung erster Hautfetzen und sogar einzelne Fäulnisblasen. Als er genauer hinsah, entdeckte er noch Speichelreste an Kinn und Mundwinkeln.

»Was sind das für Klemmen?«, fragte er Kreuzpointner. An Alfarths linkem Handgelenk und linkem Knöchel bemerkte er Klemmen, wie er sie von Autoladekabeln kannte. Die dazugehörigen Leitungen verschwanden links aus dem Bild.

»Der Alfarth is durch einen Stromschlag umbracht wordn«, sagte Kreuzpointner. »Der Mörder hat den Herd ausbaut und aus der Nische zogen. Anschließend hat er die Stromleitung anzapft und die Klemmen da dem Alfarth anglegt.«

»Ein Stromschlag mit Starkstrom?« Diese Information war Bartholomäus neu.

»Richtig.«

Zwei weitere Fotos zeigten den ausgebauten Herd und in Nahaufnahme die Elektroinstallation. Die beiden Kabel, die zu der Leiche führten, waren behelfsmäßig mit den Starkstromleitungen, die aus der Wand kamen, verbunden.

»Starkstrom.« Bartholomäus gab die Fotos zurück. Starkstrom. Bilder schossen durch seinen Kopf. Bilder von Menschen, die wild zuckten und um sich schlugen, die sich im Krampf aufbäumten und wieder in sich zusammenfielen, denen die Augen hervortraten, denen der Speichel aus dem Mund quoll. Es dampfte, vielleicht verbrannte Fleisch, es knisterte und knackte. Und jemand sah bei all dem zu. Bartholomäus spürte, wie sich seine Nackenhaare sträubten. »Der Mörder baut den Herd aus. Und er lässt die Kabel zurück«, sagte er leise.

»Vielleicht hat ihn irgendwer oder irgendwas aufgschreckt und er hat abhaun müssen«, warf Zillenbiller ein. »Oder er hat die Dinger einfach vergessen.«

Bartholomäus erwiderte nichts. »Irgendetwas zu den Kabeln und den Klemmen?« Er stellte die Frage nur der Vollständigkeit halber.

»Nix«, bestätigte Zillenbiller seine Vermutung. »Koane Fingerabdrücke, koane sonstigen aufschlussreichen Spurn. Die Kabel und die Klemmen sind von einem handelsüblichen Autoladekabel, wie ma's in jedm Baumarkt kriagt. Der Mörder hat's zwar für seine Zwecke umbaut, aber da war ned viel zu tun.«

»Hm.« Bartholomäus trank einen weiteren Schluck Kaffee. Eine neue Szenerie entstand vor seinem inneren Auge. »Was war der 9. November für ein Wochentag?«

»Ein Dienstag«, sagte Kreuzpointner.

»Ein Dienstag.« Arbeitstag. Die Menschen waren beim Arbeiten, beim Einkaufen, auf dem Weg dorthin, manche zu Hause. »Todeszeitpunkt?«

»Seebauer sagt, dass es zwischen sechs Uhr früh und zwei Uhr nachmittags gwesen sein muss. Genauer ging's nicht, weil die Leiche ja erst drei Tag später gfunden wordn is.«

»Wissen wir, wann Alfarth an diesem Tag anfangen musste zu arbeiten?«

»Er hat Gleitzeit ghabt, is aber immer ziemlich pünktlich so umara neune in der Früh ins Büro gangen.«

Bartholomäus sah in eine unbestimmte Ferne. Seine Augen wurden zu schmalen Schlitzen. Ein Dienstagmorgen in Starnberg. Ein Fremder steht vor Alfarths Haus.

»Ist die Haustür offen?«

»Manchmal scho, manchmal nicht«, antwortete Kreuzpointner. »Mir haben's ein paar Mal ausprobiert. Sie geht nimmer richtig zu.«

»Wie war das Wetter an diesem Dienstag?«

»Trocken. Zwei Tage hat's nicht gregnet. So um die fünf Grad. Bedeckt.«

Dienstagmorgen, trüb, kühl. Alfarth befindet sich in seiner Wohnung, macht sich fertig, um in die Arbeit zu gehen. Es klingelt oder klopft, Alfarth wird fragen, wer da ist. Es sei denn, er hat jemanden erwartet. Den Mörder? Kannte er seinen Mörder? Oder drang der Mörder gewaltsam ein? Bartholomäus stellte Kreuzpointner die Frage.

»Nein, dafür gibt's keine Anzeichen. Wenn der Mörder keinen Schlüssel ghabt hat, hat ihm Alfarth aufgmacht.«

Bartholomäus sah die Situation vor sich. Alfarth an der Tür. Wenn er den Mörder kannte, machte er auf. Wenn nicht, brauchte der einen guten Grund, damit Alfarth öffnete. Alleinstehend, gewissenhaft, Beamter, kein Riese. Alfarth war niemand, der einfach die Tür öffnete. Andererseits – es war nicht wirklich schwierig, sich einen guten Grund einfallen zu lassen, warum einem jemand die Tür aufmachen sollte.

»Ich nehme an, dass keiner der Nachbarn irgendjemand Verdächtigen gesehen hat, oder?«

»Na.« Zillenbiller schüttelte den Kopf. »Karin und ich haben alle befragt. Keiner hat was gsehen. Nur einem Mann aus dem dritten Stock ist aufgfallen, dass an dem Vormittag auf der anderen Straßenseite a Stund lang ein weißer Mercedes-Kombi parkt hat, den er da noch nie gsehen hat.«

»Ein weißer Mercedes.« Bartholomäus ließ den Täter im Geiste aussteigen und zum Haus gehen. Er betritt es, steht oben vor Alfarths Tür, der öffnet. Der Mann kommt herein. Und dann?

»Was ist dann passiert? Der Herd wurde ausgebaut, Kabel angeschlossen, Alfarth wurden Klemmen angelegt. Das ließ er sicher nicht einfach geschehen.«

»Er ist erst einmal mit einer Elektroschockpistole außer Gefecht gsetzt worden«, sagte Kreuzpointner. »Seebauer hat bei der Obduktion kleine Brandmale am Hals gfunden, die sich seiner Meinung nach mit so einem Ding am ehesten erklären lassen. Mir haben daraufhin die Wohnung noch mal ganz genau untersucht und sind zu dem Ergebnis kommen, dass das Ganze an der Wohnungstür passiert sein muss. Die Spuren auf der Auslegware im Gang lassen drauf schließen, dass Alfarth von dort in die Küche gschleift wordn is.«

»Dann hat er ihn nicht gekannt«, sagte Bartholomäus. »Alfarth hat die Tür geöffnet und wurde dort ausgeschaltet. Er hat den Besucher nicht reingebeten. Sei es, dass es dazu keinen Grund gab, sei es, dass ihm der Kerl suspekt war.«

»Gut, ein Unbekannter also.« Kreuzpointner machte sich eine Notiz, sah dann wieder auf. »Der Unbekannte macht sich danach an d' Arbeit, baut den Herd aus, schließt die Kabel an und bringt Alfarth mit einem Stromschlag um. Anschließend – oder vielleicht auch davor – stellt er die Wohnung auf'n Kopf und nimmt mit, was ihm wertvoll vorkommt und was er ohne Schwierigkeiten tragn kann.«

»Ein Raubmord«, erinnerte sich Bartholomäus.

Kreuzpointner nickte. »Allerdings fehlt nur Alfarths Geldbeutel, sei Brieftaschn und d' Uhr.«

»Nur das?« Bartholomäus sah ihn überrascht an.

»So schaut's im Moment aus, ja.«

»Jemand zieht die Aktion mit dem Herd und den Kabeln durch und klaut dann lediglich Uhr und Geldbeutel?«

»Ja.« Kreuzpointner machte eine beinahe entschuldigende Geste und gab Bartholomäus weitere Fotos. Auf ihnen erkannte Bartholomäus, dass die Wohnung tatsächlich von innen nach außen gekrempelt worden war.

»Deswegen glaubn mir auch bis jetzt, dass mir es mit einem ziemlich gstörten Typen zu tun ham«, sagte Zillenbiller. »Du woaßt scho, so einer, der vor allem Spass am Umbringen hat, am Planen, an der Ausführung und dem Nervenkitzel. Und anschließend nimmt er sich ein kleines Andenken mit.«

Bartholomäus blickte eine Weile starr vor sich hin. Dann stand er auf und trat ans Fenster. Schneeregen hatte eingesetzt. Schwere Flocken, die nicht als solche zu erkennen waren, sondern eher zu groß geratenen, weißlichen Tropfen glichen, mischten sich mehr und mehr unter den Regen. Wo sie auf die Fensterscheibe trafen, hinterließen sie einen verschmierten Kristall, der sich langsam auflöste. Die Leute auf den Bürgersteigen zogen ihre Köpfe ein.

Ein Psychopath. Bartholomäus legte die Stirn an die kühle Fensterscheibe. Ein Psychopath war mit etwas Pech das Schlimmste, was ihnen passieren konnte. Dann nämlich, wenn der Mörder absolut nichts mit seinen Opfern zu tun hatte und sie aus irgendeinem abstrusen Grund auswählte. Nach der Farbe der Schuhe, weil sein alkoholkranker Vater immer rote Slipper angehabt hatte, wenn er ihn sonntags nach der Kirche verprügelt hatte. Weil sie in der Trambahn vorn rechts sitzen. Völlig zufällig. Und selbst wenn sie dieses Motiv entdeckten, musste das noch gar nichts heißen. Wenn solch ein Täter keinen gravierenden Fehler machte, konnte es Jahre dauern, bis man ihm auf die Schliche kam. Falls es überhaupt gelang. Das Hirn eines solchen Menschen mochte im moralischen Sinne noch so krank und verkommen sein – seiner Genialität und Schlauheit musste das keinen Abbruch tun.

Bartholomäus schauderte bei dem Gedanken, dass ihr Mann in diese Kategorie fiel. Er hoffte, dass sie es mit einem Psychopathen zu tun hatten, der mit Simon Alfarth und der Polin in einer Weise in Verbindung stand, die wenigstens halbwegs nachvollziehbar war. Und das nicht nur für den Psychopathen.

Er drehte sich um.

»Übrigens hab ich unlängst an interessanten Artikel zum Thema Psychopathen glesen.« Eine unüberhörbare Süffisanz lag in Zillenbillers Stimme. »Irgend so ein Hirnforscher hat da seinen Senf dazugeben. Er hat so ungefähr gmeint, dass Psychopathen schuldunfähig sind, weil das alles biologische Ursachen hat. Und dass man sie daher auch nicht einsperren darf.«

»So ein Schmarrn«, sagte Kreuzpointner.

»Hat der aber behauptet. Und er hat auch gsagt, dass jeder zum Mörder werden kann. Unter bestimmten Umständen.«

»Ah geh! Wo hast du denn des glesen?«

»In der Zeitung. Weil es keine Willensfreiheit gibt. Also der hat quasi gmeint, wenn du in der Bäckerei stehst und du denkst noch drüber nach, ob du Nusshörndl oder an Krapfen willst, dann weiß tief in dir drin schon irgendein Hirnteil, dass du ein Nusshörndl nimmst, noch bevor du das weißt.«

»Aha.« Kreuzpointner schien nicht sonderlich interessiert.

Zillenbiller nickte Bartholomäus zu, der sich wieder auf seinen Platz begab. »Hast du davon schon mal was ghört, Kammerlander?«

Bartholomäus deutete auf die Akte, die vor Kreuz pointner lag. »Machen wir weiter, Josef. Wie ist der Stand der Ermittlungen?« Willensfreiheit. Jeder kann zum Mörder werden. Ja, davon hatte er schon gehört. Ja.

In den nächsten anderthalb Stunden erläuterten Kreuzpointner und Zillenbiller, was bis jetzt im Fall Alfarth unternommen worden war. Bartholomäus Kammerlander hörte konzentriert zu, machte sich aber keinerlei Notizen. Er wollte zunächst einmal alles auf sich wirken lassen. Anschließend ließ er sich die Akte geben. Um zwei Uhr wollten sie sich wieder treffen. Dann würden auch Karin Reichlmair und Otto Hauser dabei sein, die ebenfalls zum Ermittlungsteam gehörten.

Bartholomäus verließ das Polizeipräsidium und ging hinüber ins Augustiner Restaurant in der Fußgängerzone. Er suchte sich eine ruhige Nische, bestellte eine Apfelschorle und Dampfnudeln und vertiefte sich in den Bericht.

Simon Alfarths einzige Verwandtschaft bestand aus seiner Mutter und einer Cousine, die in Frankfurt lebte. Die Mutter hatte auf die Nachricht vom Tod ihres Sohnes mehr als desinteressiert reagiert. Ihre einzige Sorge hatte den Beerdigungskosten gegolten. Über Gewohnheiten ihres Sohnes, Hobbys, Bekanntschaften oder irgendetwas anderes, das Licht in dessen Leben hätte bringen können, wusste sie nichts zu sagen. Oder wollte sie nichts sagen. Nur eine Freundin aus lange zurückliegenden Jahren war ihr noch eingefallen, eine Claudia oder Cordula. Aber die sei gescheit gewesen und habe ihren Sohn bald wegen eines anderen sitzen lassen.

Auch die Cousine konnte ihnen nicht weiterhelfen. Sie hatte Alfarth zum letzten Mal vor gut zwanzig Jahren gesehen, auf der Beerdigung ihres Vaters, Alfarths Onkel, der bei einem Autounfall ums Leben gekommen war.

Die Schorle kam, Bartholomäus trank einen Schluck und

blätterte zu Freunden und Bekannten um. Eine Frau existierte offenbar nicht in Alfarths Leben. Zumindest wussten weder seine wenigen Freunde noch seine Arbeitskollegen und Nachbarn von einer zu berichten. Auch für Homosexualität gab es keine Anhaltspunkte, und wenn sich Bartholomäus Alfarths Foto ins Gedächtnis rief, konnte er sich des Eindrucks nicht erwehren, dass er etwas Asexuelles an sich hatte. Blass, unscheinbar, schabenhaft. Ihn sich schwitzend und stöhnend vorzustellen, gelang Bartholomäus kaum. Aber auch das war natürlich reine Spekulation. Vielleicht ging Alfarth ja ins Bordell.

Seine Freizeit verbrachte Alfarth – wenn er in Gesellschaft war – im Kreis weniger Freunde und Kollegen. Kegeln, Wandern, Fotografieren. Das waren seine Leidenschaften. Wie leidenschaftlich Alfarth auch immer gewesen sein mochte bei dem, was er getan hatte. Kreuzpointner und Hauser hatten seine sämtlichen Bekannten unter die Lupe genommen. Aber die Huberts, Helmuts und Willis waren mindestens genauso unscheinbar wie Alfarth. Was nichts heißen musste, kaum ein Mörder hatte das Kainsmal auf der Stirn. Doch alle Huberts, Helmuts und Willis hatten für den fraglichen Zeitraum ein Alibi. Der eine hatte Urlaub gehabt und war Wandern gewesen, der andere zu Besuch bei seiner Schwester in Augsburg, ein dritter arbeiten und so weiter.

Die Bedienung brachte die Dampfnudeln. Bartholomäus klemmte den Bericht so unter den Teller, dass er beim Essen lesen konnte. Auf die umgeschlagenen Seiten stellte er den Korb mit den Brezen. Er nahm Gabel und Messer zur Hand und zerteilte die beiden Hefeklöße.

Keiner von Alfarths Freunden und Bekannten – soweit sie bisher ausfindig gemacht und befragt worden waren –

hatte auch nur ansatzweise einen Verdacht, was Simon Alfarth zum Verhängnis hätte werden können. Der Mann sei sehr ruhig und umgänglich gewesen, habe lieber nachgegeben, als seinen Standpunkt zu verteidigen, und war – so ließen sich ihre Aussagen zusammenfassen – ein Muster an Pflichtbewusstsein und Rechtschaffenheit gewesen. Spenden vor Weihnachten, Autofahren nur wenn nötig, Bügelfalten, regelmäßige Friseurbesuche und so weiter.

Den Eindruck eines sehr gewissenhaften und disziplinierten Menschen bestätigten auch die Informationen, die sich auf Alfarths Arbeitsstelle bezogen. Er war so gut wie nie krank gewesen, erledigte seine Aufgaben zur vollsten Zufriedenheit seines Vorgesetzten und pflegte einen freundlichen, wenn auch zurückhaltenden Umgang mit seinen Kollegen. Sein Arbeitsplatz war mehr als ordentlich, seine Handschrift korrekt, schnörkellos und klein, und auf seinem Computer fand sich keine einzige Seite, die nichts mit seiner Arbeit zu tun gehabt hätte. Keine dralle Miss August, kein Ebay-Aufruf, nicht einmal ein Wetterbericht. Die einzige persönliche Note, die Simon Alfarths Schreibtisch schmückte, war ein kleiner Geldbaum. Gute Erde, Düngerstäbchen, staubfrei.

Genau so sah es, den Bildern nach zu urteilen, auch in seiner Wohnung aus. Staubfrei. Die Kleidung in seinem Schrank konnte man wohlwollend als konservativ und uneitel bezeichnen, die Möbel in seiner Wohnung waren betagt, aber gut in Schuss, die wenigen Bücher, die in seinem Regal standen, hatten vornehmlich mit Wandern und Fotografieren zu tun. Zillenbiller hatte sich sogar die Mühe gemacht, Alfarths Aufnahmen zu sichten. An die viertausend Dias und noch einmal zweieinhalbtausend Fotodateien auf seinem privaten Computer. Dass sich hier vielleicht eine Untiefe in Simon Alfarths Leben, gar der Ursprung eines Motivs für den Mord an ihm verbarg, lag ja durchaus im Bereich des Möglichen. Aber auch hier Fehlanzeige. Der Mann hatte Landschaften und Tiere fotografiert. Ausnahmslos. Keine heimlichen Spanner-Fotos, keine halbscharfen Schnappschüsse eines sich küssenden Paares, die der treulose Ehemann zusammen mit einer Geldforderung in seinem Briefkasten fand.

Ein Klecks Vanillesoße tropfte auf den Bericht. Bartholomäus nahm eine Serviette und wischte ihn ab.

Simon Alfarth hatte ein Abo der Stiftung Warentest, die DVDs, die er sich lieh, waren allesamt harm- und hirnlose Hollywood-Filmchen, und seine bescheidene CD-Sammlung kreiste zum größten Teil um das Lebenswerk von André Rieu.

›Spießer‹ hatte jemand an den Rand des Berichts geschrieben. Ja, mag sein, dachte sich Bartholomäus. Aber Simon Alfarth machte auf ihn den Eindruck eines zufriedenen Menschen.

Bartholomäus ging die Liste mit den Dingen durch, die man aus der Wohnung mitgenommen hatte. Rechnungsordner, persönliche Unterlagen, Briefe, Postkarten, Terminkalender, ein Album mit alten Fotos. Auch seine Bankauszüge hatte man asserviert und im Bericht vermerkt, dass sich auf Alfarths Konto knapp 40.000 Euro befanden.

Konnte das ein Motiv sein? Bartholomäus überlegte einen Moment, verwarf aber dann diesen Gedanken. Der Plan des Mörders, wenn er, warum auch immer, von dem Geld gewusst hatte, hätte vorsehen müssen, mit Alfarth zur Bank zu fahren, um das Geld abzuheben. Oder Alfarth zu zwingen, das Geld online zu überweisen. Und weil Alfarth sich weigerte, wurde er umgebracht. Aber dagegen sprachen drei

Gründe. Erstens schätzte Bartholomäus Simon Alfarth nicht als einen Menschen ein, der sein Leben für 40.000 Euro aufs Spiel setzte. Zweitens waren nach Alfarths Tod einmalig 2000 Euro abgehoben worden. Alfarth hatte dem Mörder also die Geheimnummer der Karte genannt. Oder der hatte sie in irgendeiner Schublade gefunden. Jedenfalls war der Mörder vorsichtig genug gewesen, nur einmal Geld abzuheben und das auch noch an einem Automaten, den keine Kamera überwachte. Jemand, der für 40.000 Euro mordete, wäre nicht so besonnen vorgegangen. Und das führte Bartholomäus zum dritten Grund: Wer tötete aus Habgier und baute dazu den Herd aus?

Bartholomäus wischte mit dem letzten Stück Dampfnudel die Reste der Vanillesoße auf, trank sein Glas leer und legte Messer und Gabel in den Teller. Er putzte sich den Mund mit einer zweiten Serviette ab und lehnte sich zurück. Sein Blick wandte sich nach innen, die Serviette hatte er immer noch in der Hand.

Dieser Tod. Warum ein Stromschlag? Warum der Herd und nicht einfach die Steckdose? Warum töte ich jemanden auf diese Weise? Mich reizt die Methode. Es macht mir Spaß, dem Opfer zuzusehen, wenn der Strom durch seinen Körper fließt. Wenn die Muskeln zucken, Schaum aus dem Mund quillt, die Augen das Weiße zeigen. Der Geruch verbrannten Fleisches macht mich an. Strom bedeutet mir etwas. Strom ist mein Gott. Ich will euch etwas sagen, wenn ich auf diese Weise töte. Mein Dämon hat es mir befohlen. Papa hat immer gesagt, ich wäre zu dämlich, eine Glühbirne reinzudrehen.

Dieser Tod war ein Schlüssel. Davon war Bartholomäus Kammerlander überzeugt. Doch noch hatte er nicht den Hauch einer Ahnung, in welches Schloss er passte oder welche Tür sich damit öffnen ließ.

Bartholomäus zahlte und ging auf die Toilette. Eigentlich pinkelte er lieber im Sitzen. Das war bequemer und sauberer. Aber die Klokabinen sahen nicht sonderlich hygienisch aus, daher stellte er sich an eines der Urinale. Als sein Strahl gegen das fleckige Porzellan plätscherte, musste er auf einmal an die Pferdekoppel denken. Er war zehn oder elf Jahre alt und mit Manni und Günther unterwegs, seinen zwei besten Kumpels. Draußen bei Mariabrunn war das gewesen. Bei dem Wald, in dem sie ihre ersten Kippen geraucht hatten. Da hatte es daneben eine Pferdekoppel gegeben. Ein paar Isländer, ein fetter Haflinger. Um die Koppel hatte sich ein Elektrozaun gezogen. Zwei weißrote Schnüre mit einem eingeflochtenen Draht. Einer auf Kniehöhe, der andere ziemlich genau da, wo damals seine Nase gewesen war. Sie waren an dem Zaun entlanggegangen und hatten über irgendetwas geredet. Mädchen wahrscheinlich. Nein, Fußballer waren es gewesen. Auf einmal blieb Manni stehen und meinte, er, Bartholomäus, würde sich nie trauen, an den Zaun zu pinkeln. Weil er und Günther das nämlich schon gemacht hätten. Er hatte ihnen kein Wort geglaubt, aber das hatte er ja nicht sagen können. Da hätten sie sofort gesagt, er sei bloß feig. Also hatte er gesagt, doch, er traue sich schon, Manni sagte nein, er, doch, was willst du wetten?, dann zeig's uns, ja, mach ich. Schließlich hatte er seinen Schniedel ausgepackt und gegen den Zaun gepisst. Was eine Scheißidee! Noch heute fühlte er den Stromschlag, wenn er daran zurückdachte. Als würde ihm ein Riese an die Eier schnipsen. Und gleich darauf ein dumpfes Brennen, und zwar ganz genau an der Schwanzspitze.

Als Bartholomäus in Kreuzpointners Büro trat, waren Reichlmair und Hauser bereits da. Sie saßen auf der Eckbank, die Unterlagen vor sich und einen Plastikbecher mit Kaffee oder irgendetwas anderem daneben.

Karin Reichlmair war eine brünette Mittvierzigerin, die allmählich etwas in die Breite ging. Bartholomäus war ihr zwei- oder dreimal begegnet und hatte sie sehr sympathisch gefunden. Vor allem die Tatsache, dass sie die Dinge nicht allzu ernst nahm und trotzdem eine Meinung hatte, hatte ihm gefallen.

Hauser dagegen war nicht seine Kragenweite. Er hatte ihn erst einmal getroffen. Vor ein paar Wochen, als Kreuzpointner und er ein erstes kurzes Gespräch über Alfarth geführt hatten. Hauser war ein frustrierter Klugscheißer, der nur glücklich war, wenn er jammern konnte. Schon wie er da auf seinem Stuhl saß. Als hätte man eigens für ihn die unbequemste Hämorrhoidenquetsche aus ganz München herbeigeschafft.

»Der Bartl!« Karin Reichlmair musterte ihn mit unverhohlener Bewunderung von Kopf bis Fuß. »Fesch wie eh und jeh. Wenn du ein paar Jahre jünger wärst, könntest mir glatt gfährlich werden.«

»Wenn ich ein paar Jahre jünger wäre, wärst du minderjährig und ich käme in den Knast.«

Reichlmair machte ein Gesicht, als hätte sie in eine Zitrone gebissen. »Ouh! Netter Versuch, Bartl, aber viel zu dick auftragen. Jetzt weiß ich erst recht, wie alt ich schon bin.«

Bartholomäus zuckte die Schultern und zwinkerte ihr zu. Er grüßte Hauser, der leidend lächelte. Wie Jesus vom Kreuz, dachte Bartholomäus. Dann setzte er sich auf den Stuhl neben Karin Reichlmair.

»Bist du fertig damit?« Kreuzpointner nickte in Richtung der Akte, die Bartholomäus in den Händen hielt.

»Außer dem LKA-Bericht und dem der Spurensicherung habe ich alles gelesen, ja.«

»Und? Was meinst?«

»Erzähl mir erst noch, was das LKA und die Spurensicherung haben.«

»Oiso, hauptsächlich sind zwei Hinweise wichtig. Einmal die DNA-Spuren und dann noch ein Stofffaden, den mir bis jetzt keinem von Alfarths Kleidungsstücken haben zuordnen können.«

»Den kann er auch von woanders mitgebracht haben«, sagte Bartholomäus.

»Richtig. Aber im Moment müssen mir halt alles berücksichtigen, was auch nur der kleinste Hinweis sein könnt. Mir ham sonst nix.«

»Aber um dieses Nichts kümmern sich vier Leute.« Hauser zupfte sich einen Fussel von der Unterlippe. »Beziehungsweise jetzt fünf.«

Kreuzpointner seufzte. »Mir müssen darüber nicht schon wieder redn, Otto. Oder?«

»Wollt's nur mal in Erinnerung gerufen haben.« Eine schicksalsergebene Geste.

»Ist angekommen.« Kreuzpointner wandte sich wieder Bartholomäus zu. »Der Faden stammt wahrscheinlich von einer Feld- oder Jagdjacke. Solche, wie man sie in Armee-Läden kaufen kann.«

»Rambojacken.« Zillenbiller grinste. »Der Josef hat auch so eine ghabt, als er noch jung und wild war.«

Bartholomäus nickte. »Kenn ich. Hatte ich auch.«

»Ah so, du auch.« Zillenbillers Mundwinkel sanken herab.

»Scheint so, Max, als wären alle außer dir mal jung und wild gwesen.« Kreuzpointner schmunzelte.

Karin Reichlmair sah verwirrt von einem zum anderen. »Hab ich was verpasst?«

»Du nicht, aber der Max, wie's ausschaut.«

»I lach mi tot. Können mir weitermachen?«

»Rambojacken?«

»Weitermachen wäre ganz toll«, sagte Hauser.

Kreuzpointner sammelte sich. »Freilich, Otto. Der Kontakt zum LKA ist ja sowieso dein Bereich. Bitte.«

Otto Hauser holte Luft, als hätte er Schmerzen dabei. Er sah Bartholomäus Kammerlander von der Seite an. »Gut. Was weißt du schon, Kammerlander?«

»Nur dass an beiden Tatorten identische DNA-Spuren gefunden wurden.«

»Recht viel mehr gibt es da auch nicht zu sagen. Bei Alfarth war es ein Haar. Dunkelbraun, ca. fünf Zentimeter lang. Stammt von einem Mann, der gerne Kroko-Slipper trägt und ein Konto bei der Deutschen Bank hat.«

Keiner lachte. Hauser hatte auch nicht so geklungen, als machte er einen Witz. Bartholomäus hatte eher das Gefühl, als krittelte er auf seine verquere Art wieder an irgendetwas herum. An aufwändigen Ermittlungsmethoden, an der Unergiebigkeit ihrer Bemühungen, an den Menschen und der Welt an sich. Es stellte sich erneut der typische Hauser-Zwiespalt ein: Bartholomäus wusste nicht, ob er ihn in den Arm nehmen oder ihm eine scheuern wollte.

Hauser lächelte – dieses Mal ein Es-ist-sowieso-alles-egal-Lächeln – und fuhr fort. »Bei Otylia Ehrlich fanden sich Schuppen auf dem Bett neben ihrem Oberkörper. Dieselbe DNA.«

Bartholomäus nickte und stand auf. Den Kopf gesenkt, ging er im Zimmer auf und ab. So konnte er besser denken.

»Ich versuche mal zusammenzufassen, was wir in Bezug auf Simon Alfarth bis jetzt haben.«

Die anderen drehten sich so, dass sie ihn im Blick hatten. Nur Hauser wandte ihm den Rücken zu.

»Wenn sich keine andere Erklärung dafür findet, warum sich derselbe Mann sowohl in Alfarths Wohnung als auch in der von Otylia Ehrlich befand, müssen wir von einem Doppelmord ausgehen.«

»Was mir am wahrscheinlichsten vorkommt«, sagte Reichlmair. »Alles andere wär zuviel des Zufalls.«

»Sehe ich auch so.« Bartholomäus drehte um, kam zurück. »Dass es ein Mann war, ließe sich auch daraus ableiten, dass der Täter Simon Alfarth durch den ganzen Flur geschleift hat und ein Elektroherd ausgebaut und verrückt wurde.« Bartholomäus blieb unvermittelt stehen und sah Kreuzpointner an. »Habt ihr überprüft, ob Elektroherde in dem Mietshaus Standard sind? In solchen Häusern findet man auch oft Gasanschlüsse.«

Kreuzpointner sah ihn fragend an. »Worauf willst du hinaus?«

»Der Täter brauchte offenbar Starkstrom. Hätte Alfarth einen Gasherd gehabt, wäre der Plan nicht aufgegangen. Er muss gewusst haben, dass da ein E-Herd war.«

»Und damit er des weiß, muss er sich vorher schlaugmacht ham«, verstand Zillenbiller. »Er hätt also schon mal dagwesen sein müssen. Ich kümmer mich drum.« Er notierte sich etwas auf dem Planer, der vor ihm auf dem Tisch lag.

Bartholomäus dachte kurz nach und schüttelte dann den Kopf. »Ich glaube, das können wir uns sparen. Er kann sich auch ganz normal als Mietinteressent ausgegeben und dabei gefragt haben, ob die Wohnungen in dem Haus einen

Stromherd haben. Oder er hat irgendeine Umfrage vorgeschoben, hat den Mann vom E-Werk gespielt und so weiter. Und selbst wenn er vor Ort gewesen sein sollte, ist die Wahrscheinlichkeit verschwindend gering, dass er irgendwem aus irgendeinem Grund aufgefallen ist.«

»Also nix machen?«, fragte Zillenbiller.

»Nein.«

Zillenbiller strich die Notiz wieder durch.

»Okay.« Bartholomäus setzte sich erneut in Bewegung. »Ein Mann steht am Dienstagmorgen vor Alfarths Tür. Er klingelt oder klopft. Alfarth macht auf, weil er irgendwie davon überzeugt wurde, aufmachen zu müssen, und bekommt sofort die Elektroschockpistole an den Hals. Er verliert das Bewusstsein und stürzt zu Boden. Der Täter dringt in die Wohnung ein, schleift Alfarth in die Küche und baut den Herd aus. Er schließt seine Kabel an, legt sie um Alfarths Hand- und Fußgelenke und tötet ihn mittels eines Stromschlages.«

»Wissen wir eigentlich, ob Alfarth die ganze Zeit bewusstlos war?«, fragte Karin Reichlmair. »Wie lange hält die Wirkung von so einer Elektroschockpistole an?«

Hauser beugte sich leicht nach vorn. »Nur mal am Rande erwähnt: wir haben es hier nicht mit einer Elektroschockpistole zu tun, sondern mit einem sogenannten Taser. Eine Elektroschockpistole verschießt Projektile mit Widerhaken, ein Taser wird direkt an die Haut gehalten und baut einen Spannungs- oder Lichtbogen zwischen den Elektroden auf. Die gerichtsmedizinische Untersuchung weist ganz klar auf Letzteres hin, wenn sie Strommarken erwähnt. Und die Wirkung besteht auch nicht darin, dass das Opfer *bewusstlos*«, er sprach das Wort mit besonderem Nachdruck aus, »wird, sondern es wird *paralysiert.*« Er wollte sich schon zurücklehnen, setzte aber noch hinzu: »Das heißt, seine Muskeln werden gelähmt. Und zwar höchstens für einige Minuten.«

Karin Reichlmair zwinkerte ihm zu. »Danke, Otto.«

»Gern geschehen.«

»Das heißt, Alfarth war bei Bewusstsein, als er getötet wurde.« Bartholomäus hatte leise und für sich gesprochen.

Hauser drehte sich dennoch um. »Ja, da haben Sie gut zugehört.«

»Er hat alles mitbekommen.« Bartholomäus ignorierte Hauser, der für einen Moment nicht wusste, wohin mit seinem Blick. »Alles.« Bartholomäus spürte, wie die Wut in ihm aufstieg. Seine Faust ballte sich, sein Hirn zog sich zusammen, alles wurde kleiner. Ein Gefühl von Enge. Weil solche Dinge passierten, weil er nichts dagegen tun konnte.

Kreuzpointner hatte in der Zwischenzeit noch einmal den Bericht des Gerichtsmediziners überflogen. »Da steht's. Druckstellen an den Hand- und Fußglenken, Reste von Klebeband an den Mundwinkeln. Alfarth ist gfesselt und knebelt worden.«

»Dann hat der Täter zumindest des Zeug, des er dafür hergnommen hat, wieder mitgnommen«, bemerkte Zillenbiller. »Warum auch immer.«

»Apropos mitgenommen.« Bartholomäus sprach immer noch leise. »Habt ihr seine Freunde gefragt, ob er irgendetwas Wertvolles bei sich zu Hause hatte? Hat er was gesammelt, traute er den Banken nicht und hatte Geld auch unter dem Kopfkissen deponiert, hat er ein altes Gemälde von seiner Großmutter geerbt? Irgendetwas in der Art?«

»Wir haben auch dran gedacht«, sagte Karin Reichlmair,

»aber niemandem ist etwas bekannt. Was nicht heißen muss, dass es da nichts geben hat.«

»Also nur die Brieftasche, den Geldbeutel und die Uhr. Und er hat Alfarth nach seiner Geheimzahl gefragt und einmalig 2000 Euro abgehoben.« Bartholomäus schüttelte den Kopf. »Aber er hat die ganze Wohnung auf den Kopf gestellt. Nach irgendetwas muss er doch gesucht haben!«

Schulterzucken, Schweigen, Ahnungslosigkeit. Aber irgendetwas muss es gegeben haben, dachte Bartholomäus, irgendetwas war da. Wir müssen genauer hinsehen.

Sie beschlossen, den Fall Ehrlich am nächsten Tag anzugehen. Bartholomäus wollte jetzt erst einmal alle Beweisstücke sichten, die aus Alfarths Wohnung stammten. Im Anschluss würde er gerne einiges bis morgen nach Hause mitnehmen.

»Ich bring dich runter«, sagte Karin Reichlmair und stand auf.

»Danke dir.« Bartholomäus verabschiedete sich von allen und verließ mit Karin Reichlmair das Büro.

Hauser wartete, bis sich die Tür geschlossen hatte. »Das ist also jetzt unsere Wunderwaffe.«

Kreuzpointner stand auf, um sich wieder seiner Arbeit zuzuwenden. »Er kann uns helfen, so viel weiß ich.«

»Hat er irgendetwas, was wir nicht haben?«

Zillenbiller ging zum Garderobenständer und nahm seine Jacke vom Haken. »Ich schau noch mal, ob ich diesen Bruder erwisch.«

»Is guad. Bis moign.« Kreuzpointner tippte sich an die Schläfe.

»Pfiad eich.«

»Ob er was hat, was mir nicht haben?« Josef Kreuzpointner machte ein abwägendes Gesicht. »Das eine oder andere sicher.«

»Beziehungen wahrscheinlich. Das würde am ehesten erklären, warum er hier mitmachen darf.«

»Bartholomäus ist Hauptkommissar. Und der mit Abstand beste Ermittler, den ich kenn.«

»Er ist freier Mitarbeiter. Das zumindest konnte ich herausfinden. Ansonsten war es bemerkenswert unmöglich, etwas über ihn zu erfahren. Keiner weiß was, Akten gibt es nicht, der Computer kennt ihn auch nicht, und wenn man weiter oben nachfragt, fängt man sich sofort einen Rüffel ein, dass man sich da raushalten soll.«

»Du hast ihm hinterherspioniert?«

»Ja, hab ich. Ich will wissen, mit wem ich es zu tun habe. Ich weiß aber gar nichts. Wer ist der Mann?«

Kreuzpointner überlegte einen Moment und entschloss sich dann, Hauser zu sagen, was er wusste. Sie mussten zusammenarbeiten. Querelen und Eifersüchteleien konnte er nicht gebrauchen. Viel wusste er ohnehin nicht.

»Kammerlander war Hauptkommissar. Hier in München. Dann ist er vor ungefähr 15 Jahren im Rahmen eines Weiterbildungsprogrammes in die USA greist. Der Aufenthalt hätt eigentlich sechs Monate dauern sollen. Aber erst vor drei Jahren sind die Kammerlanders zurückkommen.«

»Was ist passiert?«

Kreuzpointner zuckte die Schultern. »Ich weiß es nicht. Aber es muss was gwesen sein, was von großer Bedeutung war. Für die Amerikaner, für uns. Es wird bis heut ein großes Geheimnis daraus gmacht. Mir haben nur mitkriegt, dass der Kammerlander aus dem regulären Dienst ausgschiedn ist und freier Mitarbeiter gworden ist.«

»Und dazu einen Haufen Geld bekommen hat, wie's scheint. Hat's nicht nötig zu arbeiten und wohnt in einem Riesenkasten von Hotel.«

»Er wohnt da, weil ihm das Hotel ghört.«

»Was?« Hauser beugte sich unwillkürlich nach vorn. »Das gehört ihm?« Er schüttelte verständnislos den Kopf.

»Um so bemerkenswerter, dass er überhaupt mit uns zusammenarbeitet. Oder würd'st du dir das tagtäglich hier herinn antun, wenn du's nicht nötig hätt'st?«

Hauser lächelte verächtlich. »Mir kann man zumindest nicht vorwerfen, dass ich nach Morden erster und zweiter Klasse unterscheide. Wie spektakulär muss man eigentlich den Löffel abgeben, damit sich der Herr Kammerlander bemüßigt sieht, sich die Damast-Serviette vom gesalbten Hals zu nehmen und sein ach so geniales Hirn einzuschalten?«

»Ich glaub nicht, dass das was mit spektakulär zu tun hat oder Kammerlander die Herausforderung sucht.«

»Ach nein? Was ist es denn dann? Betroffenheit? Die Wut des Gerechten? Das Fass, das überläuft?«

Kreuzpointner setzte sich an seinen Schreibtisch und legte die Akten vor sich. »Frag ihn selber. Ich kann mich nur wiederholen: wär ich an seiner Stelle, würd ich auch nicht jeden Tag hier antanzen. Aber vielleicht«, er sah auf, »und des weiß ich nicht, des kann ich nur hoffen, würd ich euch dann auch ab und zu meine Hilfe anbieten. Schließlich haben wir alle mal einen Grund ghabt, warum wir hier angfangen haben.«

*

Erste, dicke Flocken fielen aus der Nacht. Wie eine Armee von winzigen, flauschigen Wesen tauchten sie aus der Dunkelheit auf und ergriffen Besitz von schlafenden Steinen,

Grashalmen und Ästen, die in unerbittlicher Langsamkeit unter den kristallenen Eindringlingen begraben wurden. Bartholomäus Kammerlander nippte von dem Whiskey, den er sich eingegossen hatte. Einen kleinen Jameson nur. Kaum ein Fingerbreit. Er sah hinüber zum Hotel. Es herrschte noch reges Treiben hinter den beleuchteten Fenstern. Gestalten huschten daran vorbei, ein Kaleidoskop verwundbarer Körper, nur durch ein paar Millimeter Glas von der stummen Invasion getrennt, die vom Himmel schwebte. Schatten fielen durch die Fenster, liefen hektisch durch den Lichthof und verirrten sich in der Nacht.

Bartholomäus ging zurück zu seinem Sessel. Den Terminkalender wollte er sich als Nächstes vornehmen. Ein Wochenkalender mit Spalten für die einzelnen Tage. Wo sollte er anfangen? Sollte er sich das ganze Jahr ansehen? Die letzten Wochen nur? Er beschloss, vom Todestag nach vorn zu gehen. Wie weit, würde sich zeigen.

Bartholomäus suchte die Woche des 9. Novembers, landete drei Wochen weiter hinten, blätterte nach vorn. Auch hier standen Termine. Termine, die Simon Alfarth nicht mehr hatte wahrnehmen können. Ein Werkstatttermin für einen Kundendienst, ein Friseurbesuch und ein – Bartholomäus ging näher heran, weil er die Schrift nicht lesen konnte – Arzttermin. Prof. Ehard, rechts der Isar. Donnerstag, den 25. November um halb zehn Uhr vormittags.

Ehard. Der Name sagte ihm was. Der erste bayerische Ministerpräsident nach dem Krieg, der nicht von den – der Schönheitschirurg!, fiel Bartholomäus plötzlich ein. Der vor ein paar Monaten im Hotel seinen Fünfzigsten gefeiert hatte und anschließend noch einige Tage geblieben war! »Ehard – wie der bayerische Ministerpräsident«, hatte er sich immer vorgestellt. Auf das ratlose Gesicht seines Gegenübers gewartet, wissend gegrinst und »der erste nach dem Krieg. Nicht verwandt, nicht verschwägert« nachgeschoben.

Bartholomäus hatte ihn nicht gemocht. Ein wichtiger kleiner Mann. Gefärbte Haare, manikürte Fingernägel und die Art von aufdringlichem Understatement, dass wirklich jeder die Rolex an seinem Handgelenk bemerkte.

Alfarth hatte einen Termin bei Ehard. Alfarth und Ehard. Weswegen? Wegen seiner Hasenscharte? Eine Schönheits-OP. Plante Alfarth eine plastische Operation? Alfarth.

Bartholomäus ließ den Eindrücken, Bildern und Assoziationen freien Lauf. Ein Knäuel von Empfindungen, unentwirrbar, dichter hier, verschwommener dort. Wolken von Ahnungen, die noch keine Richtung kannten. Aber irgendwo da drin verbarg sich der Anfang des Knäuels, das spürte er.

8. Kapitel

28. Dezember, Berg, Starnberg

Bartholomäus stand früh auf. Er hatte schlecht geschlafen. Wirre, unzusammenhängende Träume hatten ihn geplagt und immer wieder aufwachen lassen. Dementsprechend unausgeruht fühlte er sich. Wie ein schwerer Mantel hing die Müdigkeit an ihm, als er sich aus dem Bett erhob.

Wiebke schlief fest, schnarchte sogar ein wenig. Bartholomäus ging ums Bett herum und gab ihr einen sanften Kuss auf die Wange. Sie grunzte und drehte sich zur anderen Seite.

Bad, anziehen, Küche. Bartholomäus nahm alles wie durch einen Schleier wahr. Erst als der Espresso seine Kehle hinabrann, wachte er allmählich auf.

Mit der Tasse in der Hand ging er zur Haustür, öffnete sie und fischte die Zeitung aus dem Briefkasten, in den sie Xaver jeden Morgen steckte. Die Luft war klar und kalt. Über Nacht hatte es gute zehn Zentimeter geschneit und es war so ruhig, wie es nur bei Schnee sein konnte.

Bartholomäus setzte sich an den Tisch und blätterte durch die Zeitung. Wieder Paketbombe in Rom gefunden, Kurswechsel bei Embryo-Gentests, 16-Jähriger rettet Vater aus Ostsee. Die Überschriften glitten an ihm vorbei, nichtssagend, uninteressant. Er legte die Zeitung weg und starrte über den Rand seiner Tasse auf den Kalender an der Wand. Ohne es zu wollen, erinnerte er sich. Ein Bild von Pieter Brueghel dem Jüngeren. ›Winter‹ hieß es. Kahle Bäume, ein zugefrorener See. Das viele Rot passte irgendwie nicht.

Bartholomäus sah auf die Uhr. Er hatte noch gut zwei Stunden, bis er losmusste. Also würde er die längere Runde nehmen. Durch den Wald Richtung Farchach. Er zog sich im Keller die Schneehose, den Daunen-Anorak und die gefütterten Stiefel an und verließ das Haus über die hintere Treppe.

Gleich daneben begann Friedrichs Voliere. Bartholomäus öffnete den Verschlag und betrat den Käfig. Der Steinadler saß auf der hinteren Stange und schien ebenfalls nicht sonderlich gut geschlafen zu haben. Oder es war ihm zu früh, zu kalt, zu dunkel. Jedenfalls machte er nicht den Eindruck, als hätte er große Lust auf einen Spaziergang. Bartholomäus ließ ihn auf den Habichts-Handschuh steigen und trug ihn aus der Voliere. Dann machte er sich auf den Weg.

Friedrich döste auf dem Handschuh weiter, während Bartholomäus mit knirschenden Schritten über den Schnee lief. Gedanken zogen wie Wolken durch seinen Kopf, blieben eine Weile, zogen weiter. Auf einer Lichtung hielt er einen Moment inne und setzte sich auf einen Baumstumpf. Friedrich wankte ein paar Schritte über den Boden, kam wieder zurück und fing an, sich zu putzen. Im Osten wurde der Himmel allmählich heller.

Um kurz nach acht wählte er Kreuzpointners Handynummer. Er wollte ihm vorschlagen, sich gleich am zweiten Tatort in Berg zu treffen. Kreuzpointner war einverstanden. Er würde die anderen informieren.

»Um halb zehn?«

»Halb zehn ist in Ordnung.« Bartholomäus legte auf.

Bei einem kurzen Frühstück ging Bartholomäus noch einmal die Beweisstücke aus Alfarths Wohnung durch. Gegen zwanzig nach neun brach er auf. Er nahm die Schlüssel für den BMW aus dem Kästchen im Flur und ging hinüber zum Hotel. Vor dem Haupteingang überlegte er kurz, ob er die Tiefgarage nicht lieber über die Zufahrt betreten sollte. Da würde er sicher niemandem begegnen. Aber der Weg dahin war noch nicht geräumt.

Bis zum Aufzug hatte er Glück. Dexter war mit einem abreisenden Paar beschäftigt, Urte im Büro, Wiebke wahrscheinlich am Frühstücksbuffet. Aber als er vor den beiden silbernen Türen wartete, stellte sich Jörn Hädrich neben ihn.

»Morgen!« Hädrich hatte die Haare streng nach hinten gekämmt und roch nach einem schwülstigen Eau de Toilette. Seiner Kleidung nach zu urteilen, war er auf dem Weg zu seinem Kurs. Weite Leinenhose, weicher Pulli, bequeme Schuhe. So wurde man also wiedergeboren, dachte Bartholomäus.

»Guten Morgen.«

»Na, auch mal Interesse?«, fragte Hädrich. Seine Stimme hatte etwas Gönnerhaftes.

»Interesse woran?« Bartholomäus merkte, dass er nicht einmal Lust hatte zu denken. Geschweige denn zu reden.

»An einem unserer Kurse natürlich!«

»Ach so.«

Der Aufzug kam. Bartholomäus ließ Hädrich den Vortritt.

»Zweiter Stock?«

»Ja«, sagte Hädrich.

Bartholomäus drückte die entsprechenden Knöpfe. Die Türen schlossen sich.

»Es ist wirklich immer wieder erstaunlich, was sich aus den Untiefen der menschlichen Seele ans Tageslicht holen lässt. Sie würden überrascht sein!«

Und du erst, dachte Bartholomäus. »Ah ja?«

»Ja! Die Schönheit einer menschlichen Seele, des Menschen selbst, offenbart sich erst, wenn er in der Totalität all der Wesen wahrgenommen wird, die ihn ausmachen. Und wenn er sich selbst seiner verschiedenen Seins-Zustände bewusst wird.«

Wie lange er wohl gebraucht hat, das auswendig zu lernen?

Zum Glück hielt der Aufzug schon wieder. »Interessant.«

»Nicht wahr? Durch diese Erfahrung kann es uns gelingen, unser defizitäres gegenwärtiges Dasein aus einer ganzheitlichen Perspektive zu betrachten und somit Heilung zu finden.«

Die Türen des Lifts gingen auf. »Ich werde es mir überlegen.« Bartholomäus lächelte so freundlich, wie es ihm möglich war.

»Ich freue mich auf Sie!« Hädrich nickte ihm huldvoll zu und stieg aus.

Als sich die Türen geschlossen hatten, atmete Bartholomäus tief durch. Und dachte, dass er jetzt sicher auch nach diesem scheußlichen Parfüm roch.

Als er am Kapellenweg ankam, stand Kreuzpointners Dienstwagen schon vor dem Haus. Bartholomäus parkte hinter dem Audi und stieg aus.

Kapellenweg 39 war ein zweistöckiges Mietshaus. Einfacher Grundriss, kleine Fenster, grauer Putz. Von der Straße zum Haus waren es keine fünf Meter. Links neben dem Plattenweg, der sorgfältig vom Schnee befreit worden war, stand das Häuschen für die Mülltonnen, rechts begann eine kahle Ligusterhecke.

Bartholomäus steuerte auf den Eingang zu und besah sich das Klingelschild. Sechs Parteien wohnten in dem Haus. O. Ehrlich im Erdgeschoss links. Er läutete.

Max Zillenbiller ließ ihn herein und führte ihn in die Küche. Bartholomäus erkannte sofort, dass auch diese Wohnung auf den Kopf gestellt worden war. Durch zwei offene Türen blickte er in ein Schlaf- und ein Wohnzimmer, in denen es mehr als chaotisch aussah. Kleidung, Bücher und Krimskrams lagen auf dem Boden verstreut, Schubladen waren herausgerissen.

Josef Kreuzpointner saß am Küchentisch, vor sich die Akte und neben sich zwei McDonald-Becher. Bartholomäus bemerkte, wie erschöpft Kreuzpointner aussah. Gestern war ihm das noch gar nicht so aufgefallen. Kreuzpointner schien über die Weihnachtstage sogar ein wenig abgenommen zu haben. Trotz Gans und Knödel und Plätzchen.

»Ich hab einen Kaffee für dich. Setz dich.« Er schob Bartholomäus einen der beiden Becher hin und deutete auf einen freien Stuhl.

»Danke dir.« Bartholomäus nahm den Deckel ab und trank einen Schluck.

»Fang ma an?«

»Leg los.«

»Oiso. Otylia Ehrlich, 25 Jahre. Nicht verheiratet, keine Kinder. Hat in einem kleinen Unternehmen in Pasing garbeitet, in dem elektronische Bauteile zusammengschraubt werden. Ist vor zwei Jahren aus Polen hierher nach München kommen.«

»Ehrlich. Ist sie deutschstämmig? Wegen des Namens, meine ich.«

»Ja. Sie hat an deutschen Pass. Die Eltern und der Rest

der Verwandtschaft leben noch drüben. Die Stadt heißt Oppeln oder so ähnlich. Nur der Bruder ist mitkommen. Janusz. Er ist als Maurer bei einer Münchner Baufirma angstellt und arbeitet im Moment hier in Berg.«

Bartholomäus dachte einen Augenblick nach. »Draußen die Mehrzweckhalle?«

»Ja«, sagte Zillenbiller. »Macht da aber eher so Klempnerarbeit. Klos und Waschbecken installieren und so was. Scheint recht patent und vielseitig zu sein, der Mann.«

»Wohnt er auch hier in der Wohnung?«

»Na. Er hat ein Zimmer in Neuperlach. Aber das ist ihm viel z'viel Fahrerei. Deswegen haust er im Moment zamm mit ein paar andern Bauarbeitern in einem Container auf der Baustelle.«

»Legal?«

Zillenbiller nickte. »Und nach Tarif.«

Kreuzpointner holte ein Foto aus der Akte. »Das ist sie.« Er reichte es Bartholomäus über den Tisch.

Bartholomäus sah sich das Foto an. Eine hübsche, junge Frau. Lange, braune Haare, braune Augen und typisch slawische Gesichtszüge. Sehr zart und zerbrechlich, ungeachtet ihrer üppigen Formen. Otylia Ehrlich war eine Frau gewesen, der sicher viele Männer hinterhergesehen hatten.

»Und so haben wir sie gfunden.« Ein zweites Bild folgte. »Auch erst wieder ein paar Tag später. Seebauer nennt einen Todeszeitraum von ungefähr 23 Uhr bis drei, vier Uhr in der Früh in der Nacht vom letzten Montag auf Dienstag.«

Bartholomäus rechnete kurz nach. »Das war der 20., oder?«

»Der 20. auf den 21., ja.«

Bartholomäus betrachtete die zweite Aufnahme. Otylia

Ehrlich lag im Bett. Die Zudecke reichte ihr bis zum Brustansatz. Sie trug ein cremefarbenes Nachthemd. Wenn man von den bei ihr ebenfalls schon deutlichen Zersetzungsspuren absah, machte sie einen beinahe friedlichen Eindruck, wie sie da so lag. Die Augen geschlossen, die Arme seitlich am Körper anliegend, die dunklen Haare fächerförmig auf dem Kopfkissen ausgebreitet.

Wäre da nicht der weiße Plastiktrichter gewesen, der in ihrem Mund steckte.

»Woran ist sie gestorben?«, fragte Bartholomäus.

»Ja, des is a bisserl merkwürdig«, sagte Zillenbiller. »Sie ist vergift wordn. Und erstickt. Eins hätt schon greicht. Aber offenbar wollt der Kerl auf Nummer sicher gehn.«

Bartholomäus runzelte die Stirn und wartete auf weitere Informationen.

»Frag mich jetzt ned nach irgendwelchen medizinischen Einzelheiten«, fuhr Zillenbiller fort. »Ich weiß auch nur, was der Grichtler gsagt hat.«

»Aber wie kann sie vergiftet *und* erstickt werden? Wenn ich vergiftet wurde, atme ich nicht mehr, und wenn ich nicht mehr atme und tot bin, arbeitet mein Organismus nicht mehr und ein Gift kann nicht wirken.«

»Ja, schon, aber der Grichtler hat gemeint, dass er nicht genau sagen kann, was zerst war. Oder ob beides gleichzeitig … äh … funktioniert hat. Hat ja a paar Tag dauert, bis wir sie gfunden haben.«

»Und an der Vergiftung allein wäre sie auch gestorben?«

Zillenbiller nickte. »Hat der Grichtler gsagt. Es war Gift von einer Pflanzn. Er hat Reste davon im Magen gfunden. Giftaron heißt das Zeug. Kommt aus Südamerika, ist aber a ganz gwöhnliche Zimmerpflanzn, die bei uns auf x Fensterbretteln steht.«

»Giftaron.« Bartholomäus schüttelte den Kopf. »Nie gehört.«

Kreuzpointner sah im Bericht nach. »Sieht ein bisserl aus wie ein lappriger Gummibaum. Andere Namen sind Schweigrohr oder Schweigohr. Die lateinische Bezeichnung erspar ich dir.«

»Schweigrohr. Sagt mir auch nichts.«

»Otylia Ehrlich ist wahrscheinlich im Schlaf überrascht wordn«, fuhr Kreuzpointner fort. »Der Mörder hat sie mit einem Klebeband knebelt – mir haben Rückstände um den Mund herum gfunden –, dann Hände und Füße gfesselt und ihr anschließend das Zeug über den Trichter eingflößt.«

»Eine Pflanze.« Bartholomäus legte die Bilder zur Seite. »Wie wirkt das Gift?«

Zillenbiller hob eine Augenbraue. »Ziemlich schmerzhaft. Nach der Einnahme schwillt zerst die Zunge stark an und der Mund- und Rachenraum werd feuerrot. Schon da muass des höllisch wehtun. Danach werd's so richtig heftig. Es kommt zu Krämpfen in den Eingeweiden, die ma schmerzmäßig nur mit einer massiven Nierenkolik vergleichen kann, hat der Grichtler gsagt. Ich weiß jetzt nicht, wie sich das anfühlt, weil ich des noch nie ghabt habe, aber er hat gemeint, schlimmere Schmerzen gibt's gar ned. Innere Blutungen kommen nachad dazu, und irgendwann macht dann der Kreislauf schlapp und das Herz bleibt stehn. Wenn nicht vorher andere Organe den Geist aufgebn oder man innerlich verblutet.«

Bartholomäus nahm die Bilder noch einmal zur Hand. Wenn er genau hinsah, konnte er um die Mundpartie herum noch eine minimale Rötung feststellen. Aber ihm gab etwas anderes zu denken.

»Sie liegt völlig friedlich da. Als würde sie schlafen.«

Kreuzpointner nickte. »Ich weiß, was du meinst. Bei den Schmerzen, die sie ghabt hat, müsste das Bett eigentlich ganz anders ausschauen. Und sie auch.«

»Also wurde sie doch erst erstickt? Mit dem Klebeband und vielleicht einem Kissen über dem Gesicht. Dann wäre sie die ganze Zeit ruhig liegen geblieben.«

»Das haben mir uns auch denkt.«

Bartholomäus überlegte einen Moment. »Aber dann hätte er sie nicht mehr vergiften können beziehungsweise das Zeug hätte es nicht mehr in den Magen geschafft. Er muss sie erst vergiftet haben und sie muss dabei halbwegs bei Bewusstsein gewesen sein.«

»Stimmt«, sagte Kreuzpointner. »Ansonsten hätt er sich ja auch die Fesseln sparen können.«

»Das heißt, er kann sie erst erstickt haben, als das Pflanzengift schon in ihr war. Und unabhängig davon, ob sie die Schmerzen noch mitbekommen hat, wird sie sich trotz der Fesseln gewehrt haben.« Bartholomäus hielt einen Moment inne. »Das Bett hätte in jedem Fall anders aussehen müssen.«

»Dann … hat der des so hingrichtet«, sagte Zillenbiller verblüfft. »Der hat sie zerst umbracht und sie anschließend so hinglegt und des Bett gmacht.« Er machte eine Geste, die sagen wollte: da seht ihr's. »Ein Verrückter. Wie ich's gsagt hab. Der Kerl ist ned ganz dicht.«

Kreuzpointner hob die Hand. »Da gibt's aber noch eine Sach, die wir bedenken müssen. Mir können nicht hundertprozentig sicher sein, dass derjenige, der das Bett gmacht hat, auch unser Mörder ist.«

Bartholomäus sah ihn fragend an. Dann erinnerte er sich. »Du meinst den anonymen Anrufer?«

»Genau.« Kreuzpointner gab Bartholomäus den genauen

Wortlaut des Anrufs wieder. Nur bei einem Satz musste er im Bericht nachschlagen. »Es war also noch jemand hier drin, bevor mir kommen sind.«

»Oder wir sollen das glauben.«

»Oder des. Aber irgendwie kann ich mir das nicht vorstellen. Der Anruf …« Kreuzpointner kniff die Lippen zusammen. »Das war nicht der Mörder. So würd keiner reden. Der müsst schon ein unglaublich ausbuffter Schauspieler sein. Nein, das war er nicht. Der Anruf hat echt klungen.«

»Was war der Anrufer für einer?«

»Männlich, zwischen 40 und 50 Jahren, würd ich sagen, bayerischer Dialekt. Er hat übrigens auch hier auf den AB gsprochen.«

Bartholomäus sah ihn überrascht an. »Habt ihr den noch hier? Kann ich das hören?«

»Nein. Das Telefon haben mir mitgnommen. Da sind Spezialisten dran. Stimmprofil und so was. Du kannst ihn dir nachher im Präsidium anhörn.«

»In Ordnung.«

Bartholomäus besann sich, wo sie vor der Sache mit dem Anruf stehen geblieben waren. Das Bett. Die Ordnung. Gift. Ersticken.

»Wurde sie missbraucht?«

»Nein, dafür gibt's keine Anzeichen.«

»Und die Fesseln hat er wieder mitgenommen«, murmelte Bartholomäus.

Kreuzpointner nickte. »Wie bei Alfarth.«

»Richtig. Wie bei Alfarth. Wie bei … Alfarth.« Bartholomäus dachte nach. Man konnte durchaus den Eindruck gewinnen, dass der Mörder sie darauf aufmerksam machen wollte, wie seine Opfer ums Leben gekommen waren. Nein, nicht wie. Auf welche Weise. Er wies sie beinahe eindringlich darauf hin, woran sie gestorben waren. Aber das Wie kaschierte er zu einem gewissen Teil. Er ließ die Kabel an Alfarths Körper, nicht aber die Fesseln und den Knebel. Er drapierte Otylia Ehrlich, als ob sie schliefe, nahm auch ihre Fesseln mit, ließ aber den Trichter in ihrem Mund stecken. Und das, obwohl er davon ausgehen musste, dass sie mit Leichtigkeit rekonstruieren konnten, was genau vor sich gegangen war. Kabel, Trichter. Strom, Gift. Keine Fesseln, ein ordentlich gemachtes Bett.

Irgendetwas wollte ihnen der Mörder sagen. Irgendetwas. Wobei merkwürdig war, dass Otylia Ehrlich auf zweierlei Art umgebracht worden war. Und dann mussten sie noch davon ausgehen, dass ein Unbekannter vor ihnen bei Otylia Ehrlich gewesen war. Aber wenn der das Bett gemacht hatte, warum hatte er dann den Trichter in ihrem Mund stecken lassen? Und wenn die Schuppen seine waren, wie kam dann sein Haar in Alfarths Wohnung? Oder war der anonyme Anrufer doch ihr Mörder?

»Was überlegst du?«, fragte Kreuzpointner.

Bartholomäus dachte laut weiter. »Solche Aktionen, wie das Bett in Ordnung zu bringen und die Leiche herzurichten, erhöhen das Risiko, Fehler zu machen und Spuren zu hinterlassen.«

»Siehe Schuppen«, sagte Zillenbiller. »Die ham mir ja auf dem Bett gfunden.«

Bartholomäus schloss die Augen und legte die Fingerspitzen an die Nasenwurzel. Eine Frau liegt gefesselt vor mir. Ich schiebe ihr einen Trichter in den Mund und flöße ihr giftigen Pflanzenbrei ein. Zwinge sie, das Zeug zu schlucken. Muss ihr den Kopf nach hinten biegen, sie an den Haaren festhalten. Habe dabei Handschuhe an. Sie wehrt sich, ich halte sie fest, knie vielleicht auf ihr. Das Bett wird zerwühlt, das Laken verrutscht. Sie weint, stößt irgendwelche Laute aus, bis ihr der Rachen zuschwillt und sie nur noch ächzen und stöhnen kann. Sie windet sich, schwitzt, ihre Haare kleben am Kopf, wirr, durcheinander. Ich halte sie immer noch, presse ihr irgendwann die Hand oder das Kissen auf Mund und Nase, bis sie tot ist. Und dann – räume ich auf. Mache das Bett, trockne ihr Gesicht, ordne das Haar, stecke ihr den Trichter wieder in den Mund. Und hinterlasse dabei unnötig Spuren.

Bartholomäus öffnete die Augen, sah ausdruckslos vor sich hin. Was sagst du uns? Wieso tust du das? Woran denkst du?

Er hatte keine Idee. Er hatte noch nicht einmal den Hauch einer Idee, wie die Dinge zusammenhingen und worum es hier ging. »Machen wir weiter«, sagte er tonlos.

»Haarig, oder?«, sagte Kreuzpointner. Es hörte sich fast ein wenig erleichtert an. Weil er nicht mehr die ganze Last dieses fürchterlichen Alptraumes alleine tragen musste.

Bartholomäus antwortete nichts, schaute nur vor sich hin. Kreuzpointner reichte das als Bestätigung und er fuhr fort.

»Eine weitere Parallele zu Alfarth ist dir ja sicher beim Hereinkommen schon aufgfallen. Auch die Wohnung hier ist durchsucht wordn.«

»Wisst ihr, was fehlt?« Bartholomäus versuchte, sich wieder auf das Hier und Jetzt zu konzentrieren.

»Die Schmuckschatulle im Bad war leer und der Geldbeutel fehlt.«

»Und des scheint wirklich alles gwesen zu sein«, sagte Zillenbiller. »Mir waren mit dem Bruder hier. Und so weit er das überblicken hat können und ich ihn verstandn hab, ist weiter nix abgängig.«

»War wertvoller Schmuck dabei?«, wollte Bartholomäus wissen.

»Zwei, drei Erbstück von der Mutter beziehungsweise der Oma. Eine Kette mit einem silbernen Herzanhänger, ein Armband, ein Paar Ohrringe. Nichts wirklich Aufregendes.«

»Kann der Bruder die Sachen genauer beschreiben?«

Zillenbiller zuckte die Schultern. »Vielleicht. Ich müsst ihn noch mal fragn. Aber der spricht so schlecht Deutsch, dass mir uns dafür besser einen Dolmetscher holen. Warum willst das wissen? Glaubst du, dass das Zeug über Ebay verscherbelt wird?«

»Wäre nicht das erste Mal.«

»Aber sehr unwahrscheinlich, glaubst nicht?«

»Ja. Sicher. Aber frag ihn noch mal danach.«

Zillenbiller seufzte. »In Ordnung. Wenns'd meinst.«

Kreuzpointner war aufgestanden und zur Küchenzeile gegangen. Er suchte in den offen stehenden Schränken nach einem Glas, ließ sich Wasser aus dem Hahn einlaufen und trank das Glas in einem Zug leer. »Will noch jemand was?«

Zillenbiller und Bartholomäus schüttelten den Kopf.

Kreuzpointner stellte das Glas auf die Spüle, wischte sich den Mund ab und kam zum Tisch zurück. »So. Was haben mir noch?« Er sah in den Bericht. »Die Vernehmungsprotokolle. Den Bruder hat der Max ja grad erwähnt. Und der Rest der Verwandtschaft lebt, wie gsagt, in Polen. Mir haben die polnische Polizei informiert, und die wird die Eltern benachrichtigen. Darüber hinaus haben sich Max, Karin und Hauser noch mit allen möglichen Freunden und Bekannten unterhalten. Aber da war bis jetzt nichts Brauchbares dabei.«

»Otylia Ehrlich hat einen Haufen Leut kannt«, sagte Zillenbiller. »Und sie war nach deren Aussage dauernd auf Achse. Disco, in der Stadt, Fest hier, Party dort. Wahrscheinlich ham mir nur mit einem Bruchteil der Leute gredet, zu denen sie Kontakt ghabt hat.«

»Und zum Tatzeitpunkt?«, fragte Bartholomäus. »Habt ihr da irgendetwas? Nachbarn, Freunde, Bruder?«

Kreuzpointner verneinte. »An dem Abend hat sie wahrscheinlich Besuch von unserem Anrufer ghabt. Du hörst ja nachher den AB-Spruch. Da sagt er, dass er ein bissl später kommen wird. Aber er wollte an dem Abend zu ihr kommen.«

»Ach, der kam nicht zufällig vorbei und hat sie gefunden, sondern wollte sie sowieso besuchen?«

»Das sagt er auf dem AB, ja.«

»Und keiner ihrer anderen Bekannten einschließlich des Bruders weiß, wer sie da besucht hat?«

»Nein, keiner.«

»Ein bisschen merkwürdig, oder?«, meinte Bartholomäus.

Kreuzpointner überlegte. »Irgendwie schon, ja.«

»Vielleicht hat sie ein paar Lover gleichzeitig an der Hand ghabt, die sie hat geheim halten müssn?« Zillenbiller grinste. »So wie die ausgsehen hat, würd mich das nicht wundern.«

Bartholomäus blickte ihn verständnislos an.

»Ah, geh weiter! Du weißt doch, wie des ist. Solche Mädel können doch an jedem Finger einen habn. Und Polinnen sollen ja auch keine Kinder von Traurigkeit sein, hab ich ghört.« Er lachte.

Bartholomäus lachte nicht, Kreuzpointner auch nicht.

»Was is?« Zillenbiller wirkte irritiert.

»Machen wir weiter, oder?«, fragte Bartholomäus.

»Ja«, sagte Kreuzpointner knapp.

»Was is denn los?«, ereiferte sich Zillenbiller. »Derf ma jetzt nicht mal mehr seine Meinung sagn, oder was?«

»Die Nachbarn haben an dem Abend nichts bemerkt«, fuhr Kreuzpointner fort, »obwohl diesmal einbrochen wordn ist. Der Täter ist über die Balkontür eindrungen. Dort haben mir übrigens außer den Schuppen die einzig brauchbaren Spuren gfunden.«

»Herrschaftszeiten!«, grollte Zillenbiller immer noch. »Weiber sind halt so.«

Bartholomäus sah ihn kurz von der Seite an, sah wieder weg. »Welche Spuren?«

»Schuhabdrücke. Mir haben unter dem Balkon recht deutliche und frische Abdrücke gfunden. Direkt drunter gibt's so ein mageres Rosenbeet oder was immer da mal wachsen soll. Jedenfalls loses Erdreich, wo's nicht hinschneit, in dem ein Haufen Schuhabdrücke waren. Größe 46. Und in der Wohnung haben mir auch Profilabdrücke gfunden und überall Dreckklumpen, die aus der Sohle gfallen sein müssen.«

»Größe 46. Irgendetwas Besonderes daran?«

Kreuzpointner machte eine unentschlossene Miene. »Mir haben noch einen halben Abdruck gfunden. Größe 44. Ganz am Rand des Rosenbeetes und nur da.«

»Noch einer? Ein frischer?«

»Schaut ganz so aus.« Kreuzpointner holte die Aufnahmen von zwei Gipsabdrücken aus einer Klarsichtfolie. »Beide stammen von recht groben Stiefeln. Und obwohl mir von dem 44er nur den halben haben, haben die Kriminaltechniker die Marke ermitteln können. Doc Martens heißen die Dinger. Sind ziemlich teuer und laut der Technik brandneu.«

»Wir haben alle Nachbarn gfragt, ob jemand solche Stiefel hat und zufällig ins Beet unter Ehrlichs Balkon treten ist«, sagte Zillenbiller und sah dabei auf den Tisch. »Fehlanzeige.«

Bartholomäus betrachtete die Bilder. Man konnte darauf kaum etwas erkennen. »Aber Profilabdrücke vom 44er gab es in der Wohnung keine?«

Kreuzpointner schüttelte den Kopf. »Vom 46er so viel du willst, aber nicht vom 44er.«

Bartholomäus überlegte. »Warum zwei verschiedene?«

»Wenn der 44er überhaupt was mit uns zu tun hat«, sagte Zillenbiller beflissen.

»Ist der 44er auf den 46 getreten oder umgekehrt?«

»Umkehrt«, antwortete Kreuzpointner.

»Dann könnte es also sein, dass unter den 46ern im Beet noch andere 44er waren?«

»Wär möglich.«

Bartholomäus versuchte, sich die Situation vorzustellen. »Der 46er steigt ins Beet, klettert über den Balkon rein und trampelt völlig achtlos durch die Wohnung. Kaum vorstellbar, dass das unser Mann ist.«

Kreuzpointner nickte. »Du meinst, weil mir sonst so wenig Spuren haben bis auf des Haar und die Schuppn?«

Bartholomäus nickte nachdenklich.

»Der basst schon ziemlich auf.« Zillenbiller hob den Zeigefinger, machte ein wichtiges Gesicht.

»Uns muss der 44er interessieren«, sagte Bartholomäus. »Ein halber Abdruck ganz am Rand des Beetes. Vielleicht hat er einen Moment nicht aufgepasst.«

»Und dunkel war's auch.« Kreuzpointner besah sich noch einmal die Fotos der Gipsabdrücke.

»Habt ihr an der Tür selbst was gefunden?«, fragte Bartholomäus.

»Er hat das Schloss mit einem Schraubenzieher aufghebelt. Da gibt's nicht viel zu sehen«, sagte Kreuzpointner.

»Fingerabdrücke?«

»Im Haus einen Haufen, an der Balkontür nur die von der Ehrlich.«

Bartholomäus nickte.

Kreuzpointner klappte die Akte zusammen. »Das wär's so weit gwesen. In den Berichten der Spurensicherung und des LKAs steht weiter nichts Aufregendes.« Er nahm seine Brille ab und rieb sich über die Augen.

Für eine Weile schwiegen die drei Männer. Bartholomäus wartete, dass sich die Informationen setzten. Sein Blick wanderte durch den Raum. Die offenen Schränke, das kaputte Geschirr, die herausgerissenen Schubladen. Es sah wirklich wüst aus. Nur in Ansätzen konnte man erkennen, dass sich hier eine 25-jährige Frau eine gemütliche Küche eingerichtet hatte. Nicht kostspielig, aber gemütlich. Tisch und Stühle von Ikea, ein frei stehender, altmodischer Kühlschrank, auf dessen Tür Karten, Post-Its und Bilder klebten. Bilder von ihr. Ein Rattan-Regal mit Nippes, zwei gerahmte Drucke. Bunt, groß, kitschig.

»Soll ich uns noch einen Kaffee holen?« Zillenbiller gab sich alle Mühe, wieder gut Wetter zu machen.

»Danke, nein.«

»Nein.«

Sogar Bücher lagen auf dem Boden. Bücher in der Küche. Das hatte durchaus etwas von Gemütlichkeit. Zwei, drei zerlesene Schundromane, auf Polnisch, so weit Bartholomäus das vom Tisch aus sehen konnte, ein paar Modehefte, ein Fotoband von einem weißsandigen Paradies und sogar ein Wörterbuch lagen herum.

Bartholomäus stand auf und klaubte das Wörterbuch

vom Boden. Deutsch-Polnisch, Polnisch-Deutsch. Von Langenscheidt. Auch damit hatte sie viel gearbeitet, wie es schien. Auf einer Seite entdeckte er einen Fleck. Curry. Oder Senf vielleicht. Sie hatte sogar beim Essen gelernt.

»Wie gut war eigentlich ihr Deutsch?«, fragte Bartholomäus. Er drehte sich zu Kreuzpointner um und zeigte ihm das Wörterbuch.

»Ich weiß es nicht genau. Aber dem Spruch auf ihrem Anrufbeantworter nach zu urteilen, nicht so bsonders.«

Ein fremdes Land, dessen Sprache sie kaum beherrschte, ein mieser Job, die Familie weit weg. Bilder von sich selbst am Kühlschrank. Und jetzt war sie tot. Viel hatte das Leben Otylia Ehrlich nicht bieten können. Aber sie hatte ein Leben gehabt. Bis es ihr irgendwer da draußen nach 25 kurzen Jahren genommen hatte.

Bartholomäus stellte das Buch zurück aufs Regal. Sorgte dafür, dass es nicht umfallen konnte. Dann steuerte er auf die Küchentür zu.

»Ich werde mich hier drin noch ein bisschen umsehen. Wenn ihr wollt, könnt ihr schon ins Präsidium fahren. Ich komme dann nach.«

»Ich schau auch noch mal mit«, sagte Kreuzpointner. »Manchmal übersieht man was.«

Auch Zillenbiller blieb.

Das Durcheinander in den anderen Räumen, dem Wohn-, dem Schlafzimmer und dem Bad, war nicht sonderlich aufschlussreich. Es gab einen weiteren Einblick in Otylia Ehrlichs Leben, mehr nicht. Die Miete musste niedrig sein, weil die Wohnung nur Ölheizung hatte. Otylias Geschmack, was Kleidung betraf, war der einer 17-Jährigen. Sie hatte einen Schuhtick gehabt. Ihr Lippenstift war zu grell. Pflanzen hatten es bei ihr nicht leicht.

Bartholomäus mochte am Ende gar nicht mehr so genau hinsehen. Die Unbedarftheit dieses Lebens deprimierte ihn. Wie viel hätte es für sie noch zu entdecken gegeben! Scheiße!

Aber als er das Wohnzimmer verließ, fiel Bartholomäus doch noch etwas ins Auge, das seine Aufmerksamkeit erregte. Auf dem Boden, zwischen Fernsehzeitungen und Magazinen, entdeckte er einen Flyer. Mit einem Wort und einem Gesicht, die ihm beide bekannt vorkamen. *Reinkarnation*, stand in goldenen Lettern auf der Vorderseite und darunter prangte das Konterfei von Jörn Hädrich.

Bartholomäus wartete im Amtszimmer, während Kreuzpointner den Anrufbeantworter holte. Er wüsste nicht genau, wo der jetzt sei. Irgendwo im Haus. Zillenbiller hatte sich schon in Berg verabschiedet. Er wollte noch mal zu Otylia Ehrlichs Bruder wegen dem Schmuck.

Als Kreuzpointner zurück war, schloss er das Gerät an die Steckdose an, wartete, dass das Geblinke und Gepiepe aufhörte, und drückte dann auf den Wiedergabeknopf. Eine monoton-freundliche Frauenstimme kündigte den ersten Anruf an.

»Es war der elfte oder zwölfte, glaub ich«, sagte Kreuzpointner und wollte die Wiedergabetaste betätigen.

»Warte.« Bartholomäus hob die Hand. »Lass mich auch die anderen Anrufe hören.«

Freunde, der Bruder, die Stimme einer älteren Frau, die Polnisch sprach. Bartholomäus hörte nichts, was ihm interessant erschien. Dann kamen sie zu der zwölften Nachricht. Die Bandansage informierte darüber, dass sie am Montag, dem 20. Dezember, um 18.34 Uhr eingegangen war. Dann meldete sich eine männliche Stimme.

»Otylia?« Das O war offen, das Y und das I hörten sich gleich an und das T war eher ein D. Kreuzpointner hatte recht gehabt. Bayerischer Dialekt. Und doch glaubte Bartholomäus, noch einen anderen Einschlag zu hören. Es war nur eine Nuance, aber irgendein Unterton war da noch. »Otylia? I bin's. Bist no ned daheim? Ah so. I … I wollt nur sagen, dass ich ein bissl spaader kum … später komme. Weil's … weil's ned anders geht. Aber i kum nachad ganz, ah, ich komme nachher ganz sicher.« Ein sehr bemühtes Hochdeutsch. Lange Es. »Also bis nachher.« Der Anrufer legte auf und Kreuzpointner stoppte den AB.

»Er nennt seinen Namen nicht.« Bartholomäus nahm den Hörer ab.

»Nein. Offenbar geht er davon aus, dass die Ehrlich weiß, wer er ist.«

»Kann man bei dem Ding auch die Nummern der eingegangenen Anrufe sehen?« Bartholomäus drückte einige Knöpfe auf dem Telefon.

»Ja«, sagte Kreuzpointner. »Mir haben die Nummer und haben sie auch zuordnen können. Er hat aus einer Telefonzelle in Berg angrufen.«

»Aus einer Telefonzelle in Berg? Aber er sagt ihr, dass er erst nachher kommt? Seltsam.«

»Komisch, ja. Vielleicht ist er auch aus Berg? Oder er hat da noch was zu erledigen ghabt? Andererseits, was hat man in Berg zu erledigen, wenn man da nicht wohnt?«

»Und wenn er in Berg wohnt, warum ruft er dann aus der Telefonzelle an?«

Kreuzpointner biss sich auf die Unterlippe. »Weil er es von daheim nicht tun hat können?«

Bartholomäus nickte vage. »Habt ihr Fingerabdrücke

in der Zelle gefunden? Oder ist vielleicht sogar eine Überwachungskamera in der Nähe? Bei der Telefonzelle in der Seeshaupter Straße könnte man wahrscheinlich über die Kamera vor der Sparkasse was sehen.«

Kreuzpointner schüttelte den Kopf. »Fingerabdrücke haben mir jede Menge, aber lauter verschiedene. Und es war die Telefonzelle in der Waldstraße. Da gibt's kei Kamera.«

Bartholomäus legte den Hörer wieder auf. Es war zumindest ein Anhaltspunkt. Auch wenn völlig unklar war, ob der Anrufer ihr Mann war. Doch auch wenn er es nicht war, mussten sie ihn finden.

Plötzlich fiel ihm etwas ein. »Kann ich den Anruf noch mal hören?«

»Freilich.« Kreuzpointner drückte die entsprechenden Tasten, dann ertönte die Stimme von Neuem.

Als die Nachricht zu Ende war, überlegte Bartholomäus einen Moment. »Zwei Dinge«, sagte er schließlich. »Zum einen: Warum bemüht sich der Anrufer derart um korrektes Hochdeutsch? So unverständlich war das Bayerisch ja nicht.«

Kreuzpointner zuckte die Schultern. »Otylias Deutsch war schlecht.«

»Wie gesagt. So fürchterlich war das Bayerisch nicht. Und sie lebte ja die ganzen zwei Jahre hier in München, seit sie aus Polen gekommen war. Und das Zweite: In welcher Beziehung standen die beiden zueinander? Was glaubst du?«

»Mei, wie ihr Freund oder Liebhaber hört er sich nicht an, find ich. Dafür stottert er mir zu viel herum.«

Bartholomäus starrte nachdenklich ins Leere. »Ich weiß, was du meinst. Andererseits – was wissen wir schon über die beiden? Vielleicht hat er gestottert, weil er es nicht mehr erwarten konnte, dass sie ihn am Halsband durch ihre Wohnung führt und ihm auf den Kopf pinkelt.«

*

Manchmal fragte sich Stefan Back, ob er sich auch in sie verliebt hätte, wenn er sie unter anderen Umständen kennen gelernt hätte. Beim Tennisspielen, im Café, im Urlaub. Und nicht in dieser verregneten, scheußlich kalten Nacht in diesem noch scheußlicheren städtischen Krankenhaus von Danzig, wo er hilflos, mutterseelenallein und mit fürchterlichen Schmerzen in der Notaufnahme gelegen hatte. Mein Gott, hatte er sich scheiße gefühlt. Wenn er daran zurückdachte, wurde ihm noch heute ganz flau im Magen.

Sie waren zu viert angereist. Eine Tagung mit Kollegen aus verschiedenen ehemaligen Ostblockstaaten, die der Verbesserung und Koordination ihrer zukünftigen Zusammenarbeit dienen sollte. Das Hotel war ordentlich gewesen, die Verpflegung annehmbar, die Leute so lala. Wichtigtuer und Idioten gab es überall. Nur das Wetter war wirklich bescheiden gewesen. Dauerregen bei fünf oder sechs Grad. Und Danzigs postsozialistischer Charme hatte den Regen noch etwas grauer und kälter sein lassen.

Am letzten Abend waren sie dann in dieses Restaurant eingekehrt. Eine ganze Meute, sogar die russischen Kollegen waren mitgekommen. Sie hatten reichlich Wodka gebechert, viel gelacht, üppigst gespeist. Und irgendeines dieser Häppchen musste es wohl gewesen sein. Obwohl es komischerweise nur ihn niedergestreckt hatte. Winberger hatte zwar auch über Übelkeit geklagt, aber nachdem er sich in der Toilette ausgekotzt hatte, war er, wenn auch ein bisschen grün im Gesicht, wieder an den Tisch zurückgekehrt.

Das war ihm nicht mehr möglich gewesen. Die Übelkeit kam über ihn wie eine riesige Welle. Einen Tick schneller als sein Mageninhalt, rettete er sich noch über die Kloschüssel. Doch auch als das Innerste nach außen gekehrt war, fühlte er sich nicht besser. Im Gegenteil. Als er sich an der Schüssel hochzog, wurde ihm schwummerig, die Knie knickten weg und das Nächste, an das er sich erinnerte, war eine zuckende Neonröhre über seinem Kopf.

Weiß gekachelte Wände, ein strenger Geruch nach Desinfektionsmittel, Bahren mit weißen Laken. Leichenkammer, ich bin in einer Leichenkammer, war sein erster klarer Gedanke gewesen. Auch daran konnte er sich noch sehr gut erinnern. Aber dann hatte er bemerkt, dass das Laken auf ihm eine Decke war und ihm nur bis zum Hals ging. Und Tote bekamen auch keine Infusion.

Aber wie ein Toter hatte er sich gefühlt. Sterbenselend. Zu schwach, um irgendetwas zu wollen, doch gerade kräftig genug, um sich so scheiße wie noch nie in seinem Leben zu fühlen. Kalt war es, grell war es, kein Schwein kümmerte sich um ihn.

Dann war die Tür aufgegangen und ein Engel war hereingeschwebt. Langes, braunes Haar, warme Augen, ein Lächeln zum Niederknien. Zwar hatte er kein Wort von dem verstanden, was der Engel da gesäuselt hatte, aber es hatte sich wunderschön angehört. Nach Kakao hatte sie gerochen, Kakao mit einem Schuss Rum. Nach Kaminfeuer und Sonntagnachmittag. Zumindest war ihm das so vorgekommen.

Vier Monate später hatten sie geheiratet.

Stefan Back drückte die Spülung und wusch sich die

Hände. Sie heulte immer noch. Ja, sicher, es war auch ihre Warmherzigkeit gewesen, die ihn damals für sie eingenommen hatte. So ein liebes Wesen, so ein guter Mensch. Aber allmählich ging ihm die Flennerei doch auf die Nerven. Zumal sich sie und Otylia gar nicht so nahegestanden hatten. Sie waren ab und zu zusammen in die Stadt gegangen, und einmal war Otylia auch bei ihnen gewesen. Doch wirklich dicke Freundinnen? Den Eindruck hatte er nie gehabt. Andererseits, was wusste er schon über Freundschaften unter Frauen?

Er öffnete die Badezimmertür und ging zurück ins Wohnzimmer. Otylia Ehrlich. Die ganz bestimmt an jenem Montag gestorben war. Die Presse meinte zwar, dass es auch Dienstag gewesen sein könnte, aber er wusste, dass es der Montag gewesen war.

Otylia Ehrlich und Simon Alfarth. Er setzte sich zu Izabella auf die Couch und fuhr ihr tröstend über die weichen Haare. Sie schluchzte und lehnte sich an ihn.

Stefan Back lächelte versonnen. Der Nächste würde Stransky sein

9. Kapitel

29. Dezember, Berg, Starnberg

Leicht und luftig tanzten die Flocken über die Isartalstraße. Hinten über dem See war sogar eine Wolkenlücke, durch die sich vereinzelte Sonnenstrahlen schlichen. Die Autos fuhren gemächlich über den verschneiten Asphalt, die meisten Menschen hatten Urlaub und daher keine Eile und genossen die Zeit zwischen Weihnachten und Neujahr. Ein schöner, ruhiger Tag.

Nicht so für Xaver Eberhartinger. Ratlos stand er vor der Metzgerei Schöberl. Die Semmel mit dem warmen Leberkäse lag noch immer in der Tüte, obwohl er sich normalerweise gleich immer einen Bissen gönnte, wenn er aus dem Laden war.

Der Schöberl Fritz war immer noch krank! Hatte ihm gerade die Maria erzählt, dem Fritz seine Frau. Sie wüsste auch nicht, was er hat. Seit über einer Woche würde er nur den ganzen Tag daheim im Bett oder auf dem Kanapee herumliegen, hätte gar keine Lust auf gar nichts, würde kaum was essen und kein Bier nicht anrühren. Die Zeitung tät er lesen von vorn bis hinten und Fernsehen würd er auch anschauen. Nur ab und zu eine Brezen und einen Kaffee, das wär's.

Der Schöberl! Kaum was essen! Und kein Bier nicht anrühren! Das musste etwas wirklich Ernstes sein. Aber zum Doktor gehen wollte der Fritz nicht. Und, so die Maria, er sei ja auch nicht richtig krank. Also er würde nicht husten, hätte keinen Schnupfen, auch kein Fieber. Er wäre halt nur so furchtbar unlustig und schlapp.

Sie, die Maria, glaubte ja, dass das die Midleif-Krise sei. Dass der Fritz eben keine Lust mehr auf die Metzgerei hätte. Das würde er ja schon machen, seit er 16 ist. Der Laden ginge gut, das Haus sei schuldenfrei, das Auto nagelneu. Und auch abgezahlt. Jetzt habe er halt nichts mehr, worauf er sich freuen könne, und deswegen die Krise. Das sei so bei Männern in seinem Alter, das habe sie gelesen.

Aber das war Unsinn, wusste Xaver Eberhartinger. Der Fritz und eine Midleif (Mitleiv?)-Krise! Schmarrn! Der Fritz war mit Leib und Seele – und zwar mit ein bisschen mehr Leib als Seele – Metzger. Das Haus und das Auto waren ihm gar nicht so wichtig, aber die Metzgerei schon. Das hatte Xaver Eberhartinger jedes Mal sehen können, wenn er ihn im Laden angetroffen hatte. Wie der Fritz den Aufschnitt herrichtete, wie er die Fettfransen vom Fleisch trennte, wie – ja, fast zärtlich – er die Schnitzel von der Keule schnitt, so benahm sich keiner, der für seine Wurst und sein Fleisch nichts empfand. Und gesagt hatte es der Fritz auch oft genug, dass die Metzgerei schon das war, was er gerne machte. Wenn sie nach dem Schafkopfen immer noch ein bisschen zusammensaßen und redeten, dann hatte er ihnen schon mal erzählt, worauf man beim Kalbsbrät achten musste, was alles in eine gute Blutwurst kam, welches Holz man für Gselchtes brauchte, welches Fleisch man gar nicht für Suppenfleisch hernehmen durfte und so weiter. Oft hatten sie davon dann noch so einen Hunger gekriegt, dass sie in die Metzgerei gefahren waren.

Nein, der Fritz hatte ein anderes Problem. Aber dieses Problem hing untrennbar mit Xaver Eberhartingers Problem zusammen: So lange der Fritz nämlich nicht wieder auf der Höhe war, fehlte ihnen der vierte Mann. Letzten Mittwoch schon hatten sie ihre allwöchentliche Schafkopfrunde ausfallen lassen müssen. Und so wie es aussah, konnten sie heute wieder nicht spielen.

Es sei denn, er trieb noch jemanden auf. Aber das hatten der Anton und er letzte Woche schon versucht. Zwar gab es genügend Männer in Berg, die Schafkopfen konnten, aber nicht jeder, der Schafkopfen konnte, konnte Schafkopfen. Und viele von denen, die es gut genug konnten, waren schon in anderen Schafkopfrunden aktiv und durften eigentlich nicht abgeworben werden. Das machte man nicht, zumal es ja nur vorübergehend gewesen wäre. Und der vierte Mann musste ja auch zu ihnen passen. Das war vielleicht noch schwieriger als das Abwerben. Er musste noch einmal mit dem Anton reden und danach den Josef anrufen. Vielleicht fiel denen was ein.

Aber Anton Leikermoser, der den kleinen Edeka-Laden in der Ortsmitte betrieb, war auch nicht schlauer als letzte Woche. Er hatte wirklich nachgedacht, weil er nicht noch einen Schafkopfabend ausfallen lassen wollte. Doch ihm war niemand eingefallen. Und Josef Kreuzpointner hatte im Augenblick keine Zeit, sich über den vierten Mann Gedanken zu machen. Er war schon froh, dass er heute Abend überhaupt kommen konnte.

Xaver Eberhartinger fuhr zurück ins Hotel. Vor lauter Überlegen vergaß er sogar seine Leberkäsesemmel. Erst als er in der Tiefgarage aus dem Landrover stieg – Urtes Gespräch mit Giovanni hatte anscheinend Wirkung gezeigt; der Parkplatz war frei gewesen –, bemerkte er die Tüte. Xaver nahm sie mit, holte die Semmel so weit heraus, dass er ein Stück abbeißen konnte, und lief gedankenverloren zum Aufzug. Sie brauchten einen vierten Mann.

Im Erdgeschoss stieg eine Frau zu. Violettes Batikshirt, gedrehtes Stirnband, ein Punkt mitten auf der Stirn. Xaver ließ seine Semmel in der Tüte verschwinden, weil es sich nicht gehörte, vor Gästen zu essen. Dann sah er die nackten Füße. Die waren tätowiert. Über und über. Feine Muster und Linien. Alles in Rotbraun.

»Was starren Sie denn so?«

Xaver sah auf, den Mund voller Leberkäse. »Nipf.« Er schüttelte den Kopf.

»Haben Sie noch nie ein Henna-Tatoo …« Die Frau brach mitten im Satz ab und schnüffelte. »Hier riecht es nach …« Sie entdeckte die Tüte. »Was … was essen Sie da?« Sie deutete nach unten.

Xaver sah seine Tüte an, sah die Frau an. »Lewakäf.«

»Leberkäse? Fleisch?« Sie erbleichte.

»Hm.« Er nickte.

»Oh Gott! Wissen Sie, was Sie da tun?«

Xaver hörte auf zu kauen.

»Ein Wesen musste dafür sterben! Vielleicht kannten Sie dieses Wesen! Vielleicht war es Ihre Großmutter!«

Xaver schluckte. D' Oma? Auf der Semmel?

»Ich war dereinst ein Kälbchen!«

Die Frau war ein Kalb gewesen? Xaver sah sie aus großen Augen an. Er verstand gar nichts mehr.

»Wissen Sie, was Reinkarnation ist?«

Erdgeschoss, die Türen öffneten sich. Aber die Kalb-Frau stand zwischen ihm und dem Ausgang. Xaver blieb, wo er war.

»Sie werden wiedergeboren! Jeder wird wiedergeboren! Sie hatten womöglich schon viele andere Daseinsformen auf dieser Welt!«

Die Türen gingen zu, die Frau bewegte die Hand durch die Lichtschranke, die Türen gingen wieder auf.

»Sie waren in Ihren früheren Leben ein Regenwurm, ein

Hamster, ein …«, die Frau wedelte mit den Armen, »ein Hirsch womöglich!«

Hirsch. Theresa sagte manchmal »Du Hirsch!« zu ihm.

»Sie wissen gar nicht, was Sie mit so einem«, sie deutete auf die Semmel, als wäre sie der Leibhaftige, »Brötchen anrichten! Möchten Sie einmal als Belag in einem Brötchen enden? Wollen Sie das?«

Die Türen gingen zu, gingen wieder auf, Xaver schüttelte den Kopf.

»Also! Dann seien Sie bewusster, Mann! Denken Sie darüber nach, was Sie essen!«

Die Frau nickte nachdrücklich, drehte sich um und schritt von dannen. Ohne Kalbsfüße. Dafür mit Hennen-Tätowierungen. Die Türen schlossen sich.

Erst als der Aufzug im dritten Stock hielt, kam Xaver wieder zu sich. Er hatte das Gefühl, als wachte er aus einem bösen Traum auf.

»Was war des jetz?«, murmelte er verwirrt. Er drückte auf die Taste fürs Erdgeschoss und fuhr wieder nach unten.

Als sich die Türen öffneten, sah er vorsichtig nach draußen. Sie war weg. Er stieg aus dem Aufzug, atmete durch. Die Tüte mit der angebissenen Leberkäsemmel verbarg er unter seinem Kittel.

*

Bartholomäus schloss die Voliere und beobachtete Friedrich, wie er auf seinen Lieblingsast kletterte. Ein bisschen humpelte er immer noch. Die Verletzung von damals würde vielleicht nie mehr ganz ausheilen. Wie seine. Aber so lange Friedrich keine erkennbaren Schmerzen oder größere

Beschwerden hatte, würde er sicher nichts unternehmen. Der Vogel sollte noch einen schönen Lebensabend haben, und an Auswildern war ja ohnehin nicht zu denken.

In der Küche fand Bartholomäus einen Zettel von Wiebke. Sie fragte, ob sie heute hier in ihrem Haus zusammen zu Abend essen wollten. Behibak, W., stand unter den Zeilen. ›Ich liebe dich‹ auf …? Bartholomäus wusste es nicht. Irgendeine afrikanische Sprache vielleicht. Wiebke unterschrieb ihre Nachrichten immer mit LD oder HDL. Es sei denn, sie hatten Streit. Dann unterschrieb sie auch schon mal mit LM. ›Ich liebe dich‹ in einer fremden Sprache schrieb sie immer dann, wenn sie wusste oder ahnte, dass ihn etwas bedrückte, dass es ihm nicht gut ging. Bartholomäus musste dann raten, welche Sprache es war. Und für jeden Fehlversuch musste er oder Wiebke beispielsweise – Bartholomäus ließ den Zettel sinken. Er glaubte nicht, dass ihm heute Abend danach sein würde.

Bartholomäus ging hinauf in sein Arbeitszimmer und fuhr den Laptop hoch. Während des Spaziergangs waren ihm ein paar Gedanken gekommen, die er festhalten wollte. Nichts Konkretes. Es waren keine Dinge, die sie tun mussten, keine offenen Fragen oder Unklarheiten, denen sie nachgehen mussten. Er hatte erneut versucht, sich in den Mörder hineinzuversetzen. Hatte versucht zu empfinden wie jemand, der seine Opfer mit Starkstrom und Gift tötete, sie mit einem Elektroschocker außer Gefecht setzte, sie fesselte und knebelte, ihr Bett machte. Der ihre Wohnungen auf den Kopf stellte und Wertsachen stahl. Sie aber weder misshandelte noch sexuell missbrauchte. Dieser Mörder war keiner, der im Affekt handelte. Er ging planvoll vor, wusste genau, wann er was zu tun hatte. Er hatte seine Emotionen im Griff – welche Gefühle auch immer er überhaupt hatte –, er war ordentlich, er war gebildet und handwerklich nicht ungeschickt, er hatte Kraft, er war entschlossen, zielstrebig. Und er hatte eine Botschaft. Ob für sich, die Menschen da draußen oder irgendeinen wirren Gott, das wusste Bartholomäus nicht. Aber dieser Mörder tötete nicht wahllos. Wobei Bartholomäus nicht wusste, ob sich das auf die Opfer oder die Tötungsart bezog. Oder beides. Das würde er erst wissen, wenn er das oder die Kriterien kannte, an denen der Mörder sein Vorgehen ausrichtete.

Während Bartholomäus diese Gedanken und einige weitere Ideen und Assoziationen dazu niederschrieb, öffnete er in einem anderen Fenster sein E-Mail-Programm. Er hatte Kreuzpointner und Zillenbiller gebeten, ihm neue Informationen auf diesem Wege zukommen zu lassen.

Tatsächlich hatte Zillenbiller bereits geschrieben. Bartholomäus öffnete die Mail.

> Servus, Kammerlander,
>
> wegen dem Bruder und dem Schmuck. Er hat mir ein bisschen was aufgezeichnet. Ich hab's Dir in den Anhang getan. Die Inschrift in dem Herzerl wusste er nicht mehr. Nur dass es irgendwas Hebräisches war. Bei ebay habe ich geschaut, aber noch nichts gefunden. Schmuckhändler haben wir auch instruiert, die haben die gleichen Bilder wie Du. Falls er das Zeug über die loswerden will, was ich aber nicht glaube.
>
> Gruß
> Max

Bartholomäus öffnete den Anhang. Eine PDF-Datei mit drei Seiten. Die Skizzen von Janusz Ehrlich waren plump und dilettantisch. Bartholomäus sah förmlich die groben Maurerhände vor sich, wie sie versuchten, den Kugelschreiber über das Papier zu führen. Die eine Skizze sollte einen breiten Armreif darstellen, die zweite ein Paar Ohrringe mit einem tropfenförmigen Anhänger und die dritte ein Herz, das an einer feinen Halskette hing. Ins Herz waren einige unleserliche Zeichen eingekritzelt und vermutlich Zillenbiller hatte ›silbern‹ danebengeschrieben.

Damit konnten sie nichts anfangen. Und die Schmuckhändler würden sich an die Stirn tippen, wenn sie die Bilder sahen. Bartholomäus schloss das PDF-Fenster.

Anschließend versuchte er es zum wiederholten Male im Rechts der Isar. Er hatte schon vor dem Spaziergang etliche Male angerufen, aber erst war niemand rangegangen und dann war dauernd besetzt gewesen. Bartholomäus wählte die Nummer von Professor Paul Ehards Sekretariat und wartete. Besetzt. Er legte auf und wählte erneut. Wieder besetzt.

Während er ein drittes Mal wählte, rief er Google auf und gab ›Giftaron‹ ein.

Besetzt.

›Aronstab, eine Physiognomik der homöopathischen Arzneimittel, giftige Pflanzen in der Wohnung‹ lauteten die ersten drei Einträge. Bei den giftigen Pflanzen ging es vor allem um die Gefahren für Katzen. Auf der Seite über den Aronstab fand Bartholomäus die Symptome bestätigt, die ihm Zillenbiller geschildert hatte. Entzündungen der Mundschleimhäute, Anschwellen der Lippen, schmerzhaftes Brennen auf der Zunge und im Rachen, unregelmäßiger Herzschlag, Krämpfe und innere Blutungen. Das Giftige waren Substanzen, die Calciumoxalat und Aroin hießen. Das Gewächs wurde früher Kindern in die Wiege gelegt, um sie vor Dämonen zu schützen, man hatte es gegen Tuberkulose und die Pest angewandt, gegen Magen-, Lungen- und Brustleiden, gegen Frauenkrankheiten und gegen Ohrenschmerzen. Also gegen alles.

Besetzt.

Auf der fünften Seite stieß Bartholomäus auf eine Zeichnung. Kreuzpointner hatte recht gehabt. Wie ein Gummibaum. Hier stand auch der andere Name. Schweigrohr. Bartholomäus versuchte es damit bei Google.

Besetzt.

Schweigrohr stand auch in Wikipedia. Dort gab es ein Foto. Gummibaum mit braun angefressenen Rändern. Die Pflanze beziehungsweise Extrakte aus ihr wurden auch als Insektizid und gegen Ratten eingesetzt. Und als Foltermittel.

Bartholomäus rückte näher an den Bildschirm heran. Im 17. Jahrhundert hatte man damit verhindert, dass ein Delinquent sprechen konnte. Klar, die Schwellungen der Schleimhäute. Aber warum wollte man, dass jemand nicht sprach? Eigentlich war es beim Foltern doch immer darum gegangen, dass jemand sprach? Wahrscheinlich handelte es sich um Zeugen, die man mundtot machen wollte.

Sollte Otylia Ehrlich mundtot gemacht werden? Hatte sie etwas gewusst, wofür sie sterben musste? War es das, worauf die Art hinweisen sollte, wie sie umgebracht worden war? Hatte sie womöglich etwas über den Mord an Alfarth gewusst? War das der Zusammenhang zwischen den beiden? Und wusste noch ein Dritter davon, der dadurch gewarnt werden sollte? Aber dann hätte dieser Dritte etwas von der Pflanze erfahren müssen, und in den Medien war nur von Vergiften die Rede gewesen.

Besetzt.

Bartholomäus machte sich ein paar Notizen. Dann las er den Eintrag über das Schweigrohr zu Ende. Unfruchtbar machte die Pflanze auch. Weibliche Tiere und Menschen. Die Nazis hatten das Schweigrohr im Rahmen ihrer sogenannten Rassenhygiene eingesetzt, um Frauen unfruchtbar zu machen.

Besetzt.

»Der lateinische Name für die Pflanze lautet Dieffenbachia seguine nach einem Wiener Obergärtner aus dem 18. Jahrhundert. Sie gehört zu den beliebtesten Zimmerpflanzen …«

Frei! Er hatte ein Freizeichen! Bartholomäus sah auf die Uhr seines Laptops. Halb zwölf. Machten die schon Mittag? War vielleicht keiner mehr da? Nach dem fünften Klingeln ging jemand ran.

»Sekretariat Professor Ehard, Kerner, was kann ich für Sie tun?« Eine Frauenstimme, mittelalt, nicht unfreundlich, aber resolut. Münchnerin.

»Grüß Gott. Bartholomäus Kammerlander mein Name, Morddezernat.«

»Ja, um Gotts willen! Ist was passiert?« Frau Kerner klang eher belustigt.

»Nicht bei Ihnen, hoffe ich. Ich rufe in einer Ermittlungsangelegenheit an. Ich bräuchte eine Auskunft und einen Termin bei Professor Ehard.«

»Aha.«

»Es geht um einen Ihrer Patienten. Simon Alfarth. Er hatte einen Termin bei Ihnen. Am Donnerstag, dem 25. November, um halb zehn Uhr vormittags. Ist das richtig?«

»Des darf ich Ihnen aber am Telefon nicht sagen, Herr – wie war noch mal der Name?«

»Kammerlander.«

»Herr Kammerlander. Des wissen Sie schon?«

»Ja, das habe ich mir schon fast gedacht. Wann kann ich dann den Herrn Professor sprechen?«

»Warten S', da muss ich nachschauen.« Der Telefonhörer klapperte. Nach einer kurzen Weile meldete sich die Sekretärin wieder. »In drei Wochen um halb elf hätt ich was frei.«

Bartholomäus hielt überrascht inne. »Nein, nein, Sie verstehen mich falsch. Ich brauche keinen Termin als Patient, ich muss mit dem Professor in einer dienstlichen Angelegenheit sprechen.«

»Ich versteh Sie schon richtig. Aber der Herr Professor hat keine Zeit. Da ist nichts frei auf dem Computer. Ich seh's ja vor mir.«

»Frau Kerner, wann hat er heute Schluss?«

»Heute ist nachmittags ein Kongress in Salzburg. Er fahrt in einer halben Stunde los und kommt erst morgen in der Früh wieder.«

»Und morgen? Wann hat er da Schluss?«

»Morgen … Donnerstag. Da ist er bis … zum frühen Nachmittag in seiner Praxis, danach eine OP im Haus, anschließend … Sprechstunde, um fünf. Ungefähr. So genau lasst sich das nicht sagen. Das kann auch später werden.«

»Hat er auch eine Mittagspause?«

»Der Herr Professor? Ah, gehn S' weiter!«, entrüstete sich die Sekretärin. »Der Herr Professor ist doch kein Bauarbeiter!«

»Dann sagen Sie ihm bitte, dass ich ab fünf Uhr auf ihn warte. Wo soll ich hinkommen?«

»Ich weiß aber nicht, ob ihm des recht ist.«

»Frau Kerner, das weiß ich auch nicht, aber das kann uns

egal sein. Es geht um Wichtigeres als um ein paar Minuten seiner wertvollen Zeit.«

»Ja, dann kommen Sie halt am besten vor sein Büro«, sagte die Sekretärin verschnupft. »Des ist hier bei mir. Kommen S' also zu mir. Hier können S' warten.«

»Und wo ist das?«

»Ach so. Zimmer 0517 im Erdgeschoss.«

»Vielen Dank. Bis morgen. Auf Wiederhören.«

Bartholomäus legte auf. Ja, so wie er Ehard in Erinnerung hatte, passte Frau Kerner sehr gut in sein Vorzimmer.

Ein paar Minuten hatte er noch. Er notierte sich rasch weitere Ergebnisse seiner Recherche über den Giftaron und dachte noch einmal über die Sache mit dem Mundtot-Machen nach. Danach druckte er ein Foto von Otylia Ehrlich aus. Er hatte sich alle den Fall betreffenden Fotos ebenfalls per Mail zusenden lassen. Anschließend fuhr er den Laptop herunter und machte sich auf den Weg ins Hotel. Das Seminar der Hädrichs ging bis Viertel nach zwölf.

Als Bartholomäus die Lobby betrat, standen Giovanni, Erkan, einer der Kellner, und Rudi, Xavers Gehilfe, vor dem Eingang zum Restaurant zusammen. Alle drei krümmten sich vor Lachen. Als sie Bartholomäus sahen, verstummten sie zwar, taten sich aber sichtbar schwer, das Lachen zu unterdrücken. Rudis Adamsapfel hüpfte unruhig auf und ab, und Erkan hatte einen hochroten Kopf.

»Ihr amüsiert euch gut?«, fragte Bartholomäus im Vorbeigehen.

»Si, Cheffe.« Giovanni nickte und grinste breit. »Scusi.«

Die drei Männer sahen zu Boden. Rudi gackerte leise.

Bartholomäus wartete im Stüberl auf die Hädrichs.

Schwere Holztische, blauweiße Karrees, wohin man blickte, Keferloher auf den Regalen und gerahmte Alpenidyllen an den Wänden. Gäste, die nicht aus Bayern kamen, liebten das Stüberl. Auch die Hädrichs pflegten dort für gewöhnlich ihr Mittagessen einzunehmen, wie Bartholomäus von Detlev Woyke erfahren hatte. Bartholomäus setzte sich auf die Bank vor dem Kachelofen und ließ sich eine Apfelschorle bringen.

Um kurz vor halb eins betraten die Hädrichs das Stüberl. Er voran, sie hinterher. Beide wirkten sie ein wenig erschöpft. Die Wangen der Frau glühten förmlich.

Bartholomäus wartete nicht, bis sie sich gesetzt hatten, sondern ging auf sie zu.

»Mahlzeit!«

»Na? Haben Sie sich's überlegt?« Jörn Hädrich hielt Bartholomäus die Hand hin.

»Guten Tag, Herr Kammerlander.« Seine Frau nickte Bartholomäus zu und schaute fragend von einem zum anderen.

»Ihr Mann wollte mich für Ihren Kurs begeistern«, klärte Bartholomäus sie auf.

»Ah, natürlich, ich verstehe.« Sie lachte. Etwas zu fröhlich, wie Bartholomäus fand.

»Aber deswegen störe ich Sie nicht beim Mittagessen«, fuhr er fort. »Ich habe ein anderes Anliegen.«

»Der Koffer! Sie haben Neuigkeiten zu meinem Koffer!« Jörn Hädrich strahlte.

»Nein, leider nicht. Ich würde Sie beide gerne in einer anderen Angelegenheit sprechen.«

Hädrich versteifte sich. »In einer anderen Angelegenheit? Gibt es Schwierigkeiten?«

»Keine, die Sie betreffen. Aber wir sollten nicht hier darüber reden. Hätten Sie wohl nach dem Mittagessen ein paar Minuten Zeit? Ich warte auf Sie in meinem Büro.«

»Gerne«, sagte Petra Hädrich-Wolters.

Aber ihr Mann schüttelte energisch den Kopf. »Nein, ich will jetzt wissen, was los ist. Gehen wir gleich.«

»Sie können wirklich gerne zuerst in aller Ruhe essen. Es eilt nicht. Ich wollte Ihnen nur Bescheid sagen, damit Sie sich Ihre Zeit einteilen können.«

»Schatz, lass uns doch erst …«

»Nein, wir gehen jetzt!«, unterbrach Hädrich seine Frau und bedeutete Bartholomäus, dass er vorangehen solle.

Bartholomäus hob die Schultern. »Wie Sie wollen.«

Er führte sie in den Personalbereich, ließ sie in sein Büro eintreten und bat sie, auf der ledernen Sitzgruppe Platz zu nehmen. Bartholomäus setzte sich in den großen Sessel.

»Worum geht es?« Hädrichs Tonfall ließ Bartholomäus an den Mann mit dem Hammer denken. Vorwurf und Defensive, bevor er noch wusste, was überhaupt los war.

Bartholomäus zögerte ein wenig, schürte Hädrichs Unsicherheit. Das konnte ihm nur nützen. »Ich würde Ihnen gerne ein paar Fragen stellen, aber zuvor möchte ich …«

»Fragen? Was für Fragen?«

»Schatz!« Sie legte eine Hand auf seinen Arm, die er unwirsch abschüttelte.

»Wird das … ein Verhör? Haben wir Hotelsilber eingesackt? Hast du, Schatz?« Hädrich sah seine Frau an und lachte überheblich.

Bartholomäus holte seinen Dienstausweis heraus und hielt ihn den Hädrichs hin. »Ich bin freier Mitarbeiter des Morddezernates in München. Im Moment arbeiten wir an der Klärung eines Doppelmordes, und in dem Zusammenhang hätte ich ein paar Fragen an Sie.«

Die Wirkung dieser abrupten Eröffnung war genau die von Bartholomäus erhoffte. Hädrichs Gesicht fiel in sich zusammen wie ein Hefeteig. Seine Frau war nur noch Augen.

»Doppelmord?«, hauchte sie.

»Freier Mitarbeiter?« Hädrich kämpfte um den Rest seiner Souveränität.

Bartholomäus holte das Foto von Otylia Ehrlich aus der Tasche und zeigte es den Hädrichs. »Kennen Sie diese Frau?«

»Was soll denn das?«, regte sich Jörn Hädrich auf. »Wie kommen Sie auf die absurde Idee, dass wir etwas mit einem Mordopfer zu tun hätten?«

»Ich sagte nicht, dass sie ein Mordopfer ist.« Bartholomäus lächelte freundlich.

Hädrichs Mund ging auf und zu. Er zwinkerte nervös. »Aber ich dachte, dass … Sie sagten doch …«

»Sie ist tatsächlich eines der beiden Opfer«, sagte Bartholomäus. »Und in ihrer Wohnung haben wir einen Ihrer Flyer gefunden. Deswegen habe ich mich gefragt, ob Sie die Tote vielleicht kannten.«

Hädrich hatte sich wieder im Griff. »Diese Flyer haben Tausende von Menschen. Das muss gar nichts heißen.«

»Würden Sie sich bitte trotzdem das Bild einmal genauer ansehen? Die Frau heißt Otylia Ehrlich. Vielleicht sagt Ihnen der Name etwas?«

Hädrich warf einen flüchtigen Blick auf das Foto. »Habe ich noch nie gesehen.«

Seine Frau schüttelte den Kopf. »Nein, ich auch nicht. Tut mir leid.«

»Otylia Ehrlich war eine junge Polin, die kaum Deutsch sprach. Vielleicht rief sie mal an und erkundigte sich nach Ihren Seminaren?«

»Eine Polin?« Hädrichs Blick bekam etwas Abschätziges. »Schlecht Deutsch?« Er gab sich belustigt. »Ich glaube nicht, dass sich so jemand in unsere Seminare verirren würde.«

»*So* jemand?«

»Ich bitte Sie. Die Lehren und Offenbarungen der Reinkarnation erfordern ein hohes Maß an Bewusstheit und spiritueller Sensibilität. Was wiederum eine weit fortgeschrittene Daseinsform voraussetzt. Wir geben ja keine Volkshochschulkurse, wissen Sie.« Er lachte.

Bartholomäus schaute ihn verdutzt an. »Ja?«, fragte er gedehnt.

Hädrich wurde wieder ernst, betrachtete Bartholomäus, als überlegte er, ob sich der Aufwand lohnte. »Hören Sie. Natürlich können Sie jeden Kretin als wieder Fleisch gewordene Daseinsform ansehen und versuchen, ihm die Weihen der Reinkarnation begreiflich zu machen. Das wäre dann jedoch in etwa so, als wollten Sie Kieselsteine durch ein Sieb drücken. Solche Leute würden wir nie in unsere Seminare aufnehmen. Unsere Teilnehmer müssen auch die geistige Bereitschaft und Befähigung mitbringen zu verstehen, was wir ihnen vermitteln wollen.«

Bartholomäus behielt seinen Gesichtsausdruck bei. »Ja?«

Hädrich schüttelte langsam den Kopf. »Sie wollen nicht verstehen, oder?«

»Was verstehen?«

»Eine zugewanderte Polin! Eine Gastarbeiterin – wenn sie denn überhaupt Arbeit hatte –, die kein Wort Deutsch spricht! Ein«, er zeigte auf das Bild, »Discomäuschen!«

Bartholomäus nickte langsam. »Verstehe. Sie meinen, Otylia Ehrlich wäre zu dumm gewesen, um an Ihren Seminaren teilzunehmen.«

»Mit Dummheit hat das nichts zu tun. Sagen wir, sie muss wohl noch das eine oder andere Mal wiedergeboren werden, um dafür bereit zu sein.«

»Wie oft sind Sie denn schon wiedergeboren worden?«

Hädrich verdrehte die Augen. »Meine Güte, das lässt sich doch nicht zählen!«

»Aber sehen? Auf einem Foto?«

»Mit einer gewissen Menschenkenntnis, ja.«

Bartholomäus gab sich abermals verständig. »Und Sie, Frau Hädrich-Wolters? Sie erinnern sich auch nicht an Otylia Ehrlich?«

Die Frau schüttelte stumm den Kopf.

»Apropos Menschenkenntnis.« Hädrich lehnte sich zurück, schlug die Beine übereinander. »Sie als *Polizist*«, ›Polizist‹ hörte sich aus Hädrichs Munde an, als meinte er den Polizisten aus dem Kasperletheater, »müssen doch sicher auch über eine gewisse Menschenkenntnis verfügen, oder?«

»Wäre von Vorteil. Warum fragen Sie?«

»Können Sie mich aufgrund dieser Ihrer Menschenkenntnis denn in der Hinsicht beruhigen, dass Ihre Managerin wirklich in der Lage ist, die Sache mit unserem Koffer zu regeln?«

»Liebling, die Frau tut doch …«

Hädrich warf seiner Frau einen kurzen, bösen Blick zu. »Können Sie?«

»Frau Svenjakob wird das sicher zu Ihrer Zufriedenheit regeln.«

»Davon sind Sie überzeugt?«

»Unbedingt.«

Hädrich sah Bartholomäus direkt in die Augen. »Sie wissen, dass sie lesbisch ist?«

»Aber natürlich. Ich weiß allerdings nicht, was das mit Ihrem Koffer zu tun hat.«

»Sehen Sie, das meinte ich mit Menschenkenntnis. Gewisse seelische Verirrungen lassen einfach darauf schließen, dass Menschen jene Fähigkeiten haben und diese nicht. Und Frau Svenjakob macht mir nicht den Eindruck, als wäre sie ihrem Job gewachsen.«

»Weil sie lesbisch ist?«

»Wenn Sie so wollen. Homosexualität war zu allen Zeiten Ausdruck einer um sich greifenden Dekadenz, die wiederum nichts anderes darstellt als das Überhandnehmen niedriger Instinkte und anachronistischer Entwicklungsstufen in Zeiten großer Verunsicherung und Ziellosigkeit. Homosexuelle müssen daher als alles andere als gefestigt und reif gelten, was natürlich auch Rückschlüsse auf ihre geistigen Ressourcen zulässt. Wäre ich ihr Chef, würde ich Frau Svenjakob als Zimmermädchen arbeiten lassen.«

Bartholomäus stellte sich vor, dass er aufstand und Hädrich mit aller Kraft die Faust ins Gesicht schlug, so dass das Blut hinten an die Wand spritzte. Das half ihm gerade so, die Beherrschung nicht zu verlieren.

»Ich bin mir, wie gesagt, sicher, dass das in Ordnung kommen wird.« Seine Stimme zitterte ganz leicht vor Zorn. Er stand auf. »Dann bedanke ich mich bei Ihnen. Ich will Sie nicht länger aufhalten. Einen guten Appetit wünsche ich!«

Bartholomäus geleitete die beiden noch aus seinem Büro. Als sich die Tür hinter ihnen geschlossen hatte, streckte er den Mittelfinger aus und flüsterte: »Arschloch!«

Auf der Fahrt nach Starnberg konnte sich Bartholomäus noch immer nicht beruhigen. Als er an einer Ampel warten musste, stieß er einen lauten Schrei aus und hieb aufs

Lenkrad. Die Fahrerin neben ihm sah erschrocken herüber und würgte beim Anfahren den Motor ab.

Jörn Hädrich. Was für ein ekelhafter Wichser. Seine Frau, die arme Seele, hätte zusammenbrechen sollen auf der Couch. »Ouh, Jörn, du sagtest doch, du hättest nichts mit ihr!« Dann hätte sich Hädrich verplappern sollen, alles wäre aufgeflogen und er hätte ihn noch in seinem Büro an die Wand geklatscht und den Arm auf den Rücken gedreht, dass die Schulter knackte. Herrlich! Super Vorstellung. Aber leider nur ein weiterer Wunschtraum.

Wie weit konnte er den Hädrichs glauben? Hatten sie ihm die Wahrheit gesagt? Auf der einen Seite war Hädrich viel zu impulsiv und unbedacht, um sich gut verstellen zu können. Auf der anderen Seite war seine Frau irgendwie verhalten gewesen. Gut, das war sie wohl immer an der Seite dieses tyrannischen Kotzbrockens. Aber vielleicht hatte es auch einen anderen Grund dafür gegeben? Dass sie etwas wusste? Oder wünschte er sich das nur, bildete er sich das nur ein? Fand er einfach nur Hädrich scheiße?

Bartholomäus parkte den Landrover vor Alfarths Haus und stieg aus. Die Gebäude in dieser Nebenstraße waren fast sämtlich Mietshäuser. Gleichförmige Kästen mit Kunststofffenstern und einem Verputz, an dem sich die letzten Reste Farbe verzweifelt festkrallten. Ein weißer Mercedes konnte hier durchaus auffallen.

Alfarths Wohnung lag im zweiten Stock. Bartholomäus holte den Schlüssel, den er sich tags zuvor von Kreuzpointner hatte geben lassen, aus der Tasche und sperrte die Haustür auf. Im Flur roch es nach Putzmitteln und kaltem Stein.

An Alfarths Wohnungstür klebte das Polizeisiegel. Bartholomäus nahm es ab, sperrte auf und ging hinein.

Er wusste nicht genau, was er sich von diesem Besuch erhoffte. Natürlich konnte man immer über eine unentdeckte Spur stolpern. Kreuzpointners Mannschaft war zwar gründlich, aber mit Tatorten war das wie mit Gedichten, an denen man arbeitete. Irgendwann wurde man betriebsblind und sah den kapitalen Rechtschreibfehler nicht mehr, der einem anderen beim ersten Lesen sofort ins Auge stach. Aber deswegen war er nicht hier. Er wollte sich einen Eindruck verschaffen, was auch immer das am Ende heißen mochte.

Bartholomäus machte das Licht an und ging langsam durch den Flur. Achtete dabei darauf, nicht auf die Schleifspuren zu treten. Sie führten in die Küche. Bartholomäus sah sich um. Weißes Resopal, keine Postkarten am Kühlschrank, keine Regale mit Büchern. In den Schränken standen die Tassen in Reih und Glied. Daneben die dazu passenden Teller, oben die Gläser. Alles schlicht, alles schmucklos. Wenige Töpfe, ein paar Pfannen. Benutzt, aber alles sauber. Wie die Kissen auf den vier Stühlen, die um den weißen Tisch herum standen. Auf dem nicht eine einzige Spur eines Gläserrandes zu sehen war.

Bartholomäus spürte, wie ihn Traurigkeit befiel. Ein völlig harmloser Mann war zu Tode gefoltert worden. Ein Mann, der sich tapfer gegen seine Einsamkeit gewehrt hatte. Tassen sorgfältig im Schrank aufgestellt, Kissenbezüge gewaschen, Pfannen von Speiseresten befreit hatte. Wie viele alleinstehende Männer machten das? Wie oft hörte man, dass gerade solche Männer immer mehr in ihrem Chaos versanken? Nicht so Alfarth. Er hatte sich um sich gekümmert, hatte sein Nest sauber gehalten, weil er vielleicht doch einmal jemanden finden würde. Trotz seiner Hasenscharte. Wie küsste man mit einer Hasenscharte? Kostete es viel Überwindung, jemanden damit zu küssen?

Zumindest beim ersten Mal? Aber Alfarth hatte trotzdem seinen Tisch abgewischt.

Bartholomäus ging ins Wohnzimmer. Dort fand er ein Bild von Simon Alfarth. Nicht auf der Kommode oder im Schrank. Alfarth hätte wahrscheinlich nie ein Bild von sich aufgestellt. Dazu war er nicht eitel genug. Es lag in einer der unteren Schubladen des Wohnzimmerschrankes. Ein blasser, schmaler Mann, der sich kaum zu lächeln traute. Dünne Haare, Augen mit einem verhaltenen Glanz. Ein Mann, der sich vermutlich noch entschuldigt hätte, wenn sich jemand vor ihm in die Schlange drängelte.

Strom. Wieso Strom? Bei einem solchen Mann. Mit einer Hasenscharte. Bartholomäus setzte sich auf die Kante des Wohnzimmersessels. Er konnte begreifen, dass man Menschen tötete. Um das eigene Leben zu retten oder das eines Menschen, den man liebte. Aus Wut und aus Hass. Weil man so viel Angst vor sich und dem Leben hatte, dass man explodierte. Unverzeihlich, gewiss, aber nachvollziehbar. Doch das hier. Und Otylia Ehrlich. Gab es hier etwas zu verstehen? Er konnte es nur hoffen.

Warum? Bartholomäus barg das Gesicht in den Händen. Warum? Sie mussten das Motiv finden. Und hoffen, dass Alfarth und Ehrlich irgendetwas gemeinsam hatten und es nicht die roten Schuhe oder der Platz in der Trambahn waren. Aber was hatten sie gemeinsam? Ein völlig unscheinbarer Finanzbeamter und eine polnische – wie hatte sie dieses Arschloch genannt? – Discomaus? Hatte Alfarth mit ihr ein Verhältnis gehabt? Und war der Mörder der eifersüchtige Ex? Giftaron, um sie symbolisch daran zu hindern, jemals wieder einen Mann ansprechen zu können, und Strom, weil Alfarth … weil er … Bartholomäus tauchte aus den Händen auf.

Strom. Was fiel ihm zu Strom ein? Unter Strom stehen, der Strom des Lebens, Glühbirne. Ladung, Elektronen, Physikunterricht. Schule, Manni, Pferdezaun, ein Schlag an seiner Schwanzspitze. Batterie, Auto, Motorrad, Elektrik, Hebertshausen. Von Hebertshausen, am KZ vorbei bis zu seiner Schule, hatte er damals seine Yamaha geschoben, nachdem sie bei 20 Grad minus und einem Meter Schnee den Geist aufgegeben hatte. Sechs Kilometer! Er war noch nie so fertig und an dem Tag der Depp der Schule gewesen.

Strom. Gift. Ersticken. Mann und Frau. Im Abstand von sechs Wochen. Warum sechs Wochen? Warum nicht vier? Warum nicht – Bartholomäus hielt erschrocken inne. Ein entsetzlicher Gedanke war ihm gekommen.

Serienmörder nahmen fast immer einen langen Anlauf. Um dann in immer kürzeren Abständen zuzuschlagen.

Bartholomäus fuhr nach Hause. Zunächst wollte er sich in sein Arbeitszimmer zurückziehen, aber dann beschloss er, mit Friedrich eine große Runde zu drehen. Er musste den Kopf freibekommen.

Der Spaziergang fiel dann doch kürzer aus. Im Wald waren Holzarbeiten zugange und es herrschte ein Höllenlärm. Friedrich hampelte deswegen unentwegt auf seinem Arm herum und wollte nicht fliegen. Und als sie den Krach endlich hinter sich gelassen hatten, begegneten sie Joggern, Familien mit Kindern, Urlaubern mit ihren Hunden. Da konnte er Friedrich auch nicht fliegen lassen, auch wenn der viel zu faul war, sich auch nur einen toten Hasen vom Feld zu klauben. Aber bis er das den Leuten erklärt hatte … Außerdem war er zu warm angezogen. Oder ihm war zu warm, wie auch immer. Und die Luft roch auch irgendwie abgestanden. Wahrscheinlich wegen der niedrigen Wolken, die den Smog wie unter einem Deckel festhielten. Also ging er nach einer guten halben Stunde wieder nach Hause, setzte sich im Wohnzimmer in seinen Lesesessel und blätterte in einem Gedichtband. Benn, Rilke, Heine.

Gott gab uns nur einen Mund,
weil zwei Mäuler ungesund.
Mit dem einen Maule schon
schwätzt zu viel der Erdensohn.
Wenn er doppelmäulig wär,
fräß und lög er auch noch mehr.
Hat er jetzt das Maul voll Brei,
muss er schweigen unterdessen,
hätt er aber Mäuler zwei,
löge er sogar beim Fressen.

Zwei Mäuler. Fast schämte er sich dafür, dass ihn das an Alfarth erinnerte. Das war nicht wirklich das, was er jetzt lesen wollte. Rilke hatte es auch nicht leicht gehabt, und Benn, der alte Opportunist, schrieb am liebsten über junge Ratten, die es sich in der Bauchhöhle einer angespülten Mädchenleiche gutgehen ließen.

Bartholomäus legte das Buch weg. Musik hören. Vielleicht half das. Er ging zum CD-Schrank. Mozart, zu fröhlich. Beethoven. Musste er dauernd an Clockwork Orange und diesen durchgeknallten Alex denken. Bach, zu komplex, Pop, Rock, zu seicht, zu hart. Nein, Musik hören wollte er nicht und fürs Schreiben hatte er jetzt ohnehin keinen Nerv.

Bartholomäus starrte aus dem Fenster. In weiter Entfernung sah er einen Hochspannungsmast auf einem zugeschneiten Feld. Ein riesiges Skelett, das über ein weißes Leichentuch schritt. Auf dem Fensterbrett stand eine Pflanze mit großen, fleischigen Blättern. Wahrscheinlich giftig. Der Rand des Blumentopfes sah aus wie ein breites, böses Grinsen.

Bartholomäus fuhr sich durch die Haare, verschränkte die Finger am Hinterkopf. Dann drehte er sich um und ging hinauf in den ersten Stock.

Nach dem Meditieren fühlte er sich besser. Zumindest war der Ärger über sich selbst verflogen. Kurz darauf hörte er, wie Wiebke unten zur Tür hereinkam.

»Schatz?« Irgendetwas polterte auf den Tisch und fiel auf den Boden. Wiebke fluchte leise.

»Ich bin hier oben.«

Sie kochten zusammen. Bärlauchrisotto mit gebratenen Doraden. Bartholomäus war fürs Rühren zuständig, was ihm aber nichts ausmachte. Im Gegenteil, es hatte etwas Beruhigendes.

Wiebke erzählte ihm das Neueste aus dem Hotel. Gäste, Belegschaft, Buchungen. Aber irgendetwas wollte sie sich für das Essen aufsparen. Irgendetwas, was sie immer wieder glucksen ließ.

Bartholomäus berichtete ihr im Gegenzug von den Hädrichs, von Starnberg, von den Fällen. Als er merkte, wie er wieder düster wurde und anfing, das Risotto zu schleudern, verstummte er.

Wiebke ging zu ihm und nahm ihm den Löffel aus der Hand. Dann zog sie ihn zu sich herunter und küsste ihn sanft auf die Lippen. »Du musst auf dich aufpassen, hörst du?«

»Schreiben ist im Moment völlig unmöglich. Lesen geht nicht, Musik kann ich auch keine hören und Spazierengehen nervt.« Bartholomäus zögerte. »Und am meisten nervt es mich, dass mich das alles nervt.«

»Ja, ich weiß. Aber mach dich nicht zusätzlich verrückt. Du kennst das doch.«

Bartholomäus trank einen Schluck Wein. »Ich frage mich, wann das mal aufhört. Wann ich das mal im Griff habe.«

»Du willst zu viel. Das eine ist das eine und das andere ist das andere.« Wiebke fing an zu rühren.

»Das eine ist Zwang und das andere mein Leben.«

»Unsinn. Beides ist dein Leben. Beides bist du. Du tust, was du tun musst.«

»Das sagt der Mann, der im U-Bahnhof die Kacheln an der Wand zählt, auch.«

Wiebke hörte auf zu rühren und sah ihn missbilligend an. »Das lässt sich ja wohl nicht vergleichen.«

Bartholomäus zuckte mit den Schultern.

»Okay, du kannst nicht anders. Da draußen«, Wiebke zeigte ins Nirgendwo, »laufen Menschen herum, die andere – wie sagst du immer – um ihr Leben bringen. Und das kannst du dir irgendwann nicht mehr tatenlos mit ansehen. Schön! Toll! Prima! Finde ich super. Auch deswegen liebe ich dich. Wenn alle so drauf wären, wäre die Welt um einiges friedlicher.«

»Aber es zieht mich rein! Es zieht mich runter! Jedes Mal. Mein Leben leidet darunter. Unser Leben!«

»Ja, tut es! Trotzdem. Das ist es wert. Idealismus hat seinen Preis. Alles darunter endet in Stumpfsinn.« Wiebke schaute böse in den Topf und rührte weiter.

»Und wenn wir zu viel dafür bezahlen?«, fragte Bartholomäus leise.

Wiebke schüttelte trotzig den Kopf. »Tun wir nicht! Da pass ich schon auf.«

Bartholomäus lächelte. »Eigentlich sollte das Ganze ja anders herum laufen, oder?«

»Was meinst du?«

»Na, eigentlich sollte ich dir erklären, wo mein Hund begraben liegt, und nicht du mir.«

Sie sah ihn zornig an. Aber um die Lippen kräuselte sich ein feines Lächeln. »Ich bin eben klüger als du.«

»Das mit Sicherheit, mein Engel.« Er streichelte ihr über die Wange. »Aber manchmal wünschte ich trotzdem, es wäre einfacher. Ich wäre einfacher.«

»Du bist genau richtig. Bis auf die Tatsache, dass du manchmal glaubst, du wärst es nicht.«

»Und zu manchen Zeiten«, Bartholomäus blickte sehnsuchtsvoll zur Decke, »sehne ich mich auch nach einem schlichten Weibchen mit scheuem Rehaugenaufschlag.«

»Tust du nicht.« Sie lächelte.

»Ach, ich weiß nicht.« Er machte eine abwägende Geste. »So ein Weibchen hat schon was.« Bartholomäus sprach eine Tonlage höher. »Oh, Schatz, du bist so sensibel, so klug, so seelenvoll. Ich verstehe zwar kein Wort von dem, was du da sagst, aber ich bewundere dich.«

»Ich bewundere dich ja. Und du bist sensibel, klug und seelenvoll.«

»Ja, schon, aber bei dir hört sich das an wie: Du hast eine Nase, zwei Augen und zwei Ohren. Es sollte sich aber eher anhören nach: Du bist der strahlendste Held, dessen unbegreifliche Zerrissenheit das Herz der Welt sprengt.«

Wiebke lachte laut auf. »Du willst also Mitleid?«

»Ich will devote Verehrung.« Bartholomäus grinste. »Gepaart mit einem vermehrungswilligen Blick.«

»Vermehrungswilliger Blick. Super. Du meinst, so nach dem Motto: gebärfreudiges, aber hirnloses Becken trifft schizophrenes Alphatier?«

Bartholomäus überlegte. »Ja, das dürfte der Situation des modernen Mannes ziemlich nahe kommen.«

Wiebke sah ihn schmachtend an. »Dann deck schon mal den Tisch, mein Silberrücken. Aber heul nicht in den Teller.«

Bartholomäus küsste sie auf den Hals und holte das Geschirr aus dem Schrank.

»Apropos Traum des modernen Mannes.« Wiebke trug den Topf mit dem Risotto zum Tisch und tat ihnen beiden auf. »Dazu passt die Geschichte von heute Vormittag.«

»Die du dir aufgehoben hast?« Bartholomäus holte den Fisch.

»Genau. Setz dich. Zum Wohl!«

»Zum Wohl.«

Beide stießen an und tranken. Wiebke griff nach dem Besteck und sprach weiter. »Heute war der Aktmalkurs. Wie immer gut besucht. Sogar der Professor war dabei.«

»Heelmann?«

»Ja. Und der wird auch eine Rolle spielen. Also, wir malen. Alle sind konzentriert und plötzlich – nein, halt, ich habe was vergessen.«

Bartholomäus schmunzelte mit vollem Mund. »Du konnteft noch nie Wipfe erpfählen.«

»Sei ruhig und iss weiter. Unser Aktmodell war dieses Mal«, sie machte große Augen, »Alois!«

Bartholomäus hielt überrascht inne. »Xavers Bruder?«

»Derselbige. Holger musste wegen irgendeiner Familiensache absagen, und Alois hatte sich früher schon mal angeboten. Also habe ich ihn gefragt, und er war sofort einverstanden.«

»Wenn Xaver das erfährt, kommt er drei Wochen nicht mehr aus seiner Wohnung.«

Wiebke zeigte mit der Gabel auf Bartholomäus. »Hör zu. Wir sind also alle vertieft und zeichnen Alois' wunderbaren Körper. Klar definierte Muskeln, keine Haare, leichte Bräunung. Dass sich Schwule hervorragend als Aktmodelle eignen, wurde mir da erst so richtig bewusst.«

»Ich wusste gar nicht, dass du auf glatt rasierte Hühnerbrüstchen stehst.«

»Als Modell unbezahlbar. Bei dir könnte man ja vor lauter Urwald nichts erkennen. Aber sei beruhigt, im Bett mag ich's weiterhin ursprünglich.«

Bartholomäus hob das Besteck. »Soll ich lieber mit den Fingern weiteressen?«

Wiebke lachte. »So, wir zeichnen. Plötzlich klopft es an der Tür.«

»Oh nein!« Bartholomäus ahnte, was jetzt kam.

»Genau. Ich sage: Herein!, die Tür geht auf und wer marschiert ins Zimmer?«

»Oh Gott! Xaver!«

»Ja, oh Gott. Xaver. Er kommt rein, sieht den Kurs, sieht mich, entdeckt Alois. Danach konntest du richtig zusehen, wie er innerlich starb vor Schamgefühl.«

Bartholomäus grinste. Er konnte sich genau vorstellen, was los gewesen war.

»Xaver blieb eine halbe Ewigkeit unbeweglich im Raum stehen, sagte nichts, atmete kaum, sah nur Alois an.«

»Der arme Kerl.«

Wiebke nickte. »Alois war das ebenfalls total peinlich. Der sagte auch nichts. Aber Frau Munzert-Trutz, du weißt schon, die Dicke, Vorlaute, die jetzt schon das dritte Mal über Silvester da ist. Die meinte auf einmal: ›Gefällt er Ihnen?‹«

Bartholomäus hörte gebannt zu.

»Xaver zuckte förmlich zusammen und bekam einen

hochroten Kopf. Dann nahm er seinen Hut ab, wandte sich Heelmann zu und stotterte: ›Herr Professor. Den wollte ich gerne fragen, ob er Schafkopfen kann, weil uns ein vierter Mann fehlt.‹«

»Was? Schafkopfen? Xaver wollte von Heelmann wissen, ob er Schafkopfen kann?« Bartholomäus fiel aus allen Wolken.

»Ich dachte auch zuerst, ich hätte mich verhört. Schafkopfen. Aber danach wurde es noch bunter. Alois erwachte aus seiner Starre und sagte irgendwas wie: ›Xaver, hör mir zu, das ist nichts Schlimmes‹, oder so, und die Munzert meinte daraufhin: ›Ach, die Herren kennen sich?‹, und gackerte los. Das gab Xaver den Rest. Er drehte sich um und stolperte aus dem Zimmer.«

»Oh je!« Bartholomäus lachte mitleidig. »Ich glaub's nicht. Aber woher wusste Xaver überhaupt, dass Heelmann Schafkopfen kann? Und vor allem: Wer hat ihn zu dir geschickt? In den Aktkurs?«

Wiebkes Blick sagte: Dreimal darfst du raten. »Giovanni, Erkan und Rudi. Das habe ich später herausbekommen. Sie haben Xaver gesagt, dass der Professor und ich im Kursraum wären, weil er mir irgendwelche Bilder zeigen wolle.«

»Deswegen waren die so gut drauf«, fiel Bartholomäus ein. »Ich hab die drei in der Lobby getroffen. Standen zusammen und haben sich gar nicht mehr eingekriegt vor Lachen.«

Wiebke nickte. »Kann ich mir vorstellen. Ich werde mir die drei auch noch mal vorknöpfen. Aber für Xaver war das alles andere als ein Spaß. Dem hat das wirklich zu schaffen gemacht.«

*

Herrlich! Diese Luft. Kristallklar, dünn wie Seidenpapier und so eisig, dass ihm die Nasenhaare einfroren. Das hatte er damals in den Staaten vielleicht am meisten vermisst. Die Kälte. Und die Sauberkeit. Dort drüben war die Luft immer feucht und pappig gewesen. Kaum, dass er aus dem Haus gegangen war, hatte er das Gefühl gehabt, dass sich ihm ein dünner, schmieriger Film auf die Haut legte. Und gestunken hatte es auch immer. Nach Abfall, Abgasen, Schweiß. Als liefe man die ganze Zeit in einem riesigen Klo herum.

Aber hier konnte er atmen. Mit jedem Atemzug fühlte er sich ein bisschen freier und sauberer. Tief unten in seiner Lunge, in seiner Seele schwappte zwar noch immer diese morastige, stinkende Brühe. Doch es gärte, der Sumpf kam in Wallung. Das spürte er.

Er stellte sich mit dem Gesicht zum See und sog die Luft tief ein, inhalierte sie. Fast kam es ihm so vor, als hörte er es knistern, wenn der eisige Hauch an seinen Nasenhaaren vorbeistrich. Ein und aus. Die Kälte schmiegte sich an sein Gesicht. Ein kühles Tuch, das ihm eine Art von Klarheit bescherte, wie er sie lange nicht mehr erlebt hatte. Alles lag wie unter einer Glasplatte vor ihm, fest umrissen, geordnet, überdeutlich. Die Rädchen griffen ineinander, alles funktionierte, und auch das letzte Teilchen suchte jetzt nach seinem Platz.

Dann endlich würde es *Klick!* machen. Dann würde all das Klebrige, Feuchte, Asthmatisch-Schleimige, das ihn so lange vergiftet und gelähmt hatte, von ihm abfallen und er könnte zum ersten Mal seit über 20 Jahren wieder frei durchatmen.

Bald. Bald war es so weit.

Und der Wetterbericht sagte, dass es noch ein bisschen kälter werden sollte.

10. Kapitel

30. Dezember, München, Berg

Die Löwen vor dem Polizeipräsidium sahen lächerlich aus mit ihren weißen Häubchen. Als hätte ihnen jemand eine riesige Pudelmütze umgebunden. Die ganze Nacht hatte es geschneit. Mindestens 15 Zentimeter. Und immer noch fielen dicke Flocken vom Himmel. Die Wolken hingen so tief und schwer über München, dass es Bartholomäus vorkam, als drückten die Kuppeln der Frauenkirche Dellen in das lichtlose Grau. Er schüttelte sich den Schnee vom Kragen, grüßte den Polizisten an der Pforte und ging hinauf in Kreuzpointners Büro.

Als er vor der Tür stand, hörte er Stimmen von drinnen. Karin Reichlmair lachte, während Zillenbiller irgendetwas sagte. Bartholomäus klopfte an und trat ein.

»… Pech hab ich noch nie ghabt«, hörte er Kreuzpointner noch sagen.

»Morgen miteinander!«

»Morgen, Bartl!« Karin Reichlmair winkte ihm schelmisch zu.

Zillenbiller begrüßte ihn ebenfalls, Kreuzpointner hob müde die Hand.

Hauser war auch schon da. Einen dicken Schal um den Hals und mit roter Nase. Er nickte kurz und schnäuzte sich lautstark.

»Komm, setz dich zu mir«, sagte Karin Reichlmair. »Willst auch eine Brezn?« Sie deutete auf eine große Rischart-Tüte, die auf dem Tisch der Besprechungsecke lag. »Aber lass dem Josef noch was drin. Dem haben sie gestern Abend schwer zugesetzt.«

»Vernichtet haben's ihn!« Zillenbiller grinste.

Kreuzpointner lächelte angeschlagen. »25 Euro haben's mir abgenommen. 25!«

Bartholomäus überlegte, was er darauf sagen sollte, aber Kreuzpointner sprach schon weiter.

»Ganz am Schluss hab ich ein Herzsolo ohne drei gspielt. Mit der Grassau als einzigem Spatz. Xaver gibt mir einen Stoß, ich zrück und er nochmal drauf. Am Ende hab ich 59 ghabt. 59! Weil der Xaver hinter mir gesessen ist, Gras frei war und alle drei Ober ghabt hat. Und so ungefähr ist's den ganzen Abend glaufen.«

»Pech im Spiel, Glück in der Liebe«, tröstete ihn Karin Reichlmair.

Kreuzpointner sah sie von der Seite an. »Sag des mal der Annemarie. Die 25 Euro hat die gar nicht liebenswert gfunden.«

»Aber für'd Schua is immer Geld da, gell?«, sagte Zillenbiller.

»Ah, Max, geh weiter!« Karin Reichlmair schüttelte den Kopf. »Wo kriegst denn heut noch gescheite Schuh für 25 Euro.«

»Sixt, Josef. Des hab ich gmeint.«

Bartholomäus hatte sich inzwischen einen Kaffee geholt und sich hingesetzt. Eine Brezen wollte er nicht, er hatte mit Wiebke im Bett gefrühstückt. Unter anderem.

Kreuzpointner winkte ab. »Lassen mir's gut sein. Das nächste Mal gwinn ich wieder. Übrigens«, er sah Bartholomäus an, »dieser Dr. Heelmann, der da bei euch logiert. Netter Kerl. Er hat statt dem Schöberl mitgspielt, weil der schon seit einiger Zeit krank ist.«

»Ja, ich habe davon gehört.« Die Geschichte drumherum sparte sich Bartholomäus. Und er erwähnte auch nicht, dass Heelmann nicht im Hotel wohnte. Er wollte mit der Besprechung anfangen.

»Soll ma's angehen?« Kreuzpointner sah in die Runde.

Hauser hustete. »Aber einigermaßen bündig, wenn's recht ist. Ich habe noch den ganzen Schreibtisch voll und möchte heute mal zur Abwechslung pünktlich Feierabend machen.«

»Hast ein Date, Otto?« Karin Reichlmair ließ die Augenbrauen hüpfen.

»Mit meinem Arzt, ja.« Hauser zog den Rotz hoch.

»Mahlzeit.«

»Also. Wer will anfangen?«, fragte Kreuzpointner.

»Dann dränge ich mich gleich auf«, sagte Hauser. »Ich hatte gestern das Vergnügen, unseren einschlägig bekannten Etablissements einen Besuch abstatten zu dürfen.«

»Deswegen warst du so lang unterwegs.«

Hauser überhörte Karin Reichlmair. »Aber keine der Damen hat Simon Alfarth jemals gesehen.«

»Du hättest ein Nacktfoto mitnehmen sollen.«

»Max, dei Humor ist manchmal wirklich unterirdisch. Und gschmacklos.« Karin Reichlmair sah Zillenbiller mitleidig an.

Zillenbiller grinste dämlich.

»Anschließend habe ich das Foto noch Arbeitskolleginnen von Otylia Ehrlich und so vielen Freunden und Bekannten gezeigt, wie ich gestern antreffen konnte. Etliche sind aber nicht da. Sitzen wahrscheinlich auf irgendeiner Hütte und glühen schon mal für Silvester vor.«

»Gute Idee«, meinte Karin Reichlmair.

»D'Katz mag d'Mäus, ich mag's nicht.« Hauser zuckte

verächtlich die Schultern. »Keiner von denen kannte Alfarth. Wenn Alfarth Ehrlichs Liebhaber war, dann muss er ein sehr stiller gewesen sein.«

»Und wenn er in irgendeiner anderen Beziehung zu ihr gstanden hat, haben die zwei das auch sehr gut unter Verschluss ghalten«, sagte Kreuzpointner.

»Aber eine Sache habe ich doch erfahren.« Hauser tupfte sich mit einem Tempo die Nase und schniefte. »Wir haben ja dieses Wörterbuch bei der Ehrlich gefunden. Und eine Freundin von der Ehrlich, auch eine Polin, sie heißt Izabella Back, hat gemeint, dass die Ehrlich Deutschunterricht genommen hat. Aber es war ihr peinlich, deswegen hat sie das niemandem erzählt.«

»Wieso war ihr des peinlich?«, fragte Zillenbiller.

»Diese Back meinte, dass die Ehrlich nicht als Streberin dastehen wollte. Aber so ganz abgenommen hat sie ihr das nicht. Sie glaubt, dass da noch irgendetwas anderes war.«

»Vielleicht war der Deutschlehrer ihr Lover?«, überlegte Reichlmair.

»Und warum sollte das ein Grund ein, sich zu schämen?«

»Weil s'n in Naturalien bezahlt hat?« Zillenbiller schob den Daumen zwischen Zeige- und Mittelfinger und wackelte damit hin und her.

»Max, Max, Max«, seufzte Karin Reichlmair. »Wann kapierst du mal, dass man auch mit dem Hirn denken kann?«

»Wieso? Kann doch sein?«

»Der Anrufer«, sagte Bartholomäus nachdenklich. »Der hat sich alle Mühe gegeben, Hochdeutsch zu sprechen.«

Kreuzpointner erkannte, worauf Bartholomäus hinauswollte. »Du meinst, das war ihr Deutschlehrer?«

»Könnte doch sein.«

Kreuzpointner nickte. »Aber warum sie von dem niemandem erzählt hat, wissen mir deswegen immer noch nicht.«

»Back, sagtest du?« Bartholomäus sah Hauser an.

»Ja, Izabella Back.«

»Wohnt sie in Starnberg?«

»Ja.«

Die anderen blickten Bartholomäus neugierig an.

»Es gibt einen Stefan Back beim Verfassungsschutz. Ich bin ihm in einer anderen Sache mal über den Weg gelaufen. Er ist seit ein paar Jahren mit einer Polin verheiratet.«

»Und?«, fragte Hauser.

»Nichts, und. Fiel mir nur eben ein.«

»Aha.«

Bartholomäus dachte einen Moment nach. »Haben wir eigentlich eine Aufstellung darüber, welche Leute Alfarth als Finanzbeamter betreut hat?«

Kreuzpointner nickte langsam. »Nein, aber das ist eine gute Idee. Eine sehr gute.«

Hauser schnäuzte sich und lächelte herablassend. Es war ihm deutlich anzusehen, dass er sich ärgerte.

»Mach ich weiter, oder?« Karin Reichlmair schlug die Beine übereinander. »Ich hab mich in Ehrlichs Nachbarschaft umghört und nach einem weißen Mercedes-Kombi gefragt. Ein alter Herr, der zwei Häuser weiter wohnt, will tatsächlich einen gesehen haben. Hat zwei- oder dreimal in der Straße gstanden, meistens gegen Abend.«

»Interessant.« Kreuzpointner machte sich einen Vermerk.

»Wie alt?«, fragte Zillenbiller.

»70, 75 Jahre. Aber noch recht rüstig. Ein Rentner von

der Sorte, die den ganzen Tag am Fensterbrett sitzen und rausschauen.«

»Oft nicht die schlechtesten Quellen«, sagte Kreuz pointner. »Den weißen Mercedes sollten mir in jedem Fall im Auge behalten.«

»Davon gibt's sicher Hunderte im Großraum München. Und wir wissen ja nicht mal, ob der Kerl aus München kommt.« Zillenbiller machte eine skeptische Miene.

»Trotzdem. Zulassungsstelle kontaktieren und eine Liste machen. Erstmal alle Münchner Kennzeichen. Wer übernimmt das?«

Nach einer Weile meldete sich Hauser. »Muss ich wenigstens nicht raus in die Kälte.«

»Hast du noch was, Karin?«, fragte Kreuzpointner.

Sie schüttelte den Kopf. »Ich hab vorhin noch mal Ebay durchgesehen und gestern alle Schmuckhändler angrufen. Keine Spur von dem Schmuck.«

Bartholomäus fiel etwas ein. »Weiß eigentlich jemand von euch, ob es eine besondere Bewandtnis damit hat, dass die Inschrift auf dem Herz auf Hebräisch ist?«

Kreuzpointner sah Hauser an. »Otto?«

»Keine Ahnung. Woher soll ich das wissen?«

»Weil du vielleicht eine ihrer Bekannten danach gefragt hast.«

»Warum sollte ich?«

»Polizeiliche Neugier?«

»Neugierig bin ich, wenn ich wieder gesund bin.«

»Max?«

»Ich weiß nur von ihrem Bruder, dass es ein Erbstück ist.«

»Stimmt«, erinnerte sich Bartholomäus, »das sagtest du

schon. Aber wenn es ein Erbstück ist, kann es dann sein, dass sie Jüdin ist?«

»Kann alles sein«, meinte Zillenbiller. »Spielt des eine Rolle?«

»Im Moment spielt alles eine Rolle«, entgegnete Kreuzpointner. »Überprüf das, Max. War's das, Karin?«

»Das war's.«

»Gut, danke dir. Dann mach gleich du weiter, Max.«

Zillenbiller rutschte in seinem Stuhl nach oben.

»Is recht. Ich hab mich gestern noch mal durch die ganzen Fotos, Rechnungen, Unterlagen, Briefe, Postkarten und so weiter gwühlt, um vielleicht da Parallelen zwischen Alfarth und Ehrlich z'finden. Aber da ist nichts.«

»Keine Personen auf den Bildern, die irgendwem bekannt vorkommen?«, fragte Bartholomäus.

»Auf den Fotos von Alfarth sind fast nie Leut. Nur Tiere, Bäum, Landschaften und so weiter. Er hat ein paar Familienfotos ghabt, des war's. Und die Ehrlich hat sowieso nicht viele Fotos ghabt. Da sind dann zwar Freunde und so drauf, aber ich kann mir nicht vorstellen, dass Alfarth da einen davon kannt hat.«

»Wieso nicht?«, fragte Kreuzpointner.

»Ja, des sind halt so Sauf- und Partyfotos.«

»Zeigen wir sie trotzdem mal Alfarths Leuten. Karin, kannst du das übernehmen?«

»Mach ich.«

Kreuzpointner nickte und schaute wieder Zillenbiller an. »Max?«

»Ich hab noch den Müll von der Ehrlich gsichtet. Also nur den, der im Haus war. Die haben da drei Gemeinschaftstonnen für die sechs Mietparteien. Da weiß ich ja nicht, was von wem ist.« Zillenbiller suchte nach dem Zettel mit der

Müllliste. »Nichts Aufregendes. Post hat sie nur von Ämtern oder anderen offiziellen Stellen kriegt. Keine private.«

»Waren da auch Zettel von ihrem Deutschunterricht dabei?«, wollte Bartholomäus wissen.

Zillenbiller dachte nach. »Ich glaub schon. Warum?«

»Hast du dir das durchgelesen?«

»Ich bin mal drübergflogen.«

»Es könnte durchaus sein, dass da irgendwas Persönliches draufsteht. Ein Beispielsatz vielleicht, in dem der Lehrer seinen Namen verwendet oder so.«

Zillenbiller nickte. »Du meinst so in der Art: ›Otylia geht in die Küche.‹?«

»Genau. Oder: ›Max reicht Otylia die Butter.‹ Oder der Lehrer hat sogar selbst was aufgeschrieben. Dann hätten wir seine Handschrift.«

»Versteh schon. Ich les es mir nochmal durch.« Plötzlich fiel ihm etwas ein. »Wart! Da war ein Name. Jetzt, wo du's sagst!« Er überlegte. »Ich hab's gleich. Mir fällt's gleich wieder ein … Franz! Nein, Max! Oder Peter?«

»Tolles Kurzzeitgedächtnis«, spottete Hauser.

»Überprüf das«, sagte Bartholomäus.

»Ich schau es noch mal nach. Vielleicht war's auch Fritz. Irgendwas mit i.«

Hauser lächelte süffisant. »Also doch eher Max oder Peter. Wäre es Jan-Heinrich, könnten wir mehr damit anfangen. Das andere sind die deutschen Namen schlechthin. Ich wette, dass neun von zehn Figuren in Deutschlehrbüchern Franz, Max, Fritz oder Peter heißen.«

»Kann sein«, meinte Kreuzpointner, »aber so lange mir kein Deutschlehrbuch bei der Ehrlich finden, in dem ein Franz, Max, Fritz oder Peter vorkommt, merken wir uns den Franz, Max, Fritz oder Peter.«

Max Zillenbiller hatte keine weiteren Informationen, sodass Kreuzpointner die Ergebnisse seiner Ermittlungen darlegen konnte. Er hatte sich mit den Stimm-Profilern besprochen, die ihre bisherigen Vermutungen bestätigten. Der Mann auf Otylia Ehrlichs Anrufbeantworter war um die 50 Jahre alt, sprach ausgeprägten bayerischen Dialekt mit einem kaum merklichen österreichischen Einschlag und besaß, seinem Wortschatz und der Syntax nach zu urteilen, eine eher mäßige Bildung. Einen Akademiker schlossen die Gutachter weitestgehend aus. Die Beziehung des Anrufers zu Otylia Ehrlich war, so die Profiler, freundschaftlicher Natur, wobei ein Maß an Unsicherheit und Aufregung festzustellen war, was darauf schließen ließ, dass der Mann wohl nicht ihr Partner war. Vielmehr könne man ihm durchaus ein Interesse unterstellen, das über eine Freundschaft hinausginge. Er wollte sie schnackseln, wie es Zillenbiller formulierte.

Des Weiteren hatte Kreuzpointner alle Gewaltverbrechen der letzten Jahre recherchiert, bei denen Strom oder Gift im Spiel gewesen waren. In der Nähe von Stuttgart hatte ein Elektriker Anfang des Jahres versucht, seine schwangere Freundin umzubringen, indem er den Griff der Garage mit einer Steckdose verband. Die Frau kam jedoch mit leichten Blessuren davon und der Mann saß mittlerweile in Haft. Zu Starkstrom als Mordursache im Besonderen hatte Kreuzpointner gar nichts gefunden.

»Wahrscheinlich hat das seit der SS in den KZs keiner mehr gemacht«, meinte Karin Reichlmair.

Giftmorde hatte es dagegen einige gegeben. Der letzte spektakuläre Fall stammte aus dem Jahr 2007. In Königsbrunn bei Augsburg hatte eine Ehefrau zusammen mit ihrem Liebhaber ihren Gatten mittels eines Medikamentencocktails umgebracht. Aber einen Mord mit Giftaron hatte es noch nie gegeben. Und auch andere Parallelen zu ihrem Fall hatte Kreuzpointner unter den Giftmorden nicht gefunden.

Bartholomäus schloss sich gleich an und berichtete über seine Recherchen zum Thema Giftaron. Das meiste davon war den anderen bereits bekannt. Neu waren für sie nur Bartholomäus' Überlegungen, ob der Täter damit vielleicht einen Dritten warnen wollte.

»Du meinst also«, fasste Karin Reichlmair noch einmal zusammen, »dass er die Ehrlich mit dem Zeug umbracht hat, weil er damit symbolischerweise sagen wollte, dass sie besser den Mund hätte halten sollen. Was aber nur Sinn macht, wenn der, der da gewarnt werden soll, irgendwie mitbekommt, dass dieses Schweigrohr benutzt worden ist.«

»Und wenn derjenige weiß, was es mit den historischen Verwendungsweisen dieser Pflanze auf sich hat.« Hausers Tonfall ließ klar erkennen, was er von der Theorie hielt.

»Ich meine gar nichts«, entgegnete Bartholomäus. »Ich mache mir nur Gedanken.«

»Vielleicht sollten wir der Presse einen Tipp geben?«, meinte Karin Reichlmair. »Wenn deine Theorie stimmt, retten wir damit vielleicht ein Leben.«

Kreuzpointner nickte. »Lassen wir was durchsickern. Ermittlungstechnisch ist es ja eh wurscht.«

»Womöglich müssen wir aber gar keinen Dritten berücksichtigen«, sagte Bartholomäus. »Man könnte sich auch ein Szenario vorstellen, dass Otylia Ehrlich ein Verhältnis mit Alfarth hatte und Otylias eifersüchtiger Ex mit dem Gift verdeutlichen wollte, dass sie nun nie wieder mit einem anderen Mann reden könnte.«

Hauser schnäuzte sich. »Abgesehen davon, dass wir

weder für das Verhältnis einen Anhaltspunkt haben noch dafür, dass es überhaupt einen Ex-Freund gibt, und abgesehen davon, dass unser Täter ein – wie nennt man so was? – Pflanzenhistoriker mit einer ausgeprägten symbolischen Ader sein muss, eine interessante Hypothese.«

Bartholomäus ließ sich nicht provozieren. »Wie dem auch sei. Das Wichtigste erscheint mir im Moment, eine Verbindung zwischen den beiden Opfern zu finden.«

»Wenn es eine gibt«, meinte Hauser.

»Ja, wenn es eine gibt.« Es muss eine geben, dachte Bartholomäus, es muss.

Im Anschluss berichtete er über sein Gespräch mit den Hädrichs. Zwar gab es keinerlei Hinweise, dass die beiden irgendetwas mit den Morden zu tun hatten, wenn man den Flyer in Ehrlichs Wohnung außen vor ließ. Aber Bartholomäus hielt es dennoch für angebracht, die beiden etwas genauer unter die Lupe zu nehmen, was Tatzeiten, -orte und Hintergründe anging.

»Und wieso?«, fragte Kreuzpointner.

Bartholomäus zuckte die Schultern. »Nur so ein Gefühl.«

Kreuzpointner nickte. »Ich lass die beiden mal durch die Maschin laufen.«

»Schade, dass der Reinkarnationsheini nicht Fritz heißt«, meinte Hauser gönnerhaft.

Karin Reichlmair deutete auf Hausers Tasse. »Trink du lieber nicht so viel Hustensaft. Der bekommt dir nicht.«

Bartholomäus' Entdeckung des Termins im Rechts der Isar sorgte für mehr Interesse.

»Alfarth und eine Schönheits-OP?« Karin Reichlmair schüttelte den Kopf. »Der ist doch gar nicht der Typ für so was.«

»Vielleicht war er ja doch ein warmer Bruder?«, überlegte Zillenbiller.

Karin Reichlmair verdrehte die Augen. »Nicht jeder Mann, der auf sein Äußeres achtet, ist schwul, Max. Aber zwischen jeden Tag eine frische Unterhose und einer Schönheits-OP ist eben doch noch ein Unterschied.«

Zillenbiller verstand nicht. »Was hat des jetzt mit der Unterhosn z'tun?«

»Ich find das auch merkwürdig«, ging Kreuzpointner dazwischen. »Ich kann mir kaum vorstellen, dass seine Krankenkasse die OP bezahlt hätt, und der Alfarth war ja recht sparsam.«

»Na ja, vielleicht hat er ja genau dafür gespart«, sagte Hauser.

Kreuzpointner machte sich eine Notiz. »Karin, wenn du sowieso noch mal alle Bekannten von ihm abklapperst wegen den Fotos von der Ehrlich und ihren Leutn, dann frag die auch gleich, was sie von der Sach mit der OP halten.«

»Mach ich.«

»Und ich habe nachher einen Termin bei Professor Ehard«, sagte Bartholomäus. »Vielleicht erfahre ich da schon was.«

Zillenbiller sah immer noch Karin Reichlmair an. »Jetzt sag halt, Karin. Wie meinst des mit der Unterhosn?«

Bartholomäus blieb bis Mittag im Präsidium. Er las sich die Akten zu beiden Fällen nochmals durch und ging danach in die Asservatenkammer, um sich Beweisstücke anzusehen. Aber alles schien ihm beliebig und richtungslos. Er wusste nicht, wo er anfangen und auf was er achten sollte. Er konnte nur hoffen, dass ihm irgendeine Eingebung kam, irgendeine Idee. Doch da kam nichts und mit der Zeit merkte er, wie er unzufriedener und ungeduldiger wurde. Gegen ein Uhr verließ er das Präsidium.

Trotz des nach wie vor dichten Schneefalls waren viele Leute in der Fußgängerzone unterwegs. Dick eingehüllt in ihre Mäntel und Schals, liefen sie wie lebende Mumien aneinander vorbei. Keiner achtete auf den anderen, jeder hatte es eilig, aus der eisigen Kälte wieder ins Warme zu kommen.

Bartholomäus überlegte einen Moment. Dann schulterte er seine Tasche und lief Richtung Stachus.

Morgen war Silvester. Im Hotel liefen die Vorbereitungen bereits auf Hochtouren. Fünf-Gänge-Menü, der Ball, das Feuerwerk. Wiebke hatte alle Hände voll zu tun, war überall und kümmerte sich um jedes Detail. Lachte dabei, redete mit jedem und hatte ihre Freude. War herzlich, fürsorglich und immer so klar.

Ein warmes Gefühl durchströmte Bartholomäus. Meine Frau, dachte er, meine Frau. Er konnte sich gar nicht mehr vorstellen, wie es ohne sie gewesen war. Die Zeit davor verschwamm in seiner Erinnerung, dunkles, schweres Grau voller Wut, Traurigkeit und Ablenkung. Drogen. Alkohol, Frauen. Dann hatte Wiebke den Vorhang zur Seite gezogen und das Licht und die Liebe hereingelassen. Wie eine Infusion war das Neue langsam in ihn hineingetropft, hatte sich in seinen Seelenbahnen ausgebreitet und sein Herz durchdrungen. Das war ein Grund, warum er sie so liebte. Sie hatte ihn gerettet. Und es ihm gleichzeitig ermöglicht, sich als Mann zu fühlen. Der sie beschützte, für sie sorgte, ihnen das Leben ermöglichte, das sie führten. Die Kraft, dafür zu kämpfen, im wahrsten Sinne des Wortes zu kämpfen damals, hätte er ohne sie auch nie aufgebracht.

Und doch. Überall drangen das Licht und die Liebe nicht hin. Noch nicht? Er wusste es nicht. Immer noch gab es Ecken und Winkel in seinem Herzen und in seiner Erinnerung, die dunkel waren und grau und schwer. Wo die Wut wohnte und noch Schlimmeres. Und Bartholomäus hörte die Stimmen immer lauter, die ihn wieder dorthin riefen.

Im Bella Italia aß er eine Kleinigkeit zu Mittag und fuhr dann mit der U5 und dem 55er Bus nach Ramersdorf. Beim Training wurden die Stimmen immer ein bisschen leiser. Gegen vier Uhr duschte er, packte seine Sachen zusammen und machte sich auf den Weg nach Haidhausen. Kurz bevor er die Klinik betrat, rief er Wiebke auf dem Handy an. Er wollte ihr noch sagen, dass Behibak arabisch war. Das hatte er gestern vergessen.

Der Pförtner, der gleich links nach dem Haupteingang in seinem gläsernen Geviert saß, zeigte ihm, wo er hinmusste. Auf einem Flyer, der den ganzen Grundriss des riesigen, verschachtelten Gebäudekomplexes des Klinikums in verschiedenen Farben und Symbolen abbildete, zeichnete er ihm ein, wie er gehen musste.

»De Schönheitschirurgen san vorübergehend umzogn. Vorher warn's gleich da vorn im drittn Stock.« Er zeigte auf blau markierte Gebäudeteile. »Aber jetzt sans im Neibau. Sie gengan nach zehn Metta da vorn links, an der Anmeldung vorbei, dann weider, vorbei an dene Kassenautomatn fürs Telefon und fürn Fernseher, dann kumt Kirch, dahinter no a Stückerl gradaus weider übern Gang, wo's rechts zum Röntgen geht, bis nimmer weidergeht, nachad links und glei wieder …«

»Halt!«, unterbrach ihn Bartholomäus. »Das kann ich mir sowieso nicht merken. Ich lauf einfach Ihrem Plan nach, dann find ich's schon.«

Der Pförtner nickte gelassen. »Wie S' meinen. Sie müssen aber in den Neibau.«

»Danke.«

»Gern gschehn.«

Mit dem Flyer in der Hand machte sich Bartholomäus auf den Weg. Zehn Minuten und eine Nachfrage später stand er vor Zimmer 0517. Sekretariat Prof. Dr. med. P. Ehard, H. Kerner, war auf dem Schild neben der Tür zu lesen. Bartholomäus klopfte an und trat ein.

»Grüß Gott.« Bartholomäus Kammerlander betrat den Raum und schloss die Tür hinter sich. Die Sekretärin – steifes Kostüm, dauergewellte Haare, schmaler Mund – musterte ihn reserviert. »Kammerlander mein Name. Ich habe gestern mit einer Frau Kerner telefoniert.«

»Ja, des bin ich.« Die Temperatur im Raum sank mit jedem Wort. »Ich hab's dem Herrn Professor gsagt, dass Sie kommen.« Sie nickte zum Nebenzimmer. Offenbar war Professor Ehard bereits da.

Bartholomäus lächelte. »Vielen Dank. Hat er Ihnen gesagt, wann er Zeit für mich haben wird?«

»Ja, um fünf halt. Der Herr Professor telefoniert aber noch, da können S' noch nicht rein.«

Die Sekretärin gab sich keine Mühe, ihren Grant zu verbergen. Wenn hier jeder einfach reinschneien konnte, wie er wollte, und der Herr Professor das auch noch durchgehen ließ – wozu saß dann sie überhaupt noch hier? Wenigstens warten hätte er sollen müssen, der Herr Kommissar. Oder noch besser, ein andermal wiederkommen müssen. Aber nein, der Herr Professor nahm sich natürlich gerne die Zeit. Die er laut ihrem Plan gar nicht hatte.

»Fantastisch. Darf ich mich so lange hier hinsetzen?« Bartholomäus zeigte auf eine kleine Sitzgruppe an der Wand.

»Freilich. Dafür sind die Stühl ja da.«

»Danke.«

Ohne ihn eines weiteren Blickes zu würdigen, widmete sich die Sekretärin wieder ihren Arbeiten. Bartholomäus zog seinen Parka aus, nahm Platz und wartete.

Fünf Minuten später öffnete sich die Tür zum Nebenzimmer und Professor Ehard trat ein. Strahlend – Bartholomäus musste unwillkürlich an eine Zahnpastareklame denken – und mit ausgestreckter Hand kam er auf Bartholomäus zu und blieb plötzlich verdutzt stehen.

»Ich kenne Sie doch!«

Bartholomäus erhob sich. »Grüß Gott, Herr Professor.« Er schüttelte die dargebotene Hand, an deren Handgelenk auch die Rolex hing. Rechts. Wo sonst?, dachte Bartholomäus. »Sie erinnern sich?«

»Das Alpenblick! Sie sind doch der Besitzer des Alpenblicks draußen in Berg!«

»Richtig. Meiner Frau und mir …«

»Kammerlander! Natürlich!«, fiel ihm Ehard ins Wort. »Aber meine Sekretärin meinte doch, dass mich jemand von der Kripo sprechen will?«

»Zu mir hat er gsagt, dass er ein Kommissar ist«, verteidigte sich die Sekretärin.

»Es stimmt beides«, sagte Bartholomäus. »Ich arbeite auch zeitweise für die Kriminalpolizei.«

»Ja, da schau her!« Das Strahlen kehrte zurück. Als hätte man auf einen Schalter gedrückt. »So was gibt's? Zeitweise für die Kriminalpolizei arbeiten?«

Bartholomäus zog seine Hand wieder zurück. »Ja. Das gibt es.«

»Interessant! Hochinteressant! Und Sie wollen zu mir?«

»Wenn Sie Zeit haben.«

»Natürlich. Kommen S' rein. Gehen wir in mein Büro. Frau Kerner?«

»Ja?«

»Keine Anrufe, bitte! Kommen Sie, Herr Kammerlander, nach Ihnen.«

»Ja, ist recht, Herr Professor.«

»Freier Mitarbeiter. So was!« Paul Ehard schloss die Tür hinter sich.

»So!« Ehard lotste Bartholomäus zu einem großen Ledersessel. »Nehmen Sie doch Platz! Wollen Sie was zu trinken? Kaffee? Tee?« Er rieb sich die feinen Hände wie ein übereifriger Ober.

»Danke, nein.« Bartholomäus setzte sich, und Ehard nahm ihm gegenüber in einem zweiten Sessel Platz.

»Was kann ich denn jetzt für Sie tun, Herr … Teilzeit-Kommissar?« Ehard lachte jovial. »Das müssen Sie mir aber nachher unbedingt erklären, wie sich das verhält!«

Bartholomäus nickte. »Ich bin hier wegen eines Ihrer Patienten.«

»Oh! Der Genitiv nach wegen! Das hört man nicht oft.« Ehards Unterlippe entrollte sich anerkennend. »Einer meiner Patienten, aha.«

»Der Mann heißt Simon Alfarth.«

Ehard überlegte. »Der Name sagt mir gerade nichts.«

»Ich habe hier ein Foto von ihm.« Bartholomäus holte das Foto aus der Innentasche seines Parkas und zeigte es Ehard.

Ehard betrachtete das Bild genau. »Nein, ich glaube nicht, dass ich den Mann schon einmal gesehen habe. Verwachsene Cheiloschisis.«

»Bitte?«

»Hasenscharte. Der medizinische Begriff für Hasenscharte.« Ehard deutete mit dem Nagel des kleinen Fingers auf Alfarths Oberlippe. »Womöglich kombiniert mit einem Wolfsrachen. Aber das lässt sich auf dem Bild nicht erkennen.«

»Hasenscharte. Ja. Deswegen, dachten wir, hätte Alfarth vielleicht den Termin bei Ihnen gemacht.«

»Er hatte einen Termin bei mir?« Ehard gab Bartholomäus das Foto zurück.

»Am 25. November, ja. Wir haben den Eintrag in seinem Kalender gefunden.«

»Aber dann ... müssten mir der Name oder das Gesicht irgendetwas sagen! Ich vergesse kaum ein Gesicht, wissen Sie.« Er stand auf und ging zur Tür. »Ich werde mal Frau Kerner fragen, ob der Patient tatsächlich bei mir war.«

»Das müssen Sie nicht«, sagte Bartholomäus, »Simon Alfarth wurde zwei Wochen vor dem Termin ermordet.«

Ehard blieb stehen. »Ermordet?«

»Ja. Aber wegen des Termins hatte ich gehofft, dass Sie Simon Alfarth kennen und mir etwas zu ihm sagen könnten.«

Ehard schüttelte sichtlich betroffen den Kopf und kam langsam zu seinem Sessel zurück. »Nein, tut mir leid. Ermordet!«

»Vielleicht könnten Sie aber trotzdem einmal Ihre Sekretärin fragen, ob Sie sich an Simon Alfarth erinnern kann. Wann er den Termin gemacht hat, ob er angerufen hat oder vorbeigekommen ist. Irgendetwas.«

Ehard ging wieder zur Tür zurück. »Ja, natürlich. Warten Sie bitte.«

Bartholomäus hörte, wie Ehard im Vorzimmer mit seiner Sekretärin sprach und wie diese nach einem Eintrag im Computer und nach einer Akte suchte. Aber auch die Sekretärin schien nichts über Simon Alfarth zu wissen.

»Tut mir leid.« Ehard kam wieder in sein Büro. »Frau Kerner kann sich an den Mann auch nicht erinnern.«

Bartholomäus nickte. »Ich habe Ihr Gespräch mit angehört. Vielleicht hatte er den Termin doch in Ihrer Praxis?«

Ehard schüttelte den Kopf. »Dann hätte Frau Kerner den Namen auch in ihrem Computer. Ich habe die beiden Karteien vernetzt, weil ich nur hier im Haus operiere. Aber es gibt keine Patientenakte von diesem Herrn. Er war noch nie bei mir.« Ehard setzte sich.

Bartholomäus überlegte einen Moment. »Glauben Sie, dass eine Krankenkasse die Kosten für diese Operation übernommen hätte?«

»Wollte sich dieser Herr Alfurth operieren lassen? Wegen seiner Cheiloschisis?«

»Alfarth. Das wissen wir nicht. Aber wenn er das vorgehabt haben sollte, denken Sie, dass das eine Krankenkasse gezahlt hätte?«

»Kann ich das Foto noch einmal sehen?«

»Natürlich.« Bartholomäus reichte es ihm.

Ehard betrachtete das Foto erneut und schüttelte den Kopf. »Nein, in keinem Fall. Vorausgesetzt, er hatte keine akuten Beschwerden.« Er sah Bartholomäus fragend an.

»Ich glaube nicht.« Zumindest war in dem Bericht nichts davon gestanden.

»Wenn es dann nur diese Hasenscharte war, die er sich machen lassen wollte, wäre das eine rein kosmetische Sache geworden. Und das zahlt keine Kasse.«

»Auch keine private? Alfarth war Beamter.«

»Auch keine private.«

»Können Sie in etwa sagen, was die Operation gekostet hätte?«

»Da gibt es keinen Einheitspreis. Da spielt vieles eine Rolle.«

»Nur ungefähr?«

Ehard spitzte die Lippen. »Nun, ich sag mal, mit allem Drum und Dran, Krankenhausaufenthalt, Nachsorge et cetera pp. … plus minus vier- bis fünftausend.« Er lächelte ölig. »Also einmal nicht in den Urlaub fahren, aber dafür das nächste Mal in strahlender Schönheit.«

Bartholomäus wusste im ersten Moment nicht, wie er den Nachsatz verstehen sollte. Ironie? Oder meinte Ehard das ernst? »Sie hätten«, fragte er zögernd, »die OP befürwortet?«

»Aber natürlich! Sehen Sie sich den Mann doch an!« Ehard deutete auf das Bild in Bartholomäus' Hand. »Wirklich ästhetisch ist das nicht.«

»Na ja, aber wirklich schlimm doch auch nicht.«

Ehard lachte. »Mein lieber Herr Kammerlander. Natürlich kann man damit leben. Aber man muss es doch nicht. Nicht mehr!«

Bartholomäus hörte zu, sagte nichts.

»Wir sind in so vieler Hinsicht in der Lage, das Optimum aus dem menschlichen Dasein herauszuholen. Wir werden fast doppelt so alt wie vor hundert Jahren, das Wissen und der Zugang zu diesem Wissen haben sich explosionsartig entwickelt, wir reisen in die entferntesten Winkel unserer Erde, wir …«, er hielt inne. »Sehen Sie nur sich selbst an! Wie groß sind Sie?«

»1,93.«

»1,93! Vor hundert Jahren wären Sie die Attraktion auf jedem Jahrmarkt gewesen. Da waren Männer durchschnittlich 1,60m groß! Und Ihr Körper, wenn ich das so unverblümt sagen darf, steht in Saft und Kraft, soweit ich das beurteilen kann.«

»Ich trainiere.«

»Sehen Sie! Sie trainieren! Fitnessstudio?«

»Unter anderem.«

»Ha!« Ehard stemmte zwei Lufthanteln. »Hervorragend! Sie tun etwas für Ihren Körper, für sich, für Ihr Leben. Und genauso ist das mit der plastischen Chirurgie. Wir holen das Optimum aus dem menschlichen Erscheinungsbild. Schönheit ist nicht länger etwas Naturgegebenes! Wir können den Menschen schöner machen. Jeden! Und der Mensch hat sich das verdient. Weil er es kann!«

Aus demselben Grund leckt sich der Hund die Eier, dachte Bartholomäus. »Aber wenn ich in den Urlaub fahre, entscheide ich selbst, wohin. Und wenn ich keine Lust zum Trainieren habe, ist das auch meine Sache.«

Ehard lächelte irritiert. »Ich kann Ihnen nicht folgen.«

»Wer definiert, was das Optimum in Sachen Schönheit ist?«

»Ah! Jetzt verstehe ich. Gegenfrage: Entscheiden Sie wirklich selbst, wohin Sie fliegen? Oder lassen Sie sich nicht vielmehr von den Erfahrungen und Einschätzungen anderer Menschen leiten? Dieser Strand ist genial, jenes Hotel ist grausam?«

»Vielleicht stehe ich auf grausame Hotels?«

Ehard lachte. »Sie sind ein Romantiker. Schönheit ist etwas zutiefst Demokratisches. Die Mehrheit entscheidet. Wir setzen nur um, was die Mehrheit für gut befindet.«

»Und was finden Sie gut?«

»Mich begeistert Schönheit. In jeder Form.« Ehard lehnte sich zurück und legte die Fingerspitzen aneinander. »Ein schönes Bild, eine schöne Frau, ein schönes Haus. Und die Möglichkeit, jeden Tag ein wenig mehr zur Schönheit dieser Welt beitragen zu können und den Makel von der Erdoberfläche zu tilgen, macht mich sehr glücklich.«

*

Hans von Kuhlau schloss die Tür, sperrte ab und hängte den Schlüssel ans Brett. Eine handbemalte Baumscheibe. Enzian und Edelweiß. Er ging zurück ins Wohnzimmer. Stellte die Gläser, die leeren Teller und Flaschen auf das Tablett und trug es in die Küche. Ein paar Wurstbrote waren noch übrig, die warf er in den Müll.

Erst jetzt merkte er, wie anstrengend das Treffen gewesen war. Über vier Stunden waren sie zusammengesessen und hatten diskutiert. Aber er fühlte sich gut. Sogar ein bisschen euphorisiert, was sicher auch an dem Blutwurz lag. Er musste den Buchwaldt fragen, woher er den hatte. Der hatte schon saumäßig gut geschmeckt. Hauptsächlich freute es ihn aber, dass sie etliche und zum Teil wirklich vielversprechende Ideen zusammengetragen hatten. Es ging voran. Es tat sich was.

Am liebsten, dachte er sich, würde er diese Treffen immer bei sich zu Hause abhalten. Nur sie vier. Diese Zusammenkünfte im Schwarzen Ochsen verursachten ihm jedes Mal Magenzwicken. Irgendwann sah doch mal der Falsche zur Tür herein, und dann gute Nacht, Marie. Aber er konnte ja nicht den ganzen Verein zu sich in die Wohnung holen. Abgesehen davon, dass er das auch nicht wollte. Jemanden wie Mehringer in seinem Wohnzimmer sitzen haben? Dem vielleicht noch das Blut von seiner letzten Schlägerei an der Hose klebte? Von Kuhlau schauderte es.

Es klingelte an der Tür. Von Kuhlau stellte den Teller in den Geschirrspüler, ging nach vorn und öffnete.

»Ja, Theodor!« Er musste den Kopf in den Nacken legen, weil der Mann um einiges größer war als er. »Hast du was vergessen?«

Theodor verneinte. »Vergessen habe ich eigentlich nichts, Franz. Aber das habe ich Josef und Karl gesagt. Die sind jetzt auch schon heimgefahren.«

Von Kuhlau sah ihn aufmerksam an. »Aha?«

»Ich bin nochmal zurückgekommen, weil ich mit dir unter vier Augen reden muss. Da gibt es eine Sache, die muss zunächst unbedingt unter uns bleiben.«

»So? Jetzt hast du mich aber neugierig gemacht.«

»Kann ich reinkommen?«

»Natürlich.« Von Kuhlau trat zur Seite und ließ den Mann an sich vorbeigehen.

Sie gingen ins Wohnzimmer, wo sich Theodor auf das Sofa unter dem Hitlerbild setzte. Von Kuhlau nahm auf dem Sessel Platz.

»Es geht um Folgendes.« Theodor sah zu Boden und knetete seine Hände. »Ich habe dir ja schon unlängst erzählt, dass ich jemanden kennen gelernt habe, der uns unter Umständen äußerst nützlich sein könnte, weil er uns an Orte bringen kann, an die wir sonst nie kommen würden.«

»Ja, ich erinnere mich.«

»Ich hab ihn jetzt vor Kurzem wieder getroffen und mit ihm gesprochen. Dabei habe ich zum einen feststellen können, dass er sich recht begeistert zeigte von dem, was wir machen. Und zum anderen, und das ist das Entscheidende, konnte ich Genaueres über die Art von Kontakten herausfinden, die er hat.«

»Ja?« Von Kuhlaus Augen blitzten neugierig.

Theodor lächelte. »Er kennt zwei Minister und war auch schon mal auf einen offiziellen Empfang eingeladen.«

Von Kuhlau traute seinen Ohren nicht. »Ein offizieller Empfang. Zusammen mit dem …?«

Theodor zeigte mit dem Finger auf ihn. »Mit genau jenem.«

»Das ist ja … fantastisch! Ich meine, wenn wir so nah an den herankommen würden, dann …«

»Das dachte ich mir auch, als er mir davon erzählt hat.«

»Du meine Güte!« Von Kuhlau legte die Hand auf den Mund. »Wenn wir den für unsere Sache gewinnen könnten, das würde einen … Paukenschlag geben! Ach, was sag ich! Ein Donnerschlag wäre das!«

»Einer, den man überall hören würde.«

Von Kuhlau nickte eifrig und der Lichtschimmer auf seiner Halbglatze wackelte hin und her. »Und du sagst, dass er ideologisch, also, dass er mit unseren Zielen …?«

»Soweit ich das bis jetzt beurteilen kann, liegt er absolut auf unserer Linie. Aber genau deswegen wollte ich mit dir reden, Franz. Ihr müsst euch unbedingt treffen. Du kannst das viel besser einschätzen als ich.«

»Ja, ja, gerne. Sicher.«

Theodor zögerte. »Es ist jetzt nur so, dass der Mann wirklich sehr scheu ist. Ich brauche sicher noch eine gewisse Zeit, bis ich sein Vertrauen so weit gewonnen habe, dass es zu einem Treffen kommen kann.«

»Das macht gar nichts. Wir haben Zeit. Vor allem, wenn wir so eine Aktion landen können.«

»Also, du wärst auch dafür, dass ich mich weiter um den Mann bemühe?«

»Unbedingt! Auf jeden Fall!«

»In Ordnung. Das wollte ich wissen, weil ich auf keinen Fall eigenmächtig handeln wollte.«

Von Kuhlau nickte wieder. »Nein, nein, das ist schon gut so. Mach nur weiter, Theodor. Wer ist es denn? Kennst du mittlerweile seinen Namen? Wo hast du ihn kennen gelernt?«

»Er ist Künstler.«

»Künstler?«

»Ja. Er malt unter anderem Auftragsbilder. Zum Beispiel eben für jene Minister.«

»Ein Künstler. So. Interessant. Und wie schreibt er sich?«

»Das wirst du mir jetzt kaum glauben.«

»Wieso?«

»Aber des muss unbedingt unter uns bleiben, Franz!«

»Ja, sicher. Weißt doch, dass du dich auf mich verlassen kannst.«

Theodor zögerte. »Hechenberger. Er heißt Hechenberger.«

»Hechenberger?« Von Kuhlau ging der Mund auf. »Das gibt's doch nicht, oder?«

»Wenn ich's dir sag.«

Von Kuhlau lachte glücklich. »Hechenberger!«

»Ja, das passt wie die Faust aufs Auge, gell? Das fand ich auch.« Theodor machte ein verkniffenes Gesicht. »Ich erzähl dir gleich noch ein bisschen was über ihn, Franz, aber vorher müsst ich mal schnell bieseln.«

»Wenn du den Gang runtergehst, die letzte Tür rechts vor der Wohnungstür.«

Theodor stand auf. »Ich bin gleich wieder da.«

Von Kuhlau nickte. »Hechenberger«, sagte er versonnen. »Jetzt lassen wir's richtig krachen.«

11. Kapitel

Silvester, Planegg

Er schlug den Mantelkragen hoch und blies warmen Atem in seine klammen Hände. Die Kirchturmuhr schlug halb zwölf. Über Krailing stieg eine erste Rakete in die Nacht. Ein roter Funkenregen. Als würde Blut vom Himmel rieseln.

Er musste an ihr letztes gemeinsames Silvester denken. Sie waren auf einer Hütte im Allgäu gewesen. Ein paar Freunde und sie beide. Den ganzen Tag waren sie Ski gefahren und hatten sich danach in diese urgemütliche Holzhöhle zurückgezogen. Eingekauft und alles raufgeschafft hatten sie schon tags zuvor. Jede Menge zu trinken und zu essen, die Anlage und haufenweise CDs, Spiele, das Zeug fürs Bleigießen und natürlich ein Arsenal an Krachern und Raketen. Sie hatte Feuerwerk geliebt.

Erst hatten sie Fondue gegessen. Käsefondue. Für jedes Stück Brot, das im Topf blieb, musste man ein Lied singen, das die anderen für einen aussuchten. Sie konnte nicht singen. Überhaupt nicht. Aber das auf eine so hinreißende Art, dass man immer nur ihr zuhören wollte, sie in den Arm nehmen, festhalten, küssen wollte. Am Ende, als sie auch schon einiges an Sangria intus hatten, stocherte ihr jeder das Brot vom Spieß.

Sie tanzten, sie spielten, sie lachten. Ihre Wangen glühten wie kleine Abendsonnen. Ihre Augen glänzten zwischen den blonden Haarsträhnen hindurch, die ihr immer wieder ins erhitzte Gesicht fielen. Er sah sie genau vor sich. Fühlte, was er damals gefühlt hatte. Diesen Zwiespalt, der ihn fast zerrissen hatte. Nicht nur an Silvester, sondern eigentlich immer, wenn er mit ihr zusammen war. Ein Teil von ihm wollte sie sofort an sich reißen, hier und jetzt und immer, und sie mit Haut und Haar verschlingen, sie nie mehr loslassen, ihr Wesen inhalieren. Und der andere Teil wagte kaum, sie anzufassen, aus Angst, ihr irgendeinen Schaden zuzufügen. Eine Berührung dicht über ihrer samtenen Haut, ein Kuss, der keine Lippe spürte, mehr nicht, mehr konnte er diesem elfenhaften Wesen nicht antun.

Bei jeder Rakete hatte sie gejubelt und geklatscht. Am liebsten hätte er bis zum Sonnenaufgang weitergemacht. Aber dann hätte er diese Nacht versäumt.

Gegen vier Uhr waren sie ins Bett gegangen, alle in einem Raum. Nach einer Weile spürte er ihre Hand, die wie ein kleines Tier über seinen Hals, hinab zu seiner Brust und noch tiefer schlich. Dann streichelte ihr Haar über seine Lenden, ihr Mund liebkoste seinen Bauch, und danach …

Er schluckte. Die Erinnerung tat so weh. So weh. Immer noch.

Viertel vor zwölf. Durch die hell erleuchteten Fenster sah er, wie sich die Ersten ihre Mäntel anzogen. Gleich würden sie aus dem Haus kommen und auf die Wiese gegenüber gehen, die leeren Flaschen für die Raketen aufstellen, sich an den Händen fassen und alle zusammen von zehn bis null herunterzählen. Die Behindis würden dabei nervös herumzappeln und vor Aufregung glucksen. Er kannte das Prozedere seit nunmehr sechs Jahren.

Kurz darauf traten sie ins Freie. Eine Gruppe von etwa 30 Personen. Pfleger, Eltern und Angehörige, Behinderte. Allesamt dick vermummt, hasteten sie die Treppe hinab. Er hörte sie lachen, miteinander reden. Eine Armada von

Atemwölkchen umwehte sie. Eine Behinderte musste noch mal rein. Bisi-bisi.

Wo war Wolfgang? Ah, dort drüben. Bommelmütze, dunkler Anorak. Neben ihm seine Mutter. Der Vater war der Feier natürlich wieder ferngeblieben. Sicher soff er sich wie jedes Jahr in seiner Firma die Birne zu und nagelte danach diese rothaarige Sekretärin.

Dass er den Eltern wahrscheinlich sogar noch einen Gefallen tat, ärgerte ihn. Der Vater würde gar nichts dazu sagen. Vielleicht eine Flasche Schampus aufmachen, wenn keiner zusah, und darauf trinken, dass er diesen dauergrinsenden und sabbernden Balg endlich los war. Und sie würde Zeter und Mordio schreien und alles und jeden zur Verantwortung ziehen. Aber nicht, weil es ihr so naheging, sondern weil sie der Typ war, der nur dann einigermaßen zufrieden war, wenn er anderen das Leben zur Hölle machen konnte.

Wenn er nur ihn oder sie nehmen könnte! Zum Teufel! Aber er hatte nichts gefunden, und Wolfgang war einfach perfekt. Es war Pech, nichts weiter. Genauso, wie sie Pech gehabt hatte. Ja, ja. Pech. Keiner konnte was dafür. Sie nicht, Wolfgang nicht, die anderen nicht. Nur einer konnte was dafür, und der war auch schuld daran, dass er jetzt hier stand. Wenn einer dafür die Verantwortung zu übernehmen hatte, dann er. Er hätte damals nur den Mund aufmachen müssen. Dann wäre das alles nicht nötig gewesen. Sein feiger Egoismus, seine Gefallsucht hatten ihnen all das eingebrockt, und dass jetzt auch andere hineingezogen wurden, damit er endlich für seinen verdammten Eigennutz bezahlte, war nur ihm anzulasten, ihm allein.

Er überprüfte das Handy und ging langsam hinüber zu den Bäumen, die am Rand der Wiese standen. Dort lag der Schnee gut 20 Zentimeter hoch. Und es war genauso eisig kalt, wie er es sich gewünscht hatte. Manchmal konnte man eben doch alles haben.

Noch zwei Minuten. Es knallte und pfiff immer öfter. Überall am Himmel leuchtete es. Der Werkstättenleiter steckte die Raketen in die Flaschen. Die Behinderten waren kaum noch zu bändigen.

Er stellte sich hinter den dicken Baumstamm und wählte die Nummer. Hörte kurz darauf den penetranten Klingelton und sah sie nach dem Handy in ihrer Manteltasche greifen. Natürlich. Sie ging immer ran. Wolfgang stand neben ihr, lachte und klatschte in die Fäustlingshände.

»Stransky?«

»Guten Abend, Frau Stransky. Polizeiwachtmeister Gruber von der Polizeiinspektion Planegg. Es tut mir leid, dass ich Sie …«

»Was? Was ist passiert?«, unterbrach sie ihn unwirsch.

»Ja, also, ich muss Ihnen leider mitteilen, dass in Ihr Geschäft in Martinsried eingebrochen wurde.«

»Was? Um Gottes willen!«

Er hörte sie bis zu sich schreien.

»Der Alarm wurde vor 15 Minuten ausgelöst. Eine Streife ist bereits vor Ort.«

»15 Minuten? Und Sie verständigen mich erst jetzt?« Sie sah sich hektisch um.

»Ja, wir haben bei Ihnen zu Hause angerufen, aber da …«

»Zu Hause! An Silvester! Super Idee! Hören Sie, ich komme sofort dahin. In zehn Minuten bin ich da.«

»In Ordnung. Ich werde den Beamten Bescheid sagen. Sollen wir auch noch Ihren Mann …«

»Nein, den rufe ich an.« Sie legte auf und packte Wolfgang am Arm.

Er klappte das Handy zusammen und war mit wenigen Schritten bei ihr.

»Jetzt geht's gleich los!« Er strahlte sie an. »Noch 30 Sekunden.«

»Was?« Sie fuhr herum. »Ah ja, natürlich. Aber wir müssen jetzt weg. Komm, Wolfgang.«

»Sie müssen weg? Jetzt?«

»Mama, ned weg! Nein!«

»Wolfgang, komm jetzt!«

»Nein, Mama!« Wolfgang wand sich und entzog ihr seinen Arm.

»Wolfgang! Schluss jetzt!«

»Aber warum müssen Sie denn ausgerechnet jetzt weg? Der Wolfgang hat sich doch so auf das Feuerwerk gefreut!«

Die anderen begannen zu zählen. Zehn, neun … Wolfgang zählte laut mit.

»Es ist etwas passiert, deswegen muss ich weg! Wolfgang! Verdammt!«

vier, drei … Wolfgang hüpfte auf und ab … eins … Alle schrien und jubelten und ein Gewitter an Lichtern und Detonationen brach los.

»Hören Sie!« Sie sah ihn flüchtig an, nahm ihn vermutlich kaum wahr. »Könnten Sie vielleicht auf Wolfgang aufpassen? Ich muss wirklich ganz dringend weg. In einer Stunde bin ich wieder da.«

»Aber Frau Stransky, ist das denn wirklich nötig? Schauen Sie doch, wie sich der Wolfgang freut!«

»Der merkt das doch jetzt gar nicht, wenn ich kurz weg bin. Es ist wirklich wichtig.«

»Na gut!« Er gab sich ein wenig vorwurfsvoll. »Aber bleiben Sie nicht zu lange!«

»Nein, nein.« Sie drehte sich um und rauschte davon.

Er sah sich um. Niemand schien von ihrem Gespräch Notiz genommen zu haben. Alle waren damit beschäftigt, in den Himmel zu starren, zu johlen und zu klatschen. Er ging zu Wolfgang.

»Du, Wolfgang. Hilfst du mir, die anderen Raketen aus dem Auto holen? Die ganz großen?«

Wolfgang hielt mitten im Hüpfen und Klatschen inne. Sah ihn an, als wäre er eine Erscheinung. »Große Raketen?«

»Ganz große.«

»Ja. Au ja. Ganz große.« Wolfgang hüpfte.

Er nahm ihn mit zu den Bäumen. An dem Weg dahinter hatte er den Mercedes geparkt. Er ließ die Schlösser aufschnappen und öffnete die hintere Tür.

»Kriechst du mal rein? Das Packerl ist auf der anderen Seite.«

Während sich Wolfgang in den Wagen schob, blickte er sich noch einmal um. Niemand war ihnen gefolgt. Sie waren alleine. Dann holte er den Taser aus der Tasche und hielt ihn an Wolfgangs Wade. Im nächsten Moment flammte der blaue Lichtbogen auf und ein leises Britzeln ertönte.

12. Kapitel

1. Januar, Forstenrieder Park, Unterbrunn, Berg

Roswitha Edele schob den Schlüssel in die kleine Tasche ihrer Laufhose und sah in den grauen Himmel. Vielleicht fing es nachher an zu schneien, so wie es der Wetterbericht angekündigt hatte. Aber sicher nicht so viel, dass es sie beim Joggen behinderte. Die Wege waren geräumt oder gut festgetreten. Ein bisschen Schnee machte da nichts. Sie steckte sich die Kopfhörer ihres iPods in die Ohren und drückte auf Play. Anastacia. Setzte sich die Mütze auf und trabte langsam los.

Mittlerweile machte es ihr nichts mehr aus, selbst bei minus elf Grad. Aber bis vor einem Jahr war ihr manchmal regelrecht schlecht geworden, so wenig Lust hatte sie auf diese Runde gehabt. Jeden Morgen um sechs, sommers wie winters, vor der Arbeit, im Urlaub, sonntags, immer. Siebeneinhalb Kilometer durch den Forstenrieder Park. Danach hatte sie sich zwar immer gut gefühlt. Weil sie den inneren Schweinehund mal wieder überwunden hatte, weil sich ihr Körper gut anfühlte, weil sie klar im Kopf war. Aber die ersten paar 100 Meter? Die Hölle!

Doch was blieb ihr anderes übrig? Wenn sie die Zukunft ihren Genen überließ, konnte sie sich genauso gut gleich erschießen. Die Mama daheim in Wolfertsschwenden wog mittlerweile an die 90 Kilo. Was der Papa wahrscheinlich zuletzt mit 16 auf die Waage gebracht hatte. Und ihre Schwester, die Carola. Wenn sie sich die immer fettigen Haare zu einem Pferdeschwanz zusammenband, sah sie aus wie ein Sumo-Ringer. Manchmal stellte sie sich vor, wie sie und ihr Mann, der Manfred, Sex hatten. Wenn sie ihn denn hatten. Zwei schwitzende Fleischberge, die ihre wabernden Schwarten in einem bedächtigen Rhythmus aufeinanderklatschen ließen. Ein Geröchel und Gestöhne, das jeden Notfallmediziner in Alarmbereitschaft versetzt hätte. Wurstige Finger, die sich hinter den sieben Bergen zu erogenen Zonen durchwühlten. Und die Vermutung, dass bei derart tiefen Schluchten und Falten Manfreds bestes Stück … Meine Güte, war das eklig!

Nein, das sollte ihr nicht passieren. Als sie knapp 70 Kilo gewogen hatte, hatte sich Roswitha Edele geschworen, dass kein Gramm mehr dazukommen würde. Und seitdem lief sie. Jeden Tag. Und seit einem Jahr freute sie sich auch jeden Morgen darauf. Fast jeden Morgen zumindest. Sie hatte zusehen können, wie ihre Schenkel straffer, der Bauch flacher, die Zahlen auf der Waage kleiner geworden waren. Davon wollte sie mehr! Es war wie ein Kunststück, das man plötzlich beherrschte und immer wieder wiederholen wollte. Dann, eines Tages, sie war gerade über eine matschige Pfütze gesprungen, hatte sie gespürt, dass Laufen tatsächlich Vergnügen war. Nichts mehr war übrig von Anstrengung und Kampf. Ihr Körper lief, sie sah zu. Es ging wie von selbst. Und seitdem sie sich vor sechs Wochen zum ersten Mal mit ihrer Friendscout-Bekanntschaft getroffen hatte, lief es sich ohnehin wie von selbst.

Roswitha bog in den verschneiten Waldweg ein, und Anastacia röhrte voller Inbrunst, dass ihr Herz schwer sei. Oh ja, ihres auch. Georg. Lehrer war er. Das hatte sie zunächst ein wenig abgeschreckt. Ein Beamter war zwar prima wegen unkündbarer Stelle und sicherer Pension und so. Aber die Klischees über Lehrer kamen ja nicht von ungefähr, oder?

Vormittags recht haben und nachmittags frei, Klugscheißer, Oberlehrer, Rotstiftfetischist und so. Aber – Roswitha überlegte kurz, weil ihr ein Mann mit zwei Hunden entgegenkam, und nahm eine andere Abzweigung; nur ein kleiner Umweg – Georg war anders. Sensibel, ruhig, einfühlsam. Und was für schöne Hände er hatte! Mein Gott, was er damit alles machen konnte! Roswitha juchzte leise und machte ein paar Galoppsprünge.

Morgen sah sie ihn wieder. Sie wollten zum Italiener. Was sollte sie denn anziehen? Vorgestern hatten sie sich zum ersten Mal geküsst. Noch nicht so richtig, nur zum Abschied ganz kurz auf den Mund. Aber morgen, da war sie sich sicher, würden sie sich richtig küssen. Sie konnte es schon fast spüren, seine Lippen auf den ihren, seine Hände um ihre Taille, seine Hüfte, die gegen ihre drückte – Roswitha wurde ein bisschen schwindelig, wenn sie daran dachte. Also, was anziehen? Es musste ein Kleid sein, so viel stand fest. Und es sollte eines sein, das ihm signalisierte, dass sie einen Schritt weitergehen wollte. Noch nicht gleich in die Vollen, aber eben ein Stück weiter. Das hieß, dass das Kleid …Die schwarzen Schuhe! Die mit den Riemchen! Ja, die waren super! Hoffentlich war es morgen nicht glatt. Sie würde sie erst im Auto anziehen. Und dazu die … Da saß ja einer!

Roswitha lief ein bisschen langsamer. Ein gutes Stück weiter vorn lag ein Stapel gefällter Bäume neben dem Waldweg. Und oben auf diesem Stapel saß jemand. Wer setzte sich denn bei dieser Kälte in aller Herrgottsfrühe mitten im Wald in den Schnee? Der war sicher nicht ganz koscher. Sollte sie umkehren? Aber sie hatte noch lange nicht die Hälfte ihrer Strecke. Und da hinten war der Typ mit den Hunden. Mann! Was hatte denn der Kerl da an? Einen hautfarbenen Schneeanzug? Und wo starrte der hin? Sieht der mich nicht? Will der mich nicht sehen? Das wird mir jetzt zu blöd, ich kehr …

Etwa zehn Meter vor der Gestalt auf den Baumstämmen blieb Roswitha Edele abrupt stehen. Das Bild brauchte einige Sekunden, bis es sich in ihrem Hirn zu einer Gewissheit formte. Dann fing Roswitha Edele an zu schreien.

*

Der Weg in den Wald war holprig, trotz des vielen Schnees. Bartholomäus Kammerlander hielt sich am Lenkrad des Landrovers fest und bemühte sich, in der Spur zu bleiben, die die anderen Fahrzeuge gezogen hatten. Kreuzpointner, Zillenbiller und die Spurensicherung waren sicher schon da, vielleicht auch der Rechtsmediziner.

Schon draußen vor dem Wald hatte es nicht richtig Tag werden wollen. Grau und dunkel hingen die Wolken über dem Land und verloren ein paar magere Schneeflocken. Als würde Asche von einem verbrannten Himmel rieseln. Hier drin staubte der Schnee nur von den Bäumen, wenn ein Vogel aufflog oder ein Ast brach. Es war so dämmerig, dass Bartholomäus die Schweinwerfer eingeschaltet hatte. Aber heller wurde es dadurch nicht. Das Licht ertrank im grauen Schnee.

Nach fünf Minuten erblickte er die Einsatzwagen. Kreuzpointners alten Audi und einen silbernen VW Multivan. Wahrscheinlich von der Spurensicherung. Rechts dahinter am Wegrand entdeckte er einen Stapel gefällter Bäume. Bartholomäus Kammerlander hielt vor dem Absperrband, stieg aus und ging zwischen den anderen Autos hindurch. Kreuzpointner und die anderen befanden sich bei den Baumstämmen.

Zu Bartholomäus' Erstaunen führte ein beinahe säuberlich geräumter Weg von den Autos zu den Baumstämmen. Doch die Fußabdrücke verliefen rechts und links dieses Weges, der vor einer deutlichen Reifenspur endete. Das konnte nur einen Grund haben: Der Mörder hatte seine Fußspuren beseitigt. Die Abdrücke rechts und links des Pfades stammten von Kreuzpointner und seinen Leuten. Bartholomäus umkurvte die Reifenspur und folgte den Fußstapfen durch den tiefen Schnee.

Dann sah er ihn. Einen Mann, der, in sich zusammengesunken, ganz oben auf den Stämmen saß. Ein großer, schwergewichtiger Mann, auf dessen beinahe durchsichtiger Haut ein bläulicher Schimmer lag. Bartholomäus konnte das ohne Schwierigkeiten erkennen. Denn der Mann war nackt.

Kreuzpointner drehte sich um. »Morgen, Kammerlander.«

Bartholomäus Kammerlander kam näher, den Blick immer noch auf den nackten Mann gerichtet. »Morgen.«

Auch Zillenbiller hob die Hand und begrüßte ihn. Sein Gesicht war ausnehmend blass. Es verschwand fast, wenn er vor Schnee stand. Die beiden Beamten von der Spurensicherung, ein drahtiger Mann mit engen Augen und eine junge, pausbäckige Frau, nickten Bartholomäus zu.

»Was habt ihr?« Bartholomäus trat neben Kreuzpointner. Er stand jetzt am Fuß des Holzstapels, direkt vor dem nackten Mann. Und ihm wurde plötzlich klar, warum Zillenbiller so blass war. Der Mann war nicht nur tot, sondern mit einem Klebeband geknebelt und an Händen und Füßen gefesselt. Und um Bauch und Oberschenkel schlang sich ein breiter Gurt, der rechts und links mit etlichen großen Nägeln im Holz fixiert war.

»Eine riesengroße Sauerei, des ham mir.« Zillenbiller nickte zu der Leiche.

»So wie's aussieht, ist der Mann erfroren. Bis jetzt haben mir zumindest nichts entdeckt, was auf irgendeine Art von äußerlicher Gewalteinwirkung als Todesursache schließen lässt.«

»Des muss ma sich mal vorstellen! Nackad an d'Bäum binden und dafrieren lassen. So eine Drecksau!« Zillenbiller zeigte hinüber zu den Autos. »Josef, ich muss mal eine rauchen.«

»Geh nur.«

Bartholomäus sah Zillenbiller hinterher. Dann blickte er Kreuzpointner an. »Wie habt ihr ihn gefunden?«

»Eine Joggerin aus Baierbrunn hat ihn vor einer Stund entdeckt.«

»Wo ist die jetzt?«

»Daheim. Karin und unsere Psychologin kümmern sich um sie. Die ist fix und fertig.«

Bartholomäus nickte. »Und wieso glaubst du …?«

»Ich zeig's dir.« Kreuzpointner bedeutete ihm mitzukommen. Der Kommissar kletterte auf die Baumstämme und ging neben den Beinen der Leiche in die Hocke. Bartholomäus bemerkte, dass auch auf den Stämmen kaum noch Schnee lag. In einem weiten Umkreis um das Opfer war er bis auf wenige Reste weggewischt worden. Auch hier hatte der Mörder große Sorgfalt darauf verwendet, keine Spuren zu hinterlassen.

Kreuzpointner hatte Bartholomäus' Blick bemerkt. »Keine Fußspuren bis jetzt. Nicht einmal ein ungefährer Umriss, von dem mir zumindest die Größe hätten bestimmen können. Aber der Markus meint, dass er mit den Reifenspuren was anfangen kann.« Er nickte zu dem jungen

Mann mit den engen Augen, der mit einer starken Taschenlampe zwischen die Stämme leuchtete.

»Die sind sehr deutlich«, sagte Heller, ohne aufzusehen. »Wenn wir Glück haben, können wir einen Abdruck machen und das Modell bestimmen.« Er nahm den Kopf jetzt doch hoch und schaute Kreuzpointner an. »Wenn die Leiche weg ist, müssen wir die Stämme vorsichtig abtransportieren. Da unten ist irgendetwas. Ein Zettel oder ein Stück Karton. Ich kann's nicht richtig sehen. Vielleicht ist es dem Kerl aus der Tasche gefallen.«

»Oder einem der Holzarbeiter. Aber wir lassen das Zeug wegräumen, sobald wir mit allem anderen fertig sind.« Kreuzpointner winkte Bartholomäus zu sich. »Da, schau.«

Bartholomäus beugte sich hinunter und folgte Kreuzpointners Zeigefinger. Er deutete auf den linken Unterschenkel der Leiche, knapp oberhalb der Achillessehne. Die Haut war dort an mehreren Stellen stark gerötet, an zwei kleineren Stellen konnte Bartholomäus Spuren von Verbrennungen feststellen.

Er sah Kreuzpointner an. »Brandmale. Ein Taser.«

»Wie bei Alfarth. Nur dass er diesmal den Taser gleich ein paar Mal benutzt hat. Und auch sonst …« Er richtete sich auf und machte eine vage Geste.

Bartholomäus verstand. »Wieder keine Spuren, wenn man von den Reifen einmal absieht. Alles sieht aus wie inszeniert, wie hergerichtet, damit wir ja sehen, woran der Mann gestorben ist. Nicht wie, sondern woran. Nicht der Tod ist wichtig, nicht der Mord. Sondern nur das Sterben.«

»Genau. Und wieder auf so eine … perverse Art. Wer ist bloß zu so was fähig?« Kreuzpointner schüttelte den Kopf.

Weit oben in einem Baum löste sich eine Schneehaube von einem Ast. Ein Schleier weißen Puders schwebte lautlos zu Boden. Wie ein Geist, der sich einen besseren Platz gesucht hatte, um dort unten alles genau beobachten zu können.

Oder es war die Seele dieses Mannes, dachte Bartholomäus. Sie hatte es sich anders überlegt und kehrte zurück, um so lange zu bleiben, bis sie den Täter gefasst hatten. Und bis dahin sah sie ihnen bei der Arbeit zu.

Wer tat so etwas? Musste man krank sein, um derart abscheuliche Taten vollbringen zu können? Krank vor Schmerz, vor Rache, vor Eifersucht, Geltungssucht oder was auch immer? Und wann war man ›krank‹? Wer bestimmte, was krank und was normal war? War der Mann, der seiner Frau eine scheuerte, weil sie einen anderen angesehen hatte, schon krank? Hier vielleicht schon, woanders nicht. Konnte jeder so ›krank‹ werden, dass er zu derlei Abscheulichkeiten in der Lage war? Konnte das jeden treffen, war ›krank‹ nur ein anderes Wort für ›nicht normal‹, und konnte man Nicht-Normales dann irgendwie verstehen und nachvollziehen, weil man ja wusste, was normal war?

Bartholomäus starrte in den Schnee. Er war schon so vielen ›Kranken‹ begegnet und hatte immer wieder feststellen können, dass auch sie Menschen waren. Hinter all dem Bösen, Widerwärtigen, Grausamen, Abscheulichen hatte immer ein Mensch gestanden. Und manchmal war es ihm vorgekommen, als wäre das Böse nichts weiter als eine Folie, die man abziehen konnte, ein zweiter Schatten, der sich ganz einfach abschneiden ließ.

Insofern wusste er nicht, was er Kreuzpointner antworten sollte. Kein Mensch war von Grund auf böse, keiner nur gut. Und wenn man wollte, konnte man alles verstehen. Aber, und das war das Entscheidende für Bartholomäus Kammerlander, jeder hatte die Wahl. Das war es, was für ihn den Menschen ausmachte. Kindheit hin, Gene her, niemandes Werdegang war vorbestimmt. Und wenn der eine an Schicksalsschlägen und Ungerechtigkeiten wuchs, dann musste der andere deswegen nicht zum Massenmörder werden. Jeder hatte die Wahl. Immer. Und das war das Einzige, was Bartholomäus Kammerlander nie verzieh: dass man sich dafür entschied, anderen die Schuld am eigenen Leben zu geben. Das war billig, feige und manchmal sogar böse.

»Kammerlander?« Kreuzpointner schob sich in Bartholomäus' Gesichtsfeld.

»Ja. Ja.« Bartholomäus holte seinen Blick aus dem Schnee. »War nur kurz in Gedanken.«

»Eine ganz schöne Scheiße, oder?«

»Ja, allerdings.« Bartholomäus wandte sich wieder der Leiche zu. Der Mann war sicher 1,85 m groß und wog schätzungsweise 95, vielleicht 100 Kilo. Um ihn hier heraufzuschaffen, brauchte es eine Menge Kraft. Was Bartholomäus in seiner Annahme bestärkte, dass der Mörder ein großer, zumindest kräftiger Mann sein musste. Aber diesmal hatte alles länger gedauert, weswegen der Mörder den Taser öfter hatte benutzen müssen.

Der Gurt, der sich dem Opfer um Taille und Oberschenkel schlang und sich tief in die marmorierte Haut eingrub, war ziemlich breit und aus einem strapazierfähigen Kunststoff. Er ähnelte denen, die man bei Umzügen benutzte, um Möbel im Transporter zu sichern. Die Fesseln an den Hand- und Fußgelenken waren handelsübliche Nylonseile, der Klebestreifen ein silberfarbenes Abdichtband.

»Er musste noch am Leben gewesen sein, als er ihn hier

hingesetzt hat«, sagte Bartholomäus. »Sonst machen die Gurte keinen Sinn.«

»Ja. Mit dem Elektroschocker zum x-ten Mal betäubt, auszogn, dann festbunden, und den Rest haben die 14, 15 Grad minus erledigt, die es heut Nacht ghabt hat.« Kreuzpointner presste wütend die Lippen zusammen.

Zwischen den Beinen des Opfers und auch etwas weiter unten auf zwei Baumstämmen entdeckte Bartholomäus einige gelbe, kristalline Flecken. Der Mann hatte in seiner Panik unter sich uriniert.

Bartholomäus beugte sich noch einmal nach unten. Diesmal, um dem Mann ins Gesicht zu sehen. Vielleicht war auch er vergiftet worden.

Plötzlich zuckte er zurück.

»Was ist?«, fragte Kreuzpointner.

Bartholomäus blickte versteinert vor sich hin. Wie eine heiße Welle rauschte die Wut durch seinen Körper.

»Die Vermisstenanzeige ist heut um halb zwei Uhr nachts reinkommen«, sagte Kreuzpointner und schnallte sich an. Er hätte auch gerne den Sitz ein wenig gerader gestellt, aber das Stellrad klemmte irgendwie. Und bevor er irgendetwas kaputtmachte, ließ er es lieber. So weit war es ja nicht nach Unterbrunn. Aber ein bisschen komisch kam er sich doch vor, wie er da so halb neben Bartholomäus Kammerlander im Landrover lag.

»Tut mir leid, der Xaver hätte den schon längst in die Werkstatt bringen sollen«, sagte Bartholomäus, dem die unbequeme Haltung Kreuzpointners nicht entgangen war. »Aber wir fahren den Landrover ganz selten, und dem Xaver ist der Sitz offenbar egal.«

»Des geht schon bis Unterbrunn.« Kreuzpointner spürte

jetzt schon seine Bauchmuskeln. »Also, halb zwei. Normalerweise hätten die Kollegen die Anzeige natürlich nicht entgegengnommen, weil er ja erst eine Stund abgängig war. Aber in dem Fall war des was anders.«

»Wer hat angerufen?« Bartholomäus startete den Motor und suchte sich einen Platz zum Wenden.

»Ein«, Kreuzpointner sah auf der Mitschrift nach, die er sich gemacht hatte, während er die angeforderten Auskünfte über Funk bekommen hatte, »Ralf Schoppmann, der Leiter der Behinderten-Werkstätte in Planegg. Wolfgang Stransky hat dort zusammen mit den anderen Behinderten und Betreuern der Werkstätte Silvester gfeiert.«

Bartholomäus sah nach rechts. »Der Leiter der Werkstätte hat angerufen? Nicht die Eltern?«

»Nein, die haben eine halbe Stunde später noch mal eine Anzeige aufgeben.«

Bartholomäus schüttelte den Kopf. »Hm.«

Kreuzpointner zuckte mit den Schultern. »Ja, hab ich auch komisch gfunden. Sind mir mal gspannt.«

Bartholomäus Kammerlander lenkte den Landrover aus dem Wald. Max Zillenbiller und die beiden Beamten der Spurensicherung waren noch dageblieben, um die weiteren Maßnahmen am Tatort abzuwickeln. Da es stärker angefangen hatte zu schneien, mussten sie jetzt schnell zu Werke gehen, wenn nicht auch noch die restlichen Spuren unbrauchbar werden sollten.

Die etwas mehr als 20 Kilometer nach Unterbrunn legten Bartholomäus Kammerlander und Josef Kreuzpointner überwiegend schweigend zurück. Nur zu Beginn der Fahrt informierte Kreuzpointner Bartholomäus darüber, was er über die Stranskys in der Kürze der Zeit in Erfahrung hatte bringen können. Dass sie einigermaßen wohlhabend waren, dass sie ein großes Autohaus in Martinsried besaßen, dass Wolfgang ihr einziges Kind war, dass gegen beide nichts vorlag.

Bartholomäus konzentrierte sich danach aufs Fahren. Die Geschwindigkeit einhalten, obwohl ihm nach Rasen zumute war, das Fenster zulassen, obwohl er sich eisigen Fahrtwind wünschte, Bäume, Häuser, Begrenzungspfosten wahrnehmen, damit die Wut nicht in einem wirren Gedankenchaos verpuffte. Mit der Wut war es wie mit einem wilden Pferd. Unter Kontrolle gebracht, kam man wesentlich schneller ans Ziel als mit einem frommen Gaul. Aber gewann das Pferd, landete man äußerst unsanft im Dreck, ohne auch nur einen Zentimeter von der Stelle gekommen zu sein. Zwei Strommasten, eine Krähe am Himmel, der rote Toyota vor ihm. Erst kurz vor Unterbrunn wurden seine Gedanken konstruktiv. Er verschob das Denken auf später.

Wenn das Haus der Stranskys ein Abbild ihrer Bewohner war, würde der Besuch kein leichter werden. Gelbe Fassade, blaue Dachschindeln, ein Balkon mit neoantiken Säulen. Und zwei steinerne Löwen, die die Einfahrt flankierten.

»Die sind ja größer als die vorm Präsidium«, sagte Kreuzpointner im Vorbeifahren.

Bartholomäus parkte den Landrover vor dem – ebenfalls säulenbewehrten– Portal. Die beiden Männer stiegen aus, steuerten auf die Eingangstür zu – und hielten inne.

»Schlechter Zeitpunkt«, sagte Kreuzpointner nach einer Weile. Selbst durch die geschlossenen Fenster war zu hören, dass im Haus die Fetzen flogen. Ein Mann und eine Frau schrien sich wutentbrannt an, einer lauter als der andere. Dann flog auch noch etwas gegen die Wand und zerbrach mit einem hässlichen Klirren.

»Vielleicht gerade jetzt ganz aufschlussreich.« Bartholomäus näherte sich dem Klingelknopf.

Doch kurz bevor er ihn drücken konnte, wurde die Tür aufgerissen. Ein Mann starrte sie an. Rot im Gesicht, heftig atmend, eine Jacke über der Schulter.

»Was woinan Sie? Wer sand Sie?«, fuhr er sie an.

»Kriminalpolizei.« Kreuzpointner zog seinen Ausweis hervor. »Mein Name ist Kreuzpointner, das ist mein Kollege Kammerlander. Herr Stransky?«

»I hob jetz koa Zeit. Kemmas a anders Moi wieder.« Stransky wollte sich vorbeidrängen.

»Es geht um Ihren Sohn, Herr Stransky.« Bartholomäus machte einen kleinen Schritt zur Seite.

Stransky stoppte und sah irritiert an Bartholomäus hinauf. »Ja? Und? Hams eam gfundn?«

»Herr Stransky, wir sollten ins Haus gehen.«

»Was is los? Is a dod?«

Bartholomäus zögerte. »Ja.«

Stranskys Augen weiteten sich erschrocken. »A geh, leck mich doch am Arsch«, presste er hervor und schüttelte den Kopf. Dann ging er an Bartholomäus vorbei und schob Kreuzpointner aus dem Weg. »Lasst's mi durch!«

Bartholomäus Kammerlander und Josef Kreuzpointner machten keine Anstalten, den Mann aufzuhalten. Im Augenblick wäre er ihnen sowieso keine große Hilfe. Sie sahen ihm noch hinterher, als sie eine Frau von hinten anblaffte.

»Wer sind Sie?«

Die beiden drehten sich um. Noch ein rotes Gesicht. Dazu eine auftoupierte blonde Mähne, gefährlich lange Fingernägel und Schmuck, wohin man blickte.

»Guten Morgen.«

»Schleich di bloß, du Depp!«, schrie Sabine Stransky ihrem Mann hinterher. In der Garage heulte ein Motor auf, dann schoss ein grüner Jaguar aus dem Grundstück. »Bläder!«

»Guten Morgen«, versuchte es Kreuzpointner ein weiteres Mal.

Erst jetzt schien die Frau die beiden Männer vor ihr wirklich wahrzunehmen. Als hätte man ein Programm gewechselt, änderte sich ihr Gesichtsausdruck innerhalb eines Augenblicks von wütend zu entsetzt.

»Sie haben den Wolferl gefunden!«, hauchte sie. »Er ist tot!«

»Frau Stransky, wir sollten vielleicht …«

»Ist er tot?«

»Frau Stransky …«

»Ist er's?«, schrie sie.

Bartholomäus nickte.

Die Augen der Frau wurden größer und größer, ihr rechter Zeigefinger hob sich langsam, bis er auf Bartholomäus Kammerlander deutete wie ein Gewehrlauf. Sie holte noch ein paar Mal Luft, ihr Busen hob und senkte sich in dem tief ausgeschnittenen Dekolleté, sie nahm Anlauf.

»*Sie*!« Lang gezogen, ein Zischen fast. »Sie und Ihre Kollegen! Sie sind schuld! Sie haben den Wolferl auf dem Gewissen!«

*

Das Beil sauste hernieder und trennte das Gelenk in der Mitte glatt durch. Das hätte das Genick zwischen dem zweiten und dritten Halswirbel sein können. Fritz Schöberl zog das Beil aus dem Holzblock und legte es neben die

Schweineschulter. Nahm das große Messer, schärfte es ein paar Mal an dem Wetzstahl und begann, das Fleisch vom Knochen zu lösen.

50.000 Euro! In zehn Tagen! Der war ja völlig wahnsinnig. Herbringen könnt er es schon. Aber was sollte er denn der Maria sagen? Die würd's ja spätestens am Monatsende merken. Dabei hatte er doch so aufgepasst. Jedes Mal.

Aber bis zum Monatsende war's ja danach noch eine Weile und genug Zeit, um das Geld wieder dahin zu tun, wo er es hergenommen hatte, damit der Maria nichts auffiel. Er müsst sich halt erst einmal mit dem Lump treffen und so tun, als täte er ihm das Geld geben. Und sicher würde der ihn nicht auf dem Marienplatz treffen wollen, sondern irgendwo, wo keiner war. Im Wald vielleicht oder an der Isar. Und dort müsste er es dann irgendwie deichseln, dass er den Bazi in die Finger bekam. Blöd wär's nur, wenn der das Geld gar nicht selber von ihm nehmen wollte, sondern wenn er es irgendwo hintun musste. In einen Abfalleimer oder unter einen Gullideckel. So wie's des im Film manchmal machten. Des müsste er ihm halt irgendwie ausreden. Und wenn er den Haderlump dann am Kragen hatte, dann tät er ihn mit ins Geschäft nehmen. Vielleicht erst noch warten, bis niemand mehr da war, und dann mitnehmen. Und des danach würde überhaupt nicht auffallen, dachte er sich. Am wenigsten in der Leberwurst oder im Leberkäs. Da würde des keiner rausschmecken. Und was übrig war, verbrennen. Im Kamin. Wenn die Maria beim Einkaufen war oder in der Kirch.

Ja, dachte sich Fritz Schöberl, so könnt es gehen.

13. Kapitel

3. Januar, München, Planegg, Unterbrunn, Gallaweiher

Bartholomäus Kammerlander kam sich ungefähr so vor wie dieser Streugutkasten da vorn: unnütz an einer Ecke rumstehen, ein bisschen leerer und orange statt rot im Kopf. Sogar der schmutzige Schnee auf dem Deckel passte, wenn er an seine Haare dachte. Und es lag immer noch genug Krempel in ihm herum, von dem er nicht wusste, wohin damit. Mein Leben als Streugutkasten – das war doch mal ein Gedicht wert.

Der Sonntag war fürchterlich gewesen. Gewollt fürchterlich. Er hatte sich selbst zum Nichtstun verdammt, um sein Hirn herunterzufahren. Die Ergebnisse aus den diversen Labors und vom Rechtsmediziner lagen nicht vor heute Morgen vor, mit der Spurensuche am Tatort waren sie auch erst gestern Abend fertig geworden, und die Befragungen hatte er Kreuzpointner und den anderen überlassen. Eben um Abstand zu gewinnen.

Er hatte mit einem Stammgast neun Löcher Golf gespielt, war mit Wiebke und Friedrich lange im Wald spazieren gegangen, ohne über die Fälle zu sprechen, hatte lange meditiert und am Abend im Alpenblick die Teller gewaschen. Ein toller Tag. Wenn er nicht die ganze Zeit das Gefühl gehabt hätte, laut schreien zu müssen. Vielleicht wäre er besser nach Ramersdorf gefahren. Richtig runtergekommen war er jedenfalls kaum, Abstand hatte er gar keinen gewonnen und neue Ideen? Fehlanzeige. Ein paar alte Gedanken hatte er in den Schnee gestreut, das war's auch schon.

Als er unter der Justitia hindurchschritt, die über das hölzerne Eingangsportal des Präsidiums gemalt war, musste er wieder an die Stranskys denken. Die Eltern. Daran, dass ihm Wolfgang erst leidgetan hatte und dass er sich dann erinnert hatte, wie fröhlich und zufrieden ihm Behinderte mit Down-Syndrom immer vorgekommen waren, wenn er ihnen begegnet war. Dass er sich gefragt hatte, ob es Wolfgang gelungen war, diese Eltern einfach wegzulächeln oder ob er unter ihnen gelitten hatte. Dass es oft ein Segen war, wenn man nicht alles mitbekam, was um einen herum vorging. Dass sich Wolfgang das aber nicht ausgesucht hatte. Er war gespannt, ob Karin und Josef gestern noch was aus den beiden herausgebracht hatten.

Hauser war zu Hause im Bett geblieben. Bartholomäus dachte, dass es ihn dann ziemlich erwischt haben musste. Wenn er nicht einmal in der Lage war, zum Jammern kommen zu können.

Dafür war Doris Beuschlein anwesend, die junge Frau von der Spurensicherung, die Bartholomäus schon vorgestern im Wald kennen gelernt hatte. Nach innen gewandter Blick, ruhiges Wesen, so uneitel, dass sie heute zwei verschiedene Socken anhatte. Bartholomäus fand sie sympathisch.

»Fangen mir an, mir haben heute noch einen Haufn Arbeit vor uns.« Kreuzpointner tunkte seinen Teebeutel noch ein paar Mal unter und sah in die Tasse. »Wer will anfangen?«

»Was trinkst denn du da, Josef?« Karin Reichlmair deutete auf die Tasse. »Bist jetzt auch krank?«

»Ayurveda-Tee.« Kreuzpointner klang nicht begeistert. »Hab ich von der Franziska zu Weihnachten kriegt und muss ich trinken, weil sie sonst beleidigt ist.«

»Ayurveda. Aha. Und was für ein Tee ist des? Hoffentlich einer, der dein Kapha ein bisschen auf Vordermann bringt.«

»Kapha?« Kreuzpointner sah auf den Beutel. »Safed Musli Glückstee steht da.«

Karin Reichlmair grinste. »Da wird sich die Annemarie aber freuen.«

»Wieso die Annemarie?«

»Safed Musli ist bekannt für seine potenzsteigernde Wirkung.«

»Ui!«, rief Zillenbiller begeistert, während Kreuzpointner im Tunken innehielt und Karin Reichlmair ungläubig anschaute. »Machst mir bitte auch so einen?«

Kreuzpointner zog die Stirn in Falten. »Potenzsteigernd. Da schau her.« Nachdenklich betrachtete er die gelbe Flüssigkeit. Dann hob er die Tasse und nahm einen kräftigen Schluck. »Eine fürsorgliche Tochter hab ich.«

Alle lachten.

Doris Beuschlein machte den Anfang. Die Spurensicherung hatte drei Dinge entdeckt. Feinste Stofffasern auf Wolfgang Stranskys Körper, die im Augenblick noch im Labor untersucht wurden. Ein erster Augenschein ließe jedoch stark vermuten, dass auch sie von einer grünen Feldjacke stammten. Außerdem Reifenspuren, die sie einem recht neuen Goodyear Winterreifen hatten zuordnen können.

»Und dann noch dieses Streichholztäfelchen.« Doris Beuschlein legte ein aufklappbares Streichholzkärtchen auf den Tisch. »Es steckte zwischen den Stämmen und zwar sicher noch nicht lange. Es sieht ziemlich neu aus.«

Bartholomäus erkannte es sofort, obwohl es für ihn auf dem Kopf lag. »Das ist von uns! Aus dem Alpenblick.«

»Von euch?« Karin Reichlmair nahm das Kärtchen vom Tisch. »Tatsächlich. Wie ist denn das da hingekommen?«

»Es lag nicht weit von der Leiche entfernt«, sagte Beuschlein. »Ein Stück links daneben, aber halt ganz unten zwischen den Stämmen.«

»Fingerabdrücke?«, fragte Kreuzpointner.

»Nein, keine.«

Bartholomäus ließ sich das Streichholztäfelchen von Karin Reichlmair geben. Vorn drauf prangte das Hotel, auf der Rückseite standen die Kontaktdaten. Von den Abreißstreichhölzern fehlte nur eines.

»Wir haben die erst seit einem knappen Jahr.«

»Vielleicht sind die ja auch nur zufällig da unten gelegen«, meinte Karin Reichlmair.

»Glaub ich nicht.«

»Aber da gibt's doch x Möglichkeiten, wie die da hinkommen sein könnten«, sagte Zillenbiller. »Vielleicht war der Stransky oder sei Alte mal bei eich zum Essen und der Mongo hat die Dinger eingschoben.«

Bartholomäus fuhr sich mit der Hand über die Augen und hielt die Nasenwurzel zwischen Daumen und Zeigefinger. »Zillenbiller«, sagte er leise, ohne die Hand herunterzunehmen, »pass auf, was du sagst.«

»Was hab ich denn jetzt …«

»Pass einfach auf, okay?«

Max Zillenbiller verkroch sich schmollend hinter seinen Augenbrauen. »Is ja guad.«

Für eine Weile herrschte Schweigen am Tisch. Dann fragte Kreuzpointner: »Du meinst also, dass sie dem Mörder ghört haben? Dass sie ihm rausgfallen sind, als er den Stransky auf die Stämme gschleppt hat?«

Bartholomäus öffnete die Augen. »Die Möglichkeit besteht durchaus. Zumal es zwei Personen gibt, über die wir bei unseren Ermittlungen gestolpert sind, die bei uns im Hotel waren oder noch sind.«

»Zwei?«

»Hädrich und Ehard.«

»Ehard war auch bei euch?«

»Hat seinen Fünfzigsten vor ein paar Monaten bei uns gefeiert.«

»Aha.« Kreuzpointner nickte.

»Ich war ja letzten Donnerstag bei ihm im Rechts der Isar.« Bartholomäus zögerte, dachte nach.

»Ja? Und? Was hat er gesagt?«, drängte Karin Reichlmair, weil Bartholomäus nicht weitersprach.

»Dass ihn Schönheit begeistert. Und dass es ihn glücklich macht, den Makel von der Erdoberfläche tilgen zu können.«

Karin Reichlmair schob den Kopf nach vorn. »Des hat er so gesagt?«

»Seine Worte.«

Stirnrunzeln, Notizen, nachdenkliche Gesichter. Bartholomäus' Information sorgte für Unruhe am Besprechungstisch.

»Aber die Ehrlich hat doch super ausgschaut«, fiel Zillenbiller ein.

»Jeder hat einen Makel«, sagte Bartholomäus Kammerlander. »Irgendeinen hat jeder.«

Zillenbiller sah nicht so drein, als würde er das jetzt verstehen.

»Und was hat er zu der Sache mit der OP gmeint?«, fragte Kreuzpointner.

»Ahm, Tschuldigung«, meldete sich Doris Beuschlein

zu Wort. »Braucht's ihr mich noch? Ansonsten würd ich mich wieder an die Arbeit machen.«

»Nein, nein. Dank dir, Doris.« Kreuzpointner lächelte kurz. »Geh nur. Ach, wart!«, fiel ihm noch ein. »Eins noch! Habts ihr irgendwas auf den Gurten oder Fesseln gfunden, mit denen der Stransky anbunden war?«

Doris Beuschlein schüttelte den Kopf. »Nichts von Interesse. Haut- und Gewebeteile von Stransky, Holzreste, Tannennadeln. So was. Und es handelt sich um Gurte, wie es sie in jedem Baumarkt gibt.«

»Gut, danke dir noch mal.«

Doris Beuschlein verabschiedete sich und verließ den Raum. Im Anschluss gab Bartholomäus Kammerlander in Kürze wieder, was er von Ehard und seiner Sekretärin erfahren hatte.

»Aber der Termin steht doch in Alfarths Kalender!« Karin Reichlmair schüttelte den Kopf.

»Vielleicht wollt er ja nur genau zu dem Zeitpunkt einen Termin haben, hat aber nie in der Klinik oder der Praxis angrufen?«, überlegte Zillenbiller.

»Hm.« Bartholomäus schien nicht überzeugt. »Trag ich einen Termin, den ich noch nicht fix habe, in meinen Kalender ein? Hätte Alfarth das gemacht, so, wie wir ihn bisher kennen gelernt haben? Eintragen und dann wieder durchstreichen, wenn es nichts wird?« Er überlegte kurz. »Soweit ich mich erinnere, war in dem ganzen Kalender gar nichts durchgestrichen.«

Erneutes Nachdenken, Schweigen, Notieren. Nur Zillenbiller schien nicht überlegen zu müssen und pulte sich stattdessen mit dem kleinen Finger im Ohr herum.

»Ich hab mich noch über diese Hädrichs schlaugmacht«, sagte Kreuzpointner nach einer Weile.

Zillenbiller nahm den Finger aus dem Ohr, sah sich die schmalzglänzende Kuppe an und steckte den Finger in den Mund.

»Max, du Sau!« Karin Reichlmair schüttelte es vor Ekel.

Zillenbiller zog den Finger wieder aus dem Mund und grinste.

»Nichts von Interesse. Keine Vorstrafen, keine Vermerke, alles so weit in Ordnung. Beide sind aber nicht nur Gurus von Beruf. Sie hat so ein kleines Online-Lektorat, und er arbeitet noch als freiberuflicher Programmierer. Hat viel so Krankenkassen-Verwaltungsprogrammzeugs gmacht.«

»Hast du auch irgendwas herausfinden können im Hinblick auf den 9. November?«, fragte Bartholomäus. »Hatten die da irgendwo ein Seminar, musste er arbeiten?«

»Nein, bis jetzt nichts.«

Bartholomäus nickte. »Krankenkassen.« Er dachte nach. »Wo waren die drei Opfer versichert?«

Kreuzpointner schlug Alfarths Mappe auf.

»Wart, Josef, ich weiß es«, sagte Karin Reichlmair. »Alfarth war privat bei der HUK versichert, die Ehrlich bei der AOK und von Stransky wissen wir es noch nicht. Wieso willst des wissen, Bartl?«

»Und er erstellt Verwaltungsprogramme für Krankenkassen?«

»Des hat er mal eine Zeit lang gmacht, ja«, antwortete Kreuzpointner.

»Was interessiert dich daran?«, fragte Karin Reichlmair.

»Weil es vielleicht eine Verbindung zwischen den Opfern herstellen könnte. Wenn er als Programmierer solcher Anwendungen Zugriff auf Patientendaten hat, weil er weiß, wie er da im Nachhinein noch reinkommt, sollten wir rausfinden, ob die Opfer vielleicht medizinisch irgendeine Gemeinsamkeit hatten. Wenn ja, hätten wir ein Muster.«

Zillenbiller grinste. »Du meinst, dass vielleicht alle drei …« Er brach abrupt ab, als er Bartholomäus' Blick einfing.

»Dass vielleicht alle drei was?«

»Ja, also, alle drei … vielleicht …«, stammelte Zillenbiller, »Probleme mit'm Magen ghabt ham oder so?«

»Oder so. Genau.«

Karin Reichlmair legte Bartholomäus eine Hand auf den Arm. »Ich werd mich mal erkundigen, ob diesen Krankenkassen in letzter Zeit irgendwas Merkwürdiges in ihren Programmen aufgfallen ist. Und auch mal schauen, ob die drei irgendeine gemeinsame Krankheit hatten.« Sie zwinkerte. »Oder so.«

»Danke dir.«

»Bleiben mir gleich mal bei den Stranskys.« Kreuzpointner entschlüpfte ein leidendes Lächeln.

»Oh ja. Die beiden haben sicher ein gemeinsames Leiden«, sagte Karin Reichlmair und verdrehte die Augen.

»Zunächst zu euer aller Information.« Josef Kreuzpointner machte eine bedeutsame Kunstpause. »Es liegt eine Dienstaufsichtsbeschwerde vor. Gegen Unbekannt.«

»Gibt's so was überhaupt?«, wunderte sich Zillenbiller.

»So hab ich des jetzt mal gnannt. Der Hintergrund in Kurzform: Silvester kurz nach Mitternacht ist Frau Stransky von einem Polizisten, dessen Namen sie nicht mehr weiß, angrufen wordn. In ihrem Autosalon in Martinsried sei eingebrochen worden. Als sie da aber hingfahren ist, hat es weder einen Einbruch geben, noch war die Polizei da. Genau in der Zeit ist aber ihr Sohn entführt wordn. Und dafür gibt sie jetzt der Polizei eine Mitschuld. Weil die sie ja falsch informiert hat.«

Zillenbiller tippte sich an die Stirn. »Ist die noch ganz sauber?«

»Es geht noch weiter. Sie hat auch Anzeige gegen die Behinderten-Werkstätte in Planegg erstattet. Weil der eine Mitarbeiter, dem sie ihren Sohn anvertraut hat, seiner Aufsichtspflicht nicht nachgekommen sei.«

»Die ist ja ...«

»Und«, unterbrach Kreuzpointner Zillenbiller, »weil die Stransky jemanden kennt, der jemanden kennt, der die Schönhaberin kennt, wird die uns demnächst sicher auch beglücken.«

»Ja, Kreizkruzefix!«, fluchte Zillenbiller. »Des darf ja alles nicht wahr sein.«

Karin Reichlmair lächelte schicksalsergeben. »Ist es aber. Und es kommt noch besser. Die Presse macht auch mobil. Nachdem wir denen die Sache mit dem Vergiften gsteckt haben, fragen die Ersten schon, ob es irgendwelche Zusammenhänge zwischen den Morden gibt. Wie die Bluthunde sind die. Aber des war ja abzusehen.«

»Wenn sich jetzt dann auch die Schönhaberin einmischt, werden mir nicht mehr lang geheim halten können, dass da draußen ein Irrer rumlauft«, sagte Zillenbiller. »Die Öffentlichkeit hat ein Recht auf Information«, krächzte er eine Oktave höher. »Bloß nix falsch machen. Immer schön nach Vorschrift. Könnt ja passieren, dass sie der Herr Minister auf dem nächsten Bussi-Ball übersieht.«

Kreuzpointner und Reichlmair nickten zustimmend. Dass Christine Schönhaber als Polizeipräsidentin alles andere als souverän war und mehr Wert darauf legte, in den einflussreichen Münchener Kreisen nicht unliebsam aufzufallen als ihre Leute zu unterstützen, sorgte bei ihren Untergebenen schon lange für Unmut. Auf der anderen Seite: hatte man anderes erwarten dürfen von der Tochter eines Wiesnwirtes, die nur war, was sie war, weil der Vater genügend Nächte mit bayerischen Spitzenpolitikern durchsoffen hatte, um ganz sicher über das eine oder andere pikante Detail Bescheid zu wissen?

»Ich seh schon die Schlagzeilen.« Karin Reichlmair malte einen imaginären Schriftzug in die Luft. »›Irrer Serienmörder versetzt Landkreis Starnberg in Angst und Schrecken‹.«

»Stimmt. Jetzt, wo du's sagst.« Zillenbiller zeigte auf Karin Reichlmair. »Wenn's wirklich immer der gleiche war, ist der ja ab jetzt offiziell ein Serienmörder. Ab drei Toten, gell? Hat's des in Starnberg überhaupt schon mal geben? Einen Serienkiller?«

Reichlmair zuckte die Schultern. »Ist mir, ehrlich gesagt, wurscht. Viel wichtiger ist die Frage, ob er noch mehr umbringt.«

Kreuzpointner nickte wortlos.

»Der Polizist.« Bartholomäus sah von seinen Notizen auf. »Der Polizist, der sie angerufen hat. Die Nummer des Anrufers müsste sich ja über Stranskys Telefongesellschaft herausfinden lassen.«

»Schon passiert«, erwiderte Kreuzpointner. »Der Anruf ist von einem Handy abgsetzt wordn, das im Laufe des Silvesterabends in einer Wirtschaft in Gauting gstohlen wordn ist. Gehörte einem«, er sah in seinen Unterlagen nach, »Matthias Frey, der das aber erst kurz nach Mitternacht bemerkt hat. Er hat selbst erst gestern Nachmittag seinen Anbieter kontaktiert und die Nummer sperren lassen. Bis dahin hat er das Handy bei sich zu Hause und in der Wirtschaft gsucht.«

»Ein Polizist, der ein Handy klaut, um einen offiziellen Anruf zu tätigen?« Karin Reichlmair machte eine mehr als skeptische Miene. »Dass des ned passt, müsste doch sogar der Schönhaberin klar sein.«

»So sicher wär ich mir da nicht«, erwiderte Zillenbiller.

Bartholomäus fuhr fort. »Und wem hat Frau Stransky ihren Sohn anvertraut, als sie nach Martinsried gefahren ist?«

»Weiß sie nicht mehr«, antwortete Karin Reichlmair. »Einem Pfleger, wie sie meinte.«

»Habt ihr den ausfindig machen können?«

Karin Reichlmair verneinte. »Von der Behinderten-Werkstätte weiß keiner was, wir haben alle angerufen. Verständlich, derjenige hält sicher nicht freiwillig den Kopf hin.«

»Konnte sie ihn beschreiben?«

Karin Reichlmair lachte. »Das hab ich sie auch gefragt, worauf sie mich für verrückt erklärt hat. Schließlich sei es stockfinster gwesen, und sie hätt in dem Moment ja andere Sorgen ghabt, als sich den Pfleger anzusehen. Ein großer Mann, das war alles, was sie uns sagen konnte.«

»Und keiner sonst hat irgendetwas bemerkt?«

»Nein.«

»Und der Vater?«

»War an dem Abend gar nicht dabei. Hatte nach eigener Aussage eine betriebsinterne Feier, bei der er anwesend sein musste. Die Stranskys machen das angeblich seit Jahren so: sie geht mit dem Sohn Silvester in die Werkstätte, er feiert im Gschäft.«

»Haben die wieder miteinander geredet, als ihr gestern da wart?«

Karin Reichlmair sah Kreuzpointner an. Dann sagte sie: »Es hat noch gebrodelt, das hat man deutlich spüren können. Aber wenn du mich fragst, dann ist das bei den beiden sowieso der Normalzustand. Die sind wie Hund und Katz.«

»Und dass beide Stranskys sofort der Meinung gwesen sind, dass ihr Sohn tot ist, ist doch auch merkwürdig, oder?« Zillenbiller fing an, auf seinem Stift herumzukauen.

»Für mich passt das eigentlich recht gut zu den zweien«, meinte Karin Reichlmair. »Immer gleich das Schlimmste annehmen. Die Welt ist schlecht, die anderen sind böse. Ich find's nicht merkwürdig.«

Bartholomäus lehnte sich zurück und warf seinen Stift auf den Tisch. »Das war er. Das war unser Mann. Der Polizist am Telefon und der Pfleger. Er hat sie wahrscheinlich in Sichtweite als Polizist von dem gestohlenen Handy aus angerufen und sich dann als Pfleger ausgegeben und angeboten, auf den Sohn aufzupassen.«

Kreuzpointner überlegte. »Möglich wär's. Aber sehr riskant. Da war ein Haufn Leut vor Ort. Und er muss die Stransky gut kennt haben, damit sein Plan aufgeht.«

»Um an Wolfgang heranzukommen, gab es kaum eine bessere Gelegenheit als diese Silvesternacht. Es war dunkel, laut, und alle waren aufgeregt. Und ja, er wusste, wie die Stransky reagieren würde. Dieser Kerl plant jeden seiner Schritte aufs Genaueste, und Sabine Stransky einzuschätzen, ist so schwierig nicht.«

Die anderen ließen Bartholomäus' Vermutung sacken. Ihren Mienen war zu entnehmen, dass sie ihm glaubten. Dass er vermutlich recht hatte. Damit hätten sie zum ersten

Mal genauere Hinweise auf den Mörder gehabt. Auf seine Stimme, seine Statur. Wenn Sabine Stransky nicht Sabine Stransky gewesen wäre.

»Aber warum der Stransky?« Zillenbiller sah auf seinen Zeigefinger und biss sich ein Stück Nagelhaut ab, auf dem er herumkaute. »Wenn der so ein Risiko eingeht, dann muss er genau den gwollt haben. Aber warum? Was kann ein M … ein Behinderter einem getan haben?«

»Die Frage ist eher, warum Alfarth, Ehrlich und Stransky?«, erwiderte Kreuzpointner. »Jeder allein für sich gnommen bringt uns wahrscheinlich nicht weiter, wenn mir das Motiv suchen. Mir müssen herausfinden, was die drei gemeinsam ghabt haben.«

Zillenbiller tippte mit dem Zeigefinger auf den Tisch. »Ein Finanzbeamter, eine polnische Hilfsarbeiterin und ein Behinderter. Wenn du mich fragst, gar nix. Der geht einfach willkürlich vor. Ein Irrer halt.«

Bartholomäus schüttelte unmerklich den Kopf, sagte aber nichts. An einen Irren, der sich seine Opfer wahllos aussuchte, glaubte er nicht. Da sprach einiges dagegen, nicht zuletzt sein Gefühl. Aber vielleicht wollte er nur einfach nicht daran glauben.

»Wir sollten noch mal mit der Frau reden«, meinte Karin Reichlmair schließlich. »Vielleicht fällt ihr doch noch was ein.«

»Und uns vor Ort genauer umsehen, wenn mir nachher zur Behindertenwerkstätte rausfahren«, ergänzte Kreuzpointner. »Ich sag der Doris und dem Stefan Bescheid. Was haben mir noch?«

Reichlmair und Zillenbiller blätterten in ihren Unterlagen.

»Ich hätt noch zwei Sachen«, sagte Zillenbiller. »Der

Hauser hat mir heut in der Früh eine E-Mail von der Zulassungsstelle weitergleitet. In München gibt's 125 weiße Mercedes-Kombis. Und wir wissen ja noch nicht mal, ob's ein Mercedes mit Münchener Nummer war. Und wegen dem anderen hab ich noch mal mit dem Bruder gredet. Die Ehrlich war Jüdin. Wie die ganze Familie. Der Bruder auch, aber dem ist des ned wichtig, und seiner Schwester war's auch wurscht, hat er gsagt.«

»Ist dir bei den Haltern der Mercedes irgendwas aufgefallen? Irgendein Name, den wir kennen?«, fragte Bartholomäus.

»Nein. Ich hab nix Bsonders gsehn.«

»Gut. Danke dir, Max«, sagte Kreuzpointner. »Karin?«

»Ich habe ja nochmal Alfarths Bekannte abklappert, soweit ich sie auftreiben hab können, und ihnen das Foto von der Ehrlich und auch ein paar Fotos von ihren Bekannten zeigt.« Sie schüttelte den Kopf. »Keiner von Alfarths Leuten hat irgendwen auf den Fotos wiedererkennen können. Und dann hab ich die Sache mit der möglichen OP noch einmal angsprochen.« Wieder ein Kopfschütteln. »Hat sich keiner vorstellen können. Überhaupt nicht. Dass der Alfarth ein paar Tausend Euro wegen seiner Hasenscharte hinblättert, ist ihnen völlig unmöglich vorgekommen. Der Alfarth hätte überhaupt kein Problem mit seiner Hasenscharte gehabt.«

»Sagen die Bekannten.«

Karin bemerkte Kreuzpointners Skepsis. »Sagen die Bekannten. Ihn können wir ja nicht mehr fragen.«

Kreuzpointner nickte. »Ich hab auch noch was. Dieser Back, den du kennst«, er sah Bartholomäus an, »der ist tatsächlich ein Klient von Alfarth gwesen, hat mir das Finanzamt mitteilt. Seit 2001 hat Alfarth die Steuererklärungen in Starnberg von Buchstabe A bis …«

Es klopfte an der Tür und ein Mann trat ein. Bartholomäus musste sofort an diese Gestalt aus ›Herr der Ringe‹ denken. Wie hieß sie noch mal? Der Alte, von dem Frodo den Ring bekam? So ähnlich wie Gildo … Bilbo! Bilbo Beutlin aus Beutelsend! So sah der Mann aus. Klein, gedrungen, ein koboldhaftes Gesicht und feuerrote, lockige Haare. Und er hatte sogar einen fetten Ring am Finger.

»Der Seebauer!« Zillenbiller hob die Hand. »Hast was für uns?«

»Ich komm sicher nicht, weil du mir so gfehlt hast, Max.« Nur die Stimme passte nicht. Ein rumpelndes bayerisches Organ. Als müsste er jeden Moment einen Batzen Schmalzlerschleim abhusten.

»Alfons! Wir haben uns ja schon ewig nimmer gesehen!« Auch Karin Reichlmair schien sich über den Besuch des Rechtsmediziners zu freuen.

»Musst nur mal zu mir rauskommen. Da finden mir zwoa schon ein Platzerl in meinem Keller.« Seebauer grinste knorrig und kam zum Tisch. Dort hielt er Bartholomäus die behaarte Hand hin. »Seebauer, Alfons.«

Bartholomäus schlug ein. »Bartholomäus Kammerlander.«

»Ah, Sie sand des!« Seebauer musterte ihn interessiert.

Bartholomäus sagte nichts, nickte nur, lächelte. Seebauer wirkte ein wenig irritiert. Er hatte wohl irgendeine Antwort erwartet.

»Also, ich hab da tatsächlich was für euch.« Seebauer legte eine dünne Mappe auf den Tisch. »Das Opfer ist erfroren. Wann, ist schwierig zu sagen, weil sich wegen der Kälte die ganzen Prozesse verlangsamt haben. Aber ich tät sagen, irgendwann in den frühen Morgenstunden an Neujahr.« Er schlug die Mappe auf und zeigte auf ein Foto. »Mehrere Strommarken am rechten Unterschenkel. Wahrscheinlich wieder ein Taser.« Er sah Kreuzpointner an. »War's derselbe wie beim Alfarth?«

»Wissen mir nicht. Aber es schaugt so aus.«

»Aha. Ansonsten noch ein paar deftige Druckstellen an den Oberarmen und an der Hüfte. Da, wo ihn der Kerl angfasst hat, als er ihn auf die Stämme gwuchtet hat.« Seebauer hielt inne und sah die anderen an. »Und noch eins. Das Opfer ist kurz vor seinem Tod missbraucht wordn. Mir haben Spermareste um den After gfunden, die mir grad analysieren.«

Bartholomäus Kammerlander machte die Tür des Audis auf, hielt inne, machte sie wieder zu und starrte über das Autodach hinweg ins Leere.

Josef Kreuzpointner drückte auf den Knopf und ließ das Beifahrerfenster herunter. »Was ist?«

»Gleich«, sagte Bartholomäus tonlos. Die Vorstellung ging ihm nicht aus dem Kopf. Wieder und wieder tauchten die Bilder auf. Wolfgang Stransky nackt, weinend, wehrlos, machtlos, weil ihm dieses Scheusal irgendetwas erzählt hatte, vornübergebeugt, dahinter ein Schemen, groß, blass, stöhnend, der immer wieder zustieß – Bartholomäus Kammerlander schloss die Augen. Keine gute Idee. Da wurde alles nur noch deutlicher. Sehen, schauen, hören, irgendetwas. Er riss die Tür auf und stieg ein. Er zitterte. Nicht die Hände, nicht sichtbar. Innerlich, er zitterte innerlich. Hielt seine Fäuste fest, damit er nicht gegen das Armaturenbrett schlug.

»Machst du bitte das Radio an? Irgendwas Lautes.«

Kreuzpointner sah Bartholomäus von der Seite an. Dann stellte er das Radio an und suchte nach lauter Musik.

»Passt des?«

Queen. Another one bites the dust. Na toll. Aber wenigstens laut. Bartholomäus nickte. Dann fuhren sie los.

Die Behindertenwerkstätte in Planegg war eine alte, einstöckige Jugendstil-Villa mit grünen Läden vor den großen, bemalten Fenstern und einer Art Kuppel über dem Hauseingang. Ein breiter Plattenweg führte durch den Garten, in dem ein rundes Bassin wie ein schwarzes Riesenauge in den Himmel starrte. Büsche und große Bäume verwehrten an vielen Stellen den Blick auf das Grundstück. Zumindest im Sommer. Als Bartholomäus Kammerlander ausstieg, sah er zu dem kleinen Park auf der anderen Straßenseite. An einer Stelle steckte noch immer eine Flasche im Schnee, aus der die Raketen abgefeuert worden waren.

Ralf Schoppmann, ein schmaler Mann mit dünner Brille und Mittelglatze, empfing sie in seinem Büro. Um seine Lippen lag ein vergrämter Zug und in seinem Blick konnte Bartholomäus Unsicherheit und Angst lesen. Außer ihm befanden sich noch vier weitere Personen im Raum. Zwei Männer und zwei Frauen, die Schoppmann nacheinander vorstellte und denen Furcht und Selbstvorwürfe aus den angstgeweiteten Augen sprangen.

»Das sind alle Ihre Mitarbeiter?«, fragte Bartholomäus.

»Gudrun ist drüben bei der Gruppe. Wenn Sie einen von uns nachher nicht mehr brauchen, wird er rübergehen und sie holen.«

»In Ordnung.«

Bartholomäus und Kreuzpointner hatten verabredet, die Katze erst am Ende aus dem Sack zu lassen. Bis dahin hätten sie Gelegenheit, die einzelnen Mitarbeiter kennenzulernen und einzuschätzen. Außerdem würde es auch so schon schwierig genug werden, sie zum Reden zu bringen.

Die Kriminalisten forderten jeden der Anwesenden auf, die betreffenden Minuten aus seiner Sicht zu schildern. Ganz bewusst hatten sie dabei darauf verzichtet, jeden einzeln zu befragen. Vielleicht erinnerten sie sich zusammen an Details, die ihnen ansonsten entfallen wären.

Die Befragung ging mühsam vonstatten, lieferte keinerlei neue Erkenntnisse und war vor allem von der Absicht der Mitarbeiter geprägt, unbedingt den eigenen Kopf aus der Schlinge zu ziehen. Keiner wollte einen Fehler gemacht haben, jeder war aufmerksam und nur auf das Wohl der ihm anvertrauten Schützlinge bedacht gewesen, Schulterzucken, Blicke zu Boden gesenkt.

»Aber wer war denn jetzt für Wolfgang Stransky zuständig?«, hakte Kreuzpointner noch einmal nach. »Verstehen Sie mich richtig. Es geht uns nicht um Schuldzuweisungen, sondern nur um das, was einer von Ihnen möglicherweise beobachtet hat. Und der, der für Wolfgang Stransky zuständig war, war halt einmal wahrscheinlich dem Entführer am nächsten.«

Schoppmann schüttelte den Kopf. »Wir haben das nicht nach unseren Jungs und Mädels eingeteilt. So lief das nie. Jeder von uns hatte ein Auge auf die, die gerade in seiner Nähe waren.«

»Okay.« Bartholomäus Kammerlander nickte. »Dann gehen wir doch jetzt alle zusammen rüber in den Park. Vielleicht erinnert sich jemand vor Ort besser, wann er wo war und ob er vielleicht doch etwas gesehen hat.«

Während die kleine Gruppe über die Straße lief, sah sich Bartholomäus die örtlichen Gegebenheiten genauer an. Der Park war ein vielleicht 5000 Quadratmeter großes Geviert, das auf drei Seiten von Bäumen umstanden war. Nur die Seite zur Hauptstraße war frei. Rechts und hinten grenzten Wohnhäuser an, links eine kleine Seitenstraße. Dort konnte der Mörder geparkt und dann hinter den Bäumen gewartet haben. Die Bäume waren eine ideale Deckung, um in Sichtweite zu telefonieren. Nach wie vor unklar war allerdings, wo sich Wolfgang Stransky und seine Mutter aufgehalten hatten. Auch das wusste keiner mehr, und die Spurensicherung hatte ebenfalls nichts Verwertbares gefunden. Er lotste die Gruppe der Betreuer in die Nähe der Bäume.

»Dort.« Bartholomäus zeigte auf die Bäume und die Straße dahinter. »Von dort muss der Entführer gekommen sein. Dann lief er hier an Ihnen vorbei, sprach einen Moment mit Frau Stransky und nahm Wolfgang zu der Straße da mit. Kann sich jemand von Ihnen erinnern, ob er sich hier in diesem Bereich aufgehalten und irgendetwas Verdächtiges wahrgenommen hat?«

Nein. Keiner.

»Ein großer Mann, der nicht hierher gehörte?«

Nein.

»Rücklichter? Einen Wagen, der wegfuhr?«

Auch nicht.

Bartholomäus lächelte bitter in sich hinein. Den Mann ganz in Rot auf einem Schlitten mit zwölf Rentieren? Nein, sicher auch nicht. Es war hoffnungslos.

Sie gingen zurück in die Werkstätte. Schoppmann wollte sich schon verabschieden, doch Kreuzpointner bat alle noch einmal in das Büro. Alle Männer. Fragende Gesichter, Ängstlichkeit. Im Büro bat Kreuzpointner die drei Männer, sich zu setzen. Dann rief er Heller, der draußen im VW-Bus wartete, auf seinem Handy an und sagte ihm, dass sie so weit wären.

Kreuzpointner klappte sein Handy zusammen und sah die Betreuer an. »Wir würden Sie noch bitten, einen Abstrich aus Ihrer Mundschleimhaut vornehmen zu lassen.«

»Was? Wieso?«, fragte Schoppmann aufgeregt.

»Weil Wolfgang Stransky sexuell missbraucht wurde und wir der Sache nachgehen müssen.«

»Oh Gott!«

Entsetzen, Betroffenheit, Kopfschütteln. Einer der Pfleger schlug die Hand vor den Mund.

Bartholomäus beobachtete die Männer genau. Ein nervöses Zucken? Ein ängstliches Flackern in ihren Augen? Ein Blick zur Tür?

»Das ist reine Routine«, versuchte Kreuzpointner, die Leute zu beruhigen. »Wir machen das bei allen, die irgendwie in Kontakt zu Wolfgang Stransky standen. Bitte beruhigen Sie sich.«

Dann öffnete sich die Tür und Heller kam herein.

Bartholomäus Kammerlander konnte es sich nicht vorstellen. Ein einzelnes Haar und wenige Schuppen waren eine Sache, Sperma eine andere. Das sah ihm nicht ähnlich. Das war er nicht. Aber sie mussten bis morgen warten, dann erst hatten sie Gewissheit.

Er sah aus dem Fenster. Eine aufgeräumte Landschaft flog an ihnen vorbei. Schmucke Häuser, saubere Straßen, ordentliche Felder. Alles hatte seinen Platz, alles war, wie es sein musste, alles funktionierte. Die Ampeln, die automatische Schiebetüre der Apotheke, selbst die alte Kirchturmuhr war funkgesteuert.

War es das? Ging es den Menschen zu gut? War ihnen langweilig? Fickte man deswegen einen Behinderten?

Irgendwas lief schief da draußen. Er hatte das Gefühl, dass die Menschen langsam durchdrehten. Und wenn er ehrlich war, konnte er sich davon manchmal nicht ausnehmen. Oder war das etwa normal, was er hier machte? Nein, halt, falsch. Das *Was* war es nicht, es war das *Warum*. Der Grund, warum er das hier tat. War es wirklich seine Unfähigkeit, Ungerechtigkeiten jedweder Art hinnehmen zu können? Ja, sicher konnte er das nicht. Hatte er noch nie gekonnt. Wollte er um Gottes willen auch nicht können. Aber da war noch etwas anderes. Er traute der Sache nicht. Denn wenn er diese ganze Ungerechtigkeitssache mal wegließ, dann …

»Das wird jetzt kein Spaß, glaub ich.« Kreuzpointner verzog das Gesicht und deutete auf das blaue Dach, das durch die kahlen Bäume schimmerte.

Bartholomäus brauchte eine Sekunde, um wieder anwesend zu sein. »Das befürchte ich auch.«

Sie parkten wie vorgestern vor dem Eingangsportal und stiegen aus. Hinter ihnen rollte Heller auf den Hof und stellte sich neben sie. Er hatte noch nicht abgesperrt, als sich die Haustür öffnete.

»Die Herren Kommissare.« Sabine Stransky lächelte ihnen spöttisch entgegen. »Ist das da derjenige, welcher?« Sie zeigte auf Heller, der Kreuzpointner einen fragenden Blick zuwarf.

»Guten Morgen, Frau Stransky.« Bartholomäus nickte ihr zu.

»Morgen. Ist er das?«

»Sie meinen, ob das der Polizist ist, der Sie angerufen hat? Nein. Wir vermuten, dass es der Entführer selbst war, der Sie angerufen hat. Und dass er auch derjenige war, der sich dann angeboten hat, auf Wolfgang aufzupassen.«

»So. Vermuten Sie.«

»Das ist im Moment die plausibelste Erklärung.«

»Und die für Sie praktischste. Aber damit lass ich mich nicht abspeisen, des sag ich Ihnen!« Sie wedelte mit ihrem manikürten Zeigefinger.

»Die Ermittlungen sind ja auch noch längst nicht abgschlossen«, sagte Kreuzpointner. »Und weil sich da ein neuer Sachverhalt aufgetan hat, ist der Kollege Heller mitgekommen.« Kreuzpointner zögerte eine Sekunde, sah kurz an Sabine Stransky vorbei. »Frau Stransky, wir müssen DNA-Proben nehmen. Von Ihrem Mann. Dürfen wir reinkommen?«

Sabine Stransky wich keinen Millimeter zur Seite. »DNA-Proben?« Ihre Augenbrauen senkten sich. »Und wieso?«

»Weil Ihr Sohn missbraucht und ermordet wurde«, sagte Bartholomäus und blickte ihr direkt in die Augen. »Und in so einem Fall werden von allen Männern, die mit ihm in Kontakt standen, solche Proben genommen.«

Ihr Blick hüpfte von einem zum anderen. Für einen Moment verschlug es ihr die Sprache oder vielleicht musste sie auch erst verstehen, was Bartholomäus da eben gesagt hatte. Aber dann brach sie in ein exaltiertes Lachen aus. »Sie unterstehen sich? Nach all dem, was vorgefallen ist? Tauchen hier auf und wollen so eine Probe? Von meinem Mann? Sind Sie übergeschnappt?«

»Frau Stransky, könnten Sie bitte Ihren Mann …«

»Nix kann ich! Sofort verlassen Sie mein Grundstück! Auf der Stelle! Und ich werde jetzt gleich mit der Frau Schönhaber telefonieren! So eine bodenlose Unverschämtheit!«

»Frau Schönhaber wird Ihnen auch keine andere Auskunft geben, als dass wir angehalten sind, von Ihrem Mann DNA-Proben zu nehmen.« Bartholomäus blieb völlig ruhig und blickte die Frau unverwandt an.

»Des werden wir ja sehen!«

»Frau Stransky, bitte.«

»Nix! Und jetzt !« Sie wies zur Hofeinfahrt. »Da geht's naus!« Sie drehte sich um und schlug den Männern die Tür vor der Nase zu.

*

Weiter konnte er nicht mehr fahren, wenn er nachher noch umdrehen können wollte. Xaver Eberhartinger machte den Motor des Landrovers aus, setzte seine Pudelmütze auf und zog die Handschuhe an. Dann stieg er aus. Er sah nach hinten. Den Wagen konnte er doch stehen lassen, oder? Wer sollte hier schon durchmüssen? Außerdem würde er ja sowieso nicht lange bleiben. Er wollte schon losgehen, als er es sich doch noch einmal anders überlegte. Er schloss die Wagentür noch einmal auf, kramte im Handschuhfach nach dem Pappendeckel, auf dem seine Handynummer stand, und legte den Karton hinter die Windschutzscheibe. Besser war's. Dann machte er sich auf den Weg.

Bis zur Hütte waren es noch gut 200 Meter. Er ging den Feldweg bis zur Abzweigung und bog dann rechts auf die Wiese ein. Tief eingeschneit, lag der kleine See vor ihm. Der war sicher zugefroren. Schon lang. Und wenn es mit dieser Kälte so weiterging, dann würden die Leut auch bald auf dem Starnberger See Schlittschuh fahren. Oder Eisstock schießen. Xaver Eberhartinger seufzte leise. Dazu war er immer noch nicht gekommen.

Er bemühte sich, in den Spuren zu bleiben. So lief es sich

leichter. Weil, mit Schneeschaufeln musste man da heraußen gar nicht erst anfangen. Es wurde wirklich Zeit, dass der Alois von hier wegzog. Des war doch kein Leben nicht.

Vor der Tür verschnaufte Xaver Eberhartinger kurz. Er war doch ziemlich ins Schwitzen gekommen von dem tiefen Schnee. Dann streifte er sich die Füße an dem Stapel Jutesäcke ab, ging die Terrasse hinauf und klopfte.

»Komme! Momentchen!«, sang es von drinnen.

Xaver Eberhartinger verzog schmerzlich das Gesicht.

Die Tür ging auf. »Juhu!« Alois in einem weißen Umhang, die Haare nach hinten gekämmt, blaue Schaumstoffkeile zwischen den Zehen.

»Alois. Bitte!« Xaver litt unverkennbar.

Alois' strahlendes Lächeln fiel in sich zusammen. »Na gut, weil's du bist. Komm rein.« Ein weißer Ärmel schwebte zur Seite.

»Hast ja immer noch des alte Schild dran.« Xaver deutete im Vorbeigehen auf das Türschild. Ein Keramik-Oval mit lustigen Gesichtern und einem verschnörkelten Namenszug.

»Macht der Gewohnheit.« Alois schloss die Tür und watschelte zum Sofa. Er kuschelte sich mit angezogenen Beinen in die Ecke und sah seinen Bruder an. »Schön, dass du da bist.«

Xaver Eberhartinger nahm den Hut ab und blieb befangen im Raum stehen. »Ja, weißt, vorgestern, da hab ich keine Zeit gehabt. Und gestern a ned. Deswegen hab ich mir dacht, ich komm heute vorbei.«

Alois lächelte. »Geh weiter, Xaver, erzähl mir nichts. Sauer warst, deswegen bist nicht gekommen.«

Xaver sah zu Boden, druckste herum. »Ja, ein bisserl schon.«

»Aber Xaver, des war doch nur Kunst! Da ist gar nix dabei!«

»Ja, i woaß ja, dass mich des nix angeht. Aber im ersten Moment, als ich dich da so … gsehn hab, in unserem Hotel, vor alle Leut, da wär ich am liebsten im Erdboden versunken.«

»Xaver, Xaver.« Alois blinzelte treuherzig und presste die Lippen aufeinander. »Du hast es nicht leicht mit mir, gell?«

»Mei, i brauch halt a bisserl Zeit. Des ist alles schon recht … ungwohnt.«

»Setz dich her. Magst was trinken? An Kaffee? Ich hab noch einen in der Kanne.« Alois winkte seinen Bruder zu sich.

»Ja, gern.«

Während Alois den Kaffee aus der Küchenecke holte, setzte sich Xaver in den plüschigen Sessel mit den Entenfüßen und sah sich um. Überall lehnten Bilder an den Wänden, drei unfertige standen auf Staffeleien. Bunte Bilder, mit Formen und Konturen, die er nur ungefähr als die von Menschen identifizieren konnte. Weil es meistens irgendetwas Nackertes war. Hintern vor allem. Wo der Alois das nur her hatte.

»Und?« Xaver nahm die Tasse entgegen, die ihm Alois reichte. »Hast wieder a Buidl verkauft?«

»Nein, aber weißt was? Es könnt sein, dass ich jetzt dann einen ganz großen Auftrag krieg! Fünf Bilder für eine Villa in Herrsching!«

»Aha.«

»Ja, ich treff mich bald mit dem Kunden. Und der soll ganz narrisch sein auf meine Bilder. Des ist doch crazy, oder?«

»Wos?«

»Ja, super halt.«

Xaver nickte. »Des gfreit mi, ja.« Er nippte an dem Kaffee. Viel zu süß. »Vielleicht kannst dir dann ja sogar was anders suchen und musst nimmer in dera Hüttn do heraußen hausen.«

Alois machte ein skeptisches Gesicht. »So ein Atelier kostet einen Haufen Miete. Da müsst ich schon noch ein paar mehr Bilder verkaufen. Außerdem werd's ja bald wieder Frühling, dann ist des nimmer so schlimm.«

»Geht der Ofen noch?« Xaver sah zu dem alten Schwedenofen in der Küchenecke. Ein mit Holzscheiten halbvoller Jutesack stand daneben. Die Säcke musste der Alois auch immer hier rausschleppen.

»Wie ein Einser. Ist doch schee warm herin, oder?«

Xaver nickte. »Und's Auto?«

»Ich hab eine neue Batterie gebraucht, aber sonst fahrt's wie eh und je.« Alois lächelte seinen Bruder an.

»Gas? Brauchst neue Gasflaschen fürn Herd?«

Alois seufzte. »Xaver, du musst dir keine Sorgen um mich ned machen. Mir geht's wirklich einigermaßen guad. Sogar mein Liebeskummer wird scho ein bisserl besser.«

»Wegen dem … dem oana da, wegen dem du unlängst bei mir warst? Der auf oamoi gmoant hat, dass er jetzt doch liaba Frauen mag? Und dich sitzn hat lassn?«

»Und dem ich dann das Auto demoliert hab, ja. Es tut manchmal immer noch richtig weh, aber da muss ich durch. So ist des halt mit der Liebe.« Er sah aus dem Fenster. »Die Schmerzen, die gehören dazu.«

Schweigen, Kaffee, der aus Tassen geschlürft wurde, Holz knackte im Ofen.

»Der Hund, der gscherte«, sagte Xaver nach einer Weile und kam sich dabei ziemlich merkwürdig vor.

14. Kapitel

5. Januar, Starnberg, München

Es hörte sich an, als hinge ein großer Vogel an einer Leine fest und versuchte verzweifelt abzuheben. Immer wieder schlug und flatterte es. Aber es war nur die Hülle der Wäschespinne auf dem Balkon, die vom Wind hin- und hergerissen wurde. Stefan Back ließ die Zeitung sinken und ging mit der Semmel im Mund zur Balkontür.

»Zieh dich eine Jacke an!«, rief ihm Izabella aus der Essecke zu.

Dir, zieh *dir* eine Jacke an. Stefan Back verdrehte innerlich die Augen. So schwer war das doch nicht, oder? »Das geht schon.«

Er öffnete die Tür und trat hinaus ins Freie. Der Wind und die Kälte raubten ihm für einen Moment den Atem. Er beugte sich nach unten und zog den Ständer so weit zur Wand, dass die Wäschespinne dem Wind nicht mehr voll ausgesetzt war. Dann kehrte er schnell in die Wohnung zurück.

»Sauwetter!«, knurrte er und rieb sich die klammen Hände.

»Komme her, ich wärme dich.« Izabella legte ihre Zeitschrift weg und breitete die Arme aus.

Back winkte ab. »Lass nur, Schatz, geht schon.« Er setzte sich hin und vertiefte sich wieder in die SZ. Izabellas Lächeln löste sich in stiller Traurigkeit auf.

Der Bayern-Teil und der München-Teil. Das waren seit Tagen die Rubriken, die Stefan Back am meisten interessierten. Sie würden es bringen, ganz sicher. Er nahm die Tasse zur Hand, ging die letzte Seite des Bayern-Teils durch und blätterte um zum Regional-Teil.

Da! Er zuckte fast zusammen. Da stand es! Mord im Forstenrieder Park. Er stellte die Tasse wieder hin, faltete die Zeitung und las den Artikel. Brutaler Mord ... in der Nacht von Silvester auf Neujahr ... an einem Behinderten! Stefan Back kniff die Lippen zusammen und nickte. Fast hätte er gelächelt. Wolfgang S. Stransky!

»Interessant, Schatz?« Izabella nickte zur Zeitung.

»Ja, ja.« Stefan Back hörte gar nicht hin.

Nummer drei. Hervorragend! Ausgezeichnet! Drei von wie vielen? Fünf? Oder sogar elf?

Jetzt hieß es jedenfalls, ganz allmählich die richtigen Maßnahmen in die Wege zu leiten. Stefan Back stand auf und ging hinüber ins Arbeitszimmer.

»Schatz, wann du musst los heute?«

Er hatte schon eine Ahnung, wie er vorgehen wollte.

»Schatz?«

Stefan Back schloss die Tür. Er würde mit Thomas in Verbindung treten. Die Nummer hatte er nicht im Handy gespeichert, aber er fand sie sofort in dem kleinen Büchlein in der obersten Schreibtischschublade. Thomas konnte ihm da sicher weiterhelfen. Back lächelte ölig. Thomas musste ihm ja weiterhelfen. Dann kam sein Teil der Arbeit. Hoffentlich hatte er dazu genügend Zeit. Elf waren vielleicht doch besser. Und schließlich, am richtigen Tag, würde die Bombe platzen! Nein, das war der falsche Ausdruck. Sickern, das war es. Es musste sickern. Wie Blut.

Stefan Back griff zum Telefon und wählte.

*

»Meine sehr verehrten Damen und Herren, ich danke Ihnen!« Christine Schönhaber erhob sich und machte mit ihrem Gesicht etwas, das wohl ein einnehmendes Lächeln sein sollte. »Wir werden Sie weiter auf dem Laufenden halten, aber mehr gibt es im Moment nicht zu berichten. Vielen Dank.«

Die meisten Journalisten in dem überfüllten Besprechungsraum waren ganz und gar nicht damit einverstanden, dass es das mit der Pressekonferenz gewesen sein sollte. Einige sprangen auf und versuchten, vor der Polizeipräsidentin an der Tür zu sein, andere plärrten ihre Fragen oder Unmutsäußerungen einfach quer durch den Raum, manche winkten ab oder schüttelten nur den Kopf.

Auch Josef Kreuzpointner beeilte sich, aus dem Zimmer zu kommen. Aber ein paar Reporter waren schneller.

»Wieso wurden die Informationen bis jetzt zurückgehalten?«

»Liegt es an den fehlenden Mitteln?«

»Ist das nicht ein Armutszeugnis für die Münchener Polizei?«

»Haben Sie Namen für uns? Wie hieß der Behinderte?«

Christine Schönhaber zwängte sich mit versteinertem Lächeln in den Gang hinaus. Josef Kreuzpointner sagte noch was wie: »Das war's, geht's heim, Leut«, und folgte seiner Chefin. »Informationspflicht!«, hörte er noch einen rufen, »Sauerei!«, einen anderen. Am Ende des Ganges flüchteten sie sich in den Aufzug. Christine Schönhaber winkte noch einmal huldvoll nach draußen, dann schlossen sich die Türen.

»Himmelherrgott, Kreuzpointner!« Das Lächeln fiel von der Polizeipräsidentin ab wie Schnee vom Baum. »Sehn's jetzt, was Sie uns da eingebrockt haben! Die hätten uns ja fast zerrissen! Und woher wissen die das mit dem Behinderten?«

Eingebrockt hat uns des ganz wer anders, hätte Josef Kreuzpointner sagen wollen, behielt es aber für sich. Obwohl es im Moment völlig egal gewesen wäre, was er sagte, weil ihm die Schönhaberin sowieso nicht zuhörte.

»Jetzt haben diese Geier einen Serienmörder, auf den sie sich tagtäglich stürzen werden wie die , wie die, ach!« Christine Schönhaber stach mit dem Finger in die Drei, und der Aufzug setzte sich rumpelnd in Bewegung. »Und warum? Weil Sie und Ihre Leute es in fast zwei Monaten nicht geschafft haben, den Kerl zu schnappen! Was machen Sie eigentlich die ganze Zeit?«

»Chefin, Sie können mir glauben, dass wir alles in unserer Macht Stehende tun. Aber die Sache ist nicht so einfach.«

»Dann müssen Sie halt noch mehr tun! Herrschaftszeiten, da draußen läuft ein Verrückter herum, Kreuzpointner! Soll da noch mehr passieren?«

›Sie meinen‹, erwiderte Kreuzpointner für sich, ›ob Sie noch mal vor die Presse müssen und sich blöde Fragen gefallen lassen müssen? Ja, kann sein.‹ »Mir sind da.«

Der Aufzug kam im dritten Stock an. Kreuzpointner ließ seiner Chefin den Vortritt, die grimmigen Gesichts aus der Kabine rauschte.

»Und des mit der DNA-Probe bei dem Vater von dem Behinderten. Wessen hirnverbrannte Idee war denn das?«

»Keine Idee. Das übliche Vorgehen.« Bartholomäus war unvermittelt hinter ihnen aufgetaucht. Offenbar hatte er die Treppe nach oben genommen.

Christine Schönhaber fuhr herum, starrte auf eine breite Brust, legte den Kopf in den Nacken. »Und wer sind Sie?«

»Bartholomäus Kammerlander. Und Sie?«

Christine Schönhaber schnappte nach Luft. »Schön, dass wir uns auch mal kennen lernen. Bis jetzt waren Sie für mich ja nur ein Name auf einem Blatt Papier.« Sie musterte ihn feindselig. »So. Übliches Vorgehen. Dann will ich Ihnen mal was sagen. Wenn Sie nicht genügend Fingerspitzengefühl haben, um entscheiden zu können, wann ein Vorgehen üblich und wann unüblich ist, dann fragen Sie vorher mich! Haben wir uns da verstanden?«

Bartholomäus blieb völlig unbeeindruckt. »Insbesondere dann wäre es von Vorteil zu wissen, wer Sie sind.«

»Ich bin die Polizeipräsidentin!« Christine Schönhaber schrie fast.

»Soll ich Sie so ansprechen? Frau Polizeipräsidentin?«

»Was erlauben Sie sich?«

»In Ordnung, Frau Polizeipräsidentin. Dann hole ich das mit der Entscheidungsfindung hiermit nach. Würden Sie sagen, dass es üblich ist, die DNA des Vaters zu überprüfen, wenn man bedenkt, dass es in über 90Prozent der Missbrauchsfälle Familienangehörige sind, von denen die Kinder gefickt werden?«

Christine Schönhaber erstarrte.

»Ich sehe, wir denken hier ähnlich.« Bartholomäus grüßte kurz und ging Richtung Amtszimmer davon.

Zwei Minuten später folgte ihm Josef Kreuzpointner nach. Als er die Tür hinter sich geschlossen hatte, legte sich ein breites Grinsen auf sein Gesicht. »Des allein war's Aufstehen heute wert.«

»Was denn?« Zillenbiller sah von seinem Platz auf.

»Der Kammerlander hat gerade die Schönhaberin geputzt.«

»Nein?« Zillenbiller schaute mit großen Augen zu Bartholomäus Kammerlander hinüber, der sich in die Besprechungsecke gesetzt hatte und in einer Mappe las. »Was war?«

»Es war gar nichts«, sagte Bartholomäus, ohne von seiner Mappe aufzusehen.

»Das sieht die Schönhaberin aber sicher anders«, meinte Kreuzpointner.

»Was war denn? Jetzt erzählts halt!«

Bartholomäus zuckte die Schultern. »Dann hat das aber nichts damit zu tun, was ich gesagt habe. Und alles andere ist nicht mein Problem.«

Kreuzpointner nickte nachdenklich. Irgendwann würde er Bartholomäus Kammerlander einmal fragen, warum das nicht sein Problem war.

Ohne Zillenbillers Drängen nachzugeben, ihm doch bitte endlich – Mensch Maier! – zu erzählen, was draußen auf dem Gang los gewesen war, machten sie sich an die Arbeit. Kreuzpointner rief noch Karin Reichlmair in ihrem Büro an, dass sie rüberkommen möge, und als sie da war, ging es los.

»Also«, begann Kreuzpointner. »Die Pressekonferenz in Kurzform. Unsere Freunde von der schreibenden Zunft werden dafür sorgen, dass spätestens morgen ein Serienmörder durch die Gegend läuft. Ihr wisst's, was des heißt.«

»Dass dauernd des Telefon klingelt«, murrte Zillenbiller.

»Das auch. Vermeintliche Augenzeugen, besorgte Bürger, Trittbrettfahrer. Die ganze Palette. Es heißt aber auch, dass der Druck auf uns noch größer wird. Und dass uns die Schönhaberin dauernd auf den Füßen steht. Hoffen mir mal, dass der Hauser bald wieder gsund ist. Mir sind eh recht wenig Leut.«

Zillenbiller zwinkerte Karin Reichlmair zu. »Der Kammerlander hat die Schönhaberin vorhin zrechtgstutzt.«

»Du?« Karin Reichlmair sah Bartholomäus überrascht an. »Die Schönhaberin? Ah geh! Was war?«

»Wir hatten eine kurze Diskussion.«

»Ja. Und im Gang draußen raucht's immer noch.« Zillenbiller schnitt eine wutschnaubende Grimasse und ließ imaginären Dampf aus seinen Ohren steigen.

»Du warst doch gar nicht dabei, Max«, sagte Kreuzpointner.

»Aber ich kann's mir vorstellen.«

»Machen wir weiter. In Ordnung?« Bartholomäus blickte in die Runde und machte deutlich, dass er das Thema abhaken wollte.

»Gerne.« Kreuzpointner wartete noch, bis sich Zillenbiller und Reichlmair wieder konzentrierten, und fuhr dann fort. »Ich war heute in der Früh vor der Konferenz noch mal mit dem Heller in Martinsried. Der Stransky hat zwar ein bissl dumm gschaut, als er das von der DNA-Probe ghört hat, aber er hat bei Weitem nicht so einen Zirkus gmacht wie seine Frau. Der Heller hat's gleich mit ins Labor gnommen. Ob des aber heute noch was wird, weiß er nicht.«

»Die spinnt doch, die Oide.« Zillenbiller tippte sich an die Schläfe. »Komplett. Wieso regt die sich auf und er ned? Gschaftlhuaberin!«

Karin Reichlmair nickte zustimmend. Gschaftlhuberin. Das traf es genau. Dieses Mal musste sie Zillenbiller recht geben. Vielleicht konnte man noch ›frustrierte‹ davorsetzen, dann hatte man genau den Typ Frau, den Sabine Stransky verkörperte. Wohlhabend, unausgelastet, unzufrieden. Eine Münchner-Vorstadt-Gattin eben.

Karin Reichlmair strich sich eine Strähne aus der Stirn. »Ich wollte mich ja um die Sache mit den Krankheiten kümmern und hab dazu bei den verschiedenen Krankenkassen angerufen und auch sonst ziemlich viel rumtelefoniert. Aber so, wie's aussieht, hat's da keine Gemeinsamkeiten gegeben. Der Alfarth hatte außer seiner Hasenscharte noch ab und zu Probleme mit dem Kreuz und war deswegen in Physiotherapie. Aber des hat ja jeder Dritte heutzutage. Die Ehrlich dagegen war pumperlgsund und schon ewig nicht mehr beim Arzt.«

»Aber beim Frauenarzt schon, oder?«, fragte Zillenbiller süffisant.

»Dein Traumjob, Max, oder?«

»Schon.«

»Nein, nicht mal beim Frauenarzt. Wolfgang Stransky dagegen hatte eine ganze Liste von Sachen, wegen denen er in Behandlung war. Aber Gemeinsamkeiten gibt es halt keine.«

Karin Reichlmair lehnte sich zurück. Sie war fertig.

Bartholomäus ergriff das Wort. »Ich habe mir gestern Abend und heute Morgen Hädrichs und Ehards Kontobewegungen der letzten drei Monate angesehen.«

»Du hast *was*?« Karin Reichlmair war es, die ihr Erstaunen zum Ausdruck brachte. Aber Kreuzpointner und Zillenbiller waren nicht minder überrascht.

»Aber … da braucht ma doch normalerweise eine Verfügung vom Staatsanwalt, und die kriegst du nur bei dringendem Tatverdacht.«

»Ich habe mit dem Staatsanwalt telefoniert«, sagte Bartholomäus bloß.

»Ja? Und des hat greicht?«

»Offensichtlich.«

»Aber doch ned einfach so.«

»Einfach so.«

Zillenbiller beugte sich nach vorn und gab sich vertraulich. »Jetzt mal unter uns, Kammerlander. Des ist ja ned normal. Unsereiner könnt da ein halbes Jahr mit dem Kopf gegen den Justizpalast laufen, und der Staatsanwalt würde nicht mal des Fenster aufmachen, um zu schauen, was da draußen los ist. Und du … Hat des was mit der Sache in Amerika zu tun?«

Bartholomäus Kammerlander sah ihm offen in die Augen. »Ja.«

Zillenbiller runzelte die Stirn. »Wie, Ja?«

»Ja. Die Antwort auf deine Frage lautet Ja.«

»Ja … und … möchtest nicht erzählen? Warum und wieso?« Zillenbiller setzte sein Stammtischlächeln auf. »So unter uns. Verstehst?«

Bartholomäus schüttelte den Kopf. »Ja, verstehe ich, und nein, möchte ich nicht. Also. Die Kontobewegungen?«

Zillenbiller lehnte sich zurück und schaute eingeschnappt in seine Unterlagen. Karin Reichlmair machte den Mund zu.

»Bei Hädrich gab es keinerlei Auffälligkeiten. Hin und wieder Honorareingänge für seinen Programmiererjob und ansonsten Überweisungen von Seminarteilnehmern. Alles korrekt, soweit ich das beurteilen kann. Bei der Gelegenheit habe ich übrigens auch noch mal den 9. November ins Auge gefasst. Überweisungen zu einem Seminar in dieser Zeit gab es nicht. Keine Zahlungseingänge mit einem entsprechenden Betreff.«

»In der Hinsicht hätt er also am 9. November in Starnberg sein können«, verstand Kreuzpointner.

»Möglich. Bei Ehard war das Ganze viel unübersichtlicher, zumal der Mann vier verschiedene Konten hat. Ein- und Ausgänge noch und nöcher. Ich habe also versucht, mich auf irgendwelche Besonderheiten zu konzentrieren, ohne allerdings zu wissen, wonach ich suchen musste. Aber ich habe was entdeckt. Die Anzahlung an ein Autohaus in Grünwald für einen Cayenne Turbo in Höhe von 10.000 Euro. Vor gut drei Monaten.«

»Ja, weil's des gerade erwähnst«, sagte Zillenbiller. »Ich hab mir noch mal die Halter von den Mercedes angschaut. Der Ehard taucht nicht bei denen auf. Und der andere, der Hädrich, ist ja sowieso a Preiß.«

»Preißn fahren auch Mercedes«, wandte Karin Reichlmair ein.

»Aber ned mit Münchner Kennzeichen.«

Karin Reichlmair lächelte verlegen.

»10.000 Euro?« Kreuzpointner schüttelte den Kopf. »Was ist da so bsonders dran?«

»Besonders ist, dass der Rest nicht mehr überwiesen und die erforderliche Summe auch nicht abgehoben wurde. Das Auto kostet um die 115.000 Euro und wurde vor drei Wochen angemeldet.«

»Moment!« Kreuzpointner tippte auf den Tisch. »Das heißt, Ehard hat über 100.000 Euro in bar irgendwo bei sich rumliegen ghabt?«

»Die er von irgendwoher bekommen haben muss, richtig. Vielleicht sollten wir dem mal nachgehen.«

»Und du meinst, des hat was mit unserer Sach zu tun?«, fragte Zillenbiller.

»Das wissen wir, wenn wir der Sache nachgegangen sind.«

»Und wie willst des anstellen?«

Bartholomäus zuckte die Schultern. »Ich prügel so lange auf ihn ein, bis er es mir sagt.«

»Na! Wirklich?«

Reichlmair und Kreuzpointner grinsten verhalten. Aber das sah Zillenbiller nicht, der Bartholomäus aus großen Augen anstarrte.

»Und was machen mir mit den Hädrichs?« Kreuzpointner sah in seiner Tasse nach, ob noch Kaffee drin war. Sie war leer.

»Ich rede noch mal mit ihnen«, antwortete Bartholomäus. »Und mit Stefan Back werde ich mich auch unterhalten.«

»Stefan Back, hilf mir noch mal auf die Sprünge«, bat Karin.

»Der Verfassungsschützer. Dessen Frau Otylia Ehrlich kannte.«

»Ah ja, genau.«

Zillenbiller schaute Bartholomäus immer noch an. Er war sich nicht mehr ganz sicher, ob das Wort ›reden‹ für Bartholomäus Kammerlander dieselbe Bedeutung hatte wie für ihn.

»Max?«

»Äh, ja?« Zillenbiller wandte sich Kreuzpointner zu.

»Ist eigentlich bei deiner Müllaktion was rauskommen?«

»Bei welcher Müllaktion?«

»Der Name! Peter, Franz, Fritz. Auf den Zetteln in dem Müll von der Ehrlich. Du wolltst des doch überprüfen.«

Zillenbiller schlug sich an die Stirn. »Herrschaftszeiten, des hab ich ganz vergessen. Kümmer ich mich gleich nachher drum.«

Das Telefon klingelte. Da Bartholomäus am nächsten saß, ging er hinüber zum Schreibtisch und nahm ab. »Kripo München, Kammerlander?« Er lauschte. »Ja …« Bartholomäus' Stimme war zu einem heiseren Flüstern geworden. »In Ordnung. Danke.« Er legte auf und drehte sich um.

Karin Reichlmair erschrak fast. Bartholomäus‹ Gesicht wirkte wie in Stein gemeißelt. Doch seine Augen glühten förmlich.

»Was … wer war das?«

Bartholomäus ging an einen der Computer. Im Stehen gab er etwas in die Tastatur ein.

»Kammerlander?«, fragte Kreuzpointner beunruhigt.

Bartholomäus las etwas vom Bildschirm ab. Seine Lippen bewegten sich, als er es für sich wiederholte.

»Kammerlander?«

Bartholomäus ging zum Kleiderständer. »Die DNA. Sie haben die DNA zugeordnet«, sagte er starren Blickes. Dann nahm er seinen Parka vom Haken und steuerte auf die Tür zu.

»Kammerlander! Wart!«

*

»Da schauen S' her, Herr Professor.« Hildegard Kerner reichte die Tasse über den Schalter ihres Arbeitsbereiches. »Ganz frisch aufgebrüht.«

»Ausgezeichnet, vielen Dank.« Paul Ehard nahm die Tasse entgegen. »Frau Kerner, bitte stellen Sie in der nächsten halben Stunde keine Telefonate zu mir durch. Ich habe zu tun.«

»Ist recht. Gerne.« Die Sekretärin nickte.

Ehard balancierte den Kaffee zur Tür seines Büros, öffnete sie und lächelte seiner Sekretärin noch einmal zu. Dann trat er ein und schloss die Tür hinter sich.

Er ging zum Schreibtisch, stellte die Tasse ab und setzte

sich. Lehnte sich zurück und ließ mit geschlossenen Augen die Szene noch einmal Revue passieren. Ein bisschen was spürte er noch davon. Diesen Schauder, diesen kurzen Kick. Als dieser Trottel von Stationsarzt aus Versehen die Arterie angeritzt hatte. Als ihm das Blut auf die Gesichtsmaske und den Kittel gespritzt war. Drei hohe, rote Bögen. Wie schwungvolle Pinselstriche waren sie über dem OP-Tisch gestanden. Ehard rieb sich mit der Hand über den Unterleib. Aber er beherrschte sich. Vielleicht heute Abend, zu Hause. Mit einem Seufzer wandte er sich der Post auf seinem Schreibtisch zu.

Eine Einladung zu einem Kongress, Pharmawerbung, ein Dankschreiben einer glücklichen Patientin, Mitteilungen vom Verband. Er sah die Post durch, die er sich von zu Hause mitgebracht hatte. Rechnungen, Finanzamt, ein Schreiben von der Kfz-Versicherung. Na, endlich. Ehard nahm den Brieföffner zur Hand und schlitzte das Kuvert auf. Er überflog den Text: Sehr geehrter … Schaden vom 9. November … Starnberg … Vollkasko … freuen wir uns, Ihnen mitzuteilen … freundlichen Grüßen.

Na also, dachte Ehard, wurde auch Zeit. Er legte den Brief zur Seite und sah auf seine Rolex. Gleich 14 Uhr. Er trank einen Schluck Kaffee und holte seinen Geldbeutel aus der Hosentasche. Die Nummer steckte unter seinem Personalausweis.

Um Punkt 14 Uhr rief er an. Es klingelte dreimal, dann meldete sich eine Männerstimme.

»Ja?«

»Ja, hallo, hier ist … ahm, ich rufe an wegen der Filme. Wir hatten erst kürzlich per Mail Kontakt deswegen. Da haben Sie mir diese Nummer gegeben.«

Schweigen am anderen Ende.

»Hallo?«

»Ja, ja, ich bin noch dran.«

»Also deswegen ruf ich an.«

»Sie haben Interesse an einem Film?«

»Ja, hätte ich.«

»Läuft folgendermaßen: Erst das Geld, dann der Film.«

Ehard nickte. »Wie viel?«

»2000.«

»In Ordnung. Wie soll ich's machen? Und wann und wo krieg ich den Film?«

»Wo sind Sie?«

»In … München.

»Ich werde am 20. in München sein. Dann wickeln wir das ab. Rufen Sie an diesem Tag um genau 13.30 Uhr unter folgender Nummer an, dann klären wir das Wann, Wo und Wie.« Der Mann nannte Ehard eine Handynummer, die sich dieser notierte.

»In Ordnung, ich wiederhole«, sagte Ehard. »Null, ein …«

»Sie haben mich verstanden«, unterbrach ihn jedoch der Mann. Dann wurde die Verbindung beendet.

*

Bartholomäus steckte das Handy wieder ein und verließ das Präsidium. Der Polizist an der Pforte grüßte ihn, aber das nahm er nicht wahr. Der U-Bahn-Fahrplan tauchte vor seinem inneren Auge auf. Marienplatz. Er musste zum Marienplatz.

»Kammerlander, jetzt wart halt auf mich!« Kreuzpointner kam die Stufen heruntergehastet.

Bartholomäus Kammerlander blieb stehen, ohne sich

umzudrehen. Als Kreuzpointner schnaufend neben ihm stand, nickte er nur und lief weiter.

»Wer …« Kreuzpointner holte Luft und fing noch einmal an. »Wer ist es denn jetzt?«

»Wir müssen nach Thalkirchen. U3.«

»Ja, aber wer?«

Bartholomäus antwortete nicht. Die Lippen aufeinandergepresst, das Kinn nach vorne gereckt, hetzte er über den Hof hinaus auf die Ettstraße. Kreuzpointner hielt seinen Hut fest und folgte ihm, so gut er konnte.

Sie hinterließen eine regelrechte Schneise in der Kaufingerstraße. Erschrocken wichen die Menschen vor Bartholomäus Kammerlander zur Seite. Einige sahen ihm kopfschüttelnd, manche schimpfend hinterher. Bartholomäus bemerkte sie gar nicht. Sein Blick, starr und aufgewühlt zugleich, schien schon in Thalkirchen zu sein.

Im U-Bahnhof am Marienplatz kam Kreuzpointner endlich dazu zu telefonieren. Während Bartholomäus unbeweglich wie eine Statue auf den Zug wartete, erfuhr der Kommissar, was er aus Bartholomäus nicht herausgebracht hatte. Die U-Bahn kam, sie stiegen ein. Bartholomäus verharrte dicht hinter der Tür. Als er sich festhielt, traten seine Knöchel weiß unter der Haut hervor.

An der Brudermühlstraße stiegen sie aus. Blau und zugig umfing sie der Halteschacht. Als ob es nicht schon eisig genug gewesen wäre.

»Und wenn er nicht da ist?«, fragte Kreuzpointner.

»Dann warten wir. In Planegg ist er zumindest nicht. Ich habe da angerufen.«

Sie liefen die Rolltreppen hinauf, Bartholomäus immer zwei Stufen auf einmal nehmend. Oben ein Stück die Thalkirchner Straße entlang, links in die Urbanstraße.

›D'Hohenwaldecker-Stamm e.V., Münchener Trachtenverein‹, las Kreuzpointner an einem Hausschild, dann bogen sie in die Bruderhofstraße. Als er an der Haustür des Mietshauses ankam, hatte Bartholomäus schon geklingelt.

Ein Knacken im Lautsprecher. »Ja?«, schepperte eine Frauenstimme. Im Hintergrund plärrte ein Kind.

»Mordkommission. Ist Ihr Mann zu Hause?«

»I ja.«

»Wir müssen mit ihm reden.« Bartholomäus hatte gegen die Tür gesprochen. Aber laut genug, um durch die Sprechanlage gehört worden zu sein.

»Einen ... einen Moment«, kam es nach einer Weile. Dann ertönte der Türsummer.

Fast gleichzeitig drückte Bartholomäus die Tür auf. Im Hausflur roch es nach Essen und Keller. Links stand ein Kinderwagen, darüber hing ein Dutzend weißer Briefkästen.

Die Wohnung lag im Erdgeschoss. Wenige Stufen führten zu dem Treppenabsatz, von dem die ersten beiden Wohnungen abgingen. Noch bevor sich die rechte Wohnungstür öffnete, stand Bartholomäus davor.

Ein Frauengesicht erschien in der Tür. Erschöpft, blass, knochig. »Grüß Gott.« Unsicher blickte sie Kreuzpointner und Kammerlander an. Das Kind auf ihrem Arm hatte einen verschmierten Mund und tränenverklebte Wangen. Aber es war ein anderes Kind, das irgendwo in der Wohnung schrie.

»Frau Reinsdorfer?« Bartholomäus machte einen Schritt auf sie zu und zeigte ihr seinen Ausweis. Er versuchte, an ihr vorbei in die Wohnung zu sehen. »Dürfen wir reinkommen?«

»Ja … freilich. Kommen S' rein.« Die Frau ging zurück und schob die Tür auf. »Peter? Wo bist'n?«

Keine Antwort. Das Kind schrie immer noch.

»Entschuldigen S', ich hab 's ihm grad gesagt, dass Sie da sind.« Die Frau drehte sich um und ging voran. Bartholomäus und Kreuzpointner folgten ihr durch den engen Flur. Kreuzpointner trat dabei auf ein Holzauto, das gegen die Telefonkommode prallte.

»Peter! Die Herren von der Mordkommission!«

Einem Instinkt folgend, warf Bartholomäus einen Blick zurück über die Schulter. In diesem Moment huschte vor der Milchglasscheibe der Haustür ein Schatten vorbei.

»Scheiße!« Bartholomäus wirbelte herum und rannte aus der Wohnung.

Der Schatten war von links nach rechts gerannt. Als Bartholomäus aus der Haustür auf den Bürgersteig sprang, sah er Peter Reinsdorfer die Bruderhofstraße nach Süden rennen.

»Stehen bleiben!«, schrie er ihm hinterher. Aber Reinsdorfer lief weiter.

Kreuzpointner kam aus dem Haus. »War er's?«

»Ja! Gib eine Fahndung raus!« Bartholomäus rannte los.

Am Ende der Bruderhofstraße bog Reinsdorfer nach links ab. Bartholomäus fluchte und erhöhte sein Tempo. Da vorn ging's zum Flaucher. An die Isar.

Als Bartholomäus an der Ecke Bruderhof-/Dietramszellerstraße angekommen war, sah er gerade noch, wie Reinsdorfer auf der anderen Seite der Schäftlarnstraße zwischen den Häusern verschwand. Er wollte zum Flaucher.

Bartholomäus rannte weiter. Die Schäftlarnstraße überquerte er knapp vor einem Lieferwagen. Das Hupen hallte von den Hausfassaden wider. Hinter den Häusern lag ein kleiner Hof, durch den sich ein Weg schlängelte. Er war leicht abschüssig und führte auf eine Wand aus kahlen Bäumen zu. Der Beginn der Isarauen. Am Ende des Weges musste Bartholomäus noch einmal eine Straße überqueren. Aber hier parkten nur die Anwohner, kein Auto fuhr. Reinsdorfers Silhouette jagte rechts von ihm durch die Bäume auf ein Holzhaus zu.

Bartholomäus machte den Reißverschluss seines Parkas zu, damit ihn die flatternden Schöße beim Laufen nicht behinderten. Reinsdorfer war gut zu Fuß. Bartholomäus konzentrierte sich auf seine Atmung und seine Schritte. Als er an dem Holzhaus vorbeikam, hatte Reinsdorfer die hölzerne Flaucherbrücke erreicht.

Dumpf drang das Rauschen des Wassers zu Bartholomäus Kammerlander und wurde immer lauter, je näher er der Brücke kam. Fußgänger waren so gut wie keine unterwegs. Ein Mann mit seinem Hund, weiter vorn eine Joggerin, an der Reinsdorfer eben vorbeispurtete. Als Bartholomäus aus dem Schatten des Flaucherwaldes trat, schleuderte ihm eine Böe die eisige Gischt des vorderen Staufalles ins Gesicht. Er blinzelte kurz und drehte den Kopf nach rechts.

Er musste höllisch aufpassen. Die Planken der Brücke waren stellenweise spiegelglatt. Vor allem dort, wo der Wind den feinen Sprühnebel der Wasserstürze über die Brücke wehte. Reinsdorfer hatte dieselben Probleme. Einmal strauchelte er und fiel beinahe hin.

Bartholomäus orientierte sich, während seine Füße in einem gleichmäßigen Takt auf das Holz hämmerten. Nach rechts ging es zum Tierpark und daran vorbei weiter aus der Stadt. Dort wurden die Isarauen dichter, die Möglichkeiten, sich in den ausgedehnten Wäldern zu verstecken, größer. Er war fast sicher, dass Reinsdorfer dorthin laufen würde. Zumal die Brücke ohnehin nach Südosten führte. Nach links ging es in die Stadt, Richtung Museumsinsel.

Doch zu Bartholomäus' Überraschung machte Reinsdorfer am Ende der Brücke eine enge Kehre und stürmte nach Norden. Für den Bruchteil einer Sekunde trafen sich ihre Blicke. Bartholomäus sah ein im Isarnebel schwimmendes Gesicht, aus dem zwei dunkle Augen stachen. Reinsdorfer hatte Panik, das konnte er auch auf diese Entfernung deutlich erkennen. Und er atmete mit weit geöffnetem Mund.

Reinsdorfer rannte nicht direkt an den Isarwiesen entlang, sondern nahm den Pfad weiter östlich, der zwischen den Bäumen fast kerzengerade bis zur nächsten Brücke verlief, sodass Bartholomäus den Mann die ganze Zeit im Blick hatte. Und er kam näher. Er sog sich förmlich an Reinsdorfer heran. Bartholomäus spürte, wie sich neue Kraftreserven auftaten. Diesmal durfte er ihm nicht entwischen, diesmal nicht.

Er war wieder in New York, Bowery, kurz hinter Chinatown. Von Ferne hörte er die Sirenen der Ambulanz, hinter ihm aufgeregte Stimmen, letzte Schüsse, Brandgeruch lag in der Luft. Die Straße flimmerte vor Hitze, ihm lief der Schweiß in Strömen den Rücken hinab, seine rechte Schulter schmerzte, als stäche jemand bei jedem Schritt ein Messer hinein. Die First Lady war in Sicherheit, aber der Kerl da vorn durfte nicht entkommen. Monatelang hatte er dafür geschuftet, die Terrorbande zu enttarnen. Und nur ihm war es zu verdanken gewesen, dass die Gattin des Präsidenten in letzter Sekunde hatte gerettet werden können. Da wollte er diesen Scheißkerl auch noch schnappen.

Damals hatte er noch nicht geahnt, wie wichtig es tatsächlich gewesen wäre, den Kerl zu schnappen. Weil er sein Portemonnaie aufgehoben hatte, weil er wusste, wer er war, weil es sein Bruder gewesen war, den Bartholomäus erschossen hatte, eine Sekunde, bevor dieser freie Schussbahn auf die First Lady gehabt hätte. Damals war es einfach nur einer der Attentäter gewesen, dem er hinterherhetzte, der einzige, der hatte fliehen können. Häuser flogen an ihm vorbei, Passanten, die zur Seite spritzten wie Wasser in einer Pfütze, Bartholomäus setzte über parkende Autos hinweg, überquerte Straßen voll hupender Ungeheuer, rannte in eine Seitengasse, sah niemanden mehr, blieb stehen, suchte, schaute – niemand. Hatte den Kerl verloren, der später dafür gesorgt hatte, dass die Schweine ihn und Wiebke in den Everglades aufgespürt hatten. Gewartet hatten, bis er spät abends noch einmal mit dem Boot losgefahren war. Ins Haus eingedrungen waren, Wiebke grün und blau geschlagen und ans Bett gebunden, die Möbel angezündet hatten. Wäre er nicht umgedreht, weil er Florians Adresse vergessen hatte …

Reinsdorfer durfte nicht entkommen.

Bartholomäus wurde noch schneller, sein Gesicht grimmiger, ein Körper aus dampfender Wut, der über den verschneiten Waldweg jagte. Er war keine zwanzig Meter mehr hinter Reinsdorfer. Hinter der Candid-Brücke würde er ihn eingeholt haben.

Aber Reinsdorfer lief nicht weiter unter der Brücke hindurch an der Isar entlang. Er lief hinauf auf die Brücke, zur Straße. Mit einem Blick zurück hatte er erkannt, dass ihn Bartholomäus Kammerlander bald erreicht hätte. Seine einzige Chance war der dicht befahrene Ring.

»Reinsdorfer!«, brüllte Bartholomäus. »Bleiben Sie stehen!«

Reinsdorfer rannte weiter, durch einen Spielplatz, um das Kletter-Skelett eines Flugzeuges herum, hetzte auf den Fahrradweg zu, der neben der Candid-Straße verlief. Bartholomäus wusste, was er vorhatte, sah nach links. Ein dichter, unablässiger Strom von Autos, der hinter den kahlen Bäumen nach Osten fuhr. Ein Summen und Rauschen von unzähligen Reifen auf dem Asphalt.

Reinsdorfer hatte die Leitplanke erreicht, sprang auf die Straße.

»Reinsdorfer! Nicht!«

Hupen, Bremsgeräusche, ein roter Kombi wich nach links aus und kam ins Schleudern. Reinsdorfer bewegte sich in die Mitte der hier vierspurigen Straße, das Gesicht gegen die Fahrtrichtung, die Arme ausgebreitet wie ein Seiltänzer. Ein Bierlaster schrammte haarscharf und wild hupend an ihm vorbei. Knapp vor einem heranrasenden Motorradfahrer überquerte Reinsdorfer die dritte Spur. Sah zu Bartholomäus Kammerlander, der keuchend am Fahrbahnrand stand, wartete, ließ einen Kleinwagen vorbei und rettete sich auf den Mittelstreifen.

Bartholomäus hatte keine Wahl. Er musste hinterher. Zwei Wagen ließ er vorbeidonnern, dann betrat er die erste der beiden Abbiegespuren. Machte sich so schmal wie möglich, spürte am ganzen Körper, wie die Autos rechts und links an ihm vorbeirasten, spürte den Fahrtwind, der an ihm riss, hatte das Gefühl, dass ihm die Hupen die Trommelfelle zerfetzten.

Reinsdorfer blickte ungläubig zum ihm hinüber. Dann kletterte er über die Leitplanke und betrat die Gegenfahrbahn. Warf noch einmal einen Blick zurück – und übersah den Lastwagen.

Bartholomäus warf den Kopf herum, als er den dumpfen Knall hörte. Er sah Reinsdorfer durch die Luft fliegen wie eine Puppe. Seine Gliedmaßen schlenkerten herum, als wären sie nur angenäht. Eine gutes Stück weiter vorn schlug der Körper auf dem Boden auf, verschwand für einen Moment wegen der Leitplanken aus Bartholomäus' Blickfeld, wurde noch einmal in die Luft gehoben, und dann war der Lastwagen heran. Bartholomäus glaubte, erkennen zu können, wie das mächtige Gefährt holperte, als es über den Körper rollte.

Bartholomäus war wie versteinert. Der Dampf stieg in feinen Wölkchen von seinem Mund auf, während er mitten auf der Straße verharrte. Vor ihm waren die Autos zum Stillstand gekommen. Ein Mann stieg aus einem Opel, schrie ihn an und fuchtelte mit seinen Armen herum. Bartholomäus hörte ihn nicht. Dafür hörte er das Handy in seiner Tasche. Wie in Trance holte er es heraus.

»Ja?«

Eine Stimme am anderen Ende. Wahrscheinlich Kreuzpointner. Nach einer Weile ließ Bartholomäus das Handy sinken und starrte zu Boden.

»Scheiße!«

*

Scheiße!, dachte Thomas Gerloff. Scheiße. Und er dachte es beileibe nicht zum ersten Mal. Wie hatte er nur so verdammt dämlich sein können? Jeder hätte es gemerkt, ausnahmslos jeder. Aber er musste natürlich mitten reintreten in diesen Riesenhaufen Scheiße. Und seitdem klebte dieser Back an ihm wie Kaugummi am Schuh. Dieser Wichser.

Gerloff trat auf die Rolltreppe und lachte verächtlich. Warum traf es immer ihn? Manchmal kam es ihm so vor, als wohnten bei der Vorsehung im Keller eine Bande Arschlöcher, die enormen Spaß dabei hatten, die Fettnäpfchen immer genau da hinzustellen, wo er langging. Das hatte in der Schule begonnen, wo er derjenige gewesen war, der den Lehrern die Haschisch-Kekse überreicht hatte. Die anderen stritten danach alles ab, und er flog hochkant raus. In der Lehre wussten alle, dass der Meister eine Schwarze aus der Karibik geheiratet hatte, weil er so schiach war, dass ihn zu Hause keine wollte. Nur er hatte es nicht gewusst. Und wer machte den Negerwitz? Genau. Und weil es gerade passte: Wen hatten sie beim Schwarzfahren in der U-Bahn erwischt und wer war so blöd gewesen, danach eine getürkte Monatsmarke vorzulegen? Die 500 Mark Strafe an den Eisenbahnerwitwenverein wegen Betrugs zur Folge gehabt hatte? Jawohl! Er, der Depp. Und dann die Krönung. Ja, ihm war ein bisserl langweilig geworden zu Hause. Die Gertrud war halt nicht so die Rakete im Bett und auch keine 20 mehr. Und er hatte mal was Neues ausprobieren wollen, was Junges. Nur einmal. Ein einziges Mal feste Schenkel statt Orangenhautplantagen. Als wenn es so junge Dinger geben würde wie Schrauben beim Obi! Heute wusste er das. Aber damals? Ging er hin wie verabredet, traf eine wunderschöne Mulattin, kaffeebraun und so knackig, dass ihm ganz schwindelig geworden war. Er war ihr in diese Absteige hinter dem Hauptbahnhof gefolgt, hatte brav das Geld auf den Nachttisch gelegt, und dann war dieser scheiß Back aus dem Schrank gesprungen. Wirklich gesprungen war er! Und hatte ihm gesagt, dass er gerne seine Hilfe in Anspruch nehmen würde. Für dies und das. Und wenn er so nett wäre, würden weder die Gertrud samt Kindern noch der Chef und seine Kollegen in der Arbeit was davon erfahren.

Ha! Dies und das! Dies und das hatte dann bedeutet, dass er sich mit Halbaffen und Herrenmenschen treffen und mit ihnen reden sollte. Sich ihr blödes Geschwätz anhören und davon auch noch begeistert sein sollte! Aber das war ja noch gegangen. Das, was Back allerdings jetzt von ihm wollte, war eine ganz andere Sache. Diesmal sah sogar er, der Depp, das Fettnäpfchen. Denn es war riesengroß und drei Leichen schwammen darin herum. Und wenn er nicht aufpasste, konnte er leicht die vierte werden.

Thomas Gerloff atmete noch einmal durch. Dann öffnete er die Tür zum ›Schwarzen Ochsen‹.

15. Kapitel

6. Januar, München, Berg

Eine dunkle Wolke schob sich vor den Dreiviertelmond und übergoss die Straße mit kalter, schwarzer Tinte. Franz Mehringer steckte sich eine Zigarette in den Mund und kramte in der anderen Jackentasche nach dem Feuerzeug. Es lag unter dem Schlagring. Er hielt die Flamme an die Zigarettenspitze und sah über die knisternde Glut hinweg dem Wagen nach, der eben in die Türkenstraße bog. Sein Blick blieb an den beiden Kirchtürmen von St. Ludwig hängen, die ganz am Ende der Schellingstraße in den Schwabinger Nachthimmel ragten. Das passte irgendwie. Er war ja schon immer der Meinung gewesen, dass die aussahen wie diese Dings, diese … Gebetstürme, von denen die Muftis immer runterplärrten. Minarette, ja, so hießen die Dinger. Schwabing gehörte auch mal ein bisserl aufgemischt. Studenten, Türken und Lesben. Es war eigentlich wurscht, wo man draufschlug, man traf auf alle Fälle den Richtigen.

Der Ludwig hatte recht gehabt. Die Boazn war eindeutig ein Lesbentreff. ›Tante Rosa‹. Klang schon so schwul. Eine halbe Stunde hatte er sich mit angeschaut, wie diese Weiber ein- und ausgegangen waren. Alles Lesben, ohne jeden Zweifel. Das sah man auf den ersten Blick. Wie die sich anzogen und rumgackerten. Ein paar hatten sich beim Abschied sogar geküsst. Mitten auf der Straße und auf den Mund.

Und so viele! Franz Mehringer war immer unruhiger geworden. Einer dieser Schlampen wollte er heute Nacht auf alle Fälle eine aufs Maul hauen. Aber welcher? Der da mit der engen Lederhose? Oder der mit den Riesentitten? Das war hier alles ein bisschen so, als würde man die Angel in ein Fischzuchtbecken werfen.

Er hatte gewartet, mit dem Schlagring in seiner Tasche gespielt und dieses Gefühl genossen. Dass er sich gleich austoben konnte, dass es so leicht werden würde.

Dann, gegen kurz vor zwei, waren diese beiden Frauen aus der Kneipe gekommen. Beide groß, flach wie Schneewittchen und arrogant. Ganz sicher arrogant. Die hatten sich auf dem Bürgersteig die Zungen in die faltigen Hälse gesteckt und waren dann die Barer Straße runtergegangen. Arm in Arm, gackernd, knutschend.

Franz Mehringer hatte sich aus dem Schatten seines Verstecks gelöst und war ihnen gefolgt. Kurz vor der Schellingstraße schloss er zu ihnen auf. Die beiden hatten es überhaupt nicht gemerkt, dass er ihnen immer näher gekommen war. Er umklammerte seinen Schlagring und wollte ihn gerade rausholen, als die Bullen um die Ecke gebogen waren. Genau neben den beiden Lesben hatten sie angehalten und waren ausgestiegen. Personenkontrolle. Er hatte schon weiterlaufen wollen, als sie ihn auch anhielten.

Kruzefix! Ausgerechnet jetzt! Und dann hatte er auch noch ein Stück weiter hinten warten müssen, bis die Bullenschweine die beiden Lesben kontrolliert hatten. Gelacht hatten die alle miteinander! Dabei haben sich die Schlampen nicht mal losgelassen, sondern die ganze Zeit Händchen gehalten. Wahrscheinlich auch warme Brüder, die zwei Bullen. Aber die eine Zuchtel, die so preißisch dahergeredet und ihn so blöd angestarrt hatte, so von oben herab – auf die würde er noch mal warten. Die war sicher nicht zum letzten Mal in dieser Boazn gewesen.

Franz Mehringer prägte sich genau ein, wie sie aussah, damit er sie auch in anderen Klamotten wiedererkannte. Groß und schlank, schwarze, kurze Haare und eine rote Brille.

*

Wie feiner Graupel, der auf das Dachfenster fiel. Oder wie das weit entfernte Knistern eines Brandes. So hörte es sich an. Aber es war nur Wiebke, die auf ihrem Laptop schrieb. Bartholomäus wickelte sich in seinen Bademantel, machte einen Knoten in den Gürtel und schob die Tür zu Wiebkes Arbeitszimmer auf.

Die Ordnung hier drin beeindruckte ihn immer wieder. Manchmal im wörtlichen Sinne. Dann fühlte er eine Art Druck, der sich plötzlich auf ihn legte, wenn er das Zimmer betrat. Vielleicht wegen seiner Mutter. ›Schau den Leuten in den Schrank, dann weißt, wie es in ihnen aussieht.‹ Ihr Standardspruch seit er alt genug gewesen war, sein Zimmer selbst aufzuräumen. Oder eben nicht. Aber der Spruch war ihm nicht mehr aus dem Kopf gegangen. Ja, in Wiebke sah es aus wie in ihrem Arbeitszimmer. Aufgeräumt, ordentlich, gepflegt. Sie kümmerte sich um sich selbst wie um dieses Zimmer. Liebevoll, mit Blick fürs Detail und so, dass man alles gleich fand, was man suchte. Und in ihm sah es unbestreitbar so aus wie in seinem Zimmer. Er fand, wonach er nicht gesucht hatte, und suchte vergebens, was er unbedingt brauchte. War immer wieder überrascht, was da alles herumlag, und erschrak, wenn er längst vergessene Schubladen öffnete. Ordnete seine Bücher alphabetisch und verschüttete Kaffee über ihren Seiten. Hatte einen Bürostuhl für 1500 Euro, auf dem meist die Katze schlief. Andererseits, liebe Mama, war es genau dieses Durcheinander gewesen, das die Frau dort vorn am Schreibtisch so magisch angezogen hatte.

Bartholomäus stellte sich hinter Wiebke, legte ihr die Hände auf die Schultern und küsste sie auf den Nacken. »Guten Morgen.«

Sie berührte seine Hand. »Guten Morgen«, antwortete sie, ohne den Blick vom Monitor zu nehmen.

»Abrechnungen?«

»Steuer. Wir sind schon viel zu spät dran.«

»Frühstück?«

»Hab schon.«

Bartholomäus nickte und nahm die Hände von ihren Schultern. Sein Blick fiel auf die Abendzeitung, die neben der Tastatur auf dem Tisch lag. Verkehrt herum. Die Schlagzeile war dennoch gut zu lesen: ›Tod eines Monsters‹.

»Dann bis nachher.« Er wandte sich um und ging zur Tür.

Als er sie fast erreicht hatte, hörte er Wiebke fragen: »Wie geht es dir?«

Bartholomäus blieb stehen. »Ich weiß es nicht«, sagte er nach einer Weile.

Wiebke drehte sich auf ihrem Stuhl herum, sah ihn an, nahm die Lesebrille ab. »Willst du reden?«

Er blies die Backen auf, zog die Stirn hoch. Keine Ahnung, sagte seine Miene. Dann nickte er und kam zum Schreibtisch. Neben ihrem Stuhl setzte er sich auf den Boden und lehnte sich an die Schubladen. Eine Weile sagte er nichts, sah nur an die gegenüberliegende Wand. Betrachtete die Lithografie eines österreichischen Künstlers, der Wiebke vorletzten Sommer den Hof gemacht hatte, als er in Südamerika gewesen war. Sie hatte ihn so liebenswürdig abblitzen lassen, dass er ihr dafür das Bild geschenkt hatte. Nur dafür, wie er betont hatte. ›Gnä' Frau, machen S' mir die Freud, küss die Hand, bitte sähr.‹ Die Österreicher. Wenn er drüben war, hatte er immer das Gefühl, dass dort die Uhren ein bisschen langsamer gingen. Weil der allgegenwärtige Duft von Sachertorten und Strohrum die Zeiger betäubte. Oder weil die sich lieber in die glorreiche k.u.k.-Vergangenheit zurückgedreht hätten und daher nur schwer vorwärts kamen. Als Frau hätte er dieser patinierten Lebensart kaum widerstehen können.

»Der Kerl unterm Laster war nicht unser Mann.« Wenn man die Lithografie ein wenig schräg betrachtete, sah die Figur rechts fast so aus, als hätte sie einen Helm auf. »Zumindest war seine DNA nicht die, die wir an den ersten beiden Tatorten gefunden haben.«

»Könnte er es nicht trotzdem gewesen sein?« Wiebke stand auf, setzte sich zwischen Bartholomäus' Beinen auf den Boden und lehnte sich an ihn.

Er nahm ihre Hände. »Theoretisch, ja. Aber ich glaube es nicht.« Nein, kein Helm. Eher wie die Spitze eines Kondoms. Seltsam. Bartholomäus legte den Kopf auf die andere Seite. Und stutzte. Jetzt sahen die Konturen aus wie ein Pärchen, das vögelte. In einer unmöglichen Stellung, aber trotzdem.

»Warum glaubst du das nicht?«

Hatte der Typ seiner Frau ein Fickbild geschenkt? »Gefühl. Nur so ein Gefühl. Aber Kreuzpointner klärt gerade die Daten ab, dann wissen wir es genau.«

»Und wenn er es nicht war? Hast du dann schon eine Ahnung?« Sie drehte ihren Kopf und sah ihm ins Gesicht. »Wo siehst du eigentlich hin?«

Bartholomäus nickte zur gegenüberliegenden Wand. »Ist

das da ein Fickbild? Hat dir dieser Ösi ein vögelndes Pärchen geschenkt?«

Wiebke blickte zur Wand. »Das da? Unsinn! Das ist ein stilisierter Baum, der sich über eine Quelle beugt.«

»Nein, eine Ahnung habe ich noch keine. Das heißt, ich habe tausend Ahnungen. Aber eine, wer es warum gewesen sein könnte, ist nicht dabei. Uns fehlen eindeutige Hinweise. Das wird alles immer komplexer.« Ein Baum? Niemals.

»Wie kommst du nur auf ein Fickbild?« Wiebke betrachtete das Bild, als sähe sie es zum ersten Mal. Sie stellte sogar ihren Blick unscharf, um andere Konturen hervortreten zu lassen. Aber ein Pärchen war das auf keinen Fall. Niemals. Das hätte sie diesem, wie hieß er nochmal?, Scherzinger oder so ähnlich, auch nicht zugetraut. Ihr ein Fickbild zu schenken.

»Wir haben drei Opfer bis jetzt. Und jede Menge Spuren und Indizien, die wir vielleicht berücksichtigen müssen, vielleicht auch nicht. Aber ich habe nicht die leiseste Ahnung, was die drei Opfer gemeinsam haben. Warum er sich gerade die ausgesucht hat. Zudem fürchte ich, dass es nicht die letzten waren.«

»Wer ist es denn bis jetzt? Was habt ihr?«

»Einen Finanzbeamten, eine junge Polin und einen Behinderten.«

»Erzähl mal genauer.«

»Willst du das wirklich hören?«

»Ja.«

»Okay.« Bartholomäus sammelte sich. Es war nie falsch, die Sachlage neu zusammenzufassen. Sich auf das zu konzentrieren, was zu einem bestimmten Zeitpunkt wesentlich erschien, und anderes fallen zu lassen. Oft ergaben sich dabei Aspekte, die man bis dahin nicht bemerkt hatte. »Simon Alfarth, 37, Finanzbeamter aus Starnberg. Ledig, unscheinbar, ein bisschen spießig, Hasenscharte. Wurde mit Starkstrom getötet. Otylia Ehrlich, 25, Polin, arbeitete in einem Elektrounternehmen. Ebenfalls ledig, hübsch, umtriebig, sprach schlecht Deutsch, wohnte in Berg. Wurde vergiftet und erstickt. Und dann noch Wolfgang Stransky. Ein 30-jähriger Mongoloider aus Unterbrunn, der von der Silvesterfeier seiner Behindertenwerkstätte entführt wurde und im Forstenrieder Park erfror. Gurte um seinen nackten Körper waren in die Baumstämme genagelt, damit er nicht wegkonnte.« Bartholomäus Stimme war immer leiser geworden. Und schneidender. Die Lithografie auf der anderen Seite verschwamm zu einem braunen Nebel. »Die Abstände der Morde verkürzten sich von sechs Wochen auf elf Tage. Bei Alfarth und Ehrlich fanden wir identische DNA-Spuren, Stransky war vor seinem Tod missbraucht worden. Vermutlich von Reinsdorfer, dem Typen unter dem Laster.« Bartholomäus hielt inne. »Dessen DNA nicht mit der von den ersten beiden Tatorten übereinstimmt.«

Wiebke drehte seinen Kopf zu sich. »Hey! Du musst dir keine Vorwürfe machen!«

Bartholomäus sah sie nicht an. »Ich hätte auf den Abgleich der DNAs warten können.«

»Und der Typ hätte nicht abhauen müssen. Du hast ihn nicht vor den Laster gestellt.«

Bartholomäus brachte ein bemühtes Lächeln zustande. »Ansonsten gibt es noch ein paar Schuhabdrücke, verwüstete Wohnungen, Bagatelldiebstähle.« Bartholomäus überlegte kurz, ob er noch weiter ins Detail gehen sollte. Aber er hatte das Gefühl, dass es genug war. Dass er das wiedergegeben hatte, was ihm im Augenblick wesentlich erschien.

Wiebke schwieg. Nicht, weil sie schockiert war. Bartholomäus hatte ihr fast immer erzählt, was ihm dort draußen begegnet war. Sie hatte schon Schlimmeres zu hören bekommen. Sie schwieg, weil ihr jetzt erst bewusst geworden war, wie weit sich die Wut in ihm schon vorangefressen hatte. Seine Stimme. Sie musste auf ihn Acht geben. So gut es ihr möglich war.

Wiebke legte seine Hand auf ihre Wange und dachte nach, ließ das Gesagte auf sich wirken.

»Habt ihr schon eine Ahnung, was das Motiv betrifft?«

»Noch nicht wirklich.«

»Das erste und das dritte Opfer waren, wie soll ich sagen, … in gewisser Weise anders. Der eine hatte eine Hasenscharte, der andere war behindert.«

»Aber die Polin war sehr hübsch«, erwiderte Bartholomäus und erinnerte sich daran, was er Zillenbiller geantwortet hatte, als der dasselbe zu ihm gesagt hatte: Dass jeder einen Makel hatte.

»Habt ihr sie genau untersucht? Keinerlei … Schönheitsfehler?«

Bartholomäus schüttelte den Kopf. »Nicht, dass ich wüsste. Aber ich werde nochmal mit dem Rechtsmediziner reden.« Er hielt einen Moment inne. »Trotzdem. Makel, Schönheit. Das hat was. Dieses Thema taucht immer wieder auf. Immer wieder.«

Er erzählte ihr von Ehard und Hädrich. Der eine wollte den Makel von der Erdoberfläche tilgen, der andere unterteilte die Menschen in Halbaffen und Erleuchtete. Alfarth wollte zu Ehard, Otylia besaß Hädrichs Flyer.

Bartholomäus entwand sich Wiebkes Fingern und stand auf. »Ich muss etwas überprüfen.« Er hielt ihr die Hand hin und zog sie hoch.

»Schatz?« Wiebke ließ seine Hand nicht gleich los.

»Ja?«

Sie sah ihn nur an, sagte nichts.

»Ich versuch's.« Bartholomäus schenkte ihr ein dünnes Lächeln.

»Mehr als gestern?«

Mehr als gestern? Vielleicht. Vielleicht auch nicht. Er wusste, dass er ihr das nicht versprechen konnte. »Meine Perle«, sagte er leise. Dann drehte er sich um und steuerte auf die Tür zu. Dort blieb er noch einmal stehen und zeigte auf die Lithografie. »Ein Fickbild, ganz bestimmt.« Bartholomäus warf Wiebke eine Kusshand zu und verließ das Zimmer.

Hädrich. Ihm war gerade bewusst geworden, dass der sich nicht mehr lange im Alpenblick aufhalten würde. Wenn er richtig gerechnet hatte, war bereits der letzte Kurs am Laufen. Also blieb ihm noch eine knappe Woche, bevor Hädrichs abreisten. Und seit dem letzten Mord waren bereits sechs Tage vergangen.

Er musste etwas unternehmen. Hädrich wohnte unter seinem Dach. So einfach würde er es nie mehr haben. Bartholomäus schlüpfte in seine Schuhe, nahm die Jacke vom Haken und verließ das Haus.

Vor dem Eingang zum Hotel stand eine Traube Leute. Gäste in Wintermänteln und Anoraks, aber auch ein paar ohne warme Jacken, die sich mit beiden Armen umfassten und fröstelnd von einem Bein aufs andere traten. Selbst Personal konnte Bartholomäus ausmachen. Raffi, den Kofferjungen, neben dem Regina und Emerenz standen, die beiden Zimmermädchen. Von einigen Balkonen sahen Gäste hinunter zum Portal.

Als Bartholomäus näher kam, hörte er jemanden reden.

Laut und betont deutlich, fast wie ein Gedicht. Und dann sah er neben Raffis Pagenmütze den goldenen Pappstern auf der Stange. Sternsinger, die Heiligen Drei Könige, wurde ihm klar. Ein Bild ging ihm durch den Kopf. Wie er selbst vor x Jahren den Caspar gegeben hatte, draußen, im Dachauer Moos. Er war so erkältet gewesen, dass ihm der Rotz nach und nach den Ruß vom Gesicht gewaschen und einen blassen Streifen über Oberlippe und Kinn gezeichnet hatte.

»Drum helft, das Herz sei weit und groß«, beendete Balthasar den Vortrag, als Bartholomäus am Eingang angekommen war.

Die Leute klatschten, freuten sich über die Einlage und tätschelten den kleinen Caspar wie einen jungen Hund. Redeten mit den anderen Königen und steckten dabei Geld in die Dose, die ihnen Melchior hinhielt. »Vergelt's Gott.« Urte steuerte vom Hotel einen Zwanziger bei und stellte den Stuhl bereit. Da der Sturz über der automatischen Tür viel zu hoch war, musste einer der Könige jedes Jahr auf den Stuhl klettern, um dort oben ihr Zeichen anzubringen.

Die Gäste begaben sich anschließend wieder ins Warme oder brachen dorthin auf, wohin sie unterwegs gewesen waren, als sie am Ausgang über die drei Kinder gestolpert waren. Auch Raffi, Regina und Emerenz machten sich wieder an die Arbeit.

Beim Anblick der Zimmermädchen fiel Bartholomäus etwas ein. »Regina! Emerenz!« Er winkte ihnen zu, und die beiden drehten sich nach ihm um. »Wartet bitte kurz.« Er lief zu ihnen und lotste sie in der Lobby zu dem großen Weihnachtsbaum. Xaver würde ihn wahrscheinlich im Laufe des Tages abschmücken und entsorgen.

Die beiden sahen ihn aus großen Augen an. Haben wir

was falsch gemacht?, stand darin zu lesen. Hätten wir den Sternsingern nicht zuhören dürfen, sondern weiterarbeiten müssen, oder? Regina wurde wieder krebsrot im Gesicht.

Bartholomäus schüttelte innerlich den Kopf. Es fiel ihm immer noch schwer zu akzeptieren, dass er als Chef für manche Leute gleich nach dem Jüngsten Gericht und dem Scharfrichter kam. Aber er hatte es längst aufgegeben, Regina und Emerenz vom Gegenteil überzeugen zu wollen.

»Ich hätte eine Frage.« Seine Stimme klang trotzdem so sanft, als spräche er mit zwei zu Tode erschrockenen Kaninchen. »Wer kümmert sich denn im Moment um die Schuhe der Gäste im zweiten Stock?«

Die Kaninchen atmeten auf. Verhalten, aber sichtbar. Kein Kochtopf wegen den Sternsingern.

»I.« Regina hob den Finger. Dann wurde ihr offenbar klar, dass auch auf diesem Pfad der Kochtopf lauern könnte. Einer der Gäste könnte sich beschwert haben. Der Finger verkümmerte, das Rot loderte erneut auf.

»Es ist alles in Ordnung, Regina«, versuchte Bartholomäus, sie zu beschwichtigen. »Ich wollte nur wissen, ob dir vielleicht bei einem Gast etwas Besonderes aufgefallen ist?«

So ganz traute Regina Mösenbichler dem Frieden noch nicht. Nur ein kleines Stück kam sie aus ihrem Bau. »Und bei wem?«

»Emerenz, danke.« Bartholomäus nickte dem anderen Mädchen zu, das sich daraufhin eilig zurückzog. Die Schleife auf ihrem Rücken hatte eine gewisse Ähnlichkeit mit einer Blume. Einer Kaninchenblume.

»Es geht um Herrn Hädrich, Regina. Stellt der seine Schuhe zum Putzen raus?«

»Ija. Scho.«

»Jeden Tag?«

»Ija.«

»Ich weiß, des hört sich jetzt ein bisserl komisch an, aber kannst du dich vielleicht noch an Neujahr erinnern? Und ist dir da an seinen Schuhen irgendwas aufgefallen? Ich mein jetzt vor allem feste Schuhe. Solche, mit denen man in den Wald geht?«

»Ija.«

»Was meinst du mit Ja?«

»I ko mi scho erinnern. Da letzte Samstag.«

»Und hatte er da seine Schuhe rausgestellt?«

»Scho.«

Das war ein unendlich langer Faden, den er da aus ihrer Himmelfahrtsnase ziehen musste. »Feste Schuhe?«

»So Hoibstiefe.«

»Und waren die vielleicht nass?«

Regina Mösenbichler sah ihn erstaunt an. »Ija.«

»Also, würdest du sagen, dass er damit vielleicht durch den Schnee gelaufen ist? Waren vielleicht noch Eisklumpen an den Schuhbändern?«

»Des san soichane zum Neischlupfa. De ham koane Schuabandl.«

»Aha, aber nass waren sie?«

»Ija.« Ein viel länger gedehntes Ja als vorher.

»Oder doch nicht?«

Regina sah zu Boden, knetete ihre Hände. Hatte sich die Röte in den letzten Minuten einigermaßen gelegt, kehrte sie jetzt in einem Schwall wieder zurück.

»Regina, das ist nicht so schlimm, wenn du das nicht mehr weißt. Es war nur eine Frage. Ich danke dir.« Bartholomäus nickte ihr freundlich zu und trat ein Stück zur Seite, damit sie an ihm vorbeikonnte.

Doch Regina Mösenbichler blieb stehen. »Des war koa Schnä ned.«

Bartholomäus verstand nicht gleich. »Was meinst du?«

»Nass warn die scho, de Schua. Aber des war koa Schnä ned.« Sie sah immer noch zu Boden.

»Kein Schnee? Keine Wasserflecken? Aber wieso waren sie dann nass?«

Sie lugte unsicher durch ihren strohigen Pony, sah wieder weg, ein Fuß drehte sich nach innen. »Der hat sich auf'd Schua bieselt. De warn nass, weil er draufbieselt hat. De haben so gstunga, dass ich des glei grocha hab.«

Bartholomäus starrte sie wortlos an.

»I hab's aber wegkriagt.«

Bartholomäus blinzelte. »Auf den Schuhen war Urin?«

»Ija.«

»Bist du dir da sicher?«

»I hab dro grocha.«

Er schluckte. »Gut, danke dir, Regina. Du kannst gehen, danke dir.«

»Bitt schön. Pfia God, Herr Kammerlander.« Das Zimmermädchen nickte und lief an ihm vorbei.

»Ach, Regina?«

»Ija?«

»Weiß da noch jemand davon?«

Ihr Blick verbarg sich wieder unter dem Pony. »I hab's der Emerenz verzäid.«

Also das ganze Hotel. »In Ordnung, danke.«

Bartholomäus Kammerlander sah ihr noch hinterher, bis sie im Aufgang zum ersten Stock verschwand. Urin. Auf Hädrichs Schuhen. Am Neujahrsmorgen. An seinen Schläfen und im Nacken zog sich die Haut zusammen. Sein Blick wurde starr, fixierte die Spur. Die Standuhr schlug zweimal. Halb elf. Bartholomäus ging hinüber zur Rezeption.

»Guten Morgen, Dexter. Können Sie mir sagen, wann der Edelweiß-Raum heute belegt ist?«

»Sehr gerne.« Der Concierge sah im Computer nach. »Bis zwölf Uhr mittags und dann wieder von 14 bis 18 Uhr.«

»Danke.«

»You're welcome.«

Bartholomäus ging um den Empfangstresen herum, schob die Schwingtür zur Seite und klopfte an die Tür des Büros. Bevor Urte Svenjakob noch »Herein!« gesagt hatte, trat er ein.

»Guten Morgen, ich hole mir nur die Generalkarte.«

Urte sah über ihre Brille hinweg zum Schrank. »Guten Morgen. Zweite Schublade von oben.«

»Ich weiß, danke.« Bartholomäus ging zum Schrank, öffnete die Lade und nahm die Chipkarte an sich. »Ich bringe sie in einer halben Stunde wieder.«

»Gerne.«

Als er auf den Aufzug zusteuerte, sah Bartholomäus, dass dort Heelmann wartete. Aber er hatte im Moment weder Lust auf »mein Lieber« noch auf Geplänkel über bayerische Tracht oder Schach. Also nahm er die Treppe. Auch hier war er nicht allein, aber keiner der Gäste, die ihm begegneten, suchte das Gespräch. Sie grüßten nur freundlich.

Die Hädrichs wohnten in 214. Die Hochblassen-Suite. Optisch getrennter Wohn- und Schlafbereich, knapp 60 Quadratmeter, Internet-Zugang, Kissenauswahl, täglich Zeitung und Blick auf den See.

Bartholomäus trat auf den Gang. 214 lag ein Stück rechts von ihm. Jewgenija, die Putzfrau, war schon in 216 zugange.

Ihr Wägelchen stand vor dem Zimmer, und durch die offene Tür hörte Bartholomäus den Staubsauger. Ansonsten befand sich im Augenblick niemand auf dem Gang. Bartholomäus hielt auf die Tür der Suite zu und klopfte. Wenn jemand da war, wollte er auf Hädrichs Angebot zurückkommen und Interesse an einem Seminar bekunden. Das er dann unter irgendeinem Vorwand doch nicht besuchen würde, wenn es so weit war. Doch offenbar war niemand da. Er klopfte noch einmal, und wieder blieb alles ruhig.

Bartholomäus sah ein letztes Mal den Gang hinunter. Dann steckte er die Karte in das Lesegerät, wartete, dass die Diode auf Grün sprang, und drückte die Klinke nach unten. Er schlüpfte hinein und schloss leise die Tür. Drinnen verharrte er für einige Augenblicke.

Auf dem Weg nach oben hatte er sich im Kopf eine Liste gemacht, wonach er suchen wollte. Nach Alfarths Geldbeutel, Brieftasche und Uhr und nach Ehrlichs Geldbörse und Schmuck. Wobei er nur wusste, wie der Schmuck aussah. Und auch das nur von den Zeichnungen, die Otylias Bruder angefertigt hatte. Dann nach Seilen, Stricken oder Bändern. Und nach Klebeband. Nach Elektrowerkzeug, dem Pflanzenzeug und Schuhen der Größe 44 und 46. Und schließlich nach dem, weswegen Hädrich die beiden Wohnungen umgekrempelt hatte.

Bartholomäus fing mit den Schuhen an. Etwa zehn Paar standen aufgereiht unter dem Dielenspiegel auf den beiden Schmutzfängern. Mit einem Blick in einen Nike-Turnschuh stellte Bartholomäus fest, dass Hädrich Größe 44 trug. Aber Doc Martens waren keine dabei. Auch in dem Schränkchen daneben nicht. Und auch ansonsten kein Schuh, der zu den Profilabdrücken unter Ehrlichs Balkon gepasst hätte. Vielleicht hatte er die Schuhe weggeworfen.

Die Halbstiefel, von denen Regina gesprochen hatte, waren jedoch noch da. Gefütterte, hellbraune Schlüpfstiefel minderer Qualität. Bartholomäus roch an ihnen, konnte jedoch keinen Urin mehr wahrnehmen. Ränder waren auch keine zu sehen. Regina hatte ganze Arbeit geleistet.

Bartholomäus kontrollierte die Jacken an der Garderobe. Als Hädrich Stransky auf die Stämme geschleppt hatte, hätte sich leicht ein Haar im Reißverschluss verfangen können. Vorausgesetzt, er hatte ihn nicht an den Beinen hinter sich hergeschleift. Doch er fand nichts.

Der Wohnraum war picobello sauber. Bartholomäus nahm sich zunächst die Schränke vor. Routiniert überprüfte er die Ablagen, die Schubladen und Fächer. Tastete die Kleidung auf den Bügeln ab, sah zwischen die Unterwäsche, stieg auf einen Stuhl, um auf die Schränke blicken zu können.

Draußen schlug eine Tür. Jewgenija wahrscheinlich. Vor dem Fenster taute die Sonne einen Eiszapfen an, der vom Balkonablauf des darüberliegenden Stockwerkes hing. Die Tropfen stürzten ins Bodenlose.

Im Sekretär fanden sich nur Belanglosigkeiten. Ein paar Notizen zu den Kursen, Teilnehmerlisten, Abrechnungen, Papiere, sonstige Unterlagen, kein Kalender. Er wollte die Schublade schon schließen, als sein Blick auf eine Visitenkarte fiel. Sie lag in der linken vorderen Ecke der Lade und war von einem anderen Papier fast zur Gänze überdeckt. Nur die ersten beiden Buchstaben waren zu lesen. Ein großes P und ein kleines R. Bartholomäus schob das Papier ein Stück zur Seite. Es war eine Visitenkarte von Professor Dr. Paul Ehard. Die Telefonnummer der Praxis war unterstrichen.

Ehard. Und Hädrich. Bartholomäus kniff die Augen

zusammen und sah auf den Stich über dem Sekretär. Der Hochblassen und daneben die Alpspitze. Er schloss die Schublade. Darüber musste er später nachdenken.

Bartholomäus ging an dem frei stehenden Regal vorbei hinüber in den Schlafbereich und sah sich dort um. Ein frisch gemachtes Bett, die kleine Spiegelkommode, zwei Stühle, zwei Nachttischchen. Jedes mit zwei Schubfächern. In der Kommode fanden sich Schminkutensilien, ein Nagelset, eine Packung Tampons, Frauenkram. In den Nachttischchen wie in jedem Zimmer die obligatorische Bibel und das bayerische Wörterbuch. Hädrich las ein Buch über Heidegger, war darin aber erst bis Seite 14 gekommen, und einen blutrünstigen Pathologie-Thriller, den er fast durchhatte. Im Nachttisch seiner Frau lagen ein Buch über Scham und Schuld, eines über Vater-Tochter-Beziehungen und zwei Hochglanz-Magazine.

Blieb nur noch der Safe. Bartholomäus ging zurück zum Kleiderschrank. In eines der oberen Fächer war in jedem Zimmer der Safe eingelassen. Über eine Tastatur gaben die Gäste nach ihrer Ankunft vier Zahlen ein und ließen am Ende den Safe offen, damit er neu programmiert werden konnte.

Bartholomäus hatte drei Chancen. Bei der dritten Fehleingabe würde der Safe verriegeln und einzig über eine Kombination wieder zu öffnen sein, die nur Urte Svenjakob, Wiebke und ihm bekannt war. 0408, der Geburtstag ihres Sohnes Florian. Aber wenn er so vorging, war die Eingabe der Hädrichs gelöscht und sie mussten annehmen, dass jemand an ihrem Safe gewesen war.

Bartholomäus wusste aus Erfahrung, dass die Gäste bei der Auswahl ihrer Kombination den bekannten Mustern folgten: Geburtsdaten von sich, ihren Kindern oder ihren

Haustieren, Hochzeitstage, 1234, 4321, 0000 oder alle übrigen Viererreihen mit gleichen Zahlen, andere Schnapszahlen, Lieblingszahlen. Das waren allerdings immer noch jede Menge Kombinationen. Aber Hädrich traute er im Grunde nur eine Kombination zu: sein eigener Geburtstag.

Bartholomäus erinnerte sich an das Datum, den 16.11.61. Im Zuge seiner Recherchen zu Jörn Hädrichs Lebensumständen war er mehrfach darüber gestolpert und erstaunt gewesen, dass Hädrich schon 50 war. So alt hätte er ihn nicht geschätzt. Er gab die ersten vier Zahlen ein und wartete, dass die digitale Anzeige auf ›offen‹ wechselte. Tat sie aber nicht.

Bartholomäus überlegte. Doch der Geburtstag seiner Frau? Nein. Ihr Hochzeitstag? Kannte er nicht und glaubte er auch nicht. Hädrich war anders drauf. Und sicher war er derjenige, der die Kombination bestimmt hatte. Aber welche? Bartholomäus versuchte es mit 1161. Aber auch das war falsch.

Bartholomäus schloss die Augen und ging im Geiste alle möglichen Kombinationen mit vier Zahlen durch. Gab es irgendeine, zu der ihm etwas einfiel, das zu Hädrich passen könnte? Eine symbolische Zahl? Zwei, die Zahl der Gegensätze. Drei, eine göttliche Zahl wie die Sieben. Die Vier für die vier Himmelsrichtungen. Fünf, die magische Zahl. Und Sechs, die – Bartholomäus öffnete die Augen. Die Sechs. Ein Lächeln kräuselte seine Lippen. Ja, das war genau die Art von Zynismus, die er Hädrich zutraute. Bartholomäus gab viermal die Sechs ein, die Zahl der Legionen Satans. Auf der Anzeige erschien ›Error‹.

Egal, dachte sich Bartholomäus. Soll er sich beschweren. Ist der Safe eben kaputt. Er gab 0408 ein. ›Error‹ wanderte auf der Anzeige nach rechts und von links baute sich das Wort ›offen‹ auf.

Bartholomäus öffnete den Safe. Zwei Geldbörsen, die den Kreditkarten nach Hädrich und seiner Frau gehörten. Eine protzige Taucher-Armbanduhr, ein bisschen billiger Schmuck. Ohrstecker, zwei Ringe – und eine Kette mit einem silbernen Herzen als Anhänger. In das hebräische Zeichen eingraviert waren.

16. Kapitel

7. Januar, München, Starnberg

»Herr Professor, was halten Sie in diesem Zusammenhang von der These, dass Hitler Röhm nur deswegen aus dem Weg räumen ließ, weil er selbst stockschwul war und Angst hatte, dass Röhm das eine oder andere Geheimnis ausplaudern könnte, wenn er nicht bald bekam, was er wollte?« Gernot Siekaup lehnte sich zurück. Die Arme verschränkt, den Kopf ein wenig schief gelegt, musterte er Hans von Kuhlau mit arroganter Milde. Als gäbe er einem stotternden Pennäler eine letzte Chance. Einige Studenten drehten sich nach ihm um. Kaum einer, weil er ihn bewunderte. Sie hielten ihn für einen Arsch, das wusste Siekaup. Einen großkotzigen Wichtigtuer, der seine linke Gesinnung so weit raushängen ließ, dass er sich sogar weigerte, im Hörsaal auf der rechten Seite zu sitzen. Aber das war ihm egal. Wie meinte doch Adorno? Bei vielen Menschen ist es bereits eine Unverschämtheit, wenn sie ›Ich‹ sagen. Das zumindest musste er sich nicht vorwerfen lassen.

Von Kuhlau zwang sich zu einem müden Lächeln und strich sich die Barthaare glatt. Auch er kannte Siekaup natürlich. Irgendwann würde er Mehringer mal einen Tipp geben. »Ich kenne diese These, Herr Siekaup. Aber ich darf Ihnen versichern, dass sie sich historisch nicht halten lässt. Es gibt keine Quellen, die das belegen würden.«

»Es gibt auch keine Quellen, die belegen, dass Röhm ein Arschficker war. Er selbst hat ja nur bestätigt, dass er andere Praktiken bevorzuge, was sicher mit Paragraph 175 zu tun hat. Aber glauben Sie, Herr Professor, dass irgendein bekennender Schwuler wirklich auf das Sahnestück verzichten würde?«

Von Kuhlau schob seine Aufzeichnungen zusammen. »Das kann ich nicht beurteilen und das ist auch nicht unser Thema. Aber eines wundert mich doch, Herr Siekaup. Homosexualität ist ja in progressiven Kreisen schon längst kein Tabu mehr. Im Gegenteil, fast möchte man meinen, eine derartige Ausrichtung gehört dort mittlerweile zum guten Ton.« Von Kuhlau setzte seine Brille auf. »Deswegen kann ich nicht ganz nachvollziehen, dass Sie sich an der allbekannten Homosexualität einiger SA-Funktionäre stören. Die Leute müssten Ihnen doch beinahe sympathisch sein?«

Siekaup lachte herablassend. »Sie haben recht, Herr Professor. Ursprünglich interessierten mich die schwulen Nazis, weil sie mich glauben ließen, dass es in ihren kranken Hirnen irgendetwas gegeben haben könnte, was sie mir ansatzweise menschlich erscheinen ließe. Mittlerweile weiß ich aber, dass gerade die schwulen Nazis die schlimmsten von allen waren. Und jetzt möchte ich nur noch verhindern, dass irgendjemand die Homosexualität missbraucht, um diesen rechten Abschaum zu verharmlosen. Nach dem Motto: ›Wer schwul ist, kann nicht böse sein‹.« Siekaup gab sich betont zerknirscht. »Das stimmt leider nicht, wie ich schmerzvoll erfahren musste.«

Mehringer. Es wird wirklich Zeit für Mehringer. Von Kuhlau nickte scheinbar gelangweilt. »Dann viel Glück dabei«, sagte er zu Siekaup. Er blickte ins Auditorium. »Meine Herrschaften, wir sehen uns am Dienstag. Guten Tag.« Von Kuhlau verließ den Hörsaal über den Dozentenzugang hinter ihm und machte sich auf den Weg in sein Büro. Er hatte nachher Sprechstunde. Auch das noch.

Den Blick auf die Fliesen gerichtet, schritt er durch die hallenden Gänge der Universität. Siekaup. Warum ärgerte er sich eigentlich über den Idioten? Klugscheißer wie ihn hatte es doch schon immer gegeben. Und im Grunde war er doch eine löbliche Ausnahme. Ein engagierter, kluger Kopf, der sich von der stumpfsinnigen, denkfaulen Masse abhob, die sich ansonsten durch die Semester wälzte. Die Null-Bock-Generation war ja schon schlimm genug gewesen. Doch die hatte wenigstens noch gewusst, was sie wollte. Nämlich nichts. Seit jedoch das Zeitalter eines neuen Spießertums angebrochen war, das williges, aber völlig uninspiriertes Halbwissen an die Unis spülte, war es einfach unerträglich geworden. Internetverseuchte Oberflächlichkeit, die keine Stunde ruhig sitzen konnte und nach drei Seiten Fachliteratur erschöpft in den nächsten Bio-Imbiss torkelte. Dagegen war Siekaup fast eine Geistesgröße.

Es war seine Arroganz. Diese satte Herablassung, mit der er über den Nationalsozialismus sprach. Da war keine Spur mehr von Angst, keine Bestürzung, nur noch ein bisschen Abscheu. Man hatte fast den Eindruck, als redete er über eine lässliche Verwirrtheit, wie sie Teenagern passiert, bevor sie sich das erste Mal einen runtergeholt haben.

Und das durfte nicht sein. Sie würden nicht jeden von ihren völkischen Ideen überzeugen können. Das zu hoffen, wäre vermessen. Aber die Achtung musste zurückkehren. Die Furcht.

Als von Kuhlau um die letzte Ecke bog, sah er, dass schon jemand auf ihn wartete. Erst furchte sich seine Stirn, weil er an einen Studenten glaubte. Aber es war Theodor.

»Grüß dich, Franz.« Theodor hielt ihm die Hand hin.

»Theodor. Schön, dich zu sehen. Komm rein.« Von Kuhlau schüttelte die Hand und sperrte schnell die Tür zu seinem Büro auf. Nachher hörte noch jemand, wie er Franz genannt wurde, und stellte dumme Fragen.

»Du, ich hab nicht viel Zeit. Ich muss gleich wieder weiter. Ich wollte dich nur kurz was fragen.«

Von Kuhlau sah den Mann an. »Ja? Bitte?«

»Es geht um das Treffen mit Hechenberger. Hättest du am 30. Zeit? Hechenberger könnte es da am besten einrichten.«

»Hechenberger!« Von Kuhlau hob die Augenbrauen. »Ah ja. Allerdings fällt mir gerade ein, der 30. ist ein bisschen ungünstig.«

»Ja, das habe ich fast befürchtet«, entgegnete Theodor. »Wolltest du da was machen, oder?«

»Eine Versammlung des AVB halt. Wie jedes Jahr.«

Theodor kniff die Lippen zusammen. »Glaubst du, das könnte man verschieben? Ich weiß nicht, wann Hechenberger danach wieder Zeit hat. Und die Sache ist ja schon wichtig.«

Von Kuhlau überlegte kurz und nickte dann. »Du hast recht. Und den meisten ist es sowieso wurscht, ob wir das am 30. oder irgendwann andermal machen. Also lass es dabei. Der 30.«

»Ausgezeichnet«, freute sich Theodor. »Ich geb dir dann vorher noch Bescheid, wo wir uns treffen und wann genau.«

»Da bin ich ja wirklich mal gespannt.« Von Kuhlau spürte, wie er wieder leichter atmete. Der Ärger aus der Vorlesung verzog sich.

»Ich auch. Ich auch.« Theodor schaute sich um. Niemand war auf dem Gang zu sehen. Er hob die Hand zum Gruß und lächelte breit. »Sieg Heil!«

Von Kuhlau zog vor Schreck den Kopf ein.

*

Bartholomäus Kammerlander sah zum wiederholten Male zum Mobiltelefon, das neben Kreuzpointner auf dem Tisch der Besprechungsecke lag. Zillenbiller musste diesen Bruder doch längst gesprochen haben. Das konnte doch nicht so lange dauern.

»Vielleicht ist er krank. Oder der Zillenbiller steckt im Stau.« Josef Kreuzpointner wusste genau, wie er Bartholomäus' Blick zu deuten hatte. Im Grunde ging es ihm ja ähnlich.

»Aber dann kann er doch trotzdem anrufen und Bescheid sagen, dass es noch ein bisschen dauert.« Bartholomäus holte einmal tief Luft. Vor lauter Anspannung hatte er fast das Atmen vergessen. »Der weiß doch, dass wir warten.«

»Mei, du kennst doch den Zillenbiller«, sagte Karin Reichlmair. »Einfühlungsvermögen heißt für den, dass er weiß, wo er mit seinen Fingern unter der Bettdecke hin muss.«

Bartholomäus nickte. »Machen wir weiter.«

»Also noch mal zu der DNA.« Kreuzpointner zupfte sich das Sitzkissen der Eckbank zurecht und sah wieder in den Bericht der Rechtsmedizin. »Keine Übereinstimmung zwischen der von Reinsdorfer und der, die mir an den ersten beiden Tatorten gfunden haben. Des haben mir ja schon gestern erfahren. Und auch von den Tatzeiten her können wir Reinsdorfer ausschließen.«

»Hast du schon mit seiner Frau reden können?«, fragte Karin Reichlmair überrascht.

»Nein, aber des war gar nicht nötig. An Silvester ist einer der anderen Behindertenpfleger nach der ganzen Aufregung wegen Stransky mit zu Reinsdorfer heimgfahren. Sein Auto ist nicht angsprungen und er hat am nächsten Tag gleich wieder Frühdienst ghabt. Und auch für die anderen Morde hätt Reinsdorfer ein Alibi ghabt.«

Was ihm jetzt ziemlich egal sein wird, sagte Karin Reichlmairs Miene, während Kreuzpointner die Aufzeichnungen heranzog, die er sich während seiner vormittäglichen Telefonate gemacht hatte. Bartholomäus fuhr mit dem Finger gedankenverloren die Karos auf der Tischdecke nach. Das Gespräch mit Wiebke ging ihm durch den Kopf. Eigentlich machte er sich keine Vorwürfe, weil er Reinsdorfer vor den Laster gejagt hatte. Es war eher so, dass er glaubte, dass es wohl so sein müsste. Reinsdorfer war unschuldig, was die Morde betraf, aber nicht, was den Missbrauch anging. Und ja, richtig, vor den Laster war er selbst gelaufen.

Bartholomäus atmete einmal tief durch. Nein, es tat ihm nicht leid.

»Am 9. November zur fraglichen Zeit hat Reinsdorfer Dienst ghabt«, fuhr Kreuzpointner fort, »und am 20. Dezember hat die Behindertenwerkstätte abends ihren Weihnachtsbasar veranstaltet. Danach sind alle Mitarbeiter in eine Pizzeria nach Gauting gfahren.«

»Aber die Ehrlich ist doch erst um Mitternacht herum gestorben«, wandte Karin Reichlmair ein.

»Der Leiter, dieser Schoppmann, hat gsagt, dass er, eine der Frauen und Reinsdorfer die Letzten waren, die heimgangen sind. Da war's ungefähr halb eins in der Früh.«

Karin Reichlmair schürzte die Lippen. »Dann wär's schwierig geworden.«

Kreuzpointner nickte. »Reinsdorfer war nicht unser Mann. So viel steht fest.«

»Dafür liegt dieser Hädrich jetzt gut im Rennen. Ein Wiedergeburtsguru, der alles ins Nirvana schickt, was nicht seiner Vorstellung von Vollkommenheit entspricht.« In Karin Reichlmairs sonst so munteren Blick schlich sich ein dunkler Schatten. »Irgendwie hab ich den Eindruck, dass die Leut immer verrückter werden. Früher haben sie sich umbracht, weil's ums Geld ging, aus Rache oder Eifersucht. Aber heut? Manchmal glaub ich, dass des alles nur eine Art Ventil ist. Dass denen irgendwas fehlt und sie selber nicht wissen, was es ist. Aber des macht sie so narrisch, dass sie irgendwann ausrasten.«

»Ich weiß, was du meinst.« Kreuzpointner nickte. »Und es wird immer schlimmer.«

»Genau.«

Bartholomäus sah immer noch auf die Karos. Ähnliche Gedanken waren ja auch ihm schon durch den Kopf gegangen. Er sah auf und deutete auf Seebauers Bericht. »Steht da auch was über die Ehrlich drin?«

»Du meinst, ob sie auch einen Schönheitsfehler ghabt hat?«

»Ja.«

Kreuzpointner verneinte. »Aber ich hab mit dem Seebauer vorhin telefoniert. Er hat sich daraufhin seine Unterlagen und alle Fotos, die er gmacht hat, noch einmal angsehen und mich dann zurückgrufen. Seiner Meinung nach war da aber alles, wie es sein muss. Nicht einmal eine Blinddarmnarbe hätt sie ghabt.«

»Dann war's halt, weil sie ihm zu schlicht war«, sagte Karin Reichlmair. »So was in der Art hat er ja dir gegenüber angedeutet.«

Bartholomäus erinnerte sich an die Unterhaltung in seinem Büro. »Ja, ja.«

»Was ja, ja? Des klingt eher nach nein, nein.«

»Nein, das auch nicht.«

»Aber?« Karin Reichlmairs Augenbrauen wanderten nach oben.

»Ich weiß nicht.« Bartholomäus glättete eine Falte in der Tischdecke. »Hasenscharte und Mongoloismus sind doch was anderes als eine gewisse ... geistige Unbedarftheit.«

»Aber er hatte ihre Kette.«

Bartholomäus nickte zum Telefon. Was so viel heißen sollte wie: Warten wir's ab. »Hat der Zillenbiller jetzt eigentlich die Sache mit dem Müll erledigt?«

Kreuzpointner zuckte die Schultern. »Zu mir hat er heute in der Früh nichts gsagt. Ich erinner ihn nachher noch mal dran, wenn er wieder da ist.«

»Okay.« Bartholomäus stand auf und ging hinüber zu der Pinnwand, an die sie alle möglichen Informationen über die drei Fälle geheftet hatten. Fotos, Zusammenfassungen, Berichte, Artikel, Zeichnungen. Daneben hing ein Schreibboard mit einem Personencluster. Alle, die bis jetzt irgendwie in die Fälle involviert waren, hatten dort zwischen Pfeilen und Verbindungslinien ihren Platz gefunden. Bartholomäus fand, dass es ein wenig aussah wie das Taktikbrett eines Fußballtrainers. Du läufst dahin, du deckst den, diesen Raum dichtmachen. Vielleicht standen sie ja wirklich kurz davor, das entscheidende Tor zu schießen. Obwohl ihm sein Gefühl etwas anderes sagte. So einfach ließ sich dieser Gegner nicht schlagen.

Das Telefon neben Kreuzpointner klingelte. Der Kommissar blickte auf die Nummernanzeige. »Das ist er«, teilte er Karin und Bartholomäus mit und drückte auf das grüne

Hörersymbol. »Max, was gibt's? … aha … so … ja, schad. Da können wir nichts machen. … Bis nachher.« Er legte auf und sah seine Kollegen an. »Der Bruder ist in Polen. Hat sich ein paar Tage Urlaub gnommen, um die Eltern z'besuchen.«

Bartholomäus runzelte die Stirn.

»Vielleicht kann jemand anderes die Kette identifizieren?«, überlegte Karin Reichlmair. »Wenn sie die ab und zu auch getragen hat, kann sich sicher eine ihrer Freundinnen daran erinnern.«

»An eine simple Halskette?« Kreuzpointner machte ein zweifelndes Gesicht.

»Frauen können so was«, informierte ihn Karin Reichlmair mit einem Augenzwinkern.

»Ich will nachher eh zu den Backs fahren«, sagte Bartholomäus. »Mit ihm wollte ich sowieso reden und dann befrage ich seine Frau wegen der Kette.«

»Wenn die Frau die Kette wiedererkennt«, Karin Reichlmair trank ihren Kaffee aus und lehnte sich zurück, »dann können wir den Sack zumachen.«

Können wir dann den Sack zumachen? Als Bartholomäus am späten Nachmittag nach Starnberg fuhr, dachte er erneut über diesen Satz nach. Wenn es tatsächlich Otylia Ehrlichs Kette war, die er in Hädrichs Safe gefunden hatte, war das ohne jeden Zweifel ein erdrückendes Indiz. Aber es war kein endgültiger Beweis. Jeder halbwegs gewiefte Anwalt würde Hädrich da rausboxen.

Die Kette eines Mordopfers im eigenen Hotelsafe? Flyer des Verdächtigen, die bei dem Mordopfer gefunden worden waren? Menschenverachtende Ansichten des Verdächtigen? Urinspuren auf seinen Schuhen, die vielleicht von dem dritten Mordopfer stammten? Lächerlich! Die Kette hatte er gefunden, den Flyer haben Hunderte, der Urin lässt sich nicht zuordnen und kann der des Hausmeisterdackels sein, und die Ansichten? Ich bitte Sie, Herr Richter, die Zeiten sind Gott sei Dank lange vorbei, in denen man wegen seiner Ansichten juristisch belangt werden konnte.

Bartholomäus nahm eine Hand vom Steuer und fuhr sich durch die Haare. Nein. Auch wenn Izabella Back die Kette wiedererkannte, blieb der Sack mit Sicherheit offen. Erst, wenn danach Hädrichs DNA passte, war die Sache gelaufen. Falls nicht, konnten sie froh sein, wenn sie überhaupt einen Haftbefehl bekamen, der Hädrich wegen dringenden Tatverdachts in U-Haft brachte.

Stefan Back würde etwa gegen 19 Uhr zu Hause sein. Das hatte ihm seine Frau am Telefon mitgeteilt. Bartholomäus kündigte sich für halb sieben an, da er erst mit Izabella Back alleine sprechen wollte. Aber ein Stau auf der A 952, der sich bis zu einer defekten Ampel in Starnberg hinzog, machte ihm einen Strich durch die Rechnung. Als Bartholomäus den BMW abschloss, war es bereits Viertel nach sieben.

Die Backs wohnten in einer modernen Wohnungsanlage im Westen Starnbergs. Maximal zweistöckige Gebäude, die vornehmlich Eigentumswohnungen unterschiedlicher Größe beherbergten und sich um pflegeleicht bepflanzte Grünflächen drapierten. Ein paar Bänke, zwei Kinderspielplätze, eine Brunnenanlage. Die Menschen, die hier wohnten, waren typischerweise junge Eltern, junge Paare, junge Singles. Und alle sicher nicht ganz arm.

Bartholomäus klingelte an einem Haus, das in Rottönen gehalten war. Die Backs wohnten im zweiten Stock.

»Herr Kammerlander?«, meldete sich eine Stimme aus der Gegensprechanlage. Stefan Back war schon zu Hause.

»Ja, richtig. Kammerlander hier.«

»Kommen S' rauf.« Der Türsummer sprang an.

Der Mann, der Bartholomäus öffnete, war Mitte vierzig, kaum kleiner als er selbst, hatte kurzes, blondes Haar und blaue Augen. Über seinem Gürtel wölbte sich ein kleiner Bauchansatz, aber seine Haltung war aufrecht und seine Bewegungen wirkten geschmeidig. Stefan Back tat etwas für seinen Körper.

»Einen schönen guten Abend. Kommen S' rein.« Ein fester Händedruck, ein gewinnendes Lächeln. Nett, aber undurchsichtig. Back war niemand, der sich leicht einschüchtern ließ.

»Grüß Gott. Danke.« Bartholomäus trat sich die Schuhe ab und ging an Back vorbei in die Wohnung.

Back schloss die Tür und lotste Bartholomäus wortlos ins Wohnzimmer. Ein sehr großer Raum mit abgeteilter Essecke, hinter der eine angelehnte Tür wahrscheinlich in die Küche führte. Gemütlich, geschmackvoll, nicht billig. Moderner Landhausstil. Nach Kindern sah es nicht aus. Es duftete nach Fisch und irgendeinem Gemüse. Bohnen? Auf dem riesigen Flachbildschirm verabschiedete sich eben eine stumme Petra Gerster.

»Nehmen Sie doch Platz. Meine Frau muss auch jeden Moment so weit sein.« Back drehte sich um. »Schatz? Kommst du?«, rief er Richtung Küche.

Ein Deckel klapperte. »Ja, ich komme.« Eine weiche, warme Stimme mit einem deutlich osteuropäischen Einschlag. Bartholomäus setzte sich auf das Zweier-Sofa. Echtes Leder.

»So.« Back wandte sich wieder Bartholomäus zu und setzte sich ebenfalls. »Herr Kammerlander.« Er schien zu überlegen, woher er Bartholomäus kannte. Aber darüber hatte er sich sicher längst Gedanken gemacht. »Wir sind uns schon einmal begegnet, nicht wahr?«

»Vor zwei Jahren. Im amerikanischen Konsulat.«

»Ja, ja, richtig. Der Mord an dem Wirtschaftsspion.«

Bartholomäus nickte, obwohl es nicht stimmte. Es war um einen Kinderhändlerring gegangen, der von den USA aus operierte. Back wusste das genau. Aber Bartholomäus hatte oft genug erfahren, dass es ihm von Nutzen sein konnte, wenn ihn sein Gegenüber falsch einschätzte.

Izabella Back trat aus der Küche und kam herüber ins Wohnzimmer. Sie war eine schöne Frau. Langes, seidiges Haar, große Rehaugen, tolle Figur. Doch ihr schüchterner Blick und ihre kraftlose Haltung machten deutlich, dass sie sich dessen kaum bewusst war. Oder dass dieses Bewusstsein verloren gegangen war.

»Guten Abend.« Ein Lächeln wie durch Milchglas. Sie streifte Bartholomäus kaum mit ihrem Blick.

»Guten Abend, Frau Back.«

Izabella Back nahm auf der Vorderkante des Sessels Platz, die Hände im Schoß. Ihr Blick verharrte im Ungefähren, aber nah genug bei ihrem Mann, um keinen Hinweis, keine Andeutung zu übersehen. Links hinter ihr schwebte ein Mainzelmännchen durchs All.

»Was können wir denn jetzt für Sie tun, Herr Kammerlander? Meine Frau hat mir erzählt, dass Sie uns in irgendeiner Ermittlungssache sprechen wollen?«

»Das stimmt.« Bartholomäus holte die Klarsichttüte mit der Kette hervor. »Zunächst würde ich gerne Sie etwas fragen, Frau Back.« Er legte die Kette vor sie auf den gläsernen Wohnzimmertisch. »Erkennen Sie diese Kette wieder?«

Ihr erster Blick galt ihrem Mann, dann erst sah sie sich die Kette aus sicherer Entfernung an. Plötzlich verdunkelten sich ihre Augen. Sie beugte sich nach vorn und zog die Tüte ein Stück weiter zu sich.

»Sie dürfen sie gerne in die Hand nehmen.« Bartholomäus nickte.

Stefan Back lächelte seiner Frau aufmunternd zu. Wie einem Kind, das oben auf der Rutsche stand und sich nicht traute.

Izabella Back nahm die Tüte und besah sich die Kette von Nahem. Langsam veränderte sich ihr Gesichtsausdruck. Die Mundwinkel sanken herab, der Blick wurde unstet, die Augen bekamen einen feuchten Glanz.

»Erkennen Sie sie wieder?« Bartholomäus spürte, wie sein Herz schneller schlug.

Izabella Back nickte. Eine erste Träne kullerte aus ihrem Augenwinkel. »Das ist Kette von meine Freundin Otylia.«

»Otylia Ehrlich?«

»Ja.«

»Sie sind sich sicher?«

»Otylia? Die gehörte Otylia?« Stefan Back schob sich in das Blickfeld seiner Frau. »Schatz, das ist wichtig. Du musst dir ganz sicher sein.«

Ein Wunder, dass er sie alleine in der Küche hantieren lässt, dachte sich Bartholomäus. Könnte ja sein, dass sie das Schnitzel direkt auf die Herdplatte legt.

»Das ist Kette von Otylia. Bin ich mir sicher.« Izabella Back nickte und wischte sich die Träne von der Wange. Ohne Bartholomäus anzusehen, gab sie ihm die Tüte wieder zurück.

Ihr Mann lächelte entschuldigend. »Das hat meine Frau sehr mitgenommen.«

Ach was? »Frau Back, ich weiß, dass Sie diese Fragen

alle schon meiner Kollegin beantwortet haben. Aber würden Sie mir noch einmal erzählen, wie Sie zu Frau Ehrlich standen? Wie gut kannten Sie sie?« Bartholomäus steckte die Tüte ein.

Sie zuckte die Schultern und holte ein Taschentuch aus ihrem Hauskleid. »Na, kenn ich sie seit vorletztes Oktoberfest.«

»Da haben Sie sie kennengelernt?«

»Ja, waren wir Gruppe von polnischen Frauen in München. Und Otylia war neu.«

»Aha. Und danach? Waren Sie öfter mit ihr zusammen?«

»Na, vielleicht einmal in die Woche.«

Bartholomäus nickte. Mit einem Seitenblick auf Back und dessen verkrampfte Gesichtszüge erkannte er, wie peinlich dem das Deutsch seiner Frau war. Armleuchter. »Also kannten Sie sie recht gut. Wissen Sie, ob sie mit irgendjemandem Schwierigkeiten hatte? Gab es vielleicht einen Verehrer, den sie abgewiesen hatte?«

Sie sah ihren Mann an.

»Ein Mann, den sie nicht wollte«, erklärte er ihr missmutig.

»Ah. Nein.« Sie schüttelte den Kopf. »Weiß ich nichts.«

»Vielleicht Ärger in der Arbeit? Hat sie Ihnen gegenüber mal irgendwelche Probleme erwähnt?«

»Nein. Otylia immer sehr fröhlich. Manchmal bissl Heimweh. Aber sonst immer fröhlich.« Izabella Back tupfte sich die Nase mit ihrem Tempo.

Bartholomäus ließ sich Zeit. Er wollte sie nicht mit Fragen bombardieren. Sie hatte ohnehin Mühe, ihre Tränen zurückzuhalten. Und irgendetwas sagte Bartholomäus, dass sie das wegen ihm tat, ihrem Mann.

»Wissen Sie, ob Frau Ehrlich einen festen Freund hatte?«

Izabella Backs Augen sahen unruhig auf dem Tisch herum. Die Frage war ihr sichtlich unangenehm. »Otylia … manchmal Freund, manchmal nicht.«

»Aber immer einen anderen«, bemerkte Back süffisant.

Okay. Für Back war sie ein Flittchen und er hatte seiner Frau immer wieder vorgeworfen, dass sie sich mit ihr abgab. Deswegen war ihr die Frage so unangenehm.

»Noch eine letzte Frage hätte ich zu Otylia Ehrlich, Frau Back. Wissen Sie, ob sie privaten Deutschunterricht genommen hat?«

»Die Ehrlich? Das kann ich mir nicht vorstellen«, schaltete sich Back erneut ein. Offenbar wurde er allmählich ungeduldig.

Bartholomäus ignorierte ihn. »Frau Back?«

Sie nickte in den Parkettboden hinein. »Ja, hat sie mal erzählt, weil ich Buch gefunden.«

»Zu Hause?«, fragte Bartholomäus. »Fand der Unterricht zu Hause statt?«

»Ja.«

»Und wer gab ihr Unterricht? Wissen Sie das?«

Izabella Back schüttelte den Kopf. »Nein. Otylia war peinlich.«

»Es war ihr peinlich? Wie meinen Sie das?«

Izabella Back rutschte auf der Kante des Sessels herum. »Habe ich sie gefragt, aber wollte sie nicht sagen. Machte sie so ein Gesicht.« Izabella Back sah Bartholomäus für eine Sekunde an und schnitt dabei eine Miene, die ein schamhaftes Grinsen sein sollte. Was ihr nicht schwerfiel. Die ganze Situation, die Fragen, ihr Mann – das alles verunsicherte die Frau mehr und mehr. Bartholomäus beschloss, bald zum Ende zu kommen.

»Gut, ich danke Ihnen, Frau Back. Vielen Dank.«

»Weiß ich nur«, hob Izabella Back in diesem Moment an, »dass sie ihn immer miciu genannt hat. Ihren miciu.«

»Miciu?«, wiederholte Bartholomäus das polnische Wort.

»Ja. Heißt …«, sie suchte nach dem Wort, »Bärr.« Sie sah ihren Mann an. Nach Hilfe suchend und entschuldigend zugleich.

»Bär«, korrigierte sie Back bemüht verständnisvoll.

»Bär.« Bartholomäus überlegte. Bär. Ein großer, kräftiger Mann. Der einen anderen Mann auf Baumstämme schleppen konnte.

»Ist das vielleicht Ihr Mann?« Back ergriff die Gelegenheit, sich wieder ins Gespräch einzuschalten. »Sie ermitteln in diesen Mordfällen, nicht wahr? Ich habe in der Zeitung davon gelesen. Ein Serienmörder. Schrecklich.« Stefan Back verschränkte die Arme, lehnte sich nach hinten und schlug die Beine übereinander.

Bartholomäus nahm es interessiert zur Kenntnis. Eine Schutzhaltung? Verringerte der Mann seine Angriffsfläche? Wieso? Und wer hatte nicht von dem Serienmörder in der Zeitung gelesen? Warum erzählte er ihm das?

»Das Dezernat ermittelt, ja.« Auf die erste Frage ging Bartholomäus nicht ein. »Und in diesem Zusammenhang hätte ich noch eine Sache, die ich gerne ansprechen würde.«

»Bitte.«

Das Fernsehbild verkündete mieses Wetter für die nächsten drei Tage. Vor allem im Süden. Izabella Back sah kurz Richtung Küche.

»Im Zuge unserer Ermittlungen«, begann Bartholomäus, »haben wir festgestellt, dass Sie im Finanzamt Starnberg von einem Herrn Alfarth betreut wurden. Haben Sie diesen Herrn jemals persönlich kennengelernt?« Er sah Stefan Back an. Veränderte sich sein Gesichtsausdruck? Seine Haltung?

Ja. Beides. Aber anders, als sich Bartholomäus das vorgestellt hatte. Stefan Back lächelte, beugte sich nach vorn und legte die Fingerspitzen aneinander. »Ich verstehe.« Sein Lächeln wurde eine Spur überheblich. »Sie suchen einen Serienmörder. Und wenn jemand eine Verbindung zu zwei Opfern hatte, ist das natürlich sehr interessant für Sie.«

Bartholomäus wollte etwas erwidern, konnte aber nicht. In seinem Hirn war eine Schranke heruntergegangen. Irgendetwas von dem, was Back gerade gesagt hatte, passte nicht.

Er sah den Mann nachdenklich an. Zwei Sätze. Logisch, inhaltlich korrekt, Zeugnis dafür, dass Back nicht auf den Kopf gefallen war. Er kannte Otylia Ehrlich und Simon Alfarth, zwei der Opfer. Dass er da nachfragte, lag auf der Hand. Was also war so merkwürdig an der Aussage gewesen, dass er – Opfer! Alfarth!

Bartholomäus blinzelte zweimal. »Herr Back, woher haben Sie die Information, dass Ihr zuständiger Steuerbeamter, Herr Alfarth, eines der Opfer ist? Die Presse hat keine Namen.«

Jetzt blinzelte auch Stefan Back. Er richtete sich auf, schaute kurz zur Seite. Die Verunsicherung hatte ihn förmlich angesprungen. »Ja … das … muss … Ich weiß es, ehrlich gesagt, nicht mehr.« Er fuhr sich mit der Hand über die Wange und lächelte verschwommen. »Ich glaube, ich hab's in der Arbeit aufgeschnappt.«

»Im Verfassungsschutz?«

Stefan Back hob die Hände. »Ich weiß es nicht mehr. Ich weiß nur noch, dass ich in der Zeitung von dem Mord in Starnberg gelesen habe. Zu der Zeit haben wir auch unsere Steuer gemacht und uns gewundert, dass wir auf einmal einen anderen Sachbearbeiter hatten. Schatz, das war doch um die Zeit, oder?«

Izabella Back lächelte unsicher. Sie hatte augenscheinlich keine Ahnung, wovon ihr Mann sprach.

»Sie haben keinen Steuerberater, sondern geben Ihre Steuererklärung selbst im Finanzamt ab?«

Back nickte. »So kompliziert ist das ja nicht als Beamter. Alles recht überschaubar. Da spart man sich die paar Hundert Euro gerne. Sie wissen ja sicher selbst, wie das ist.«

»Und dann haben Sie in der Arbeit darüber gesprochen und irgendwer wusste, dass der Mann Alfarth hieß?«

»Ja, so muss das gewesen sein.«

»Aha.« Bartholomäus gab sich keine Mühe, seinen Zweifel zu verbergen. »Aber Sie wissen nicht mehr, von wem die Information stammte?«

Back tat, als überlegte er. »Nein, tut mir leid.«

Bartholomäus glaubte Back kein Wort. Im Verfassungsschutz kursierten Namen von Mordopfern? Unsinn! Sicher konnten die den Namen herausfinden, wenn sie wollten. Aber wieso sollten sie? Und die Sache mit der Steuereingabe würde er auch überprüfen.

»Noch einmal zurück zu meiner Frage: Ist einer von Ihnen«, Bartholomäus warf beiden einen Blick zu, »Herrn Alfarth je begegnet? Kannten Sie ihn persönlich?«

»Meine Frau nicht, weil ich immer den Steuerkram erledige«, sagte Back schnell. »Aber ich hatte ein paar Mal mit ihm zu tun, ja.«

Jegliche Überlegenheit war von Stefan Back abgefallen. Er wusste genau, dass er einen Fehler gemacht hatte.

»Und? Was hatten Sie für einen Eindruck?«

»Ein netter Mann. Ruhig, gewissenhaft, höflich.«

»Der Ihnen auch nicht zu viele Steuern abgeluchst hat?« Bartholomäus setzte ein Haifischgrinsen auf.

Back erschrak für den Bruchteil einer Sekunde, dann war er sichtlich froh um den vermeintlichen Scherz. »Ah!« Er zeigte auf Bartholomäus. »Nein, nein, er gab mir keinen Grund, ihn umzubringen.«

Bartholomäus wischte das Grinsen ab. »Und Sie haben ihn immer im Amt getroffen?«

»Richtig.«

Bartholomäus dachte einen Augenblick nach. Er hatte alles erfahren, was er wissen wollte. Und mehr als das. So viel, dass er sicher noch einmal mit Back reden würde. Aber nicht jetzt. Das brachte ihn nicht weiter. Und Back sollte Zeit haben, über seinen Fehler zu brüten. Zeit, die er vielleicht nützen würde, einen weiteren zu begehen.

»Gut.« Bartholomäus nickte und erhob sich. Auch die Backs standen auf. »Das wäre es für den Moment. Vielleicht haben ich oder einer meiner Kollegen im Laufe der Ermittlungen noch die eine oder andere Frage. Wir würden dann auf Sie zukommen.«

»Gerne.« Back bemühte sich, ein Stück seiner alten Souveränität zurückzugewinnen.

Bartholomäus verabschiedete sich von Izabella Back und folgte ihrem Mann hinaus auf den Flur. Dort gaben sich die beiden Männer die Hand und Back öffnete die Tür.

»Ach! Da fällt mir noch etwas ein.« Bartholomäus drehte sich um. »Wolfgang Stransky kannten Sie nicht zufällig, oder?«

Stefan Back zog die Stirn in Falten. »Wen?«

Bartholomäus nickte, wandte sich um und lief die Treppe hinab.

*

Michaela Kamps lächelte versonnen, während das Wasser langsam im Kaffeefilter versickerte. Die Wohnung würde toll werden. Und sie war so froh, dass sie sich schlussendlich doch für diese Massivholzdielen entschieden hatten und nicht für das Laminat. Die Dielen waren zwar um einiges teurer, aber was soll's? Schließlich richtete man sich nicht alle Tage ein gemeinsames Nest ein.

Sie goss Wasser nach und dachte noch einmal an den Tag, an dem er sie gefragt hatte. Irgendwann Anfang November war's gewesen. Sie konnte sich Daten so schlecht merken. Ob sie sich vorstellen könnte, mit ihm zusammenzuziehen? Nein, er hatte drei Anläufe gebraucht. Ob sie sich … ob sie sich … vorstellen könnte … Und ein Also hatte er auch noch irgendwo eingebaut. Also … ob sie mit ihm zusammenziehen wollte. Und dabei hatte er sich nicht getraut, sie anzusehen! Hatte in die Tasse gestarrt und seine Finger festgehalten.

Meine Güte, ja! Ja, ja, ja! Sicher wollte sie das! Endlich! Darauf hatte sie so lange gewartet! Endlich hatte dieses Hin- und Hergefahre ein Ende! Endlich würden sie so richtig zusammensein! Sie und Eduard. Ihr Eduard.

Michaela Kamps seufzte glücklich. Manchmal wusste sie gar nicht, wohin mit all diesen warmen, herzensvollen Empfindungen, die durch ihren Körper strömten. Durch ihren immer noch etwas pummeligen Körper. Okay. Aber Eduard liebte sie auch so. Hatte er gesagt. Trotzdem – ein paar Pfunde würde sie gewiss noch abnehmen. Das gefiel Eduard sicher.

Und deswegen legte Michaela Kamps auch nur drei Stücke Marmorkuchen auf den Servierteller. Zwei für Eduard und eines für sie. Dann nahm sie den Filter von der Thermoskanne, schraubte den Deckel drauf und stellte sie auf das Tablett.

»Kaffee ist fertig!«, rief sie hinüber ins Wohnzimmer. Sie nahm das Tablett und machte sich auf den Weg.

An der Küchentür überlegte sie kurz, ob sie noch einmal zurückgehen sollte, um etwas über den Kuchen zu legen. Der Gipsstaub aus dem Bad hing immer noch in der Luft. Aber das bisschen würde schon nichts machen. Wichtiger war ohnehin, dass sie aufpasste, wo sie hintrat. Auch deswegen wurde es Zeit, dass sie endlich mit dem Renovieren fertig wurden. Man konnte sich hier drin ja kaum noch bewegen, ohne dass man über irgendetwas drüberfiel, sich den Kopf stieß oder etwas kaputttrat. Zwei Wochen, hatte Eduard gemeint. Noch zwei Wochen. Vor allem wegen dem Bad. Aber dann war es endlich so weit.

Michaela Kamps seufzte noch mal, schob sich an dem Haufen Fliesenabfall vorbei und drückte mit der Fußspitze die Wohnzimmertür noch ein Stückchen weiter auf. Auch durch das Wohnzimmer schwebte der Gipsstaub. Zerlegte das Licht, das durch das Fenster fiel, in pudrige Strahlen. »Schatz! Kaffeepause!«

Erst sah sie ihn nicht. Vielleicht hockte er hinter dem Sofa? Da wollte er ja noch die eine Diele einpassen.

Doch Eduard von der Pfordten hockte nicht hinter dem Sofa. Er kniete links neben der Kommode. Stemmte die Hände in den Boden, reckte das Kinn nach unten. Keuchte, pfiff, röchelte. Die Staubschutzmaske lag abgerissen neben ihm.

»Eduard!«, schrie Michaela Kamps entsetzt. Sie knallte das Tablett auf die Kommode und rannte ins Bad. Hoffentlich lag der Inhalator im Medikamentenschrank.

17. Kapitel

Mitte Januar, Pfaffenwinkel, München

Bartholomäus nahm die Kaffeetasse in die andere Hand und öffnete die Tür des Wohnmobils. Ein Schwall eisiger Luft stürzte sich auf ihn, floss unter sein T-Shirt und krallte sich an seine nackten Beine. Ein Bild ging ihm durch den Kopf. Die Kälte hatte die ganze Nacht da draußen vor der Tür gewartet und gebibbert, darauf gelauscht, dass er aufmachte, um sich dann durchgefroren an seine warme Haut, in den warmen Wagen zu flüchten, aus dem sie so schnell auch niemand mehr herauskriegen würde.

Er ließ seinen Blick über den Waldrand schweifen. Schneeschweres Geäst, dunkle Stämme, eine wattige, weiße Stille. Man konnte das Gefühl bekommen, der einzige Mensch auf der Welt zu sein. Auch weil es nach nichts roch. Nur nach Kälte, die die Nasenhaare gefrieren ließ. In den drei Tagen, die Bartholomäus jetzt hier stand, war auch noch niemand vorbeigekommen. Er hatte den Platz im Sommer entdeckt und ihn sich gemerkt. Für Zeiten wie diese.

Bartholomäus stellte die Tasse in die Spüle, stieg aus dem Wohnmobil und ging hinüber zu dem Ginsterbusch. Der Schnee reichte ihm bis zur Wade und knirschte dumpf, als er auf ihn trat. Während er in den Busch pinkelte, grub er mit seinen nackten Zehen eine kleine Kuhle. Zielte dann auf einen Zweig und befreite ihn von seiner Schneelast. Er richtete sich auf, stieß einen anderen Zweig an, und ein Pulverschauer rieselte auf den gelben Trichter herab.

Bartholomäus ging zurück zum Wohnmobil und öffnete die umgebaute Garage. Friedrich blinzelte ihn träge durch das Gitter an. Er musste an diesen Versuch mit den Kindern denken. Als er vor ein paar Jahren darüber gelesen hatte, hatte er ernsthaft überlegt, Friedrich einen anderen Namen zu geben. Er hatte ihn nach Kaiser Friedrich II. benannt, wegen dessen Falkenbuch. Aber dann hatte er gelesen, dass dieser Friedrich II. Säuglinge in einen Verschlag gesperrt und von der Außenwelt isoliert hatte. Sie wurden zwar mit Nahrung versorgt und saubergehalten, doch niemand durfte mit ihnen sprechen. Friedrich wollte so herausfinden, wie die Ursprache der Menschen klang. Am Ende gingen die Kinder wegen mangelnder Zuwendung regelrecht ein.

Es gab auch noch ein paar andere, ähnliche Geschichten über Friedrich II. Alle belegten sie sein für die damalige Zeit und zumal für einen Kaiser erstaunliches Interesse an der Wissenschaft. Erstaunlich zumindest für Historiker. Für Bartholomäus war es einfach nur abartig, Mittelalter hin, Interesse her. Andererseits hatte er sich damals schon so an den Namen gewöhnt. Und überhaupt – im Grunde war es doch egal, wie er ihn nannte. Friedrich war ja kein Hund.

Während er sich anzog, schaltete Bartholomäus sein Handy ein und rief die Kurzmitteilungen ab. Zwei Nachrichten waren eingegangen, seit er vor drei Tagen zum letzten Mal in sein Handy gesehen hatte. Eine von Wiebke, die sie gestern Abend geschickt hatte, die andere von Kreuzpointner. Sie war erst ein paar Stunden alt.

Mein Herz, denk an dich. Kopf klar? Du klar? Fehlst mir, aber das weißt du. Hier alles o.k. Professor wieder milde ;-). Flieg hoch! Ich küsse dich, Wiebke.

Servus, Kammerlander, Hädrich nichts Neues. Anwalt will Kaution. Müll beim Graphologen. Back okay. Nix tut sich. Gar nix. Gruß Kreuzpointner.

Bartholomäus schaltete das Handy wieder aus. Flieg hoch! Er zog sich den dicken Pulli über und schlüpfte in den Parka. Ja, deswegen war er hier draußen. Um hoch zu fliegen. So hoch, dass er wieder alles sah. Nicht mehr nur den Dreck, den seine Schuhe aufwirbelten. Oder den Dreck, den der aufwirbelte, von dem sie noch nicht einmal den Schatten sahen.

Seitdem er damals Friedrich gefunden hatte, nannten sie das so. Es war ihm schon auf einem der ersten Spaziergänge mit dem Adler in den Sinn gekommen. Hoch fliegen. Das brachte genau auf den Punkt, was er hier tat, was er schon so oft getan hatte, wenn nichts mehr gegangen war. Die Dinge von oben sehen, in ihrer Gesamtheit. Sich rebooten, auf null stellen. Die Dinge wieder so sehen, wie sie immer waren, bevor er sich hier unten in dem Labyrinth aus Vermutungen, Spuren und Unwissenheit verloren hatte. Wie ein Raubvogel, der über dem Land schwebte, bis er seine Beute erspähte und sich auf sie stürzte. Wobei Letzteres natürlich nicht auf Friedrich den Faulen zutraf.

Bartholomäus zog sich den Habichts-Handschuh über und holte Friedrich aus seinem Käfig. Er gab ihm kurz Gelegenheit, sich zu sortieren. Dann streckte er den Arm aus und der Adler erhob sich mit mächtigen Flügelschlägen in die Luft.

Bartholomäus sah ihm nach. So lange, bis sich die ersten Gedanken von selbst einstellten. Professor wieder milde. Er setzte sich in Bewegung.

Wenn er wieder zurück im Alpenblick war, musste er

sich bei Heelmann entschuldigen. Er würde irgendetwas sagen von Stress und Arbeit, die ihm über den Kopf gewachsen waren. Dass er ihn auf dem falschen Fuß im falschen Moment erwischt hatte. Vielleicht zum Abendessen ins Restaurant einladen. Heelmann war ja ein netter Kerl. Gutmütig, zurückhaltend, verstaubt. Obwohl es wahrscheinlich genau das gewesen war, weswegen er ihn so angeblafft hatte. Dass sich jemand für uralte Schachpartien und noch ältere Lederhosen begeistern konnte, während direkt vor seiner Haustür dieses Monster herumlief. Ja, sicher, Heelmann wusste nichts davon, er hatte es nur gut gemeint, als er ihm den Zeitungsausschnitt mit der Partie dieser beiden Russen gezeigt und ihn gefragt hatte, ob alles in Ordnung sei. Denn er, Bartholomäus, mache seit ein paar Tagen, verzeihen Sie meine Offenheit, einen etwas schwermütigen Eindruck. Ein bisschen wie eine abgetragene Lederhose. Haha.

Da war ihm der Kragen geplatzt. Wiebke hatte das Schlimmste verhindert, ihm den Schlüssel fürs Wohnmobil in die Hand gedrückt und gesagt, dass er für ein paar Tage verschwinden solle.

Ein Abendessen. Drei oder vier Gänge. Vielleicht konnte er sich sogar zu einem Schachspiel durchringen.

Bartholomäus entdeckte Friedrich hinter einer Anhöhe. Er kreiste in einem weiten Radius. Hinter ihm tat sich eine blassblaue Lücke in den Wolken auf.

Kopf klar? Er klar? Ja, ein bisschen. Die drei Tage hatten gutgetan. Aber er würde sicher noch ein paar dranhängen. Denn so hoch oben, so weit weg, wie er sein wollte, war er noch lange nicht. Bis jetzt war ihm nur klar geworden, wie verworren das da unten alles war. Und nicht nur deswegen, weil Hädrichs DNA nicht passte und er für den 20. und Silvester ein Alibi hatte. Für den 9. November nicht, und die

Kette in seinem Schrank hatte er damit erklärt, dass er sie zufällig im Hotel gefunden hatte. Im Untergeschoss auf dem Flur vor dem Edelweiß-Raum. Nachdem sich Hädrich über den defekten Safe beschwert hatte, hatte Bartholomäus die Kette noch einmal ›ordnungsgemäß‹ entdeckt, damit dieses Beweismittel auch juristisch verwertbar war. Aber Hädrich war aalglatt und ließ sich nichts anmerken. Oder es stimmte tatsächlich, was er sagte. Warum er die Kette denn dann nicht an der Rezeption abgegeben habe? Weil er mit dieser Lesbe nichts mehr zu tun haben wolle, die es ja immer noch nicht auf die Reihe bekommen habe, die Sache mit seinem Koffer zu klären. Aber okay, er hätte die Kette abgeben sollen. War er halt zu gierig gewesen. Und der Urin auf seinem Schuh? Er habe keine Ahnung, wovon sie redeten. Vielleicht hatte eines der Zimmermädchen draufgepinkelt.

Zumindest hatten die Verdachtsmomente für einen Haftbefehl gereicht. Allerdings auch erst nach diesem Telefonat. Bartholomäus runzelte die Stirn. Dieser neue Innenminister war ein windschlüpfriger Schleimer vor dem Herrn. Einer von den Typen, die sogar ihr eigenes Spiegelbild über den Tisch zogen. Seit geraumer Zeit hatte er den Eindruck, dass es irgendwo eine Brutstätte geben musste, wo diese Art von Politikern gezüchtet wurde.

Aber wenn Hädrich nur für den einen Mord verantwortlich war, wer hatte dann die beiden anderen begangen? Abgesehen davon, dass er nicht einmal glaubte, dass Hädrich den einen verübt hatte. Er wollte es glauben, aber er tat es nicht. Weil das nicht passte. Irgendwie.

Und genau wegen diesem Irgendwie brauchte er noch Zeit. Irgendwie war erster Stock, höchstens Hausdachhöhe. Wenn er nicht weiter rauf kam, war es nur eine Frage der Zeit, bis er gegen den nächsten Baumstamm knallte.

Vielleicht trog ihn ja sein Gefühl und es war doch Hädrich. Von weiter oben sah das alles vielleicht noch einmal ganz anders aus. Dann hatten sie ein Problem, wenn die Kaution abgesegnet wurde.

Bartholomäus stieß auf einen Feldweg, der zwischen zwei Äckern hindurchzuführen schien. Tiefe Traktorspuren verrieten, dass hier erst kürzlich jemand gefahren war. Aber nach wie vor war weit und breit kein Haus, nicht einmal eine Scheune zu sehen. Nur ein einsamer Hochspannungsmast hinter einem Hügel gab Zeugnis davon, dass irgendwo in der Nähe tatsächlich Menschen wohnten.

Fritz. Auf einigen der Zettel, die Zillenbiller im Müll von Otylia Ehrlich gefunden hatte und die tatsächlich von einer Art Deutschunterricht herzurühren schienen, tauchte ein paar Mal der Name Fritz auf. Zufall? Hauser hatte nicht Unrecht mit seiner Aussage, dass Fritz sicher ein sehr gebräuchlicher Name in Deutschlehrbüchern war. Und das Buch hatten sie bisher nicht gefunden. Oder hieß doch der Lehrer Fritz? Ein kräftiger, großer, verliebter bayerischer Bären-Fritz?

Aber bisher waren sie auf keinen Fritz gestoßen. Hädrich, Back, Ehard, Reinsdorfer – kein Fritz weit und breit. Auch kein Friedrich.

Bartholomäus machte den Reißverschluss seines Parkas ein Stück auf und sah sich nach dem Adler um. Da hinten, der kleine schwarze Punkt. Heute hatte er richtig Lust, badete in der Thermik. Bartholomäus schloss die Augen und breitete die Arme aus. Schwankte hin und her, spürte einem Luftzug nach, stellte sich vor, wie er stieg und stieg. Aber so hoch er auch kam, da war immer Boden unter seinen Füßen.

Back hatte also die Wahrheit gesagt. Zumindest was die

Sache mit der Steuer anging. Das mit dem Namen blieb seltsam.

Ehard. Woher hatte der das Geld? Spielte es eine Rolle für sie?

Schönheit, Makel. Polen, Behinderte. Visitenkarten, Termine. Strom, Gift. Alles hatte miteinander zu tun, aber keiner hatte mit einem anderen zu tun. Erfroren, durchwühlte Wohnungen, weiße Mercedes. Sechs Wochen, elf Tage und jetzt schon über zwei Wochen. Elektroschocks, Knebel, Schuhe. Haare, Schuppen, Sperma, das nichts zu bedeuten hatte. Nichts passte, alles schrie nach Sinn. Streichhölzer, Rambojacken, Deutschunterricht. Starnberg, Berg, Alpenblick. Fritz-Hädrich-Ehard-Back.

Bartholomäus öffnete die Augen. Er sah es nicht. Er sah nichts. Nicht den Anfang des Knäuels, keine Ahnungen, nicht einmal die Wolken, in denen sich beides verbarg. Es war alles so undurchsichtig, so konfus und unlogisch, dass man fast den Eindruck bekommen konnte – Bartholomäus blieb abrupt stehen. Ein Gedanke hatte ihn aufgeschreckt, ein unvermittelter Schrei aus dem Nichts. Was, wenn genau das der Sinn war? Wenn es unlogisch sein sollte? Wenn jemand die Konfusion inszeniert hatte? Eine scheinbare Sinnhaftigkeit vorspiegelte, die sich in Verwirrung verwandelte, sobald man näher hinsah?

Verwirrung. Bartholomäus nickte. Es fühlte sich so an, als hätte er etwas verstanden. Als wären die Felder und Wege unter ihm ein Stück kleiner geworden.

*

Das musste er sein. Ganz bestimmt. Fritz Schöberl nahm ein anderes Hemd in die Hand und linste hinüber zur

Schuhabteilung. Sonnenbrille! Wer hatte schon eine Sonnenbrille auf, wenn er ins Kaufhaus ging. Und blind schaute er nicht aus.

Dieser Lump war nicht mehr so ganz jung. Wegen der Brille, dem Hut und dem Mantel konnte Fritz Schöberl das nicht so genau einschätzen. Vielleicht um die 50 oder 60. Graue Haare, grauer Schnauzer, nicht allzu groß. Er kannte ihn nicht. Noch nie gesehen. Aber das war der Kerl.

»Kann ich Ihnen helfen?«

Fritz Schöberl fuhr herum. Eine junge Frau lächelte ihn freundlich an.

»N na, i find's scho, danke.«

»Suchen Sie ein Hemd?«

»Na, danke.«

Jetzt zog der Baraba den Karton heraus, auf den er das X gemalt hatte. Dunkle Schnürschuhe, Größe 44. Mit 10.000 Euro im rechten Schuh und einem Brief, dass er mehr nicht hatte auftreiben können und den Rest in zehn Tagen zahlen wollte. Fritz Schöberl wurde noch wärmer, als ihm ohnehin schon war. Wenn der Lackel das Geld genommen hatte, würde er ihm nachstellen. Und dann konnte der was erleben.

»Die Seidenhemden sind im Angebot.« Die Frau ließ nicht locker.

»Na, i brauch koans!«, blaffte sie Fritz Schöberl an.

»Wie Sie wollen!« Mit einem eingeschnappten Schmollen zog sich die Verkäuferin zurück.

Der Mann bückte sich und stellte den Karton auf den Boden. Dabei fiel ihm der Hut herunter. Halbglatze. Sicher schon 60. Er sah nach rechts und wartete. Wartete immer noch. Sah wieder nach rechts. Endlich griff er nach dem Schuh.

Jetzad! Jetzt hat er's genommen, das Geld! Fritz Schöberl warf das Hemd auf den Tisch und setzte sich in Bewegung.

Doch auch der Mann hatte es auf einmal sehr eilig. Ohne den Karton zurückzustellen, marschierte er davon. Nach rechts. Richtung Aufzüge, die gleich hinter der Schuhabteilung waren. Und einer stand offen. Da hatte er also hingesehen! Der hatte gewartet, bis einer der Aufzüge da war.

Zefix! Fritz Schöberl fing an zu laufen. Der andere war schon am Aufzug und betrat die Kabine. Drückte auf einen der Knöpfe und drehte sich um.

Kruzefix! Fritz Schöberl bog nach rechts ab. Der Hundling durfte ihn ja nicht sehen! Beinahe rannte er eine ältere Frau über den Haufen.

»Sagn S' ammoi! Passn S' doch auf!«

»Entschuldigung!«

Die Türen schlossen sich. Kreuzkruzefix! Der Aufzug fuhr nach unten. Fritz Schöberl rannte zu den Rolltreppen. Natürlich war die, die nach unten führte, auf der anderen Seite. Er hetzte an der Damenwäsche vorbei, keuchte um die Kurve und sprang auf die Treppe.

»Entschuldigens, derf ich moi vorbei?«

»Ja, pressiert's, oder?«

»Langsam!«

»Jetzt warten S' hoid, bis ma untn san!«

»Dank schön, danke.«

Die Schuhabteilung war im zweiten Stock. Als Fritz Schöberl die Rolltreppe ins Erdgeschoss hinunterlief, sah er hinüber zu den Aufzügen. Der, den der Erpresser genommen hatte, stand leer. Links daneben führte ein Ausgang ins Freie. Fritz Schöberl glaubte, einen grauen Hut zu erkennen, der eben in die trubelige Fußgängerzone eintauchte. Aber sicher war er sich nicht.

Die letzten Meter ließ er sich von der Treppe fahren. Kreuzkruzefix, Kruzefix!

18. Kapitel

20. Januar, München

Er fuhr die Rolltreppe hinauf und trat in den hellen Tag. Ein schier unbeschreibliches Gefühl durchströmte ihn. Nein, falsch, es war nicht unbeschreiblich. Es war dieses Gefühl, das einen immer dann überkam, wenn man im Voraus wusste, dass gleich etwas Wunderbares passieren würde. Dass man nachher das heiß ersehnte Auto abholen konnte. Dass man gleich den Kreditvertrag für das eigene Haus unterschreiben würde. Dass man hinter diesen Milchglastüren zum ersten Mal das eigene Kind in den Armen halten würde. Oder was die Leute eben so für Träume hatten. Bei ihm war es so gewesen, als er damals zu ihr gefahren war und wusste, dass er sie zum ersten Mal nackt sehen würde. Marie. Meine Marie. Und jetzt gleich würde er endlich zu Ende bringen, worauf er 21 Jahre gewartet hatte. Gleich würde er die Früchte ernten für über zehn Jahre Planen, Denken, Hoffen, Warten. Gleich würde der Schmerz aufhören, das Nagen an seiner Seele einer Ruhe weichen, die es ihm endlich erlaubte, an sie zu denken ohne dieses immerwährende schlechte Gewissen, diese drückende Schuld. In ein paar Stunden war Eduard tot und er endlich frei, sie so zu lieben, wie er das zu ihren Lebzeiten getan hatte. Dann wurde alles gut.

Er ging die Schellingstraße hinunter und bog links in die Amalienstraße ein. Da vorn, der dritte Eingang auf der gegenüberliegenden Straßenseite. Dritter Stock. Ein Schulkind lief an ihm vorbei und lächelte ihn an. Er lächelte zurück.

Sie hatten sogar schon das Klingelschild beschriftet. Von der Pfordten und Kamps. Er drückte auf den Knopf.

»Ja?«, drang es kurz darauf aus den Sprechschlitzen.

»DHL, ein Päckchen für Sie«, antwortete er.

»Ah! Kommen Sie bitte herauf.« Der Summer ertönte.

Als er die Holztreppe hinauflief, dachte er, dass Eduards Stimme noch genauso wie damals klang. Er hatte dabei immer an einen kleinen Hund denken müssen, der einen von unten herauf ansah, wenn man ihn streichelte. Dankbar, aber stets auf der Hut, ob er nicht doch eins übergezogen bekam.

Im zweiten Stock kam ihm eine junge Frau entgegen. Sie telefonierte, aber er senkte dennoch den Kopf, als er an ihr vorbeilief. Er glaubte jedoch nicht, dass sie ihn überhaupt bemerkt hatte.

Vor der Wohnungstür schöpfte er einen Moment Atem, wartete, bis sich sein Puls ein wenig beruhigt hatte. Eduard sollte ihn als völlig ruhig und gelassen wahrnehmen. Vertrauenswürdig. Er blickte auf die Tüte mit den Backwaren und dem Video. Mehr brauchte er diesmal nicht. Dann klingelte er.

»Augenblick!« Schritte kamen auf die Tür zu. Sie klangen hell und laut. Ein Holzboden.

Eduard von der Pfordten öffnete die Tür. »Was haben Sie denn für …« Er hielt unvermittelt inne. Der Mann im Treppenhaus war kein Postbote.

Er lächelte. »Hallo, Eduard.«

Eduard von der Pfordten schüttelte unmerklich den Kopf und blinzelte verwirrt. »Ich … Entschuldigen … Sie. Ich weiß gerade nicht …«

»Es ist lange her.« Er wartete geduldig.

»Es tut mir leid, aber …« Eduard von der Pfordten blieb hinter der Tür.

»Über 20 Jahre. Über dem großen Teich.«

Es arbeitete in Eduard von der Pfordten. Sein Blick wurde unstet, ging zurück in die Vergangenheit. Amerika. Studium, Denver. Alleine. Keine gute Erinnerung. Vor allem wegen – mit einem Ruck wurde der Vorhang beiseitegerissen. Eduard von der Pfordten klappte der Mund auf.

»*Du*? Bist *du* das?« Eduard von der Pfordten lächelte, staunte und zweifelte zugleich. Es sah fast komisch aus, was sein Gesicht mit ihm machte.

Er nickte. »Ich bin es.«

»Aber du … ich … meine Güte, das ist ja … Ich glaube es nicht!« Das Lächeln gewann die Oberhand. Mit einem Rest von irgendetwas, das er nicht genau zuordnen konnte. Unsicherheit? Schuldbewusstsein? Furcht? Er würde es herausfinden.

»Du kannst es ruhig glauben. Grüß dich, Eduard.« Er hielt ihm die Hand hin.

Wie in Trance ergriff Eduard von der Pfordten die dargebotene Hand. »Das ist ja … Ich bin völlig perplex! Was für eine Überraschung!«

»Ich habe gerade in München zu tun. Und irgendwie musste ich vorhin an dich denken, als ich durch Schwabing lief. Du hast ja damals immer gesagt, dass du von hier nie wegwillst.«

»Ja, ja, das ist richtig. Richtig.« Eduard von der Pfordten nickte. Dass sich jemand nach so langer Zeit an etwas erinnerte, das er gesagt hatte! Dass sich *er* daran erinnerte!

»Na ja, da dachte ich mir: Schau doch mal, ob du den alten Eduard im Telefonbuch findest. Und tatsächlich, da standest du. Eduard von der Pfordten. Tja«, er zuckte lustig mit den Schultern, »da bin ich in die nächste Bäckerei, hab was Leckeres gekauft und hier bin ich.«

»Ich kann es noch immer nicht glauben!« *Der alte Eduard* hatte er gesagt! Eduard von der Pfordten sah den Besucher stumm und fassungslos an.

Für einen Augenblick hatte er die Befürchtung, dass es dabei jetzt blieb. Große Überraschung, schön, dich zu sehen, auf Wiedersehen.

Doch dann erwachte Eduard aus seiner Sprachlosigkeit. »Komm rein, komm rein!« Er trat zur Seite und winkte ihn in die Wohnung.

»Aber nur, wenn ich dir keine Umstände mache. Ich platze ja völlig unangemeldet herein.«

»Unsinn! Ich wollte sowieso gerade eine Pause machen. Hereinspaziert!«

»Dann gerne.« Er trat ein und kam sich dabei vor wie der Pudel, den Faust eben in sein Studierzimmer ließ.

»Du musst entschuldigen!« Eduard schloss die Tür und machte eine vage Handbewegung, die auf das Chaos im Flur wies. »Wir renovieren gerade.«

»Wir?«

»Meine Freundin und ich. Sie zieht bei mir ein.«

»Gratuliere!«

»Danke dir, danke.« Eduard ging voraus. »Hier entlang. Gehen wir in die Küche. Da kann man sich im Moment noch am ehesten aufhalten.« Er lachte verlegen.

Er sah im Vorbeigehen durch die offene Badezimmertür. Er konnte eine Badewanne ausmachen, aber daneben befand sich auch eine separate Duschkabine. Hervorragend.

»Setz dich! Setz dich!« Eduard zeigte auf einen der Küchenstühle. »Was darf ich dir anbieten? Kaffee? Möchtest du Kaffee? Oder lieber Tee? Ich kann mich gar nicht mehr erinnern, was du damals immer getrunken hast. Ist ja auch schon so lange her.«

»Kaffee wäre fantastisch.« Er sah sich um. »Hübsch habt ihr's hier. So richtig gemütlich.«

Eduard von der Pfordten winkte ab. »Na, dann solltest du mal die anderen Zimmer sehen. Eine einzige Baustelle. Die Küche kommt als Letztes dran.« Er ließ Wasser in die Glaskanne laufen.

»Und deine Freundin? Lerne ich die auch kennen?«

»Nein. Michaela ist für ein paar Tage verreist. Sie musste geschäftlich nach Hamburg.« Eduard füllte den Wasserbehälter der Kaffeemaschine und legte einen Filter ein.

»Ah, Hamburg! Und was macht sie?«

»Sie illustriert Kinderbücher. Und hat vielleicht endlich den Durchbruch geschafft!« Eduard machte ein bedeutungsvolles Gesicht. »Deswegen ist sie da raufgefahren.«

»Sieh einer an!« Und morgen Nachmittag, dachte er, wird sie feststellen, dass Herr Gebhardt vom Carlsen-Verlag nie mit ihr telefoniert, geschweige denn sie nach Hamburg eingeladen hat, um mit ihr über einen Vertrag zu sprechen.

Eduard von der Pfordten schloss den Deckel über dem Filter und drückte auf den Einschaltknopf. »Ich bin gleich bei dir!«

»Ja, ja, lass dir ruhig Zeit.« Mein Gott, wie er rumwuselte! Immer noch die gleiche übereifrige Servilität. Und immer noch übersah er vor lauter Beflissenheit Wesentliches. Dass er den Einschaltknopf auf *6-10* statt auf *1-5* Tassen gestellt hatte und der Kaffee daher viel zu dünn wurde. Dass der Tisch wackelte. Dass der Kühlschrank einen Spalt offen stand. Alles wie damals.

»21 Jahre, sagst du?« Eduard stand hinter einer Schranktür und klapperte mit Geschirr. »So lange ist das schon her? Mir kommt es vor, als wäre es gestern gewesen! Tja, time flies by when you enjoy yourself, wie man drüben immer sagte, nicht wahr?« Eduard kam mit Tellern und Tassen hinter der Tür hervor. Lächelte breit und stellte die Sachen vor ihn auf den Tisch.

Er zwang sich ebenfalls zu einem Lächeln. Schön, dass es dir gut gegangen ist. Das macht es noch leichter, du Arschloch.

»Erzähl! Wie ist es dir so ergangen?«

Eduard von der Pfordten warf einen Blick auf die Kaffeemaschine und setzte sich ebenfalls. Er seufzte. »Ach, wo soll ich da anfangen? Ich bin noch zwei Semester drüben geblieben und dann nach München zurückgekommen. Warte, wir brauchen noch einen Teller für den Kuchen.« Er stand auf und ging wieder zum Schrank. »Hier habe ich dann meinen Magister gemacht und nach einigem Hin und Her und einem dreiviertel Jahr Taxifahren tatsächlich eine Stelle an der Uni bekommen.«

»Tatsächlich?« Er packte den Kuchen aus. Eine kleine Tüte mit Gebäck und zwei Stücke Torte.

»Hm, das sieht ja lecker aus!« Eduard holte Milch aus dem Kühlschrank. H-Milch, natürlich. Und er schien nicht zu bemerken, dass der Kühlschrank die ganze Zeit offen gestanden hatte. Auf der Anrichte röchelte die Kaffeemaschine.

»Ja, sehen wirklich sehr gut aus, die Sachen. Ich darf aber leider nichts davon essen.« Er setzte eine bekümmerte Miene auf.

»Was? Wieso denn?« Eduard stellte die Milchtüte auf den Tisch.

»Diabetes.«

»Oh! Das tut mir aber leid.«

»Ich hab's ganz gut im Griff. Man lernt, damit zu leben.«

Er zeigte auf die Backwaren. »Aber greif zu! Das gute Zeug soll ja nicht schlecht werden.«

Eduard von der Pfordten nickte befangen. »Na, dann sag ich nicht Nein.« Er hob sich mit der Gabel ein Stück Torte auf seinen Teller. »Vielen Dank noch mal.«

»Gerne.«

Eduard stach sich ein großes Stück Torte ab und führte es in den Mund. »Mh! Wirklich ausgezeichnet!«

Er übersah den Krümel, der Eduard aus dem Mund flog. »Der Kaffee ist fertig.« Er stand auf.

»Warte!«

»Ich mach schon. Iss ruhig weiter.« Er goss sich und Eduard Kaffee ein. »An der Uni also? Und? Habilitierst du?«

Eduard von der Pfordten grinste ein glückliches Kuchenbackengrinsen. »Schon vor vier Jahren.«

»Nein!«

»Doch!«

»Gratuliere!«

»Danke.« Eine weitere Gabel mit Torte verschwand in Eduards Mund.

»Und über welches Thema?«

»Ah, Linguistik-Kram. Prosodieerkennung.«

»Prosowas? Das hört sich ja fast unanständig an.«

Eduard von der Pfordten lachte, und wieder machten sich einige Krümel selbstständig. »Nein, nein. Es geht um sprachliche Muster und bestimmte Eigenschaften von Sprache. Ist wichtig unter anderem für das Gebiet der Computerlinguistik.«

»Davon habe ich ja noch nie gehört.«

»Ja, ist sehr ausgefallen.«

Ein Flackern überschattete für einen kurzen Moment

Eduards Blick. Als hätte ihn etwas gezwickt. Ein kleiner Schmerz.

»Nimm dir noch!« Er zeigte auf die restlichen Backwaren.

»Gerne.«

Eduard von der Pfordten wollte eigentlich nichts mehr, das war ihm deutlich anzusehen. Aber so war er schon immer gewesen. Tat alles, um anderen zu gefallen. Also nahm er sich auch noch das zweite Stück Torte, steckte die Gabel hinein, aß weiter.

»Und du?«, fragte Eduard und schob den Bissen in die andere Backentasche. »Was machst du in München? Bist du beruflich hier?«

»Nein, nicht wirklich.« Jetzt gab es keinen Zweifel mehr. Eduard hatte Schmerzen. Bauchschmerzen. »Ich bin wegen dir hier.«

Eduard von der Pfordten sah ihn überrascht an. »Wegen mir?«

»Ja.«

»Aber … du sagtest doch vorhin …« Eduard verzog sein Gesicht. Ein Krampf fuhr ihm durch die Eingeweide.

»Das war gelogen.«

»Das … das verstehe ich jetzt nicht.« Ein unsicheres Lächeln.

»Dann denk mal nach.« Er gab sich jetzt keine Mühe mehr, sich zu verstellen. Ließ seine Stimme so klingen, wie ihm zumute war. Wahrscheinlich klang sie kalt, schneidend.

»Aber ich …« Eduard von der Pfordten stöhnte. »Ah, mir ist irgendwie nicht gut.« Er griff sich an den Bauch. Auf seiner Stirn bildeten sich feine Schweißperlen.

»Soll ich das Fenster aufmachen?«

»Das Fenster?«

»Ja. Hier in Schwabing dürfte sich die Waldbrandgefahr ja in Grenzen halten.« Er lachte. »Obwohl die Abgase für dich manchmal sicher auch ein Problem sind, oder?«

Ein heftiger Krampf durchzog Eduards Körper. Sein Gesicht wurde zu einer schmerzverzerrten Grimasse und er krümmte sich auf seinem Stuhl nach vorn. »Waldbrandgefahr?«, quetschte er hervor.

»Ja, du weißt schon. Wie damals auf dem Highway.«

Eduard von der Pfordtens Kopf zuckte nach oben und er riss die Augen auf. Sah ihn voller Entsetzen an.

»Deine Schuld!« Seine Augen glühten vor Hass. »Es war deine Schuld! Du hast sie auf dem Gewissen!«

Eduard fasste sich an den Hals und röchelte. Er stemmte sich hoch und der Stuhl kippte nach hinten. »Wahnsinn!«, quetschte er hervor. Weißer Schaum trat ihm aus dem Mund.

»Nein, Gerechtigkeit!«, antwortete er kalt.

Eduard von der Pfordten bekam keine Luft mehr. Mit aller Kraft riss er den Mund auf und versuchte zu atmen. Aber er brachte nur ein trockenes Würgen zustande. Dann fiel sein Blick auf das Stück Torte auf seinem Teller.

Sein Gegenüber schob das Kinn nach vorn und nickte mit zusammengekniffenen Lippen. Als täte ihm das alles ein kleines bisschen leid. »Ja. Genau.«

19. Kapitel

22. und 23. Januar, München

»Und?« Josef Kreuzpointner sah Bartholomäus fragend an.

»Ich glaub schon.«

»Ich auch. Des war unserer. Und nicht nur, weil es hier wieder ausschaut, wie wenn eine Bombe eingschlagen hätt.« Kreuzpointner zeigte mit dem Daumen nach hinten. »Ich kann ihn förmlich riechen.«

Bartholomäus lehnte sich gegen die Badezimmertür und verschränkte die Arme. Nachdenklich blickte er in den Raum. Dusche. Warum hatte er Eduard von der Pfordten in die Dusche gesetzt? Angezogen. Trocken. Hatte ihn aus der Küche hierher geschleift und in die Dusche verfrachtet, als er bereits tot gewesen war. Denn so, wie Eduard von der Pfordten da dringesessen war, starb keiner. Der Mörder hatte ihn zusammengeknüllt wie eine alte Papiertüte. Als wäre da drin kein Platz.

Alfons Seebauer warf noch einen Blick auf Eduard von der Pfordtens Fingernägel und erhob sich dann mit knackenden Knien. »Ich würd sagen, ungefähr 48 Stunden. Keine Zeichen äußerer Gewalteinwirkung.«

»Auch keine Strommarken?«, fragte Kreuzpointner.

»Vom Elektroschocker? Na, hob i nix gfundn.«

»Hast du schon eine Ahnung, woran er gstorben sein könnt?«, wollte Kreuzpointner wissen.

Seebauer machte ein zweifelndes Gesicht. »Wenn ich an Tipp abgeben müssd, würd ich sagen, dass er erstickt ist. Sei Haut schaut zumindest danach aus.«

»Aber er hat keine Anzeichen von Strangulierung?«

»Na.«

»Also mit einem Kissen vielleicht?«

Seebauer schüttelte den Kopf. »Ich glaub eher, dass er vergift wordn ist. Ein Gift, das die Atmung blockiert.«

»Was zum Beispiel?«, fragte Bartholomäus.

»Da gibt's einiges. Nitrite, Kohlenmonoxid, Kaliumcyanid ...«

»Das ist Zyankali, oder?«

»Genau.« Seebauer packte seine Tasche zusammen. »Und no tausend andere nette Sachen, mit dene des funktioniert. Heut Abend kann ich euch mehr sagen. Braucht's ihr den no?« Er nickte zur Leiche hinüber.

»Nein, du kannst ihn mitnehmen«, antwortete Kreuzpointner.

»Guad.« Der Rechtsmediziner hob die Hand. »Pfiad eich mitanand.«

Bartholomäus trat zur Seite, damit Seebauer an ihm vorbeikam. Dann fiel ihm noch etwas ein. »Seebauer, nehmen Sie bitte auch was von dem Kuchen und dem Gebäck in der Küche mit?«

Der Mediziner sah ihn überrascht an. »Ja, wenn ihr des nimmer woids, nachad gern.«

»Nicht zum Essen. Wegen dem Gift.«

Seebauer grinste. »Ah so!«

Kreuzpointner lachte und schüttelte den Kopf. »Euch Grichtler graust's vor gar nix, oder?«

Seebauer lachte ebenfalls und blieb ihm eine Antwort schuldig.

»Du glaubst, dass des Gift im Kuchen ist?« Kreuzpointner sah Alfons Bilbo Seebauer hinterher, wie er mit seiner Tasche auf den Gang hinaushatschte und dabei telefonierte.

Wahrscheinlich rief er seine ›Straßenkehrer‹ an, wie er die Leute nannte, die für ihn die Leichen abholten und in die Rechtsmedizin brachten.

»Nur so eine Idee«, erwiderte Bartholomäus.

»Möglich wär's ja. Schauen mir uns mal ein bissl genauer in der Wohnung um. Vielleicht finden mir ja was, des auf unsern Mann hinweist.«

Bartholomäus nickte. Er nahm sich das Wohnzimmer vor, während sich Kreuzpointner ins Schlafzimmer begab. Die Spurensicherung war mit ihrer Arbeit fast fertig. Doris Beuschlein und ein Kollege, den Bartholomäus noch nicht kannte, packten eben ihre Sachen zusammen, als Bartholomäus das Wohnzimmer betrat.

»Das reinste Schlachtfeld.« Doris Beuschlein deutete auf das Chaos aus Möbeln, Büchern, Farbeimern und Folie. »Und wieder nichts.« Sie zuckte mit den Schultern.

Bartholomäus sah sich in dem verwüsteten Raum um. Hier drin brauchbare Spuren zu finden, schien fast unmöglich.

»Wir schauen uns jetzt noch das Büro und die Abstellkammer an, aber mein Gefühl sagt mir, dass wir da auch nicht sonderlich erfolgreich sein werden.« Doris Beuschlein verabschiedete sich mit einem kurzen Winken.

Im Gegensatz zu den anderen Tatorten konnte die Spurensicherung diesmal scheinbar nichts entdecken, was kriminaltechnisch auf die Anwesenheit einer anderen Person als Eduard von der Pfordten oder seine Freundin schließen ließ. Keine organischen Spuren, die sich auf DNA hin hätten untersuchen lassen, keine Kleidungsreste, keine Schuhprofile, nichts. Außer den Fingerabdrücken auf der zweiten Tasse in der Küche. Ein Daumenabdruck und der eines Zeigefingers. Aber Eduard von der Pfordten hatte wohl kaum mit seinem Mörder Kaffee getrunken, bevor der ihn vergiftet hatte. Es sei denn, es fand sich tatsächlich Gift im Kuchen, in Eduard von der Pfordtens Magen, seinem Blut et cetera.

Andererseits stand es natürlich zweifelsfrei fest, dass jemand anderes hier gewesen war – von der Person einmal abgesehen, mit der er Kaffee getrunken hatte. Das Chaos in der Wohnung und nicht zuletzt die Tatsache, dass Eduard von der Pfordten in der Dusche kauerte, ließen keinen anderen Schluss zu. Aber es gab eben keine Spuren. Die Kriminaltechniker hatten zwar alles Mögliche eingetütet und würden das alles noch im Labor untersuchen. Und Seebauer musste sich den Toten auch noch genauer ansehen. Aber im Moment hatte es ganz den Anschein, als stammten sämtliche Spuren von Eduard von der Pfordten und seiner Freundin. Der Täter hatte diesmal alle seine Spuren beseitigt und auch keinen Hinweis zurückgelassen.

Was untypisch für ihn wäre, dachte Bartholomäus. Verwirrung. Wenn es wirklich ihr Mann war, der zum vierten Mal zugeschlagen hatte, würde er auch diesmal versuchen, sie zu irritieren. Irgendetwas hatte er hinterlassen, das spürte Bartholomäus. Irgendwo war etwas.

Bartholomäus versuchte, sich in dem verwüsteten Wohnzimmer zu orientieren, während er gleichzeitig über die Gegebenheiten in der Küche nachdachte. Sofagarnitur, Holztisch, zwei große Bücherschränke, eine Kommode, eine Stehlampe, ein paar Bilder. Wann hatte Eduard von der Pfordten mit wem Kaffee getrunken? Überall spiegelten sich Reste der Folie, die einst alles abgedeckt hatte. Von seiner Freundin stammten die Fingerabdrücke nicht, dazu waren sie zu groß. Wie kleine Pfützen in einem Meer aus Sperrmüll. Und wer hielt eine Tasse mit Daumen und Zeigefinger statt am Henkel? Warum kein Mittelfinger, wenn man die Tasse schon mit der ganzen Hand griff?

Dazu umgekippte Farbeimer und Schlieren in Beige und Karmesinrot. Nur die Fensterwand war noch nicht fertig.

Sie mussten unbedingt mit Michaela Kamps reden, wenn sie wieder dazu in der Lage war. Sie wusste womöglich, ob ihr Freund Besuch erwartet oder mit wem er Kaffee getrunken hatte. Bartholomäus balancierte ein paar Schritte in den Raum, ging in die Hocke und schob ein Stück Folie zur Seite. Oder hatte Eduard von der Pfordten doch mit seinem Mörder Kaffee getrunken? Bücher kamen darunter zum Vorschein. Romane, Bildbände und vor allem Fachbücher.

Für einen Moment war ihm, als hätte er etwas entdeckt. Er betrachtete die Bücher erneut, las den einen oder anderen Titel. Doch da war nichts. Oder er sah es nicht mehr. Bartholomäus nahm eines der Bücher heraus. ›2. Thesaurus zur Allgemeinen Sprachwissenschaft und Sprachenthesaurus‹ Von einem Clemens-Peter Herbermann. Hatte Eduard von der Pfordten seinen Mörder gekannt?

Professor Dr. Eduard von der Pfordten war Sprachwissenschaftler gewesen, hatte einen Lehrstuhl an der LMU, war 47 Jahre alt, ledig, keine Kinder. Recht viel mehr hatten sie in der Kürze der Zeit noch nicht in Erfahrung bringen können. Bartholomäus stellte das Buch wieder zurück, überflog einige andere Titel, dachte wieder an Michaela Kamps. Wie er und Kreuzpointner sie auf der Treppe vor der Wohnung gefunden hatten. Ihr Mobiltelefon in der Hand, das immer noch mit der Notrufzentrale verbunden war. An diesen Blick, bodenlos vor Verzweiflung und Schmerz. Ihre Unfähigkeit, auch nur ein Wort zu sagen, die stummen Tränen, die gar nicht aufhören wollten zu fließen.

An seine Wut, die ihn am liebsten die Tür hätte eintreten lassen, obwohl sie sperrangelweit offen gestanden hatte. Er musste diesen Kerl finden. Er musste endlich dahinterkommen, was im Kopf dieses Teufels vor sich ging.

Bartholomäus wollte eben wieder aufstehen, als er unter einem Buch etwas hervorblitzen sah. Einen Lichtreflex wie von Glas. Er schob das Buch zur Seite und ein Handy kam zum Vorschein. Ein Handy, das zu seiner Verwunderung eingeschaltet war. Bartholomäus nahm es in die Hand. Er tippte auf einige Tasten und ging in das Menü der zuletzt getätigten Anrufe. Namen standen hinter den Nummern. Keiner davon sagte ihm etwas. Jemand würde sich später darum kümmern müssen, wer die Leute waren. Bartholomäus stöhnte innerlich. Wieder Dutzende von Leuten befragen, wieder Hunderte neuer Spuren, wieder wertvolle Zeit verlieren, in der sie im Nebel herumstocherten. Er drückte ein paar andere Tasten und besah sich die zuletzt eingegangenen Telefonate.

Eduard von der Pfordtens Freundin hatte in den vergangenen zwei Tagen mehrmals versucht, ihn anzurufen. Dazwischen fanden sich einige andere Nummern, denen das Handy immer einen Namen zuordnen konnte. Diese Leute würden sie später überprüfen. Der letzte Anrufer, den das Handy nicht kannte, hatte sich vorgestern um 13.30 Uhr gemeldet.

Bartholomäus steuerte die Nummer, eine Mobilfunknummer, an und wählte. Er hielt sich das Handy ans Ohr.

Es klingelte fünfmal, dann sprang die Mailbox an: »Guten Tag, dies ist der Anschluss von Professor Doktor Paul Ehard. Im Moment bin ich leider nicht erreichbar. Bitte hinterlassen Sie eine Nachricht nach dem Ton.«

Bartholomäus sagte Kreuzpointner nicht, wo er hinwollte und was er vorhatte. Es war besser, wenn der es nicht wusste. Weniger kompliziert für ihn. Falls Kreuzpointner selbst auf die Handynummer stoßen und dort anrufen sollte, würde er sich ohnehin seinen Reim machen können. Oder auch nicht.

Als Bartholomäus schließlich vor dem noblen Geschäftshaus im Westen Bogenhausens stand, war es halb fünf Uhr nachmittags und die Dämmerung setzte langsam ein. Im oberen Stockwerk brannte Licht, aber Ehards Praxis lag im Erdgeschoss.

Zur Sicherheit klingelte Bartholomäus, doch niemand antwortete. Noch einmal sah er sich kurz um. Dann zog er ein kleines Etui aus seiner Jackentasche, das er vorhin noch von zu Hause geholt hatte, öffnete es und entnahm ihm zwei dünne metallene Stäbchen. Innerhalb einer halben Minute sprang die Haustür auf.

Im Hausflur ging das Licht an. Eine Automatikschaltung. Silbern glänzende Briefkästen, üppiges Grünzeug, marmorne Treppenstufen. Wer hier einzog, hatte es geschafft.

Bartholomäus ging die Halbtreppe zu Ehards Praxis hinauf. Eine doppelflügelige, blaue Rauchglastür bildete den Eingang zum gelobten Land der künstlichen Brüste und prallen Lippen. Für Bartholomäus' Dietrich war es eine Tür wie jede andere.

Der Alarm blieb aus. Bartholomäus hatte eigentlich damit gerechnet, dass ein infernalischer Lärm einsetzte. Spätestens dann hätte er erklären müssen, was er hier vorhatte. Aber nichts passierte. Vielleicht wurde stummer Alarm ausgelöst, vielleicht hielt es Ehard aber auch nicht für nötig, seine Praxis auf diese Art zu sichern. Schließlich fanden hier nur Sprechstunden statt. Bartholomäus betrat die Praxis und zog die Tür hinter sich zu.

Im Licht einer Taschenlampe orientierte sich Bartholomäus. Ehard hatte seine Praxis auf griechisch-antik getrimmt. Dorische Säulen im Kleinformat stützten die Rezeption, helle Steinfliesen bedeckten den Boden, Statuen nackter und wohlgeformter Körper bevölkerten gewölbte Wandnischen. Hinter der Rezeption entdeckte er das Fax-Gerät auf einem Regalbrett. Er schaltete es ein, damit es schon einmal aufwärmte. Dann machte er sich auf die Suche nach Ehards Büro.

Hinter der dritten Tür wurde er fündig. Lederne Sessel, ein Glasregal voller Bücher, der mächtige Schreibtisch. Es ähnelte Ehards Büro im Rechts der Isar, hatte aber kein Außenfenster. Bartholomäus schloss die Tür und machte das Licht an.

Auf den ersten Blick konnte Bartholomäus nichts entdecken, was ihm für seine Zwecke genutzt hätte. Aber dann bemerkte er den Laptop auf dem Schreibtisch.

Bartholomäus ging um den Schreibtisch herum und holte ein schmales Kästchen aus seiner anderen Jackentasche. Es beinhaltete ein tragbares Fingerabdruck-Set, das er sich von Doris Beuschlein geliehen hatte.

Der Laptop sah sehr edel und teuer aus. Natürlich. Er klappte ihn auf und verteilte das Rußpulver auf dem Touchpad. Auf dem Pad selbst fand er keinen geeigneten Abdruck. Aber auf dem J. Ein schulbuchmäßiger rechter Zeigefinger. Bartholomäus führte die nötigen Arbeitsschritte durch und ging danach mit dem Abdruck hinüber ins Sekretariat. Er wählte eine Nummer auf seinem Handy.

»Beuschlein«, meldete sich die Kriminaltechnikerin.

»Kammerlander hier. Ich fax euch jetzt gleich einen

Abdruck. Bitte vergleichen Sie den mit dem, den Sie heute auf der Tasse gefunden haben. Der rechte Zeigefinger. Und rufen Sie mich bitte danach an.«

»Geht in Ordnung. Haben Sie die Faxnummer?«

»Nein.«

Doris Beuschlein gab sie ihm. Bartholomäus scannte den Abdruck mit dem mobilen Scanner des Fingerabdruck-Units und schickte ihn per Fax in die Kriminaltechnik. Dann ging er zurück in Ehards Büro und schaltete den Laptop ein.

Wahrscheinlich benutzte ihn Ehard nur für berufliche Zwecke. Ansonsten hätte er ihn sicher übers Wochenende mit nach Hause genommen. Es sei denn, es befanden sich Dinge auf dem Laptop, die er nicht mit nach Hause nehmen wollte.

Die Maske fragte nach einem Passwort. Bartholomäus hatte damit gerechnet. Aber aus Erfahrung und eigener Gewohnheit wusste er, dass viele Leute ihre Passwörter, Zugangsnummern, Geheimzahlen und Ähnliches gerne dort aufbewahrten, wo sie sie gleich griffbereit hatten. Im Geldbeutel, in der Brieftasche, im oder auf dem Schreibtisch. Er selbst hatte eine große, gelbe Karteikarte, die irgendwo auf seinem Schreibtisch lag. Sollte jemand mal einbrechen, fände er dort alle Zahlen und Wörter, die er bräuchte. Ebay, Mailkontos, Bank, alles. Seine einzige Sicherheit bestand in dem Chaos, das auf seinem Schreibtisch herrschte. Kein Einbrecher, so hoffte er, würde sich die Mühe machen, dort nach irgendetwas zu suchen.

Ehards Schreibtisch dagegen war penibelst aufgeräumt. Das Telefon, die Schatulle mit den Stiften, der Brieföffner, das Diktiergerät, das Bild von seiner Frau – alles stand genau da, wo es stehen musste, akkurat ausgerichtet, rechtwinklig zueinander. Nichts Überflüssiges lag herum, nicht einmal eine Staubfluse.

Bartholomäus zog eine der Schubladen heraus. Briefpapier, Kuverts. Alles vom Feinsten, alles in ausreichender Zahl und ordentlich sortiert. Auch das ganz anders als in seinem Schreibtisch. Er hätte auf Anhieb nicht einmal sagen können, wo genau die Kuverts bei ihm lagen. Hatte er überhaupt noch welche? Er brauchte sie auch so selten.

In der Schublade darunter fanden sich alle möglichen Papiere. Offenbar Ehards jüngste Korrespondenz. Bartholomäus nahm den Stapel heraus und blätterte ihn durch. Rechnungen, Einladungen, Geschäftsbriefe, Schriften von Ämtern. Bartholomäus wollte die Papiere schon zurücklegen, als sein Blick an einem Datum hängenblieb. 9. November. Er sah sich den Brief genauer an. Ehards Kfz-Versicherung teilte ihm mit, dass ein Schaden beglichen worden war. Ein Schaden an Ehards Cayenne, der am 9. November entstanden war. In Starnberg. Bartholomäus legte das Blatt zur Seite. Davon würde er eine Kopie machen.

Die letzte Schublade war verschlossen, für den Dietrich allerdings die geringste Herausforderung. Ein kleines Büchlein lag darin, ein USB-Stick und eine Geldkassette. Letztere war offen, aber leer.

Bartholomäus schlug das Büchlein auf. Auf der ersten Seite standen ein paar Telefonnummern, dann folgten, fein säuberlich aufgereiht, Passwörter und Codes für alle möglichen Dinge. Als Erstes Benutzername und Passwort für den Laptop, dann etliche Bankverbindungen, Zugangsdaten für verschiedene Internetdienste und am Ende sogar die Kombination für einen Safe. Bartholomäus musste fast schmunzeln. Die Sache mit den persönlichen Codes war wirklich eine Marktlücke.

Er gab die Zahlen und Buchstaben in die Maske ein und drückte auf ›Enter‹. Sofort baute sich der Desktop auf. Bartholomäus ging auf den Arbeitsplatz und verschaffte sich einen Überblick. Die Ordner waren aussagekräftig beschriftet, eine Orientierung fiel ihm leicht. Plötzlich las er etwas, von dem er zunächst glaubte, dass er sich verlesen hätte. Aber das Wort stand da.

Sein Handy klingelte. Bartholomäus ging ran und führte mit dem linken Zeigefinger den Cursor auf das Ordnersymbol.

»Kammerlander?«

»Ja, Beuschlein hier. Es ist der gleiche. Der gleiche Abdruck.«

Bartholomäus zog die Augenbrauen hoch. »Sicher?« Er klickte das Symbol doppelt an. Eine Liste von Mediendateien erschien, hauptsächlich Videodateien, soweit Bartholomäus das beurteilen konnte.

»Ganz sicher. 99 Prozent. Beide Abdrücke sind hervorragend.«

»Gut. Ich danke Ihnen.« Bartholomäus legte auf und öffnete die erste Datei.

Ein Programm ging auf und ein Film begann. Bartholomäus sah zwanzig Sekunden lang zu. Ungläubig erst, dann angewidert, schließlich schockiert. Er stoppte den Film und starrte an die Wand gegenüber.

Die Villa in Solln sah genauso aus, wie es Bartholomäus erwartet hatte. Wie eine Rolex als Haus. Bäume und Hecken im Garten, an denen kein Blatt in die falsche Richtung wuchs, Fensterläden mit kunstvollen Schnitzereien, die viel zu aufwendig und viel zu gut beleuchtet waren, um jemals zugeklappt und damit den Blicken entzogen zu werden, ein Gartentor, dessen schmiedeeiserne Schnörkel eine Spur zu üppig und verspielt waren. Nirgendwo sprang einem der Luxus sofort ins Auge, aber wenn man genauer hinsah, stellte man fest, dass alles vom Teuersten und vom Feinsten war. Sogar die marmornen Beetfiguren wurden von unten in einem geheimnisvollen Blau angestrahlt. Bartholomäus trat durch das Gartentor, ging über den Plattenweg zum Haus und drückte den Knopf in der dunklen Messingschale. Hinter der schweren Eingangstür schlug ein kläffendes Etwas an.

»Ja, bitte?«, drang eine ängstliche Frauenstimme aus den Sprechschlitzen. Das Kläffen dauerte an.

»Frau Ehard?«

»Ja.«

»Kammerlander hier, Kriminalpolizei. Ich hätte gerne Ihren Mann gesprochen.«

»Der ist nicht da.«

»Wann kommt er denn wieder?«

»Nächsten Samstag.« Dem Kläffer ging langsam die Luft aus.

»Nächsten Samstag?«

»Ja. Er ist auf einem Kongress in Amerika.«

Scheiße, dachte Bartholomäus. Eine Woche, die sie nicht mit Ehard reden konnten. Und den Durchsuchungsbefehl konnten sie sich auch sparen. Wenn Ehard davon erfuhr und Dreck am Stecken hatte, blieb er gleich, wo er war. Er wollte sich schon von Frau Ehard verabschieden, als ihm noch etwas einfiel. »Frau Ehard, eine Frage noch.«

»Ja?«

»Können Sie mir sagen, wo Ihr Mann Silvester war?«

»Ja. Daheim.«

»Mit Ihnen?«

»Nein, wir waren bei meinem Bruder eingeladen, aber Paul war krank und ist allein daheim geblieben.«

»Danke. Auf Wiederhören.«

»Wiederschauen.«

Allein. Ehard war Silvester alleine gewesen. Sie würden eine Menge zu besprechen haben, wenn er in einer Woche zurückkam.

*

Stefan Back nahm einen Schluck von seinem Kaffee und lehnte sich zurück. »Das Treffen wurde verschoben, sagen Sie? Ohne einen genaueren Grund zu nennen?«

Thomas Gerloff zuckte die Schultern und spielte weiter mit dem Löffel. Sein Cappuccino war längst ausgetrunken, aber er hatte keine Lust, noch mehr Geld auszugeben, nur um seine Informationen loswerden zu dürfen. »Es hieß nur, dass was anderes, was Wichtiges, dazwischengekommen sei. Und von Kuhlau sagte das so, dass auch wirklich jeder kapierte, dass es was wirklich Wichtiges war.«

»Am 30. Heut in einer Woche.« Stefan Back nickte. Das passte. Natürlich. Der vierte Mord, diesmal an Eduard von der Pfordten, am 20. Januar und der nächste am 30. Den 30. durfte man nicht auslassen, gerade den nicht.

»Aber Sie konnten nicht herausfinden, was dieses Wichtige ist, oder?«

Gerloff schüttelte den Kopf. »Keine Ahnung. Und mir werden sie das auch nicht sagen. Ich bin nur Herdenvieh.«

»Und mit von Kuhlau reden, ist noch nicht, meinen Sie?« Back traute Gerloff durchaus zu, das einschätzen zu können. Gerloff war nicht dumm. Für die ihm zugedachte Aufgabe geradezu wie geschaffen.

»Nein. Der riecht sofort Lunte. Und das tut mir mehr weh als Ihnen.«

Hans von Kuhlau. 58 Jahre alt, ledig, keine Kinder. Uniprofessor für neuere Geschichte an der LMU. Bisher nur wegen ein paar Strafzetteln auffällig geworden. Gerloff hatte ihm schon bei ihrem letzten Treffen von von Kuhlau erzählt. Stefan Back sah zufrieden aus dem Fenster. Dieser nicht ganz saubere Deal mit Gerloff fing an, sich wirklich bezahlt zu machen.

»Okay, diesen von Kuhlau haben wir auf dem Schirm. Konnten Sie mittlerweile in Erfahrung bringen, wie die anderen heißen, die bei diesem AVB was zu sagen haben?«

»Der eine heißt Buchwaldt. Rudolf mit Vornamen, glaub ich. Die anderen beiden kenn ich nur mit ihren Vereinsnamen. Karl und Theodor.«

Rudolf Buchwaldt. Stefan Back schob die Unterlippe nach vorn. Sagte ihm gar nichts. Er würde ihn später überprüfen. Und die Sache mit den Vereinsnamen war clever. Damit wahrten die Mitglieder auch innerhalb des AVB ein Stück weit ihre Anonymität. Falls einer sich mal verplapperte. Oder ein Maulwurf unter ihnen war, wie Gerloff.

Back beugte sich nach vorn. »Apropos wehtun. Die Drecksarbeit machen die doch nicht, oder? Dafür haben die sicher ihre Handlanger.« Die meistens bekannter, weil gewaltbereiter waren, und denen daher viel besser beizukommen war. Etliche dieser Schläger waren bei verschiedenen Gruppen aktiv. Damit sie immer genug zu tun bekamen.

»Ich weiß es nicht genau«, erwiderte Gerloff. Und überlegte. Tat sich hier eine kleine Chance auf? Die Chance, eine Rechnung zu begleichen, ohne dabei wieder in einen Fettnapf zu treten? Zumindest sah er keinen. »Am ehesten würde ich es Mehringer zutrauen.« Er hatte zwar keine Ahnung, ob Mehringer mit diesem Wichtigen irgendetwas zu tun hatte. Aber der Arsch hatte es erstens verdient, dass man ihm mal auf die Finger klopfte, dachte Gerloff bei sich. Und wenn es zweitens anders kam und Back eins aufs Maul bekam – auch nicht falsch.

»Franz Mehringer? Kahlschädel, zwei ungleiche Augen, ungefähr 1,90 groß?« Der war beileibe kein Unbekannter für Stefan Back. Ein Schläger, wie er im Buche stand. Brutal, rücksichtslos und immer auf der Suche nach einer neuen Visage, die er polieren konnte. Egal, aus welchem Grund.

»Das ist er, ja.«

Stefan Back nickte. Franz Mehringer. Dem würde er sich in nächster Zeit mal an die Fersen heften. Mehringer war schwer zu übersehen und gleichzeitig so dumm, dass das kein Problem sein sollte. Und mit ein bisschen Glück musste er sich um die Raten für die neue Wohnung schon bald keine Sorgen mehr machen.

Gerloff schien seine Gedanken erraten zu haben. »Und?«, fragte er. »Sind wir zwei jetzt dann fertig miteinander? Haben Sie, was Sie wollten? Diese Typen sind nicht bloß widerlich, sondern auch ziemlich gefährlich.«

Back lächelte gönnerhaft. »Bald, Gerloff. Bald werde ich auf Ihre Dienste verzichten können.«

20. Kapitel

28./29. Januar, bei Unterholz, Berg, München

Eine kleine Schneelawine stürzte vom Dach und landete mit einem dumpfen Brausen in dem weißen Meer vor der Veranda. Tausende schillernder Kristalle drehten sich in der Sonne, bis sie der leise Wind mit hinaus auf den zugefrorenen See nahm.

»Sehr idyllisch haben Sie es hier, wirklich. Wäre ich so ein begnadeter Künstler wie Sie, würde ich Sie beneiden. Das muss die pure Quelle der Inspiration sein.«

Alois folgte dem ausgestreckten Arm seines Besuchers, der über die verschneite Landschaft strich. Den Wald, den See, die Berge dahinter.

»Ja, is scho schee da heraußen.« Er schlang die Arme enger um den Körper. Der lila Hausmantel mit den Pailletten war viel zu dünn für die Veranda.

»Dann sehen wir uns übermorgen?« Der Mann lupfte verschwörerisch die Augenbrauen. »Mein Bekannter ist ja schon so gespannt. Und so, wie ich ihn kenne, wird er Ihnen Ihre Bilder aus der Hand reißen.«

Alois lächelte glücklich. »Des wär schön.« Und fragen hatte der Bekannte lassen, ob 5000 pro Bild ein reeller Preis wäre! Bei mindestens sechs, die er bestellen wollte, obwohl er bis jetzt nur Fotos gesehen hatte! Alois hätte dem Mann am liebsten einen Kuss aufgedrückt. Wo er doch auch wirklich stattlich war.

»Ja, übermoign. I bin da.«

»Wir werden so gegen 18 Uhr bei Ihnen sein. Und darf

ich Sie bitte noch einmal daran erinnern, über diese Sache absolutes Stillschweigen zu bewahren? Auch, was meine Person betrifft?«

»Ja, freilich«, versicherte Alois. Weil der Kunde jemand Bekanntes war und ein bissl gschamig. Niemand sollte wissen, dass er sich abstrakte Ärsche gekauft hatte. Und sein Besucher wollte nicht, dass man wusste, dass er jemanden kannte, der sich abstrakte Ärsche kaufte. Mein Gott, schmunzelte Alois innerlich, diese Heteros hatten's aber auch nicht leicht.

»Also, auf Wiedersehen.« Der Mann hielt ihm die Hand hin und Alois ergriff sie.

»Pfia Gott.« Was für eine schöne, starke Hand. Die würde er sich nachher auch vorstellen.

*

Urte Svenjakob trat auf den Balkon ihrer Wohnung und zündete sich eine Zigarette an. Die Arme fest um ihren hageren Körper geschlungen, inhalierte sie in tiefen Zügen den Rauch und genoss das leise Kribbeln, das sich langsam in ihren Blutbahnen ausbreitete. Ihr Blick verlor sich in den dunklen Nadelwäldern, die ein Stück weit hinter dem Freigelände des Thermenbereichs begannen und sich bis Schäftlarn erstreckten.

Sie hatte sich diese Suite als Wohnung ausgesucht und eingerichtet. Natürlich hätte sie sich auch eine Wohnung im Ort nehmen können. Aber so war es ihr schon immer lieber gewesen. Sie musste ihre Arbeit nicht von ihrem Leben trennen. Die Arbeit *war* ihr Leben. Fast.

Die Wohnung lag rückseitig im dritten Stock des Nordflügels und war ursprünglich ein großer Vorratsraum für

Bettwäsche und Matratzen gewesen, der nach ihren Vorstellungen umgebaut worden war. Sie brauchte einen Ort wie diesen. Abgelegen, still, schattig. Um trotz aller Liebe zur Arbeit runterzukommen. Sie hatte sich bisher in jedem Haus, an dem sie als Managerin angestellt gewesen war, eine Wohnung im Hotel erbeten. Anders hätte sie ihre Arbeit nicht so gut erledigen können, wie sie das von sich erwartete. Obwohl sich natürlich der Trubel im Alpenblick im Vergleich zu den anderen Häusern, an denen sie Station gemacht hatte, in sehr überschaubaren Grenzen hielt. ›Genießen Sie die Idylle und ruhige Beschaulichkeit der bayerischen Voralpenlandschaft‹, stand auf der Homepage zu lesen. Ja, das kam hin.

Leipzig, Hamburg – ihre Heimatstadt –, Marseille, Algarve, San Francisco. Da hatte sie sich ihre Sporen verdient. Und Urte war stolz auf das, was sie geleistet hatte. Mit 36 Jahren konnte sie eine Karriere als Hotelmanagerin vorweisen, die gleichermaßen Beleg für ihre Fähigkeiten wie für ihre Ambitionen war. Sie hatte sich einen Namen gemacht, der auch den ersten Adressen der Branche nicht mehr unbekannt war. Nach San Francisco hätte sie sicher in ein ›Leading Hotel of the World‹ nach London, Paris oder New York gehen können. Und dann, in ein paar Jahren, ins gelobte Land der Hotellerie. Nach Dubai.

Und jetzt saß sie in Berg am Starnberger See. In Bayern. In Oberbayern. Und wusste eigentlich immer noch nicht so genau, warum.

Nein, das stimmte nicht. Sie wusste genau, warum. Nicht wegen des Hotels, nicht des Geldes, nicht der Karriere wegen.

Sicher, es war eine Herausforderung, das ›Alpenblick‹ mit aufzubauen. Ein weitläufiger ehemaliger Gutshof, den eine bayerische Adelsfamilie im 19. Jahrhundert nach dem Vorbild englischer Landsitze errichtet hatte, war in den 50er-Jahren in ein Hotel umgewandelt worden. Dieses alte Alpenblick hatte seine gute Zeit in den 70ern gehabt, war dann mehr schlecht als recht durch die 80er gedümpelt und vor 15 Jahren schließlich pleitegegangen. Der Landkreis, traditionell nicht einer der ärmsten in Deutschland, hatte das mittlerweile denkmalgeschützte Anwesen aufgekauft und nacheinander einem Nonnenorden, einem verkrachten US-Künstler und schließlich einer Tierschutzorganisation vermietet. Seit Anfang des neuen Jahrtausends hatte es dann leergestanden. Keiner konnte die Miete mehr zahlen, geschweige denn das Anwesen instand halten. Und einen Käufer fand man erst recht nicht. Ein Hollywood-Schauspieler hatte angeblich einmal Interesse bekundet, aber den wollte die Gemeinde nicht.

Für einige Jahre betrat niemand mehr den Gutshof und er dämmerte in romantischem Verfall vor sich hin. Die Räumlichkeiten verstaubten, das Gras wuchs und der Weiher veralgte. Nur ein paar Jugendliche trieben sich bisweilen noch auf dem Gelände herum und nutzten die Ungestörtheit der alten Mauern für die eine oder andere Party oder für zweisamere Vergnügungen.

Urte erinnerte sich noch gut an die alten Zeitungsartikel und Journale, die ihr nach und nach die Geschichte des Hauses eröffnet hatten. Sie hatte die Texte kurz nach ihrer Anstellung in mühevoller Recherchearbeit zusammengetragen. Auch das gehörte für sie zum Job. Dass sie Bescheid wusste über das Haus, an dem sie arbeitete.

Doch dann, vor drei Jahren, hatten die Zeitungen gemeldet, dass der Besitz verkauft worden sei. Urplötzlich, von heute auf morgen, wie die Blätter voller Erstaunen berichtet hatten. Keiner wusste, an wen, selbst der Bürgermeister hatte keine Ahnung, und der hätte es doch eigentlich als Erster wissen müssen. Das sei alles über den Landrat abgewickelt worden, verteidigte sich Hans Brettschneider vor der Presse.

Kurz darauf kamen die Handwerker, und für das nächste Jahr verwandelte sich der alte Gutshof in eine einzige Großbaustelle. Urte stellte sich vor, wie sich die Rentner von Berg bald am Zaun einfanden und neugierig hineinsahen. Sie fachsimpelten über Ziegelbauweise und Wärmeschutzverglasung, bekundeten ihre Zustimmung oder ihr Missfallen zu dem, was da den Baugruben entwuchs, und stellten Vermutungen über die Besitzer an. Ein Scheich? Eine Bank? Oder doch der Hollywood-Mensch? Immer noch wusste der Brettschneider nichts. Oder er sagte nichts. Der, wie nannten die Bayern noch einmal ein durchtriebenes, mit allen Wassern gewaschenes Schlitzohr? Bazi, genau.

Die Außenarbeiten und auch die aufwendigen Renovierungsarbeiten an und in den Gebäuden schritten schnell voran. Die Rentner am Zaun bekamen davon zu ihrem Verdruss wahrscheinlich nicht allzu viel mit, aber dass es schnell ging, mussten sie durchaus bemerkt haben. Und es dürfte sie gewundert haben, wo doch Handwerker ansonsten alle Zeit der Welt hatten. Hier, im neuen Alpenblick, eilte es auf einmal. Die Baumaßnahmen ließen rasch immer deutlichere Formen zutage treten, und das gealterte Anwesen verwandelte sich zusehends in ein kleines Juwel.

Das heißt, so klein war dieses Juwel gar nicht, wie Urte fand. In Quadratmetern gemessen, hatte sie noch nie an einem größeren Haus gearbeitet. Denn neben dem in U-Form angelegten dreistöckigen Haupthaus, dessen Flügel sich um den repräsentativen Innenhof mit dem großen Floriansbrunnen gruppierten, gab es noch vier Nebengebäude. Früher Scheunen, Pferdeställe und Gesindehäuser, beherbergten sie nun luxuriöse Appartements, modernste Spa-Bereiche und Thermen, ein Fitnessstudio, Themenräume und sogar ein hauseigenes Kino. Und drüben bei den Forellenteichen hatten sich Wiebke und Bartholomäus noch ihr eigenes Domizil gebaut, ein einstöckiges Blockhaus, so urig und gemütlich, dass man sich wünschte, draußen würden ganzjährig zwei Meter Schnee liegen. Was sich Urte aber nicht wirklich wünschte. Der oberbayerische Winter war für sie ohnehin schon grenzwertig, was Dauer und Temperaturen anging.

Darüber hinaus verfügte das Alpenblick auf seinen zwölf Hektar über einen 9-Loch-Golfplatz, zwei Tennisplätze, einen großen Weiher, die besagten Forellenteiche sowie zwei Außenpools. Es durfte sich daher, was Angebot und Ausstattung betraf, durchaus zu den besseren Adressen zählen. Und als es vor knapp zwei Jahren eröffnet worden war, hatte alles von Grund auf organisiert und strukturiert werden müssen.

Aber das eben war es nicht, was sie bewogen hatte, hier zu arbeiten. Und was die Karriere betraf, trat sie im Alpenblick – wenn überhaupt – eher auf der Stelle. Sicher war es gut für ihr Renommee und ein weiterer Nachweis ihrer Fähigkeiten, wenn sie sich nicht ins gemachte Nest setzte, sondern ein jungfräuliches Hotel ins Laufen bringen konnte. Aber es blieb immer noch ein Landhotel in Oberbayern. Das Geld? Sie wurde gut bezahlt, ohne Frage. Und doch hätte sie hier auch für weniger gearbeitet.

Urte Svenjakob blies den Rauch in das eisige Blau und sah hinüber zum Wohnhaus der Kammerlanders. Nein, das alles war es nicht. Der Grund, warum sie hier seit knapp zwei Jahren arbeitete, wohnte dort drüben.

Sie mochte Wiebke. Ihre liebenswerte, warmherzige und doch so direkte Art hatte sie gleich für sie eingenommen. Dieses grundlose, offene Lächeln und das Gefühl, dass sie einen wirklich wahrnahm, wenn man mit ihr sprach. Gerade in dieser Branche, die vom Kommen und Gehen und der sterilen Aufmerksamkeit professioneller Dienstleister lebte, keine Selbstverständlichkeit. Und dass Wiebke durchaus unkonventionell war, nahm Urte einen Teil jener Befangenheit, die sie üblicherweise ihren Vorgesetzten gegenüber empfand.

Mit einem versonnenen Lächeln erinnerte sich Urte an das letzte Weihnachtsfest der Hotelbelegschaft. Wiebke hatte sich als Weihnachtsmann verkleidet. Mit dickem Kissen unter dem roten Plüschbauch, aufgeklebten Wattebrauen und einem ›Hoho!‹, das tief und großväterlich daherkommen sollte, aber eher nach Stimmbruch und verhaltenem Grinsen klang, hatte sie den schweren Kartoffelsack in die Lobby geschleppt. Sie setzte sich auf einen zum Thron umgewandelten Ohrensessel, kratzte sich ausgiebig erst am Bart und dann an den Eiern – schallendes Gelächter! – und ließ dabei einen stirnrunzelnden Blick über ihre Schäfchen gleiten. Dann musste jeder Angestellte vor sie hintreten, und nachdem er mit einem mal witzigen, mal geistreichen Vierzeiler aus dem goldenen Nikolausbuch bedacht worden war, bekam er sein Geschenk. Und beides, sowohl das Sprüchlein als auch das Geschenk, waren mit so viel aufrichtigem Interesse für den Menschen hinter der Hoteluniform verfertigt und ausgesucht worden, dass Regina, dem klapperdürren, schüchternen Zimmermädchen, das zu allem Überfluss auch noch Mösenbichler mit Nachnamen hieß, die Tränen gekommen waren. Herzzerreißend hatte sie geschluchzt und sich dem Nikolaus, der die ›beste Scheefin von da Weid‹ sei, in die Arme geworfen.

Wiebke war toll, ohne Zweifel. Aber mehr war da nicht, da war sich Urte ganz sicher. Vielleicht ein klein bisschen mehr, okay … Doch Wiebke war eh nicht interessiert, ganz sicher nicht.

Nicht bei dem Mann.

Bartholomäus Kammerlander.

Urte nahm einen tiefen Zug und hielt die Luft einen Moment an. Als sie ihm zum ersten Mal gegenübergestanden war, hätte es sie fast umgehauen. Ein Mann wie ein … Mann. Was anderes fiel ihr dazu immer noch nicht ein. Wäre sie nicht bis in die letzten Spitzen ihrer kurzen, schwarzgefärbten Haare stocklesbisch gewesen, sie hätte sich sofort die Kleider vom Leib gerissen und sich ihm an den Hals geworfen. So musste ein Mann sein.

Dabei war es zu allerletzt sein Äußeres, das sie so … unwiderstehlich fand. Ja, sicher, er sah gut aus. Groß, auf eine unaufdringliche Weise muskulös, markantes Gesicht, dunkle Augen, volle Lippen, nackenlanges, gewelltes schwarzes Haar mit deutlichen grauen Strähnen, feste, schöne Hände, toller Arsch. Aber eben das genaue Gegenteil jenes Typs Frau, auf den sie stand.

Es war seine … Aura, die sie vom ersten Moment an gefangen genommen hatte. Diese seine Aura, die der Grund war, warum sie seiner und Wiebkes Bitte, das Alpenblick als Managerin zu führen, nach kurzem Überlegen zugestimmt hatte. Wobei sie nur deshalb kurz überlegt hatte, weil sie sich einen letzten Anschein von Professionalität hatte bewahren wollen. Eigentlich hätte sie auch gleich stumm nicken können.

Aura. Dieses Wort beschrieb für sie am besten, was sie an diesem Mann so faszinierte. Er strahlte etwas aus. Manchmal, wenn sie ihm gegenüberstand, hatte sie fast den Eindruck, sie könnte dieses Etwas mit Händen greifen. Es war eine Art von … Souveränität. Eine Sicherheit und Überzeugtheit bei allem, was er tat und sagte, die seinem Wesen entströmten und ihn umgaben wie eine Atmosphäre. Das war nichts Angedachtes und Einstudiertes, das klebte nicht an ihm wie Schminke an der Backe, war keine Masche und kein Selbstbeschiss. Er schien sich dessen nicht einmal bewusst zu sein und hatte es schon gar nicht nötig, irgendetwas zur Unterstützung dieser Aura zu sagen oder zu tun. Was eben diese Ausstrahlung umso überzeugender wirken ließ. Man hatte einfach das Gefühl, dass dieser Mann bei sich und nirgendwo anders war.

Ihn selbst schien dies aber nicht immer nur glückselig zu machen. Er hatte bisweilen auch etwas Dunkles, Melancholisches an sich. Nichts Unglückliches oder Depressives wie diese gelangweilten Midlife-Crisis-Typen, die vorgaben, an ihrem Faust-Syndrom zu leiden, aber in Wahrheit einfach nicht damit zurechtkamen, dass sie nicht mehr die lautesten Gockel auf dem Misthaufen waren. Bei Bartholomäus dagegen hatte sie den Eindruck, als habe er tatsächlich zu viel gesehen; als wollte er vergessen, könnte es aber nicht. Das Lachen kam ihm manchmal schwer über die Lippen und dann wieder umso überquellender. Ein trauriger Optimist, der jenseits aller Lebenslügen vor einem nüchternen So-ist-es stand und gerne ein bisschen fröhlicher gewesen wäre, aber keinen Grund fand, warum.

Urte nahm einen weiteren Zug. Neben ihm kam sie sich immer ein bisschen klein vor mit all ihren Unsicherheiten, Komplexen und Ängsten. Aber gleichzeitig auch ein wenig beflügelt, dass es …

»Meine Güte!« Urte schüttelte unvermittelt den Kopf

und drückte ihre Zigarette aus. »Mädchen, jetzt komm mal wieder runter!«

Irgendwann überschritt sie bei diesem Gedankengeplapper immer die Grenze, hinter der es nicht mehr um Bartholomäus, sondern nur noch um sie ging. Bartholomäus hatte sicher auch seine Macken. Und früher sicher jede Menge gehabt. Man kam nicht fertig auf die Welt, man wurde es. Und je mehr und je größere Baustellen man hatte bearbeiten müssen, desto vollkommener wurde das Werk. Hatte sie mal gelesen. Bartholomäus war also sicher auf einer Großbaustelle geboren worden und noch längst war das Schloss nicht schlüsselfertig.

Zurzeit zum Beispiel. Seit Tagen, ach, Wochen rannte er durch die Gegend wie ein Zombie. Schaute einen an, dass man das Fürchten bekam, redete nur das Nötigste, sah aus, als schliefe er auf einer Parkbank und schnauzte aus heiterem Himmel die Leute an. Irgendetwas bedrückte ihn ganz arg und er kam damit offensichtlich nicht klar. Wie beruhigend. Sie würde ihre Baustellen auch noch vor der großen Abnahme in Ordnung bringen. Bestimmt.

Urte ging zurück in die Wohnung und stellte sich vor den Kleiderschrank. Sie brauchte noch was für die Nacht. Falls es bei Stefanie zu kalt war. Und weil sie nicht der Typ war, der die ganze Nacht eng umschlungen unter einer Bettdecke schlafen konnte.

Das rote. Sie nahm das Nachthemd aus dem Fach und legte es in ihre Reisetasche. Okay. Urte ging im Geiste noch einmal durch, ob sie alles hatte. Ihre erste gemeinsame Nacht. Heute endlich würden sie, nein, nicht daran denken. Nichts erwarten, alles auf sich zukommen lassen. Aber gegen das unentwegte Kribbeln in ihrem Bauch konnte sie dennoch nichts unternehmen.

Sie zog sich ihre schwarze Lederjacke über, nahm die Tasche und verließ ihre Wohnung. An der Rezeption sagte sie Dexter Bescheid, dass sie jetzt weg sei, und verabschiedete sich von Wiebke, die im Backoffice die Buchungen für den Februar durchsah.

»Viel Spaß!« Wiebke zwinkerte ihr vielsagend zu. Auch wenn sie nicht gewusst hätte, was Urte vorhatte, hätte sie es ihr sofort angesehen.

»Danke. Und bis morgen.« Urte strahlte.

»Bis morgen.«

Am Eingang lief sie Giovanni über den Weg, der ihr anerkennend hinterherpfiff. War sie zu aufgetakelt? Der neue Lippenstift doch eine Spur zu knallig? Ach was! Sie winkte ihm zu und trat in die Kälte.

Auf dem Parkplatz traf sie noch Xaver Eberhartinger. Er wartete geduldig auf Wiggerl, der den Holzpfosten markierte.

»Fesch schaun S' aus. Gengan S' furt?«

Urte brauchte ein paar Sekunden, bis sie übersetzt hatte. »Ja, in die Stadt.« Wenn sogar Xaver ihre Aufmachung auffiel, war es vielleicht doch too much?

»Nach Minga eine?«

»Nach München, ja.«

»Nachad wünsch ich Eahna vui Spass.« Wiggerl hatte fertiggepinkelt und sah sie aufmerksam an. Wenn der jetzt noch bellte, würde sie umdrehen und sich neu stylen.

»Danke, Herr Eberhartinger. Ihnen auch einen schönen Abend.«

»Ja. Pfiad Eahna.« Wiggerl schwieg. Gott sei Dank.

Als sie ihren Mini die Hotelauffahrt nach Berg hinabsteuerte, kam ihr Bartholomäus entgegen. Er joggte. Nein, er rannte sich die Seele aus dem Leib. Bei minus acht Grad und im Stockdunkeln. Für einen Moment sah er auf, als ihn das Licht ihrer Scheinwerfer erfasste, und Urte erschrak. Seine Augen bohrten sich förmlich durch die Scheibe, sein Gesicht war eine vor Anstrengung verzerrte Fratze. Wie eine Maschine stürmte er an ihr vorbei.

Auf dem Weg nach München fragte sich Urte, was Bartholomäus wohl derart zu schaffen machte. Mit dem Hotel konnte es nichts zu tun haben, das lief super. Geldsorgen vielleicht? Nein, weder Bartholomäus noch Wiebke waren Menschen, die sich von Geldproblemen derart runterziehen lassen würden. Abgesehen davon, glaubte Urte auch nicht, dass sie Geldsorgen hatten. Eine Ehekrise? So unwahrscheinlich wie ein schneeloser Winter in Oberbayern. Das war ja schon fast unanständig, wie gut die beiden miteinander auskamen. Vertrauliche Blicke hier, ganz zufällige Berührungen dort, mal Freund und Freundin, mal Mann und Frau, mal Verliebte der ersten Stunde. Klar stritten sie sich auch. Aber wenn man eine Stunde später aus Versehen die falsche Tür aufmachte, standen sie knutschend dahinter. Es war, als liefe dauernd jemand mit einem großen Schild vor den beiden her, auf dem stand: ›So müsst ihr's machen.‹ Die zwei wussten, wie's ging. Ihre Beziehungen waren dagegen fast immer die reinste Katastrophe gewesen. Aber jetzt kannte sie ja Stefanie …

Nein, eine Ehekrise war sicher nicht der Grund für Bartholomäus‹ erschreckenden Zustand. Es musste mit Bartholomäus' Tätigkeit bei der Kripo zu tun haben. Dauernd Tod und Gewalt und weiß der Geier was. Warum gab sich Bartholomäus überhaupt damit ab? Das musste einen ja irre machen.

Eine dreiviertel Stunde später bog sie in die Schellingstraße ein. Sie wollten sich zunächst wieder im ›Tante Rosa‹

treffen und danach zu ihr fahren. Einen Parkplatz fand sie nach einigem Suchen allerdings erst in der Georgenstraße. Es war heute ziemlich was los in Schwabing. Urte sperrte ihren Mini ab und machte sich auf den Weg in das Lokal. Fast hätte sie leise vor sich hingesummt.

Es war ein richtiger Scheiß-Tag gewesen. Erst hatte er sich von dieser Arbeitsamt-Schlampe sagen lassen müssen, dass er sich mehr anstrengen müsse, eine Arbeit zu finden, wenn er weiter Arbeitslosengeld bekommen wollte. Mehr anstrengen. Blöde Sau. Wenn er sie mal nachts alleine auf der Straße traf, würde er sich bestimmt mehr anstrengen. Dann hatte ihm dieser Kanake von U-Bahn-Fahrer die Tür genau vor der Nase zugemacht, und zuletzt hatte ihm der Ochsen-Wirt gesagt, dass er nicht mehr anschreiben könne, wenn er nicht endlich seine alten Deckel bezahlte. Franz Mehringer spuckte verächtlich auf den Bürgersteig. Wichser, alles Wichser.

Heute brauchte er es unbedingt. Es juckte ihn förmlich in den Fingern. Ein kleiner Tanz war fällig. Und er wusste auch schon, wo er seine Tanzpartnerin finden würde. In dieser Lesben-Höhle in Schwabing.

Kurz vor Mitternacht bezog Mehringer Stellung. Diese Nische genau gegenüber war wie gemacht dafür. Dunkel, überdacht und es roch nicht nach Katzenpisse. Franz Mehringer hockte sich auf einen alten Obstträger, zog seinen Kragen höher und holte den Tabak aus der Tasche. Drehte sich eine Zigarette und wartete.

Eigentlich hätte er jede nehmen können, die aus der Saubidschn rauskam. Verdient hätten's alle. Aber er wollte noch warten. Manchmal, da sah er jemanden, und dann machte es klick! Dann wusste er, der musste es sein. Und das machte dann immer besonders viel Spaß. Warum, wusste er auch nicht. War halt so.

Und kurz vor eins war es so weit. Mehringer musste sogar unwillkürlich lächeln, als er die beiden sah. Da hatte sich die Warterei doch wirklich gelohnt. Die Schneewittchen-Zwillinge. Er hatte die rote Brille gleich wiedererkannt.

Franz Mehringer ließ die beiden ein Stück vorausgehen, dann stand er auf. Auf der Schellingstraße war ihm noch ein bisschen zu viel los. Hoffentlich hatten sie hier nicht geparkt. Nein, sie bogen in die Türkenstraße. Er holte langsam auf. Vor ihrem Auto musste er sie in jedem Fall erwischen. So eine Gelegenheit durfte er sich nicht entgehen lassen. Nicht heute.

Mehringer ging noch schneller. Seine Springerstiefel trafen dumpf auf die Gehwegplatten. Aber die beiden drehten sich kein einziges Mal um. Ratschten miteinander, hielten Händchen. Die Schnoin. Mehringer grinste in sich hinein und streifte sich den Schlagring über. Dann befand er sich nur noch drei Schritte hinter ihnen.

»Abend, die Damen.«

Urte Svenjakob drehte sich um. Der große, kahlköpfige Mann mit den ungleichen Augen, sein teuflisches Grinsen, die Faust, die auf Stephanies Kopf zuflog, ihr Schrei – alles vermengte sich in einem einzigen Augenblick des Entsetzens. Dann schlug die Faust in Stefanies Schläfe ein. Ein fürchterliches Knacken, und Stephanie kippte wie ein Sack zur Seite.

Urte kreischte irgendetwas, ein Nein oder nur einen schrillen Laut. Sie wusste es später nicht mehr. Sie wusste nur noch, dass sie sich schützend auf Stefanie werfen wollte, als sie der Stiefel mit voller Wucht im Gesicht traf und alles um sie herum in Dunkelheit versank.

21. Kapitel

29. Januar, früher Morgen und Vormittag, München

Wiebke saß noch im Büro. Sie mochte diese Zeit, wenn im Hotel alles ruhig war und sie das Gefühl hatte, als Einzige in dem großen Haus noch wach zu sein. Die Uhr hinter ihr an der Wand tickte, draußen im Foyer plätscherte der kleine Brunnen, und das Summen des Computers hatte zu dieser Stunde etwas fast Gemütliches. Außerdem konnte sie sich in diesen Stunden am besten konzentrieren. Das war schon immer so gewesen. Die Welt schlief, die Ereignisse standen für eine Weile still. Als Kind und Teenager hatte sie sich immer vorgestellt, dass ihr jemand ein kleines Stück Zauberzeit geschenkt hatte, in dem nur passierte, was sie wollte. Hinzu kam das Wissen darum, dass nichts und niemand sie ablenken würde. Auch das trug dazu bei, dass diese nächtliche Konzentration so tief und irgendwie anders war. Sie kam mehr aus dem Bauch, weniger aus dem Kopf. War weniger punktuell und reaktiv, sondern eher umfassend und verständig. Daher machte sie die Bücher auch am liebsten zu dieser nachtschlafenden Zeit. Das Jonglieren mit den vielen Zahlen und Posten hatte dann beinahe etwas Spielerisches. Es galt, nichts aus den Augen zu verlieren, bevor nicht die letzte Ziffer im richtigen Körbchen war und sich alles in einem saldierten Wohlgefallen auflöste. Dann hatte sie gewonnen.

Mit den Büchern war Wiebke allerdings schon um zwei Uhr morgens fertig gewesen. Doch da sie noch nicht müde war und im Haus ein kaltes Bett auf sie wartete, ging sie noch die Bestellungen für die Küche und den Keller durch.

Das Telefon klingelte, als sie den Bierbestand kontrollierte. Sie hob ab, meldete sich, hörte zu. Spürte, wie eine eisige Faust nach ihren Eingeweiden griff, hörte sich sagen, dass sie sofort kommen würde, und legte auf. Atmete starren Blickes ein und aus, sah Bilder vor ihrem inneren Auge, die sie nicht sehen wollte, spürte, wie ihr die Tränen kamen. Ging hinüber ins Haus und weckte Bartholomäus, der, wie die Nächte zuvor, inmitten unzähliger Dokumente, Fotos und Aufzeichnungen auf seinem Sofa eingeschlafen war.

Bartholomäus war sofort hellwach. War vielleicht gerade eben weggenickt. Er hörte ihr zu, versteinerte im Gesicht und stand wortlos auf. Lief die Treppe hinunter, stieg im Flur in seine Gartencloggs, riss irgendeine Jacke vom Haken und hielt ihr die Tür auf.

Eine knappe halbe Stunde später betraten sie das Schwabinger Krankenhaus. Der Pförtner erklärte ihnen den Weg zur Intensivstation. Sie fuhren mit dem Aufzug, in dem Bartholomäus Wiebkes Hand nahm. Liefen gedimmte Flure entlang, gelangten an eine Tür mit Klingel. Wiebke drückte den Knopf, und ein schnarrendes Geräusch ertönte. Kurz darauf öffnete eine Krankenschwester die Milchglastür. Nein, die Operation sei noch nicht zu Ende. Sie wisse auch nichts Genaueres, tue ihr leid. Wenn sie auf den Arzt warten wollten, möchten sie bitte da vorn auf den Stühlen Platz nehmen.

Sie nahmen Platz. Wiebke lehnte sich an Bartholomäus. Gemeinsam starrten sie aus einem hohen Fenster ins Nichts, wo eine kraftlose Hoffnung gegen ein Heer aus Ängsten und Sorgen kämpfte.

Kurz nach halb sechs Uhr stand ein Arzt vor ihnen. Jung, grau im Gesicht, völlig übernächtigt.

Ja, Urte Svenjakob wohne bei ihnen im Hotel. Sie sei

ihre Managerin. Nein, sie seien keine Angehörigen, eine Mutter lebe in Norddeutschland. Aber sie seien ihre engsten Freunde.

»In Ordnung.« Der Arzt nahm seine OP-Kappe ab, rieb sich die Augen. »Frau Svenjakob wurde heute Morgen gegen halb zwei eingeliefert. So wie es aussieht, wurde sie zusammengeschlagen. Sie hat innere Verletzungen, unter anderem einen Milzriss. Außerdem einige Rippenbrüche sowie Frakturen am linken Unterarm und im Gesicht. Ich glaube zwar nicht, dass sie bleibende Schäden davontragen wird, aber Genaueres werden wir erst in ein paar Wochen sagen können.«

»Sie ist aber über den Berg, oder?« Wiebke drückte Bartholomäus' Hand.

»Ja, sie ist über den Berg.«

Wiebke schloss die Augen. Stumme Tränen rannen über ihre Wange. »Gott sei Dank.«

»Wissen Sie irgendetwas über den Täter?« Bartholomäus‹ Stimme klang, als rollte ein Fels den Hang hinab.

»Nein, tut mir leid.«

»Wann können wir zu ihr?«

»Kommen Sie heute Abend noch einmal vorbei, dann müsste sie ansprechbar sein.«

Sie fuhren durch die immer noch leeren Straßen nach Hause. Der Samstagmorgen hatte in München noch nicht begonnen. Auf dem Asphalt lag eine feine Schneeschicht. Ein Stäubchen Erleichterung auf der brutalen Wirklichkeit.

»Wer macht so was?« Wiebke schnäuzte sich zum wiederholten Male.

»Ich finde es raus.«

Wiebke sah ihren Mann an. Sie kannte diesen Tonfall.

Aber diesmal würde sie ihn nicht zurückhalten. Dieser Kerl hatte es verdient, dass ihn Bartholomäus fand.

»Und wie? Wie willst du ihn finden?«

»Wenn ihn Urte gesehen hat, finde ich ihn.«

Sie schnäuzte sich wieder. Im Osten schaltete der Tag das Licht ein. Damit sich dieses Scheusal nicht länger verstecken konnte.

Bartholomäus blickte zur Seite und streichelte ihr über die Wange. »Ich krieg ihn.«

Wiebke wischte sich die Tränen ab und nickte grimmig.

Sie tranken noch einen Kaffee im Büro, dann machte sich Bartholomäus auf den Weg. Er wollte sich zunächst im Präsidium nach möglichen Augenzeugen oder sonstigen Informationen erkundigen, die ihnen weiterhalfen: Schläger, die sich bekanntermaßen in dieser Gegend herumtrieben, Spuren am Tatort, andere Beteiligte, aktenkundige Lesbenhasser und so weiter. Und dann musste er zum Flughafen. Um zehn Uhr landete Ehard.

»Ich halte hier die Stellung und rufe dich an, sobald ich etwas Neues erfahre.«

»Komm her!« Bartholomäus zog seine Frau an sich und küsste sie leicht auf den Mund. »Mach dir keine Sorgen. Sie kommt wieder auf die Beine.«

Wiebke lächelte schwach. »Hey, du bist ja doch noch nicht ganz im Reich der wutschnaubenden Zombies verschwunden.«

»Das kommt dir nur so vor, weil du im Moment auch auf dem Weg dorthin bist.«

»Vermutlich hast du recht.« Sie küsste ihn. »Hol sie dir! Und mach keine Gefangenen!«

»Du kennst mich.«

Im Präsidium erfuhr Bartholomäus nichts, was ihn auf die Spur des Schlägers gebracht hätte. Es gab zwar wie immer bei solchen Taten einige Namen, die sofort die Runde machten. Aber das war reine Spekulation. Erst wenn sie gar keine Hinweise bekämen, machte es halbwegs Sinn, sich diese Kandidaten vorzuknöpfen. Vielleicht verpfiff eine Kanaille die andere, vielleicht konnte man einen Deal machen, vielleicht hatte sich Urte zur Wehr gesetzt und Spuren hinterlassen. Aber das waren viele Vielleichts. Bartholomäus wollte bis zum Abend warten.

Gegen neun Uhr brachen er und Kreuzpointner zum Flughafen auf. Ehard würde um Viertel nach 10 landen, der Flug aus Chicago hatte etwas Verspätung. Im Flughafen kaufte sich Kreuzpointner einen Kaffee und eine Käsesemmel, weil er bis jetzt nichts gegessen hatte. Bartholomäus wollte nichts.

Als die Maschine gelandet war, stellten sie sich vor den Ausgang, der in wenigen Minuten die Passagiere aus Chicago entlassen würde. Bartholomäus sah sich um. Frau Ehard konnte er nirgends entdecken.

Kreuzpointner war es, der ihn entdeckte. »Da kommt er.«

Paul Ehard trug einen schwarzen Anzug und einen Stetson. Auf seinem Rollwagen standen zwei metallene Koffer, über denen ein Trenchcoat lag. Der Mann wirkte müde und erschöpft und im Augenblick haftete nichts Professorales mehr an ihm. Er wirkte vielmehr wie ein gestresster Vertreter, der eben von einer erfolglosen Messe nach Hause kam.

Bartholomäus und Kreuzpointner bewegten sich zum Durchgang am Ende der Absperrung. Als Ehard dort ankam und mit seinem Rollwagen um die Ecke biegen wollte, bemerkte er sie zunächst nicht. Erst ein zweiter, überraschter Blick signalisierte, dass er Bartholomäus erkannt hatte.

»Ja, da schau her, der Herr Kommissar!« Er blieb stehen. »Warten Sie etwa auf mich?«

»Guten Morgen, Herr Ehard«, erwiderte Bartholomäus. Wer sich solche Filme ansah, den konnte er nicht mehr mit Professor anreden. »Das ist mein Kollege Kreuzpointner.« Er deutete auf Josef Kreuzpointner, der kurz nickte. »Wir warten auf Sie, ja. Würden Sie uns bitte folgen?«

Ehard war völlig verblüfft. »Ja … aber … was ist denn los? Was wollen … warum …? Ist was passiert?«

»Kommen Sie bitte mit, wir erklären es Ihnen sofort.«

Bartholomäus wies den Weg und lotste Ehard in das nächstgelegene Zollbüro.

»Nehmen Sie bitte Platz.« Bartholomäus zeigte auf einen der Stühle, die um den weißen Resopaltisch standen.

Ehard stellte den Rollwagen ab, setzte sich und nahm den Hut vom Kopf. Ein großer, verunsicherter Blick wanderte von Bartholomäus zu Kreuzpointner, die beide stehen geblieben waren.

»Herr Ehard, es gibt da einige Dinge, über die wir mit Ihnen sprechen müssen.«

»Dinge? Was für Dinge?«

»Kennen Sie einen Professor Eduard von der Pfordten?«, fragte Bartholomäus.

Ehard sah ihn an, als hätte er ihn nicht verstanden. Er war vollkommen desorientiert. »Ich verstehe nicht … Können Sie mir nicht einfach sagen, worum es geht? Ich habe einen langen Flug hinter mir, bin todmüde und weiß absolut nicht, was hier vor sich geht.«

»Dann beantworten Sie einfach meine Fragen. Umso

schneller werden wir zu einem Ende kommen. Also. Professor Eduard von der Pfordten. Kennen Sie ihn?«

Ehard zögerte noch, dann überlegte er. »Nein, der Name sagt mir nichts.«

»Dann ist allerdings merkwürdig, dass Sie ihn zwei Tage vor Ihrer Abreise auf seinem Handy angerufen haben.«

»Das kann schon sein. Ich rufe am Tag ein Dutzend Leute an, die ich nicht kenne. Haben Sie eine Ahnung, wie viele Leute im Rechts der Isar arbeiten?«

»Und warum rufen Sie die Leute an, wenn Sie sie nicht kennen?«

»Das bringt mein Beruf mit sich. Sie haben etwas, das ich brauche, sie wissen etwas, das ich wissen muss. Verstehen Sie? Was hat es überhaupt mit diesem – wie hieß er noch? – auf sich?«

»Eduard von der Pfordten«, wiederholte Kreuzpointner. »Und er arbeitet nicht im Rechts der Isar. Er ist gar kein Arzt, sondern Sprachwissenschaftler an der LMU. Und zu Ihrer Frage: Kurz nach Ihrem Anruf ist Eduard von der Pfordten ermordet worden. Mit Zyankali.« Das hatte Seebauer inzwischen bestätigt.

Paul Ehard wirkte für einen Moment irritiert. »Ja? Und? Was geht das mich an?«

»Das versuchen wir herauszufinden«, sagte Bartholomäus. »Denn schließlich haben Sie ihn angerufen.«

»Vielleicht habe ich mich verwählt.«

»Vielleicht, ja. Aber in der Wohnung von Herrn von der Pfordten, des toten Herrn von der Pfordten, wurden Ihre Fingerabdrücke gefunden.«

»Was?« Ehard fiel aus allen Wolken. »Aber das kann doch … Ich kenne den Mann gar nicht. Wo wohnt denn der?«

»Sagen Sie es mir.«

»Ich weiß es doch nicht!« Ehard wurde laut.

»Schwabing, Amalienstraße.«

»Da … war ich nicht. Nie!«

»Aber in Starnberg sind Sie gwesen?«, ergriff Kreuzpointner das Wort. »Am 9. November vormittags?«

»Was? Starnberg? Ich dachte, wir reden von Schwabing?«

»Sie haben dort eine Beschädigung an Ihrem Auto zur Anzeige gebracht. Ein Kratzer im Lack. Auf dem Parkplatz des Seerestaurants.«

»Ich … Worauf, zum Teufel, wollen Sie denn hinaus?« Ehard sah von einem zum anderen. »Ja, irgend so ein Idiot hat mir da die Wagentür zerkratzt. Keine Ahnung, ob das am 9. November war. Irgendwann um den Dreh herum.«

»Am 9. November wurde in Starnberg Simon Alfarth umgebracht.« Bartholomäus übernahm wieder. »Kennen Sie den vielleicht?«

Ehard blinzelte, wurde blasser. »Bitte, ich weiß nicht, was das alles soll. Ich habe doch nichts getan. Was wollen Sie von mir?«, fragte er weinerlich.

»Hatten die beiden etwas mit den Filmen und Bildern auf Ihrem Rechner zu tun?«

»Was … was für Filme?«, hauchte Ehard. Sein Erstaunen war so voller Entsetzen, dass es einem Eingeständnis gleichkam.

Kreuzpointner holte einen Laptop aus seiner Tasche, klappte ihn auf und stellte ihn vor Ehard auf den Tisch. Dann startete er den Media-Player. »Dieser Schweinekram.«

Ehard blickte wie paralysiert auf die Szene. Ein Mord fand statt. Eine junge Frau wurde in einem Bett regelrecht abgeschlachtet. Eine Szene, wie sie in jedem schlechten Splatter-Streifen vorkam. Die Sache war nur, dass die Aufnahme echt war. Der Mord war live gefilmt worden.

Ehard saß bewegungslos vor dem Rechner. Nur sein linkes Lid zuckte. Auch als Kreuzpointner das Video anhielt, rührte er sich nicht, sondern starrte weiter auf den Bildschirm.

»Solche Filme sind nicht billig«, sagte Bartholomäus kalt. »Aber als angesehener Mediziner verfügen Sie sicher über die nötigen Mittel. Zumal da ja noch die steuerfreien Extrazahlungen wären, die Sie für die eine oder andere Operation eingestrichen haben.« Bartholomäus nickte Kreuzpointner zu, der einige Excel-Listen aus der Aktentasche holte und sie vor Ehard legte. In geradezu akkurater Weise hatte der Mediziner seine Bestechungsgelder verwaltet. Patient, Datum, Höhe der Zahlungen, Operation. Bartholomäus hatte die Listen nur noch in Ehards Büro ausdrucken müssen.

»Wollte Simon Alfarth für seine Hasenscharten-OP nicht zahlen? Hat Eduard von der Pfordten irgendwie Wind von Ihren Machenschaften bekommen und wollte Sie erpressen oder anzeigen?«

Durch Ehards Körper ging ein Zittern. Unmerklich erst, doch dann immer deutlicher. Er sog stoßweise die Luft ein und fing schließlich leise an zu schluchzen. »Es tut mir so leid. So leid«, brachte er zwischen seinen ächzenden Atemlauten hervor. »Ich weiß ja, dass das nicht richtig war.« Seine Mundwinkel krümmten sich nach unten und bebten. »Bitte. Sagen Sie nichts meiner Frau. Bitte.« Er sah Bartholomäus aus verweinten Augen an. Eine dicke Träne hing ihm am Kinn.

»Wo waren Sie am 20. Dezember?« Bartholomäus empfand nicht die Spur von Mitleid.

»Ich weiß es doch nicht.« Ehard war jetzt ein unsägliches Häufchen Elend.

»Und Silvester?«

Ehard wimmerte irgendetwas und fing an, nach vorne und hinten zu wippen. Er heulte immer lauter.

»Haben Sie die vier Menschen umgebracht?«

»Vier Menschen? Umgebracht?« Ehard starrte Bartholomäus völlig entgeistert an. »Nein! Nein! Nein! Ich habe niemanden umgebracht!« Man verstand ihn kaum noch vor lauter Schluchzen. »Bitte! Nur diese ekelhaften Filme. Bitte! Bitte!« Er hob die Hände und flehte die beiden Männer an. »Nur die Filme. Deswegen habe ich da angerufen.«

»Und die Bestechungen«, ergänzte Kreuzpointner sachlich.

»Ja. Das auch. Aber ich habe niemanden umgebracht! Das müssen Sie mir glauben!« Ehards Gesicht war eine einzige erbarmungswürdige Fratze. »Herr Kammerlander. Ich würde so was nie tun! Bitte sehr! Bitte!« Ehard wurde von einem Weinkrampf geschüttelt und sackte auf seinem Stuhl in sich zusammen.

Bartholomäus betrachtete ihn angewidert. Er hätte auf den Boden kotzen können. Ehard direkt vor die Füße. Was für ein erbärmliches Stück Scheiße! Aber fast noch schlimmer als die Verlogenheit und die Doppelmoral Ehards war für Bartholomäus etwas anderes: dass er ihm glaubte.

Kreuzpointner nahm Ehard mit ins Präsidium. Im Augenblick war mit dem Mann nichts mehr anzufangen. Sie würden die Daten und die DNA abgleichen und ihn sich noch einmal vorknöpfen, wenn er dazu wieder halbwegs in der Lage war. Bartholomäus hielt es nicht für nötig, dem Spektakel weiter beizuwohnen. Nachher fing er tatsächlich noch an zu kotzen.

Außerdem wollte er ins Schwabinger Krankenhaus. Er nahm die S-Bahn in die Innenstadt, fuhr mit der U3 zum Bonner Platz und ging von da aus zu Fuß. Aber Urte lag noch auf der Intensivstation, und der diensthabende Arzt gestattete es ihm nicht, mit ihr zu sprechen. Am Abend. Vielleicht am späten Nachmittag.

Bartholomäus beschloss, nach Hause zu fahren. Er brauchte Ruhe, musste nachdenken. Er konnte nicht genau sagen, wieso, aber er hatte das Gefühl, dass sich die Dinge verdichteten. Nicht im Äußeren, da waren kaum weitere Informationen dazugekommen, wenn man von Ehards Zusammenbruch einmal absah. In seinem Inneren verdichtete es sich. Aber vielleicht wünschte er sich das auch nur.

22. Kapitel

29. Januar, Mittag, München

Wiebke saß noch immer im Büro, als Bartholomäus ins Alpenblick kam. Rechts neben sich das Telefon, links eine Kleenex-Box, vor sich den Laptop. Sie sah furchtbar aus.

»Hallo, Schatz«, begrüßte sie ihn niedergeschlagen. »Noch nichts Neues.« Sie zeigte zum Telefon.

»Ich weiß, ich komme gerade aus der Klinik.«

»Ah. Und was sagen sie?«

»Sie liegt noch auf der Intensivstation, ist aber stabil.«

Ihre Miene wurde dunkler. »Weißt du schon was? Wegen dem Kerl?«

»Nein. Es gibt keine Hinweise, keine Augenzeugen, nichts. Ich habe nur erfahren, dass außer Urte noch eine andere Frau zusammengeschlagen wurde. Eine Stefanie Lindemann. Sagt dir der Name etwas?«

»Oh nein!« Wiebke sah ihn voller Entsetzen an. »Das ist ihre Freundin! Wie geht es ihr?«

»Schlechter«, antwortete Bartholomäus leise. »Viel schlechter. Sie sind sich nicht sicher, ob sie durchkommt.«

»Was? Oh Gott!« Wiebke fing wieder an zu weinen. »Die beiden hatten sich doch gerade erst kennengelernt! Urte war so glücklich! Verdammte Scheiße!«

Das Telefon klingelte, aber Wiebke ignorierte es. Bartholomäus nahm ab.

»Kammerlander, Hotel Alpenblick? … Ja, Moment, ich schau mal nach.« Er zog den Laptop zu sich. Eine Wikipedia-Seite war aufgeschlagen. Milzruptur. Bartholomäus öffnete das Buchungsprogramm und ging auf den 7. Februar. »Ja«, sagte er ins Telefon, »da haben wir noch was frei. … zwei Personen … bis zum 10.? Gerne … Höberl, hab ich notiert … Danke, auf Wiederhören.« Er legte auf.

»Sie hat mir erzählt, dass es diesmal anders wäre.« Wiebke schniefte und wischte sich mit dem Ärmel die Nase ab. »Und Urte redet ja normalerweise gar nicht über so was. Weißt du ja. So ist sie nicht. Aber mir hat sie's erzählt.«

Bartholomäus strich ihr sanft übers Haar und schob den Laptop zurück. Dabei bemerkte er, dass einige Papiere unter dem Rechner gelegen hatten, die sich jetzt über den Schreibtisch verteilten. Ausdrucke von Reservierungsbestätigungen, Bestellformulare, Notizen. Wiebke hatte offenbar versucht zu arbeiten, dann das Zeug aber liegen gelassen. Bartholomäus sammelte die Papiere ein, ordnete sie und legte den Stapel vor das Telefon.

Plötzlich blieb sein Blick an dem obersten Blatt hängen. Eine Bestellung für die Küche. Aber es waren nicht die einzelnen Posten oder die Zahlenangaben dahinter, die seine Aufmerksamkeit erregt hatten. Es war der Vermerk darunter. Der Lieferant hatte dort etwas hingeschrieben. Bartholomäus runzelte die Stirn und nahm das Blatt vom Stapel.

»Weißt du, sie hat's ja wirklich nicht leicht gehabt, das arme Mädchen.«

Die Schrift. Er kannte diese Schrift. Und er wusste sofort, dass er sich nicht daran erinnerte, weil er die Schrift schon einmal hier im Büro gesehen hatte. Das hatte er sicher. Nein, er hatte die Schrift woanders gesehen. In einem Zusammenhang, der nichts mit dem Hotel zu tun hatte.

»Kommt ganz allein hier runter, kennt niemanden, fällt

auf ein paar so blöde Trullas rein und dann trifft sie endlich Stefanie. Und jetzt das!« Wiebke sah ihren Mann an. Aber der hörte ihr gar nicht zu. Sein Blick brannte sich förmlich in den Zettel, den er in der Hand hielt. »Schatz? Was ist?«

Die Schrift. Wo hatte er sie schon einmal gesehen? Wo, zum Geier, hatte er diese verdammte Schrift unlängst – Bartholomäus stieß einen Laut der Verblüffung aus. Er wusste auf einmal, woher er die Schrift kannte. Aber das kam ihm so unwahrscheinlich vor, dass er es kaum glauben konnte.

»Schatz?«

»Ich muss weg.« Er gab Wiebke einen flüchtigen Kuss und rauschte mit dem Blatt aus dem Büro.

Er hatte Kopien und Ausdrucke aller Unterlagen zum Fall drüben im Haus. Auch Kopien der Zettel mit dieser Schrift waren darunter. Und er war sich sicher. Doch er musste es mit eigenen Augen sehen.

Zwei Minuten später stand er in seinem Arbeitszimmer und verglich beide Schriften miteinander. Kein Zweifel. Dieselbe Schrift. Dazu musste er kein Grafologe sein. Bartholomäus drehte sich auf dem Absatz um, lief wieder die Treppe runter und hinüber zum Parkplatz, wo der BMW stand. Er musste hinunter nach Berg.

Als er kurz darauf vor der Post den Motor abstellte, fuhr in genau diesem Augenblick auf der anderen Straßenseite ein weißer Kombi aus der Hofeinfahrt der Metzgerei. Fritz Schöberl saß am Steuer.

Fritz. Ein weißer Dodge. Der einem Mercedes von Weitem durchaus ähnlich sah. Allmählich machte alles Sinn. Bartholomäus hatte nur keine Ahnung, welchen. Er ließ den BMW wieder an, lenkte ihn auf die Straße und folgte Schöberl.

Schöberl. Was wusste er über Fritz Schöberl? Fast nichts. Er war einer der besten Metzger weit und breit, schlachtete selbst und belieferte das Hotel mit Fleisch, Wurst und, je nach Jahreszeit, auch Wild. Verheiratet mit ... Maria, wenn er sich nicht irrte, zwei erwachsene Kinder, Mitglied im Schützenverein und selber Jäger. Wohnte schon ewig in Berg, war aber eigentlich Österreicher. Irgendwo aus der Nähe von Braunau am Inn, soviel Bartholomäus wusste. Nett, gemütlich, redete nur das Nötigste, ein Riese von einem Mann. Hatte mit Xaver, Kreuzpointner und dem Edeka-Leikermoser eine Schafkopfrunde.

Das war es so ziemlich, woran sich Bartholomäus erinnerte. Doch jetzt wusste er noch einiges mehr. Dass Fritz Schöberl einen großen, weißen Kombi fuhr. Und dass er jungen, hübschen und toten Polinnen Deutschunterricht gab.

Österreicher ... Bartholomäus fiel der Spruch auf dem Anrufbeantworter ein.

Die Fahrt führte nach Osten und endete eine knappe halbe Stunde später an den Isarauen in der Nähe der Großhesseloher Brücke. Schöberl steuerte seinen Wagen schließlich einen unasphaltierten Fahrweg entlang, der sich über steinige Inseln und braune Grasflecken, auf denen angeschwemmtes Treibgut lag, Richtung Isar schlängelte. Nur vereinzelt wuchsen Bäume oder dürre Sträucher, so dass Bartholomäus weit zurückbleiben musste, um nicht bemerkt zu werden. Neben einer Feuerstelle auf dem kiesigen Isarufer hielt Schöberl an. Merkwürdigerweise steckte ein leuchtend rotes Fähnchen in dem Aschehäufchen. Bartholomäus konnte durch ein paar kahle Zweige hindurch erkennen, dass Schöberl ausstieg, sich umschaute und irgendetwas, das von Weitem aussah wie eine weiße Tüte, neben das Fähnchen legte. Dann kletterte er zurück in den Wagen, wendete und fuhr denselben Weg zurück, den er gekommen war.

Bartholomäus beeilte sich und rangierte den BMW über eine Wiesenfläche hinweg hinter eine Buschgruppe. Er hoffte, dass Schöberl die frischen Wagenspuren in dem matschigen, von wenig Schnee bedeckten Grünstreifen entgingen. Als der Metzger an ihm vorbei war, überlegte Bartholomäus, was er tun sollte. Schöberl folgen oder warten, was dort unten bei der Tüte passierte? Er entschied sich für Letzteres. Schöberl lief ihm nicht davon. Bartholomäus setzte den BMW noch ein Stück zurück, so dass er vom Fahrweg aus kaum noch zu sehen war. Dann stieg er aus und bewegte sich vorsichtig zum Isarufer hinunter.

Eine auffällig gekennzeichnete Stelle in einer zumindest um diese Jahreszeit recht wenig frequentierten Gegend, Schöberls misstrauische Blicke, eine weiße Tüte. Das ließ nicht sehr viel Interpretationsspielraum. Offenbar wurde der Metzger erpresst und hatte gerade dort vorn das Geld deponiert. Aber weswegen wurde er erpresst? Und hatte es etwas mit den Morden zu tun?

Bartholomäus ging hinter einem Erdwall in die Hocke und sah zwischen zwei Sträuchern hindurch zu der Feuerstelle. Sie lag nicht weit vom Wasser entfernt. Vielleicht zehn Meter dahinter dümpelte die Isar träge in ihrem Bett. Weit und breit gab es keinen Sichtschutz und kein Versteck. Für den Erpresser hatte dies den Vorteil, dass er genau beobachten konnte, ob sich jemand in der Nähe der Tüte aufhielt. Andererseits wurde auch er gesehen, wenn er sich das Geld holte. Wieso also dieser Ort? Wie wollte er es anstellen? Und wann? Bartholomäus sah auf seine Uhr. Kurz vor eins. Hoffentlich verbrachte er nicht den Rest des Nachmittags in dieser feuchten Grube.

Zehn Minuten später erübrigten sich diese Befürchtungen. Und Bartholomäus erfuhr auch, warum sich der Erpresser diesen Ort ausgesucht hatte. Urplötzlich stieg ein Taucher aus dem Wasser. In der flachen Isar und noch dazu Ende Januar eine fast unwirkliche Erscheinung. Wie ein Wesen aus einer anderen Welt erhob er sich aus den eisigen Wellen und sprintete in Maske und Schnorchel auf die Feuerstelle zu. Flossen trug er praktischerweise keine, sondern schwarze Füßlinge. An der Fahne angekommen, sah er sich hektisch um und stopfte sich die Tüte unter seinen Neoprenanzug.

Bartholomäus schnellte aus seiner Deckung hervor. Wenn der Mann erst wieder im Wasser war, hatte er keine Chance. Der konnte sonstwo an Land gehen. Aber kaum war er durch die Büsche gesprungen, donnerte ein Schuss über das Ufer.

Der Erpresser schrie auf und sackte zu Boden. Bartholomäus fuhr herum. Der Schuss war von hinten gekommen. Und dort stand er: Fritz Schöberl! Ein Gewehr im Anschlag, zielte er weiterhin auf den Taucher.

»Steh bleim! Sonst daschias i di!«, brüllte der Metzger.

»Herr Schöberl!« Bartholomäus hob die Arme und ging langsam auf den Taucher zu. »Machen S' keinen Unsinn!«

»Gengang S' aus der Schussbahn!«, befahl Schöberl. »Weg do!«

»Nein! Ich bin gleich bei dem Mann. Er entkommt mir nicht!«

»Sie soin weggeh!«

»Nein, das mach ich nicht! Herr Schöberl, nehmen Sie das Gewehr runter!«

»Nix! Der Saubeitl kumt ma ned nomoi davo!«

Bartholomäus blickte jetzt genau in die Mündung des Gewehrs. »Seien Sie vernünftig! Der läuft nicht davon!«

Bartholomäus war bei dem Taucher angelangt, der sich wimmernd am Boden krümmte. Mit einem kurzen Blick erkannte Bartholomäus, dass er am Bein verletzt war. »Alles in Ordnung, Herr Schöberl. Ich hab ihn.«

Der Metzger kam in langsamen Schritten auf Bartholomäus und den anderen Mann zu. Noch immer zielte er in ihre Richtung, aber der Gewehrlauf zeigte nun leicht nach unten.

»Er hat mich getroffen!«, jammerte der Taucher und hielt sich sein rechtes Bein. »Rufen Sie die Polizei! Schnell!«

»Schon da.« Bartholomäus nahm dem Erpresser vorsichtig die Maske ab und streifte ihm die Kapuze vom Kopf. Ein jüngerer Mann kam zum Vorschein. Mitte 20, blondes Haar und grün im Gesicht. Ob vor Schmerzen oder Angst, konnte Bartholomäus nicht sagen.

»Was? Sind Sie Polizist? Dann unternehmen Sie etwas, um Gottes willen! Der will mich umbringen!«

»An Schmarrn wui i!« Schöberl war bei ihnen angekommen. »I hob gar ned auf di gschossn, sondern auf de Stoana da vor dir, du Depp!«

»Was sagt das Arschloch? Ich verstehe kein Wort! Verhaften Sie ihn doch endlich! Was stehen Sie hier noch herum, Mann!« Der Erpresser zeigte fahrig auf Schöberl.

Bartholomäus besah sich das Bein genauer und schürzte die Lippen. »Er sagte, dass er auf die Steine vor Ihnen und nicht auf Sie geschossen hat.«

»Was? Ist doch scheißegal! Das war ein Mordversuch!«

»Soi i dir moi zoagn, was a Mordversuch is, du Loamsiader, du?« Schöberl drehte das Gewehr um und holte mit dem Kolben aus.

»Nicht!«, schrie der Mann und hob schützend die Arme über den Kopf.

Schöberl grinste.

»Was wollten Sie denn mit dem eigentlich machen, Schöberl?« Bartholomäus winkte, dass Schöberl ihm das Gewehr geben solle.

Der Metzger zögerte einen Moment, überreichte Bartholomäus aber schließlich die Flinte. »Verwurschtn. Weil der hätt nimmer aufghört, bis er mei ganz Geid ghabt hätt.«

Bartholomäus runzelte die Stirn. Verwursten. Er war sich nicht sicher, ob das ein Scherz war.

»Und jetzad?« Schöberl zuckte die Schultern und sah Bartholomäus fragend an.

»Ich würde sagen, wir drei unterhalten uns jetzt mal.«

»Unterhalten?«, protestierte der Taucher lautstark. »Ich brauche dringend einen Arzt! Ich muss ins Krankenhaus!«

»Du musst jetzt vor allem mal die Klappe halten«, wies ihn Bartholomäus zurecht. »Das ist ein Kratzer, mehr nicht.«

»Das ist kein …«

»Und wenn du jetzt weiter so einen Lärm machst, benütze ich das Verbandszeug, das ich im Auto habe, um dich zu knebeln, ist das klar?«

Der Mann verstummte.

Bartholomäus sah Schöberl an. »Und Sie helfen mir, den Schreihals zum Auto zu bringen. Und erzählen mir dabei schon mal ein bisschen was.«

23. Kapitel

29. Januar, Nachmittag und Abend, München

Keiner der beiden war ein Serienmörder. Der junge Mann, Lars Riepenhusen, wohnte im Kapellenweg in Berg und hatte Fritz Schöberl, den er aus der Metzgerei kannte, mehrfach dabei beobachtet, wie er Otylia Ehrlich besucht hatte. Nach Otylias Tod hatte Riepenhusen dann erst überlegt, ob er zur Polizei gehen sollte, aber nach einigem Nachdenken und weil das Studentendasein in München sehr teuer war, einen für ihn lukrativeren Plan gefasst. Er würde ihn erpressen. Und zwar nicht damit, dass er alles der Polizei erzählte. Nein, er würde ihm drohen, alles Frau Schöberl zu erzählen. Riepenhusen konnte sich nicht vorstellen, dass der seiner Einschätzung nach etwas tumbe Fleischer ein Serienkiller war. Wieso also sollte er die Polizei fürchten? Aber so, wie sich Schöberl immer zu Otylia geschlichen hatte, wollte er auf jeden Fall verhindern, dass Frau Schöberl von seinen abendlichen Besuchen erfuhr. Ein angesehener Bürger, eine gut laufende Metzgerei, eine langjährige Ehe – ein Skandal war das Letzte, was jemand wie Schöberl brauchte. Und nachdem Riepenhusen Maria Schöberl in der Metzgerei kennengelernt hatte, war er sich sicher, dass dieser Skandal nicht ausbleiben würde. Ach, Skandal! Die Hölle würde über Fritz Schöberl hereinbrechen!

Dabei hatte Schöberl nach eigener Aussage für seine Dienste von Otylia Ehrlich nie mehr bekommen als ein bezauberndes Lächeln und einmal einen Kuss auf die Wange. Er hatte sie im Sommer am Flaucher kennengelernt. Da war er manchmal hingegangen, wenn er in der Großmarkthalle zu tun gehabt hatte und früher als geplant fertig gewesen war. Wegen der Nackerten. Otylia hatte auf den Steinen gelegen und er hatte sie von der Flaucherbrücke herab angestarrt. Hatte gar nicht anders gekonnt, als unentwegt auf ihre wohlgeformten Titten zu starren. So etwas hatte er bisher nur in den Heftchen gesehen, die ganz hinten in dem Kasten unter den alten Schleifsteinen in der Schlachterei lagen.

Und Otylia hatte ihm gewunken! Ihm war fast das Herz stehen geblieben. Er hatte sich umgedreht, aber sie meinte wirklich ihn. Ihn, den selbst die schiache Moni in der Hauptschule nicht angesehen hatte! Unglaublich!

Sie kamen ins Gespräch, redeten über alles Mögliche, und weil Fritz Schöberl am Ende nichts Gescheites einfiel, wie er sie wiedersehen konnte, bot er ihr an, ihr Deutschunterricht zu geben. Otylia willigte ein, und von da an trafen sie sich zweimal die Woche bei ihr zu Hause.

Das dummerweise in Berg lag. Schöberl schwitzte jedes Mal Blut und Wasser, wenn er sich zu ihr schlich. Ganz zu schweigen von den Ausreden, die er sich immer für Maria einfallen lassen musste. Treffen der Metzgerinnung, Fortbildungen, Messen, Ausstellungen, kaputte Kupplungen und vor allem die Jagd. Die kostete ihn den Sommer über am meisten Zeit.

Was gar nicht so falsch war. Andererseits wusste er immer noch nicht, was er sich eigentlich von Otylia erhofft hatte. Letztendlich wohl gar nicht mehr, als sie ihm geschenkt hatte: ein bisschen Aufmerksamkeit, ein wenig Jugend, ein paar unruhige Träume. Aber natürlich durfte die Maria auch davon nichts erfahren – weswegen Fritz Schöberl sogar die eine oder andere Schlafanzughose lieber heimlich wusch.

Dann war Otylia tot. Er war unangemeldet vorbeigekommen, weil er ihr noch ein Weihnachtsgeschenk bringen wollte. Als sie ihm nicht aufgemacht hatte, dachte er zunächst, dass sie schon nach Hause zu ihrer Familie gefahren war. Aber dann fiel ihm ein, dass sie gesagt hatte, sie müsse zwischen den Jahren arbeiten. Also klingelte er noch mal, klopfte, und als sich immer noch nichts rührte, ging er ums Haus herum zu ihrem Balkon. Der komischerweise ein Stück offen gestanden hatte. Er hatte noch einmal gerufen und war dann auf den Balkon geklettert und in die Wohnung gegangen. Da hatte sie dann auf dem Bett gelegen. Schön wie ein Engel, aber mausetot. Und in ihrem Mund steckte dieser Trichter. Da war Fritz Schöberl geflüchtet und hatte von irgendeiner Telefonzelle aus die Polizei alarmiert.

Die einzig interessanten Details, die Bartholomäus aus der Unterhaltung in seinem BMW mitnahm, waren, dass Fritz Schöberl Schuhgröße 46 hatte, der Senffleck auf dem Deutschbuch von ihm stammte und es tatsächlich der Mörder gewesen war, der Otylia Ehrlich drapiert und ihr Bett gemacht hatte. Was ihn allerdings auch nicht wirklich weiterbrachte. Und eine Idee war ihm noch gekommen. Sie brauchten einen Grafologen. Der Eintrag in Alfarths Kalender. Wenn Alfarth nichts mit Ehard und dem Rechts der Isar zu tun hatte, kam nur eine Person infrage, die diesen Termin dort eingetragen haben konnte. Der Mörder. Um sie zu verwirren. Aber das mit seiner eigenen Schrift zu tun, könnte ein Fehler gewesen sein.

Als Riepenhusen und Fritz Schöberl ihren Ballast abgeladen hatten, erklärte Bartholomäus beiden, dass sie jetzt nach Hause gehen und die Sache vergessen sollten. Und in Zukunft weder jemanden erpressen noch jemanden verwursten sollten.

Riepenhusen wollte das erst nicht glauben und sah drein,

als witterte er irgendein urbayerisches Ritual, ein mysteriöses Brauchtum, das ihm, dem Zugereisten, in naher Zukunft ein böses Erwachen bescherte. Aber Bartholomäus zog nur genervt die Augenbrauen hoch und hieß ihn auszusteigen. Schöberl dagegen akzeptierte die Abmachung mit einem kommentarlosen Nicken, bestand jedoch darauf, Bartholomäus etwas zum Mittagessen mitzugeben. Das war sein Dankeschön, und Bartholomäus wusste, dass er das nicht ausschlagen durfte. Bepackt mit einem Kilo Schweinekrustenbraten aus der Warmhaltevitrine, vier Knödeln, Blaukraut und Sauce vom Mittagsbüfett der Metzgerei Schöberl, betrat er kurz nach zwei das Büro des Alpenblick.

»Hallo, mein Engel. Gibt es was Neues?«

Wiebke sah statt einer Antwort fragend auf die Tüten in seinen Händen.

»Vom Schöberl. Eine lange Geschichte. Erzähl ich dir irgendwann nachher.«

Sie stand auf und nahm ihre Jacke von der Lehne. »Das Krankenhaus hat vor zehn Minuten angerufen. Sie ist wach und wird gerade auf die Station verlegt.«

»Dann lass uns fahren.« Bartholomäus lieferte noch Schöberls Dankeschön in der Küche ab, dann machten sich beide abermals auf den Weg nach Schwabing.

Urte sah schrecklich aus. Wiebke musste gleich wieder heulen, als sie sie sah, und nahm sie vorsichtig in die Arme.

»Halb so schlimm. Kommt alles wieder ins Lot«, nuschelte Urte und lächelte mit dem linken Auge. Recht viel mehr war aufgrund des enormen Verbandes von ihrem Gesicht auch nicht zu sehen.

»Hallo, Urte.« Bartholomäus drückte ihr die Hand und versuchte, zuversichtlich dreinzublicken.

»Wie ’ne Mumie, oder?«

Bartholomäus lächelte und nickte.

Der Arzt hatte ihnen 15 Minuten gestattet. Nachdem Wiebke ihre Wut, ihre Hoffnung und ihr Mitgefühl – auch wegen Stefanie – losgeworden war, wollte Urte wissen, wie die Dinge im Hotel liefen. Erst danach konnte Bartholomäus seine Frage stellen.

»Urte, hast du den Kerl oder die Kerle gesehen?« Er setzte sich auf die Bettkante und ging näher an sie heran, damit sie nicht so laut sprechen musste.

»Kerl. Einer.« Ein Schatten der Erinnerung legte sich über ihren Blick.

»Wie sah er aus?«

»Groß. Sicher 1,90. Kahler Schädel, ein Auge hing. Ich glaube, das linke. Trug Springer-Stiefel und so eine Bomberjacke.«

»Hört sich nach einem Punk an. Oder einem Rechten.«

»Eher ein Rechter, würde ich sagen.«

Bartholomäus wartete, während Urte nachdachte. Schließlich schüttelte sie den Kopf. »An mehr kann ich mich nicht erinnern.«

Bartholomäus legte ihr die Hand auf den Arm. »Danke. Das ist schon sehr viel.« Er stand auf und verließ das Zimmer, um draußen auf dem Gang zu telefonieren.

Als er zwei Minuten später mit einem Blatt Papier in der Hand wieder durch die Tür trat, lag ein entschlossener Zug um seinen Mund. In seinen Augen flackerte ein dunkles Feuer.

Wiebke hatte die Veränderung an ihrem Mann sofort bemerkt. »Wer ist es?«

»Kreuzpointner meint, der hier könnte es sein.« Er

reichte Urte das Fax, das ihm Kreuzpointner auf die Station geschickt hatte. »Ein gewisser Franz Mehringer. Ein aktenkundiger rechter Schläger. Die Beschreibung sagte ihm auf Anhieb etwas.«

Urte sah sich das Polizeifoto an. Sie nickte. »Der ist es.«

»Bist du dir sicher?«

»In der Nähe stand eine Straßenlaterne. Und dieses Gesicht werde ich nie vergessen.«

»Okay.«

»Dann holen die sich ihn jetzt, oder?«, fragte Urte und hielt Bartholomäus das Blatt hin.

Bartholomäus schüttelte langsam den Kopf. »Ich hole ihn mir.« Er warf Wiebke einen Blick zu, und sie verstand. Dann drehte sich Bartholomäus um und lief aus dem Raum.

Bis zur Korbinianstraße, wo Mehringer laut Computer wohnte, war es nicht weit. Die Adresse entpuppte sich fast erwartungsgemäß als heruntergekommene Mietskaserne, deren Treppenhaus nach Urin und Erbrochenem stank. In einer Ecke lagen Glasscherben, die Hälfte der verbeulten Blechbriefkästen war aufgebrochen.

Mehringer wohnte im dritten Stock unter dem Dach. Ein Türschild gab es nicht und auch keine Klingel. Bartholomäus klopfte und wartete. Hinter der Tür, die irgendwann mal grün gewesen war, blieb es ruhig. Bartholomäus klopfte noch einmal, aber nichts tat sich. Mehringer war entweder nicht zu Hause oder er schlief seinen Rausch aus. Oder er wohnte gar nicht hier. Bartholomäus holte sein Dietrichset aus der Tasche.

Mehringer war tatsächlich nicht da, wohnte aber allem Anschein nach in der Wohnung. Als sich Bartholomäus in dem Loch umsah, entdeckte er in einem Zimmer mit versiffter Matratze erst ein paar rechte Devotionalien – eine Fahne mit Hakenkreuz, einen Dolch der Wehrmacht, ein SS-Koppel und noch ein paar andere Sachen – und dann im Küchenschrank einen abgelaufenen Mitgliedsausweis für ein Fitness-Studio im Hasenbergl. Er war auf den Namen Franz Mehringer ausgestellt.

Aber Bartholomäus beschloss, nicht hier auf Mehringer zu warten. Und nicht nur deswegen, weil sich bestimmt schon Armeen von Läusen und Flöhen in seine Richtung bewegten. Kreuzpointner hatte ihm noch den Tipp gegeben, dass sich die rechte Szene in Milbertshofen gern in einer Kneipe namens ›Bullseye‹ traf. Dort wollte er es als Nächstes versuchen.

Die heruntergekommene Kneipe lag kaum einen Steinwurf entfernt in der Georgenschwaigstraße. Durch die fettigen Scheiben drang dumpfes Licht und die Tür war nur angelehnt. Bartholomäus trat ein und schob den schweren Windfang zur Seite. Am Tresen lehnten zwei Männer und hielten sich an ihren Bierflaschen fest. Ihre fahlen, ausgemergelten Alkoholikergesichter erzählten von unzähligen anderen Flaschen, deren Inhalt die faltigen Kehlen hinabgeflossen war. Träge drehten sie ihre Köpfe, aber den stumpfen Augen unter den schweren Lidern war längst egal, was sie sahen. Der Wirt allerdings musterte Bartholomäus misstrauisch. Offenbar war er keine neue Kundschaft gewöhnt.

»Vielleicht komme ich später wieder.« Bartholomäus nickte in den leeren Gastraum. »Wenn mehr los ist.«

Der Wirt sagte nichts, putzte nur seine Gläser weiter. Bartholomäus ging wieder nach draußen.

Ein Stück weiter vorn auf der anderen Straßenseite

befand sich eine kleine Bäckerei mit Kaffeeausschank. Bartholomäus bestellte sich einen großen Kaffee und ein Stück Käsesahnetorte und stellte sich so an den einen Stehtisch, dass er das ›Bullseye‹ im Auge hatte. Im Laufe des Nachmittags kamen noch drei weitere Tassen und ein Nusshörnchen dazu, aber Mehringer ließ sich nicht blicken. Er war in der Zwischenzeit auch nicht nach Hause gekommen, wie Bartholomäus durch einen kurzen Abstecher in die Korbinianstraße feststellte. Danach ging er wieder zurück in die Bäckerei und ließ sich ein Glas Wasser geben. Den zwei Verkäuferinnen war der große Mann mit dem wilden Blick zwar nicht so ganz geheuer. Stand da stundenlang am Tisch, starrte aus dem Fenster und trank Kaffee, die für zwei Herzkasperl gereicht hätten. Aber verbieten konnten sie es ihm auch nicht.

Als die Bäckerei schließlich um halb sieben zumachte, wurde den beiden aber doch ein bisschen mulmig, wie Bartholomäus ihren teigigen Mausgesichtern unschwer ansehen konnte. Hatte der große, wilde Mann vielleicht nur gewartet, bis sie Feierabend hatten, und verfolgte sie jetzt, um sie in irgendeinem Hausflur … um sie ?

Bartholomäus zerstreute schnell alle Bedenken, indem er ihnen beim Hinausgehen seinen Polizeiausweis zeigte und den Finger auf die Lippen legte. »Ich war nie hier, okay?«

Eine Szene wie aus einer Vorabendserie, die jedoch für die beiden genau ihren Zweck erfüllte. Sie nickten ehrfürchtig und sahen ihm tuschelnd hinterher.

Bartholomäus rief auf seinem Handy erst Wiebke und dann Kreuzpointner an. Wiebke war im Hotel zugange und fühlte sich besser. Urte würde wieder auf die Beine kommen, das wusste sie jetzt. Kreuzpointner hatte keine

Neuigkeiten für ihn. Mehringer lief immer noch da draußen herum.

Bartholomäus ging zurück ins ›Bullseye‹ und bestellte sich ein Bier. Setzte sich damit an den hintersten Tisch und wartete. Sah sich die Gäste an und merkte irgendwann, dass etwas in ihm nachdachte. Worüber? Warum? Eine Art von Unruhe hatte ihn erfasst, die er gut kannte. Eigentlich schon seit dem Krankenhaus, wenn er es recht bedachte. Es war, als stünde er vor einem riesigen Puzzle und hielte ein Puzzlestück in der Hand, von dem er aber nicht wusste, wohin es gehörte. Er wusste, dass es ein wichtiges Stück war, eines, das er brauchte, um weitermachen zu können. Aber er fand einfach nicht die richtige Stelle.

Gegen neun sah er noch einmal in der Korbinianstraße vorbei. Kein Licht in den Fenstern, keine Reaktion auf sein Klopfen. Auf dem Rückweg ins ›Bullseye‹ drehte Bartholomäus das Puzzlestück in seinem Kopf immer noch hin und her. Was war das überhaupt für ein Teil? Was zeigte es und wie war er darauf gestoßen? Er konnte es nicht erkennen, es war zu klein, zu undeutlich, war eben nur ein Ausschnitt aus einem großen Ganzen.

Doch den Mann in dem Auto, das schräg gegenüber vom ›Bullseye‹ stand, kannte er. Stefan Back! Er hatte sich gerade eine Zigarette angezündet, sodass Bartholomäus sein Gesicht deutlich im Schein des Feuerzeugs hatte sehen können. Was, zum Teufel, machte der hier? Und wieso trieb sich ein Verfassungsschützer, ein Bürohengst, um diese Zeit überhaupt hier draußen in freier Wildbahn vor einer rechten Szenekneipe herum? Bartholomäus zog den Kragen seiner Jacke hoch, damit ihn Back nicht erkannte, und betrat erneut das ›Bullseye‹.

Mehringer war da! Er saß auf einem Hocker an der

Theke, rauchte und bekam gerade vom Wirt ein Bier hingestellt. Neben ihm hockten zwei Typen, die zu ihm zu gehören schienen. Jedenfalls sahen sie aus wie er: kahl, Springerstiefel, Lederjacken.

Als der Wirt Bartholomäus entdeckte, gab er Mehringer ein Zeichen. Er zog die Brauen nach oben und nickte unmerklich zum Eingang. Mehringer drehte sich um, kniff die Augen zusammen und blies den Rauch in Richtung Bartholomäus. Auch die beiden anderen wandten sich Bartholomäus zu. Ein spöttischer Zug breitete sich um Mehringers Mundwinkel aus.

Bartholomäus ging geradewegs auf ihn zu. »Mehringer, gehen wir!« Er hatte leise und völlig unaufgeregt gesprochen.

Mehringer war viel zu dumm, um sich einschüchtern zu lassen. »Spinnst du, oder was?« Er schüttelte belustigt den Kopf. »I glab, du brauchst ein paar aufs Maul.«

»Ich sag's nicht noch mal.«

Mehringer gab sich verwundert. »Dir hams ins Hirn gschissn, oder?« Er sah seine beiden Kumpel an, rutschte vom Hocker und baute sich vor Bartholomäus auf.

Die Gespräche in der Kneipe verstummten. Alle sahen sie zu Mehringer und Bartholomäus. Als auch Mehringers Begleiter von ihren Hockern stiegen, ging der Wirt dazwischen.

»Ned do herinn! Habt's mi? Geht's naus!«, befahl er und zeigte zur Tür.

Mehringer lachte. »A geh, Wastl! Wega dem Zipfeklatscher da mias ma doch ned in'd Käitn nausgeh.« Im nächsten Moment schnellte ansatzlos seine Faust hervor und schoss auf Bartholomäus' Kinn zu.

Aber der hatte schon mit so etwas Ähnlichem gerechnet.

Er zuckte mit dem Kopf zurück, sodass die Faust haarscharf an ihm vorbeischrammte. Mehringer kippte nach vorn und fiel gegen ihn. Blitzschnell griff Bartholomäus mit seiner linken Hand um Mehringers Nacken und donnerte dessen kahlen Schädel mit aller Kraft auf die Theke. Gläser kippten um, Aschenbecher hüpften, Mehringer stöhnte dumpf auf. Dann sackten ihm die Beine weg und er ging zu Boden.

»Scheiße!«, murmelte einer seiner Begleiter und starrte Bartholomäus fassungslos an.

»Ihr haltet euch besser raus!« Bartholomäus warf ihnen einen warnenden Blick zu. Dann zog er seinen Geldbeutel aus der Tasche und wandte sich an den Wirt. »Hier.« Er legte drei Hundert-Euro-Scheine auf den Tresen. »Falls etwas repariert werden muss.«

Der Wirt nickte schwach, und Bartholomäus steckte seine Geldbörse wieder ein.

»Auf geht's!« Er bückte sich und zog Mehringer am Kragen seiner Jacke hoch. Drehte ihn in die richtige Richtung und bugsierte ihn zum Ausgang.

Der Schläger war immer noch benommen und kaum in der Lage, geradeaus zu gehen. Mit einer Hand hielt er sich den Kopf, mit der anderen stützte er sich an den Hockern und Gästen ab, an denen er vorbeikam. Als er an der Tür angekommen war, machte er Anstalten, sich umzudrehen.

»Da geht's raus!« Bartholomäus packte ihn an den Schultern und warf ihn gegen den Türstock. Als Mehringer wieder in die Knie ging, griff ihm Bartholomäus mit einer Hand unter die Achsel und schleifte ihn nach draußen. Vor der Tür ließ er ihn aufs Pflaster fallen, holte sein Handy aus der Jacke und ging auf Backs Wagen zu. Aber bereits nach wenigen Schritten wurde der Motor angelassen und Stefan Back rauschte aus der Parklücke.

24. Kapitel

29./30. Januar, Nacht und früher Morgen, Berg

Die Uhr unten im Wohnzimmer schlug Mitternacht. Bartholomäus setzte sich auf, nippte von dem Wasser und legte sich wieder hin. Auf den Boden. Die Beine auf dem Hocker des Sessels. Suchte in der Holzdecke nach dem Astloch von vorhin und fixierte es.

Er glaubte nicht, dass er diese Nacht noch schlafen würde. Wenn er sich jetzt ins Bett legte und das Licht ausmachte, würde es nur noch schlimmer werden. Er kannte das, es war ja nicht das erste Mal, dass es ihm so ging. Nein, alles, was er tun konnte, war, hier zu liegen, einigermaßen zur Ruhe zu kommen und seinem Hirn beim Denken zuzusehen.

Wobei es nicht im eigentlichen Sinn dachte. Es war wie ein Fieber. Gedankenfetzen, Erinnerungen, Empfindungen, Bilder, Ahnungen, Ideen, Ansätze von Einsichten, Vorstellungen, Gefühle – im Sekundentakt spülten sein Hirn, sein Herz, die 100 Milliarden Nervenzellen in seinem Körper oder was auch immer dafür verantwortlich war, einen neuen Eindruck an die Oberfläche seines Bewusstseins, begrub anderes, vermischte, verzerrte, löschte aus. Er kam sich vor, als donnerte er in einem viel zu schnellen Zug durch eine Landschaft, in der alles aufgereiht war, was ihm in den letzten zweieinhalb Monaten begegnet war. Doch er konnte den Zug nicht anhalten, konnte nur zusehen und auch das gelang ihm kaum. Die Dinge rauschten einfach an ihm vorbei, rechts und links, manchmal erkannte er etwas, oft vermochte er es nicht.

Meditieren wollte er nicht. Er wollte Zug fahren. Und das Astloch half ihm dabei. Je konzentrierter er es betrachtete, desto langsamer fuhr der Zug. Er raste immer noch, aber nicht mehr ganz so schnell. Und manchmal sah er deswegen da draußen auch mehr als einen flüchtigen Schemen.

Jetzt gerade zum Beispiel Schöberl. Einen dicken Mann, der einen schwarzen Frosch erschlug. Schwarzer Frosch … Taucher. Einen Fluss, der langsam floss. Fließen. Bartholomäus versuchte sich vorzustellen, wie er gemächlich einen Fluss hinabtrieb. Vielleicht bremste das den Zug noch ein bisschen.

Er hatte Mehringer geschlagen. Blut spritzte in Bartholomäus' Kopf, das in Wirklichkeit gar nicht gespritzt war. Er fühlte … Reue, Scham. Nur Arschlöcher schlugen Arschlöcher. Aber das hatte er gemeint, das war es immer wieder, er kam nicht los, *kam*, verdammt noch mal, *nicht los*. Hin- und hergerissen. Eine Natur und die andere. Beides war er.

Natur. Pflanze. Otylia Ehrlich mit einer Pflanze im Mund. Auf ihrem Bett stand in großen Buchstaben 20.12. Ein schönes Bett. Wie im Krankenhaus.

Urte. Mumien, die um ihr Bett schlichen. Mit Hakenkreuzfahnen in den Händen. Wut, die er spürte. Und Traurigkeit. Die Mumien fingen an zu singen. Aber er *sah* sie nur singen, er hörte sie nicht. Eine Mumie stieg in ein Auto, an dessen Steuer Kreuzpointner saß. Dabei hatte nicht er, sondern eine Streife Mehringer vor der Kneipe abgeholt.

Ein Geräusch holte Bartholomäus aus seinen Gedanken. Unten war die Tür gegangen. Wiebke kam nach Hause. Er hörte sie leise husten, ihr Schlüssel klimperte, sie hängte die Jacke auf. Dann knarrte die Treppe. Kurz darauf öffnete sich seine Zimmertür.

»Ah, du bist noch wach.« Sie kam herein und setzte sich auf den Schreibtischstuhl.

Bartholomäus überstreckte den Nacken und sah sie im Liegen an. Sie saß auf dem Kopf. »Mehr als wach. Da drin geht es wieder ab.« Er tippte sich an die Stirn.

»Wegen diesem Typen von heute Abend?«

»Wegen allem. Der ganze Fall. Alles wirbelt da drin durcheinander und sucht nach seinem Platz, aber nichts weiß, wohin es gehört.«

»War heute sonst noch irgendetwas Besonderes?«

Bartholomäus zögerte. »Ich weiß nicht. Ich hatte schon so ein Gefühl. Aber ich kann nicht sagen, wieso.«

»Wann hattest du dieses Gefühl?«

»Bei Urte im Krankenhaus.«

»Hm.« Wiebke lächelte. Sie sah sehr müde aus. »Dann kommst du nicht mit ins Bett, oder?«

»Vielleicht nachher.«

»Okay.« Sie stand auf, kniete sich hin und gab ihm einen Kuss. »Viel Glück.«

»Schlaf gut.«

Als Wiebke wieder draußen war, suchte sich Bartholomäus erneut sein Astloch und sprang auf den Zug. Wieder die Zwanzig. Eduard von der Pfordten hatte eine Klobrille in Form einer Zwanzig um den Hals hängen. Und saß in der Dusche, aus der blauer Zyankalisaft tröpfelte. Wieso blau, überlegte Bartholomäus. Ah, Blausäure. Zyankali hatte was mit Blausäure zu tun.

Blau. Wolfgang Stransky war blau vor Kälte gewesen. Er saß auf einem Baumstamm und beobachtete die Lastwagen, die an ihm vorbeirauschten. In einem saß Reinsdorfer und grinste mit zermatschtem Schädel nach draußen. Und am Straßenrand stand Ehard und filmte alles, während ihm Alfarth ein Bündel Scheine in die Tasche steckte. Alfarth, dem andauernd der Sabber aus der Hasenscharte lief. Sabine Stransky zeigte voller Empörung auf ihn und kündigte an, das alles an die Öffentlichkeit zu bringen. So dürfe man nicht herumlaufen, das könne man ja nicht mit ansehen.

Im Astloch tat sich ein Fernsehapparat auf, aus dem Hädrich als Nachrichtensprecher plärrte, dass am 20. ein rechtsradikaler Schläger bei dem Versuch festgenommen worden sei, einen Beamten des Verfassungsschutzes mit einem Stromkabel zu erwürgen. Der Beamte konnte jedoch reinkarniert werden und lebt jetzt in seiner neuen Daseinsform als homosexueller Maler in einem Kibbuz in Polen

Irgendwann fuhr der Zug in einen Tunnel, und Bartholomäus fiel in einen unruhigen, unbequemen Schlaf. In seinem Unterbewusstsein vermengten sich die Bilder und Gedanken zu immer abstruseren Szenarien. Erinnerungen aus Amerika kamen hinzu, er träumte von Wiebke, vom Hotel, von Kreuzpointner, der gegen einen Zaun pinkelte. Dann träumte er nichts mehr, sondern versank in einem tiefen, schwarzen Sumpf.

Bartholomäus kam es vor, als hätte ihn jemand angeknipst. Von jetzt auf gleich war er hellwach. Riss die Augen auf und starrte an die Zimmerdecke. Ein Bild stand ihm vor Augen, glasklar, als hätte er es eben erst gesehen. Dazu ein Ton, Sätze, die jemand sagte. Der Nachrichtensprecher. Vor ein paar Tagen hatte der Mensch in der Tagesschau von rechten Ausschreitungen anlässlich des 20. Januar berichtet.

Bartholomäus setzte sich auf. Die Einsicht brannte ihm förmlich hinter der Stirn. Der 20. Januar. Und der 9. November. Er sah Bruckmayr vor sich, seinen Geschichtslehrer.

»Der 9. November, der Schicksalstag der Deutschen«, hatte er ihnen jedes Jahr, in dem sie ihn als Lehrer gehabt hatten, am 9. November aufs Neue eingebläut. Ende des Kaiserreichs 1918, Hitlerputsch 1923, Gründung der SS 1925, Reichskristallnacht 1938. Alles am 9. November.

Bartholomäus stand auf und machte den Computer an. Konnte es das sein? War das die Verbindung, das Muster? Alfarth am 9. November, von der Pfordten am 20. Januar. Was war an dem Tag noch mal gewesen, was hatte dieser Nachrichtenmensch gesagt? Er wusste es nicht mehr. Aber das fand er sicher im Netz. Blieben der 20. Dezember und der 1. Januar. War er deswegen gestern so unruhig geworden, als Urte ihm einen Rechtsradikalen beschrieben hatte? Hatte sich die Idee da schon in seinem Hirn festgesetzt?

Als der Computer online war, ging Bartholomäus auf Google und gab den 20. Dezember ein. Die Textausschnitte, die auf den ersten Plätzen angezeigt wurden, halfen ihm nicht weiter. Er klickte auf den obersten Link, der ihn zu Wikipedia brachte, und las sich die dort eingetragenen Ereignisse des 20. Dezember durch. Im Jahr 1924 wurde er fündig: Adolf Hitler wird nach seinem Putschversuch vorzeitig aus der Haft in Landsberg entlassen.

Bartholomäus spürte, wie ihm das Blut in den Kopf stieg. Das Fieber kehrte zurück. Er gab den 1. Januar ein.

1931*:* Die NSDAP-Reichsleitung zieht in das Braune Haus in München um.

Das war es nicht. Im Vergleich zum Putsch von 1923 und zur Entlassung Hitlers aus der Haft zu unspektakulär. Bartholomäus überlegte. Wie konnte er die Suche eingrenzen, konkretisieren? 1. Januar. Der Tag, an dem Stransky gestorben war. Winter, Schnee, Kälte, Mongolismus –

Die Erkenntnis traf ihn wie ein Schlag. Die Gedanken in

seinem Kopf überschlugen sich. Nicht wegen des Datums. Nein, jetzt ahnte er auch, warum der Mörder Alfarth und Stransky ausgewählt hatte. Natürlich. Diese Sau.

Ruhig werden, langsam, eines nach dem anderen. Bartholomäus hielt kurz inne, atmete durch. Erst die Daten abgleichen. Er gab *1. Januar, Behinderte* in Google ein. Nichts. Zumindest auf der ersten Seite. Aber er war sich sicher, dass das Ereignis wichtig genug war, um relativ weit vorn angezeigt zu werden. Bartholomäus tippte *1. Januar, Behinderte, Nationalsozialismus* und drückte auf *Enter.*

Es stand gleich an zweiter Stelle. Am 1. Januar 1934 war das Gesetz zur Verhütung erbkranken Nachwuchses in Kraft getreten. Im Rahmen der so genannten Rassenhygiene wurden an die 400.000 Menschen zwangssterilisiert. Etliche kamen dabei ums Leben. Das war es, wusste Bartholomäus. Das war der Bezug.

Weiter. 20. Januar. Für diesen Tag fand er die Wannsee-Konferenz im Jahr 1942. Bartholomäus erinnerte sich wieder. Die Unruhen, von denen in der Tagesschau die Rede gewesen war, hatten sich ebenfalls in Berlin ereignet. Auf der Konferenz, las Bartholomäus den Eintrag, war die so genannte Endlösung der Judenfrage beschlossen worden. Er musste an die Gaskammern denken, an Cyclon B.

Cyclon B! Blausäure! Zyankali! Judenfrage! Otylia war Jüdin gewesen! Bartholomäus hatte das Gefühl, dass ihm gleich der Kopf explodierte. Auf einmal ergab alles einen Sinn! Und von der Pfordten hatte in seiner Dusche gesessen! ›Brausebad‹ oder ›Duschbad‹ hatte über vielen Gaskammern gestanden. Man hatte den Häftlingen erzählt, sie würden zum Duschen gehen.

Mein Gott! Bartholomäus fuhr sich mit beiden Händen durch die Haare. Die Morde, diese Inszenierungen waren voller Anspielungen. Alles kreiste um den Nationalsozialismus, das Dritte Reich. Die Daten, die Todesarten, die Opfer. Alfarth, Stransky, Ehrlich. Der eine war körperlich entstellt, der andere mongoloid, Ehrlich war Jüdin. Und von der Pfordten?

Bartholomäus stand auf und ging hinüber zum Sofa. Irgendwo musste der Bericht über von der Pfordten liegen. Als er ihn gefunden hatte, las er sich die Seiten der Gerichtsmediziner durch.

Da! Da stand es! Von der Pfordten war Asthmatiker gewesen. Auch er also nicht flink wie ein Windhund, zäh wie Leder, hart wie Kruppstahl. Auch er Ausschuss, lebensunwertes Leben, kein Vorzeige-Arier.

Bartholomäus ließ die Mappe sinken. Sein Puls schlug ihm bis zum Hals, von seiner Stirn tropfte Schweiß. Er versuchte, seine Atmung unter Kontrolle zu bekommen, und ging noch einmal alles in Gedanken durch.

Alfarth. Hasenscharte. Starb durch Starkstrom. Wie die Menschen, die versucht hatten, aus den KZs zu fliehen. »Sie sind in den Zaun gegangen«, erinnerte er sich an die Worte der Frau, die ihn und seine Klasse damals durch das KZ Dachau geführt hatte. Deswegen hatte der Mörder die Kabel zurückgelassen und die Fesseln mitgenommen. Damit das Bild stimmte, damit man den Zusammenhang verstand.

Ehrlich. Jüdin. Giftaron. Nicht, um sie zum Schweigen zu bringen. Bartholomäus sah noch einmal nach, was er damals über den Giftaron gefunden hatte. Die Nazis hatten das Zeug in den KZs eingesetzt, um Frauen unfruchtbar zu machen. Viele waren daran gestorben. Und jetzt ahnte Bartholomäus auch, was es mit dem Bett auf sich hatte. Die Sterilisation war eine der vielen bestialischen Maßnahmen, die als medizinische Versuche deklariert worden waren. Medizin, Krankenhaus, wissenschaftliche Versuchsanordnungen, Akribie, Genauigkeit. Sorgfältig gemachte Betten. Sterilität. Es durfte nicht nach Todeskampf aussehen, sondern nach seriöser Medizin. Und das Gift sollten sie unbedingt bemerken.

Stransky. Behindert. Erfroren. In den KZs waren Versuche in so genannten Kältekammern gemacht worden. Die Nazis hatten herausfinden wollen, wie lange ein Mensch bei extremer Kälte überleben konnte. Falls zum Beispiel ein Pilot über Wasser abgeschossen wurde und im Meer auf seine Rettung wartete. Und die Todesumstände von der Pfordtens waren ja so offensichtlich, dass sich Bartholomäus fragte, warum er nicht schon eher darauf gekommen war.

Also ein Rechter. Ein rechtes Arschloch, das Menschen umbrachte, um damit der Welt seine Botschaft zukommen zu lassen. Wie diese Botschaft lautete, war nicht schwer zu erraten. Der übliche kranke, braune Mist.

Und doch – Bartholomäus erhob sich und begann, im Zimmer auf und ab zu laufen. Warum nur diese vagen Andeutungen? Wieso sorgte der Kerl nicht von Anfang an dafür, dass klar war, was er wollte? Und diese ganzen sorgfältig gelegten, falschen Fährten, diese Verwirrung. Wieso lenkte er die Aufmerksamkeit auf andere, auf Nicht-Nazis?

Bartholomäus fand nur eine plausible Erklärung: der Mörder wollte Zeit gewinnen. Zeit wofür? Warum wollte er Zeit gewinnen? Weil er damit rechnete, dass sie ihm auf die Schliche kamen und ihn schnappten? Und er bis dahin möglichst viele umgebracht haben wollte? Es kam ihm auf die Botschaft an, die mit jedem Mord deutlicher, lauter, blutiger wurde. Aber irgendwann, so seine Befürchtung, hätten sie ihn eingekreist. Irgendwann machte er einen Fehler.

Der Kerl war nicht dumm. Das zeigte auch seine bisherige Vorgehensweise. Das war kein hohler Rechter, der prügelnd und grölend durch die Straßen zog. Das war ein intelligenter Fanatiker, der für seine Ideologie lebte und vielleicht auch starb. Vielleicht hatte er sogar seinen Tod mit eingeplant.

Doch den würde er so lange wie möglich hinauszögern und bis dahin weitere blutige Zeichen setzen. Bartholomäus setzte sich wieder an den Computer. Die Frage, wen der Mörder auswählte, war nicht zu beantworten. Ihm kam in den Sinn, was er zu Zillenbiller gesagt hatte: einen Makel hat jeder. Aber das Wann konnten sie vielleicht finden. Die Morde waren an Tagen geschehen, die im Kalender des Nationalsozialismus eine besondere Bedeutung hatten. Wenn er ab sofort also Tag für Tag durchging, würde er bestimmt auf ein Ereignis stoßen, das wichtig genug war, um …

Bartholomäus ließ sich in die Lehne fallen. Scheiße war das, Mist, dachte er. Was sollte ihnen das bringen? Das war nur Zeitverschwendung. So lange sie nicht wussten, auf wen es der Mörder abgesehen hatte, war das reine Fleißarbeit, nicht mehr und nicht weniger. Wenn sie das nächste Mal vor einer Leiche standen, konnten sie höchstens sagen: Haben wir gewusst, dass es heute passieren würde. Toll.

05:34 Uhr zeigte die Zeitanzeige auf dem Desktop. Einen Kaffee, er brauchte jetzt einen Kaffee. Und eine Pause. Anschließend würde er Kreuzpointner anrufen und ihm erzählen, was er gefunden hatte.

Bartholomäus ging leise hinunter in die Küche, holte die Espressokanne aus dem Schrank und schraubte sie auf. Back kam ihm wieder in den Sinn. Wieso war der hinter Mehringer her gewesen? *War* er hinter Mehringer her gewesen? Hinter wem sonst? Aber warum? Man hatte ihn gestern nicht mehr auftreiben können. Sie hatten jemanden zu ihm nach Hause und in den Verfassungsschutz geschickt, aber weder da noch dort war er aufgetaucht. Seine Frau hatte ihnen die Handynummer gegeben, aber das Handy war ausgeschaltet. Bartholomäus hatte mit seinem Vorgesetzten telefoniert, diesem Teubner, aber der wusste weder, warum Back Mehringer beschattete, noch konnte er ihnen damit helfen, dass Back irgendeinen Sonderauftrag hatte und deswegen unterwegs war. Back hatte geregelte Arbeitszeiten und saß Teubners Meinung nach längst zu Hause auf dem Sofa vor der Glotze. Aber da war Back auch gegen elf Uhr abends noch nicht, als Bartholomäus ein letztes Mal dort angerufen hatte. Und seine Frau, die sich wirklich Sorgen machte, hatte auch keine Ahnung, wo ihr Mann sein könnte.

Bartholomäus stellte die Kanne auf den Herd und zündete das Gas. Wieso war Back abgehauen, als er vor der Kneipe auf ihn zugekommen war? Wieso versteckte er sich jetzt? Weil er Angst hatte? Vor wem? Warum?

Back. Welche Rolle spielte er? Was, zum Teufel, wusste er?

Bartholomäus sah auf die alte Pendeluhr. Dreiviertel sechs. Aber Izabella Back hatte wahrscheinlich ohnehin kein Auge zugetan. Er wählte die Nummer. Nach fünfmaligem Klingeln nahm sie ab.

»Stefan?« Sie klang verschlafen.

»Nein, hier ist Bartholomäus Kammerlander. Verzeihen Sie die frühe Störung, Frau Back, aber ist Ihr Mann schon zu Hause?« Die Frage hätte er sich sparen können, so wie sie sich gemeldet hatte. Aber er musste ja etwas sagen.

»Nein. Stefan noch nicht da.« Bartholomäus hörte ein Rascheln. Wahrscheinlich die Bettdecke.

»Aha.« Er überlegte kurz. »Frau Back, eine Frage: Sagen Ihnen die Namen Stransky oder von der Pfordten etwas?«

Die Antwort kam nach einer kurzen Denkpause. »Nein, ich habe noch nie gehört.«

Bartholomäus nickte. »Gut. Ich danke Ihnen. Wenn Sie etwas von Ihrem Mann hören, sagen Sie ihm bitte, er soll sich bei uns melden.«

»Ja, ich sage ihm.«

»Auf Wiederhören.«

Sie legte auf.

Der Kaffee kochte. Bartholomäus nahm die Kanne vom Herd und goss das heiße Gebräu in eine Tasse. Trank einen Schluck. Der Kaffee war sehr stark, tat aber gut und machte klar. Als würde einmal durch den Kopf gewischt.

Bartholomäus legte das Telefon auf die Anrichte und setzte sich mit seiner Tasse an den Küchentisch. Wer war der Nächste? Gab es einen Nächsten? Er war sich sicher, dass es einen geben würde. Jemanden mit einem Makel. Makel. Was war ein Makel in den Augen eines fanatischen Nazis? Eine geistige Behinderung und jüdische Abstammung sicher. Aber eine Hasenscharte? Asthma? Bartholomäus war immer mehr der Überzeugung, dass er mit seiner damals so nebenbei gemachten Aussage richtiglag. Jeder hatte einen Makel. Der Makel war nicht das Entscheidende. Der Mörder würde immer etwas finden, was sich als Makel deuten ließ. Dunkle Haut, hohe Wangenknochen, die falsche Frau, die falschen Vorfahren, ein zu kurzes Bein, was auch immer.

Bartholomäus legte die Hände um die Tasse und sah ins

Nichts. Der Makel brachte ihn nicht weiter. Vielleicht doch die Tatorte? Starnberg, Berg, Planegg, München. Aber darüber hatten sie schon so oft nachgedacht. Allerdings nicht – Bartholomäus runzelte die Stirn – in Zusammenhang damit, dass sie nach einem Rechtsradikalen suchten.

Er sah hinüber zum Telefon. Ein Rechtsradikaler. Back hätte ihm da sicher einiges zu erzählen gehabt als Sachgebietsleiter einer Gruppe, die die rechtsextreme Szene beobachtete. Aber Back war verschwunden.

Sein Chef jedoch nicht.

Bartholomäus zögerte. Ein Anflug von schlechtem Gewissen bremste ihn. Kurz vor sechs. Sonntagmorgen. Einen Freund machte er sich damit nicht. Egal. Er stand auf, nahm das Telefon von der Anrichte und suchte im Speicher der getätigten Anrufe nach Teubners Nummer. Diesmal dauerte es länger, bis jemand ranging.

»Teubner?«, meldete sich eine kratzige Stimme.

»Kammerlander hier. Guten Morgen. Entschuldigen Sie, dass ich Sie in aller Herrgottsfrühe aus dem Bett jage, aber es ist wichtig.«

Teubner räusperte sich und setzte sich, den Geräuschen nach zu urteilen, auf. »Was gibt's?« Fröhlich klang anders.

»Wir haben Grund zu der Annahme, dass ein Rechtsradikaler hinter den Morden steckt, wegen denen wir unlängst bei Ihnen waren.«

Teubner hustete leise. »Die Sache mit Back und dem Putschisten?«

Bartholomäus blinzelte verwirrt. »Bitte?«

»Na, als Ihr Kollege wissen wollte, ob der Name Alfarth bei uns die Runde gemacht hätte. Ob jemand von Alfarth gesprochen hätte und wer. Das meinen Sie, oder?«

»J ja.« Bartholomäus verstand trotzdem nicht. »Alfarth, genau. Aber von irgendeinem Putschisten war meines Wissens nicht die Rede.«

»Jaja, den hab nur ich so genannt.«

»Putschist?« Irgendwo in Bartholomäus' Gehirn fing ein Lämpchen hektisch zu blinken an.

»Ja«, erwiderte Teubner ungeduldig. »Das spielt jetzt keine Rolle. Was kann ich für Sie tun?«

»Nein, entschuldigen Sie«, beharrte Bartholomäus. »Aber wieso nannten Sie Alfarth einen Putschisten?«

Teubner stöhnte genervt. »Alfarth ist ein seltener Name. Ich habe ihn vorher noch nie gehört. Nur im Zusammenhang mit dem Hitlerputsch. Felix Alfarth war einer der getöteten Putschisten. Der erste sogar, wenn ich mich recht erinnere. Deshalb Putschist.«

Bartholomäus überlief ein kalter Schauder. »Alfarth war der Name eines Nazis? Der beim Hitlerputsch ums Leben kam?«

»Ja.«

»1923? Am 9. November?«

Ein weiteres Ja, das sich eher nach ›Ich würde gerne weiterschlafen‹ anhörte.

Bartholomäus dröhnte es auf einmal in den Ohren. »Herr Teubner, sagen Ihnen die Namen Ehrlich, Stransky und von der Pfordten etwas?«

»Ja, sicher. Das sind auch getötete Putschisten. Wobei der eine Stransky-Griffenfeld hieß. Ein Ritter, wenn ich mich recht erinnere.«

Bartholomäus Kammerlander verstummte.

25. Kapitel

30. Januar, Tag, Berg, Großraum München

»Geben Sie mir einen Moment, bitte«, sagte Bartholomäus tonlos. »Ich nehme Sie mit an den Computer.« Er lief los und hörte daher nicht, wie Manfred Teubner am anderen Ende leise aufstöhnte. Im Arbeitszimmer setzte sich Bartholomäus an den Schreibtisch, klemmte sich das Telefon zwischen Schulter und Ohr und reaktivierte den Bildschirm. Der Artikel über die Wannsee-Konferenz erschien. Er ging ins Suchfeld und gab ›Hitlerputsch‹ ein. Unter Punkt 3.1 stand ›Getötete Putschisten‹.

»Tatsächlich!« Bartholomäus nahm den Hörer wieder in die Hand. »Felix Alfarth, William Ehrlich, Theodor von der Pfordten und Lorenz Ritter von Stransky-Griffenfeld.« Der Mörder brachte Leute um, die genauso hießen wie Hitler-Putschisten! Bartholomäus zählte am Bildschirm die Namen. 16! Hatte dieses Schwein vor, 16 Menschen umzubringen? »16, es sind 16!«, sagte er zu Teubner.

»Richtig«, erwiderte Teubner abwartend.

Bartholomäus sammelte sich. »Herr … Teubner, wenn ich Ihnen jetzt sage, dass ein Rechtsradikaler für die Morde an vier Menschen verantwortlich ist. Ein Rechtsradikaler, der alles bis ins kleinste Detail geplant hat, äußerst brutal und zugleich kaltblütig vorgeht, offenbar keine Fehler macht und mit jedem Mord Hinweise gibt auf den Nationalsozialismus und seine Ideologie – wenn ich Ihnen das sage, fällt Ihnen dann irgendjemand ein, dem Sie das zutrauen?«

»Vier Morde?«, fragte Teubner nach einiger Zeit ungläubig. »Sie reden von dem Serienmörder aus der Zeitung?«

»Ja.«

Wieder zögerte Teubner. »Ich weiß es nicht. Nicht auf Anhieb zumindest. Die meisten unserer Klienten würde ich sofort ausschließen. Zu dämlich. Herdentiere, die aus Versehen jemanden erschlagen könnten, aber nicht vier Menschen geplant umbringen.« Teubner atmete ein paar Mal ein und aus. »Ich rufe Sie nachher an. Ich muss mir das durch den Kopf gehen lassen. Vielleicht fahre ich auch ins Amt und sehe in den Computer. Haben Sie eine Nummer, unter der ich Sie erreichen kann?«

Bartholomäus gab ihm seine Handynummer.

»Gut. Danke. Ich rufe Sie an.«

»Noch eine Sache.«

»Ja?«

»Die Morde haben immer an Tagen stattgefunden, die für die Nazis eine besondere Bedeutung haben. Welches Datum, würden Sie sagen, ist das nächste, das für die Nazis aus irgendeinem Grund besonders wichtig ist?«

Teubner musste nicht überlegen. »Ein Datum mit einer besonderen Bedeutung für die Nazis? Ja, heute.«

Bartholomäus zuckte zusammen. »Heute?«

»Ja. Nach Hitlers Geburtstag am 20. April ist heute so was wie der zweitwichtigste Feiertag für die. Der 30. Januar, der Tag der Machtergreifung, wie er im Nazi-Jargon heißt. Am 30. Januar 1933 ist Hitler Kanzler geworden.«

»Heute«, murmelte Bartholomäus schockiert. »Danke.« Er legte auf.

Heute! Er schlug heute wieder zu! Bartholomäus fing seinen starren Blick ein und schüttelte sein Entsetzen ab. Nein, mein Freund, dachte er grimmig. Keinen mehr.

Keinen einzigen. Aber ab jetzt zählte jede Minute. Sie mussten herausfinden, auf wen der Mörder es abgesehen hatte.

Bartholomäus sah wieder auf den Bildschirm. Sechzehn Namen. Und einer gehörte dem nächsten Opfer, so viel stand fest. Aber wer würde es sein? Bauriedl? Casella? Hechenberger?

Bartholomäus überlegte einen Augenblick, ob er Kreuzpointner anrufen sollte, machte aber erst einmal weiter. Er spürte, dass er kurz davor war, das Rätsel zu knacken. Jetzt nicht aufhören, nicht rausbringen lassen. Er kopierte die Liste der Namen und fügte sie in ein Worddokument ein. Dann unterstrich er die Namen der bereits Getöteten: Alfarth, Ehrlich, Stransky, von der Pfordten.

Felix Alfarth
Andreas Bauriedl
Theodor Casella
William Ehrlich
Martin Faust
Anton Hechenberger
Oskar Körner
Karl Kuhn
Karl Laforce
Kurt Neubauer
Klaus von Pape
Theodor von der Pfordten
Johann Rickmers
Max Erwin von Scheubner-Richter
Lorenz Ritter von Stransky-Griffenfeld
Wilhelm Wolf

Der Mörder war nicht in der Reihenfolge vorgegangen, wie sie die Liste vorgab. Die Liste war alphabetisch. Er hatte den ersten, den vierten, den fünfzehnten und den zwölften Putschisten getötet. Warum in dieser Reihenfolge? Weil er an die am leichtesten herangekommen war? Bartholomäus hielt das nicht für sehr plausibel. Es gab sicher Opfer, an die leichter heranzukommen war als an einen Behinderten, der rund um die Uhr betreut wurde. Weil die Putschisten in genau der Reihenfolge damals gestorben waren? Erst Alfarth, dann Ehrlich und so weiter? Sicher eine Möglichkeit, die sie ins Auge fassen mussten. Allerdings würde er die Informationen darüber, wenn überhaupt, nur äußerst mühsam im Internet finden. Leichter wäre es, wenn sie dazu einen Historiker auftreiben könnten, der sich da auskannte.

Weil der Mörder mit dieser Reihenfolge irgendetwas sagen wollte? Was? Alfarth, Ehrlich, Stransky, von der Pfordten. A, E, S, V oder P. AESV oder AESP. Sagte Bartholomäus gar nichts. Und auch Google wurde nicht schlau draus. Die Vornamen? Die Opfer hatten nicht dieselben wie die Putschisten.

Bartholomäus setzte vor jeden Namen der Liste eine Zahl. Eins bis Sechzehn. Eins, vier, fünfzehn, zwölf waren unterstrichen. Oder war die Reihenfolge doch völlig willkürlich? Bartholomäus glaubte es nicht. Der Kerl hatte alles geplant, bis hin zu einem Streichholzheftchen, das sie zwischen Baumstämmen finden sollten. Der überließ nichts dem Zufall.

Eine alphabetische Liste. Alphabet. Und wenn er die Zahlen mit Buchstaben des Alphabets gleichsetzte? Eins war A. Vier war … D. Bartholomäus buchstabierte und zählte gleichzeitig bis fünfzehn … Eine Minute später rannte er die Treppe hinab.

»Kreuzpointner!« Bartholomäus brüllte fast ins Telefon. Irgendwie schlüpfte er in seine Schuhe, die Jacke riss er nur vom Haken und rannte aus dem Haus.

»Kammerlander? Bist du des?«, meldete sich Kreuzpointner schlaftrunken.

»Kreuzpointner! Du musst sofort ins Präsidium kommen. Und sag den anderen Bescheid! Ich bin schon unterwegs.«

»Was ist denn los? Wie spät ist es denn?«

»Ich weiß, wer der Nächste ist.«

»Von was redst du? Welcher Nächste?« Im Hintergrund knackte irgendetwas. Kreuzpointners Bett. Oder seine Knochen.

»Das nächste Opfer! Und es passiert heute! Zieh dir was an und beeil dich! Ich ruf dich gleich noch mal an.« Bartholomäus beendete das Gespräch und hastete in die Tiefgarage des Hotels.

Der BMW flog durch die Münchner Vororte. Das Blaulicht ließ Bartholomäus im Handschuhfach. Es war kaum was los auf den Straßen. Einmal registrierte er, dass er geblitzt wurde. Bei Tempo 120 und mit dem Handy am Ohr. Aber im nächsten Moment hatte er es schon wieder vergessen.

Als er vor dem Präsidium bremste, hatte er noch einmal mit Teubner, Izabella Back und Kreuzpointner telefoniert. Teubner wusste jetzt, dass er sich beeilen musste, von Stefan Back gab es immer noch keine Spur, und Kreuzpointner war über das Wichtigste unterrichtet.

Zillenbiller kam fast gleichzeitig mit ihm an. Er hangelte sich umständlich aus seinem alten Opel, damit der Kaffee in seiner Hand im Becher blieb.

»Ah, Kammerlander«, begrüßte er Bartholomäus und

sperrte seinen Wagen ab. »Was machst denn du für eine Hektik am Sonntag in der Früh? Der Josef hat mir gsagt, dass du was rausgefunden hast und ich sofort reinkommen soll.«

»Ich erzähl es euch oben.« Bartholomäus deutete vage das Präsidiumsgebäude hinauf. Dann lief er vor Zillenbiller durch das Löwentor.

Karin Reichlmair und Otto Hauser waren schon da. Sie saßen in der Besprechungsecke. Karin Reichlmair putzmunter für die frühe Stunde und sogar geschminkt, Hauser dagegen der Missmut in Person. Er sah nur flüchtig auf, als Bartholomäus das Zimmer betrat, dann verdunkelte sich sein Gesicht wieder unter unverhohlenem Vorwurf. Bartholomäus hängte seine Jacke über den nächstbesten Stuhl und blieb mitten im Raum stehen.

Josef Kreuzpointner, der gerade Kaffeepulver in die Maschine füllte, sah über die Schulter. »Ich bin gleich so weit, Kammerlander.«

»Bartl, du schaust ja aus, als hätt man dir das Haus anzündt!« Karin Reichlmair winkte ihn zu sich. »Setz dich zu mir.«

Bartholomäus schüttelte den Kopf. »Ich bleib lieber stehen.«

»So.« Kreuzpointner drückte den roten Schalter und drehte sich um. »Kammerlander, du kannst loslegen.« Kreuzpointner lehnte sich gegen das Waschbecken.

»In Ordnung. Hört zu!« In den nächsten zehn Minuten erklärte Bartholomäus den anderen, was ihm im Laufe des Morgens und aufgrund der Informationen, die ihm Manfred Teubner hatte liefern können, klar geworden war. Am Ende stand Karin Reichlmair der Mund offen, Zillenbiller hatte seinen Kaffee abgestellt und sogar in Otto

Hausers Augen war ansatzweise so etwas wie Neugier zu erkennen.

»Hoit, hoit!«, winkte Max Zillenbiller ab, nachdem Bartholomäus fertig gesprochen hatte. »Also, des mit der Reihenfolge hab ich jetzt nicht so ganz kapiert.«

»Max!« Karin Reichlmair seufzte. »A-D-O-L! Die Buchstaben eins, vier, fünfzehn und zwölf im Alphabet. Und auf der Liste sind bis jetzt der Erste, Vierte, Fünfzehnte und Zwölfte umgebracht worden. Was ist da so kompliziert?«

Zillenbiller schürzte die Lippen. »Ah so. Ja, jetzt versteh ich's. Und weil da wahrscheinlich *Adolf* draus werden soll, wissen wir jetzt, dass der Nächste der Sechste auf der Liste ist. Weil F der sechste Buchstabe ist.«

»Brillant!« Hauser lächelte süffisant.

»Steig mir an Huat nauf«, erwiderte Zillenbiller, ohne Hauser anzusehen. »Will der vielleicht sogar *Adolf Hitler* schreiben mit dene Morde? Also«, Zillenbiller zählte in Gedanken die Buchstaben, »noch elf Leut umbringen?«

Bartholomäus zuckte die Schultern. »Kann sein. Aber das muss uns jetzt nicht interessieren. Wir müssen uns jetzt voll und ganz drauf konzentrieren, alle Hechenbergers im Großraum München ausfindig zu machen und zu überwachen.«

»Und vor allem zu warnen, oder?«, fragte Karin Reichlmair.

Bartholomäus zögerte. »Wenn es nach mir geht, nicht.«

»Du willst die Leut als Köder hernehmen und den Kerl auf frischer Tat erwischen?«

»Wir überwachen sie ja. Jeden einzelnen.«

Karin Reichlmair machte große Augen. »Mein lieber Schwan. Wenn des nach hinten losgeht. Was meinst du, Josef?«

Kreuzpointner überlegte schon die ganze Zeit. »Es ist riskant. Aber wenn wir jetzt alle warnen, weiß der Kerl Bescheid und verschwindet vielleicht auf Nimmerwiedersehen. Oder er sucht sich seinen Hechenberger woanders. Im Prinzip ist es also gehupft wie gesprungen. Riskant ist beides.«

»Also nicht warnen?«, fragte Karin Reichlmair nach.

Kreuzpointner sah Bartholomäus an und der nickte. »Wir kriegen das Schwein. Heute!«

»Aber wenn der *Adolf Hitler* schreiben wollte«, sagte Zillenbiller nachdenklich, »dann hat er das L doch schon beim *Adolf* umgebracht und beim *Hitler* fehlt's ihm dann. Und das T ist ganz weit hinten im Alphabet und mir haben doch nur sechzehn Leut auf der Liste. Des geht doch gar ned.«

»Herrschaftszeiten, Max, des ist doch jetzt völlig wurscht!«, ereiferte sich Karin Reichlmair. »Schaun mir lieber, dass mir den Kerl jetzt erwischen.«

»I mein ja bloß«, verteidigte sich Max Zillenbiller.

»Mein lieber nichts«, sagte Hauser.

Zillenbiller zeigte ihm den Mittelfinger.

»Also, wie gehen wir vor?«, fragte Kreuzpointner.

Die erste Schwierigkeit bestand darin, ihr Einsatzgebiet zu definieren. Wie groß war der Radius, in dem sich der Mörder seine Opfer suchte? Sie einigten sich schließlich auf den S-Bahn-Bereich. Nicht, weil sie annahmen, dass der Mörder mit der S-Bahn kam. Sondern weil alle Morde bisher in diesem Raum geschehen waren. Und weil sie irgendeinen Rahmen brauchten.

Das brachte sie zu Schwierigkeit Nummer zwei. Die Register der betroffenen Einwohnermeldeämter verzeichneten insgesamt neunundzwanzig Hechenbergers im Einsatzraum, die Ehepartner mit eingerechnet und auch die beiden Frauen, deren Geburtsname Hechenberger lautete, die aber bei der Heirat den Namen des Mannes angenommen hatten. Man hatte ja schon Pferde vor der Apotheke kotzen sehen und so, und vielleicht hatte der Mörder das auch irgendwie erfahren. Aber woher sollten sie wissen, wo der jeweilige Hechenberger war? Es war Sonntag. Montag bis Freitag wäre viel besser gewesen, weil dann viele in der Arbeit wären, die zu ermitteln ein Leichtes gewesen wäre. Aber sonntags waren die einen zu Hause, die anderen bei Verwandten, die dritten beim Skifahren, die vierten weiß Gott wo. Fingierte Anrufe ergaben den Aufenthaltsort von zwanzig Hechenbergers. Der Rest war nicht auffindbar. Für sie. Der Mörder, der alles von langer Hand geplant hatte, wusste dagegen mit Sicherheit ganz genau, wo sich sein Opfer aufhielt. Sie hatten keine andere Möglichkeit: neun Teams mussten sich vor Häuser und Wohnungen stellen, zu denen die abgängigen Hechenbergers vielleicht im Laufe des Tages zurückkehrten.

Dritte Schwierigkeit: Wie beobachtete man zwanzig oder mehr Personen so, dass weder die Personen selbst noch der Mörder etwas davon mitbekämen, sie aber im Ernstfall schnell genug zugreifen konnten? Da ihre Verdachtsgründe sehr überzeugend und Gefahr im Verzug war, war das Personal an sich nicht das Problem. Dieses bestand vielmehr darin, dass es nur wenige Beamte gab, die eine derartige Observation schon einmal durchgeführt hatten und wussten, wie sie sich verhalten mussten.

»Wahrscheinlich stehen die meisten mit Blaulicht vor der Tür«, unkte Zillenbiller.

Und die vierte Schwierigkeit schließlich war die Zeit.

Der 30. Januar hatte längst begonnen, und sie wussten nicht, wann der Mörder zuschlagen würde. Im Falle von Stransky hatte er es in den allerersten Stunden des 1. Januar getan. Sie mussten sehr schnell zu Werke gehen.

Es wurde schließlich später Vormittag, bis alle für diese Aktion abgestellten Beamten instruiert und auf ihre Posten verteilt waren. Aber als Bartholomäus als Letzter das Präsidium in Richtung Parkgarage verließ, empfand er alles andere als Beruhigung oder gar Zuversicht. Zu viel konnte schiefgehen. Am liebsten wäre er überall gleichzeitig gewesen.

Bartholomäus hatte sich einen zivilen Einsatzwagen geben lassen, um über Funk mit den anderen Posten in Verbindung bleiben zu können. Der schwarze Audi war zwar nicht gerade das, was man unauffällig nennen konnte, aber einen anderen Wagen hatte es nicht mehr gegeben.

Er brauchte ungefähr eine halbe Stunde nach Wolfratshausen, wo ›sein‹ Hechenberger wohnte. Ein ehemaliger Lehrer, unverheiratet, der seit zwei Jahren pensioniert war. Als Bartholomäus kurz nach halb zwölf in der engen Vorortstraße an dem Haus vorbeirollte, sah er Licht in einem der unteren Räume. Erwin Hechenberger war also immer noch zu Hause. Und hoffentlich lebendig. Bartholomäus wendete ein Stück weiter vorne und parkte hinter dem Lieferwagen einer Malerfirma. Dann hieß es warten – in der Hoffnung, dass es nicht schon zu spät war.

Die Stunden verrannen quälend langsam. Und kalt. Ab und zu machte Bartholomäus den Motor an, um das Auto wieder aufzuheizen. Aber er konnte ihn nicht dauernd laufen lassen, das wäre zu auffällig gewesen. Zweimal stieg er im Verlauf der nächsten drei Stunden aus, um sich die

Beine zu vertreten. Doch auch damit musste er vorsichtig sein. Nachher alarmierte ein misstrauischer Nachbar womöglich die Polizei, die dann mit lautem Trari Trara genau zu dem Zeitpunkt anrückte, in dem der Mörder sich ans Werk machen wollte. Eine halbe Stunde hörte er Radio, erfuhr, dass die Taliban Friedensgespräche dementierten, dass die USA einen Waffendeal mit Taiwan eingefädelt hatten und dass das Eis auf vielen bayerischen Seen wegen der zurückliegenden Wärmeperiode noch nicht wieder trug, obwohl es die letzten paar Tage so kalt gewesen war. Man solle vorsichtig sein.

Um halb drei brachte Erwin Hechenberger seinen Müll raus. Gebückt schlurfte der weißhaarige Mann in Filzpantoffeln über den Plattenweg, stopfte die Tüte in die graue Tonne und drehte sich wieder um. Seiner Umgebung schenkte er keinen Blick. Aber er war noch am Leben.

Kurz vor drei liefen erneut die routinemäßigen Lageberichte über den Äther. Nach wie vor war ›alles ruhig‹, es gab ›keine besonderen Vorkommnisse‹, es herrschte ›tote Hose‹, wie Zillenbiller sich ausdrückte.

»Feldherr 29 hier«, meldete sich um 15.03 Uhr der letzte Posten über Funk. »Bei uns tut sich nichts.« ›Feldherr‹ als Name für die Operation war Zillenbillers Vorschlag gewesen, nachdem er erfahren hatte, dass der Hitler-Putsch am Odeonsplatz vor der Feldherrnhalle stattgefunden hatte.

»Verstanden«, antwortete Bartholomäus.

Kreuzpointner klinkte sich ein. »Schaut nicht gut aus, oder?«

Bartholomäus zuckte mit den Achseln. »Wir haben noch neun Stunden.« Er schaltete das Funkgerät wieder aus.

Sah es nicht gut aus? Dass noch nichts passiert war,

musste gar nichts heißen. Oder alles. Sie konnten nur warten, weiter warten.

Bartholomäus nahm die Listen der Einwohnermeldeämter zur Hand, die neben ihm auf dem Beifahrersitz lagen, und ging sie noch einmal durch. Hechenberger. Natürlich hatten sie keine Zeit gehabt, irgendeinen dieser Hechenbergers auf einen ›nicht-arischen‹ Makel hin zu überprüfen. Aber das spielte nach dem, was sie jetzt wussten, ohnehin keine Rolle mehr. Jeder Hechenberger war gefährdet. Dem Mörder ging es in erster Linie um seine Botschaft. Der Makel war nur Mittel zum Zweck.

Bartholomäus musste noch einmal an das denken, was Zillenbiller gesagt hatte. Dass es für den Mörder schwer geworden wäre, Adolf Hitler zu schreiben. H, I und E wären kein Problem gewesen. Aber das T und das R waren jenseits des P, des sechzehnten Buchstabens im Alphabet, und das L hatte er ja schon – Bartholomäus stockte kurz – verbraucht. Also doch nur fünf? Nur den Adolf? Das würde allerdings bedeuten, dass das nächste Opfer das letzte war. Und dass der Mörder danach abtauchen konnte. Sie mussten ihn heute erwischen. Es musste einfach klappen!

Die Rückmeldungen der Beobachtungsposten um 16 und um 17 Uhr brachten wieder nichts Neues, außer, dass Hechenberger 22 und 28 nach Hause gekommen waren. Fehlten immer noch sieben.

Als die Dunkelheit vollends eingesetzt hatte, rief Bartholomäus im Hotel an. Er hatte Wiebke seit gestern Nacht nicht mehr gesprochen.

»Hallo, Schatz«, meldete sich Wiebke, die Bartholomäus' Nummer auf dem Display gesehen hatte.

»Hallo! Wie geht's Urte?«

»Besser. Sie ist schon aufgestanden.«

»Toll. Freut mich.«

»Ich soll dir von ihr danke sagen.«

»Wofür?«

»Na, dass du diesen Scheißkerl geschnappt hast.«

»Ach so, das.« Bartholomäus kam es vor, als wäre die Sache mit Mehringer schon eine Ewigkeit her. Dabei war das Ganze erst gestern Abend passiert.

»Bei dir alles klar? Du klingst ... angespannt.«

»Ja, alles gut.« Er hielt inne. »Oder nein, nicht gut. Seit heute Morgen brennt hier die Luft. Wir sind diesem Kerl ganz dicht auf den Fersen. Aber wenn wir ihn heute nicht kriegen, dann – ich weiß nicht. Ich hab irgendwie kein gutes Gefühl.«

»Sprichst du von dem Serienmörder? Habt ihr eine heiße Spur?«

»Ja, mehr als das. Wir kennen das nächste Opfer. Zumindest ungefähr. Und er schlägt vermutlich heute zu.«

»Heute? Mein Gott!«, entfuhr es Wiebke. »Könnt ihr den Mann warnen? Oder die Frau?«

»Irgendjemand mit dem Namen Hechenberger. Aber es gibt jede Menge Hechenbergers und wir wissen nicht, welcher es sein wird.«

Wiebke zögerte. »Hechenberger. Der Alois heißt Hechenberger.«

»Welcher Alois?« Bartholomäus sah auf die Liste. Da gab es keinen Alois.

»Xavers Bruder.«

Bartholomäus überlief ein Frösteln. Alois hatten sie nicht auf dem Plan. Und er war schwul. »Xavers Bruder? Aber der heißt doch Eberhartinger?«

»Ja, jetzt schon. Aber er ist ja Xavers Halbbruder und

wurde von dessen Vater adoptiert. Alois' leiblicher Vater hieß jedoch Hechenberger. Theresa hat mir das irgendwann mal erzählt.«

Bartholomäus startete den Motor und schoss aus der Parklücke.

26. Kapitel

30. Januar, Abend, Gallaweiher

Die beiden Männer stapften schnaufend durch den verschneiten Wald. Feine Atemwölkchen umhüllten sie wie anhängliche Luftgeister. Durch die Stämme glitzerte der Schnee auf dem zugefrorenen See wie ein Meer von Diamanten. Dann tauchten die Lichtung und die Hütte auf. Die Männer traten ins blasse Mondlicht und hielten einen Moment inne.

Er musste fast lachen. Diese Schwulen. Mit der rot leuchtenden Lichtergirlande, die sich um die Tür rankte, sah die Hütte aus wie ein Bordell im Wald. Irgendwie war doch an jedem Klischee etwas dran. Gott sei Dank. Sonst hätte das alles hier nie funktioniert.

Er klemmte die Tasche unter den anderen Arm und setzte sich wieder in Bewegung. Noch gut 100 Meter, ein paar Minuten, dann war es so weit. Schade, dachte er. Er wäre gerne noch eine Weile so weitergelaufen. Ein bisschen im Wald herum, einmal um den Weiher. Trotz des Schnees. Dieses Gefühl war einfach überwältigend. Zu wissen, dass man ans Ziel gelangen würde, dass nichts mehr passieren konnte. So ungefähr mochte es wohl einem Bergsteiger gehen, der den Gipfel des Mount Everest vor sich sah und darüber den blauen, stillen Himmel. Wobei er das nicht wirklich beurteilen konnte. Er hatte dem Bergsteigen noch nie etwas abgewinnen können.

Das hieß – so stimmte das nicht. Denn niemand konnte sagen, dass ihm das lag und jenes nicht, dass ihm dieses gefiel, aber das andere gar nicht. Das hatte er immer wieder bemerkt und erfahren. Auch an sich. Marie hatte die Berge gemocht. Nicht das Herumkraxeln im Fels. Eher das gemütliche Wandern. Und er war oft mitgegangen, manchmal auch drüben, damals, in Colorado. Erst hatte er es anstrengend und wenig reizvoll gefunden. Die Füße taten weh, die Muskeln brannten, man schwitzte und stank hinterher wie ein Iltis. Aber mit der Zeit hatte sich das geändert. Er hatte selbst Routen vorgeschlagen, hatte sich gefreut auf ihre Wanderungen und sich sogar ein sehr gutes und dementsprechend teures Paar Wanderschuhe gekauft, das jetzt noch bei ihm im Schrank stand. Er hatte das alles getan, weil ihr so viel daran gelegen war, natürlich. Aber er war sich sicher, dass er irgendwann auch von sich behauptet hätte, dass es ihm Spaß machte, in die Berge zu gehen. Man veränderte sich, wenn man jemanden liebte, man wurde eins mit dem anderen. Er hatte einmal von einem alten Mann gelesen, der nur noch einschlafen konnte, wenn er die Hand seiner Frau hielt. Das war schön.

Ihm war dieses Gefühl nur für eine kurze Weile vergönnt gewesen. Und es würde in diesem Leben nicht noch einmal so sein, das wusste er. Nie mehr. Dazu war er nicht der Mensch. Dazu sollte niemand der Mensch sein. Es gab nur eine Liebe in jedem Leben, eine einzige. Die wahre. Manche fanden sie, manche nicht. Aber wenn man sie gefunden hatte, dann hatte niemand, niemand das Recht, sie einem wegzunehmen. Und da konnte man sich dann auch nicht rausreden, sagen »war ein Versehen« oder »hab ich nicht gewusst«. Nichts dergleichen! So viel Rücksicht auf andere musste man von jedem Menschen erwarten dürfen! Ansonsten hatte derjenige hier einfach nichts verloren.

Im Grunde war es daher ein Witz, dass er all diese Umwege

hatte gehen und diese Haken hatte schlagen müssen. Und was es ihn an Arbeit und Zeit gekostet hatte! Zehn Jahre! Tausende Kilometer Herumfahrerei, Stunden über Stunden vor dem Computer, unzählige Gedanken! Und wenn er damals nicht zufällig auf die Liste mit den Putschisten gestoßen wäre, würde er wahrscheinlich heute noch dasitzen und Pläne schmieden.

Der einzige Vorteil dieser ganzen Farce bestand darin, dass er sein Hühnchen mit der Polizei hatte rupfen können. Zu sehen, wie dieses Grünvolk wie geifernde Hunde von hier nach da gehechelt war, je nachdem, wo er ihnen das Leckerchen hingeworfen hatte. Nett war das gewesen, hatte Spaß gemacht. Aber es hatte drei Unschuldige das Leben gekostet und einen vierten brauchte es gleich auch noch. Und das alles nur, damit diese Komödie glaubhaft war. Absurd, wirklich absurd.

Er sah nach rechts, wo sein Begleiter heftig atmete und ziemlich ins Schwitzen geraten war. Um den, dachte er, war es dagegen nicht schade. Ganz im Gegenteil. Dafür, dass er dieses Geschmeiß auslöschte, sollte man ihm eigentlich dankbar sein. Wobei ›auslöschen‹ das falsche Wort war. Ausräuchern passte da viel besser. Oder, fiel ihm ein, je nachdem, wann er das Zeitliche segnete, auch vergasen. Er grinste in sich hinein. Die Ironie an der Sache hatte er bis jetzt gar nicht bemerkt.

*

»Ich ruf dich gleich wieder an!« Bartholomäus beendete die Verbindung und wählte Kreuzpointners Nummer.

»Wir haben einen übersehen«, sagte er ohne Umschweife, als sich Kreuzpointner gemeldet hatte.

»Kammerlander?«

»Ja. Wir haben einen Hechenberger übersehen. Ich bin auf dem Weg. Kümmer dich bitte drum, dass irgendwer in Wolfratshausen aufpasst.«

»Äh, ja, sicher«, erwiderte Kreuzpointner überrascht. »Wen haben wir übersehen?«

»Erzähl ich dir nachher. Ich muss jetzt auflegen. Du kümmerst dich drum?«

»Ija.«

»Danke. Bis später.« Bartholomäus legte auf und rief wieder im Hotel an. »Ich noch mal. Wohnt Alois noch in dieser Hütte da unten bei Seeshaupt?«

»Soviel ich weiß, ja.« Wiebkes Stimme war dunkel vor Sorge. »Glaubst du, dass der Alois, dass der Täter es auf den Alois …?«

»Ich weiß es nicht. Aber Alois ist schwul und wir haben ihn übersehen. Hast du seine Nummer?« Bartholomäus musste hart auf die Bremse steigen, als die Ampel auf Rot sprang. Er fluchte leise.

»Telefon? Nein.«

»Aber er stand doch Modell für dich? Musstest du ihn da nicht anrufen wegen Absprachen und so?«

»Nein, ich habe mit ihm geredet, als ich ihn im Hotel getroffen habe.«

»Verstehe.« Bartholomäus überlegte. »Kannst du bitte Xaver anrufen und ihn um die Nummer bitten und mich dann gleich zurückrufen?«

»Mach ich. Bis gleich.«

»Bis gleich.« Bartholomäus legte auf und kontaktierte über Funk die Zentrale. »Kammerlander hier. Ich brauche eine Adresse«, sagte er der Polizistin und gab wieder Gas. Gleich war er aus der Stadt. »Alois Eberhartinger. Wohnt irgendwo bei Seeshaupt.«

»Einen Moment bitte«, antwortete die Beamtin.

Bartholomäus beschleunigte hinter dem Ortsschild, musste aber hinter einer Kurve wieder langsamer fahren. Ein Milchlaster kroch über die Bundesstraße und zog eine Schlange von Autos hinter sicher her. Und das Blaulicht lag hinten im Kofferraum.

»Herr Kommissar?«, meldete sich die Polizistin wieder.

»Ja?«

»Wir haben einen Alois Eberhartinger bei Unterholz. Das liegt ein paar Kilometer nordwestlich von Seeshaupt.«

»Das muss er sein.«

»Die Adresse lautet: Am Gallaweiher 1.«

»Danke.« Bartholomäus beugte sich nach vorne, um das Navigationsgerät zu programmieren. Vorne bog der Laster endlich rechts ab.

Während das Gerät suchte, fuhr Bartholomäus auf die Bundesautobahn Richtung Garmisch Partenkirchen. Das stimmte sicher noch.

Das Handy klingelte, und Bartholomäus ging ran. Gleichzeitig vermeldete das Navi, dass es die Adresse gefunden hatte. Sie lag jedoch außerhalb eines erreichbaren Gebietes.

»Hast du die Nummer?«

»Ich habe niemanden erreicht«, antwortete Wiebke besorgt. »Xaver und Theresa sind beide nicht da. Und die Auskunft hat die Nummer auch nicht. Mir ist aber eingefallen, dass Xaver vielleicht bei Alois ist. Er fährt da sonntags oft raus.«

»Dann ruf ich Xaver auf dem Handy an.«

»Habe ich schon. Er geht nicht ran.«

»Verdammt!« Bartholomäus rüttelte am Lenkrad.

»Bist du auf dem Weg zu Alois?«

»Ja.« Bartholomäus sah auf das Navi. »In einer knappen halben Stunde bin ich da.«

»Beeil dich, Schatz.«

»Mach ich!«, knurrte Bartholomäus. »Ich ruf dich an.« Er wollte schon auflegen, als sich ihm ein merkwürdiger Gedanke in den Kopf drängte. »Warte noch!«

»Ja?«

»Die Sache mit dem Namen. Wieso hat Theresa dir das erzählt?«

Wiebke zögerte. »Was meinst du?«

»Na, dass Alois eigentlich Hechenberger heißt.«

Wiebke dachte nach. »Ich glaube, das war damals, als Alois sein Coming-out hatte. Das hat Xaver ja ziemlich zu schaffen gemacht.«

»Ich erinnere mich.«

»Und Theresa sicher auch. Ich denke, das geschah einfach nur aus einem ersten Impuls heraus, sich von der ganzen Sache zu distanzieren. So nach dem Motto: Eigentlich gehört Alois ja nur halb zur Familie, für seine Verirrungen ist der andere Teil zuständig. Zumal Alois' Vater laut Theresa ein übler Säufer gewesen sein soll. Der alte Eberhartinger habe Alois nur adoptiert, damit nicht irgendwann das Sozialamt auf Alois zukommt und ihn für seinen versoffenen Vater zahlen lässt. So Theresa damals.«

»Verstehe.« Bartholomäus blickte finster nach draußen. Der Gedanke in seinem Kopf nahm immer mehr Gestalt an. Und er gefiel ihm gar nicht.

»Mittlerweile haben die beiden das ja gut verdaut.«

Bartholomäus brummte undurchsichtig. »Und er fährt immer sonntags da raus?«

»Oft, ja.«

Das Navi führte ihn von der Bundesautobahn herunter. Die Abzweigung nach Seeshaupt. Bartholomäus setzte den Blinker und steuerte nach rechts in die Ausfahrt.

»Wieso fragst du?«, wollte Wiebke wissen.

Bartholomäus atmete hörbar. Er wollte das nicht denken. Wieso dachte er das?

»Schatz?«

»Ja. Ja. Ich … ich weiß es nicht. Ich bin im Moment, egal. Ich melde mich bei dir, sobald ich kann.«

»Ist gut. Pass auf dich auf, Schatz!«

Bartholomäus legte auf, ohne zu antworten.

Das Navi lotste ihn von der Straße auf einen verschneiten Forstweg. Er konnte nur hoffen, dass der Audi das schaffte. Allerdings war er nicht der Erste, der den Weg befuhr. Die Reifenspur war sehr deutlich. Aber es waren keine Traktorenreifen gewesen.

Nach 200 Metern hatte er den Waldrand erreicht. Das Navi vermeldete, dass es noch ein knapper Kilometer war. Zu weit, um zu laufen. Bartholomäus schaltete zurück in den ersten Gang und fuhr in den Wald.

Wo die Scheinwerfer nicht hinreichten, herrschte tiefste Dunkelheit. Häuser gab es weit und breit keine. Bartholomäus blickte kurz auf das Handy. Zumindest hatte er noch Empfang.

Der Weg schlängelte sich zwischen den Stämmen hindurch und wechselte permanent die Richtung. Nur dank des Navis konnte er sagen, dass sein Ziel nordöstlich lag.

Dann hörte der Weg plötzlich auf. Hier ging es nicht mehr weiter. Nur ein schmaler Trampelpfad im Schnee führte Richtung Hütte. Gleichzeitig sah Bartholomäus

Licht durch die Stämme schimmern. Und wusste einen Herzschlag später, dass es kein elektrisches Licht war.

Die Bilder überschlugen sich in seinem Kopf, überfluteten sein Bewusstsein. Florida, die Everglades, die Nacht. Das Haus, Wiebkes Schreie, die Flammen. Der Schmerz, der Hass. Wie paralysiert starrte Bartholomäus auf das brennende Haus. Dann sprang er aus dem Wagen und rannte los.

Ein Stück weiter vorne hastete Bartholomäus an einem anderen Wagen vorbei. Ein weißer Mercedes-Kombi. Niemand saß darin.

Als Bartholomäus aus dem Wald auf die Lichtung jagte, hörte er bereits das Knacken des Feuers. Die Hütte brannte, Rauch drang aus dem Dach. Aber noch hatte das Feuer nicht das ganze Holzhaus erfasst. Flammen leckten aus dem Dach und an der westlichen Wand empor. Auch durch die Fenster erkannte Bartholomäus Feuer. Doch es war vielleicht noch nicht zu spät. Er verließ den Trampelpfad, der einen weiten Bogen beschrieb, und hetzte auf dem kürzesten Weg durch den knietiefen Schnee auf die Haustür zu. Eine Girlande roter Lichter wand sich inmitten von blauen Flämmchen um den Eingang. Es sah grotesk aus.

Plötzlich änderte sich die Bodenbeschaffenheit. Aus weichem Schnee wurde harter Boden. Eis! Unter seinen Füßen musste der See sein! Im nächsten Augenblick knirschte es und das Eis barst. Bartholomäus brach mit dem rechten Fuß ein und fiel nach vorne in den Schnee. Eisiges Wasser, Kälte griff nach seinem Bein. Aber er steckte nur bis zum Knie im See. Er hievte sich aus dem Loch, rappelte sich auf und rannte weiter.

Vor dem Haus hielt er die Hand vor sein Gesicht. Das Feuer war gleißend hell und blendete ihn. Er lief ein paar

Schritte nach links und versuchte, durch ein zersprungenes Fenster ins Innere der Hütte zu sehen. Links an der Wand brannten das Bett und ein Sofa. Auch an einer Kommode und am Vorhang züngelten die Flammen. Aber das Feuer hatte sich dort drin noch nicht überall ausgebreitet. Alois sah er nicht.

»Alois!«, brüllte Bartholomäus und ging noch näher an das Haus heran. »Alois! Bist du da drin?«

Die Hitze nahm mit jedem Zentimeter zu, den er sich der Hütte näherte. Bartholomäus hatte das Gefühl, als würde seine Haut geröstet.

»Alois! Alois!«, schrie er erneut. Aber er erhielt keine Antwort.

Dann sah er die Jutesäcke im Schnee, und noch bevor er darüber nachdenken konnte, war die Entscheidung gefallen. Er griff nach zwei Säcken, hastete damit zurück zu dem Loch im See und tunkte sie in das eisige Wasser. Tauchte seine Hände hinein und machte sich Haare und Gesicht nass. Dann schlang er sich einen der Säcke um den Oberkörper und den anderen um Schultern und Kopf. Er ging zurück zur Hütte, holte zweimal tief Luft, hielt den Atem an und stürmte über die Veranda durch den brennenden Eingang.

Die Hitze im Inneren war wie ein Schlag vor den Kopf. Und der Lärm ohrenbetäubend. Überall züngelten Flammen, loderte es, rauchte es, knackte und pfiff es.

»Alois!«, brüllte er abermals.

Er orientierte sich, so gut es ging. Es war ein großer Raum. Da vorne rechts ein riesiger Kühlschrank und daneben eine Küchenzeile. Links eine Wohnecke, dahinter unter einem Fenster ein großes Bett. Auf diesen Bereich hatte das Feuer bereits übergegriffen. Vor ihm ein Esstisch mit Stühlen. Zwei waren umgestoßen. Überhaupt sah es hier drin aus wie nach einem Kampf. Alles lag durcheinander, der Boden war übersät mit Möbeln, Büchern, Bildern und …

Er fuhr zusammen. Da lag jemand! Unter dem Esstisch!

»Alois!« Er stürzte zu ihm, kniete sich neben ihn und drehte ihn vorsichtig um. »Alois!« Bartholomäus hustete.

Er erhielt ein schwaches Röcheln als Antwort. Alois lebte!

»Ich bring dich raus!« Bartholomäus erhob sich, fasste Alois unter den Armen, zog ihn hoch und wuchtete ihn über die Schulter. Dann wandte er sich um und machte einen Schritt Richtung Ausgang.

In diesem Moment brach einer der Deckenbalken. Mit einem Gewitter von Funken und blauen Flammen krachte er von der Decke und schlug dicht vor Bartholomäus auf dem Boden auf. Bartholomäus wankte nach hinten, stolperte über einen der Stühle, verlor das Gleichgewicht und krachte zusammen mit Alois auf den Esstisch, der unter ihrer Last zusammenbrach. Alois stöhnte heiser und Bartholomäus fuhr ein stechender Schmerz durch den rechten Arm. Im selben Augenblick zerriss die Hitze eines der anderen Fenster. Ein Schwall frischen Sauerstoffs fegte durch den Raum und ließ das Feuer förmlich explodieren. Mannshoch loderten die Flammen aus dem Balken und bildeten eine Wand aus Hitze und Glut. Bartholomäus erkannte, dass er die Tür vergessen konnte.

Hektisch sah er sich um. Die Fenster. Er konnte drei ausmachen von da, wo er lag. Allesamt sehr klein. Das hinter dem Bett schied aus, weil das Bett lichterloh brannte. Vor dem Fenster über der Essecke hingen Fensterläden. Vielleicht verschlossen. Blieb das Küchenfenster.

Bartholomäus stand auf, sackte aber sofort wieder zusammen. Wie ein Messer stach der Schmerz in seinen Arm. Er sah an sich hinab. Ein großer Holzsplitter steckte tief in seinem Oberarm. Bartholomäus biss die Zähne zusammen, zog den Splitter heraus und stemmte sich hoch. Dann packte er Alois und klemmte sich den schmächtigen Mann unter den linken Arm. Wieder ächzte Alois.

Das Feuer griff immer mehr um sich und erreichte jetzt auch die Essecke. Bartholomäus war fast völlig von den Flammen eingeschlossen. Nur der Weg zum Küchenfenster war noch offen. Rauch wälzte sich in dunklen Schwaden durch den Raum und raubte ihm den Atem. Ein unerträglicher Hustenreiz würgte ihn, aber er musste versuchen, so selten wie möglich Luft zu holen. Schritt für Schritt schleppte er sich und Alois zum Fenster. Über ihm knackte es bedrohlich. Es war nur eine Frage der Zeit, bis das Dach einstürzte.

Als er endlich am Fenster angekommen war, setzte er Alois gegen den Kühlschrank, riss die Espressomaschine aus der Steckdose und warf sie durch die Scheibe. Hinter ihm röhrten die Flammen, als sie den Sauerstoff zu fressen bekamen.

Bartholomäus hackte mit einem Holzbrett die scharfen Kanten vom Fensterrahmen. Dann hievte er Alois auf die Anrichte und bugsierte dessen Kopf in das schwarze Fensterloch.

Da schlug jemand von außen gegen das Fenster. Eine Holzlatte oder ein Prügel knallte gegen Alois' Kopf.

Bartholomäus schrie auf und zog Alois schnell zurück. »Du Sau!«, brüllte er. »Wer bist du?«

Alois blutete stark über dem rechten Auge und war bewusstlos. Bartholomäus legte ihn auf den Boden.

»Wer bist du?« Bartholomäus beugte sich nach vorne, um durch das Fenster zu sehen. Gerade noch konnte er dem Prügel ausweichen, der krachend auf den Rahmen landete.

»Du Drecksau!«

Ein Schmerz durchzuckte ihn und Bartholomäus griff sich an den Arm. Das Blut quoll mittlerweile durch seinen Parka. Er blickte sich um. Es gab nur einen Weg. Er musste raus, musste dieses Schwein zu fassen bekommen. Bartholomäus riss sich die Säcke vom Leib, die inzwischen völlig trocken waren und ihn nur behinderten. Dann zog er sich den Parka über den Kopf und rannte los. Auf den brennenden Balken zu, mitten in die Flammen hinein, dorthin, wo er den Ausgang vermutete.

Als er den lodernden Balken erreicht hatte, schloss er die Augen und setzte mit einem gewaltigen Sprung drüber hinweg. Die Hitze war wie eine Wand. Er spürte, wie die Flammen nach seinen Händen bissen. Dahinter erblickte er durch den Rauch den Ausgang. Ein schwarzes, von roten Feuerzungen umranktes Viereck. Er stürzte darauf zu, als ein Schuss durch die Luft peitschte. Dicht neben seinem Ohr zischte die Kugel vorbei.

Bartholomäus blieb wie versteinert in den Flammen stehen. Starrte diese große, schwarze Gestalt dort draußen im Schnee an, die eine Hand erhoben hatte und auf ihn zielte.

Ein zweiter Schuss traf Bartholomäus am Oberschenkel. Es war, als würde ein Tier ein Stück Fleisch herausfetzen. Bartholomäus duckte sich, drehte sich um und sprang über den brennenden Balken zurück in die Hütte.

Heftig atmend sah er sich um. Er musste einen Ausweg finden! Irgendwie musste er sich und Alois aus diesem

Inferno bringen! Schweiß tropfte ihm von der Stirn und lief ihm in die Augen. Die Wunde an seinem Bein pulsierte, ihm war übel vor Schmerz, über ihm knackte es.

Was? Was konnte er tun? Er sah zu Alois. Er lag leblos auf dem Boden vor dem riesigen Kühlschrank. Dahinter die Anrichte. Kein Fenster mehr in diesem Teil der Hütte. Das Fenster hinter dem Tisch mit Läden versperrt, das andere brannte, vor der Tür …

Bartholomäus' Blick flog zum Kühlschrank zurück. Ein amerikanischer Kühlschrank. Riesengroß, massiv und rosa angemalt. Riesengroß und massiv!

Bartholomäus humpelte auf den Koloss zu und riss die Tür auf. Das konnte funktionieren! Er packte zwei Ablagen auf einmal und schleuderte beide nach hinten in die Flammen. Zerrte die restlichen und die Gemüsefächer heraus und trat die Glasplatte darüber ein. Wischte mit dem unverletzten Arm Lebensmittel, verschüttete Milch und Splitter aus dem Schrank und streifte seinen Parka ab. Dann holte er Alois und bugsierte ihn so weit wie möglich ins Innere des Schrankes nach hinten an die Wand. Zuletzt trat er sich die Schuhe ab und quetschte sich vor Alois, der leise aufstöhnte. Bartholomäus musste sich hinknien, den Oberkörper verdrehen und den Kopf schief legen. Aber er fand Platz. Gerade so. Mit der linken Hand griff Bartholomäus ins Eierfach und zog die Tür zu.

Schlagartig wurde es dunkel. Und ruhig. Und kalt. Als wäre er durch ein Zeitloch in eine andere Welt gefallen. Aber er konnte das Feuer noch hören. Wie Donnergrollen tobte es da draußen, wütend darüber, dass er sich mit Alois davongestohlen hatte. Ein weiterer Balken krachte von der Decke.

Dann spürte Bartholomäus den Schwindel. Ihm war, als

ob er schwankte. Und ihm wurde übel. Das Blut. Der Arm und das Bein. Er hatte viel Blut verloren. Und er war dabei, bewusstlos zu werden. Das durfte nicht passieren. Noch nicht. Sie konnten noch nicht raus, und die Luft im Kühlschrank würde auch nicht ewig reichen. Er durfte einfach nicht bewusstlos werden, er musste sich wach halten, durfte nicht bewusstlos werden, durfte nicht bewusstlos …

27. Kapitel

31. Januar, abends, Wolfratshausen

Wiebke sah starr auf die Wand gegenüber. Unaufhörlich flossen ihre Tränen, rannen über ihre Wangen und tropften auf ihre Jacke. Sie atmete kaum, war zu erschöpft, um zu schluchzen, weinte einfach nur stumm weiter und immer weiter. Vor ihrem inneren Auge standen Bilder, die so echt wirkten, als spielten sich die Szenen direkt vor ihr ab. Flammen loderten und brüllten, sengende Hitze, in der sich Metall krümmte, ein Licht, so gleißend hell, als ginge es dort hindurch geradeswegs in die Hölle. Und immer wieder sein Gesicht, seine Hände, die nach ihr griffen, seine Schreie. Bartholomäus. Mein Bartholomäus. Ein Strom neuer Tränen ließ ihre Schultern zucken.

Ein Stück weiter den Gang hinab ging die Tür auf und Xaver Eberhartinger trat aus der Herrentoilette. Gesenkten Hauptes schlich er zurück und setzte sich wieder neben Wiebke.

»So. Da bin i wieder«, sagte er leise. Ihm war nichts Besseres eingefallen.

Urplötzlich umarmte ihn Wiebke, drückte ihn an sich und fing jetzt doch an zu schluchzen. Xaver Eberhartinger wusste nicht, was er tun sollte. Stocksteif saß er da und ließ sich drücken. Spürte, wie die Scheefin bebte und weinte und wie ihm ihre Tränen auf den Hals tropften. Schließlich klopfte er ihr unbeholfen auf den Rücken und meinte: »Ah, Scheefin, des werd scho wieda, werdn'S scho seign.«

Wiebke schluchzte weiter.

Xaver wartete und rührte sich kein bisschen. »Ois werd wieda guad. In a paar Wocha schaut's scho wieda ganz anders aus.«

Wiebke sagte nichts.

Xaver tat der Hals allmählich weh. »Soi i Eahne an Kaffee hoin?«

»Ach, Xaver.« Wiebke tauchte aus Xavers Schulter auf und sah ihn mit tränennassem Gesicht an. »Ich weiß gar nicht, wie ich dir jemals danken kann.«

»Is scho guad.« Xaver sah verlegen zur Seite. »Vui hob i ja ned gmacht. Bin hoid grad zur rechten Zeit kemma.«

»Sie haben Bartholomäus und Alois das Leben gerettet.«

»Ija … na, aber wenns Auto ned gspunna hätt, nachad war i no vui friara do gwen un nachad hätt i vielleicht …«

»Unsinn!«, fiel ihm Wiebke ins Wort. »Du bist ein Held!« Sie beugte sich nach vorne und gab Xaver einen Kuss auf die Wange.

Xaver wurde knallrot und war nicht mehr Herr seiner Gesichtszüge, die machten, was sie wollten. Zu seiner Erleichterung ging in diesem Augenblick die Tür zur Intensivstation auf und der junge Arzt kam wieder heraus.

»Frau Kammerlander«, wandte er sich an Wiebke, »wenn Sie noch ein paar Minuten Geduld haben, können Sie Ihren Mann auf dem Zimmer sehen. Wir verlegen ihn gerade. Ansonsten müssten Sie sich so wie ich verkleiden.« Er lächelte sie fragend an und deutete an sich hinab.

Wiebke entschied, sich den grünen Kittel, Haube und Mundschutz zu sparen, und schüttelte den Kopf. »Danke. Wo bringen Sie ihn hin?«

»Auf die Unfallchirurgie. Station 1c im ersten Stock.«

»Und mei Bruader?«, fragte Xaver Eberhartinger vorsichtig.

»Den müssen wir noch eine Weile auf der Intensivstation behalten«, antwortete der Arzt. »Und er ist auch noch nicht wieder bei Bewusstsein. Aber es geht ihm den Umständen entsprechend gut.«

»Oiso«, druckste Xaver herum, »überstäht er's?«

»Ja, er ist über den Berg. Wollen Sie ihn sehen?«

Xavers Blick streifte Haube und Mundschutz. »Na, jetz ned. Vielleicht nachad.«

»Kommst du mit zu Bartholomäus?«, fragte Wiebke.

Begeistert schien Xaver nicht, aber Nein sagen wollte er auch nicht. »Wenn'S woin.«

»Dann komm!« Wiebke nahm Xaver bei der Hand, drehte sich um und eilte den Gang hinab.

Auf dem Plan der Kreisklinik Wolfratshausen, den sie an der Pforte mitgenommen hatte, suchte sich Wiebke den Weg zur Station 1c. Sie waren noch vor Bartholomäus dort und sahen, wie er ein paar Minuten später im Bett aus dem Aufzug geschoben wurde.

Wiebke lief sofort hin. Das Erste, worauf ihr Blick fiel, waren Bartholomäus‹ Haare. »Oh Gott, Schatz!« Wieder flossen die Tränen. »Deine Haare!« Sie waren nicht mehr da. Man hatte Bartholomäus einen Ultrakurzhaarschnitt verpasst.

»Sicher praktisch.« Bartholomäus fuhr sich mit der linken Hand über den Kopf. Seine Stimme klang tief und rau. »Aber meine Frisur war wirklich im Eimer. Gell, Xaver?«

»Ja, scho a bisserl verkoiht.« Xaver grinste hölzern.

»Ach, Schatz!« Wiebke fing wieder an zu weinen und streichelte Bartholomäus über das zerschundene Gesicht.

Auf dem Weg in sein Zimmer ließ sie seine Hand nicht mehr los. Xaver trabte hinterdrein und hielt seinen Hut fest.

Das Letzte, was Bartholomäus wusste, war, dass er im Kühlschrank dagegen angekämpft hatte, das Bewusstsein zu verlieren. »Das hat wohl nicht geklappt. Und als ich wieder aufgewacht bin, stand neben mir ein grünes Marsmännlein und ich hatte einen Schlauch im Arm.«

»Xaver hat euch gefunden.« Wiebke lächelte ihrem Hausmeister dankbar zu, der steif auf einem Stuhl neben dem Bett saß. »Er hat den Notarzt gerufen und mich verständigt.«

Bartholomäus sah Xaver ernst an. »Wann warst du draußen?«

Xaver überlegte. »Mei, so ummara hoibe neine werd's gwesen sei. I woid scho friara draußen sei, aber as Auto ist ma verreckt.«

»Ist dir irgendjemand über den Weg gelaufen? Hast du jemanden gesehen?«

»Na. Neamand.«

»Und dann bist du in die Hütte und hast uns aus dem Kühlschrank geholt? Hat die Hütte nicht mehr gebrannt?«

»A bissal no. Aber i hob ja Angst uman Alois ghabt und woid schaugn, was mit eahm is, deswegn bin i nei. Und dann hob i gseign, dass Eahna Anorak in der Kühlschranktür eiklemmt war. Und wia i den Kühlschrank aufgmacht hob, san Sie und da Alois da dringhockt.«

Bartholomäus blickte seinen Hausmeister schweigend an. Dann nickte er. »Danke, Xaver. Danke dir.« Er hätte gerne verbindlicher geklungen, aufrichtiger. Aber der dunkle Gedanke war wieder da. Xaver war bei der Hütte gewesen. Mehr wusste Bartholomäus nicht.

»Gern gschehn.« Xaver knetete seinen Hut und lächelte linkisch.

»Und wie geht es Alois?«, fragte Bartholomäus.

In den nächsten Minuten erfuhr Bartholomäus von Wiebke weitere Details. Dass Alois außer Lebensgefahr war und ebenfalls in diesem Krankenhaus lag. Dass er einen Schädelbruch erlitten hatte und noch ohne Bewusstsein war. Dass er, Bartholomäus, viel Blut verloren hatte. Dass die Ärzte nicht sicher waren, ob er von alleine wieder aufgewacht wäre, weil die Luft im Kühlschrank sicher nicht mehr lange gereicht hätte.

»Und wie lange war ich bewusstlos? Wie spät ist es jetzt?«, wollte Bartholomäus wissen.

»Sieben Uhr. Abends«, antwortete Wiebke.

»Ich war fast einen ganzen Tag weggetreten?«

»Ja.«

Bartholomäus zog erstaunt die Augenbrauen hoch.

Kurz darauf wollte Xaver Eberhartinger wissen, ob es vielleicht möglich wäre, dass er jetzt gehen täte. Er wolle noch mal nach Alois fragen und dann nach Hause fahren, weil sich die Theresa sicher schon wunderte, wo er blieb. Es war nicht zu übersehen, dass er sich nicht sonderlich wohl in dem Krankenzimmer fühlte.

»Kein Problem, Xaver«, sagte Wiebke. »Ich nehme mir ein Taxi.«

»Aber nur, wenn's Eahne koane Umständ macht.«

»Macht es nicht. Einen schönen Abend, Xaver. Ruh dich aus.«

»Ja, pfia Gott.« Xaver erhob sich, setzte sich seinen Hut auf, um ihn zum Abschied noch einmal zu lupfen, und ging zur Tür.

»Mein Held!«, sagte Wiebke leise, als er draußen war.

Dann drehte sie sich wieder zu Bartholomäus um. Doch der schaute nachdenklich gegen die Wand.

»Was ist?«

Bartholomäus reagierte erst nach einer Weile. »Die Sache ist noch nicht zu Ende«, sagte er dunkel.

Wiebke nahm seine Hand. »Ich weiß.«

Bartholomäus sah sie traurig an. »Wie geht es dir?«

»Ich vermisse dich.«

Er nickte und drückte leicht ihre Hand.

Es klopfte.

Wiebke und Bartholomäus sahen gleichzeitig zur Tür.

»Herein!«, rief Bartholomäus.

Die Tür ging auf und Josef Kreuzpointner und Max Zillenbiller traten ein. Wiebke seufzte innerlich.

»Ja, Kammerlander!« Zillenbiller strahlte ihn an. »Scho wieder ganz der Oide! Nur d'Frisur ist neu!« Er lachte.

»Grüß Sie, Frau Kammerlander«, begrüßte Kreuzpointner zuerst Wiebke.

»Ja, guten Abend auch, Frau, äh, Kammerlander«, beeilte sich Zillenbiller.

»Guten Abend, die Herren.« Wiebke brachte mühsam ein Lächeln zustande.

»Wie geht's dir, Kammerlander?«, fragte Kreuzpointner.

»Es schaut dramatischer aus, als es ist. Morgen früh bin ich wieder raus hier.«

»Schön, das zu hören. Aber du kannst dir ruhig Zeit lassen.« Ein rätselhafter Unterton schwang in Kreuzpointners Stimme mit und er setzte einen bedeutungsvollen Blick auf.

»Wie … meinst du das?«

»Wir haben ihn!«, platzte Zillenbiller heraus. »Den Scheißkerl! Er ist in der Hütten mit verbrennt!«

Bartholomäus sah verwirrt von einem zum anderen. »Der Mörder? Ist in der Hütte verbrannt?«

Wiebke stand auf. »Ich glaube, ich lass euch mal alleine. Ich habe sowieso den ganzen Tag noch nichts gegessen.« Sie gab Bartholomäus einen Kuss. »Ich schaue nachher noch einmal vorbei.«

»In Ordnung!« Bartholomäus lächelte ihr verhalten zu.

»Schieß los!«, sagte er zu Kreuzpointner, während Wiebke ihren Mantel nahm und aus dem Zimmer ging.

»Also. Als die Feuerwehr fertig war, haben mir die Hütte noch in der Nacht auf verwertbare Spuren durchsucht. Da schreit der Hauser auf einmal, dass da noch einer liegt.«

»Dem ist des Dach aufn Kopf gfallen und der ganze Schnee, der draufglegen ist«, ergriff Zillenbiller das Wort. »Aber gnützt hat's ihm nix mehr, weil er vorher schon tot war. Rauchvergiftung, sagen die Grichtler. Aber uns hat's was gnützt, weil er nämlich nicht verbrannt ist wegen dem Schnee.«

»Und wo hat er gelegen?«, fragte Bartholomäus.

»Gleich, wenn man reinkommt, links. Neben einem Bücherregal und unter einem kleinen Schreibtisch, der auch auf ihm draufglegen ist«, antwortete Kreuzpointner.

Bartholomäus schüttelte ungläubig den Kopf. »Das ergibt doch überhaupt keinen Sinn.«

»Wieso ned?«, widersprach Zillenbiller. »Der Hechenberger und der Kuhlau haben sich prügelt. Dabei ist die Kerzen umgfallen und hat des Haus anzündt. Aber sie haben nicht aufghört, und irgendwann war's z'spät. So schaut's aus!«

»Kuhlau heißt er?«

»Von Kuhlau, ja.«

»Das passt alles nicht. Ganz und gar nicht.« Bartholomäus erzählte den beiden, was passiert war, bevor er sich mit Alois im Kühlschrank verkrochen hatte.

»Der hat von draußen auf dich gschossen?«, wunderte sich Kreuzpointner. »Dann muss er anschließend noch mal ins Haus gangen und dabei umkommen sein.«

»Weil er noch was vergessen hat«, warf Zillenbiller ein. »Irgendwas, was er unbedingt noch rausholen wollt. Und dabei hat's ihn erwischt. Blöd glaufen.« Er zuckte die Schultern. »Weil, bei dem, was wir noch alles gfunden haben, gibt es gar keinen Zweifel, dass es dieser Kuhlau gwesen ist.«

Bartholomäus war alles andere als überzeugt, sagte aber zunächst nichts weiter dazu. »Und was habt ihr noch gefunden?«

»Also«, fuhr Josef Kreuzpointner fort. »Wie der Max schon gsagt hat: der Schnee hat's uns einfach gmacht. Sein Geldbeutel ist in seiner Hosentaschn gsteckt und da war auch der Personalausweis drin. Von Kuhlau war Gschichtsprofessor an der LMU. 58 Jahre, unverheirat, kinderlos.«

»Aber ein Nazi reinsten Wassers«, sagte Zillenbiller. »Mir sind in der Früh in seine Wohnung und haben da und im Keller alles gfunden, was mir brauchen. Die 44er Stiefel aus dem Beet vor dem Balkon von der Ehrlich, dieser Giftdingsbums steht bei ihm aufm Fenster, des Handy, mit dem er die Stransky angrufen hat, die Rambojacke, einfach alles. Und in seinem Terminkalender stehen alle miteinander drin. Alle. Ah ja, und der Elektroschocker ist in der Hüttn glegen.« Zillenbiller lachte wie die Katze vor der Mausefalle.

»Er fahrt einen weißen Mercedes-Kombi«, ergänzte Kreuzpointner. »Die Reifenspuren scheinen zu passen, und in seinem Schrank haben mir ein Exemplar von ›Mein Kampf‹ gfunden, in dem die Namen der Opfer unterstrichen sind. Und hinter die, die er noch nicht umbracht hat, hat er jeweils das Datum gschrieben, wann er es vorghabt hat.« Kreuzpointner hob einen Bericht hoch, den er schon die ganze Zeit in der Hand gehalten hatte. »Aber das Wichtigste: die DNA ist die gleiche wie die von dem Haar und den Schuppen. Fast 100-prozentige Übereinstimmung, sagt der Seebauer.« Er übergab den Bericht Bartholomäus. »Da steht alles drin. Kannst es noch mal nachlesen. Dieser von Kuhlau ist unser Mann. Er hat einen rechtsradikalen Verein namens ›Aktionsbund volkstreuer Bayern‹ gleitet, dem übrigens auch der Mehringer anghört. Dieser von Kuhlau war ein absoluter Fanatiker. Der wollte Zeichen setzen.«

Bartholomäus erwiderte nichts. Das waren eindeutige Beweise. Er blätterte gedankenverloren im Bericht. »Einen Metallkoffer habt ihr in der Hütte auch gefunden?« Er deutete auf die Stelle.

»Ja«, bestätigte Zillenbiller. »Und da war eine Spritze mit Phenyl drin. Damit wollt er den Hechenberger wahrscheinlich ursprünglich umbringen.«

»Phenol«, korrigierte Kreuzpointner. »Damit hat man in den KZs die Juden totgspritzt. Ich hab's nachgschaut. Und der Alois hat ebenfalls Strommarker.«

»Hm.« Bartholomäus klappte den Bericht zu. »Und der Mehringer, sagt ihr, ist auch in diesem Bund?«

Kreuzpointner nickte.

»Habt ihr von Back schon was gehört?«

»Noch nicht, nein.«

Bartholomäus starrte eine Weile auf seine Bettdecke. »Ich muss mir das alles noch einmal durch den Kopf gehen lassen. Irgendetwas passt da noch nicht zusammen. Ich lese mir mal den Bericht durch. Vielleicht macht mich das schlauer.«

»Aber da gibt's nix zum Deuteln«, wandte Zillenbiller ein. »Der Kuhlau war's. Des ist so sicher wie des Amen in der Kirch.«

»Ja, aber Amen heißt nicht, dass der Pfarrer keinen Schmarrn geredet hat.«

Den Bericht nahm sich Bartholomäus erst vor, nachdem Wiebke wieder gegangen war. Sie hätte ihn am liebsten noch an diesem Abend mit nach Hause genommen, aber die Blutdrainage in Bartholomäus' Arm konnte frühestens am nächsten Morgen entfernt werden. Widerwillig verabschiedete sie sich daher kurz vor Mitternacht von ihrem Mann und machte sich auf den Weg nach Berg.

Bartholomäus fing nicht gleich an zu lesen. Er ließ sich zunächst alles noch einmal durch den Kopf gehen. Die Geschehnisse des letzten Abends, die Bilder und Eindrücke und das, was ihm Kreuzpointner und Zillenbiller erzählt hatten. Und das Gefühl, dass da irgendetwas nicht zusammenpasste, verstärkte sich eher noch. Doch so sehr er auch in seiner Erinnerung wühlte: ein Bild von einem metallenen Koffer oder gar einem anderen Mann, der ebenfalls in der Hütte gewesen war, kam nicht darin vor.

Hatten Kreuzpointner und Zillenbiller also recht? War dieser von Kuhlau noch einmal in die Hütte gegangen und darin umgekommen? War er der Mörder? War er noch einmal in die Hütte eingedrungen, nachdem er ihn in den Kühlschrank gejagt hatte? Das hatte er doch nicht wissen können. Wie lange hatte er danach gewartet? Bis die Hütte vollends in Flammen aufgegangen und er sich sicher war, dass Alois und er tot waren? Und warum? Um Alois das

Phenol post mortem zu spritzen? Unsinn, alles Unsinn! Gleichermaßen skeptisch und beunruhigt, nahm Bartholomäus den Bericht zur Hand.

Auf die erste Unstimmigkeit stieß er bereits nach wenigen Zeilen. Von Kuhlau war knapp über 1,60 groß gewesen. Der Mann, der auf ihn geschossen hatte, war mindestens 1,80 gewesen, da war sich Bartholomäus sicher. Und wenn er sich dann noch vorstellte, wie ein klein gewachsener, 58-jähriger Geisteswissenschaftler Wolfgang Stransky durch den Wald schleifte … Vielleicht hatte er einen Helfer gehabt? Mehringer? Bartholomäus las weiter.

In allem anderen schien sich Kreuzpointners und Zillenbillers Vermutung allerdings zu bestätigen. Es sah alles danach aus, als hätte ein Kampf zwischen Alois und von Kuhlau stattgefunden, in dessen Verlauf der Brand ausgebrochen war. Hatte der Taser diesmal nicht so funktioniert, wie er sollte? Dann die Beweise, die sie in von Kuhlaus Wohnung gefunden hatten. Sie waren erdrückend – und von Kuhlau perfekt als Mörder.

Und dennoch passte da etwas nicht zusammen. Bartholomäus biss sich auf die Unterlippe.

Der letzte Abschnitt des Berichts listete auf, was man bei von Kuhlaus Leiche gefunden hatte. Ein Brillenetui, die Brieftasche mit allerlei Papieren, sein Portemonnaie mit Personalausweis, Führerschein und knapp hundert Euro, den Schlüssel für den Mercedes, den Wohnungsschlüssel.

Und ein Buch. Es hatte in seiner Manteltasche gesteckt. Und aus welchem Grund auch immer war auch der Titel des Buches angeführt.

Bartholomäus ließ den Bericht sinken. Ein Bild erschien vor seinem inneren Auge. Er war wieder in der Wohnung von der Pfordtens, sah sich in dem verwüsteten Wohnzimmer um, wühlte erneut in den Büchern auf dem Boden.

Das gleiche Buch.

Und das war wirklich merkwürdig.

28. Kapitel

1. Februar, Berg, Starnberger See

Noch bevor die Visite gegen halb acht kam, tätigte Bartholomäus zwei Anrufe. Zunächst informierte er Wiebke, dass sie ihn nicht abholen müsse. Er habe noch etwas Wichtiges zu erledigen und würde sich anschließend mit dem Taxi ins Hotel fahren lassen. Danach rief er Michaela Kamps an und fragte sie, ob er gleich nachher vorbeikommen dürfe. Er müsse etwas überprüfen. Sie zögerte erst, weil sie zur Arbeit musste, versprach aber dann, auf Bartholomäus zu warten.

Als er schließlich seine Drainage los und mit medizinischen Ratschlägen versorgt war, brachte Bartholomäus die nötigen Entlassungsformalitäten hinter sich, packte seine Sachen zusammen und verließ das Wolfratshausener Klinikum. Die Fleischwunde am Oberschenkel schmerzte und ließ Bartholomäus leicht humpeln. Der Verband würde hoffentlich halten. Auf dem Parkplatz vor dem Klinikum bestieg er ein Taxi und ließ sich nach Schwabing bringen.

Eine gute halbe Stunde später stand er neben Michaela Kamps vor dem Bücherregal in ihrem Wohnzimmer und wusste, dass er sich nicht geirrt hatte: das gleiche Buch. Michaela Kamps hatte alle Bücher wieder eingeordnet und alphabetisch nach dem Verfasser sortiert. Daher hatte es Bartholomäus unter H schnell gefunden.

Die nächsten zwei Stunden verbrachte Bartholomäus im Präsidium am Computer und am Telefon. Kreuzpointner und Zillenbiller waren beim Staatsanwalt, Karin Reichlmair unterwegs, Hauser wieder krank. Er hatte das Amtszimmer für sich alleine.

Die Verbindung zu finden, war leichter, als er es sich vorgestellt hatte. Er hatte zunächst nur überprüft, wann und ob sich ihre Lebenswege gekreuzt hatten, und war sehr schnell fündig geworden. Amerika, Ende der 80er- Jahre. Beide hatten in Colorado Springs ein paar Auslandssemester absolviert. Und da die Universität recht klein war, war anzunehmen, dass sie sich gekannt hatten. Dies bestätigte sich dann noch in dem letzten Telefonat, das er führte und in dem er sich als Studienfreund der beiden ausgab, der ein Treffen der alten Colorado-Springs-Fraktion organisieren wollte, wie er sich ausdrückte. Davon war die Stimme am anderen Ende der Leitung zu seiner Überraschung allerdings alles andere als begeistert. Und auf seine Nachfrage und nach einigen Recherchen erfuhr er auch den Grund dafür: United-Airlines Flug 232. Von Denver nach Sioux City. Am 19. Juli 1989.

Als das Taxi die Abzweigung zum Hotel nahm, war es kurz nach zwei Uhr. Es hatte leicht angefangen zu schneien, was den Taxifahrer wie die meisten anderen seiner Zunft fröhlich stimmte.

»Weischt du, Schnä machen Strassen äh glatte unde Leute bauen äh ville Unfall.« Der italienischstämmige Taxifahrer hielt seine weißen Zähne in den Rückspiegel. »Und danne brauchen Leute ville Taxi, äh. Capisce? Ecco, Schnä ist gutt.«

Bartholomäus nickte, hatte allerdings nur mit halbem Ohr zugehört. Er war in Gedanken immer noch dabei, das weitere Vorgehen zu planen. Von Wiebke wusste er, dass er noch da war. Kühl bis ins grausame Herz, dachte

Bartholomäus. Keine überstürzte Abreise, keine Aufregung, nicht der Ansatz für einen Verdacht, der aufkommen könnte. Und das trotz vorgestern Abend. Bartholomäus spürte seine Wut wieder. Das war gut. Gut.

Das Taxi hielt neben der vereisten Florianstatue. Bartholomäus bezahlte und stieg aus. Da entdeckte er Xaver Eberhartinger, der ebenfalls gerade angekommen war und den Landrover auf dem Gästeparkplatz abgestellt hatte. Bartholomäus humpelte zu ihm hinüber und begrüßte ihn.

»Und? Woran lag's, dass er den Geist aufgegeben hat?«, fragte er und nickte zu dem Wagen.

»D'Zündkerzen«, antwortete Xaver. »De warn scho uroid. Aber jetz hamma neie drin. Und an Beifahrersiez hob i a glei macha lassn.«

»Prima. Musst du auch ins Hotel?«

»Ja.«

Zusammen gingen sie auf die Eingangstür zu. Schweigend. Bartholomäus suchte zwar nach irgendetwas, das er sagen konnte, mit dem er sein schlechtes Gewissen besänftigen konnte. Dunkle Gedanken! Wegen Xaver! Wie war er bloß auf diesen Schwachsinn gekommen? Aber ihm fiel nichts ein. Und das war, wie er annahm, Xaver auch das Liebste.

Plötzlich sah er ihn. Er war dabei, das Hotel zu verlassen, und kam genau auf sie zu. An der Tür kreuzten sich ihre Wege.

Bartholomäus blickte ihm direkt in die Augen. Erschrak er? Es musste ihn doch maßlos überraschen, ihn lebend zu sehen! Er wusste nicht, dass er dem Inferno in der Hütte entkommen war. Aber er lächelte ihn an. Freundlich wie immer.

»Mein Lieber!« Lorenz Heelmann breitete die Arme aus.

Im Nachhinein dachte Bartholomäus, dass es sein Blick gewesen sein musste. Die Art, wie er Heelmann angesehen hatte. Er hatte diesen Moment förmlich gespürt, in dem es bei Heelmann *Klick*! gemacht hatte. In dem Heelmann gewusst hatte, dass er wusste. Von einer Sekunde auf die andere hatte sich Heelmann in einen vollkommen anderen Menschen verwandelt. Den Menschen, der fünf andere Menschen umgebracht hatte.

Alles ging jetzt blitzschnell.

»Keinen Mucks!« Auf einmal hatte Heelmann ein langes Hirschhornmesser in der Hand. Er zog Xaver zwei Schritte zur Seite und drückte ihm das Messer in den Rücken.

»Kruzefix!«, erschrak Xaver und wollte sich wegdrehen. Aber Heelmann hielt ihn fest am Arm gepackt.

»Wo steht Ihr Auto?« Heelmann sah sich nervös um. Im Moment waren sie alleine an der Tür. Aber das konnte sich schnell ändern.

»Heelmann, hören Sie!«

»Sie hören!«, fuhr Heelmann Bartholomäus über den Mund. »Ich stech Ihren Hausmeister ab, wenn Sie nicht tun, was ich sage. Und Sie wissen, dass ich dazu in der Lage bin. Also, zum letzten Mal: wo ist Ihr Auto?«

Ja, Bartholomäus wusste, dass er dazu in der Lage war. Noch eine Sekunde zögerte er, dann wies er zum Parkplatz. »Da. Der Landrover.«

»Rüber!«, befahl Heelmann. Er lächelte. »Langsam und unauffällig. Mein Lieber.«

Bartholomäus hätte ihm am liebsten ins breit grinsende Gesicht geschlagen.

Erst als sie im Auto saßen – Bartholomäus am Steuer, Xaver daneben, Heelmann auf der Rückbank, mit dem Messer an Xavers Hals – sprach Heelmann wieder. »Lassen Sie den Wagen an und fahren Sie runter zum See. Wieso sind Sie nicht tot?«

Bartholomäus startete den Wagen, setzte zurück und fuhr los. »Wieso haben Sie die Wohnungen auf den Kopf gestellt?« Er sah zu Xaver hinüber. Der Hausmeister blickte starr geradeaus und war kalkweiß im Gesicht.

Heelmann schmunzelte. »Sie müssen das alles verstehen, nicht wahr? Also gut. Aber zuerst: Wieso leben Sie noch?«

»Der Kühlschrank. Gutes, altes, amerikanisches Modell. Sehr massiv. Sie dürften die Dinger kennen. Die gab's sicher auch in Colorado Springs.« Bartholomäus lenkte den Landrover die Auffahrt hinab. Niemand war dort unterwegs.

»Wie sind Sie auf Colorado Springs gekommen?«

»Die Wohnungen, Professor«, er spuckte das Wort geradezu aus, »die Wohnungen!« Zum See, dachte Bartholomäus. Was will er am See?

»In Ordnung. Quid pro quo. Hätte ich nur in Eduards Wohnung nach verräterischen Briefen und Aufzeichnungen gesucht, wäre das ja aufgefallen, nicht wahr?«

»Verstehe.« Bartholomäus lächelte eisig. »Sie hätten auch in den Bücherregalen nachsehen sollen.«

Heelmann warf ihm im Rückspiegel einen fragenden Blick zu. »Wie meinen Sie das?«

»›Indianische Tracht – Visualisierung ethnischer Wandlungsprozesse‹, von Dr. Lorenz Heelmann.«

»Meine Doktorarbeit? Eduard hatte das Buch in seinem Regal?«

»Und Hans von Kuhlau in der Manteltasche. Und wie Sie selbst einmal sagten: Sie sind kein Bestsellerautor.«

Lorenz Heelmann verstummte. Bartholomäus konnte förmlich zusehen, wie sich bei ihm eins und eins zusammenfügten. Heelmann wusste jetzt, wo er einen Fehler gemacht hatte.

»Ist von Kuhlau am Leben? Und Alois?«

Xaver zuckte kurz herum, als Heelmann den Namen seines Bruders aussprach. Aber das Messer an seiner Kehle ließ ihn schnell innehalten. »Füa di imma no Herr Eberhartinger, du Haderlump, du greisliger«, knurrte Xaver nach hinten.

»Rechts oder links?« Bartholomäus war an der Straße angekommen.

»Links«, sagte Heelmann, der die Überraschung immer noch nicht ganz verdaut hatte. »Fahren Sie durch Berg hindurch und weiter am See entlang. Ich sage dann Bescheid.«

»Bescheid wofür?«

»Das werden Sie schon sehen. Sind von Kuhlau und Alois am Leben?«

Bartholomäus überlegte blitzschnell und entschied, dass ihnen die Wahrheit am meisten nützte. »Alois ja, von Kuhlau nein. Aber sein Leichnam verbrannte nicht.«

»Aber im Koma liegt da Alois! Wega dir, du … Dreckshamme!«, stieß Xaver hervor.

Mist!, dachte Bartholomäus und auch Heelmann erkannte sofort seinen Vorteil.

»So, im Koma! Dann hat er ja sicher noch nicht sehr viel gesagt, der Alois, nicht wahr!«

Bartholomäus blieb stumm.

Heelmann setzte eine siegessichere Miene auf. Dann fuhr er fort: »Und weil von Kuhlau nicht den Flammen zum Opfer fiel, haben Sie das Buch gefunden und konnten die Verbindung zu Eduard herstellen.«

»Ein bisschen Recherche am Computer, ein paar Telefonate, mehr war nicht nötig«, bestätigte Bartholomäus. »Wobei ich das aufschlussreichste Gespräch mit Ihrer werten Mutter führte.«

»Mit meiner Mutter? Was konnte die Ihnen denn sagen?«

»Dass es keine gute Idee ist, Sie und Eduard von der Pfordten zu einem Treffen der Colorado-Springs-Fraktion einzuladen, weil Sie Eduard hassen. Schließlich hat er die liebreizende Marie auf dem Gewissen, nicht wahr?«

»Halten Sie Ihre blöde Schnauze!« Heelmann fuhr herum und drückte Bartholomäus die Klinge an die Wange. »Kein Wort über Marie! Nehmen Sie ihren Namen nicht mal in Ihren dreckigen Mund! Haben Sie mich verstanden?«

Bartholomäus nickte. Er spürte, wie ihm Blut über die Wange lief. Und auch sein Arm tat wieder weh, weil er das Steuer verrissen hatte, als Heelmann auf ihn losgegangen war. Aber das war es ihm wert gewesen.

»Eduard hätte nur sein Scheiß-Maul aufmachen müssen«, fuhr Heelmann fort. »Wenn er gesagt hätte, dass er ein Scheiß-Asthmatiker und seine Karre Schrott ist, wären wir nie zu ihm ins Auto gestiegen. Aber dieser Looser war ja so gierig nach Aufmerksamkeit und Anerkennung, dass er uns auch noch mit einem Messer im Rücken nach Denver gefahren hätte. Nur wegen ihm mussten wir die Maschine am nächsten Tag nehmen! Nur wegen ihm ist Marie tot! Sie ist in diesem verdammten Flugzeug in meinen Armen gestorben!« Heelmann schrie so laut, dass es Bartholomäus in den Ohren klingelte. Auch Xaver zog den Kopf so weit wie möglich weg.

Und deswegen bringst du fünf Menschen um, dachte Bartholomäus. Nur weil du armes, selbstmitleidiges Schwein nicht in der Lage bist, die Dinge so zu akzeptieren, wie sie sind. Weil du zu schwach und dumm dazu bist, keinen Sündenbock für dein jämmerliches Leben zu brauchen. Und vier mussten sterben, nur damit dein perverser Plan aufgeht. Bartholomäus krallte seine Hände so sehr um das Lenkrad, dass ihm der Schmerz erneut in den verwundeten Arm fuhr.

»Und Ehard und Hädrich?«, fragte er nach einer Weile, um seine Gedanken wieder zu sortieren. Rechts rauschte das Ortsschild von Berg vorbei. Ab jetzt würden sie nur durch ein paar kleinere Siedlungen kommen. Rottmannshöhe, Assenhausen, Allmannshausen.

Heelmann beruhigte sich nur langsam. Er nahm das Messer wieder von Bartholomäus weg und hielt es erneut Xaver an den Hals. »Ich habe das alles über zehn Jahre geplant. Auf Ehard stieß ich schon sehr früh, als ich zufällig ein Interview mit ihm im Fernsehen sah. Er war die ideale Besetzung. Sein ganzes Gelaber über Makellosigkeit und Schönheit. Dazu seine Vorliebe für Snuff-Filme. Einfach perfekt.«

»Woher wussten Sie das?«

Heelmann lächelte blasiert. »Recherche, mein Lieber, Recherche.«

»Und die Fingerabdrücke auf der Tasse bei von der Pfordten?«

»Habe ich mir von einem Sektglas auf einem Mediziner-Kongress in Heidelberg organisiert.«

Bartholomäus starrte auf die Straße. Die Informationen schoben sich in seinem Hirn an die richtigen Stellen, rannen wie zähes Blut in die wenigen Lücken, die es noch gab.

»Wieso das Alpenblick?«

Heelmann zuckte die Schultern. »Ehard feierte dort seinen Fünfzigsten, und ich fand, dass Berg ein prima Stützpunkt für meine Unternehmungen war. Dass ich mich in Ihrer Teestube einquartieren konnte, ist aber wirklich reiner Zufall und nur der Liebenswürdigkeit Ihrer werten Frau Gemahlin zu verdanken. Grüßen Sie sie bitte noch einmal recht herzlich von mir.«

»Leck mich!«, presste Bartholomäus durch die Zähne.

Heelmann lachte. »Da, jetzt rechts!«

Bartholomäus nahm die Abzweigung. »Und Hädrich?«

»Dieser elitäre Idiot lief mir erst in Ihrem Hotel beziehungsweise in einem Baumarkt über den Weg. Ich hatte Lust, ein wenig zu improvisieren und baute ihn mit ein.«

»Der Urin auf seinen Schuhen, die Kette im Safe, die Visitenkarte in der Schublade? Alles Ihr Werk?«

»Ah, das war spannend!« Heelmann fand immer mehr Vergnügen an dem Frage-und-Antwort-Spiel. Offenbar gefiel er sich in der Rolle des gönnerhaften Superhirns, der die anderen an seinen genialen Plänen teilhaben ließ. »Der Urin war tatsächlich von Stransky, und ich wusste, dass Hädrich immer seine Schuhe zum Putzen rausstellt. Die Kette habe ich ihm quasi vor die Füße gelegt in der Annahme, dass er sie einsacken würde, was er ja auch getan hat, und die Karte habe ich in seiner Suite deponiert, als ich mich dort drinnen nach weiteren nützlichen Informationen umsah. Haben Sie übrigens die Weihnachtskarten der Behinderten-Werkstätte aus Planegg in Ihrer Lobby entdeckt?«

Bartholomäus nickte.

»Auch von mir. Sollten ebenfalls auf Hädrich hinweisen.«

Bartholomäus tat ihm nicht den Gefallen zuzugeben, dass ihm das nicht in den Sinn gekommen war. »Und beide sollten uns eine Zeit lang beschäftigen, nehme ich an? Damit wir nicht zu schnell auf den vermeintlichen rechten Hintergrund stießen und Sie genügend Zeit hatten, um auf Ihrer Liste bei Eduard von der Pfordten ankommen zu können?«

»Richtig. Eine völlig unbegründete Sorge, wie sich herausstellte.« Er schmunzelte überheblich. »Außerdem habe ich gewisse Vorbehalte gegen die Polizei und wollte mir das Vergnügen machen, sie ein wenig durch die Gegend zu scheuchen.«

Bartholomäus fiel etwas ein. »Kennen Sie einen Stefan Back?«

»Back? Nie gehört. Da vorne links!«

Bartholomäus überlegte einen Augenblick. So ungefähr konnte er sich inzwischen zusammenreimen, welches Spiel Stefan Back spielte.

»Wieso fragen Sie? Wer ist das?«, wollte Heelmann wissen.

»Das ist nicht wichtig. Zwei Fragen hätte ich noch: Stammt der Eintrag in Alfarths Terminkalender von Ihnen, und was sollte das mit den 2000 Euro und dem Schmuck, den Sie gestohlen haben?«

»Die erste Frage kann ich mit Ja beantworten. Aber die zweite enttäuscht mich.« Heelmann zog ein langes Gesicht. »Herr Kammerlander! Herr frei mitarbeitender Kriminalhauptkommissar Kammerlander! Die mysteriöse Geheimwaffe der bayerischen Polizei versteht nicht, wieso ich 2000 Euro abgehoben und ein bisschen Schmuck gestohlen habe?«

»Nein.«

»Na, um deutlich zu machen, dass es mir beziehungsweise Herrn von Kuhlau gerade nicht ums Geld ging!«

»Weil Sie sonst das Konto hätten abräumen können, wo Sie doch schon mal im Besitz der Karte und der Zugangsdaten waren.«

»Genau! Verstehen Sie es jetzt?«

»Von Kuhlau: Wie und wann kam das ganze Zeug in seine Wohnung?«

»Hans und ich kannten uns recht gut. Schließlich war ich ein strammer Gefolgsmann des AVB.« Heelmann machte den Heil-Hitler-Gruß und gickelte. »Dass ich mir allerdings einen Schlüssel zu seiner Wohnung nachmachen ließ, wusste er nicht.«

»Und sicher auch nicht, dass Sie sich ebenfalls einen weißen Mercedes-Kombi zugelegt hatten. Mit den gleichen Reifen wie auf seinem.«

Heelmann gab sich beeindruckt. »Da blitzt er doch mal durch, der bayerische James Bond. Ausgezeichnet.« Er lachte maliziös.

»Und als Sie dachten, dass von Kuhlau in der Hütte verbrannt wäre, haben Sie noch in der derselben Nacht alles dorthin geschafft.«

»Exakt. Und die Polizei hat hervorragend gearbeitet und alles gefunden.«

Erst jetzt fiel Bartholomäus auf, dass Xaver stark schwitzte und sehr flach atmete. Er stand kurz vor einem Kollaps. Oder einem Herzinfarkt.

»Xaver, was ist los?«

Der Hausmeister schüttelte den Kopf. »Ah, nix. A bisserl schlecht is ma.«

»Hören Sie, Heelmann«, sagte Bartholomäus. »Lassen Sie Xaver aus dem Spiel. Sie sehen doch, dass es ihm nicht gut geht.«

Heelmann sah ihn erstaunt an. »Halten Sie mich wirklich für so dumm, Herr Kammerlander?«

»Was haben Sie vor?«

»Das werden Sie noch früh genug erfahren.«

»Heelmann, Sie haben keine Chance! Wir sind doch nicht die Einzigen, die Bescheid wissen.«

Heelmann sah ihn mit einem listigen Lächeln an. »Ist das so? Auch Sie zu studieren, habe ich mir viel Zeit genommen, als ich erfahren habe, dass Sie in den Fällen ermitteln. Und ich glaube, dass Sie Ihr Wissen noch niemandem mitgeteilt haben. Sie wollten erst sichergehen, dass Sie recht haben. Ansonsten hätten Sie gleich Ihre Lakaien mitgebracht. So zumindest schätze ich Sie ein.«

»Da schätzen Sie falsch!«

»Darauf lasse ich es ankommen.« Heelmann deutete auf die Windschutzscheibe. »Da vorne rechts.«

Kurz nach dem Ortseingang von Allmannshausen zweigte eine Straße rechts ab. Bartholomäus setzte den Blinker und bog in sie ein. Die Straße führte noch an einigen Häusern vorbei, hinter denen Bartholomäus erst links und dann wieder rechts fahren sollte. Sie gelangten in einen Wald, und nach einiger Zeit schimmerte der See zwischen den Stämmen hindurch.

»So. Wir sind da. Alles aussteigen!«

Bartholomäus sah sich um. Der Wald reichte fast bis ans Ufer. Weit und breit waren keine Häuser zu sehen. Hier war niemand.

Zuerst sollte er aussteigen. Danach befahl Heelmann Xaver, die Fenster zu öffnen. So konnte er die Klinge beim Aussteigen immer an Xavers Hals halten.

»Den Autoschlüssel!« Heelmann winkte Bartholomäus, ihm den Schlüssel zuzuwerfen.

Bartholomäus wog ihn einen Moment in der Hand, warf ihn Heelmann aber schließlich zu. Solange Heelmann Xaver in seiner Gewalt hatte, durfte er nichts riskieren.

»Danke. Und jetzt zum See. Vorwärts! Sie gehen voraus, Kammerlander!« Heelmann deutete nach vorne, und als Bartholomäus ein paar Schritte entfernt war, folgte er mit Xaver.

Dem Hausmeister schien die frische Luft gutzutun. Zumindest atmete er wieder normal.

»Geht's wieder, Xaver?«, fragte Bartholomäus.

»A bisserl besser, ja.«

Xaver tat Bartholomäus so leid, dass er am liebsten geschrien hätte. Was hatte dieser Mann damit zu tun? Nichts! Genau wie Simon Alfarth, Otylia Ehrlich und Wolfgang Stransky, Hans von Kuhlau und Alois. Aber das war Heelmann in seinem selbstgerechten Weltschmerz natürlich völlig egal. Seine Gedanken kreisten nur um seine Rache und seine Verletztheit. Doch Bartholomäus riss es schier das Herz heraus, wenn er Xaver so sah, wie er über den Schnee schlurfte. Käsig, verschwitzt und völlig verängstigt.

Bartholomäus versuchte, die Gedanken abzuschütteln. Er musste ruhig werden. Nur so hatten sie eine Chance.

Er ging nach vorne zum See. Die Wunde am Oberschenkel machte sich wieder bemerkbar, wahrscheinlich vom Autofahren. Am Ufer blieb er stehen und drehte sich um. Es war wirklich niemand hier. Sie waren alleine. Der Uferstreifen war schmal und schneebedeckt. Unter seinen Füßen spürte Bartholomäus den groben Kies. Der See selbst war mit einer Eisschicht überzogen, auf der ebenfalls etwas Schnee lag. Aber weiter draußen nicht. Da spiegelte sich noch das eisige Wasser unter dem trüben Himmel

»Und jetzt?«, fragte Bartholomäus.

»Jetzt werden wir überprüfen, bis wohin man ohne Gefahr Schlittschuh laufen könnte. Und wo es nicht ratsam wäre. Darf ich bitten?« Heelmann zeigte lächelnd hinaus auf den See.

Bartholomäus rührte sich nicht vom Fleck. Er musste Zeit gewinnen. Wofür auch immer. »Sie wissen, dass das Eis nicht trägt.«

»Ich hoffe, dass dem so ist. Los jetzt!« Heelmann drückte das Messer tiefer in Xavers Haut.

Bartholomäus betrat die Eisfläche. In möglichst kleinen Schritten ging er auf den See hinaus. Ihm war klar, was Heelmann vorhatte. Er selbst sollte irgendwo dort vorne ins Eis einbrechen und ertrinken. Und anschließend würde Heelmann Xaver umbringen und ebenfalls im See versenken. Bartholomäus überlegte fieberhaft. Was konnte er tun? Wie konnte er diesen Irren aufhalten? Nach ein paar Metern bemerkte er, dass Heelmann und Xaver folgten, und er wandte sich um.

»Ich möchte Sie diesmal so weit wie möglich im Auge behalten!«, rief ihm Heelmann zu. »Ich hasse es, einen Fehler zweimal zu machen. Und Sie scheinen ein zäher Bursche zu sein. Gehen Sie weiter!«

Nach gut 30 Metern knackte es zum ersten Mal unter Bartholomäus' Schuhen. Er versuchte, sich daran zu erinnern, was er über Erfrieren und Menschen in eiskaltem Wasser gelesen und gehört hatte. Die Körpertemperatur sank in kaltem Wasser viel schneller ab als an Land. Bei etwa 27 Grad verlor man das Bewusstsein. Wie lange es bis dahin dauerte? Er hatte einmal von einer Frau gehört, die von Alaska nach Russland geschwommen war. Ohne Anzug. Angeblich hatte das sogar Einfluss auf Reagan und Gorbatschow und die Entspannungspolitik dieser Zeit gehabt. Eine Mär? Eine Zeitungsente? Er wusste es nicht. Im Normalfall, das hatte er irgendwo gelesen, dauerte es nicht länger als zehn oder 20 Minuten, bis man tot war, je nachdem, über wie viel Körperfett man verfügte. Kinder hatten wegen der geringeren Oberfläche bis zu 40 Minuten, bei alten Menschen ging es schneller. Aber zehn Minuten hätte er. Zehn Minuten … Bartholomäus zog seinen Parka aus und warf ihn so weit wie möglich nach hinten aufs Eis.

»Was tun Sie da, Kammerlander?«, rief Heelmann und blieb jetzt stehen.

»Sie ziehen sich doch auch aus, wenn Sie ins Wasser gehen, oder?«, entgegnete Bartholomäus.

Heelmann lachte. »Für einen Witzbold habe ich Sie eigentlich nie gehalten.«

»So kann man sich irren«, sagte Bartholomäus und wiederholte leise für sich, »so kann man sich irren, du Arschloch.«

Die Schneedecke wurde immer dünner, und schließlich befand sich Bartholomäus auf freiem Eis. Bei den letzten Schritten hatte es schon ständig geknackt. Aber als Bartholomäus jetzt den Fuß aufsetzte, sprang das Eis und eine gezackte Bruchlinie schoss hinaus Richtung offenes Wasser.

»Und immer weiter!«, schrie Heelmann hinter ihm.

Bartholomäus sah sich ein letztes Mal um. Heelmann und Xaver befanden sich etwa 20 Meter hinter ihm. Auf dem Eis. Ein gutes Stück vom Ufer entfernt. Über dem Wasser. Er zog sich langsam seinen Pullover aus. Dann bückte er sich und streifte sich die Schuhe ab. Durch die Hose nässte Blut von der Wunde am Oberschenkel.

»Jetzt machen Sie schon!«, rief Heelmann.

»Ich ruiniere mir ungern die Schuhe. Die sind neu.«

Das Eis bekam weitere Sprünge. Gezackt wie ein Sägeblatt fraß sich eine Linie durch die dunkle Fläche. Wie ein Sägeblatt …

Bartholomäus richtete sich auf. Ein Sägeblatt. Zehn

Minuten. So viel würde er nicht brauchen. So viel durfte er nicht brauchen. Er atmete ein. Und aus. Und ein. Hielt die Luft an und machte einen großen Satz nach vorne. Das dünne Eis brach mit einem leisen Knacken, und im Nu war sein massiger Körper in dem eiskalten, dunklen Wasser verschwunden.

»Das nenne ich doch mal einen Abgang.« Heelmann lachte gehässig. »Respekt!«

Xaver starrte nach vorne. Bartholomäus war verschwunden. Nur das Wasser bewegte sich noch dort, wo er eingetaucht war.

»So, und wir beiden Hübschen gehen jetzt auch noch ein Stück nach vorne. Los!«

»Aber, aber … Was woin S' denn? I hob Eahna doch nix do.«

»Nein, aber Sie wissen zu viel, mein Lieber. Genau wie Ihr Bruder, den ich gleich nachher mal besuchen werde. Wir kennen uns ja ziemlich gut, müssen Sie wissen.«

»Lassen S' an Alois in Rua, Sie … Sie …«

»Nein, behalten Sie es für sich«, schnitt Heelmann Xaver das Wort ab. »Ich will es gar nicht hören. Und jetzt gehen Sie endlich!« Er stieß Xaver mit dem Messer voran und sie bewegten sich weiter auf den See hinaus.

»Wissen Sie, Ihr Bruder war wirklich tapfer! Obwohl der Elektroschock, den ich ihm verpasst habe, wirklich nicht ohne war, hat er sich noch eine Weile auf den Beinen gehalten. Jetzt frage ich mich natürlich, ob das in der Familie liegt und Sie genauso tapfer sein werden, wenn ich Sie gleich bitte, dort vorne ins Wasser zu springen?«

»Leck mi am Arsch!«

»Das heißt dann wohl, dass ich mit dem Messer ein wenig nachhelfen muss?«

»Freiwillig geh i do ned nei.«

»Nicht? Schade. Dann bleibt mir …«

Weiter kam Lorenz Heelmann nicht. In diesem Moment brach vor ihm die Hölle auf. Zumindest musste es ihm so vorkommen. Urplötzlich war direkt vor ihm und Xaver das Eis mit einem lauten Knall zerborsten. Eisbrocken flogen umher, Wasser spritzte, Schnee wirbelte durch die Luft. Und inmitten dieses Chaos schoss Bartholomäus Kammerlander mit einem Urschrei aus dem Wasser.

Heelmann riss die Augen auf, wollte schreien, wollte vielleicht auch reagieren. Aber er war viel zu schockiert. Im nächsten Moment stieß Bartholomäus, der bis zum Bauch im Wasser stand, Xaver zur Seite, so dass der aufs Eis fiel. Dann packte er Heelmann am Gürtel und riss ihn zu sich ins Wasser.

Heelmann wurde in den eisigen See gezogen. Er schluckte Wasser, hatte das Gefühl, dass tausend Nadeln in sein Gesicht und seine Hände stachen. Er schlug und trat um sich und erwischte irgendwie Bartholomäus an der Schläfe. Der musste loslassen und war einen Moment benommen. Zeit genug für Heelmann, den Boden unter den Füßen zu finden und sich umzudrehen.

»Bartl!«, brüllte Xaver, als Heelmann mit einem wilden Schrei das Messer nach vorne stieß, um es irgendwo in Bartholomäus' Körper zu versenken.

Bartholomäus sah nichts, hob einfach den rechten Arm. Ein glühender Schmerz schoss ihm bis in die Schulter, als die Klinge durch den Unterarm ging.

Heelmann lachte triumphierend und zog das Messer zurück, um erneut zuzustechen. Aber dann sah er wie in Zeitlupe die Eisscholle auf sich zukommen. Dreieckig, spitz und unregelmäßig gezackt wie ein Brotmesser, lag sie in

Bartholomäus' linker Hand. Ein Dolch aus Eis. Heelmann holte pfeifend Luft und hob schützend die Hand. Aber der Eisdolch glitt zwischen seinen Fingern hindurch, drang in seinen Hals ein, bohrte sich tief ins Fleisch und durchtrennte die Schlagader. Heelmann spürte keinen Schmerz, sah nur die Blutfontäne, die in hohem Bogen auf den umliegenden Schnee spritzte. Wie rote Grütze auf Vanilleeis, dachte er noch, Maries Lieblingseis. Dann röchelte er ein letztes Mal und versank in ewiger Nacht.

*

Die Blaulichter warfen ein unrhythmisches Leuchten auf den Schnee und das Wasser dahinter. Ein seidener Vorhang von Schneeflocken schwebte durch die blau zuckenden Wolken und legte sich auf Autos, Eis, Menschen. Aus dem Einsatzwagen drang das Knacken des Funkgerätes. Undeutliche Stimmen wollten wissen, was zu tun war. Auf der anderen Seite des Sees wurden in Feldafing und Possenhofen die ersten Lichter eingeschaltet.

Bartholomäus zog seine Decke fester um die Schultern und nahm einen weiteren Schluck heißen Tee. Vorne am Ufer stand Kreuzpointner und telefonierte. Als er fertig war, kam er zu Bartholomäus zurück.

»Back ist wieder aufgetaucht. Er hat sich im Präsidium gemeldet«, sagte Kreuzpointner.

»Lass mich raten. Er hat zugegeben, schon frühzeitig gewusst zu haben, dass Leute mit den Namen von Hitlerputschisten umgebracht werden sollen.«

Kreuzpointner nickte. »Richtig. Nach der Ehrlich hat's bei ihm klick gemacht. Seit wann weißt du das?«

»Ich hab's schon seit vorgestern vermutet, als ich ihn vor

dieser Kneipe in Milbertshofen gesehen habe. Aber sicher war ich mir erst vorhin, als Heelmann meinte, dass er keinen Back kenne.«

»Und wieso hat der nichts gesagt?«, fragte Kreuzpointner.

Bartholomäus zuckte die Achseln. »Beruf, Karriere, Geld. Backs Abteilung soll vielleicht aufgelöst werden. Und er dachte wohl, wenn es auf der rechten Seite einen riesengroßen Knall gibt, wären er und seine Leute weiterhin wichtig genug, um nicht dem Rotstift zum Opfer zu fallen. Deswegen hat er die Sache laufen lassen und zugeschaut.«

»Und hat Mehringer beschattet, um die Brüder irgendwann selber auffliegen zu lassen«, verstand Kreuzpointner. »Das wäre dann ihm gutgeschrieben worden und er wäre vielleicht sogar noch befördert worden. Aber woher hat er gewusst, dass dieser AVB dahintersteckt?«

Bartholomäus trank erst einen Schluck. »Von einem Spitzel, nehme ich an, einem Insider.«

Wiebke kam wieder zurück. Bartholomäus sah, wie sie sich durch die Meute Polizisten zwängte, die geschäftig durch die Gegend rannten. Am Arm hielt sie Theresa, Xavers Frau, die unsicher nach rechts und links schaute. Dieser ganze Auflauf war ihr gar nicht geheuer. Bartholomäus fiel auf, dass Theresa eine große Tüte dabeihatte. Von der Metzgerei Schöberl.

Neben ihm ließ der Sanitäter endlich von Xaver Eberhartinger ab und drückte ihm ebenfalls einen Becher Tee in die Hand. »Davon werd's Eahna glei wärmer werdn.«

Xaver sah skeptisch auf das grünliche, dampfende Gebräu.

»Weißbier gibt's erst daheim«, sagte Bartholomäus lächelnd.

»Ja, i glab's a.«

Theresa und Wiebke waren zu ihnen durchgedrungen. »Mei Mo!« Theresa hielt die Hand entsetzt vor ihren Mund. »Was hast denn du gmacht, sog amoi!«

»A, ned so schlimm.« Xaver setzte seinen Hut wieder auf.

»Geh weida! Ned schlimm! A riesn Pflaster host am Hois!«

Wiebke grinste Bartholomäus an und der zog sie zu sich auf den Schoß.

Xaver winkte ab. »A Kratzer, mehra is des ned!«

»Ah, schaug hoid!« Sie deutete auf Xavers Hemdkragen. »Des Hemmad is ja ganz bluadig. Des kriag i ja nie mehr raus!«

Xaver zuckte die Achseln.

»De Mannerleid, de Mannerleid!« Theresa schüttelte den Kopf. »Schau her, Xaver, i hob dir was mitbracht. Vom Fritz. Und an scheena Gruaß soi i dia sogn.« Sie öffnete die Tüte und holte eine Leberkässemmel heraus. »Mogst oane? I hob glei drei mitgnumma.«

Xavers Gesicht hellte sich auf. »Ja, freili. Des kummt ma jetz grad recht.« Er wollte schon hineinbeißen, als er innehielt und Bartholomäus ansah. »Woin S' a oane, Scheef?«

Bartholomäus lächelte und schüttelte den Kopf. »Nein danke, Xaver.«

Xaver biss noch nicht in die Semmel, zögerte. Dann war da wieder dieses unbeholfene Lächeln. »Und i woid a no Vergeids Gott sogn. Wei S' ma ja des Lebn grett ham.«

Bartholomäus nickte. »Das sage ich auch. Vergelt's Gott, Xaver. Wenn du mich nicht gewarnt hättest, säßen wir jetzt nicht hier. Und aus dem Kühlschrank hast du mich auch rausgeholt.«

Xaver zog die Schultern hoch. »Ko sei, ja.« Er hob die Semmel zum Mund.

»Und, Xaver!«

»Ja?«

Bartholomäus hielt ihm die Hand hin, die linke. »Ich bin der Bartl.«

Xaver ließ die Semmel sinken, sah Bartholomäus mit großen Augen an und brachte erst einmal kein Wort heraus. Dann gab er Theresa die Semmel zurück, wischte sich die Hand an seiner Decke ab und ergriff Bartholomäus' Hand. »Und i«, er lachte übers ganze Gesicht und schüttelte die Hand, »bin der Xaver.«

ENDE

Weitere Krimis finden Sie auf den folgenden Seiten und im Internet: www.gmeiner-verlag.de

Sabine Fink
Judasbrut
978-3-8392-1383-4

»Die Erlanger Bergkirchweih in Gefahr.«

Was haben eine tote Obdachlose in Nürnberg, eine eifersüchtige Ehefrau in Erlangen und ein dubioser Fremder in der Fränkischen Schweiz gemeinsam? Nichts, glaubt die Erlanger Kommissarin Maria Ammon. Nachdem aber eine weitere Leiche gefunden wird, dämmern ihr Zusammenhänge, die nicht nur ihre beste Freundin Nina, sondern auch die Besucher der Erlanger Bergkirchweih in Gefahr bringen. Der Feind deines Feindes ist dein Freund – doch wer ist wer in diesem makabren Spiel aus Liebe, Wissenschaft und Idealismus?

GMEINER

Wir machen's spannend

Miachel Gerwien
Isarhaie
978-3-8392-1386-5

»Exkommissar Max Raintaler im Visier der Kripo!«

Der Münchner Exkommissar Max Raintaler stolpert auf dem Nachhauseweg vom Griechen in Untergiesing über die Beine einer auf dem Boden liegenden, toten Frau. Offenbar wurde sie erstochen. Max ruft per Handy seinen alten Freund bei der Kripo zur Hilfe. Am nächsten Morgen wacht er in einer Gefängniszelle auf und weiß nicht mehr, wie er dort hingekommen ist. Wieder auf freiem Fuß nimmt Max die Ermittlungen auf, die ihn in die höchsten Kreise der Stadt führen …

GMEINER

Wir machen's spannend

Oskar Feifar
Saukalt
978-3-8392-1377-3

»Die Provinz in Aufruhr!«

Tratschen 1971. In dem kleinen Ort in der Provinz wird der aktenkundige Fritz Fellner erhängt im Wald aufgefunden. Was auf den ersten Blick wie Selbstmord aussieht, entpuppt sich als rätselhafter Mord, der in dem ach so biederen Ort einen ungeahnten Skandal ans Tageslicht bringt. Es zeigt sich, dass nicht nur die guten Sitten offensichtlich zu wünschen übrig lassen, sondern auch das dörfliche Miteinander nicht das ist, was es zu sein scheint …

GMEINER

Wir machen's spannend

Bernd Leix
Mordschwarzwald
978-3-8392-1387-2

»Stuttgart 21 in Grün?«

Aufruhr im nördlichen Schwarzwald: Die grün-rote Landesregierung plant einen Nationalpark! Die Bevölkerung zwischen Bad Wildbad und Freudenstadt ist gespalten: Tourismusmagnet oder Ökodiktatur? Befürworter und Gegner des Projekts stehen sich unversöhnlich gegenüber. Als die heftigen Unruhen sich immer weiter ausbreiten, schickt die Landesregierung den erfahrenen Karlsruher Kommissar Oskar Lindt als verdeckten Ermittler in das Krisengebiet …

GMEINER

Wir machen's spannend

Wildis Streng
Trauerweiden
978-3-8392-1389-6

»Heiko Wüst und Lisa Luft ermitteln zur liebsten Jahreszeit der Crailsheimer – dem Fränkischen Volksfest.«

Crailsheimer Volksfest – fünfte Jahreszeit. Die meisten Hohenloher feiern den gelungenen Festauftakt. Nur für die attraktive Majorette Jessica Waldmüller endet er tödlich: Auf dem Heimweg wird die hübsche Frau erstochen, ihre Leiche in die Jagst geworfen. Die Crailsheimer Kommissare Lisa Luft und Heiko Wüst nehmen die Ermittlungen auf und stochern tief in einem scheinbar undurchdringlichen Sumpf aus weiblicher Konkurrenz, Intrigen, Eifersucht und Affären …

GMEINER

Wir machen's spannend

MANFRED BOMM
Grauzone
Kriminalroman
8 km
GMEINER

Harald Pflug
Versteckerles
978-3-8392-1405-3

»Die Scoutpatrouille geht wieder auf Mörderjagd!«

Karlsruhe im August1945. Eine Mordserie beunruhigt die Bevölkerung. Die Leichen weisen Spuren von Blausäure auf. Da die Polizei keine Ergebnisse liefert, beauftragt Major Arlington seinen Freund Captain John Edwards mit dem Fall. Edwards ruft kurzerhand seine Scoutpatrouille zusammen und macht sich auf die Suche nach dem Täter. Die Spur führt zu Schwarzhändlern und schließlich bis in die eigenen Reihen …

GMEINER

Wir machen's spannend